कोलाहल से दूर

उपन्यास

कोलाहल से दूर

टॉमस हार्डी

अनुवाद

रघुवीर शर्मा

राजकमल

विश्व क्लासिक

ISBN : 978-81-267-1392-9

मूल्य : ₹399

पहला संस्करण : 2007
This book is printed on **Print on Demand** Technology : 2026

प्रकाशक : राजकमल प्रकाशन प्रा.लि.
1-बी, नेताजी सुभाष मार्ग, दरियागंज
नई दिल्ली-110 002
शाखाएँ : अशोक राजपथ, साइंस कॉलेज के सामने, पटना-800 006
पहली मंजिल, दरबारी बिल्डिंग, महात्मा गांधी मार्ग, प्रयागराज-211 001
1, अनमोल सोराबजी संतुक लेन, धोबी तलाव, मरीन लाइंस, मुम्बई-400 002
वेबसाइट : www.rajkamalprakashan.com
ई-मेल : info@rajkamalprakashan.com

चयन : रामबाबू
संयोजन : हरीश आनन्द

Far Form The Madding Crowd
Novel by Tomas Hardy
Translated by Raghuveer Sharma

प्रकाशकीय

नई शताब्दी के प्रवेश-वर्ष में हिन्दी पाठकों के लिए विशेष उपहार के तौर पर हम आधुनिक विश्व-क्लासिकी की तीन श्रृंखलाएँ प्रस्तुत कर रहे हैं—**धरोहर, परम्परा** और **विरासत**।

'धरोहर' के अन्तर्गत हम पुनर्जागरण (रेनेसाँ) और प्रबोधनकाल (एज ऑफ एनलाइटेनमेंट) के लगभग साढ़े तीन सौ वर्षों के दौरान की उन महानतम साहित्यिक क्लासिकी कृतियों का अनुवाद हिन्दी पाठकों के समक्ष प्रस्तुत करेंगे जो किसी एक देश या राष्ट्र की नहीं बल्कि पूरी मानव-सभ्यता की धरोहर हैं। आधुनिक विश्व साहित्य के ये प्रारम्भिक कीर्ति-शिखर, वैज्ञानिक तर्कणा और मानव-मुक्ति के भविष्य-स्वप्नों के जन्म और विकास के साक्षी दस्तावेज हैं।

'परम्परा' के अन्तर्गत उन्नीसवीं शताब्दी की स्वच्छन्दतावादी और महान यथार्थवादी कृतियों का प्रतिनिधि चयन प्रस्तुत किया जाएगा जिसमें मुख्यतः, 'बूढ़े यूरोप' और दीर्घ निद्रा से जागते रूस से लेकर अमेरिका की 'नई दुनिया' तक के सभी महत्त्वपूर्ण लेखकों की कृतियाँ शामिल होंगी। इस युगान्तरकारी शताब्दी के साहित्य में उस समय का सजीव चित्र मिलेगा जब मुक्ति-स्वप्नों को पैर टिकाने के लिए यथार्थ की ठोस खुरदरी जमीन मिल रही थी और उड़ान भरने के लिए स्वच्छन्द कल्पना का अनन्त आकाश।

'विरासत' बीसवीं शताब्दी की श्रेष्ठतम क्लासिकी रचनाओं की श्रृंखला है। राष्ट्रीय मुक्ति-संघर्षों और सर्वहारा क्रान्तियों के पहले चक्र के जय-पराजय की महागाथा अपने भीतर समेटे हुए, इस शताब्दी ने मानव-सभ्यता की कलात्मक सम्पदा को अतुलनीय रूप से समृद्ध किया है। नए यथार्थ की जटिलता, मानव-चेतना के उन्नत धरातल और उन्नत सामाजिक प्रयोगों ने इस शताब्दी के साहित्य को नई व्यापकता, नई ऊँचाई और अपूर्व वैविध्य प्रदान किया। औपनिवेशिक दासता से लड़ते हुए और मुक्त होते हुए लातिनी अमेरिका, एशिया और अफ्रीका के देशों में बीसवीं शताब्दी में जो साहित्य रचा गया, उसने विश्व साहित्य को नई ऊष्मा-ऊर्जा देकर नई ऊँचाइयों तक पहुँचाया।

हिन्दी में विश्व-क्लासिकी कृतियों के अनुवाद पहले भी प्रकाशित होते रहे हैं, पर इस दिशा में अब भी बहुत कम काम हुआ है और जो हुआ है, वह भी काफी अव्यवस्थित ढंग से। **'राजकमल'** से विश्व की प्रसिद्ध कृतियों के अनुवाद

पहले भी लगातार छपते रहे हैं। अब हमने इस काम को व्यवस्थित ढंग से, संकल्पपूर्वक, नए सिरे से हाथ में लिया है। हमारी यह महत्वाकांक्षी परियोजना इसके सम्पादकों के एक वर्ष से भी अधिक समय के श्रमसाध्य शोध-अध्ययन का सुफल है और हिन्दी के योग्य-अध्यवसायी अनुवादकों की सहायता से हम इसे कार्यान्वित कर रहे हैं।

हिन्दी में स्तरीय-गम्भीर साहित्य की प्रस्तुति और विचार की संस्कृति के विकास के लक्ष्य से **'राजकमल'** की प्रतिबद्धता का लगभग आधी सदी पुराना इतिहास रहा है। इन शृंखलाओं का प्रकाशन इसी क्रम में हमारा एक और प्रयास है। हमें हिन्दी पाठकों से विशेष समर्थन-प्रोत्साहन पाने की आशा है। हमारा अनुरोध है कि इस परियोजना के बारे में अपनी राय और सुझाव हमें अवश्य भेजें।

इस श्रृंखला के बारे में

'परम्परा' शृंखला के अन्तर्गत उन्नीसवीं शताब्दी की महान क्लासिकी कृतियों का एक प्रतिनिधि चयन हिन्दी पाठकों के समक्ष प्रस्तुत करने की हमारी महत्वाकांक्षी योजना है।

उन्नीसवीं शताब्दी की वैचारिक-कलात्मक समृद्धि को यदि थोड़े में बताना हो तो इतना कहकर भी काम चलाया जा सकता है कि वह **बाल्ज़ाक** और **तोल्स्तोय** की शताब्दी थी। इतना यदि अपर्याप्त लगे तो कहा जा सकता है कि वह **बाल्ज़ाक, स्टेण्ढाल, गोंकूर बन्धुओं, ह्यूगो, द्यूमा, फ्लाबेयर, जोला, मोपासां, डिकेन्स, थैकरे, ब्राण्टे बहनों, ऑस्टेन, हार्डी** और **मार्क ट्वेन** की शताब्दी थी; **पुश्किन, गोगोल, बेलिंस्की, चेर्निशेव्स्की, हर्ज़ेन, तुर्गनेव, तोल्स्तोय, दोस्तोयेव्स्की** और **चेखव** की शताब्दी थी; तथा **शेली, वर्ड्सवर्थ, बायरन, कीट्स** और **वाल्ट ह्विटमैन** की शताब्दी थी। मानवीय सारतत्व की यह महान सम्पदा समूचे विश्व की जनता की साझी विरासत है। इससे अपरिचित या वंचित होना किसी भी राष्ट्र या किसी भी भाषा के लिए एक विकट दुर्भाग्य ही होगा। भारतीय राष्ट्रीय जागरण के सांस्कृतिक सूत्रधारों ने बीसवीं शताब्दी के पूर्वार्द्ध में उन्नीसवीं शताब्दी की महान कृतियों को हिन्दी में प्रस्तुत करने का महत्त्वपूर्ण उपक्रम शुरू किया, जो छठे दशक तक जारी रहने के बाद धीरे-धीरे क्षीण पड़ता गया। यह राष्ट्रीय जीवन में क्रमशः चतुर्दिक फैलते गए गतिरोध, निराशा और मोहभंग का ही परिणाम था और द्योतक भी। बाजार की अन्धशक्तियों की सर्वग्रासी जकड़बन्दी ने उत्कृष्ट-गम्भीर साहित्य को उन्नत चेतनावाले आम पाठकों से दूर करने में महत्त्वपूर्ण भूमिका निभाई है। जो अभिजन समाज विश्व-क्लासिकी साहित्य अपने ड्राइंग रूम और स्टडी में सजाकर गौरवान्वित होता है, उसे हिन्दी अनुवादों की जरूरत नहीं है। लेकिन आज समय की इस माँग को जागरूक-प्रबुद्ध हिन्दी समाज शिद्दत के साथ महसूस कर रहा है कि गतिरोध और विपर्यय के वर्तमान दौर में जड़ हो जाने से बचने के लिए हमें जड़ों तक की यात्रा करनी होगी, नए कार्यभारों को पूरा करने के लिए अतीत से प्रेरणा लेनी होगी और अनुभवों की मंजूषा टटोलनी होगी, तथा नए भविष्य-स्वप्नों और जीवन के नवनिर्माण की परियोजनाओं के लिए अपने देश और समूची मानवता की सांस्कृतिक वैचारिक सम्पदा को अपनाना होगा। यह आज के नए क्रान्तिकारी पुनर्जागरण और प्रबोधन के कार्यभारों का एक महत्त्वपूर्ण अंग है।

जिनका आशावाद महज कुछ शुभंकर भविष्यवाणियों से जन्मा था और महज कुछ महान सामाजिक क्रान्तियों के मॉडलों से ईंधन पाकर जीवित था; जो इतिहास को सीधी

रेखा में केवल आगे ही बढ़ना देखना चाहते थे; वे आज संशयग्रस्त हैं, संतप्त हैं, किंकर्तव्यविमूढ़ हैं, या 'अन्त' के बारे में सोच रहे हैं। जो इतिहास की गतिकी को समझते थे या समझने के लिए सचेष्ट थे, वे वर्तमान समय की अराजकता और गतिरोध में उस उर्वर कोख की शिनाख्त कर रहे हैं जहाँ भविष्य-बीज अँकुरा रहे हैं। उन्हें इतिहास से बहुत कुछ लेना है—वह कलात्मक-सांस्कृतिक सम्पदा भी जो अतीत के महान संघर्षों की धमन-भट्ठी में तपी-ढली थी और जिसे नए मानव के निर्माण में एक संघटक अवयव की भूमिका निभानी थी। **माओ** ने यह अनायास नहीं कहा था कि क्रान्तिकारी परिवर्तन की योजनाओं-परियोजनाओं पर सोचते समय हमारे चिन्तन के केन्द्र में हमेशा इंसान होना चाहिए। **लेनिन** ने युवा सर्वहारा क्रान्तिकारियों को यह राय यूँ ही नहीं दी थी कि उन्हें मानव जाति की समस्त सांस्कृतिक सम्पदा को आत्मसात करना होगा।

नई शताब्दी के निर्माण का काम अपने हाथ में लेने के लिए संकल्पबद्ध अभियन्ताओं-शिल्पियों को शताब्दी-समीक्षा करनी होगी, आलोचनात्मक विवेक के साथ सिंहावलोकन करना होगा। और इस दृष्टि से उन्नीसवीं शताब्दी भी उतनी ही महत्त्वपूर्ण है जितनी बीसवीं शताब्दी।

आज हम जिस दुनिया को जान रहे हैं और जिसमें जी रहे हैं, उसकी उत्पत्ति अठारहवीं शताब्दी के अन्त और उन्नीसवीं शताब्दी के प्रारम्भ की उन औद्योगिक-राजनीतिक क्रान्तियों से जुड़ी हुई है, जिनकी बदौलत मानव इतिहास के उस समय तक के महानतम रूपान्तरण का सूत्रपात हुआ। इन क्रान्तियों ने पूँजीवादी उद्योगों के प्रसार पर आधारित जिस विशिष्ट सामाजिक-आर्थिक संरचना और सांस्कृतिक-राजनीतिक अधिरचना को जन्म दिया, वही अपने चरम विकसित रूप में आज हमारे सामने मौजूद है। बीसवीं शताब्दी में सर्वहारा क्रान्तियों ने वैकल्पिक ढाँचा खड़ा करने के महान प्रयोग भी किए। सर्वहारा क्रान्तियों की वैचारिक-सांस्कृतिक सम्पदा अक्षुण्ण है और इस विषय पर चर्चा के पर्याप्त आधार हैं कि नई शताब्दी की नई सर्वहारा क्रान्तियों का स्वरूप क्या होगा, पर आज के समय का सच यह है कि असाध्य ढाँचागत संकट का शिकार, घोर मानवद्रोही विश्व-पूँजीवाद हमारे समक्ष खड़ा है और सर्वहारा क्रान्तियों के प्रथम संस्करण पराजित-विघटित हो चुके हैं। पूँजी और श्रम की शक्तियाँ एक बार फिर आमने-सामने खड़ी हैं। आज जो चीज भूमंडलीय परिघटना के रूप में दीख रही है और विशेषकर भारत और अन्य उत्तर-औपनिवेशिक समाजों में पूँजीवादी रूपान्तरण जो परिदृश्य निर्मित कर रहा है, वह उन्नीसवीं शताब्दी के यूरोप से सादृश्य-निरूपण के लिए काफी आधार उपलब्ध कराता है। समकालीन भारतीय जीवन में डिकेन्स के उपन्यासों के परिवेश तथा बाल्ज़ाक, स्टेण्ढाल और तोल्स्तोय के पात्रों की अनुकृतियों-प्रतिच्छायाओं को ढूँढ़ और पा लेना काफी आसान है, भले ही इतिहास की मार ने इन अनुकृतियों-प्रतिच्छवियों को विकृत-विरूपित कर दिया हो।

विश्व-इतिहास के युगान्तरकारी परिवर्तन पूरे भूमंडल पर एक साथ घटित नहीं होते। परिवर्तन की धाराएँ अनगिन दृश्य-अदृश्य सूत्रों से परस्पर गुँथी-बुनी होती हैं, पर

भविष्य की दिशा निर्धारित करनेवाली क्रान्तिकारी घटनाओं के रंगमंच प्रायः यहाँ से वहाँ स्थानान्तरित होते रहते हैं। इसके सुनिश्चित ऐतिहासिक कारण थे (जिनकी चर्चा यहाँ सम्भव नहीं है) कि पुनर्जागरण, प्रबोधन, बूर्ज्वा जनवादी क्रान्तियों और उन्नीसवीं शताब्दी के पूँजीवादी विकास का मुख्य रंगमंच यूरोप बना रहा। लेकिन ये ऐतिहासिक परिघटनाएँ यूरोपीय नहीं, बल्कि विश्व-ऐतिहासिक परिघटनाएँ थीं। क्रान्तिकारी रूपान्तरण की इस पूरी प्रक्रिया में मानववाद, वैज्ञानिक तर्कणा, भौतिकवाद और जनवाद के जिन मूल्यों का जन्म हुआ, वे उन्नीसवीं शताब्दी के उत्तरार्द्ध तक पिछड़े हुए रूस में भी पहुँच चुके थे और उपनिवेशों में जब राष्ट्रीय मुक्ति के संघर्ष संगठित होने लगे तो उनके झण्डों पर भी मानववाद और जनवाद के नारे अंकित थे।

उन्नीसवीं शताब्दी वह शताब्दी थी जिसने क्रान्ति के अग्रदूत, प्रबोधनकाल के दार्शनिकों के 'तर्कबुद्धि के राज्य' और 'शाश्वत न्याय' के आदर्शों को बूर्ज्वा राज्य और बूर्ज्वा न्याय की नग्न निर्लज्जताओं में रूपान्तरित होते देखा। इसकी पहली प्रतिक्रिया, कला-साहित्य की दुनिया में, स्वच्छन्दतावाद के रूप में सामने आई। प्रतिक्रियावादी स्वच्छन्दतावाद की धारा बूर्ज्वा-पूर्व सामाजिक प्रणाली का प्रशस्ति-गान करती थी, जबकि **बायरन** और **शेली** जैसे क्रान्तिकारी स्वच्छन्दतावादी कवि पूँजीवाद को ठुकराकर भविष्य की ओर देखते थे। स्वच्छन्दतावाद की यह धारा अठारहवीं शताब्दी के प्रबोधनकालीन यथार्थवाद की तुलना में अत्यधिक गहन-गम्भीर थी। इसने मनुष्य के आन्तरिक जगत का चित्रण करने तथा व्यक्तित्वों के अन्तरविरोधों-विसंगतियों और उनकी 'मनोगत अनन्तता' को उद्‌घाटित करने के साथ ही कला में इतिहासपरतावाद (हिस्टॉरिसिज्म) के सिद्धान्तों को समाविष्ट करने और समान्यजन के जीवन से निकट सम्बन्ध स्थापित करने का भी काम किया।

1830 के दशक में क्रान्तिकारी बूर्ज्वा यथार्थवाद का उत्कर्ष बाल्ज़ाक, स्टेण्ढाल, डिकेन्स आदि की जिस आलोचनात्मक यथार्थवादी धारा के रूप में सामने आया, वह स्वच्छन्दतावाद के साथ जैविक रूप से जुड़ी हुई थी। बूर्ज्वा क्रान्ति की परिणतियों से मोहभंग और पूँजीवादी व्यवस्था का नकार—ये प्रवृत्तियाँ दोनों ही धाराओं के मूल में थीं। कविता की विधा में स्वच्छन्दतावाद की धारा आगे तीन रूपों में विकसित हुई—(i) **पुश्किन, लर्मन्तोव** आदि रूसी कवियों और विभिन्न पूर्वी यूरोपीय कवियों की धारा (ii) **वाल्ट ह्विटमैन** की धारा तथा (iii) **हाइने, वेयेर्थ, फ्रैलिगराथ** आदि प्रारम्भिक सर्वहारा कवियों की धारा।

आलोचनात्मक यथार्थवाद मुख्यतः उपन्यास विधा को अपनाकर आगे बढ़ा। अपनी अलग-अलग विशिष्टताओं के साथ महान यथार्थवादी उपन्यासकारों ने सम्पत्ति-स्वामित्व की दुनिया में संघर्षरत व्यक्तित्वों के बहिर्जगत एवं अन्तर्जगत को, व्यापारियों की धूर्तताओं एवं तिकड़मों को, गरीबों के दुर्भाग्य एवं उजरती गुलामी के नर्क को तथा आने-पाई के ठंडे पानी में डूबते रागात्मक सम्बन्धों को जीवन्त रूप से और निर्मम वस्तुपरकता के साथ चित्रित किया। उन्नीसवीं शताब्दी के उत्तरार्द्ध में जब पश्चिमी यूरोप

के पूँजीवादी समाज में इजारेदारी के लक्षण उत्पन्न हो रहे थे और क्रान्तियों के तूफानों का केन्द्र पश्चिम से पूरब की ओर खिसक रहा था, तब आलोचनात्मक यथार्थवाद भी प्रकृतवाद के रूप में स्खलित-विघटित होने लगा था। इस समय भी वहाँ **जार्ज इलियट** और **मोपासां** जैसे लेखकों के यथार्थवादी लेखन में उदात्त मानववादी आदर्श उपस्थित थे, पर आलोचनात्मक यथार्थवाद की क्रान्तिकारी ऊष्मा और व्यापकता अब मुख्यतः स्थानान्तरित होकर रूस पहुँच चुकी थी जहाँ **तुर्गनेव, चेर्निशेव्स्की, तोल्स्तोय** आदि से लेकर **चेखव** तक क्रान्तिकारी गद्य साहित्य की महान परम्परा विकसित हुई। उधर अमेरिका में **मार्क ट्वेन** माल-मुद्रा की दुनिया की संस्कृति एवं पूर्वाग्रहों पर हर पहलू से मारक चोट करते हुए उन्नीसवीं शताब्दी के यथार्थवादी गद्य का एक नया शिखर निर्मित कर रहे थे।

यही वह समृद्ध परम्परा थी जिसे बीसवीं शताब्दी में **गोर्की, जैक लण्डन, अप्टन सिंक्लेयर** आदि सर्वहारा लेखकों की पहली पीढ़ी ने अर्जित किया और विकसित किया। **रोलां, गाल्सवर्दी, मान** आदि से लेकर **फॉकनर** और **हेमिंग्वे** आदि तक का कृतित्व भी इसी परम्परा का विस्तार है।

आज, इक्कीसवीं सदी की दहलीज पर, समकालीन जीवन के नए यथार्थ और उसमें से फूटती भविष्य की सम्भावित दिशाओं को समझने में तथा सही-सटीक ढंग से रचनाओं में प्रस्तुत करके एक नया यथार्थवाद विकसित करने में, उन्नीसवीं शताब्दी का महान यथार्थवादी साहित्य भी उतना ही सहायक होगा जितना कि बीसवीं शताब्दी का।

कार्ल मार्क्स का विचार था कि *"पूँजीवादी उत्पादन आत्मिक उत्पादन के कुछ रूपों से, उदाहरण के लिए, कला तथा काव्य से शत्रुता रखता है।"* फिर भी यदि उन्नीसवीं शताब्दी के पूँजीवादी समाज में कला-साहित्य का प्रचंड विकास हुआ तो इसका कारण यह था कि शोषण का पूँजीवादी स्वरूप उन मानवतावादी आदर्शों के गहन अन्तरविरोध में साथ था, जो सच्चे कलाकारों को प्रेरणा देते थे। कला के प्रति बूर्ज्वा समाज की शत्रुता ने ही साहित्य में पूँजीवाद की आलोचना को जन्म दिया तथा नाटकीय त्रासदीपूर्ण टकरावों से भरे कलात्मक यथार्थ के सृजन का आधार प्रस्तुत किया।

आज पूँजी के दीप्तिमान वैभव की दुनिया की पार्श्वभूमि में जितना गहरा अँधेरा है और घोर मानवद्रोही पूँजीवादी संस्कृति जिस आक्रामकता के साथ समस्त मानवतावादी आदर्शों पर प्रहार कर रही है, उसे देखते हुए यह आशा की जानी चाहिए कि हमारे समय में भी कलेजे के मजबूत और प्रतिभा के धनी कुछ सर्जक व्यक्तित्व आगे आएँगे जो अपनी लेखनी से पूँजीवादी समाज पर प्रचंड प्रहार करेंगे, उसकी प्रखर अन्तर्भेदी आलोचना प्रस्तुत करेंगे और जन समुदाय को अपना नया भविष्य स्वयं रचने का विधान समझाएँगे।

एक नए क्रान्तिकारी पुनर्जागरण और प्रबोधन के समस्त उपक्रम आज इसी दिशा में निर्देशित होने चाहिए। इसके लिए इतिहास को खँगालते हुए, हमें उन्नीसवीं शताब्दी की महान यथार्थवादी रचनाओं से काफी कुछ हासिल करना होगा, यह तय है।

—सम्पादक

टॉमस हार्डी : व्यक्तित्व, कृतित्व और समय

उन्नीसवीं सदी के पूँजीवादी समाज के अनैतिक, मानवद्रोही चरित्र के बरक्स उदात्त मानवीय मूल्यों, गहरी मानवीयता और उच्च नैतिक आदर्श से ओत-प्रोत चरित्र खड़े करके मनुष्यता को दिशा देनेवाले उपन्यासकारों में टॉमस हार्डी का स्थान अग्रिम पंक्ति में है। उनके पात्र और उनका सामाजिक परिवेश अंग्रेजी साहित्य में जनवादी मूल्यों की स्थापना की अभिव्यक्तियाँ हैं। हार्डी के नायक और नायिकाएँ आम लोगों के बीच से आते हैं और उनमें नैतिक दृढ़ता तथा सौन्दर्य और समरसता की उच्च भावना है। हार्डी मूलतः कवि थे और उनके उपन्यास अंग्रेजी साहित्य की सर्वाधिक काव्यमय कथा-कृतियों में से हैं।

हार्डी विक्टोरियन युग में लिख रहे थे जो धन और सफलता की पूजा का दौर था, तेजी से फैलती फैक्टरियों का दौर था जब इंग्लैंड के सबसे खूबसूरत देहाती इलाकों में जमीन के लम्बे-लम्बे हिस्से उजाड़ कर दिए गए थे। यह निजी और सार्वजनिक जीवन में विकृत और लुटेरे किस्म के भौतिकवाद का दौर था जिस पर बीमार किस्म के नकली आदर्शवाद का पाखण्डपूर्ण आवरण पड़ा था। विक्टोरियन परिवार की असलियत बयान करने के लिए जरूरी था कि इन दूसरे पहलुओं की सच्चाई भी उजागर की जाए। स्त्री-पुरुष सम्बन्धों के बारे में साफ-साफ लिखने के पहले जरूरी था कि समाज में इनसानों के बीच के वास्तविक सम्बन्धों की सच्चाई का पर्दाफाश किया जाए। ऐसे में हार्डी ने न सिर्फ सच्चे, मानवीय, उदात्त चरित्र खड़े किए बल्कि चरित्र और उसके परिवेश के बीच बारीक रिश्ते को भी उजागर किया।

उनकी साहित्यिक शैली उनके समकालीनों की तुलना में पुराने ढंग की जान पड़ती है। वह मनोवैज्ञानिक विश्लेषण के उन नए उपकरणों से बिल्कुल अनछुई थी जिन पर अत्यधिक जोर के कारण मनुष्य को इस ढंग से समझने की कोशिश हो रही थी मानो सामाजिक कारकों का उस पर कोई प्रभाव ही नहीं पड़ता हो। हार्डी से अंग्रेजी साहित्य के विकास का एक नया दौर शुरू हुआ।

टॉमस हार्डी का जन्म इंग्लैंड के वेसेक्स इलाके में डार्चेस्टर से करीब दो मील दूर हायर बाकहैम्पटन नाम के गाँव में 2 जून, 1840 को हुआ था। वह टॉमस और जेमिना हार्डी की चार सन्तानों में सबसे बड़े थे। हार्डी के जन्म से छह महीने पहले ही उनके माता-पिता ने शादी की थी। उनके पिता राजमिस्त्री थे जो सेब की शराब भी बनाते थे और स्थानीय पर्व-त्योहारों में वायलिन बजाते थे। संगीत के प्रति लगाव और इंग्लैंड के

देहात के सार्वजनिक तथा सामाजिक जीवन में गहरी दिलचस्पी हार्डी को शायद अपने पिता से विरासत में मिली जो उनकी कृतियों का एक महत्त्वपूर्ण तत्व है। उनकी माँ कम उम्र में ही यतीम हो गई थीं और शादी होने तक बावर्चिन और घरेलू नौकरानी का काम करती रही थीं। हार्डी की माँ को पढ़ाई का शौक अपनी माँ से मिला था और उन्होंने अपने बेटे को भी पुस्तकों से प्रेम करना सिखा दिया। दस वर्ष की उम्र तक वह ड्राइडेन और जानसन की रचनाएँ पढ़ने लगा था। आगे चलकर हार्डी ने अपने उपन्यासों में रूढ़ियों और परम्पराओं से हटकर स्त्री की जो छवियाँ प्रस्तुत कीं उसकी एक बड़ी वजह यह भी थी कि उन्होंने देहात की स्त्रियों की आर्थिक कठिनाइयों और यौन सम्बन्धों के बारे में उनके व्यावहारिक रवैये को बहुत करीब से जाना था। कहा जाता है कि हार्डी के जन्म के समय डाक्टर ने कह दिया था कि बच्चा मरा पैदा हुआ है, मगर दाई की सावधानी से वह बच गया। लेकिन बच्चा बहुत कमजोर और नाजुक था और आठ वर्ष तक वह घर पर ही रहा।

आठ वर्ष की उम्र में टॉमस को हायर बाकहैम्पटन के स्कूल में दाखिल कराया गया लेकिन एक साल बाद उनका नाम डार्चेस्टर ब्रिटिश स्कूल में लिखा दिया गया। वहाँ जाने के लिए टॉमस को रोज कई मील पैदल चलना पड़ता था। दूर-दूर तक पैदल चलना और देहाती जीवन को करीब से देखने का जो शौक उन्हें उस वक्त लगा वह जीवनभर बना रहा। अपने उपन्यासों और कविताओं में ग्राम्य जीवन के जीवन्त दृश्यों की सामग्री उन्हें यहीं से मिली। कई स्कूलों में पढ़ते हुए हार्डी ने अच्छी शिक्षा हासिल की पर वह इस लायक नहीं थी कि वह आगे पढ़ाई के लिए विश्वविद्यालय जा सकें। सोलह साल की उम्र में उनकी औपचारिक शिक्षा पूरी हो गई। अपनी माँ के प्रयास से वह एक स्थानीय आर्किटेक्ट जान हिक्स के अप्रेंटिस बन गए। हिक्स और उसके एक अन्य अप्रेंटिस को क्लासिकी कृतियाँ पढ़ने और उन पर चर्चा करने का शौक था और इस तरह हार्डी को पेशेवर प्रशिक्षण के साथ-साथ अपनेआप को साहित्य तथा अन्य विषयों में शिक्षित करने का भी मौका मिल गया। वह सुबह जल्दी उठ जाते और काम पर जाने से पहले पाँच से आठ बजे तक पढ़ते रहते थे। उन्होंने कविताएँ लिखनी शुरू कर दीं हालाँकि उनकी एक भी काव्य पंक्ति तब तक नहीं छपी जब तक वह करीब साठ साल के नहीं हो गए। लेकिन इसी दौर में उनके कई छोटे-छोटे लेख स्थानीय अखबारों में प्रकाशित हुए। अप्रेंटिसशिप करने के दौरान ही हार्डी ने अपनी पहली साहित्यिक मित्रता कायम की। हिक्स के दफ्तर के ठीक बगल में विलियम बार्न्स नाम का एक पादरी और शिक्षक रहता था। वह स्थानीय डार्सेट बोली का एक स्थापित कवि था। युवा हार्डी ने बार्न्स से साहित्य में स्थानीय सामग्री के इस्तेमाल और कविता की संरचना तथा नाद-सौन्दर्य के बारे में बहुत कुछ सीखा। डार्चेस्टर के एक और पादरी होरेस मूले से भी हार्डी की गहरी दोस्ती हो गई उम्र में हार्डी से आठ वर्ष बड़ा मूले लेखक और अध्ययनशील व्यक्ति था और उसने अपने युवा मित्र को उन वैज्ञानिक खोजों से परिचित कराया जो बाइबिल की तमाम बातों को सन्देह के घेरे में खड़ा करती थीं। दोनों हमेशा करीब रहे लेकिन मूले के शराब

में डूब जाने और 1873 में आत्महत्या कर लेने से हार्डी को गहरा धक्का लगा।

हार्डी की अप्रेंटिसशिप 1860 में पूरी हो गई पर वह दो वर्ष तक हिक्स के साथ ही कर्मचारी के तौर पर काम करते रहे, और फिर लन्दन चले गए। वहाँ उन्हें गिरजाघरों के निर्माण और मरम्मत का काम करनेवाले आर्किटेक्ट आर्थर ब्लोमफील्ड के साथ काम मिल गया। बड़े शहर में आकर उन्हें अपनी कलात्मक रुचियों को भी परिष्कृत करने का मौका मिला। वह अकसर कला दीर्घाओं और आपेरा तथा संगीत समारोहों में जाने लगे। हार्डी ने लिखना जारी रखा। 1863 में उनके एक निबन्ध को रायल इंस्टीट्यूट आफ ब्रिटिश आर्किटेक्ट्स से रजत पदक मिला और 1865 में पहली बार उनकी कोई रचना एक प्रतिष्ठित पत्रिका में छपी। 'मैंने मकान कैसे बनाया' शीर्षक इस व्यंग्य रचना पर हार्डी का नाम नहीं था। इस बीच वह कविताएँ लिखकर सम्पादकों को भेजते रहे और वे उन्हें वापस लौटाते रहे। कई दशक बाद, कुछ तब्दीलियों के साथ, यही कविताएँ हार्डी के संकलनों में प्रकाशित हुईं और सराही गईं।

आखिरकार, हार्डी ने तय किया कि लेखक के तौर पर जीने के लिए जरूरी है कि गद्य लिखा जाए और 1867 में उन्होंने एक उपन्यास पर काम शुरू कर दिया। 'दि पुअर मैन एंड दि लेडी' नाम के इस उपन्यास में सामाजिक विषमताओं पर तीखा व्यंग्य किया गया था। वह इसे तीन प्रकाशकों के पास ले गए पर कोई इसे छापने को तैयार नहीं हुआ। लेकिन एक प्रकाशक के लिए पुस्तकों का चयन करनेवाले प्रसिद्ध उपन्यासकार जार्ज मेरेडिथ ने उन्हें और लिखने के लिए प्रोत्साहित किया। हार्डी ने यह पांडुलिपि नष्ट कर दी पर वह लेखन से हताश नहीं हुए थे। इसी बीच जान हिक्स की 1868 में मृत्यु हो गई और उसके उत्तराधिकारी ने हार्डी से अनुरोध किया कि वह कुछ गिरजाघरों की मरम्मत के काम में उसकी मदद करें। इसी काम के दौरान 1870 में हार्डी की मुलाकात एम्मा गिफर्ड से हुई जो कार्नवाल के चर्च के पादरी की साली थी और वहीं रह रही थी। दोनों शुरू से ही एक-दूसरे के करीब आ गए और जैसे ही हार्डी को लेखक के रूप में थोड़ी सफलता मिलने लगी, तो सितम्बर 1874 में उन्होंने शादी कर ली।

इन चार वर्षों के दौरान हार्डी के चार उपन्यास प्रकाशित हुए। 'डेस्परेट रेमेडीज़' 1871 में छपा लेकिन आलोचकों ने इसे पसन्द नहीं किया। अगले वर्ष आए 'अंडर दि ग्रीनवुड ट्री' में पहली बार हार्डी ने वेसेक्स में बिताई अपनी युवावस्था के दृश्यों, चरित्रों और आम लोगों की जीवनशैली को आधार बनाया। ये दोनों उपन्यास बिना नाम के प्रकाशित हुए थे। 1873 में अपने नाम से छपे 'ए पेअर ऑफ ब्लू आइज़' से हार्डी को आलोचकों की सराहना और पाठकों के बीच थोड़ी लोकप्रियता मिलने लगी।

'ए पेअर आफ ब्लू आइज़' 'टिंस्ले मैगजीन' में ग्यारह किश्तों में छपा था और इसके साथ ही हार्डी ने आर्किटेक्ट का पेशा छोड़ दिया था। इसके पूरा होते ही हार्डी को ज्यादा प्रतिष्ठित 'कार्नहिल मैगजीन' के लिए धारावाहिक उपन्यास लिखने का प्रस्ताव मिला। यह उपन्यास 'फार फ्रॉम दि मैडिंग क्राउड' हार्डी का पहला बड़ा उपन्यास था। इसने पहली बार वेसेक्स से पाठकों को परिचित कराया और अपने किसानी परिवेश और

परिहास, मेलोड्रामा तथा त्रासदी के मेल ने हार्डी को प्रसिद्ध बना दिया। ग्रामीण समुदाय की नजदीकी जानकारी और हार्डी की जीवन्त कल्पनाशक्ति की खुलकर सराहना की गई, हालाँकि 'कार्नहिल' के सम्पादक लेस्ली स्टीफन ने स्त्री-पुरुष सम्बन्धों में मर्यादा का प्रश्न उठाया। उस विक्टोरियन युग में यह प्रश्न हमेशा हार्डी का पीछा करता रहा।

शादी के बाद कुछ वर्षों तक हार्डी और एम्मा कभी लन्दन में रहे तो कभी डार्सेट में। इस दौरान उपन्यासकार के रूप में हार्डी की सफलता मिली-जुली रही। 1876 में प्रकाशित उनका पाँचवाँ उपन्यास 'दि हैंड ऑफ इथेलबर्टा' बुर्जुआ समाज में स्त्रियों को बिकाऊ वस्तु के रूप में देखे जाने, शादी के बाजार और सामाजिक महत्वाकांक्षा पर व्यंग्य था लेकिन इसे ज्यादा पसन्द नहीं किया गया। इसके दो वर्ष बाद आए 'रिटर्न ऑफ दि नेटिव' को आलोचकों और आम पाठकों, दोनों की सराहना मिली। बचपन में हार्डी द्वारा देखे उदास देहाती परिवेश में स्थित यह उपन्यास एक ऐसे असफल विवाह की कहानी कहता है जिसमें पत्नी यूस्टेशिया वाई उस निरुल्लास बंजर इलाके से परे उत्कट भावनात्मक अनुभवों के लिए तड़पती रहती है और अपने इलाके में वापस लौटा उसका पति क्लिम योब्राइट वहाँ के लोगों के नैतिक उत्थान के आदर्शवादी उत्साह में अपनी पत्नी की जरूरतों की ओर देख ही नहीं पाता। हार्डी के अगले उपन्यास थे नेपोलियन के दौर में स्थित 'दि ट्रम्पेट-मेजर' (1880) और दो अन्य कम महत्त्वपूर्ण माने जानेवाले उपन्यास–'ए लाओडिशियन' (1881) तथा 'टू ऑन ए टावर' (1882)। 'ए लाओडिशियन' के लेखन के दौरान हार्डी को लगी गम्भीर बीमारी की वजह से 1883 में हार्डी दम्पति ने डार्चेस्टर में बसने का फैसला किया।

हार्डी का अगला उपन्यास 'दि मेयर ऑफ कास्टरब्रिज' (1886) उनके तीन सर्वश्रेष्ठ उपन्यासों में माना जाता है। एक व्यस्त अनाज-मंडीवाला कस्बा कास्टरब्रिज कामगार से उठकर मेयर बने माइकल हेंचार्ड और जोड़-तोड़ में माहिर डोनाल्ड फारफ्रे के बीच तीखे आर्थिक और निजी संघर्ष का गवाह बनता है। कभी हेंचार्ड का संरक्षित रहा फारफ्रे धीरे-धीरे उसे उसकी हर चीज से वंचित कर देता हैं। दोनों प्रमुख पात्रों की निजी टकराहटों के साथ-साथ हार्डी कस्बाई परिवेश में आर्थिक-राजनीतिक सत्ता के लिए चलनेवाले दाँव-घात, छलनियोजन और अधःपतन का बारीकी से वर्णन करते हैं। अगले वर्ष प्रकाशित 'वुडलैंडर्स' में भी जाइल्स विंटरबोर्न और ग्रेस मेल्बरी के प्रेम की पृष्ठभूमि में सामाजिक-आर्थिक मुद्दे ही केन्द्र में हैं। हार्डी की कहानियों का पहला संकलन 'वेसेक्स टेल्स' 1888 में आया। बाद में उनके तीन और कहानी संग्रह प्रकाशित हुए।

कथा लेखन में हार्डी के आखिरी दौर के उपन्यास 'टेस ऑफ दि डि'अरबरविल्स' (1891) और 'जूड दि ऑब्सक्योर' (1895) आमतौर पर उनकी श्रेष्ठतम कृतियाँ मानी जाती हैं। हालाँकि टेस हार्डी का सबसे काव्यात्मक ढंग का उपन्यास है और जूड सबसे रूखे ढंग से लिखा गया है, पर दोनों में ही मेहनतकश वर्ग के चरित्रों को गहरी सहानुभूति के साथ चित्रित किया गया है। टेस डर्बीफील्ड एक ग्वालन है और जूड फाले राजमिस्त्री।

तकनीकी रूप से भले ही ये उपन्यास उन्नीसवीं सदी के हों, पर अपनी विषयवस्तु

की प्रकृति और 'ट्रीटमेंट' के हिसाब से ये अपने समय से आगे हैं। मालिक के बेटे द्वारा छली गई नायिका के प्रति सहानुभूति और उसकी हिमायत के जरिए 'टेस' में हार्डी समाज के नैतिक बन्धनों पर सवाल उठाते हैं। टेस एक अवैध बच्चे को जन्म देती है, जिस इनसान से वह प्रेम और फिर शादी करती है उसके हाथों ठुकराई जाती है, और अन्ततः उस शख्स की हत्या करने के कारण फाँसी पर चढ़ा दी जाती है जिसने उसे अपनी हवस का शिकार बनाया था। 'जूड दि ऑब्सक्योर' में ज्ञान अर्जित करने की जूड की आकांक्षाएँ जबर्दस्त वर्ग-विभेद पर आधारित शिक्षा व्यवस्था के आगे सिर पटककर रह जाती हैं। एक ओर हार्डी इस व्यवस्था को चुनौती देते हैं, दूसरी ओर जिस ढंग से जूड और सू अपने साथी बदलते हैं, साथ-साथ रहते हैं और विवाह-संस्था की परवाह किए बिना बच्चों को जन्म देते हैं, वह पारम्परिक नैतिकता के खिलाफ एक भारी गुस्ताखी है। इस किताब को पढ़ना जितना पीड़ादायी है, इसे भुला पाना उतना ही असम्भव। इन दोनों ही उपन्यासों पर काफी बावेला मचा। यूरोप और अमेरिका दोनों जगह के समीक्षकों ने लेखक को पतित और इन कृतियों को घृणित करार दिया। एक बिशप ने 'जूड' की अपनी प्रति सार्वजनिक रूप से जला दी। इस पर हार्डी ने टिप्पणी की कि "शायद उसने मुझे न जला पाने का गुस्सा किताब पर उतार दिया।" कई साल बाद 1912 में हार्डी ने लिखा : *"अचानक किसी की समझ में आया कि जूड एक नैतिक रचना है—जो एक कठिन विषय को संयम के साथ उठाती है। जैसे कि लेखक ने भूमिका में पहले ही यह न कह दिया हो कि उसका यही मकसद है। इसके बाद बहुतों ने मुझे दी गालियाँ वापस ले लीं और मामला खत्म हो गया। मानव व्यवहार पर इस कृति का एकमात्र प्रभाव जो मैं देख पाया हूँ, वह खुद पर मुझे हुआ—इसने उपन्यास-लेखन में मेरी रुचि का हमेशा के लिए इलाज कर दिया।"*

ऐसा आमतौर पर माना जाता है कि अपने आखिरी दोनों उपन्यासों पर हुई आक्रामक प्रतिक्रिया से क्षुब्ध होकर हार्डी ने कथा लेखन हमेशा के लिए छोड़ दिया और पूरी तरह अपने "प्रथम प्रेम" कविता को समर्पित हो गए। लेकिन सच्चाई इससे ज्यादा जटिल मालूम पड़ती है। बेशक, उग्र आलोचनाओं और हमलों से वह आहत हुए थे, लेकिन बाजार की रुचियों के अनुसार लिखने से इनकार, और मनुष्य की स्थिति पर गहरा और अकसर विचलित कर देनेवाला चिन्तन अपने उपन्यासों में पिरोने के बावजूद उन्होंने हमेशा ही उपन्यास-लेखन को मूलतः एक पेशा माना था, जो हर पेशे की तरह व्यक्ति को सन्तोष भी देता है और सीमाएँ भी बाँध देता है। सम्पादकों और प्रकाशकों के सुझावों को स्वीकार कर हार्डी को अकसर पांडुलिपि में फेरबदल करना पड़ता था, और अपनी कृतियों को अज्ञानी और सीमित बुद्धिवाले समीक्षकों और पल-पल बदलती उथली रुचियोंवाले पाठक वर्ग के हवाले करना भी उन्हें थका डालता था। उन्नीसवीं सदी के अन्त में ये दोनों ही समूह जीवन की ऐसी किसी भी प्रस्तुति के खिलाफ दिखते थे जो मधुर, भावुकतापूर्ण और कृत्रिम आशावाद से भरी हुई न हो। इसलिए बहुत से लोगों की राय है कि 'जूड' पर हुई उग्र प्रतिक्रिया ने एक ऐसे निर्णय के लिए महज उत्प्रेरक का

काम किया जिसके लिए हार्डी मानसिक और आर्थिक रूप से पहले ही तैयार हो चुके थे।

हार्डी कविता को कथा-साहित्य से हमेशा ऊँचा दर्जा देते थे लेकिन उपन्यासकार के तौर पर उनकी प्रतिष्ठा के कारण उनके काव्य को बहुत धीरे-धीरे स्वीकार्यता मिली। 1898 में प्रकाशित उनके पहले कविता-संकलन 'वेसेक्स पोएम्स' में उनकी पिछले तीन दशक की कविताएँ हैं जिन्हें वह समय-समय पर माँजते रहे थे। हार्डी ने इस संकलन के लिए चित्र भी बनाये। तीन वर्ष बाद आए दूसरे संकलन 'पोएम्स ऑफ दि पास्ट एंड प्रेज़ेण्ट' में पहले संकलन से दोगुनी कविताएँ थीं जिनमें से ज्यादातर नई थीं। 1909 में उनका तीसरा संकलन प्रकाशित हुआ, 'टाइम्स लाफिंगस्टाक्स'।

हार्डी की सम्पूर्ण कविताओं के संग्रह में करीब दो तिहाई सदी के दौरान लिखी लगभग साढ़े नौ सौ कविताएँ हैं। ज्यादातर गीत या गाथा-गीत के फॉर्म में लिखी ये कविताएँ ग्राम्य जीवन और प्रकृति, प्रेम और बिछुड़ने, अलगाव, बदलने वक्त के हाथों होनेवाली तबाहियों, मृत्यु और युद्ध की अमानवीय विडम्बनाओं जैसे विषयों पर हैं। 1903, 1905 और 1908 में हार्डी के विराट काव्यात्मक नाटक 'दि डाइनेस्ट्स' के तीन खण्ड प्रकाशित हुए। ज्यादातर मुक्त छन्द में लिखी इस कृति का उपशीर्षक है "नेपोलियन के साथ युद्ध पर एक महाकाव्यात्मक नाटक"—हालाँकि इसे मंचन के इरादे से नहीं रचा गया था। प्रमुख ऐतिहासिक घटनाओं के वर्णनों के बीच-बीच में गद्य में लिखे प्रसंग आते हैं जिनके पात्र आम सिपाही और साधारण जन हैं। हार्डी तोल्स्तोय से बहुत प्रभावित थे और यह प्रभाव हार्डी के किसी भी उपन्यास से ज्यादा 'दि डायनेस्ट्स' में दिखाई देता है। युद्ध के प्रति नजरिये, युद्ध में आम जन और आम सैनिकों की भूमिका और इतिहास की गति के बारे में हार्डी के विचारों पर तोल्स्तोय के महाकाव्यात्मक उपन्यास 'युद्ध और शान्ति' की प्रभाव-छायाएँ आसानी से पहचानी जा सकती हैं।

जीवन के अन्तिम दो दशकों में हार्डी की कृतियों को लेकर उठे विवाद मन्द पड़ गए और उन्हें अपने समय के सबसे बड़े ब्रिटिश उपन्यासकार के रूप में वह सम्मान मिलने लगा जिसके वह हकदार था। 1910 में उन्हें ऑर्डर ऑफ मेरिट से सम्मानित किया गया, हालाँकि इससे पहले वह 'सर' की उपाधि लेने से इनकार कर चुके थे। कई वर्षों से उनका पारिवारिक जीवन सुखी नहीं था। एम्मा उनसे ऊँची सामाजिक पृष्ठभूमि से आती थीं और बाद के दिनों में वह इस बात का अहसास भी कराने लगी थीं। हार्डी के अनीश्वरवादी विचार भी उनकी रूढ़िवादी धार्मिक संवेदना को तकलीफ पहुँचाते थे। कई अन्य स्त्रियों से हार्डी के गहरे भावनात्मक सम्बन्धों ने उनके रिश्ते में और भी दूरी पैदा कर दी थी। नवम्बर, 1912 में एम्मा की मृत्यु ने हार्डी को भावावेग और गहरे शोक से भर दिया। इस दौर में उन्होंने गहरी भावनात्मकता और पश्चाताप से भरी कई कविताएँ लिखीं जिनमें से कुछ उनकी श्रेष्ठतम कविताएँ मानी जाती हैं। फरवरी, 1914 में, हार्डी ने 35 वर्षीय फ्लोरेंस डग्डेल से शादी कर ली। उम्र में भारी अन्तर और एम्मा के प्रति हार्डी की भावनाओं के कारण फ्लोरेंस के कभी-कभी ईर्ष्यालु हो जाने के बावजूद

उनका सम्बन्ध काफी सुखद था। फ्लोरेंस की देखभाल की बदौलत हार्डी जीवन के अन्तिम दिनों तक सक्रिय रहे। 1917 में उनका पाँचवाँ कविता संकलन 'मोमेंट्स ऑफ विज़न' प्रकाशित हुआ और जीवन के नवें दशक में दो और संकलन 'लेट लिरिक्स एंड अर्लियर' तथा 'ह्यूमन शोज़' आए। उनका आखिरी संकलन 'विंटर वर्ड्स' उनकी मृत्यु के बाद प्रकाशित हुआ। अपने अन्तिम वर्षों का बड़ा हिस्सा उन्होंने फ्लोरेंस के नाम से दो खंडों में अपनी जीवनी लिखने या लिखवाने पर खर्च किया। 11 जनवरी 1928 को अपने समय के महानतम अंग्रेजी उपन्यासकार टॉमस हार्डी का निधन हो गया। उनकी अस्थियों को समारोहपूर्वक वेस्टमिंस्टर एबे में दफनाया गया जबकि उनके दिल को उनके पैतृक गाँव में दफन किया गया।

हार्डी उन्नीसवीं सदी के उपन्यासकार और बीसवीं सदी के कवि थे। उनके कृतित्व को मक्सिम गोर्की बहुत ऊँचा दर्जा देते थे और ब्रिटिश मार्क्सवादी दायरों में उनका काफी सम्मान था। वह अपनी सामाजिक प्रतिबद्धता और जनवादी उसूलों पर दृढ़ निष्ठा के लिए भी अपने समकालीनों की नजर में सम्मान के पात्र थे। 1920 में उन्होंने क्लार्ट घोषणापत्र पर हस्ताक्षर किए और उसकी अन्तरराष्ट्रीय नेतृत्वकारी समिति के प्रमुख अंग थे।

उन्नीसवीं शताब्दी के ज्यादातर उपन्यासों का नायक समाज और राज्य के विरुद्ध जूझता युवा है जिसका अन्ततः मोहभंग होता है या वह कुचल दिया जाता है। स्तांधाल का नायक ऐसा ही है, बाल्जाक बार-बार उसे अपना केन्द्रीय पात्र बनाते हैं, इस दौर के लगभग हर रूसी उपन्यास का प्रमुख चरित्र वही है और इंग्लैंड में डिकेंस, थैकरे और एजिबेथ गैस्केल के नायक-नायिकाओं से लेकर हार्डी के टेस और जूड तक हम उसे देख सकते हैं। यह विद्रोही, आदर्शवादी, संवेदनशील और नाखुश युवा अपने समाज के जीवन में फिट नहीं हो सकता और उसका आलोचक है, लेकिन समाज के घृणित तौर-तरीकों के प्रति खुद अपनी जिम्मेदारी का उसे शायद ही कभी अहसास होता है। वर्तमान ढाँचे की आलोचना करते हुए भी इसके सामाजिक और आर्थिक कारणों की गहरी समझ उसके पास नहीं होती। उसका विद्रोह या तो पूँजीवाद के लौह पिंजरे में उसके जीवन की हताशा से जन्म लेता है या फिर जीवन में मिली असफलताओं ओर उनके कारण होनेवाले अपमान के लिए प्रतिशोध की उत्कट भावना से। इस दौर के साहित्य की मुख्य थीम ऐसा व्यक्ति था जिसे अपना जीवन शिकंजे में कसा लगता था, जो समाज में अपने लिए एक सुविधाजनक जगह तलाशने की कोशिश करता था और चूँकि वह इसमें असफल रहता था इसलिए उसका अन्त दुखद होता था—या तो वह समाज के रंग-ढंग से समझौता कर लेता था, हताश होकर आत्महत्या कर लेता था, या फिर अन्धे विद्रोह के जरिए समाज को मौका दे देता था कि वह उसे खत्म कर दे। यह युवा नायक, प्रायः लेखक की अपनी युवावस्था या एक ऐसे समाज के साथ उसके निजी संघर्ष के किसी दौर की साहित्य में पुनर्रचना होती थी जो उसके मानववाद को और निजी सुख, सम्पत्ति और स्त्री-पुरुष सम्बन्धों पर उसके नजरिये को स्वीकार नहीं कर सकता था।

उन्नीसवीं सदी के उत्तरार्द्ध के पूँजीवादी समाज के जीवन की एकरसता और घटियाई के विरुद्ध अपनी घोर प्रतिक्रिया के कारण इस दौर का उपन्यासकार अपने समय में मानव समाज के कुछ सबसे दिलचस्प और महत्त्वपूर्ण पहलुओं को देख ही नहीं पाया। मजदूर वर्ग के प्रति उसकी उदासीनता स्वाभाविक ही थी। उपन्यासकार का मजदूरों से कोई सम्पर्क नहीं था। उसके लिए वे एक दूसरी दुनिया के लोग थे जिससे उसका साबका नहीं पड़ता था। जब पेरिस कम्यून में मजदूरों ने दुनिया को दिखा दिया कि वे एक नया और बेहतर समाज बनाने की क्षमता रखते हैं, उसके बाद ही लेखकों ने मजदूरों की दुनिया को जानने-समझने की कोशिशें शुरू कीं। लेकिन हार्डी में वह कोशिश नहीं दिखती और उनके उपन्यासों क नायक-नायिकाएँ स्तांधाल, बाल्जाक, डिकेंस, थैकरे, गैस्केल आदि के नायकों की परम्परा की ही आगे की कड़ियाँ हैं—अन्तिम महान कड़ियाँ।

तेजी से विकसित हो रहे शहरों को हार्डी पूँजीवादी सभ्यता की सभी बुराइयों के केन्द्र के रूप में देखते थे और इसके बरक्स देहात के जीवन को एक नैतिक आदर्श के रूप में प्रस्तुत करते थे। इसलिए वह अपने उपन्यासों में ग्राम्य जीवन का सुन्दर वर्णन करते हैं। हार्डी की सबसे बड़ी वैचारिक सीमा यह थी कि वह यह नहीं देख पा रहे थे कि पूँजीवाद का नाश करनेवाली एकमात्र शक्ति—सर्वहारा वर्ग—भी शहरों में ही विकसित हो रहा है।

इसका सबसे प्रतिनिधि उदाहरण है 'कोलाहल से दूर'। उपन्यास के केन्द्र में नायिका बाथशीबा एवरडीन और उसे अपने-अपने ढंग से प्रेम करनेवाले तीन व्यक्तियों—किसान से गड़ेरिया बना गैब्रिएल ओक, धनी किसान बोल्डवुड और उच्छृंखल सार्जेंट ट्राय—की कहानी है, लेकिन इसकी पृष्ठभूमि में हार्डी शहरों के कोलाहल से दूर ग्राम्य जीवन की जो तस्वीर खींचते हैं, वह उनका वास्तविक कथ्य है। अपनी विशिष्ट शैली में वह बीच-बीच में मानवीय व्यवहार, उसकी कमजोरियों, बदलते वक्त और विवाह की संस्था पर टिप्पणियाँ करते चलते हैं। उपन्यास के अन्त में बाथशीबा सामाजिक प्रतिष्ठा में अपने से काफी नीचे गैब्रिएल से विवाह कर लेती है जिसके चरित्र को हार्डी ने उच्च मानवीय गुणों से नवाजा है। बाथशीबा के रूप में हार्डी ने जिस स्वतन्त्र, आवेगपूर्ण और अपनी मर्जी से चलनेवाली स्त्री का चरित्र गढ़ा है, वह भी विक्टोरियन युग की कठोर मर्यादाओं को एक चुनौती थी।

—कात्यायनी
सत्यम

प्राक्कथन

एक नए संस्करण के लिए इस कथा के पुनर्मुद्रण पर मुझे याद आता है कि 'कोलाहल से दूर' के अध्यायों में ही, जैसे-जैसे ये प्रतिमाह एक लोकप्रिय पत्रिका में प्रकाशित होते गए, मैंने पहली बार प्रारम्भिक अंग्रेजी इतिहास के पन्नों से 'वेसेक्स' शब्द को अपनाने की चेष्टा की और इसे उस क्षेत्र के वर्तमान नाम के रूप में कथात्मक महत्व प्रदान किया जो कभी उस विलुप्त राज्य में सम्मिलित था। आंचलिक नाम से जाने गए जिन उपन्यासों की श्रृंखला मैंने प्रस्तुत की, उन्हें अपने दृश्य-विधान में एकता लाने के लिए एक प्रकार की भौगोलिक सीमा की आवश्यकता प्रतीत होती थी। यह देखते हुए कि किसी एक प्रान्त से इस उद्देश्य के लिए पर्याप्त फलक नहीं मिल पा रहा था और गढ़े गए नाम पर आपत्तियाँ थीं, मैंने पुराना नाम ही खोज निकाला। इस नाम का क्षेत्र ज्ञात था लेकिन अस्पष्ट रूप से, और मुझसे अकसर शिक्षित लोग भी पूछते थे कि यह कहाँ है। फिर भी प्रेस और जनता ने पूरी सहृदयता से इस कल्पनापूर्ण योजना का स्वागत किया और रानी विक्टोरिया के शासन काल में रहनेवाली वेसेक्स की आबादी की कल्पना के कालदोष में जानबूझकर मेरा साथ दिया; रेलवे सुविधाओं, पेनी डाक,* घास और फसल काटनेवाली मशीनों, सरकारी अनाथालयों दियासलाई, साक्षर श्रमिकों और सरकारी स्कूल के बच्चों से भरा-पूरा आधुनिक वेसेक्स। लेकिन मैं सोचता हूँ कि मेरा यह कहना सही है कि 1874 में इस कथा में सामान्य प्रान्तों के स्थान पर इस समकालीन वेसेक्स के अस्तित्व की घोषणा होने तक कथा साहित्य और वार्तालाप में इसके बारे में कभी सुना तक नहीं गया था और इस समय से पूर्व "वेसेक्स का किसान" या "वेसेक्स की प्रथा" जैसी अभिव्यक्ति से नोरमंडीवासियों** की विजय की तारीख से बाद के समय का संकेत बिल्कुल नहीं समझा जाता।

मुझे पूर्वाभास नहीं था कि आधुनिक कथा में इस शब्द के प्रयोग का विस्तार इन विशेष अभिलेखों से बाहर होगा। लेकिन जल्द ही इसको अन्यत्र भी अपना लिया गया। सर्वप्रथम इसको अपनानेवाला था अब बन्द हो चुका 'एग्ज़ामिनर' जिसने अपने 15 जुलाई 1876 के संस्करण में अपने एक लेख का शीर्षक दिया 'वेसेक्स के मजदूर'। यह लेख

* पेनी डाक—1840 में शुरू हुई और इससे वजन के आधार पर डाक टिकटों और एक समान दरों की शुरुआत हुई। इससे पूर्व डाक पानेवाले को डाक खर्च देना होता था।—अनु.

** नोरमंडीवासी—उत्तरी फ्रांस में बसे स्कैण्डिनेवियाई लोग।—अनु.

सप्ततन्त्र* के दौरान खेती पर शोध निबन्ध नहीं बल्कि दक्षिण पश्चिमी प्रान्तों के आधुनिक किसान पर था।

तब से जो नाम मैंने कुछ वास्तविक, कुछ काल्पनिक क्षेत्र की सीमाओं और प्राकृतिक दृश्यों के लिए सुरक्षित रखने का विचार किया था, वह एक व्यावहारिक प्रदेश की सीमा के रूप में अधिकाधिक लोकप्रिय हो गया है और यह स्वप्नों का देश धीरे-धीरे व्यावहारिक क्षेत्र के रूप में मूर्त रूप धारण कर चुका है जहाँ लोग जा सकते हैं, जिसमें लोग मकान ले सकते हैं और जहाँ से अखबारों को चिट्ठियाँ लिख सकते हैं। लेकिन मैं सभी अच्छे और आदर्शवादी पाठकों से कहता हूँ कि यह भूल जाएँ और दृढ़ता से ऐसा विश्वास करने से इनकार कर दें कि इन किताबों, जिनके अन्दर उनकी जिन्दगी और बातचीत का ब्योरा दिया गया है, से बाहर भी किसी विक्टोरियाकालीन वेसेक्स के निवासी विद्यमान हैं।

इसके अलावा वेदरबरी नामक गाँव को, जिसमें इस श्रृंखला की वर्तमान कहानी के दृश्यों के अधिकांश भाग का ताना-बाना बुना गया है, बिना सहयोग के शायद ही कोई खोजकर्ता आजकल विद्यमान किसी जगह में खोज पाएगा, यद्यपि, अपेक्षाकृत हाल ही में, उस वक्त जब यह कथा लिखी गई थी, पृष्ठभूमि और पात्रों दोनों से मिलती-जुलती पर्याप्त वास्तविकता को आसानी से खोजा जा सकता था। बड़े सौभाग्य से चर्च और कुछ पुराने घर अब भी बिना मरम्मत के सुरक्षित हैं लेकिन प्राचीन माल्टगृह (मदिरालय) जो गाँव की विशेष पहचान था, इन बीस वर्षों में ढहा दिया गया है; साथ में छप्पर और छोटी खिड़कियोंवाले वे कुटीर भी, जिनमें कभी जीवन का स्पन्दन था। जेम्स प्रथम के काल का नायिका का खूबसूरत घर इस कहानी में अपनी वास्तविक स्थिति से एकाधिक मील दूर उड़कर पहुँचा हुआ मिलेगा, यद्यपि इस अन्तर को छोड़कर इसकी विशेषताओं का वर्णन वैसा ही किया गया है जैसे कि वे अभी भी धूप और चाँदनी के प्रकाश में दिखाई पड़ते हैं। पुराने पुआल के ढेरों के सामने होनेवाला प्रिजनर्स बेस का खेल** जो हाल ही तक लगता था जैसे हमेशा खेला जाता रहेगा, जहाँ तक मेरी जानकारी है, वहाँ के स्कूली बच्चों की नई पीढ़ी को बिल्कुल अनजाना लग सकता है। बाइबिल और कुँजी द्वारा शकुन विचारने की प्रथा,*** वेलेंटाइन को गम्भीर महत्व की चीज मानना, ऊन-कटाई पर भोज, लम्बे ढीले कुर्ते और फसल को घर लाने के उत्सव भी पुराने घरों के साथ-साथ लगभग विलुप्त हो गए हैं और कहते हैं कि इन्हीं के साथ पियक्कड़ी का वह शौक भी खत्म हो गया जिसके लिए एक समय यह गाँव बुरी तरह बदनाम था। इस परिवर्तन का मूल कारण रहा है, हाल ही में

* ब्रिटेन में आंग्लों और सैक्सनों द्वारा स्थापित सात साम्राज्य।–अनु.

** प्रिजनर्स बेस का खेल–हिन्दुस्तानी कबड्डी से बिल्कुल मिलता-जुलता खेल।–अनु.

*** बाइबिल और कुँजी से शकुन विचारने की प्रथा–एक ऐसी प्रथा जिसमें किसी बड़ी कुँजी के एक सिरे पर बाइबिल को धागे से बाँधकर टाँगते थे और माना जाता था कि झूलती हुई बाइबिल की गति से आपके मन के प्रश्न का जवाब मिल जाएगा।–अनु.

कमोबेश प्रवासी मजदूरों की आबादी द्वारा उन स्थायी निवासियों के समूह की जगह हथिया लेना जो स्थानीय परम्पराओं और मिजाज को जीवित रखते थे। इससे स्थानीय इतिहास की निरन्तरता भंग हुई है, जो किंवदन्ती, लोककथा, गहन अन्तर्सामाजिक सम्बन्धों और सनकी वैयक्तिकता के संरक्षण के लिए किसी भी अन्य चीज से ज्यादा घातक है। इनके अस्तित्व की अपरिहार्य शर्त है, पीढ़ी दर पीढ़ी एक विशेष स्थान से लगाव।

—टॉमस हार्डी

1895-1902

अध्याय एक

किसान ओक का विवरण : एक घटना

जब किसान ओक मुस्कुराता था तो उसके मुँह के कोने इतने फैल जाते थे कि कानों से उनकी दूरी बहुत कम रह जाती थी, उसकी आँखें सिकुड़कर दरार भर रह जाती थीं और उनके चारों ओर पंजों जैसी झुर्रियाँ दिखाई पड़ने लगती थीं जो उसके चेहरे पर ऐसे फैलती थीं जैसे उगते हुए सूर्य के अधकचरे चित्र की किरणें।

उसका नाम गैब्रिएल था और काम के दिनों में वह ठोस निर्णय, सहज गति, शालीन कपड़े पहननेवाला और आम तौर पर अच्छे चरित्र का आदमी था। इतवार के दिन वह अनिश्चित विचारोंवाला आदमी होता था, कुछ टाल-मटोल का आदी और अपने सबसे अच्छे कपड़ों और भारी-भरकम छाते में उलझन महसूस करता हुआ : कुल मिलाकर वह एक ऐसा व्यक्ति था जो नियमित रूप से चर्च की प्रार्थनाओं में जानेवाले गाँववालों तथा पियक्कड़ों की मंडली और लाओडीसिया के लोगों जैसी उदासीन आस्था* के बीचवाली विशाल जगह में खुद को नैतिक रूप से रखकर खुश था—अर्थात वह चर्च जाता था लेकिन जब तक सभा प्रार्थना तक पहुँचती थी, वह अकेले में जम्हाई ले रहा होता और जब उसे प्रवचन सुनना चाहिए, वह सोचता कि रात के खाने में क्या होगा। या अगर जनमत के तराजू पर तोलें तो जब दोस्त और आलोचक झल्लाए होते तो उसे कुछ बुरा आदमी माना जाता था; जब वे खुश होते तो वह कुछ अच्छा आदमी होता; जब वे इन दोनों में से किसी भी स्थिति में नहीं होते तो वह ऐसा आदमी होता जिसका नैतिक रंग काले और सफेद के मिश्रण की तरह था।

चूँकि इतवार के दिनों के मुकाबले उसके काम के दिन छह गुना अधिक थे, इसलिए काम के कपड़ों में ओक की छवि विशेष रूप से उसकी अपनी थी—उसके पड़ोसियों के मन में हमेशा ऐसे ही कपड़ों में उसकी छवि बनती थी। वह एक नीची टोपी, जिसका निचला हिस्सा तेज हवाओं से बचाव के लिए सिर पर कसकर जमाने से फैल गया था और डा. जानसन मार्का ढीला-ढाला और पुराना-सा कोट पहनता था, उसके शरीर का निचला हिस्सा साधारण चमड़े के कसे पाजामे में कैद होता। उसके बूट इतने बड़े-बड़े होते थे कि पैरों के हर पंजे को ऐसी खुली और मजबूत कोठरी मिल जाती थी कि इनको पहननेवाला पूरे दिन

* लाओडीसिया के लोगों की तरह उदासीन आस्था—लाओडीसिया के लोगों को ढीली-ढाली आस्था रखने के कारण सन्त जॉन ने फटकार लगाई थी।—अनु.

नदी में खड़ा रह सकता था और उसे नमी का अहसास तक न होता—इनको बनानेवाला ईमानदार आदमी था जिसने बनावट में किसी भी कमी की भरपाई असीमित फैलाव और मजबूती से करने का प्रयत्न किया था।

मिस्टर ओक के साथ कलाई घड़ी के रूप में जो चीज होती थी उसे चाँदी की छोटी-मोटी दीवारघड़ी कह सकते थे। दूसरे शब्दों में, आकृति और इरादे से यह कलाई घड़ी थी और आकार-प्रकार से छोटी दीवारघड़ी। ओक के दादा से भी कई साल पहले के इस यन्त्र की खासियत यह थी कि या तो यह बहुत तेज चलता था या बिल्कुल नहीं चलता था। इसकी छोटी सुई कभी-कभी धुरी पर फिसल जाती थी और इस प्रकार मिनट तो पूरी शुद्धता से बताए जाते थे, पर घंटों के बारे में कोई भी निश्चित नहीं बता सकता था। अपनी घड़ी के ठहर जाने की खासियत का इलाज ओक ठोंक-पीटकर और हिलाकर कर लिया करता था और अन्य दो कमियों के दुष्परिणामों से अपना बचाव वह सूर्य और तारों को लगातार देखकर और उनसे तुलना करके तथा अपने पड़ोसियों की खिड़कियों के शीशे से अपना चेहरा सटाकर भीतर की हरे काँचवाली घड़ियों से घंटे का अन्दाज लगाकर करता था। यह भी बता देना उचित होगा कि ओक की घड़ी रखने की जेब उसके पायजामे के कमरबन्द (जो खुद भी उसकी फतूही के नीचे पर्याप्त ऊँचाई पर होता था) में कुछ ऊँचाई पर होने के कारण दुर्गम थी। इसलिए इस घड़ी को निकालने के लिए अनिवार्य रूप से शरीर को एक तरफ मोड़ना पड़ता था, इस कोशिश में मुँह और चेहरा भिंचकर लाल हो जाते थे, और फिर घड़ी को इसकी चेन से पकड़कर खींचा जाता था, जैसे कुएँ से बाल्टी खींची जा रही हो।

लेकिन कुछ विचारशील लोग, जिन्होंने किसी धूपभरी और अत्यन्त खुशनुमा सुबह उसको उसके किसी खेत से होकर गुजरते हुए देखा था, गैब्रिएल ओक को इन सबके बजाय उसके कुछ अन्य पक्षों के कारण जानते थे। कोई भी देख सकता था कि उसके चेहरे में यौवन के अनेक रंग और रेखाएँ परिपक्व होने तक बची रह गई थीं : उसके भीतर कहीं लड़कपन के भी कुछ अवशेष थे। उसकी लम्बाई-चौड़ाई उसकी उपस्थिति को रोबीला बनाने के लिए पर्याप्त थी, बशर्ते उनका सोच-समझकर प्रदर्शन किया जाता। लेकिन कुछ लोगों की एक आदत होती है, शहरी हों या ग्रामीण—जिसके लिए शरीर और ताकत से ज्यादा मन जिम्मेदार होता है : ऐसे लोग अपने चलने-फिरने का अन्दाज ऐसा बना लेते हैं कि उनका शरीर सिकुड़ा-सा लगता है। ओक ऐसी शालीनता से चलता था जो लगभग स्त्रैण थी और जो उसे मानो लगातार अहसास कराती कि इस दुनिया की जगह पर उसका ज्यादा अधिकार नहीं है। वह नम्रतापूर्वक चलता था, उसमें थोड़ा-सा झुकाव तो महसूस किया जा सकता था लेकिन यह झुके हुए कन्धों से साफ तौर पर अलग होता था। इसको उस आदमी के लिए एक कमी मान सकते हैं जो अपने मूल्यांकन के लिए अपनी क्षमता के बजाय रूप-रंग पर ज्यादा निर्भर हो जो कि ओक नहीं था। अभी-अभी वह जीवन के उस पड़ाव पर पहुँचा था जब 'नौजवान' विशेषण उस पर अब लागू नहीं हो सकता था।

वह पौरुष के विकास के सबसे सुनहले समय में था क्योंकि अब उसकी बौद्धिकता और भावनाएँ स्पष्टतः अलग-अलग हो चुकी थीं : वह उस समय से आगे निकल आया था जब यौवन का प्रभाव बिना किसी भेदभाव के इनको आवेश में घुला-मिला देता है और वह अभी उस अवस्था तक भी नहीं पहुँचा था जब वे पत्नी और परिवार के प्रभाव से पूर्वाग्रह के रूप में फिर से एक हो जाते हैं। संक्षेप में, वह अट्ठाइस का था और कुँवारा था।

जिस खेत में आज की सुबह वह मौजूद था वह नॉरकॉम्ब हिल नामक एक छोटी-सी पहाड़ी की ढलान पर था। इस पहाड़ी के एक ऊँचे स्कन्ध से एमिन्स्टर और चॉक-न्यूटन को जोड़नेवाला मुख्य मार्ग गुजरता था। झाड़ियों के ऊपर से यूँ ही नजर दौड़ाते हुए ओक ने अपने सामने की ढलान पर एक सुसज्जित स्प्रिंगदार गाड़ी आते देखी। वह पीले रंग की थी और चमक-दमक से ध्यान खींचती थी। इसमें दो घोड़े जुते हुए थे और गाड़ीवान चाबुक लटकाए साथ में चल रहा था। यह गाड़ी घरेलू सामान और खिड़की पर रखे जानेवाले गमलों से लदी थी और इन सबके ऊपर एक युवा और आकर्षक स्त्री बैठी थी। गैब्रिएल ने यह दृश्य आधे मिनट से ज्यादा नहीं देखा था कि यह वाहन ठीक उसकी आँखों के सामने आकर ठहर गया।

"गाड़ी का पिछला तख्ता गायब है, मैडम," गाड़ीवान ने कहा।

"तब तो इसका गिरना मैंने सुना है," लड़की ने कोमल लेकिन साफ सुनाई पड़नेवाले स्वर में कहा। "जब हम पहाड़ी पर आ रहे थे तो मैंने एक आवाज सुनी थी जिसका कारण मैं नहीं समझ पाई थी।"

"मैं दौड़कर वापस जाता हूँ।"

"जाओ," उसने जवाब दिया।

समझदार घोड़े पूरी तरह शान्त खड़े रहे और गाड़ीवान के कदमों की आहट धीरे-धीरे दूर होती गई।

लदे हुए सामान के सबसे ऊपर लड़की उलटकर रखी हुई मेजों और कुर्सियों के बीचोबीच एक बलूत के पीढ़े के सहारे बिना हिले-डुले बैठी थी। सामने जिरेनियम, मेहँदी और कैक्टस के गमले सजे थे और पिंजरे में एक कैनरी चिड़िया थी। ये सारी चीजें सम्भवतः अभी-अभी खाली किए गए घर से लाई गई थीं। मूँज की टोकरी में एक बिल्ली भी थी जो टोकरी के थोड़े-से खुले हुए ढक्कन से अधमुँदी आँखों से देख रही थी और अगल-बगल के पक्षियों को प्यार से निहार रही थी।

वह सुन्दरी कुछ समय तक अपनी जगह पर आलसपूर्वक इन्तजार करती रही और उस शान्ति में सिर्फ कैनरी पक्षी की अपने पिंजरे की डंडियों पर इधर-उधर उछल-कूद करने की आवाज सुनाई पड़ती थी। फिर उसने ध्यान से नीचे की ओर देखा। पक्षी को नहीं, बिल्ली को भी नहीं; कागज में बँधे एक लम्बे पैकेट को जो इन दोनों के बीच पड़ा था। उसने मुड़कर देखा कि गाड़ीवान आ रहा है या नहीं। अभी भी वह दिखाई नहीं पड़

रहा था; और उसकी आँखें घूमकर वापस पैकेट पर आ गईं, लगता था कि उसका ध्यान अन्दर की वस्तु पर था। आखिरकार उसने पैकेट को उठाकर अपनी गोद में रखा और कागज का आवरण खोल दिया; एक छोटा-सा गोल आईना निकला जिसमें वह खुद को निहारने लगी। उसके होंठ खुले और वह मुस्कुराई।

यह एक सुहावनी सुबह थी और सूर्य की किरणें उसके गहरे लाल रंग के जैकेट को सिन्दूरी आभा प्रदान कर रही थीं और उसके चमकीले चेहरे और काले बालों में मधुर दीप्ति का रंग भर रही थीं। उसके चारों ओर भरे हुए मेहँदी, जिरेनियम और कैक्टस के पौधे ताजे और हरे-भरे थे और ऐसे पर्णहीन मौसम में घोड़ों, गाड़ी, फर्नीचर और लड़की के पूरे दृश्य में इनसे एक विशेष प्रकार का बसन्तकालीन आकर्षण भर गया था। गौरैया, कस्तूरा पक्षियों और अनदेखे किसान, जो कि इसके अकेले दर्शक थे, के सामने ऐसे प्रदर्शन की बात अचानक उसके मन पर क्यों सवार हुई, क्या ये मुस्कुराहट इस कला में उसकी क्षमता को जाँचने के लिए बनावटी रूप में शुरू हुई—कोई नहीं जानता; पर इसका समापन निश्चित तौर पर वास्तविक मुस्कान में हुआ; वह अपने पर शरमाई, और अपने प्रतिबिम्ब को शर्माते देख, शर्म से और भी लाल हो गई।

ऐसे काम के लिए आम तौर पर निर्धारित जगह और उपयुक्त अवसर, यानी शयनकक्ष में श्रृंगार के समय के बजाय खुले में यात्रा के समय के इस परिवर्तन ने इस मामूली गतिविधि को ऐसी नव्यता प्रदान कर दी जो मूल रूप से इसकी अपनी नहीं थी। तस्वीर बड़ी कोमल-सी थी। औरत की पारम्परिक दुर्बलता सूर्य के प्रकाश में विचरण करने से मौलिकता की ताजगी में ढँक गई थी। ओक ने जब यह दृश्य देखा तो अपनी सहृदयता के बावजूद रूखा निष्कर्ष निकाले बिना नहीं रह सका। उसे देखने की कोई जरूरत नहीं थी। उसने न अपने टोप को सही किया, न अपने बालों को हाथ लगाया और न गाल के किसी गड्ढे को दबाकर बराबर किया। एक भी काम ऐसा नहीं किया जिससे यह संकेत मिलता कि शीशा उठाने के पीछे उसका ऐसा कोई इरादा था। उसने अपने को केवल प्रकृति की एक सुन्दर नारी रचना के रूप में देखा। ऐसा लगता था कि उसके विचार सुदूर उन सम्भावित नाटकों की ओर तैर गए थे जिसमें पुरुष भूमिका निभाएँगे—सम्भावित विजयों के दृश्य—ये मुस्कुराहटें उस अवस्था की थीं जो बताती थीं कि हृदयों की हार-जीत की कल्पना की गई थी। फिर भी, यह केवल अटकलबाजी थी और यह पूरा घटनाक्रम इतनी धीमी गति से प्रस्तुत किया गया था जिससे यह कहना जल्दबाजी लगे कि इसमें इरादे की जरा भी भूमिका थी।

गाड़ीवाले के लौटने के कदमों की आहट सुनाई पड़ी : उसने शीशे को कागज में लपेटा और दोनों को उसी जगह पर दुबारा रख दिया।

जब यह गाड़ी आगे बढ़ गई तो गैब्रिएल उस जगह से हट गया जहाँ से वह देख रहा था और सड़क पर नीचे उतरते हुए इस गाड़ी के पीछे-पीछे पहाड़ी की तलहटी से कुछ दूर चुंगी-फाटक तक आया जहाँ वह गाड़ी अब चुंगी के भुगतान के लिए रुकी थी। अभी इस

फाटक और उसके बीच बीस कदम बाकी ही थे कि उसे कुछ वाद-विवाद सुनाई पड़ा। यह गाड़ीवाले लोगों और चुंगी-फाटकवाले आदमी के बीच दो पेंस के अन्तर को लेकर था।

"मालकिन की भतीजी इस सामान के साथ हैं और वह कहती हैं कि मैंने तुझे बहुत दे दिया, मक्खीचूस; और अब इससे अधिक वह नहीं देंगी।" ये गाड़ीवाले के शब्द थे।

"अच्छी बात है, तो मालकिन की भतीजी नहीं जा सकतीं," फाटक बन्द करते हुए चुंगी-फाटक के रखवाले ने कहा।

ओक ने बारी-बारी से दोनों विवादियों की तरफ देखा और सोच में डूब गया। दो पेंस बहुत ही महत्वहीन था : धन के रूप में तीन पेंस की कुछ कीमत थी—इसको तो एक दिन की मजदूरी के खासे हिस्से का नुकसान माना जा सकता था और यह मोल-तोल का मामला हो सकता था; लेकिन दो पेंस—"ये लो," उसने आगे बढ़कर फाटक के रखवाले के हाथ में दो पेंस देते हुए कहा, "इस युवती को जाने दो।" उसने उसकी ओर देखा, युवती ने उसके शब्द सुने और नीचे देखा।

गैब्रिएल का रूप-रंग अपने पूरे स्वरूप में उस चर्च, जिसमें वह जाता था, की एक खिड़की पर प्रदर्शित सन्त जॉन के सौन्दर्य और जूडस इस्केरिअट की कुरूपता के ठीक बीचोबीच इस कदर मिलता था कि उसके चेहरे की एक भी ऐसी रेखा नहीं चुनी जा सकती थी जिसे उसकी खासियत या बुराई कहा जा सके। लगता है लाल जैकेट और काले बालोंवाली लड़की ने भी ऐसा ही सोचा, क्योंकि उसने लापरवाही से उसके ऊपर निगाह डाली और अपने आदमी से गाड़ी आगे बढ़ाने को कहा। हो सकता है कि किसी सूक्ष्म पैमाने पर उसे गैब्रिएल के प्रति आभार की भावनाएँ महसूस हुई हों, लेकिन उसने इनको व्यक्त नहीं किया : ज्यादा सम्भावना यही है कि उसने ऐसी कोई भावना महसूस ही न की हो क्योंकि उसको आगे जाने का रास्ता दिलाकर ओक ने उसी बिन्दु पर उसे पराजित कर दिया था, और हम जानते ही हैं कि औरतें इस प्रकार के अहसान को किस तरह से लेती हैं।

फाटक के रखवाले ने दूर जाती गाड़ी का मुआयना किया, "खूबसूरत औरत है," उसने ओक से कहा।

"लेकिन इसकी अपनी कमियाँ भी हैं," गैब्रिएल ने कहा।

"सच है, किसान।"

"और उनमें सबसे बड़ी है—वही, जो हमेशा होती है।"

"लोगों से भाव-ताव करना; यही है न!"

"अरे नहीं!"

"तब क्या है?"

इस मनमोहक यात्री की उपेक्षा से शायद थोड़ा खीझे हुए गैब्रिएल ने अपनी निगाह क्षणभर के लिए झाड़ियों के ऊपर उस तरफ दौड़ाई जहाँ उसने युवती का प्रदर्शन देखा था और कहा, "अहंकार!"

अध्याय दो

रात्रि : रेवड़ : आभ्यन्तर चित्र : दूसरा आभ्यन्तर चित्र

यह वर्ष के सबसे छोटे दिन, सन्त टॉमस के दिन* की पूर्वसंध्या पर लगभग आधी रात का समय था। उत्तर दिशा में उस पहाड़ी से, जहाँ पर कुछ दिन पूर्व ओक ने पीली गाड़ी और इसकी स्वामिनी को देखा था, उदासी पैदा करनेवाली हवा बह रही थी।

नारकॉम्ब हिल—जिसका एक हिस्सा नारकॉम्ब भेड़शाला भी थी, और जो एमिंस्टर के छोटे-से कस्बे के उत्तर-पूर्व में स्थित थी—ऐसे स्थानों में से है जो किसी राहगीर को आभास कराते हैं कि वह पृथ्वी पर पाए जानेवाले किसी अविनाशी ढाँचे के बीच खड़ा है। यह खड़िया और मिट्टी की अस्पष्ट आकृतिवाला उभार था—पृथ्वी के उन सुगमता से तैयार हुए उभारों का सामान्य नमूना जो किसी भारी उथल-पुथल के दिन अविचलित रह जाएँगे जबकि इससे बहुत शानदार चोटियाँ और अपनी ऊँचाई से सिर चकरा देनेवाली ग्रेनाइट की खड़ी चट्टानें भरभराकर धराशायी हो जाएँगी।

यह पहाड़ी उत्तरी दिशा में प्राचीन और नष्टप्राय बीच वृक्षों की बगिया से ढँकी थी। बगिया का ऊपरी सिरा शिखर के कुछ नीचे एक रेखा बनाता था जिससे वह पहाड़ी यों दिखती थी मानो लम्बे अयालों के बीच से उसका सिर आसमान की ओर तना हुआ हो। आज रात ये वृक्ष दक्षिणी ढलान को उन तीक्ष्णतम झोंकों से बचा रहे थे, जो पेड़ों को आक्रान्त करते थे और इनके बीच चिड़चिड़ाहट जैसी आवाज करते हुए अटकते थे, या ऊपरी शाखाओं के ऊपर से कमजोर कराह की आवाज सहित बहकर निकल जाते थे। खाई में सूखी पत्तियाँ धीमी हवा में एक ही साथ खदबदाती व उफनती थीं, कभी-कभी हवा के झोंके उनमें से कुछ को चुनकर निशाना बनाते थे और उन्हें फिरकी की तरह नचाते हुए घास पर पहुँचा देते थे। बहुसंख्यक सूखी पत्तियों के बीच एक-दो नए गुच्छे अभी भी अपनी जन्मदात्री टहनियों पर इस मध्य शरदकाल तक शेष रह गए थे और पेड़ों के तने से टकराकर खड़खड़ाते हुए नीचे आते थे।

आधी जंगलयुक्त और आधी सपाट इस पहाड़ी और इसकी चोटी से अस्पष्ट रूप से आच्छादित धुँधले शान्त क्षितिज के बीच अथाह अन्धकार की रहस्यमय चादर फैली थी—जहाँ से आनेवाली ध्वनियों से आभास होता था कि जो कुछ इसमें छिपा है उसकी यहाँ की विशेषताओं से थोड़ी कम समानता है। कमोबेश पूरी पहाड़ी पर फैली विरल घास को अलग-अलग तीव्रता की और लगभग अलग-अलग प्रकार की हवा का स्पर्श मिलता था—कोई पत्तियों को अच्छी तरह रगड़ती थी, कोई उनको भेद डालनेवाली तीव्रता से हिलाती थी, कोई दूसरी उन पर मुलायम झाड़ू की तरह कूँची मारती थी। मानव जाति का नैसर्गिक काम था खड़े होकर सुनना और यह जानना कि कैसे दाहिने और बाएँ के पेड़

*सन्त टॉमस का दिन : 21 दिसम्बर

गिरजाघर के नियमित प्रतिगान की तर्ज पर विलाप करते थे या एक-दूसरे से बातें करते थे; कैसे झाड़ियाँ और अन्य आकृतियाँ हवा की विपरीत दिशा में इस स्वर को पकड़तीं, इसको सर्वाधिक कोमल सुबकी तक लातीं और फिर कैसे तेजी से बहनेवाला झोंका दक्षिण में इस प्रकार खो जाता था कि अब और सुनाई नहीं पड़ता था।

आसमान साफ था—बिल्कुल निरभ्र और समस्त तारों की टिमटिमाहट एक ही शरीर की धड़कन प्रतीत होती थी, एक ही नाड़ी से समयबद्ध। ध्रुवतारा हवा के एकदम विपरीत था, और शाम से सप्तर्षि मंडल बाहर-बाहर से इसके चारों ओर पूर्व दिशा की ओर परिक्रमा करके सबसे ऊपर दक्षिणायन में पहुँच गया था। तारों के रंगों में स्पष्ट भेद का अनुभव यहाँ किया जा सकता था—जिसके बारे में इंग्लैंड में पढ़ा तो अकसर जाता है पर यह दिखता कम ही है। लुब्धक तारे की प्रभुत्वपूर्ण चमक आँखों को तीखी आभा से भेदती थी, कैपेला (ब्रह्महृदय) नामक तारा पीला था, रोहिणी और आर्द्रा आग्नेय लाल होकर चमक रहे थे।

इस तरह की निर्मल अर्द्धरात्रि में किसी पहाड़ी पर अकेले खड़े व्यक्ति को इस दुनिया के पूर्वोन्मुख लहराव का इन्द्रियगोचर-सा अनुभव होता है। हो सकता है यह अनुभूति सांसारिक वस्तुओं के ऊपर से तारों के तैरकर गुजरने के विराट दृश्य से पैदा होती हो, जिसे कुछ मिनटों की नीरवता में अनुभव किया जा सकता है; अथवा उस बेहतर दृश्यावली से जो कि पहाड़ी से सुलभ हो जाती है, अथवा हवा से; अथवा निर्जनता से; लेकिन इसका उद्गम चाहे जहाँ से हो, एक छोर से दूसरे छोर तक साथ-साथ तैरने का अनुभव सजीव और बाँध लेनेवाला होता है। गति के काव्य की बड़ी चर्चा होती है और उस सुख के महाकाव्यात्मक रूप का आनन्द लेने के लिए जरूरी है कि रात के किसी पहर किसी पहाड़ी पर खड़ा हुआ जाए और सभ्य आदमियों के उस समूह से, जो स्वप्नों में खोया और इस समय की सारी गतिविधियों से अनजान है, अलग होने की अनुभूति से भरकर उत्कंठा सहित और शान्तिपूर्वक तारों के बीच राजाओं जैसी अपनी प्रगति को देखा जाए। ऐसे रात्रिकालीन सर्वेक्षण के बाद पृथ्वी पर वापस लौटना और यह यकीन करना मुश्किल हो जाता है कि ऐसी शानदार गति की चेतना क्षुद्र मानवीय ढाँचे से प्राप्त हुई है।

अचानक ही इस जगह पर एक के बाद एक अनपेक्षित ध्वनियाँ सुनाई पड़ने लगीं। उनमें ऐसी प्रांजलता थी जो हवा में कहीं और नहीं थी और एक ऐसा तारतम्य था जो प्रकृति में कहीं और न था। ये किसान ओक की बाँसुरी के स्वर थे। यह स्वर-लहरी हवा में अबाध नहीं प्रवाहित हो रही थी। यह थोड़ी-सी दबाई हुई प्रतीत होती थी और प्रभाव की दृष्टि से इतनी सीमित कर दी गई थी कि इधर-उधर न फैल सके। यह बाग की झाड़ियों के नीचे स्थित एक छोटी-सी अन्धकारपूर्ण वस्तु की दिशा से आ रही थी—एक गड़ेरिए की झोपड़ी से, जिसकी रूपरेखा उस समय ऐसी थी कि किसी अनजाने आदमी को इसकी सार्थकता या उपयोगिता के बारे में सोचने पर अटपटा लगता। कुल मिलाकर यह अरारात की पहाड़ी पर टिकी नूह की नौका का चित्र था। नौका की पारम्परिक रूपरेखा और आम बनावट वैसी ही थी जैसी खिलौनेवाले बनाते रहे हैं और इसलिए

उसकी यह छवि लोगों की कल्पना में एक आरम्भिक, और इसलिए गहरी छाप के रूप में बैठी हुई है। यह झोपड़ी छोटे-छोटे चक्कों पर स्थित थी जिससे इसका तल जमीन से करीब एक फुट ऊपर उठा हुआ था। गड़ेरियों की ऐसी झोपड़ियाँ भेड़ों के ब्याने का समय आने पर खींचकर खेतों में पहुँचा दी जाती हैं जब अकसर रातों को हाजिरी देना गड़ेरिए की मजबूरी होती है।

गैब्रिएल को 'किसान' ओक कहना लोगों ने अभी हाल ही में शुरू किया था। पिछले बारह महीनों के दौरान अपने लगातार उद्यम और दीर्घकालिक धैर्य से वह इस छोटे-से भेड़ों के हाते को, जिसका एक हिस्सा नारकॉम्ब की पहाड़ी थी, पट्टे पर प्राप्त करने और इसमें दो सौ भेड़ों को जुटाने में सफल रहा था। पहले थोड़े समय के लिए वह जमींदार का कारिन्दा रहा था और उससे भी पहले एक मामूली गड़ेरिया जिसने अपने बचपन से लेकर तब तक बड़े मालिकों की भेड़ों की देख-रेख में अपने पिता की सहायता की जब तक कि बुजुर्ग गैब्रिएल चिरनिद्रा में लीन नहीं हो गए।

नौकर के बजाय मालिक के रूप में बिना किसी सहायता के अकेले, उन भेड़ों के साथ जिनकी कीमत भी नहीं अदा की गई थी, पशुपालन की दिशा में किया गया यह प्रयत्न गैब्रिएल ओक के लिए एक नाजुक मोड़ था और वह अपनी स्थिति से अच्छी तरह वाकिफ था। उसकी नई तरक्की की दिशा में पहला कदम यह था कि ब्याने के समय अपनी मादा भेड़ों की देखभाल और युवावस्था से ही भेड़ों के सम्बन्ध में अपनी जानकारी की बदौलत इस मौसम में देखभाल के काम में किसी किराए के नौकर या नौसिखिए को लगाने से वह बुद्धिमानीपूर्वक बचा।

झोपड़ी के कोनों पर हवा का संघात जारी रहा लेकिन बाँसुरीवादन थम गया। झोपड़ी की दिशा में एक आयताकार प्रकाश-पुंज और दरवाजे पर किसान ओक के शरीर का खाका प्रकट हुआ। उसके हाथ में एक लालटेन थी। दरवाजे को अपने पीछे बन्द करके वह आगे आया और मैदान के इस कोने में लगभग बीस मिनट के लिए व्यस्त हो गया। लालटेन का प्रकाश यहाँ-वहाँ प्रकट और गायब होता रहा और कभी तो इसके आगे खड़े होने पर वह प्रकाश में नहा उठता था और कभी पीछे खड़े होने पर वह अँधेरे में खो जाता था।

ओक की चाल ऊर्जावान होते हुए भी धीमी थी और इसकी सोद्देश्यता उसके पेशे के लिए सटीक थी। चुस्त-दुरुस्त होना सुन्दरता का आधार होने के कारण कोई इससे इनकार नहीं कर सकता था कि भेड़ों के झुंड में और उनके आसपास उसकी नियमित गतियों और घुमावों में सुन्दरता के तत्व थे। यद्यपि मौका आ जाए तो वह वैसी ही तेजी से कोई चीज सोच या कर सकता था जैसे वे शहरी लोग जो इसके ज्यादा अभ्यस्त होते हैं, फिर भी नैतिक और मानसिक रूप से उसकी विशेष क्षमता जड़ता थी जिसका आम तौर पर संवेग से बहुत कम या बिल्कुल लेना-देना नहीं था।

तारों के धुँधले प्रकाश में भी यहाँ-वहाँ जमीन के ध्यानपूर्वक निरीक्षण से पता चलता था कि पहली नजर में जिसको जंगली ढलान कहा जाता, उसी के एक हिस्से को इस जाड़े

में किसान ओक ने अपने काम लायक बना लिया था। अलग-अलग छप्पर-युक्त टट्टरों को यहाँ-वहाँ जमीन में अड़ा दिया गया था जिनके बीच और जिनके नीचे उसकी कृशकाय मादा भेड़ों की श्वेत आकृतियाँ दौड़ती तथा सरसराहट सहित चलती थीं। भेड़ों की घंटी की टनटनाहट जो उसकी अनुपस्थिति में शान्त थी, अब दुबारा शुरू हो गई जिसकी ध्वनि में अगल-बगल ऊन की बढ़ती मात्रा के कारण स्पष्टता कम, मधुरता ज्यादा थी। यह तब तक चलता रहा जब तक ओक दुबारा रेवड़ से निकल नहीं आया। वह अपने हाथ में एक नई जन्मी भेड़ को लिये झोपड़ी में लौटा जिसकी पूर्ण-विकसित भेड़ की तरह लम्बी चार टाँगें मामूली-सी दिखनेवाली एक झिल्ली से जुड़ी थीं। फिलहाल इस जानवर की पूरी शारीरिक संरचना का लगभग आधा हिस्सा तो यह झिल्ली ही थी।

इस लघु जीवन-पिंड को उसने पुआल के ऊपर उस छोटी-सी अँगीठी के सामने रखा जहाँ एक कनस्तर में दूध खदबदा रहा था। ओक ने मुँह से फूँक मारकर और बत्ती के जले भाग को चुटकी से मसलकर लालटेन को बुझा दिया, चारपाई पर मोमबत्ती का प्रकाश पड़ता रहा जो मुड़े हुए एक तार से लटकाई गई थी। इस छोटे-से घर के आधे फर्श पर फैला जरा कड़ा-सा एक बिस्तर था जो लापरवाही से नीचे फैलाई हुई अनाज की बोरियों का बना था। यहीं पर पसरते हुए इस नौजवान ने अपना गुलूबन्द ढीला किया और आँखें मूँद लीं। शारीरिक श्रम से अनजान आदमी जब तक यह तय करता कि किस करवट लेटे, किसान ओक सो चुका था।

झोपड़ी का भीतरी हिस्सा आरामदायक और आकर्षक लगता था और मोमबत्ती के अलावा यहाँ जल रही छोटी-सी आग की लाल-लाल किरणें अपनी पहुँच में आनेवाले बर्तनों और औजारों पर अपने सुखद रंग को प्रतिबिम्बित करती हुई उन्हें मोहक बना रही थीं। कोने में गड़ेरिए की छड़ी रखी थी और एक तरफ ताक पर भेड़ों की सर्जरी और इलाज से सम्बन्धित साधारण बनावट की अलग-अलग तरह की बोतलें और कनस्तर रखे थे—जिनमें कई किस्म की मदिरा, तारपीन, तारकोल, मैग्नेशिया, जिंजर-बियर और अरंडी का तेल मुख्य थे। कोने में एक तिकोने ताक पर रोटी, सुअर का नमकीन मांस, पनीर तथा माल्ट की शराब या साइडर (सेब का आसव) के लिए एक प्याली थी जिसे नीचे रखी मदिरा की सुराही से भरा जाता था। खाने-पीने की इस सामग्री के बगल में बाँसुरी पड़ी थी जिस पर अभी-अभी एक परिश्रम भरे घंटे को भुलावा देने के लिए इस अकेले आदमी ने धुन छेड़ी थी। इस घर में पानी के जहाज की खिड़कियों की तरह दो गोल झरोखे थे जिन्हें लकड़ी के सरकनेवाले पल्लों से बन्द किया जाता था।

गर्मी से मेमने में जीवन का संचार हुआ और वह मिमियाने लगा। इस आवाज से गैब्रियल के कानों और मस्तिष्क में वैसी ही चेतना उत्पन्न हुई जैसी कि प्रतीक्षित ध्वनियों से होती है। गहनतम निद्रा से जगकर उतनी ही सहजता से वह चौकन्ना हो गया जिस सहजता से इसकी उलटी प्रक्रिया सम्पन्न हुई थी। उसने अपनी घड़ी पर निगाह डाली, देखा कि घंटेवाली सुई फिर फिसल गई है, अपना हैट पहनकर मेमने को गोद में लिया

और इसे लेकर अँधेरे में चल दिया। इस लघु प्राणी को इसकी जननी के पास रखकर वह खड़ा हुआ और तारों की ऊँचाई से रात के समय का अन्दाज लगाने के लिए ध्यान से आकाश का निरीक्षण करने लगा।

गतिमान प्लाइअडीज की ओर अभिमुख लुब्धक और रोहिणी तारे दक्षिणी आकाश में मध्य्र मार्ग में थे और उनके बीच लटका था अत्यन्त दीप्त चमकीला तारामंडल ओराइअन जो अब दृश्यावली की सीमा पर तैर रहा था। मिथुन और जेमिनोरम अपनी शान्त आभा सहित लगभग पूरी ऊँचाई पर थे, उजाड़ और उदास पेगासस की वर्गाकृति उत्तर-पश्चिम दिशा की ओर रेंगती हुई बढ़ रही थी। दूर कहीं बगीचे के बीच से वीगा तारा पर्णहीन वृक्षों के बीच अटके लैम्प की तरह टिमटिमा रहा था; और काश्यपी नक्षत्रमंडल नजाकत से सबसे ऊपर की शाखाओं पर टिका हुआ था।

"एक बज गए," गैब्रिएल ने कहा।

एक ऐसे आदमी की तरह जिसको बार-बार यह अहसास होता रहता था कि जो जीवन वह जी रहा है, इसमें कुछ आनन्द है, आकाश को एक उपयोगी साधन के रूप में देखने के बाद वह शान्त खड़ा रहा और इसको प्रशंसा के भाव से अत्यन्त सुन्दर कलाकृति के रूप में मान्यता दी। क्षणभर के लिए लगा कि इस दृश्य के सजीव अकेलेपन से या फिर मानवीय दृश्यों और ध्वनियों की सारी सीमाओं से इसके बिल्कुल अलगाव से वह प्रभावित है। मानव आकृतियाँ, अवरोध, परेशानियाँ और खुशियाँ ऐसे थीं जैसे वे हों ही नहीं, और पृथ्वी के अन्धकारमग्न गोलार्द्ध में उसको छोड़कर किसी और चेतन प्राणी का अस्तित्व नहीं प्रतीत होता था। वह कल्पना कर सकता था कि वे सभी धूपवाले हिस्से में पहुँच गए हैं।

इस प्रकार खोए-खोए से ओक ने दूर तक देखते हुए धीरे-धीरे महसूस किया कि पेड़-पौधों के पीछे बाहरी किनारे पर जिस चीज को उसने पहले कोई तारा समझा था, वह वास्तव में ऐसी कोई चीज नहीं थी। यह एक कृत्रिम प्रकाश था, लगभग पास ही में स्थित।

रात में जहाँ किसी का साथ जरूरी होता है वहाँ कुछ लोग अपने को बिल्कुल अकेला पाकर भयाक्रान्त हो जाते हैं, लेकिन कोई रहस्यमय साहचर्य प्राप्त करना साहस के लिए इससे भी ज्यादा चुनौतीपूर्ण स्थिति होती है जब अन्तर्ज्ञान, अनुभूति, स्मृति, सादृश्य, साक्ष्य, सम्भावना, प्रेरणा—तर्कशास्त्री की सूची में मौजूद हर प्रकार का प्रमाण चेतना को यह विश्वास दिलाने के लिए एक हो जाता है कि वह एकदम अकेली है।

किसान ओक पेड़-पौधों की तरफ गया और इनकी नीचे की टहनियों के बीच से रास्ता बनाते हुए हवादार क्षेत्र की ओर बढ़ गया। ढलान के नीचे एक धुँधले ढेर को देख उसे याद आया कि यहाँ एक छप्पर था—इस स्थान पर पहाड़ी की ढलान में कटाव होने के कारण इसके पिछले हिस्से की छत लगभग जमीन से सटी थी। आगे की तरफ से यह पटरों का बना हुआ था जिन्हें बल्लियों से कील ठोंककर लगाया गया था और उन पर मजबूती के लिए तारकोल पोता गया था। छत और किनारे के सुराखों के बीच से निकले प्रकाश की पट्टियाँ और वृत्त बाहर फैले थे जिनकी मिली-जुली चमक ने उसको आकृष्ट

किया। ओक पीछे की ओर बढ़ा जहाँ छत पर झुककर और अपनी आँख एक सुराख पर लगाकर वह अन्दर के हिस्से को अच्छी तरह देख सकता था।

इस जगह पर दो औरतें और दो गाएँ थीं। गायों की बगल में एक बाल्टी में भाप छोड़ती हुई दली हुई भूसी पड़ी थी। औरतों में से एक अधेड़ावस्था को पार कर चुकी थी। उसके साथवाली स्त्री स्पष्टतः युवा और आकर्षक थी। वह उसकी शक्लो-सूरत के बारे में कोई निश्चित राय नहीं कायम कर सका क्योंकि ठीक अपनी आँखों के नीचे होने के कारण वह युवती को वैसे ही विहंगम दृष्टि से देख पाया जैसे मिल्टन के शैतान ने पहली बार स्वर्ग को देखा था। युवती ने कोई टोपी या हैट नहीं पहना था लेकिन अपने को एक बड़ी-सी चादर में लपेट रखा था जिसके एक लटकते हिस्से से लापरवाही से सिर को ढँका गया था।

"हूँ, अब हम घर चलेंगे" दोनों में से बड़ीवाली ने अपनी कमर पर हाथ टिकाकर सारी कार्यवाही को देखते हुए कहा। "मुझे पूरी उम्मीद है कि डेजी फिर स्वस्थ हो जाएगी। मैं जिन्दगी में इससे ज्यादा कभी नहीं डरी हूँ लेकिन अगर वह ठीक हो जाए तो मुझे अपना आराम बीच में छोड़ने में कोई परेशानी नहीं है।"

उस युवती ने, जिसकी पलकें हल्की-सी खामोशी होते ही बन्द होने को तत्पर थीं, अपने होठों को असुविधाजनक सीमा तक फैलाए बिना जम्हाई ली जिस पर गैब्रिएल को भी छूत की तरह यह बीमारी लगी और उसने भी सहानुभूति में थोड़ी-सी जम्हाई ली।

"काश हम इतने धनी होते कि इन चीजों के लिए एक आदमी रख सकते," युवती ने कहा।

"अब चूँकि हम उस स्थिति में नहीं हैं, इन चीजों को हमें खुद ही करना चाहिए," दूसरी ने कहा, "क्योंकि अगर तुम रुक रही हो तो तुम्हें मेरी सहायता करनी चाहिए।"

"अरे—मेरा हैट तो गया" छोटीवाली ने कहा, "मेरा ख्याल है, यह झाड़ियों में गिर गया। वैसे हवा तो काफी धीमी थी।"

सीधी खड़ी हुई गाय डेवनशायर नस्ल की थी जिसकी कसी हुई खाल गाढ़े गेरुए रंग की थी। इसकी आँखों से लेकर पूँछ तक ऐसी समानता थी जैसे इस जानवर को उसी रंग के डाई से नहलाया गया हो। इसकी लम्बी पीठ अत्यन्त समतल थी। दूसरीवाली चित्तीदार थी—भूरी और सफेद। ओक का ध्यान अब इसकी बगल में एक छोटे-से, लगभग एक दिन के बछड़े पर गया जो आँखें फाड़कर दोनों औरतों को देख रहा था। इससे पता चलता था कि अभी इसकी देखने की आदत अधिक समय की नहीं थी और यह अकसर लालटेन की ओर मुड़ता था जिसको यह स्पष्ट रूप से चाँद समझ रहा था। अभी तक विरासत में प्राप्त इसके सहजज्ञान को अनुभव से माँजने का समय नहीं मिला था। नॉरकाम्ब की पहाड़ी पर भेड़ों और गायों के बीच आजकल रोमन प्रसव की देवी ल्यूसीना ने अपना ताम-झाम फैला रखा था।

"मैं सोच रही हूँ कि हम थोड़ी-सी जई का दलिया मँगा लें," बड़ी महिला ने कहा। "भूसी अब और नहीं है।"

"हाँ, चाची। जैसे ही उजाला होगा मैं इसके लिए ट्यूनेल मिल तक घोड़े पर चली जाऊँगी।"

"लेकिन बगल की काठी (जनाना जीन) नहीं है।"

"मैं दूसरीवाली पर सवारी कर सकती हूँ : मुझ पर भरोसा रखो।"

इस बातचीत को सुनकर उसका रूपरंग निहारने की ओक की जिज्ञासा और भी बढ़ गई लेकिन चादर के छत्र जैसे छाए होने से और हवा में लटकी अपनी स्थिति के कारण उसका चित्र बनाने में उसे ब्योरों के लिए अपनी कल्पना का सहारा लेना पड़ा। सीधे-सीधे और साफ तौर पर देखते हुए भी हम जो आँखों से देखते हैं उसमें अपने भीतर की जरूरतों के अनुसार रंग भरकर आकार देते हैं। अगर गैब्रिएल को शुरू से उसकी मुखाकृति स्पष्ट दिखी होती तो इसके बारे में उसका आकलन बहुत सुन्दर या थोड़ा सुन्दर होता क्योंकि उसकी आत्मा को इस क्षण उत्कृष्टता की जरूरत थी और इस समय एक तरह से इसकी पूर्ति हो रही थी। अपने भीतर के गहन होते शून्य को भरने के लिए किसी सन्तोषजनक स्वरूप की कमी को कुछ समय से महसूस करते हुए तथा अपनी स्थिति से कल्पना के लिए लम्बा-चौड़ा फलक पाकर उसने युवती का खाका सौन्दर्य की एक प्रतिमा के रूप में बनाया।

उन अनोखे संयोगों में से एक द्वारा जिनमें प्रकृति, व्यस्त माँ की तरह, अपने बच्चों को हँसाने के लिए अपने अथक परिश्रमों में से एक क्षण निकालती प्रतीत होती है, लड़की ने अपनी चादर गिरा दी और काले बालों की लड़ियाँ लाल जैकेट पर लहरा गईं। ओक ने तुरन्त ही उसको पीली गाड़ी, मेहँदी और आईनेवाली नायिका के रूप में पहचान लिया।

सीधे शब्दों में, उस औरत के रूप में जो उसके दो पेंस की देनदार थी।

उन्होंने बछड़े को दुबारा उसकी माँ के पास पहुँचाया, लालटेन ली और बाहर निकल गईं। लालटेन का प्रकाश पहाड़ी में डूबता तब तक दिखता रहा जब तक यह एक नीहारिका से ज्यादा नहीं रह गया। गैब्रिएल ओक अपने रेवड़ के पास लौट आया।

अध्याय तीन

घुड़सवार लड़की : बातचीत

आलस भरे दिन का उजाला फूटने लगा। इसके खालीपन के दृश्य में भी नई रुचि के तत्व होते हैं और इस बात को छोड़कर कि रातवाली घटना वहाँ घटित हुई थी, बिना किसी विशेष कारण के ओक दुबारा बाग में गया। यहाँ घूमते-फिरते और निगाहें दौड़ाते हुए उसे पहाड़ी की तलहटी में घोड़े की टापों की आवाज सुनाई पड़ी और तुरन्त ही अपनी पीठ पर एक लड़की को बिठाए सुनहरा भूरा टट्टू सामने दिखा जो पशुओं के अहाते से गुजरनेवाले रास्ते पर चढ़ रहा था। यह पिछली रातवाली युवती थी। गैब्रिएल को तुरन्त उस टोपी का

ख्याल आया जिसके हवा में खो जाने की चर्चा उसने की थी : सम्भवतः वह इसी की तलाश करने आई थी। उसने जल्दी से खाई को सरसरी निगाह से देखा और इसके किनारे लगभग दस गज चलकर पत्तियों के बीच टोपी पा गया। गैब्रिएल ने इसे उठा लिया और अपनी झोपड़ी में लौट आया। यहाँ वह आराम से बैठ गया और छेद में से झाँककर सवार की दिशा में देखने लगा।

वह ऊपर आई और इधर-उधर देखने के बाद झाड़ी की दूसरी तरफ देखा। गैब्रिएल आगे बढ़कर खोई हुई वस्तु को सौंपनेवाला था कि एक अप्रत्याशित अदाकारी ने उसे यह कार्य फिलहाल रोक देने के लिए मजबूर कर दिया। रास्ता गायों के अहाते से गुजरने के बाद बाग को दो बराबर हिस्सों में बाँटता था। यह रास्ता घोड़ों के लिए नहीं था—केवल पैदल चलनेवालों का था, और यहाँ सीधी फैली शाखाएँ जमीन से सात फुट से ज्यादा ऊँचाई पर नहीं थीं, जिससे उनके नीचे से घोड़े पर सीधे बैठकर निकलना असम्भव था। लड़की, जिसने घुड़सवारी की पोशाक नहीं पहन रखी थी, ने क्षणभर के लिए इधर-उधर देखा जैसे अपने को भरोसा दिला रही हो कि वह इनसानी निगाहों से दूर है। इसके बाद वह पूरी कुशलता से घोड़े की पीठ पर पीछे की ओर सपाट लेट गई, उसका सिर इसकी पूँछ पर था, उसके पैर इसके कन्धों के सामने और उसकी आँखें आकाश की ओर। जिस तेजी से वह फिसलती हुई-सी इस अवस्था में आई वह किंगफिशर पक्षी जैसी थी—और उसकी गति बाज जैसी बेआवाज थी। गैब्रिएल की आँखें मुश्किल से उसका पीछा कर पाई थीं। लम्बा पतला टट्टू ऐसे कारनामों का अभ्यस्त था और बिना विचलित हुए धीमी चाल से आगे बढ़ता गया। इस प्रकार वह आराम से शाखाओं के नीचे से गुजर गई।

यह अदाकारा टट्टू के सिर से लेकर इसकी पूँछ तक कहीं भी सहज लगती थी और बाग के पार हो जाने के साथ ही इस असामान्य व्यवहार की जरूरत खत्म हो जाने के कारण वह स्पष्टतया पहले से भी ज्यादा आरामदायक दूसरी स्थिति अपनाने लगी। उसके पास जनाना जीन नहीं थी और स्पष्ट था कि नीचे चिकने चमड़े पर बगल की ओर मुँह करके मजबूती से बैठना असम्भव है। झुकाकर छोड़े गए पौधे की तरह एकदम से सीधा होते हुए और स्वयं को तसल्ली देकर कि कोई देख नहीं रहा है, वह काठी की जरूरत के मुताबिक ऐसे बैठ गई जैसे किसी औरत से उम्मीद नहीं की जाती और ट्यूनेल मिल की ओर दुलकी चाल से चल दी।

ओक को यह दिलचस्प लगा—कदाचित वह थोड़ा चकित भी हुआ और हैट को अपनी झोपड़ी में टाँगकर दुबारा अपनी भेड़ों के बीच चला गया। एक घंटे बाद लड़की लौटी, सामने भूसी का एक झोला रखे हुए, अब जनाना जीन के मुताबिक सही ढंग से बैठकर। जानवरों के बाड़े के निकट आने पर उसको दूध की बाल्टी लाता हुआ एक लड़का मिला, जिसने टट्टू की लगाम थाम ली और वह सरककर उतर गई। बाल्टी को इस युवती के पास छोड़कर लड़का घोड़े को लेकर दूर चला गया।

जल्दी ही बाड़े के भीतर से कभी धीमी तो कभी तेज धार की आवाजें आने लगीं,

स्पष्ट था कि कोई गाय को दुह रहा है। गैब्रिएल ने अपने हाथ में खोया हुआ हैट लिया और जिस रास्ते से युवती को पहाड़ी छोड़ते समय गुजरना था, उसी के किनारे प्रतीक्षा करने लगा।

वह एक हाथ में लकड़ी के हत्थेवाली बाल्टी लिए हुए आई जो उसके घुटनों के सामने लटक रही थी। सन्तुलन बनाने के लिए बाँया हाथ उठा हुआ था, जिसका पर्याप्त हिस्सा खुला दिखाई पड़ रहा था जिससे ओक की इच्छा हुई कि यह घटना गर्मी में होती तो पूरा हिस्सा दिखाई पड़ता। इस समय उसकी चालढाल और आचरण स्पष्ट थे जिसके द्वारा वह यह जताती हुई लगती थी कि उसके अस्तित्व की अनिवार्यता पर सवाल नहीं उठाया जा सकता; और थोड़ी चटपटी यह कल्पना आपत्तिजनक नहीं थी क्योंकि देखनेवाले को कुल मिलाकर यह सत्य प्रतीत होती थी। किसी बुद्धिमान के लहजे में विशेष जोर की तरह जिस चीज ने सामान्यता को हास्यास्पद बना दिया होता, वह मानी गई शक्ति में थी। उसने झाड़ियों के पीछे से चाँद की तरह निकलते गैब्रिएल के चेहरे को कुछ चकित भाव से देखा।

उसके सौन्दर्य के बारे में किसान की धुँधली अवधारणा और स्वयं उसके द्वारा इस समय पेश की गई तस्वीर में तुलना करने पर अन्तर तो था लेकिन कमी नहीं थी। इस फैसले की शुरुआत के लिए चुना गया बिन्दु उसकी ऊँचाई थी। वह लम्बी लगती थी, लेकिन बाल्टी छोटी थी और झाड़ी दबी हुई; इसलिए इनके साथ तुलना करने पर गलती की गुंजाइश थी, हो सकता था कि वह औरतों द्वारा चाही गई उपयुक्त लम्बाई से अधिक न हो। उसके सभी जरूरी गुण संयत और नियमित थे। जो लोग सौन्दर्य की तलाश में जनपदों में जाते हैं उन्होंने देखा होगा कि अंग्रेज औरतों में पारम्परिक संरचनावाले चेहरे के साथ उसी तरह का शरीर-गठन मुश्किल से मिलता है, अत्यधिक गढ़े हुए चेहरे आम तौर पर शरीर के शेष भाग के लिए बहुत बड़े होते हैं। एक सुन्दर और सही अनुपात का आठ सिरों का शरीर* आम तौर पर चेहरे की बेतरतीब रेखाओं में गायब हो जाता है। ग्वालिन को किसी अप्सरा की तरह महीन कपड़ा पहनाए बिना यह कहा जाना चाहिए कि आलोचनात्मक दृष्टि यहाँ खुद को अवांछित मान लेती और वह भी उसकी शरीर-रचना से आनन्दित होकर उसे देखती। उसके शरीर के ऊपरी हिस्से की रूपरेखा से लगता था कि उसकी गर्दन और कन्धे जरूर सुन्दर होंगे लेकिन उसकी शैशवावस्था से इनको किसी ने कभी देखा नहीं था। अगर उसको गर्दन-उघाड़ वस्त्र पहनाए जाते तो वह भागकर झाड़ी में अपना सिर छुपा लेती। फिर भी वह किसी भी तरह से शर्मीली लड़की नहीं थी; देखे और अनदेखे के बीच की विभाजक रेखा शहरवालों की तुलना में जरा ऊँची रखना उसका सहज स्वभाव था।

लड़की ने जब देखा कि ओक की आँखें उसके चेहरे और रूप का निरीक्षण कर रही हैं तो उसका ध्यान भी उधर ही चला गया जो कि स्वाभाविक था। प्रदर्शित सजगता यदि थोड़ा और स्पष्ट होती तो अहंकार हो जाता, यदि थोड़ा कम होती तो गरिमा। ग्रामीण अंचलों में पुरुष दृष्टि की किरणें कुमारियों के चेहरे पर गुदगुदी का प्रभाव डालती प्रतीत

* पारम्परिक आदर्श ऊँचाई सिर की लम्बाई का आठ गुना मानी जाती थी।

होती हैं। उसने अपना चेहरा हाथ से ऐसे रगड़ा जैसे कि गैब्रिएल वास्तव में इसकी गुलाबी सतह को गुदगुदा रहा हो, और पहले की चाल-ढाल का उन्मुक्त रोब उसी समय संयत हो गया। फिर भी आदमी ही शर्म से सुर्ख हुआ, औरत तो बिल्कुल नहीं शर्माई।

"मुझे एक हैट मिला था," ओक ने कहा।

"मेरा है," उसने कहा और खुलकर हँसने की इच्छा को दबाकर हल्की मुस्कुराहट के भाव से कहा—"पिछली रात उड़ गया था।"

"कल रात एक बजे।"

"हाँ—यही समय था।" वह चकित थी। "आपको कैसे पता?"

"मैं यहीं था।"

"अरे, आप किसान ओक हैं, है न?

"हाँ, ऐसा ही समझिए। हाल ही में इस जगह पर आया हूँ।"

"बड़ा फार्म है?" उसने अपनी नजर आसपास घुमाते हुए और अपने बालों को झटके से पीछे फेंकते हुए कहा। बाल काली राशि के थे लेकिन सूर्योदय हुए अब एक घंटा गुजर जाने के कारण, सूर्य की किरणें इन्हें अपने रंग में रँग रही थीं।

"नहीं, बड़ा नहीं लगभग एक सौ।" (खेतों के बारे में बात करते समय 'एकड़' शब्द को ओक छोड़ देता था, 'दस का हिरन' जैसी पुरानी अभिव्यक्तियों की तरह)

"आज सुबह मुझे अपने हैट की जरूरत थी," वह कहती रही, "मुझे ट्यूनेल मिल तक घोड़े पर जाना पड़ा।"

"हाँ, आप गई थीं।"

"आप कैसे जानते हैं?"

"मैंने आपको देखा था।"

"कहाँ?" उसने पूछा, आशंका से उसके चेहरे और शरीर की एक-एक मांसपेशी जम गई।

"यहीं—बाग के बीच से गुजरकर पहाड़ी पर नीचे जाते हुए," किसान ओक ने इंगित दिशा में दूर किसी बिन्दु पर देखते हुए इस प्रकार कहा जैसे इस मामले में उसके मस्तिष्क में जानकारी भरी पड़ी हो और फिर बात करनेवाली से आँखें मिलाने के लिए वापस मुड़ा।

एक अनुभूति ने उसको बाध्य किया कि वह अपनी आँखें युवती की आँखों से इतनी शीघ्रता से हटा ले जैसे उसे किसी चोरी में पकड़ा गया हो। पेड़ों के बीच से गुजरते हुए जो अजीबोगरीब कलाबाजियाँ उसने की थीं, उनकी याद ने पहले तो उसकी धड़कन को डंक मार दिया और फिर उसका चेहरा तीखा हो गया। यह उस औरत को लाल होते देखने का समय था, जिसकी लाल होने की आदत नहीं थी। इस सुन्दरी में बिन्दु मात्र भी ऐसा नहीं बचा था जो इस समय गहरे गुलाबी रंग का न हो। ओक की इस नव-परिचिता कुमारी की मुखमुद्रा तुरन्त ही किस्म-किस्म के हल्के से लेकर गाढ़े टस्कनी गुलाबों की लालिमा से गुजर गई; जिस पर ओक ने लिहाज से अपना मुँह दूसरी ओर घुमा लिया।

अभी भी यह शख्स सहानुभूति में दूसरी ओर देख रहा था और सोच रहा था कि

कब वह इतनी तसल्ली पाए कि दुबारा उसका सामना करना ठीक रहे। उसने मन्द हवा में किसी सूखे पत्ते की फड़फड़ाहट जैसी आवाज सुनी और देखा। वह जा चुकी थी।

त्रासदी और कामदी के बीच की चाल-ढाल से गैब्रिएल अपने काम पर लौटा।

पाँच सुबहें और शामें गुजर गईं। युवती नियमित रूप से स्वस्थ गाय को दुहने या बीमार गाय की तीमारदारी के लिए आती थी लेकिन अनजाने में भी ओक की दिशा में अपनी निगाह नहीं फेरती थी। ओक के अन्दर चातुर्य की कमी से उसे काफी कष्ट हुआ था—जिस चीज पर उसका वश नहीं था उसके देखने से नहीं बल्कि युवती को यह जताने से कि उसने उसको यह सब करते देख लिया था। बिना कानून के कोई पाप नहीं है, और बिना आँखों के कहीं भी अशोभनीयता नहीं है; और उसे ऐसा लगता था कि गैब्रिएल के छिपकर देखने ने अनचाहे ही उसे अभद्र और अशिष्ट औरत बना दिया था। यह उसके लिए भारी पछतावे की खुराक थी : यह एक दुखद संयोग था जिसने जीवन में इस दिशा में उसके द्वारा अनुभूत एक गुप्त ऊष्मा को छू लिया था।

यह परिचय धीमे-धीमे विस्मृति में खो जाता अगर उसी हफ्ते के अन्त में एक घटना न हुई होती। एक दिन दोपहर के बाद ठंड बढ़ने लगी और शाम तक पाला पड़ना तेज होता गया जो रस्सियों के दिखाई न पड़नेवाले कसाव की तरह बढ़ता रहा।

यह ऐसा समय था जब झोपड़ियों में सोनेवालों की साँसें चादरों पर जम जाती हैं, जब मोटी-मोटी दीवारोंवाली हवेलियों के ड्राइंगरूम की आग के चारों ओर बैठनेवालों की पीठ ठंडी होती है जबकि उनके चेहरे आग से बिल्कुल चमकते हुए होते हैं। तमाम छोटी चिड़ियों को उस रात नंगी शाखाओं के बीच बिना कुछ खाए सोना पड़ा।

जब दूध दुहने का समय नजदीक आया तो ओक गायों के बाड़े पर रोज की तरह नजर रखने लगा। अन्त में उसे ठंडक महसूस हुई और ब्यानेवाली भेड़ों के चारों ओर अलग से बिछावन बनाकर वह झोपड़ी में घुसा व अँगीठी में और ईंधन लाद दिया। हवा दरवाजे के नीचे से अन्दर आ रही थी जिसको रोकने के लिए ओक ने वहाँ एक बोरी रख दी और खटिया को दक्षिण दिशा में थोड़ा और घुमा लिया। तब हवा उन झरोखों से तेजी से अन्दर आने लगी जो झोपड़ी की हर दीवार पर बने थे।

गैब्रिएल को हमेशा से पता था कि जब आग जली हो और दरवाजा बन्द हो तो इन झरोखों में से एक को जरूर खोलकर रखना चाहिए—और उसे हवा से दूरीवाली दिशा में होना चाहिए। हवा की तरफवाली सरकाऊ पट्टिका को बन्द करते हुए वह दूसरीवाली को खोलने के लिए मुड़ा : दूसरे ही क्षण उसने सोचा कि पहले वह दोनों को एक या दो मिनट बन्द छोड़कर बैठेगा जिससे कि झोपड़ी का तापमान थोड़ा-सा बढ़ जाए। वह बैठ गया।

उसके सिर में असहनीय पीड़ा होने लगी और पिछली रातों में अनियमित विश्राम के कारण खुद को थका हुआ महसूस कर ओक ने उठकर सरकाऊ पट्टिका को खोलने और उसके बाद सो जाने का निश्चय किया। लेकिन वह आवश्यक पूर्व तैयारी किए

बिना ही सो गया।

वह कब तक अचेत रहा, गैब्रिएल को कभी पता नहीं चला। उसकी चेतना लौटने की शुरुआती स्थिति में थी तो उसे महसूस हुआ कि उसके इर्द-गिर्द अनोखी गतिविधियाँ चल रही थीं। उसका कुत्ता गुर्रा रहा था, उसका सिर भयावह रूप से दुख रहा था—कोई उसको खींच रहा था, किसी के हाथ उसके गुलूबन्द को ढीला कर रहे थे।

आँखें खोलने पर उसने देखा कि शाम अजीबोगरीब व अप्रत्याशित तरीके से धुँधलके में तब्दील हो गई थी। अत्यन्त सुहावने होठों और सफेद दाँतोंवाली लड़की उसकी बगल में थी। इससे भी अधिक आश्चर्य की बात यह थी कि उसका सिर लड़की की गोद में था, उसका चेहरा और गर्दन बुरी तरह से गीले थे और लड़की अपनी उँगलियों से उसके कॉलर के बटन खोल रही थी।

"क्या मामला है?" ओक ने बुद्धू की तरह पूछा।

ऐसा लगा कि लड़की को उल्लास की अनुभूति हुई लेकिन यह इतनी कम थी कि अभी इसकी खुशी मनाना ठीक नहीं था।

"अब कुछ नहीं है," उसने जवाब दिया, "क्योंकि आप जीवित हैं। आश्चर्य है कि आपकी इस झोपड़ी में आपका दम नहीं घुटा।"

"अरे—यह झोपड़ी!" गैब्रिएल बुदबुदाया। "इस झोपड़ी के लिए मैंने दस पौंड दिए थे। लेकिन मैं इसको बेच दूँगा और पुराने जमाने के लोगों की तरह छप्परवाली टटिया के नीचे बैठूँगा और पुआल के ढेर में सिमटकर सोऊँगा। उस दिन भी इसने मेरे साथ लगभग यही धोखा किया था।" गैब्रिएल ने अपनी बात पर जोर देने के लिए जमीन पर मुक्का मारा।

"इसमें दोष सिर्फ झोपड़ी का नहीं था," उसने ऐसे लहजे में कहा जिससे लगता था कि वह उन अद्‌भुत औरतों में से है, जो कोई विचार व्यक्त करनेवाला वाक्य शुरू करने से पहले ही विचार खत्म कर देती हैं। "मेरा ख्याल है कि आपको इस बारे में सोचना चाहिए था और पल्लों को बन्द छोड़ने की मूर्खता नहीं करनी चाहिए थी।"

"हाँ—मुझे लगता है मुझे ऐसा ही करना चाहिए था," ओक ने खोए-खोए-से स्वर में कहा। वह इस प्रकार उसके साथ होने—उसकी पोशाक पर अपना सिर होने—की अनुभूति को पकड़ने और इसका आनन्द लेने की कोशिश कर रहा था—इससे पहले कि यह घटना अतीत के गर्त में चली जाए। वह सोच रहा था कि काश यह युवती उसकी मनोदशा को जानती; लेकिन तुरन्त उसने सोचा कि अपनी भावना की सूक्ष्मता को भाषा के पाश में बाँधना किसी अच्छी महक को पाश में बाँधने जैसा है। इसलिए वह चुप रह गया।

युवती ने उसको उठाकर बैठाया और तब ओक अपना चेहरा पोछने और खुद को सैम्सन* की तरह हिलाने लगा। "मैं आपका आभार किन शब्दों में व्यक्त करूँ," अन्त में उसने आभारपूर्वक कहा, उसके चेहरे पर कुछ प्राकृतिक मन्द लालिमा लौट आई थी।

---

* सैम्सन—(बाइबिल में) ताकत के लिए प्रसिद्ध अपनी प्रेमिका डेलिला के धोखे से वह शक्तिहीन हो जाता है, लेकिन अन्ततः उसकी शक्ति उसे वापस मिलती है।

"अरे इसकी कोई बात नहीं।" लड़की ने मुस्कुराते हुए और गैब्रिएल की अगली किसी भी टिप्पणी के लिए अपनी मुस्कुराहट को बनाए रखते हुए कहा।

"आपको मैं मिला कैसे ?"

"जब मैं दूध दुहने के लिए आई तो मैंने आपके कुत्ते को गुर्राते और झोपड़ी के दरवाजे पर पंजा मारते देखा—(कितनी तकदीर की बात है—इस सीजन के लिए डेजी का दूध देना लगभग समाप्त है और इसी या अगले हफ्ते के बाद मैं यहाँ नहीं आऊँगी)। कुत्ते ने मुझे देख लिया और मेरे ऊपर छलाँग मारकर मेरी स्कर्ट पकड़ ली। मैंने आगे बढ़कर झोपड़ी के चारों ओर सबसे पहले यही चीज देखी कि पल्ले बन्द तो नहीं हैं। मेरे चाचा की भी ऐसी ही झोपड़ी है और मैंने उन्हें अपने गड़ेरिए से कहते सुना है कि बिना एक पल्ला खुला छोड़े उसे नहीं सोना चाहिए। मैंने दरवाजा खोला और आप मृतक की तरह पड़े थे। मैंने आपके ऊपर दूध ही फेंक दिया क्योंकि पानी नहीं था—यह भी भूल गई कि यह गरम है और इससे कुछ नहीं होगा।"

"मेरा ख्याल है कि मुझे मर ही जाना चाहिए था," गैब्रिएल ने धीमी आवाज में कहा जिसका इरादा युवती के बजाय खुद को सुनाना था।

"अरे नहीं," लड़की ने जवाब दिया। लगता था कि वह इससे कम दुखद सम्भावना चाहती थी। किसी आदमी को मृत्यु से बचाने में ऐसी बातचीत भी सम्मिलित है जो ऐसे कार्य की गरिमा के अनुकूल हो—और उसने इस विचार को खारिज कर दिया।

"आपने मेरी जिन्दगी बचा ली, मिस—आपकी चाची का नाम तो मुझे पता है, लेकिन आपका नहीं।"

"इतनी जल्दी मैं बताऊँगी भी नहीं—बिल्कुल नहीं। ऐसा कोई कारण भी नहीं है कि मैं बताऊँ क्योंकि भविष्य में आपका मुझसे ज्यादा मतलब तो होगा नहीं।"

"फिर भी मैं जानना चाहूँगा।"

"आप मेरी चाची से पूछ सकते हैं—वह आपको बता देंगी।"

"मेरा नाम गैब्रिएल ओक है।"

"लेकिन मेरा तो नहीं है। लगता है आपको अपना नाम बहुत पसन्द है तभी इतने निश्चयात्मक ढंग से कह रहे हैं गैब्रिएल ओक।"

"देखिए, इसके सिवा और कोई नाम तो मेरा होगा नहीं, और मुझे इसका भरपूर उपयोग करना चाहिए।"

"मैं हमेशा सोचती हूँ कि मेरा नाम अजीब और अरुचिकर लगता है।"

"मेरा सोचना है कि शायद जल्द ही आपको एक नया नाम मिल जाए।"

"बड़ी कृपा है—दूसरे लोगों के बारे में कितने ख्यालात हैं आपके पास, गैब्रिएल ओक।"

"ठीक है, मिस—इन शब्दों के लिए माफ करिएगा—मुझे लगा आप इन्हें पसन्द करेंगी। लेकिन मुझे पता है कि दिल की बात जुबान पर लाने में मैं आपकी बराबरी नहीं कर सकता। अन्दर से इतना समझदार मैं कभी नहीं था। लेकिन मैं आपका शुक्रगुजार

हूँ। लाइए, अपना हाथ मुझे दीजिए !"

वह हिचकिचाई, एक हल्की-फुल्की बातचीत का ओक के द्वारा घिसा-पिटा निष्कर्ष निकाल लेने से कुछ घबरा भी गई। "ठीक है," उसने कहा और अपने होठों को शर्मीली भावहीनता से भींचते हुए अपना हाथ उसके हाथ में दे दिया। उसने इसको क्षणमात्र के लिए थामा और इस भय से कि उसके भाव कहीं अत्यधिक प्रकट न हो जाएँ, उसकी उँगलियों को किसी नम्र-हृदयवाले आदमी की तरह कोमलता से स्पर्श करते हुए, दूसरी दिशा में मुड़ गया।

"मुझे अफसोस है," क्षणभर बाद उसने कहा।

"किसलिए?"

"आपका हाथ इतनी जल्दी छोड़ देने के लिए।"

"चाहें तो आप दुबारा इसे पकड़ सकते हैं, ये रहा।" उसने दुबारा अपना हाथ उसके हाथ में दे दिया।

इस बार ओक इसे और अधिक समय तक थामे रहा, वाकई काफी लम्बे समय तक। "कितना मुलायम है—जाड़े का मौसम होते हुए भी—न बिवाई, न खुरदुरा, न कुछ और!" उसने कहा।

"अब—काफी समय हो गया।" लड़की ने कहा, हालाँकि हाथ उसने खींचा नहीं। "लेकिन मुझे लगता है कि आप इसे चूमने की सोच रहे हैं? आप चाहें तो ऐसा कर लें।"

"मैं ऐसा कुछ नहीं सोच रहा था," गैब्रिएल ने सहजता से कहा, "लेकिन मैं—"

"आप ऐसा नहीं करेंगे!" उसने अपना हाथ पीछे खींच लिया।

गैब्रिएल को एक बार फिर चतुराई की कमी का अपराधबोध हुआ।

"अब तलाशना मेरा नाम," उसने चिढ़ाते हुए कहा और पीछे मुड़कर चल दी।

अध्याय चार

गैब्रिएल का प्रस्ताव : मुलाकात : भूल

औरतों में निहित एकमात्र श्रेष्ठता जिसे पुरुष वर्ग पचा सकता है, प्रायः अचेतन प्रकार की होती है लेकिन ऐसा श्रेष्ठता-भाव जिसमें आत्मबोध हो, कभी-कभी अधीनस्थ व्यक्ति को बन्धन की सम्भावनाएँ दिखाकर सुख देता है।

इस सौभाग्यशाली और आकर्षक लड़की ने जल्दी ही युवा किसान ओक के दिल में घुसपैठ करके जगह बना ली।

प्रेम अधिकाधिक वसूली करनेवाला सूदखोर है। (सांसारिक लोगों की मूल प्रवृत्ति शारीरिक या भौतिक रूप से अत्यधिक लाभ कमाने की होती है। उसी प्रकार शुद्ध भावनाओं

के मूल में भी, हृदयों के आदान-प्रदान द्वारा, मानसिक रूप से अत्यधिक लाभ कमाने की भावना होती है)। रोज सुबह ओक की भावनाएँ अपनी सम्भावनाओं को लेकर इतनी सूक्ष्मग्राही होती थीं जैसे मुद्रा बाजार की गणनाएँ। उसके कुत्ते द्वारा अपने भोजन का इन्तजार करने और ओक द्वारा लड़की का इन्तजार करने में इतनी समानता थी कि इस समानता से किसान बिल्कुल हैरान था और इस बात को अपमानजनक महसूस कर कुत्ते की ओर देखता तक नहीं था। फिर भी वह उसके नियमित आगमन को झाड़ियों के बीच से देखता रहा और इस प्रकार युवती के प्रति उसकी भावनाएँ गहरी होती गईं जबकि दूसरी तरफ युवती पर ऐसा कोई असर नहीं हो रहा था। ओक के पास अभी तक कहने के लिए कुछ भी नहीं था, और ऐसे प्रेमालाप जो शुरू होते ही खत्म हो जाते हैं; भावनाओं से ओत-प्रोत कहानियाँ जो,

> "धूम-धड़ाके से भरी होती हैं
> लेकिन जिनका कोई मतलब नहीं होता,"

सृजित करने में स्वयं को असमर्थ पाकर, उसने चुप्पी साध ली।

जानकारी करने पर उसे पता चला कि लड़की का नाम बाथशीबा एवरडीन है और यह भी कि गाय अगले लगभग सात दिनों के भीतर दूध देना बन्द कर देगी। उसे आठवाँ दिन भयावह लगा।

आखिरकार आठवाँ दिन भी आया। इस वर्ष के लिए गाय ने दूध देना बन्द कर दिया और बाथशीबा एवरडीन अब पहाड़ी पर नहीं आती थी। गैब्रिएल अस्तित्व के ऐसे मुकाम पर पहुँच गया था जिसकी कुछ समय पूर्व वह कल्पना तक नहीं कर सकता था। अब उसे सीटी बजाने के बजाय 'बाथशीबा' कहने में व्यक्तिगत आनन्द की अनुभूति होती थी। उसने अपनी पसन्द बदलकर काले बालों को पसन्द करना शुरू कर दिया हालाँकि बचपन से ही उसे भूरे बाल पसन्द थे, और सामाजिकता की दृष्टि से अपने को लोगों से बिल्कुल अलग-थलग कर लिया। प्रेम वास्तविक कमजोरी में निहित एक सम्भावित शक्ति होती है। विवाह विकर्षण को आधार-स्तम्भ में बदल देता है जिसकी मजबूती, जैसी कि होनी चाहिए, उसी अनुपात में होती है, जिस स्तर की मानसिक दुर्बलता की जगह यह लेती है। ओक को इस दिशा में आशा की किरण दिखी और उसने खुद से कहा, "मैं उसे अपनी पत्नी बनाऊँगा, या कसम से, मेरा जीवन व्यर्थ है।" एक तरफ तो यह सब था दूसरी तरफ उसका दिमाग कोई ऐसा छोटा-मोटा बहाना ढूँढ़ने में लगा था जिसके सहारे वह बाथशीबा की चाची की झोपड़ी पर बिना संकोच किए जा सके।

यह मनचाहा मौका उसको एक मादा भेड़ की मौत पर मिल गया जो एक जीवित मेमने की माँ थी। एक ऐसे दिन, जो था तो गर्मी का लेकिन जिसमें ठंडक थी, जनवरी की एक खुशनुमा सुबह जब नीले आसमान का सिर्फ उतना ही हिस्सा दिखता था जो रसिकों की इच्छा को और बढ़ा देता था, और यदा-कदा दिखनेवाली सूर्य की चाँदी जैसी चमक के बीच, ओक ने एक ठीक-ठाक टोकरी में मेमने को रखा और दबे पाँव खेतों के

बीच से उसकी चाची मिसेज हर्स्ट के घर की ओर चल दिया। उसका कुत्ता जार्ज पीछे-पीछे चलता रहा। कुत्ते के चेहरे के भावों से लग रहा था कि पशुपालन सम्बन्धी मामलों को ऐसा गम्भीर मोड़ लेते देखकर वह चिन्तित था।

गैब्रिएल चिमनी से उठते धुएँ के गोलों को अद्भुत ध्यान से देखता रहा था। शाम को कल्पना से वह चिमनी के नीचे इसकी उत्पत्ति के स्थान तक पहुँच जाता था—चूल्हे की बगल में बाथशीबा को देखता था—उसके उन कपड़ों में जो वह घर से बाहर पहनती थी क्योंकि जो कपड़े उसने पहाड़ी पर पहने थे, उनको भी ओक ने उसके व्यक्तित्व का हिस्सा मानकर अपने प्रेम की परिधि में समेट लिया था। अभी उसके प्रेम के इस शुरुआती दौर में वे भी बाथशीबा एवरडीन नाम के मधुर मिश्रण का अनिवार्य हिस्सा थे।

उसने—अत्यन्त उम्दा और लापरवाहीभरी साज-सज्जा के बीच—बाजार के दिन पहननेवाले बढ़िया कपड़ों और हल्के-फुल्के इतवारी कपड़ों के बीच—सन्तुलित ढंग का शृंगार किया। उसने अपनी चाँदी की चेनवाली घड़ी को चमकाकर सफेद किया, अपने बूटों में नए फीते डाले, इनके पीतल के महीन सुराखों की पड़ताल की, टहलने की छड़ी के लिए बाग के सबसे भीतरी हिस्से में घुस गया और वापसी में इस टहनी की अच्छी तरह छँटाई की, अपने कपड़ोंवाले बक्से में से नीचे से एक रूमाल निकाला, हल्कीवाली वास्कट पहनी जिस पर जगह-जगह एक ऐसे सुन्दर फूल की टहनियाँ चित्रित थीं जिसमें गुलाब और लिली का सौन्दर्य एक साथ था लेकिन कमियाँ एक की भी नहीं थीं, और आम तौर पर अपने सूखे, रेतीले, अत्यन्त उलझे रहनेवाले बालों में, जितने भी बालों के तेल उसके पास थे, सबका प्रयोग कर लिया जिससे उसके बाल चिड़िया की सफेद बीट और रोमन सीमेंट के बीच के एक अद्भुत नए गाढ़े रंग में रँगकर सिर से इस तरह चिपक गए जैसे जायफल के चारों ओर जावित्री या भाटा के बाद किसी शिलाखंड के चारों ओर समुद्री शैवाल।

शाम को गौरैयों के एक समूह की चहचहाहट को छोड़कर झोपड़ी की शान्ति किसी और चीज से भंग नहीं होती थी। कल्पना की जा सकती है कि स्कैण्डल और अफवाह छत के नीचे रहनेवालों की तुलना में छत के ऊपर रहनेवाले इन छोटे समूहों के लिए कम महत्त्वपूर्ण विषय नहीं हैं। ऐसा लगता था कि ओक के प्रेम निवेदन की बदकिस्मत शुरुआत के लिए शकुन अच्छा नहीं था क्योंकि जैसे ही वह बाग के प्रवेश-द्वार पर पहुँचा, उसे अपने कुत्ते जार्ज को देखकर भयानक रूप से शरीर को मरोड़ती और ऐंठती एक बिल्ली भीतर दिखाई पड़ी। कुत्ते ने बिल्कुल ध्यान नहीं दिया क्योंकि वह जिस अवस्था में पहुँच गया था उसमें बेवजह भौंकने को साँसों की बर्बादी समझकर वैराग्यभाव से बचाया जाता था—वास्तव में वह भेड़ों पर भी नहीं भौंकता था सिवाय उस समय के जब उन्हें सहेजना हो। तब यह कार्य बिल्कुल उदासीन भाव से बाइबिल में लिखित दंड-विधान के पाठ की तरह किया जाता था जो था तो अरुचिकर लेकिन जिसे भेड़ों के समूह को उनके अपने हित में डराने के लिए कभी-कभी करना पड़ता था।

लारेल पौधे की झाड़ियों के पीछे से, जिनमें बिल्ली भागकर गई थी, एक आवाज आई :

"हाय बेचारी! क्या कोई गन्दा निर्दयी कुत्ता इसकी जान लेना चाहता है! ऐसा किया उसने? हाय-हाय बेचारी!"

"क्षमा करें," ओक ने उस आवाज से कहा, "लेकिन जार्ज मेरे पीछे-पीछे बड़ी शान्ति से आ रहा था।"

इससे पहले कि वह अपनी बात खत्म करे, ओक को शंका हुई कि उसका जवाब कौन सुन रहा है। कोई सामने नहीं आया और उसने उस शख्स को झाड़ियों के बीच पीछे जाते सुना।

गैब्रिएल इतनी गहराई से विचारमग्न हो गया कि चिन्तन के दबाव से उसके माथे पर छोटी-छोटी झुर्रियाँ दिखने लगीं। जब किसी भेंट का परिणाम खराब आने की भी उतनी ही सम्भावना हो जितनी कि अच्छा आने की, तो शुरुआत में थोड़ा-सा भी अन्तर हो जाने पर विफलता की तीखी अनुभूति होती है। ओक थोड़ा संकोच से दरवाजे तक गया : मन ही मन उसने जो पूर्वाभ्यास कर रखा था उसमें और यथार्थ में कहीं कोई समानता नहीं थी।

बाथशीबा की चाची भीतर थीं। "कृपया कुमारी एवरडीन को बता दें कि कोई उनसे मिलना चाहता है।" (बिना किसी नाम के स्वयं को मात्र 'कोई' बताने को ग्रामीण समाज की अशिक्षा नहीं समझना चाहिए, इसका मूल कारण है उच्च स्तर की विनयशीलता जिसका अन्दाज कार्डों और नामों की घोषणाओं के साथ ही कहीं जानेवाले शहरी लोगों को बिल्कुल नहीं होता।)

बाथशीबा बाहर थी। स्पष्ट था कि झाड़ियों के पीछेवाली आवाज उसी की थी।

"अन्दर आ जाइए, मिस्टर ओक।"

"शुक्रिया," गैब्रिएल ने उनके पीछे-पीछे अँगीठी की ओर बढ़ते हुए कहा। "मैं कुमारी एवरडीन के लिए एक मेमना लाया हूँ। मुझे लगा कि वह मेमना पालना चाहेंगी : लड़कियाँ चाहती हैं।"

"हो सकता है कि वह चाहे," मिसेज हर्स्ट ने विचारपूर्वक कहा, "हालाँकि वह यहाँ कुछ ही समय के लिए आई है। आप एक मिनट इन्तजार करें, बाथशीबा आती ही होगी।"

"ठीक है, मैं इन्तजार कर लूँगा।" गैब्रिएल ने बैठते हुए कहा। "दरअसल मेरे आने का मकसद मेमना नहीं है, मिसेज हर्स्ट। बात ये है कि मैं उनसे पूछना चाहता था कि क्या उनका शादी करने का इरादा है।"

"और क्या आपका इरादा है?"

"हाँ। क्योंकि अगर वह चाहेंगी तो मुझे उनसे शादी करके बहुत खुशी होगी। क्या आपको पता है कि कोई और आदमी तो उनके चक्कर में नहीं है?"

"मुझे सोचने दो," मिसेज हर्स्ट ने आग को बेवजह कुरेदते हुए कहा..."हाँ, तुम्हारा भला हो, हमेशा ही बहुत-से नौजवान होते हैं। आप तो जानते ही हैं, किसान ओक, कि

वह देखने में इतनी अच्छी होने के साथ-साथ बहुत पढ़ी-लिखी भी है। आपको पता है कि एक बार तो वह मास्टरनी होने जा रही थी, बस उसका गुस्सैल स्वभाव आड़े आ गया। ऐसा नहीं कि उसके लिए नौजवान कभी यहाँ आते हैं—लेकिन ईसा की कसम, एक औरत के रूप में उसे चाहनेवाले दर्जनभर नौजवान होंगे!"

"दुर्भाग्य की बात है," किसान ओक ने पत्थर के फर्श में एक दरार पर दृष्टि गड़ाते हुए कहा। "मैं औसत दर्जे का आदमी हूँ, और पहले आने में ही मेरी सम्भावना थी। ...ठीक है, अब मेरे इन्तजार करने का कोई फायदा नहीं है क्योंकि मैं इसी के लिए आया था। इसलिए अब मैं चलता हूँ, मिसेज हर्स्ट।"

गैब्रिएल लगभग दो सौ गज आगे बढ़ गया था तो उसे अपने पीछे से ऊँची आवाज में पुकारे जाने की आवाज सुनाई पड़ी। उसने मुड़कर देखा और उसे अपने पीछे सफेद रूमाल हिलाती दौड़ती हुई एक लड़की दिखी।

ओक चुपचाप खड़ा रहा और दौड़नेवाली लड़की नजदीक आ गई। यह बाथशीबा एवरडीन थी। गैब्रिएल का रंग गहरा हो गया : लड़की का पहले से ही था, लेकिन जैसा कि लग रहा था, भावना से नहीं बल्कि दौड़ने से।

"किसान ओक—मैं—" उसने चेहरा घुमाकर उसके सामने ठहरते हुए और अपना हाथ अपनी बगल में रखते हुए, साँस फूल जाने के कारण रुक-रुककर कहा।

"अभी-अभी मैं आपसे मिलने आया था," गैब्रिएल ने उसकी आगे की बात सुनने से पहले कहा।

"हाँ—मुझे पता है," उसने रॉबिन पक्षी की तरह हाँफते हुए कहा, थकान से उसका चेहरा इस तरह लाल और तर था जैसे ओस सूखने से पूर्व पियोनिया के फूल की पंखुड़ी। "मुझे नहीं पता था कि आप मेरा हाथ माँगने आए हैं, नहीं तो तुरन्त बगीचे से बाहर आ गई होती। मैं यह कहने के लिए आपके पीछे भागकर आई हूँ—कि मेरी चाची ने आपको मुझसे प्रेम-निवेदन करने से रोककर व लौटाकर गलती की—"

गैब्रिएल फूलकर कुप्पा हो गया। "प्रिये, आपको इतना तेज दौड़ाने का दुख है मुझे," उसने आगामी सौभाग्य पर विचार करके कृतज्ञ भाव से कहा। "ठहरकर थोड़ी देर साँस ले लीजिए।"

"यह बिल्कुल गलत था—चाची का आपसे यह बताना कि मेरा पहले ही किसी नौजवान से चक्कर है," बाथशीबा कहती रही, "मेरा कोई प्रेमी नहीं है—और न कभी था—और मैंने सोचा कि आपको यह बताकर कि मेरे अनेक प्रेमी हैं, लौटाना अच्छा नहीं है।"

"वास्तव में यह सुनकर मुझे सच्ची खुशी हुई है।" किसान ओक ने अपनी चिरपरिचित लम्बी मुस्कान सहित खुशी से लाल होते हुए कहा। उसने उसका हाथ अपने हाथ में लेने के लिए हाथ आगे बढ़ाया। लड़की के हाथ अभी भी तेजी से धड़कती उसकी छाती पर थे। ओक ने उसका हाथ पकड़ लिया। लड़की ने अपना हाथ पीछे कर लिया जिससे यह उसकी उँगलियों से ईल मछली की तरह निकल गया।

"मेरे पास एक अच्छा-सा छोटा फार्म है," यह कहते हुए गैब्रिएल का आत्मविश्वास हाथ पकड़ते समय की तुलना में आधा रह गया था।

"हाँ, है।"

"एक आदमी ने शुरुआत करने के लिए मुझे कर्ज दिया है, लेकिन जल्दी ही यह कर्ज उतर जाएगा और हालाँकि मैं मामूली आदमी ही हूँ, लड़कपन से अब तक थोड़ा-बहुत आगे भी बढ़ा हूँ।" गैब्रिएल ने "थोड़ा-बहुत" इस लहजे में उसको यह जताने के लिए कहा कि यह "बहुत ज्यादा" का सन्तुष्ट रूप था। वह कहता रहा, "जब हम शादीशुदा होंगे तो मुझे पक्का भरोसा है कि मैं अभी की तुलना में उस समय दुगुनी मेहनत कर सकूँगा।"

वह आगे बढ़ा और दुबारा अपनी बाँह पसार दी। बाथशीबा ऐसी जगह पर दौड़कर उसके पास पहुँची थी जिसकी बगल में इस समय लाल बेरियों से लदी एक नीची, अविकसित और कँटीले पत्तोंवाली झाड़ी थी। लड़की को उसके आगे बढ़ने के अन्दाज में अपने आलिंगन की तो नहीं लेकिन घेरे जाने के खतरे की सम्भावना दिखी और झाड़ी का चक्कर लगाकर वह खुद को बचा गई।

"क्यों किसान ओक," उसने उसकी ओर आँखें गोल करके देखते हुए कहा, "मैंने ये तो नहीं कहा कि मैं आपसे शादी करने जा रही हूँ।"

"वाह—अच्छी कहानी है!" ओक ने हताश होकर कहा। "किसी के पीछे इस तरह भागना और फिर कह देना कि आप उसे नहीं चाहते।"

"मैं आपसे केवल यह बताना चाहती थी," उसने व्यग्रतापूर्वक और उस हास्यास्पद स्थिति के किंचित बोध सहित कहा जो उसने अपने लिए पैदा कर ली थी : "कि अभी तक मैं किसी की प्रेमिका नहीं बनी हूँ, मेरी चाची के कहने के हिसाब से दर्जन की तो बात ही छोड़िए : इस तरह आदमियों की सम्पत्ति माने जाने से मुझे नफरत है—हालाँकि सम्भावना यही है मेरे ऊपर भी किसी दिन किसी का अधिकार हो ही जाएगा। क्यों, यदि मैंने आपको चाहा होता तो इस तरह आपके पीछे मुझे नहीं दौड़ना चाहिए था। तब यह बहुत दूर की बात होती। लेकिन आपको दी गई एक गलत सूचना को दौड़कर सही करने में कोई हर्ज नहीं था।"

"अरे नहीं—कोई हर्ज नहीं है।"

लेकिन भावावेश में कोई फैसला लेने पर कई बार आदमी बहुत उदार हो जाता है और ओक ने सारी परिस्थितियों को थोड़ा और समझने के भाव से आगे कहा—"लेकिन मैं पक्का नहीं कह सकता कि इसमें कोई हर्ज नहीं था।"

"दरअसल, चलने से पहले मेरे पास इतना वक्त ही नहीं था कि तय कर सकूँ कि आपसे शादी करनी है या नहीं, क्योंकि तब तक आप पहाड़ी पर पहुँच चुके थे।"

"मान जाओ न," गैब्रिएल ने दुबारा उत्साहित होकर कहा; "एक-दो मिनट सोच लो। मैं थोड़ा इन्तजार कर लूँगा, मिस एवरडीन। क्या आप मुझसे शादी करेंगी? कर लो न बाथशीबा। मैं आपसे बेपनाह मुहब्बत करता हूँ!"

"सोचूँगी," उसने कुछ उदासीनता से कहा : "लेकिन जब मैं घर से बाहर सोचती हूँ तो ठीक ढंग से नहीं सोच पाती।"

"लेकिन आप एक अन्दाज तो दे सकती हैं।"

"तो फिर मुझे समय दीजिए।" बाथशीबा ने गैब्रिएल के खड़े होने की जगह से परे दूर कहीं विचारपूर्वक देखा।

"मैं आपको खुश रखूँगा," वह झाड़ी के उस पार उसकी पीठ से मुखातिब था। "साल-दो साल में आपको पियानो मिल जाएगा—आजकल किसानों की बीवियों को भी पियानो मयस्सर हो जाता है, और मैं बाँसुरी का ढंग से अभ्यास कर लूँगा जिससे शाम को आपके साथ बजा सकूँ।"

"हाँ, ये तो मुझे पसन्द है।"

"और बाजार जाने के लिए एक छोटी-सी दस पौंड की टमटम—और अच्छे-अच्छे फूल तथा चिड़ियाँ—मेरा मतलब है मुर्गे और मुर्गियाँ, होंगी क्योंकि ये लाभदायक होते हैं," गैब्रिएल ने कविता और व्यावहारिकता में सन्तुलन बनाते हुए कहना जारी रखा।

"मुझे ये सब बहुत पसन्द आएगा।"

"और सभ्य दम्पतियों की तरह ककड़ियाँ रखने की डलिया।"

"हाँ।"

"और जब शादी हो जाएगी, तो हम यह खबर अखबार के शादियोंवाले कॉलम में दे देंगे।"

"ये सब मुझे वाकई अच्छा लगेगा।"

"और पैदा होनेवाले नन्हे-मुन्ने—सभी! और घर में अँगीठी के किनारे जब भी तुम देखोगी सिर्फ मैं होऊँगा—और जब भी मैं देखूँगा सिर्फ तुम होगी।"

"ठहर जाओ, ऐसी बात न बोलो जो अशोभनीय हो!"

उसका मुँह लटक गया और थोड़ी देर के लिए वह चुप हो गई। ओक ने अपने और उसके बीच फैली लाल बेरियों को इस हद तक बार-बार देखा कि उसके बाद जीवनभर उसे इन बेरियोंवाली झाड़ी देखकर लगता था कि ये शादी के प्रस्ताव के संकेत चिह्न हैं। बाथशीबा दृढ़तापूर्वक उसकी तरफ मुड़ी।

"नहीं, कोई फायदा नहीं है," उसने कहा। "मैं तुमसे शादी नहीं करना चाहती।"

"कोशिश करो!"

"मैंने सोच-विचार करते हुए पूरे समय कोशिश करके देख लिया; क्योंकि शादी तो एक तरह से बहुत अच्छी चीज होगी। लोग मेरे बारे में बातें करेंगे, और सोचेंगे कि मैंने अपनी मंजिल पा ली, और मैं विजयी महसूस करूँगी, और इसी तरह का सबकुछ लेकिन पति—"

"हाँ!"

"वह हमेशा पास में क्यों होगा, जैसा कि तुम कहते हो : जब भी मैं देखूँगी सिर्फ वह होगा।"

"बेशक वह होगा—मेरा मतलब है मैं।"

"देखिए, मुझे दुल्हन बनने में कोई परेशानी नहीं है अगर मैं बिना पति के दुल्हन बन सकूँ। लेकिन चूँकि उस तरह से कोई औरत स्वयं को प्रदर्शित नहीं कर सकती, मैं शादी नहीं करूँगी—कम से कम अभी तो नहीं।"

"अजीब बेतुकी बात है।"

अपने कथन की इस आलोचना पर बाथशीबा ने उससे थोड़ा परे हटकर अपनी गरिमा में इजाफा किया।

"अपनी कसम, मैं नहीं जानता कि कोई कुमारी इससे बड़ी मूर्खतापूर्ण बात और क्या कह सकती है," ओक ने कहा। "लेकिन प्रिय" उसने समझानेवाले स्वर में कहा, "ऐसा मत करो!" ओक ने वाकई गहरी साँस ली जो चीड़ के पौधों की सरसराहट की तरह वातावरण को अशान्त करनेवाली थी। "तुम मुझे क्यों नहीं अपनाओगी?" उसने कँटीली पत्तियों के किनारे से सरककर उसकी ओर बढ़ते हुए याचना की।

"मैं नहीं कर सकती," उसने पीछे हटते हुए कहा।

"लेकिन क्यों?" आखिरकार वह लड़की के पास पहुँच पाने से हताश हो गया और झाड़ी के सामने शान्तिपूर्वक खड़े होकर जिद की।

"क्योंकि मैं तुमसे प्रेम नहीं करती।"

"ठीक है, लेकिन—"

लड़की ने उबासी लेते हुए इतना थोड़ा-सा मुँह खोला कि यह बिल्कुल असभ्यता न लगे। "मैं तुमसे प्रेम नहीं करती," उसने कहा।

"लेकिन मैं तो तुम्हें प्यार करता हूँ—और जहाँ तक मेरी बात है, मैं इतने से ही सन्तुष्ट हो जाऊँगा कि तुम मुझे पसन्द करो।"

"वाह मिस्टर ओक—यह भी खूब रही! तुम मुझसे नफरत करने लगोगे।"

"कभी नहीं," मिस्टर ओक ने इतने उत्साह से कहा कि लग रहा था अपने शब्दों के प्रभाव से वह झाड़ियों के बीच से होते हुए उसकी बाँहों में आ रहा है। "इस जिन्दगी में मैं एक काम—सिर्फ एक काम करूँगा और वह है, तुम्हें प्रेम करना, तुम्हें चाहना, और मरते दम तक तुम्हें चाहते रहना।" इस समय उसकी आवाज में सच्ची करुणा थी, और उसके बड़े-बड़े भूरे हाथ काँपते-से दिखे।

"जब तुम्हारी भावना इतनी गहरी है तो लगता है तुम्हें न अपनाना भारी भूल होगी," उसने कुछ परेशान भाव से और अपनी नैतिक दुविधा से निकलने का जरिया तलाशने के लिए इधर-उधर हताशापूर्वक देखते हुए कहा। "काश कि मैं तुम्हारे पीछे दौड़कर न आई होती।" फिर भी लगता था कि उसको दुबारा उत्साहित होने और चेहरे से चालाकी दिखाने का कोई आसान रास्ता मिल गया। "बात बनेगी नहीं, मिस्टर ओक। मैं चाहती हूँ कि कोई मुझे वश में कर ले : मैं बहुत स्वच्छन्द हूँ : और मैं जानती हूँ कि तुम ऐसा कभी नहीं कर पाओगे।"

ओक ने अपनी निगाहें इस तरह नीचे झुका लीं जिससे पता चलता था कि बहस की कोशिश बेकार है।

"मिस्टर ओक" उसने एकदम स्पष्टता और सहज भाव से कहा, "तुम मुझसे आर्थिक रूप से अच्छी स्थिति में हो। इस दुनिया में मेरे पास इकन्नी भी मुश्किल है—दो वक्त की रोटी के लिए भी मैं अपनी चाची के पास रह रही हूँ—मैं तुमसे ज्यादा पढ़ी-लिखी हूँ—और मैं तुम्हें बिल्कुल प्रेम नहीं करती : इस मामले में यह तो हुई मेरे पक्ष की बात। अब तुम्हारा पक्ष, तुमने एक किसान के रूप में अभी-अभी शुरुआत की है, और अगर तुम शादी करो (जो तुम्हें निश्चित तौर पर अभी करने की नहीं सोचनी चाहिए) तो बुद्धिमानी यही है कि तुम्हें किसी पैसेवाली औरत से शादी करनी चाहिए जो तुम्हारे लिए अभी की तुलना में और बड़े फार्म में पशुपालन का इन्तजाम कर दे।"

गैब्रिएल ने उसकी तरफ ऐसी दृष्टि से देखा जिसमें थोड़ा आश्चर्य तो था लेकिन तारीफ का भाव अधिक था।

"यही बात तो मैं खुद सोच रहा था!" उसने भोलेपन से कहा।

बाथशीबा के साथ सफल होने के लिए किसान ओक में ईसाइयत की डेढ़ विशेषताएँ थीं : उसकी विनम्रता और अनावश्यक आधी ईमानदारी। बाथशीबा निश्चित तौर पर विक्षुब्ध हो गई।

"ठीक है, तब फिर तुमने आकर मुझे परेशान क्यों किया!" उसने एकदम क्रुद्ध होकर तो नहीं लेकिन थोड़ी नाराजगी से कहा, उसके दोनों गालों पर एक लाल निशान उभरने लगा।

"वह काम मैं नहीं कर पाता जो मुझे...जो मुझे..."

"सही लगता है?"

"नहीं, चतुराईभरा लगता है।"

"अब तो तुमने कबूल कर लिया, मि. ओक," उसने और भी अभिमान से, अपने सिर को तिरस्कारपूर्वक झटकते हुए कहा। "इसके बाद भी तुम सोचते हो कि मैं तुमसे शादी करूँगी? अपने होशो-हवास में तो बिल्कुल नहीं करूँगी।"

भावावेश में वह फूट पड़ा।

"लेकिन इस तरह मुझे गलत मत समझो। चूँकि मैं खुलकर कबूल करता हूँ कि मेरी औकात का हर आदमी किस तरह के ख्यालात रखता है, तो तुम्हारे मनोभाव तुम्हारे चेहरे पर प्रकट हो जाते हैं और मुझसे चिढ़ जाती हो। तुम मेरे लायक नहीं हो, यह बात वाहियात है। पूरा गाँव जानता है कि तुम एक सभ्य महिला की तरह बात करती हो, और मैंने सुना है कि वेदरबरी में तुम्हारे चाचा बड़े किसान हैं—इतने बड़े कि उतना मैं कभी नहीं हो पाऊँगा। इस बीच क्या मैं शाम को आकर मिलूँ—या किसी इतवार के दिन मेरे साथ घूमने चलोगी? अगर तुम्हारा मन नहीं है तो मैं नहीं चाहता कि तुम अपना फैसला तुरन्त करो।"

"नहीं—नहीं—मैं नहीं कर सकती। मेरे ऊपर और दबाव मत डालो—नहीं। मैं तुमसे प्रेम नहीं करती—इसलिए यह बेतुकी बात होगी!"

कोई भी आदमी अपनी भावनाओं के साथ नखरे का खिलवाड़ नहीं पसन्द करता। "अच्छी बात है," ओक ने दृढ़तापूर्वक उस व्यक्ति की तरह कहा जो अपने दिनो-रात हमेशा के लिए बाइबिल को समर्पित करने जा रहा हो। "फिर मैं और नहीं पूछूँगा।"

अध्याय पाँच

बाथशीबा का प्रस्थान : चरागाह में त्रासदी

एक दिन गैब्रिएल को खबर मिली कि बाथशीबा एवरडीन पड़ोस छोड़कर चली गई है। इसका जो प्रभाव उस पर पड़ा उससे ऐसा कोई भी आदमी चकित हो जाता जिसको यह अनुमान न हो कि वैराग्य जितना ही ज्यादा होता है, दृढ़ता का उसमें उतना ही अभाव होता है।

यह देखा जा सकता है कि प्रेम में पड़ना जितना आसान है उससे बाहर निकलने का रास्ता उसी तरह आसान नहीं है। कुछ लोग इस दिशा में शादी को आसान रास्ता समझते हैं लेकिन इसे असफल होते देखा गया है। एक रास्ता जुदाई का है जो ओक को बाथशीबा के संयोगवश चले जाने से मिल गया था लेकिन यह कुछ निश्चित स्वभाववाले लोगों पर ही प्रभावी होता है। दूसरे लोगों के लिए, खासकर जिनका प्रेम शान्त और नियमित होते हुए गहरा और दूर तक चलनेवाला होता है, यह दूर किए गए स्नेह-पात्र का मानसिक चित्र बनाने के लिए उपयुक्त होता है। ओक सन्तुलित स्वभाववाले मनुष्यों की कोटि में था और अब जबकि वह जा चुकी थी, बाथशीबा के साथ स्वयं के गुपचुप मेल को वह और भी उद्दीप्त लपटों के साथ दहकता महसूस करता था—कुल मिलाकर कहानी यह थी।

बाथशीबा की चाची के साथ उसकी प्रारम्भिक मित्रता उसके मामले की विफलता के साथ ही असमय खत्म हो गई थी और उसकी गतिविधियों के बारे में जो भी जानकारी ओक को मिलती थी वह अप्रत्यक्ष तरीके से होती थी। पता चला कि वह बीस मील दूर वेदरबरी नामक किसी जगह पर गई है लेकिन किस रूप में—कुछ समय के लिए या स्थायी रूप से, वह नहीं जान सका।

गैब्रिएल के पास दो कुत्ते थे। बड़ेवाले जार्ज की आबनूस की तरह काली नुकीली नाक के चारों तरफ गुलाबी मांस की पतली कोर और शरीर पर यहाँ-वहाँ लगभग सफेद और स्लेटी धूसर रंग के धब्बों सहित बालों की एक परत दिखाई पड़ती थी; लेकिन यह धूसर रंग वर्षों की धूप और वर्षा के कारण झुलस और धुल गया था जिससे ऊपर के बाल कुछ लाल-भूरे हो गए थे। ऐसा लगता था जैसे कि धूसर रंग का नीला हिस्सा मलिन हो गया हो, जैसे टर्नर की तस्वीरों में उसी प्रकार के रंग से धुँधला पड़ गया है। संक्षेप में मूलतः ये बाल थे लेकिन लगता था कि भेड़ों से लम्बे समय के सम्पर्क ने इनको धीरे-धीरे खराब

क्वालिटी और रेशे के ऊन में बदल दिया था।

यह कुत्ता इससे पहले निकृष्ट आचरण और क्रोधी स्वभाववाले एक गड़ेरिए का था जिसका परिणाम यह था कि जार्ज को पड़ोस के सबसे दुष्ट बुड्ढे से भी ज्यादा उन अलग-अलग कोटियों के तिरस्कार का सही-सही ज्ञान था जिनका संकेत भिन्न-भिन्न प्रकार के दुर्वचनों और गालियों से मिलता था। लम्बे अनुभव ने इस जानवर को "इधर आ।" और "कुत्ते की दुम, इधर आ!" जैसे वाक्यों का अन्तर इतने सलीके से समझा दिया था कि उसे बिल्कुल बारीकी से पता था कि अगर गड़ेरिए की छड़ी से बचना हो तो किस आवाज पर कितनी तेजी से लौटना चाहिए। बूढ़ा हो जाने के बावजूद वह चालाक, और भरोसे के लायक था।

जार्ज की औलाद युवा कुत्ता कदाचित अपनी माँ का प्रतिरूप था क्योंकि उसका और जार्ज का चेहरा ज्यादा नहीं मिलता था। वह भेड़ों की देखभाल का काम सीख रहा था जिससे कि दूसरेवाले की मृत्यु हो जाने पर काम सँभाल सके, लेकिन अभी तक शुरुआती जानकारी से आगे नहीं बढ़ पाया था—उसे अभी भी कामचलाऊ ढंग से कोई काम करने और इसको अच्छी तरह करने के बीच अन्तर करने में खासी मशक्कत करनी पड़ती थी। इतना जोशीला लेकिन उलटी खोपड़ी का था यह कुत्ता (इसका कोई विशेष नाम नहीं था और यह किसी भी पुचकार का बिल्कुल तत्परता से जवाब देता था) कि, अगर उसे भेड़ों के पीछे उनकी सहायता के लिए भेजा जाता था, तो इस काम को इतने जोरदार ढंग से करता था कि अगर उसे वापस न बुला लिया जाए या बूढ़े जार्ज को देखकर उसे रुकने की याद न आ जाए तो वह खुशी-खुशी पूरे प्रान्त के आर-पार उनका पीछा ही करता रह जाता।

कुत्तों की बात बहुत हो गई नारकॉम्ब हिल के आगे खड़िया मिट्टी का एक गड्ढा था जिसमें से पीढ़ी-दर-पीढ़ी मिट्टी निकालकर अगल-बगल के फार्मों में फैलाई गई थी। दो झाड़ियाँ यहाँ V आकार में मिलते-मिलते रह जाती थीं। थोड़ी-सी बची खुली जगह जो ठीक गड्ढे के ऊपरी किनारे पर थी, एक कच्चे कामचलाऊ बाड़े से घेर दी गई थी।

एक रात जब ओक अपने घर लौटा तो यह सोचकर कि अब उसको नीचे जाने की जरूरत नहीं पड़ेगी, उसने रोजाना की तरह कुत्तों को सबेरा होने तक झोपड़ी के बाहरी हिस्से में बाँधने के लिए आवाज लगाई। केवल एक—बुड्ढे जार्ज ने जवाब दिया। दूसरा कहीं नहीं मिला—न तो घर, न गली, न बगीचे में। तब गैब्रिएल को याद आया कि वह दोनों कुत्तों को पहाड़ी पर एक मरा हुआ मेमना (और किसी आहार की कमी पड़ जाने की स्थिति को छोड़कर, इस प्रकार का मांस वह आम तौर पर इनसे बचाकर रखता था) खाते हुए छोड़ आया था। यह सोचकर कि अभी छोटेवाले ने खाना खत्म नहीं किया होगा, वह घर में बिस्तर पर आराम करने चल दिया जिसका आनन्द आजकल वह सिर्फ इतवार को ही ले पाता था।

यह शान्त और नम रात थी। ठीक पौ फटने से पहले एक परिचित ध्वनि की गूँज सुनकर उसकी नींद उचट गई गड़ेरिए के लिए भेड़ों की घंटी की ध्वनि उतनी ही स्वाभाविक होती है जितनी दूसरे लोगों के लिए घड़ी की टनटनाहट। इस पर उसका ध्यान तभी जाता है जब इसमें ठहराव आ जाए या उस सुपरिचित धीमी-धीमी टनटनाहट में असामान्य

तरीके से बदलाव आ जाए जिससे कितनी भी दूर स्थित अभ्यस्त कानों को पता चलता रहता है कि सब कुशल-मंगल है। सुबह की गम्भीर शान्ति में यह ध्वनि गैब्रिएल को असामान्य प्रचंडता और तीव्रता से आती हुई सुनाई पड़ी। सामान्य से अलग घंटियों की यह आवाज दो कारणों से हो सकती है—गले में घंटियाँ-बँधी भेड़ों द्वारा रुक-रुककर तेज-तेज मुँह चलाने के कारण जैसा कि तब होता है जब इनका झुंड किसी नए चरागाह में घुस जाता है, या भेड़ों द्वारा भागना शुरू कर देने के कारण जब आवाज में नियमित कम्पन होता है। ओक के अनुभवी कानों को पता चल गया कि जो ध्वनि इस समय सुनाई पड़ रही है वह भेड़ों के समूह के बहुत तेज भागने से पैदा हुई है।

वह बिस्तर से उछलकर बाहर आया, कपड़े पहने और कुहासेभरी सुबह में गली से भागता हुआ पहाड़ी पर चढ़ गया। जिन भेड़ों का ब्याने का समय नजदीक था, उन्हें उन भेड़ों से अलग रखा गया था जिनके ब्याने में अभी समय था। गैब्रिएल के रेवड़ में करीब ऐसी दो सौ भेड़ें थीं जिनके ब्याने में अभी समय था। ये दो सौ भेड़ें पहाड़ी से गायब लग रही थीं। दूसरे कोने में पचास भेड़ें अपने मेमनों के साथ वैसे ही थीं जैसे उनको रखा गया था लेकिन शेष भेड़ें जो झुंड का बड़ा हिस्सा थीं, कहीं नहीं दिख रही थीं। गैब्रिएल ने अपनी पूरी ताकत से गड़ेरिए की हुँकार लगाई।

"ओवे, ओवे, ओवे!"*

मिमियाने की कहीं कोई आवाज नहीं।

वह झाड़ी की ओर बढ़ा—यह बीच में से खुली हुई थी और वहीं पर भेड़ों के पैरों के निशान थे। इस सीजन में उनके बाड़ा तोड़ने से चकित होकर, लेकिन फिर यह सोचकर कि इनको जाड़े में आइवी के पत्तों की विशेष ललक होती है जो पेड़ों में होती भी खूब है, उसने झाड़ी के बीच से कदम आगे बढ़ाए। वे बगीचे में भी नहीं थीं। उसने दुबारा आवाज दी : घाटियाँ और दूर-दराज की पहाड़ियाँ वैसे ही गूँज उठीं जैसे नाविकों द्वारा खो गए हाइलस को आवाज लगाने पर मीसियन का तट; लेकिन कोई भेड़ नहीं दिखी। वह पेड़ों के बीच से पहाड़ी रास्ते पर आगे बढ़ा। दूसरे छोर पर जहाँ दो तरफ से आती हुई झाड़ियाँ, जिनकी चर्चा की जा चुकी है, खड़िया मिट्टी के गड्ढे के ऊपरी किनारे पर खत्म हो रही थीं, उसने छोटे कुत्ते को आसमान के नीचे वैसे ही म्लान और जड़वत खड़े देखा जैसे सेंट हेलेना के द्वीप पर नेपोलियन।**

ओक एक भयानक आशंका से सिहर गया। शरीर से बिल्कुल शक्तिहीन होकर वह आगे बढ़ा और वहाँ उसने अपनी भेड़ों के पैरों के निशान देखे। कुत्ते ने आगे बढ़कर,

* ओवे—भेड़ के लिए लैटिन शब्द 'ओविस' से उत्पन्न।

** सेंट हेलेना के द्वीप पर नेपोलियन—1815 में मजबूर होकर सत्ता-त्याग करने के बाद नेपोलियन को अटलांटिक में स्थित एक छोटे द्वीप सेंट हेलेना में बन्दी बनाकर भेजा गया। वहाँ उसका निष्क्रिय जीवन उसके पहले के दिनों के ठीक विपरीत था जब उसने पूरे यूरोप में घूम-घूमकर तमाम देशों पर विजय हासिल की थी।

उसके हाथों को चाटा और इस तरह के इशारे किए जिससे लगता था कि अपनी संकेत सेवाओं के बदले में उसे किसी बड़े ईनाम की उम्मीद है। ओक ने पहाड़ी की कगार से नीचे देखा। इसकी तलहटी में भेड़ें मृत पड़ी थीं—दो सौ क्षत-विक्षत लाशों का ढेर जिनकी इस समय की स्थिति के अनुसार कम से कम दो सौ और भेड़ें इनके साथ थीं।

ओक अत्यन्त दयालु व्यक्ति था। वास्तव में उसकी दयालुता अकसर उसके विवेकपूर्ण इरादों की धज्जियाँ उड़ा देती थी और उसे इस तरह बहा ले जाती थी जैसे कि वह गुरुत्व बल से खिंचा जा रहा हो। उसके जीवन का यह शाश्वत दुख था कि उसके रेवड़ का अन्त भेड़ों के गोश्त में होता था—कि एक दिन आता था जब प्रत्येक गड़ेरिया अपनी असहाय भेड़ों के लिए पक्का विश्वासघाती सिद्ध होता था। इस समय सबसे पहले उसने इन भोली-भाली भेड़ों और उनके अजन्मे मेमनों की असमय मृत्यु पर दया का भाव महसूस किया।

अब एक क्षण के लिए मामले के दूसरे पक्ष पर विचार करना था। इन भेड़ों का बीमा नहीं हुआ था। औसतन जिन्दगीभर की पूरी बचत एक झटके में छिन्न-भिन्न हो गई थी। स्वतन्त्र किसान बनने की उसकी आशाएँ खत्म हो गई थीं—सम्भवतः हमेशा-हमेशा के लिए। वर्तमान स्थिति तक पहुँचने में अट्ठारह से लेकर अट्ठाइस वर्ष तक के अपने जीवन में गैब्रिएल की ऊर्जा, धैर्य और परिश्रम का इतना कड़ा परीक्षण हुआ था कि अब उसके भीतर कुछ और शेष रह गया नहीं लगता था। वह एक बाड़ से टिककर खड़ा हो गया और अपने हाथों से चेहरे को ढाँप लिया।

व्यामोह स्थायी तौर पर नहीं रहता और किसान ओक भी इससे उबर गया। यह अद्‌भुत और विशेष बात थी कि जो एक वाक्य उसके मुँह से निकला वह धन्यवाद का था :

"भगवान का शुक्र है कि मैं शादीशुदा नहीं हूँ : जो गरीबी मुझ पर आनेवाली है, इसमें वह क्या करती!"

ओक ने अपना सिर ऊपर उठाया और यह सोचते हुए कि वह क्या कर सकता है, उदासीनतापूर्वक अगल-बगल के दृश्यों का अवलोकन किया। गड्ढे के बाहरी किनारे से लगा हुआ एक अंडाकार तालाब था, और उसके ऊपर पीले रंग के चाँद की क्षीण काया लटक रही थी जो अब कुछ ही दिनों का मेहमान था—बाईं तरफ से भोर का तारा कुत्ते की तरह इसके पीछे लगा हुआ था। यह तालाब मुर्दे की आँख जैसा चमक रहा था, और दुनिया के जागने के साथ ही जो मन्द बयार बही उसने चाँद के प्रतिबिम्ब को बिना खंडित किए इसे प्रकम्पित करते और बढ़ाते हुए, पानी पर तारे के प्रतिबिम्ब को झिलमिलाती हुई पट्टी के रूप में बदल दिया। ओक ने यह सब देखा और अपने भीतर जज्ब कर लिया।

जहाँ तक जानकारी मिली उसके अनुसार ऐसा लगता था कि बेचारे नए कुत्ते ने, जो अभी भी इसी ख्याल में था कि चूँकि उसे भेड़ों के पीछे दौड़ने के लिए रखा गया है, सो जितना ही उनके पीछे वह दौड़ सके उतना ही अच्छा, मृत मेमने का भक्षण करके, जिससे शायद उसको और भी ऊर्जा व उत्साह मिल गया, सारी भेड़ों को एक कोने में इकट्ठा किया,

इन डरपोक पशुओं को झाड़ियों के बीच से ऊपरी मैदान के आर-पार दौड़ा दिया और उत्तेजना के प्रभाव से उनमें इतना संवेग आ गया कि सड़ी हुई बाड़ का एक हिस्सा टूट गया और वे धड़धड़ाती हुई कगार से नीचे गिर गईं।

जार्ज की औलाद ने अपना काम इतनी सम्पूर्णता से पूरा किया था कि उसे इतना अच्छा कामगार मान लिया गया कि इस दुनिया में उसका रहना उचित नहीं था और वाकई उसे उसी दिन बारह बजे दुखद रूप से गोली मार दी गई—यह एक और उदाहरण है उस बदकिस्मती का जो प्रायः कुत्तों और अन्य दार्शनिकों से जुड़ी होती है जो किसी विचार को इसकी तार्किक परिणति तक पहुँचाते हैं और कदम-कदम पर समझौतों से भरी इस दुनिया में बिल्कुल दृढ़तापूर्वक आचरण करने का प्रयास करते हैं।

गैब्रिएल के फार्म को एक व्यापारी ने उसके आशाजनक रूप और चरित्र के आधार पर पशुधन मुहैया कराया था और कर्ज खत्म होने तक किसान से एक निश्चित प्रतिशत हिस्सा वसूल रहा था। ओक ने हिसाब लगाया कि पशुधन, जगह और उपकरण जो वाकई उसके अपने हैं, कुल मिलाकर उसके कर्ज की अदायगी के लिए काफी हैं और इसके बाद वह शरीर पर कपड़ों सहित आजाद होगा—इससे अधिक कुछ नहीं।

अध्याय छह

मेला : यात्रा : अग्निकांड

दो महीने गुजर गए। अब हम फरवरी के उस दिन पर आते हैं जब कास्टरब्रिज के गँवई कस्बे में साल में एक बार लगनेवाला खेतिहर मजदूरों और घरेलू नौकरों का मेला लगा था।

गली के एक कोने में दो-तीन सौ हट्टे-कट्टे और उत्साही मजदूर, अवसर की प्रतीक्षा में थे—ये सारे उस प्रकार के लोग थे जिनके लिए वजन उठाने जैसे खराब काम का मतलब श्रम था और इससे मुक्ति का मतलब आनन्द था। इनमें से छकड़ाचालकों और वैगनचालकों की पहचान थी उनके हैट के चारों ओर लिपटी चाबुक की डोरी; छप्पर बनानेवालों के हाथों में बुने हुए पुआल का एक टुकड़ा था; गड़ेरियों के हाथों में उनकी छड़ी थी; और इस प्रकार भाड़े पर मजदूर तलाशनेवालों को देखते ही पता चल जाता था कि कौन किस नौकरी की तलाश में है।

इस भीड़ में सुगठित शरीरवाला एक नौजवान भी था जो शक्ल से शेष लोगों से कुछ विशिष्ट दिख रहा था—वास्तव में उसकी विशिष्टता इतनी जाहिर थी कि अगल-बगल खड़े अनेक छोटे किसान उससे वैसे ही पूछताछ करते थे जैसे किसी किसान से बात कर रहे हों और बातचीत की समाप्ति में 'सर' शब्द का इस्तेमाल करते थे। उसका एक ही उत्तर होता था :

"मैं खुद के लिए नौकरी तलाश रहा हूँ—कारिन्दे की। आपकी जानकारी में किसी को चाहिए?"

गैब्रिएल अब और पीला पड़ गया था। उसकी आँखें खोई-खोई सी थीं और चेहरे पर उदासी का भाव था। वह दुर्भाग्य के ऐसे कठिन दौर से गुजरा था कि जितना उसने खोया था, उससे कहीं ज्यादा पाया था। चरागाह के मालिक की अपनी सम्मानजनक स्थिति से वह सीधा सिद्दीम के कीचड़ के गड्ढे* में जा पड़ा था, लेकिन अब उसके पास ऐसी गौरवशाली शान्ति थी जिससे पहले कभी उसका परिचय नहीं हुआ था और साथ में थी नियति के प्रति ऐसी उदासीनता जो प्रायः आदमी को अधम बना देती है लेकिन जब ऐसा नहीं होता तो उसकी महानता का भी यही आधार होता है। और इस प्रकार यह अवनति, अवनति नहीं, उन्नति थी तथा हानि, हानि नहीं लाभ था।

सबेरे घुड़सवार फौज की एक टुकड़ी कस्बे से गई थी, और एक सार्जेंट तथा उसका दल चारों तरफ जवानों की भर्ती कर रहे थे। जब दिन खत्म होने को आया और गैब्रिएल ने देखा कि उसे कोई काम नहीं मिला तो उसकी इच्छा हुई कि उसे उन्हीं के साथ सम्मिलित होकर अपने देश की सेवा में चले जाना चाहिए था। बाजार में खड़े-खड़े थककर और बिना इस बात की अधिक चिन्ता किए कि वह किस काम में अपना हाथ लगा रहा है, उसने अपने को कारिन्दे के बजाय किसी और रूप में प्रस्तुत करने का फैसला किया।

ऐसा लगता था कि सभी किसानों को गड़ेरिए की जरूरत है। भेड़-पालन गैब्रिएल का खास क्षेत्र था। एक अँधेरी गली में मुड़कर उससे भी अँधेरी एक पतली गली में घुसते हुए वह एक कारीगर की दुकान पर गया।

"गड़ेरिए की छड़ी बनाने में कितना समय लगेगा?

"बीस मिनट।"

"पैसे कितने?"

"दो शिलिंग।"

वह एक बेंच पर बैठ गया और छड़ी तैयार कर दी गई, इस सौदे में उसको एक सिक्का देना पड़ा।

इसके बाद वह सिले-सिलाए कपड़ों की दुकान पर गया जहाँ ग्रामीण परिधानों का बड़ा संग्रह था। चूँकि गैब्रिएल का अधिकांश पैसा छड़ी खरीदने में खत्म हो गया था, उसने अपने ओवरकोट के बदले गड़ेरिए का निर्धारित ढीला कुरता लेने का प्रयास किया और सफल रहा।

यह लेन-देन खत्म हो जाने के बाद वह दुबारा दौड़कर कस्बे के बीच गया और हाथ में छड़ी लेकर गड़ेरिए के रूप में पटरी के किनारे खड़ा हो गया।

---

* सिद्दीम के कीचड़ के गड्ढे—पाँच राजाओं के विरुद्ध चार राजाओं के एक संग्राम में सोडोम और गोमोरा के राजा भाग गए और सिद्दीम की घाटी में कीचड़ के गड्ढों में गिर पड़े। उनके सामान और रसद की चोरी हो गई और उनके नौकर-चाकर पहाड़ पर भाग गए।

अब जब ओक ने अपने को गड़ेरिए के रूप में बदल लिया तो ऐसा लगने लगा कि सबसे ज्यादा जरूरत कारिन्दों की है। फिर भी दो-तीन किसानों का ध्यान उसकी तरफ गया और वे उसके पास आए। कमोबेश एक ही तरह की बातचीत भी हुई।

"कहाँ रहते हो?"

"नारकॉम्ब।"

"दूर है ये तो।"

"पन्द्रह मील।"

"इससे पहले किसके फार्म पर थे?"

"अपने खुद के।"

इस जवाब का असर अनिवार्य रूप से हैजा की अफवाह की तरह होता था : पूछताछ करनेवाला किसान किनारे सरक जाता था और सन्देह के भाव से अपना सिर हिलाता था। गैब्रिएल भी अपने कुत्ते की तरह इतना अच्छा था कि उस पर भरोसा नहीं किया जा सकता था, और वह इस सीमा से आगे कभी नहीं बढ़ा।

यह ज्यादा सुरक्षित है कि जो भी मौका मिल जाए उसे स्वीकार करके तत्काल योजना बनाकर उसको अनुकूल बना लिया जाए, बजाय इसके कि एक अच्छी योजना के सफल होने और तब इसका प्रयोग करने के मौके की प्रतीक्षा की जाए। गैब्रिएल की इच्छा हुई कि उसे अपने को गड़ेरिए के कार्य से बाँधना नहीं चाहिए था बल्कि मेले में उपलब्ध किसी भी कार्य के लिए स्वयं को तैयार कर लेना चाहिए था। शाम का धुँधलका फैल गया। कुछ मसखरे अनाज मंडी के पास सीटियाँ बजाते हुए गा रहे थे : काफी समय से कुर्ते की जेब में खाली पड़ा ग्रैबिएल का हाथ, वहीं रखी उसकी बाँसुरी पर पड़ा। अपनी कठिन साधना से सीखी कला के प्रदर्शन का यह उसके लिए अच्छा मौका था।

उसने अपनी बाँसुरी निकाली और ऐसे आदमी की तरह 'मेले में जॉकी' लोकगीत बजाने लगा जिसे कभी क्षणभर के लिए भी दुख न हुआ हो। ओक ठेठ गँवई मिठास के साथ बाँसुरी बजा सकता था, और सुप्रसिद्ध धुनों को सुनकर समय काटनेवाले राहगीरों के साथ-साथ उसका अपना हृदय भी प्रफुल्लित हो उठा। वह उत्साह से बाँसुरी बजाता रहा और आधे घंटे में उसको जितने पेंस मिले, वे एक बेसहारा आदमी के लिए छोटे-मोटे खजाने से कम नहीं थे।

पूछताछ करने पर उसे पता चला कि अगले दिन शाट्सफोर्ड में दूसरा मेला है।

"शाट्सफोर्ड कितनी दूर है?"

"वेदरबरी के उस तरफ दस मील।"

"वेदरबरी कितनी दूर है?"

"पाँच या छह मील।'

बाथशीबा ने सम्भवतः इस समय से काफी पहले वेदरबरी छोड़ दिया था लेकिन चूँकि यह जगह वेदरबरी के इलाके में पड़ती थी इसलिए इस जगह में इतना आकर्षण था

कि ओक को अपनी अगली खोज का क्षेत्र शाट्सफोर्ड मेले को बनाने की प्रेरणा मिली। इसके अलावा वेदरबरी के लोग किसी भी तरह अन्दर से रूखे नहीं थे। यदि उनके बारे में खबरें सही थीं तो वे उतने ही दृढ़, हँसमुख, उन्नतिशील और बुरे थे जितने कि पूरे प्रान्त में कहीं के लोग। ओक ने शाट्सफोर्ड जाते हुए उस रात वेदरबरी में सोने का निश्चय किया और तुरन्त इस गाँव के लिए सीधा बताए गए रास्ते पर चल पड़ा।

इस सड़क पर सबसे पहले डर्नओवर मूर पड़ता था—यहाँ छोटे-छोटे सोते घास के मैदानों के आर-पार गुजरते थे जिनकी लरजती हुई सतह बीच में गुम्फित और अगल-बगल से चुन्नटदार थी। जहाँ धारा का प्रवाह ज्यादा तीव्र था, वहाँ इसमें सफेद झाग के चितकबरे स्थल थे जो शान्ति से अबाध प्रवाहित होते जा रहे थे। थोड़ी ऊँची जगहों पर पत्तियों के बेजान और सूखे अवशेष जब यहाँ-वहाँ हवा के सहारे आगे फिसलते थे तो नीचे जमीन पर खरखराहट की आवाज करते हुए गिरते थे, और झाड़ियों में छोटी चिड़ियाँ अपने पंख सरसराते हुए रातभर के लिए आराम से सोने की तैयारी कर रही थीं। ओक के चलते रहने पर तो वे अपनी जगहों पर पड़ी रहती थीं लेकिन अगर वह उन्हें देखने के लिए रुकता था तो उड़ जाती थीं। वह याल्बरी के जंगल के पास से गुजरा जहाँ मुर्गे अपने बसेरे से निकल रहे थे और उसे जंगली मुर्गों की कर्कश 'कुकड़ूँ-कूँ' के साथ मुर्गियों की कुड़-कुड़ की तीक्ष्ण ध्वनि सुनाई पड़ी।

जब वह तीन-चार मील चल चुका तो चारों तरफ अँधेरा फैल चुका था। वह याल्बरी की पहाड़ी से नीचे उतरा और ठीक अपने सामने उसे एक गाड़ी दिखी जो सड़क के किनारे एक ऊँचे-से पेड़ के नीचे खड़ी थी।

नजदीक आने पर उसने देखा कि इसमें घोड़े की जगह बिल्कुल खाली थी। इसकी स्थिति से लगता था कि इस गाड़ी को वहाँ रातभर के लिए छोड़ दिया गया था क्योंकि नीचे रखे फूस के आधे गट्ठर को छोड़कर यह बिल्कुल खाली थी। गैब्रिएल ने इस वाहन के दंड पर बैठकर अपनी स्थिति पर विचार किया। उसने हिसाब लगाया कि इस यात्रा का खासा हिस्सा वह पूरा कर चुका है और अलस्सुबह से ही खड़े रहने के कारण उसे गाड़ी में ही फूस पर लेट जाने की इच्छा हुई, बजाय इसके कि वह वेदरबरी गाँव में घुसे और पैसे देकर कोई बसेरा तलाशे।

आखिरी बची रोटी और सूखे मांस के निवाले गटकने के बाद शराब की बोतल से, जिसे अपने साथ लाना वह नहीं भूला था, कुछ घूँट पीकर, वह इस सुनसान गाड़ी में चढ़ गया। यहाँ उसने आधे फूस का बिस्तर बना लिया और शेष आधे फूस को, अँधेरे में उससे जैसे भी बन पड़ा, अपने ऊपर ओढ़ने की चादर की तरह खींचकर अपने को पूरा ढँक लिया और उसके शरीर को जितना सुकून मिला वैसा जीवन में कभी नहीं मिला था। ओक जैसे व्यक्ति के लिए आन्तरिक अवसाद असम्भव था जो अपने वर्तमान विद्रूप इतिहास के पन्नों को पलटते हुए अपने पड़ोसियों के मुकाबले बहुत ज्यादा आत्मविश्लेषण करनेवाला व्यक्ति था। इसलिए अपनी प्रेमगाथा और चरागाह गाथा की बदनसीबी पर विचार

करते-करते वह सो गया नाविकों की तरह, गड़ेरियों को भी ईश्वर की प्रतीक्षा करने के बजाय उसे बुलाने का विशेषाधिकार प्राप्त है।

वह कब तक सोता रहा उसे कुछ पता नहीं चला। अचानक ही जब उसकी नींद खुली तो उसने देखा कि गाड़ी चल रही है। जिस गति से उसकी गाड़ी सड़क पर आगे बढ़ रही थी, वह बिना कमानीवाली गाड़ी के लिए काफी तेज थी, और उसके लिए परेशानी पैदा कर रही थी क्योंकि उसका सिर गाड़ी के बिस्तर पर नगाड़े की डंडे की तरह उछाल मार रहा था। उसने गाड़ी के आगेवाले हिस्से से आती हुई बातचीत की आवाज को सुना। इस धर्मसंकट की स्थिति में उसकी चिन्ता—(अगर वह सम्पन्न व्यक्ति होता तो यही स्थिति खतरे की घंटी होती; लेकिन व्यक्तिगत भय का शमन करने के लिए दुर्भाग्य अच्छी औषधि है) ने उसे फूस से बाहर सतर्कता से झाँकने के लिए प्रेरित किया, और सबसे पहले उसकी निगाह अपने ऊपर स्थित तारों पर गई। सप्तर्षि-मंडल ध्रुव तारे के दाहिनी तरफ पहुँच रहा था, और गैब्रिएल ने निष्कर्ष निकाला कि लगभग नौ बजे होंगे—दूसरे शब्दों में, वह दो घंटे से सो रहा था। यह छोटी-मोटी खगोलीय गणना उसने बिना किसी विशेष प्रयत्न के उस समय कर ली जब वह पलटकर यह देखने का प्रयास कर रहा था कि वह किसके हाथों में पड़ गया है।

सामने दो छायाएँ अस्पष्ट रूप से दिख रही थीं जिनके पैर गाड़ी से बाहर लटके थे। उनमें से एक गाड़ी हाँक रहा था। गैब्रिएल ने तुरन्त जान लिया कि यह गाड़ीवान है और ऐसा लग रहा था कि वे उसी की तरह कास्टरब्रिज के मेले से आए हैं।

उन दोनों में इस तरह की बातचीत चल रही थी :

“जहाँ तक शक्लो-सूरत का सवाल है, शरीर तो उसका बहुत खूबसूरत है। लेकिन ये तो केवल औरत की चमड़ी की बात है, और ये रंगीली युवतियाँ भीतर से शैतान की तरह पाजी होती हैं।”

“हाँ—ऐसा ही लगता है, बिल स्मालबरी—ऐसा ही लगता है।” यह वाक्य कुछ कम्पन से भरा हुआ था, और ऐसा इसलिए भी था क्योंकि गाड़ी के झटकों का बोलनेवाले के कंठ पर कम प्रभाव नहीं था। यह उस आदमी की आवाज थी जिसने लगाम थाम रखी थी।

“वह बड़ी नकचढ़ी औरत है—ऐसा लोग बताते हैं।”

“हाँ, वह बहुत नकचढ़ी है। कहते हैं कि हर रात सोते समय अपनी नाइटकैप सही ढंग से पहनने के लिए वह आईना देखती है।”

“और शादीशुदा नहीं है : हाय रे यह संसार!”

“और कहते हैं पियानो भी बजा सकती है। इतनी सफाई से बजाती है कि मस्त से मस्त ढीले-ढाले गीत से लेकर भजन की धुन तक कुछ भी बजा सकती है।”

“बहुत खूब! अच्छा समय है हमारा, और मुझे बहुत अच्छा लग रहा है! और उसका खर्च-वर्च कैसे चलता है?”

“ये तो मुझे नहीं पता, मालिक पुअरग्रास।”

इस तरह की बातचीत सुनकर गैब्रिएल के मन में अचानक यह विचार कौंध गया कि शायद यह लोग बाथशीबा की बात कर रहे हैं। हालाँकि ऐसे निष्कर्ष निकालने का कोई आधार नहीं था, क्योंकि यह गाड़ी जा तो वेदरबरी की दिशा में रही थी लेकिन उसके आगे भी जा सकती थी, और जिस औरत की ओर संकेत किया गया था वह किसी जागीर की मालकिन लग रही थी। जाहिर था कि अब वे वेदरबरी के नजदीक आ गए थे और बातचीत करनेवालों को बेवजह हैरान करने से बचने के लिए वह चुपचाप गाड़ी से बाहर खिसक गया।

झाड़ियों में एक खुली जगह की ओर मुड़ने पर उसने देखा कि यह एक रास्ता था और उस पर आगे बढ़कर वह यह विचार करते हुए बैठ गया कि गाँव में कोई सस्ती-सी रहने की जगह तलाशी जाए या किसी फूस या अनाज के ढेर के पास लेटकर उससे भी सस्ते में काम चला लिया जाए। गाड़ी की चरमराहटभरी आवाज उसके कानों में मन्द होती गई। वह आगे बढ़ने ही वाला था कि उसका ध्यान अपनी बाईं तरफ करीब आधा मील दूर एक असामान्य प्रकाश पर चला गया। ओक इसको देखता रहा और चमक बढ़ती रही। गैब्रिएल दुबारा रास्ते पर चढ़ गया और दूसरी तरफ एक जुते हुए खेत में कूदकर सीधा आग की दिशा में दौड़ पड़ा। यह लपट, अब उसके पास आने से और इस बीच बढ़ जाने के कारण अगल-बगल फैले घास के ढेरों के पास पहुँचने पर उसको पहले से दुगनी फैली दिखाई पड़ी। इस आग का स्रोत था सूखी घास रखने का एक स्थान। उसके थके चेहरे पर अब गहरे नारंगी रंग का प्रकाश पड़ने लगा, और उसके ढीले कुर्ते और गेटिस का आगे का पूरा हिस्सा छोटी कँटीली टहनियों की छाया से ढँक गया क्योंकि यह प्रकाश बीच की एक वर्णहीन झाड़ी से छनकर उस तक पहुँच रहा था—और उसकी छड़ी की धातुवाली गोलाई इन्हीं किरणों में चाँदी जैसी चमक रही थी। वह चारदीवारी के घेरे तक आया और उसने खड़े होकर अपनी उखड़ी हुई साँसों को काबू में किया। ऐसा लगता था जैसे कि इस स्थान पर किसी आदमी का रहन-सहन नहीं है।

यह आग एक लम्बे पुआल के ढेर से शुरू हुई थी और इतनी बढ़ गई थी कि इसके रुकने की सम्भावना नहीं थी। सूखी घास का ढेर जलने और कोई घर जलने में अन्तर है। जब हवा आग को अन्दर धकेलती है तो पिघलती हुई चीनी की तरह, लपटोंवाला हिस्सा बिल्कुल गायब हो जाता है और इसकी रूपरेखा ओझल हो जाती है। हालाँकि पुआल या गेहूँ के अच्छी तरह सटाकर रखे ढेर में अगर बाहर से आग लगे तो इसके जलने में लम्बा समय लगेगा।

गैब्रिएल की आँखों के सामने इस समय पुआल का ऐसा ढेर था जिसको ढीला-ढाला ही इकट्ठा किया गया था और लपटें इसके बीच बिजली की तेजी से झपट रही थीं। हवा की तरफ तेज व धीमे होते हुए यह ऐसे ही दहक रही थी जैसे सिगार की आग। तभी सबसे ऊपर स्थित एक बंडल सरसराहट की आवाज सहित लुढ़ककर नीचे गिरा, लपटें बढ़ती थीं और धीमी आवाज से मुड़ती थीं लेकिन कोई चटचटाहट की आवाज नहीं होती थी। पीछे धुएँ की लकीरें क्षितिज की ओर ऐसे बढ़ रही थीं जैसे गुजरते हुए बादलों का समूह,

और इनके पीछे कई छिपी हुई चिताएँ जल रही थीं जो धुएँ की पारदर्शी चादर को एक समान पीली चमक से भर रही थीं। आगे के मैदान में स्थित छिटपुट फूस उड़ती हुई रक्ताभ अग्नि में इस तरह खप जाती थी जैसे वे लाल-लाल कीड़े हों, और ऊपर आग इस तरह का रूप अख्तियार कर चुकी थी कि इसमें कल्पना से, होठों से लटकनेवाली जिह्वाओं, चमकती हुई आँखों और अन्य शैतानी रूपोंवाले आग के चेहरे चमकते दिखते थे जिनमें से रुक-रुककर इकट्ठी चिंगारियाँ इस तरह निकल रही थीं जैसे किसी घोंसले से चिड़ियाँ।

जब ओक को पता लगा कि स्थिति उसकी कल्पना से भी भयावह है तो अचानक ही वह सिर्फ एक दर्शक नहीं रह गया। धुएँ का एक गोला हवा से एक तरफ हट जाने पर उसने देखा कि जलते हुए ढेर से बिल्कुल सटकर एक गेहूँ का ढेर है और उसके पीछे एक के बाद एक खेत की पूरी पैदावार थी। तो उसने सोचा था कि यह पुआल का ढेर थोड़ा अलग-थलग होगा, लेकिन इस ढेर और समूह के अन्य ढेरों के बीच सीधा सम्पर्क था।

गैब्रिएल झाड़ी के ऊपर कूद गया और उसने पाया कि वह अकेला नहीं है। उसकी भेंट सबसे पहले जिस आदमी से हुई वह बड़ी जल्दी में था, जैसे कि उसके विचार उसके शरीर से कई गज आगे हों और उसके शरीर को पर्याप्त तेजी से आगे नहीं खींच पा रहे हों।

"अरे, भाइयो—आग, आग! अरे मार्क क्लार्क, दौड़ो! और बिल स्मालबरी—और मैरीएन मनी—और जान कोग्गन, और मैथ्यू!" इस चिल्लाते हुए आदमी के पीछे और धुएँ के बीच अब और भी आकृतियाँ नमूदार हुईं, और गैब्रिएल ने देखा कि वह बिल्कुल अकेला नहीं बल्कि उसके विपरीत बहुत ज्यादा लोगों के बीच था। इन लोगों की छायाएँ अपने-अपने मालिकों के अनुसार नहीं बल्कि लपटों के तांडव नृत्य के अनुसार इधर-उधर नाच रही थीं। यह समूह समाज के उस वर्ग का था जो अपने विचारों को भावना के रूप में व्यक्त करता है और अपनी भावनाओं को गतिविधि के रूप में। वे सब इस अन्दाज में काम में जुट गए जिससे साफ था कि उनके बीच उद्देश्य को लेकर अद्भुत गड़बड़झाला है।

"गेहूँ के ढेर के नीचे लपट पहुँचने से रोको!" गैब्रिएल ने अपने आसपास के लोगों से चिल्लाकर कहा। अनाज पत्थर की थोड़ी ऊपर उठी सतह पर रखा था, और जलते हुए पुआल में से जीभ जैसी पीली लपटें इनके बीच घुसकर खिलन्दड़ेपन से इन्हें चाटती और इन पर झपटती थीं। अगर आग एक बार इस ढेर के नीचे पहुँच जाए तो सबकुछ खत्म हो जाएगा।

"एक मोटा कपड़ा ले आओ—जल्दी करो!" गैब्रिएल ने कहा।

फूस रखने का एक कपड़ा लाया गया और उन्होंने इसको पर्दे की तरह यहाँ से वहाँ तक टाँग दिया। लपटों का अनाज के ढेर के नीचे पहुँचना तुरन्त बन्द हो गया और ये सीधी उठ गईं।

"यहीं एक बाल्टी पानी लेकर खड़े हो जाओ और कपड़े को गीला करते रहो," गैब्रिएल ने दुबारा कहा।

लपटें अब ऊपर की ओर मुड़ जाने से उस विशालकाय छप्पर पर धावा बोलने लगीं जिसके नीचे गेहूँ का ढेर रखा हुआ था।

"सीढ़ी!" गैब्रिएल चीखा।

"सीढ़ी फूस के ढेर के पास ही रखी थी और जलकर राख हो गई है।" धुएँ में से एक भूत जैसी काया ने कहा।

ओक ने अनाज के गट्ठरों को कटाईवाली तरफ से इस तरह पकड़ा जैसे कि वह छप्पर छाने के लिए पुआल खींचकर सहेजने के काम में लग रहा हो, और अपने पैरों को मजबूती से टिकाते हुए और बीच-बीच में अपनी गड़ेरिएवाली छड़ी को अटकाकर वह आगे झुके हुए हिस्से की तरफ से बड़ी मुश्किल से चढ़ पाया। तुरन्त ही वह छप्पर के ऊपर चढ़कर ऊपर बैठ गया, और वहाँ पहुँची आग के टुकड़ों को अपनी छड़ी से पीछे हटाने लगा। इस बीच वह दूसरों से चिल्लाकर कहता रहा कि उसको एक डंडा, सीढ़ी और थोड़ा पानी लाकर दें।

गाड़ीवाले दोनों आदमियों में से एक—बिल स्मालबरी—को इस समय तक सीढ़ी मिल गई थी, जिसको ओक की बगल में छप्पर पर टिकाकर, मार्क क्लार्क ऊपर चढ़ गया। इस कोने में दमघोंटू धुआँ था और क्लार्क जैसे फुर्तीले शख्स को जब एक पानी की बाल्टी पकड़ाई गई तो उसने ओक के चेहरे को पूरा नहला दिया और अमूमन पूरे शरीर पर भी पानी के छींटे डाल दिए जबकि गैब्रिएल एक हाथ में अपनी छड़ी के साथ-साथ अब दूसरे में बीचवृक्ष की लकड़ी का एक लम्बा डंडा लेकर फूस पर झाड़ू लगाता और आग की चिंगारियों को हटाता रहा।

नीचे जमीन पर गाँववाले इस अग्निकांड को नियन्त्रित करने का भरसक प्रयास कर रहे थे जो दरअसल कुछ ज्यादा नहीं था। उन सबकी आभा नारंगी थी और अलग-अलग प्रकार की छायाएँ उनके पीछे नृत्य कर रही थीं। सबसे बड़े ढेर के कोने में आग की सीधी लपटों से दूर हटकर एक टट्टू खड़ा था जिसकी पीठ पर एक युवा स्त्री बैठी थी। बगल में ही एक दूसरी औरत थी जो पैदल थी। लगता था ये दोनों आग से इसलिए दूर खड़ी थीं कि घोड़ा बेचैन न हो जाए।

"वह गड़ेरिया है," पैदल औरत ने कहा। "हाँ—वह गड़ेरिया ही है। देखो तो उसकी छड़ी पुआल को पीटते समय कैसे चमक रही है। और उसके कुर्ते में दो जगह जलकर छेद हो गए हैं, शर्त लगा लो। मैडम, वह कोई अच्छा नौजवान गड़ेरिया है।"

"किसका गड़ेरिया है वह?" घोड़े पर सवार महिला ने साफ आवाज में पूछा।

"पता नहीं, मैडम।"

"क्या किसी और को भी नहीं पता?"

"किसी को भी नहीं पता है—मैंने सबसे पूछ लिया है। वे कहते हैं बिल्कुल अजनबी है।"

टट्टू पर बैठी औरत अँधेरे से बाहर आई और अगल-बगल चिन्ता से देखा।

"क्या तुम्हारे हिसाब से खलिहान सुरक्षित है?" उसने पूछा।

"जान कोग्गन, क्या तुम्हारे हिसाब से खलिहान सुरक्षित है?" दूसरी औरत ने इस सवाल को उसी दिशा में अपने से आगेवाले आदमी की तरफ बढ़ाते हुए कहा।

"अब सुरक्षित है—कम से कम मुझे तो यही लगता है। अगर यह ढेर निकल जाता तो इसके बाद खलिहान की ही बारी थी। ये तो वह ऊपर बैठा गड़ेरिया है जिसने सबकुछ किया है—ढेर के सबसे ऊपर बैठकर अपनी लम्बी-लम्बी बाँहों को पवनचक्की की तरह भाँजकर।"

"मेहनती तो है ही वह," टट्टू पर बैठी उस युवा स्त्री ने गैब्रिएल को अपने मोटे ऊनी घूँघट में से देखते हुए कहा। "काश वह यहाँ गड़ेरिया होता। क्या तुममें से किसी को उसका नाम नहीं पता?"

"इस आदमी का नाम जिन्दगी में कभी नहीं सुना, न ही पहले कहीं उसको देखा।"

आग खत्म होने लगी थी, और ऊपर अब गैब्रिएल की जरूरत न होने के कारण उसने उतरने का उपक्रम किया।

"मैरीएन," घुड़सवार लड़की ने कहा, "जब वह नीचे आए तो उसके पास जाकर कहना कि उसकी इस बड़ी सेवा के लिए किसान की आभार व्यक्त करने की इच्छा है।"

मैरीएन धीमे-धीमे चलती फूस के ढेर की तरफ पहुँची और ओक से सीढ़ी के पायदान पर मिली। उसने मालकिन का सन्देश पहुँचा दिया।

"तुम्हारे मालिक किसान कहाँ हैं?" गैब्रिएल ने नौकरी पाने की आशा से उत्साहित होकर कहा जिसका ख्याल उसे अब आ गया था।

"मालिक नहीं हैं, मालकिन हैं, गड़ेरिए।"

"औरत—किसान?"

"और मेरे ख्याल से धनी भी," पास खड़े एक व्यक्ति ने कहा।

"हाल ही में यहाँ दूर से आई है। अपने चाचा का फार्म सँभाल लिया जिसकी अचानक मौत हो गई थी। वह तो अधसेरी प्यालों से अपना पैसा नापता था। लोग कहते हैं कि कास्टरब्रिज के हर बैंक में इनका लेन-देन है, और अब ये हमारी-तुम्हारी तरह सिक्के उछालने के खेल में इकन्नी नहीं बड़ा सिक्का उछालती है, गड़ेरिए।"

"वो देखो, वही हैं पीछे टट्टू पर," मैरीएन ने कहा; "छेदोंवाले काले कपड़ों से उनका चेहरा ढँका हुआ है।"

ओक, जिसकी शक्ल-सूरत धुएँ और गर्मी से धूमिल व कालिखभरी हो जाने से पहचान में नहीं आ रही थी, जिसके कुर्ते में जलने से अनेक छेद हो गए थे और पानी टपक रहा था, जिसकी छड़ी जलकर छह इंच छोटी हो गई थी, काठी में बैठी दुबली-पतली नारी आकृति की ओर ऐसी विनम्रता से दबा हुआ आगे बढ़ा जिसे विषम परिस्थितियों ने उसके ऊपर लाद दिया था। उसने सम्मान से लेकिन शौर्य की भावना सहित अपने हैट को उतार लिया। घोड़े से लटकते हुए पैरों के पास आकर हिचकते हुए ओक ने कहा, "मैडम,

आपको किसी गड़ेरिए की जरूरत तो नहीं है?"

उसने अपने चेहरे पर बँधे ऊनी घूँघट को उठा दिया और बिल्कुल हतप्रभ रह गई। गैब्रिएल और उसकी निष्ठुर प्रेयसी बाथशीबा एवरडीन आमने-सामने थे।

बाथशीबा कुछ बोल नहीं पाई और ओक ने पानी-पानी होते हुए दुखी आवाज में अपना प्रश्न यन्त्रवत दुहरा दिया :

"मैडम, आपको किसी गड़ेरिए की जरूरत तो नहीं है?"

अध्याय सात

पहचान : एक संकोची लड़की

बाथशीबा अँधेरे में पीछे हट गई। वह सोच नहीं पा रही थी कि इस भेंट की विचित्रता से प्रसन्न हो या इसके बेतुकेपन से हैरान। एक तरफ ओक की स्थिति पर थोड़ी दया की गुंजाइश थी तो दूसरी तरफ उसकी अपनी स्थिति पर खुशी की भी। हैरान तो वह नहीं हुई और उसे नारकॉम्ब की पहाड़ी पर अपने लिए घोषित गैब्रिएल का प्यार याद आने के साथ ही इस बीच हो जानेवाले परिवर्तनों का भी ध्यान आ गया।

"हाँ," उसने सम्भ्रान्त होने का दिखावा करते हुए और चेहरे पर थोड़ी मुस्कुराहट लिए उसकी तरफ मुड़ते हुए कहा : "मुझे एक गड़ेरिए की जरूरत तो है। लेकिन..."

"यह बिल्कुल सही आदमी है, मैडम," गाँववालों में से एक ने धीरे से कहा।

विश्वास से विश्वास का जन्म होता है। "हाँ, यही है वह," दूसरे ने दृढ़ता से कहा।

"वाकई मर्द है!" तीसरे ने उत्साह से कहा।

"हट्टा-कट्टा है!" चौथे ने पूरे जोश से कहा।

"तो उसे कह दो कि कारिन्दे से बात कर ले," बाथशीबा ने कहा।

अब सबकुछ व्यावहारिक था। इस भेंट को सही ढंग से रूमानी सम्पूर्णता देने के लिए गर्मी की एक शाम और एकान्त की जरूरत थी।

कारिन्दे से गैब्रिएल का परिचय कराया गया। यह जानकर कि ये प्रेम की अल्पज्ञात देवी एश्टोरेथ दरअसल जानी-पहचानी प्रेम की देवी वीनस का ही बदला हुआ रूप है, अपने दिल की धड़कनों पर काबू पाता हुआ गैब्रिएल, कारिन्दे के साथ नौकरी की शुरुआती और जरूरी बातचीत करने के लिए चल दिया।

इस समय तक आग बुझ रही थी। बाथशीबा ने कहा, "आप लोग, इस अतिरिक्त काम के बाद थोड़ा नाश्ता-पानी कर लीजिए। क्या आप लोग घर पर आएँगे?"

"अगर आप इसे वारेन के शराबखाने में भेज दें तो हम जरा ज्यादा आजादी से खा-पी सकेंगे, मैडम," सबकी तरफ से एक ने जवाब दिया।

इसके बाद बाथशीबा घोड़ा लेकर अँधेरे में आगे बढ़ गई, और ये लोग दो-दो और तीन-तीन के समूह में गाँव की तरफ चल पड़े—फूस के ढेर के पास सिर्फ ओक और कारिन्दा रह गए।

"और अब," कारिन्दे ने अन्त में कहा, "मेरे विचार से तुम्हारे यहाँ काम करने के बारे में सबकुछ तय हो गया है, और मैं घर जा रहा हूँ। अच्छा, गुड नाइट।"

"क्या आप मुझे कहीं ठहरने की जगह दिला सकते हैं?" गैब्रिएल ने पूछा।

"यह काम तो मेरे बस का नहीं है," उसने ओक से उसी तरह आगे बढ़ते हुए कहा जैसे कोई ईसाई पैसे देने का मन न होने पर दान की थाली देखकर किनारा कस लेता है। "इसी सड़क पर आगे वारेन के शराबखाने तक चले जाओ, जहाँ वे सब खाने-पीने गए हैं। मेरे ख्याल से उनमें से कोई किसी जगह के बारे में बता देगा। अच्छा भाई, गुड नाइट।"

पड़ोसी को अपनी तरह प्रेम करने* से इस तरह घबरानेवाला कारिन्दा पहाड़ी की ओर बढ़ गया और ओक, जो अभी भी बाथशीबा से अपनी भेंट से विस्मित उससे अपनी निकटता से प्रसन्न और जिस तेजी से नारकॉम्ब की अनाड़ी लड़की यहाँ आकर देख-रेख करनेवाली शान्त औरत में बदल गई थी, उससे हैरान था; गाँव की ओर चल दिया। लेकिन कुछ औरतों को किसी आकस्मिक स्थिति के अनुकूल बनने के लिए सिर्फ उस स्थिति की जरूरत भर होती है।

उसे रास्ता ढूँढ़ना था इसलिए सपने देखने को मुल्तवी करना पड़ा। वह चर्च के अहाते तक पहुँचा और इसकी बगल से घूमकर उस दीवार के नीचे पहुँचा जहाँ तमाम पुराने पेड़ उगे हुए थे। यहाँ काफी घास फैली थी और इसकी मुलायमियत से वर्ष के इस समय में भी गैब्रिएल के कदमों की आवाज नहीं आ रही थी। जब वह एक तने के बराबर में आया जो कि पुरानों में भी पुराना लगता था तो उसने ध्यान दिया कि इसके पीछे कोई आकृति खड़ी है। गैब्रिएल चलता रहा और दूसरे ही क्षण उसने गलती से एक बिखरे हुए पत्थर को पैर से ठोकर मार दी। यह आवाज जड़वत खड़े अजनबी का ध्यान बँटाने के लिए काफी थी जो चौंककर सजग हो गया।

यह एक दुबली-सी लड़की थी, शरीर पर हल्के कपड़े पहने हुए।

"गुड नाइट," गैब्रिएल ने गर्मजोशी से कहा।

"गुड नाइट," लड़की ने गैब्रिएल से कहा।

इस आवाज में अद्भुत आकर्षण था : रूमानीपन व्यंजित करनेवाली यह वह धीमी और सुरीली धुन थी जिसके बारे में सुना तो बहुत जाता है लेकिन अनुभव जगत में उसे पाया मुश्किल से जाता है।

"कृपया मुझे बता दें कि वारेन के शराबखाने जाने के लिए क्या मैं सही रास्ते पर चल रहा हूँ?" गैब्रिएल ने मुख्यतः सूचना पाने के लिए और साथ में इस संगीत को थोड़ा

---

* पड़ोसी से वैसे ही प्रेम करो जैसे तुम खुद से करते हो—बाइबिल में कई जगह यह कथन मिलता है।—अनु.

और सुनने के लिए, दुबारा कहा।

"बिल्कुल ठीक। यह पहाड़ी के निचले हिस्से में है। और क्या आपको पता है—" लड़की झिझकी, और फिर दुबारा कहना शुरू किया, "क्या आपको पता है कि बक्स हेड सराय कब तक खुली रहती है?" वह गैब्रिएल की गर्मजोशी से वैसे ही प्रभावित लग रही थी जैसे गैब्रिएल उसके स्वरों के उतार-चढ़ाव से प्रभावित हो गया था।

"मुझे नहीं पता कि बक्स हेड सराय कहाँ है, मुझे इसके बारे में कुछ नहीं पता। क्या आज रात आपका वहाँ जाने का विचार है।"

"हाँ—" स्त्री दुबारा हिचकिचाई। बातचीत जारी रखने की कोई जरूरत नहीं थी और लगता था कि उसके बेवजह आगे बात जोड़ देने के पीछे ऐसी बात कहकर उदासीनता जताने की छिपी इच्छा थी जो निष्कपट लोगों में तब दिखती है जब वे छलपूर्वक अभिनय करते हैं। "आप वेदरबरी के रहनेवाले नहीं हैं?" उसने संकोचपूर्वक कहा।

"मैं यहाँ का नहीं हूँ। मैं हाल ही में आया हुआ नया गड़ेरिया हूँ।"

"मामूली गड़ेरिया—पर अपने तौर-तरीकों से तो आप किसान जैसे लगते हैं।"

"मामूली गड़ेरिया," गैब्रिएल ने पूरी लय से दुहराया। उसके विचार अतीत की ओर चले गए, उसकी आँखें लड़की के पैरों की ओर, और पहली बार उसका ध्यान गया कि वहाँ एक प्रकार का गट्ठर पड़ा हुआ है। शायद लड़की ने उसके चेहरे की दिशा भाँप ली क्योंकि उसने अनुनयपूर्वक कहा :

"मुझसे यहाँ मिलने के बारे में गाँव में कुछ मत बताना—नहीं बताओगे न? कम से कम एक-दो दिन तो नहीं।"

"अगर आप चाहती हैं कि मैं न बताऊँ तो नहीं बताऊँगा," ओक ने कहा।

"आपका तहेदिल से शुक्रिया," लड़की ने जवाब दिया, "मैं थोड़ी गरीब हूँ और नहीं चाहती कि लोग मेरे बारे में कुछ जानें।"

इसके बाद वह चुप हो गई और ठंड से काँपने लगी।

"इतनी ठंडी रात में आपको शरीर पर चादर डालकर निकलना चाहिए," गैब्रिएल ने कहा, "मेरी सलाह है कि आप घर के अन्दर रहें।"

"अरे नहीं—बुरा तो नहीं मानेंगे अगर मैं आपसे कहूँ कि मुझे मेरे हाल पर छोड़कर आप आगे जाइये? आपने जो कुछ मुझे बताया उसके लिए बहुत-बहुत धन्यवाद।"

"जाता हूँ मैं," उसने हिचकिचाते हुए आगे कहा—"चूँकि आपकी आर्थिक स्थिति अच्छी नहीं है, शायद मेरी तरफ से यह तुच्छ भेंट आपको स्वीकार हो। यह केवल एक शिलिंग है, लेकिन मेरे पास देने के लिए इतना ही है।"

"ठीक है—मैं ले लूँगी," अजनबी लड़की ने कृतज्ञतापूर्वक कहा।

उसने अपना हाथ बढ़ाया : गैब्रिएल ने अपना। अँधेरे में पैसा दूसरे हाथ में पहुँचने से पहले एक-दूसरे की हथेलियों को महसूस करने में एक ऐसी सूक्ष्म घटना हो गई जिसने बहुत कुछ कह दिया। गैब्रिएल की उँगलियाँ इस युवा औरत की कलाई पर थम गईं। यह

भयानक तीव्रता से धड़क रही थी। अकसर उसने ऐसी ही तेज रफ्तार की धड़कन अपने मेमनों की और्विक धमनी में उनके तेज दौड़ने के बाद महसूस की थी। इससे जीवन-शक्ति के भारी क्षय का संकेत मिलता था, जो लड़की के शरीर और उसकी कदकाठी को देखते हुए पहले ही बहुत कम थी।

"क्या बात है?"

"कुछ नहीं।"

"लेकिन कुछ तो है?"

"नहीं, नहीं, नहीं। मुझसे मुलाकात को राज ही रहने देना।"

"अच्छी बात है—ऐसा ही करूँगा। एक बार फिर गुड नाइट।"

"गुड नाइट।"

लड़की पेड़ के पास बिना हिले-डुले खड़ी रही, और गैब्रिएल नीचे वेदरबरी, या कभी-कभी लोवर लांगपडल के नाम से पुकारे जानेवाले गाँव में चल दिया। उसके मन में आया कि उस दुबली और नाजुक काया को स्पर्श करते समय उसने अपने को बड़ी गहरी उदासी में छोड़ दिया था। लेकिन मात्र मानसिक प्रभावों को सन्तुलित रखने में ही बुद्धिमानी है, और गैब्रिएल ने इस पर न सोचने की भरसक कोशिश की।

अध्याय आठ

शराबखाना : गपशप : खबर

वारेन के शराबखाने के चारों ओर एक पुरानी दीवार थी जो आइवी की लताओं से आच्छादित थी, और हालाँकि इस समय बाहर का ज्यादा हिस्सा दिखाई नहीं पड़ रहा था, पर इसकी रूपरेखा से इस इमारत की विशेषता और इसके मकसद का साफ पता चलता था। दीवारों से बाहर निकले हुए फूस के एक छप्पर की ढलान बीच में ऊपर की ओर थी जिस पर चारों तरफ लगी झिलमिलीवाली लकड़ी की चिमनी नजर आती थी, और इसके सुराखों से निकल रही रोशनी में रात की हवा में आहिस्ता-आहिस्ता फैलते कुहरे को देखा जा सकता था। सामने खिड़की नहीं थी, लेकिन दरवाजे के एक चौकोर छेद में एकमात्र शीशा चमक रहा था, जिसके बीच से होकर लाल रंग की सुकून पैदा करनेवाली किरणें सामने आइवी से ढँकी दीवार तक फैल रही थीं। अन्दर से आवाजें आ रही थीं।

उँगलियों से अन्धे आदमी की तरह टटोलते हुए ओक के हाथ दरवाजे की सतह पर फिसलते हुए चमड़े के एक फीते तक जा पहुँचे जिसको उसने खींच दिया। इससे लकड़ी की साँकल उठ गई और दरवाजा झटके से खुल गया।

भीतर कमरा सिर्फ अँगीठी से निकलनेवाली गुलाबी चमक से प्रकाशित था जो अस्त

होते सूरज की तरह चमक रही थी और अगल-बगल एकत्रित सभी लोगों के चेहरों के उतार-चढ़ावों की परछाईं ऊपर फेंक रही थी। ऊँचे-नीचे पत्थर-जड़े फर्श के बीच में दरवाजे से भट्ठी तक लगातार आने-जाने से रास्ता-सा बन गया था। एक तरफ खुरदरे बलूत की लकड़ी की टेढ़ी-मेढ़ी बेंच फैली थी, और बिल्कुल कोने में बिस्तर के साथ एक छोटी-सी चारपाई पड़ी थी जिसका मालिक और जिस पर अकसर बैठनेवाला था शराबखाने का मालिक।

यह बुजुर्ग व्यक्ति इस समय आग के सामने बैठा था, उसके रूखे सफेद बाल और दाढ़ी उसके गठीले शरीर पर इस तरह बढ़े हुए थे जैसे पत्तियों से खाली सेब के पेड़ पर भूरी काई और शैवाल। वह ऊपर से ढीला और नीचे से तंग पाजामा और टखनों से ऊपर तक आनेवाले फीतेदार जूते पहने था; उसकी आँखें आग पर गड़ी थीं।

गैब्रिएल की नाक नई माल्ट की मीठी महक से भर गई। बातचीत (जो शायद इस बात को लेकर थी कि आग कहाँ से लगी) तुरन्त रुक गई, और सबने उसे माथे पर बल डालकर और आँखों को सिकोड़कर ऐसे देखा जैसे वह उनकी नजरों में चुभ रहा तेज प्रकाश हो। यह क्रिया पूरी हो जाने के बाद कई लोग एक साथ बोल पड़े :

"अरे, मेरे ख्याल से नया गड़ेरिया यही है।"

"हमें दरवाजे पर अटेरन की तलाश में पंजा मारते किसी हाथ की आवाज महसूस तो हुई लेकिन हमें लगा कि यह इधर से उधर उड़ गए किसी सूखे पत्ते की आवाज है," दूसरे ने कहा। "आ जाओ भाई : तुम्हारा स्वागत है, हालाँकि हमें तुम्हारा नाम नहीं पता।"

"गैब्रिएल ओक—ये नाम है मेरा, दोस्तो।"

इस पर बीच में बैठा हुआ बूढ़ा माल्टवाला मुड़ा—उसका मुड़ना वैसे ही था जैसे किसी जंग लगे हुए क्रेन का मुड़ना।

"यह नारकॉम्बवाले ग्रैबिएल ओक का नाती तो नहीं है!" उसने फार्मूलाबद्ध आश्चर्य से कहा जिसका मकसद यह नहीं था कि उसकी बात का सीधा-सीधा अर्थ निकाला जाए।

"मेरे पिता और दादा का नाम गैब्रिएल था," गड़ेरिए ने निर्विकार भाव से कहा।

"जब मैंने अनाज के ढेर पर देखा था तभी मुझे लगा कि इस आदमी का चेहरा देखा हुआ है। और अब तक कहाँ काम-धाम करते रहे, भाई?"

"मैं यहीं बसने की सोच रहा हूँ," मिस्टर ओक ने कहा।

"तुम्हारे दादा से बरसों का परिचय था।" माल्टवाला कहता रहा, शब्द इस तरह अपने आप बाहर आ रहे थे जैसे कि पहले का ही दिया गया संवेग पर्याप्त हो।

"अच्छा—आप जानते थे!"

"तुम्हारी दादी को भी जानता था।"

"अच्छा, उनको भी!"

"इसी तरह तुम्हारे बाप को तो तब से जानता था जब वह बच्चा था। मेरा लड़का जेकब और तुम्हारा बाप पक्के दोस्त थे—इसमें तो कोई शक नहीं—थे न, जेकब?"

"बिल्कुल," उसके पैंसठ वर्षीय बेटे ने कहा जिसका सिर आधा गंजा था और जिसके ऊपरी जबड़े के बाएँ कोने में एक दाँत इस तरह सीधा लटका था जैसे किसी पटरी पर मील का पत्थर हो। ''लेकिन जो से उनकी ज्यादा जान-पहचान रही। हालाँकि मेरा लड़का विलियम इस आदमी को हमसे भी पहले जानता रहा होगा—है न, बिली, तुम्हारे नारकॉम्ब छोड़ने से पहले?''

"नहीं, वह एण्ड्रयू था," जेकब के लड़के बिली ने कहा जिसकी खासियत यह थी कि उसके उदास शरीर में प्रसन्न आत्मा का निवास था और उसके गलमुच्छे यहाँ-वहाँ फर की रूपरेखा अख्तियार कर रहे थे।

"एण्ड्रयू की तो याद मुझे भी है," ओक ने कहा, "जब मैं बिल्कुल बच्चा था तब वह उस जगह रहता था।"

"अरे—अभी उस दिन मैं और मेरी सबसे छोटी लड़की लिडी मेरे नाती के बपतिस्मे में थे," बिली कहता रहा, "हम लोग इसी परिवार की बात कर रहे थे, और पिछले शुद्धिकरण संस्कारवाले दिन की बात है जब कमाए गए लाभ का हिस्सा दूसरे सबसे गरीब आदमी को दिया जाता है। मुझे याद आता है कि उन सबको चर्च में कर-दाताओं के प्रतिनिधि के पास जाना पड़ा था—हाँ, इसी आदमी के परिवार के पास।"

"आओ दोस्त, और पियो। हम ऐसे ही साथ-साथ पीकर स्वागत करते हैं—बूँदभर रस ले लो, इसमें कुछ खास नहीं है," माल्ट बनानेवाले ने आग पर से अपनी आँखों को हटाते हुए कहा। उसकी आँखें सिन्दूरी लाल थीं और वर्षों से आग में निगाहें गड़ाए रहने के कारण धुँधली हो गई थीं। "जेकब, जरा मग उठाना। देखो कि यह गर्म है या नहीं।"

जेकब राख में पड़े हुए मग की ओर झुका। दो हत्थोंवाला लम्बा मग गर्मी से चटका और जला हुआ था। बाहर से यह कुछ विजातीय पदार्थ से आवृत्त था, विशेष रूप से हत्थों की दरारें जिनके भीतरी हिस्से में सालों से सूर्य के प्रकाश का सम्पर्क नहीं हुआ था। इनके ऊपर राख की पपड़ी जम गई थी जो कभी-कभी शराब से गीली होकर और आँच से तपकर कड़ी होती गई थी। लेकिन किसी होशियार पीनेवाले के लिए यह कप इस कारण बुरा नहीं था क्योंकि अन्दर से और किनारे पर इसमें बेजोड़ सफाई थी। पता नहीं क्यों वेदरबरी में इस प्रकार के मग को 'ईश्वर माफ करे' कहा जाता था; शायद इसलिए क्योंकि इसके आकार से किसी भी पियक्कड़ को खुद पर शर्म आ जाती है जब इसको पीकर खाली करते हुए वह इसकी तली देखता है।

जेकब को जब यह आदेश मिला कि वह बताए कि शराब गर्म है या नहीं तो उसने शान्ति से थर्मामीटर की तरह अपनी तर्जनी इसमें डुबो दी और यह बताते हुए कि यह सही अनुपात में गर्म है उसने कप को उठाया और अपने कुर्ते के निचले हिस्से से बड़ी सभ्यता से पेंदी की कुछ धूल झाड़ने की चेष्टा की क्योंकि गड़ेरिया ओक नवागन्तुक था।

"ओक के लिए साफ कप लाओ," माल्ट बनानेवाले ने आदेशात्मक लहजे में कहा।

"नहीं—कतई नहीं," गैब्रिएल ओक ने एतराज के भाव से कहा। "मैं शुद्ध अवस्था

की गन्दगी पर नाक-भौं नहीं सिकोड़ता जब मुझे पता है कि यह क्या चीज है।" मग को लेते हुए उसने इसमें से एक-दो इंच की गहराई तक पिया और उसे अगले आदमी की तरफ बढ़ा दिया। "मैं दोस्तों को धोने-पोंछने की इतनी तकलीफ नहीं देना चाहता जब इस दुनिया में पहले से ही करने के लिए इतना सारा काम है।" बड़े-से मग से घूँट भरने के कारण थमी साँसों पर काबू पाने के बाद ओक ने कुछ नरम लहजे में कहा।

"बहुत समझदार आदमी है," जेकब ने कहा।

"सही है, सही है; इससे इनकार नहीं किया जा सकता!" एक तेज-तर्रार नौजवान ने कहा—मार्क क्लार्क नाम का यह हँसमुख और मिलनसार व्यक्ति खलिहान पर मौजूद लोगों में से एक था। इस व्यक्ति से रास्ते में कहीं मिलने का मतलब था इससे परिचय करना, परिचय करने का मतलब था इसके साथ पीना, और दुर्भाग्य से साथ पीने का मतलब था पीने का भुगतान करना।

"और ये लो थोड़ी रोटी और सुअर का नमकीन मांस जो मालकिन ने भेजा है, गैब्रिएल। कुछ खाकर पिओगे तो शराब आराम से अन्दर जाएगी। लेकिन मांस को ज्यादा मत चबाना क्योंकि जब मैं इसे ला रहा था तो यह मुझसे बाहर सड़क पर गिर गया था और हो सकता है कि यह थोड़ा किरकिरा हो गया हो। लेकिन यह साफ गन्दगी है, और जैसा कि तुम कहते हो हम सबको पता है कि यह क्या है, और हम देख रहे हैं कि तुम ज्यादा नुक्ताचीनी करनेवाले आदमी नहीं हो, गड़ेरिए।"

"सही है, सही है—बिल्कुल नहीं," ओक ने दोस्ताना लहजे में कहा।

"अपने दाँतों को एकदम मत सटने देना और तुम्हें रेत का बिल्कुल अहसास नहीं होगा। जुगाड़ हो तो कैसे-कैसे अद्भुत काम किए जा सकते हैं।"

"बिल्कुल मेरे मन की बात कही, दोस्त।"

"वाह, ये है अपने दादा का असली नाती।—इसके दादा बिल्कुल ऐसे ही सीधे-सादे इनसान थे!" माल्टवाले ने कहा।

"पियो हेनरी फ्रे—पियो," जॉन कोग्गन ने दिल खोलकर कहा—जब यह पात्र उनके बीच धीरे-धीरे गोलाई में घूमकर उसकी तरफ आता दिखाई पड़ा। जान कोग्गन ऐसा व्यक्ति था जो शराब के मामले में सेंट साइमन की तरह सबकी बराबर की हिस्सेदारी में यकीन रखता था।

अब तक विचारमग्न होकर बीच हवा में घूरता हुआ हेनरी वापस अपनी दुनिया में आ चुका था इसलिए उसने इनकार नहीं किया। वह अधेड़ अवस्था से थोड़ा अधिक का व्यक्ति था जिसकी भौंहें उसके माथे में चढ़ी हुई रहती थीं जो उसके श्रोताओं के मार्फत इस दुनिया को असीम पीड़ाभरी निगाह से देखकर यह बताती थीं कि इस दुनिया के कायदे-कानून बुरे हैं। वह अपने हस्ताक्षर हमेशा 'हेनेरी' के नाम से करता था—इसी वर्तनी का सख्ती से पालन करते हुए, और कभी संयोग से कोई स्कूलमास्टर अगर यह टिप्पणी करने की हिम्मत कर लेता कि 'न' में 'ए' की मात्रा फालतू और पुराने फैशन की है तो

उसको जवाब मिलता कि उसका बपतिस्मा 'हेनेरी' के नाम से हुआ है और वह इस नाम को छोड़ेगा नहीं—यह बात वह इस लहजे में कहता था जैसे वर्तनी के अन्तरों का उसकी निजी पहचान से बहुत गहरा सम्बन्ध हो।

मिस्टर जान कोग्गन जिन्होंने हेनेरी की तरफ कप बढ़ाया था, विस्तृत मुखाकृतिवाले किरमिजी रंग के और आँखों में एक खास चमकवाले शख्स थे जिनका नाम वेदरबरी और आसपास के गाँवों में पिछले बीस वर्षों में सम्पन्न असंख्य विवाहों में चर्च के रजिस्टर में सहबाला और प्रमुख गवाह के रूप में दर्ज किया गया था। बहुधा वह बपतिस्मों में भी मुख्य धर्मपिता का स्थान लेते रहते थे।

"लो मार्क क्लार्क—लो। पीपे में अभी और बहुत है," जॉन ने कहा।

"हाँ—हाँ—ले रहा हूँ; यही तो मेरी अकेली दवा है," मार्क क्लार्क ने जवाब दिया जो जॉन कोग्गन से बीस वर्ष छोटा होते हुए भी उसी के स्वभाव का था। वह बाकी अवसरों पर अपनी हँसी छिपाकर रखता था ताकि लोकप्रिय पार्टियों में विशेष तौर पर हँसी का फव्वारा छोड़ा जा सके।

"क्यों जोसेफ पुअरग्रास, तूने एक बूँद भी नहीं चखी!" कोग्गन ने कप को पीछे एक आदमी की तरफ बढ़ाते हुए कहा।

"इतना सीधा-सादा आदमी है यह!" जेकब स्मालबरी ने कहा। "क्यों भई, जोसेफ, मैंने सुना है कि तुम अपनी नौजवान मालकिन के चेहरे को देखने तक की हिम्मत नहीं जुटा पाते?"

सभी ने जोसेफ पुअरग्रास को दयापूर्ण तिरस्कार के भाव से देखा।

"नहीं—मैंने शायद ही कभी उनका चेहरा देखा होगा," जोसेफ ने कृत्रिम हँसी हँसते हुए और बातचीत के दौरान अपने शरीर को सिकोड़ते हुए कहा जो कि जाहिरा तौर पर बेवजह महत्व प्रदान किए जाने के कारण था। "और जब मैंने उनको देखा तो मैं बस शर्माता ही रहा।"

"बेचारा," मार्क क्लार्क ने कहा।

"बड़ा अजीब स्वभाव है," जान कोग्गन ने कहा।

"हाँ," जोसेफ पुअरग्रास ने कहा—उसका शर्मीलापन जो एक कष्टप्रद कमी की तरह था, अब रोचक अध्ययन का विषय बनकर उसे थोड़ा आत्मसुख प्रदान कर रहा था।

"जब वह मुझसे बात कर रही थीं तो मैं एक-एक मिनट शर्म से गड़ा जा रहा था।"

"तुम्हारी बात का हमें यकीन है, जोसेफ पुअरग्रास क्योंकि हम सब जानते हैं कि तुम एक बहुत ही शर्मीले आदमी हो।"

"आदमी के लिए यह बेहूदा गुण है, बेचारा," माल्टवाले ने कहा, "और हमें पता है कि तू लम्बे समय से इससे पीड़ित रहा है।"

"अरे, अपने बचपने से ही। हाँ—माँ तो इसके बारे में दिल से परेशान रहती थी। लेकिन सब फिजूल।"

"क्या कभी तूने आगे बढ़कर इसे रोकने का प्रयास किया, जोसेफ पुअरग्रास?"

"अरे, हर प्रकार की संगत आजमा डाली। मुझे ग्रीनहिल के मेले में कलाबाजी और घुड़सवारी की एक बड़ी प्रदर्शनी में ले जाया गया जहाँ अगल-बगल औरतें घोड़ों पर खड़ी होकर अपनी कमीज को छोड़ कुछ भी और पहने बिना घुड़सवारी कर रही थीं लेकिन इससे मेरे अन्दर रत्तीभर सुधार नहीं आया। और इसके बाद मुझे कास्टरब्रिज में 'टेलर्स आर्म्स' के पीछे स्थित 'वीमेंस स्किटल एले' में सन्देश-वाहक लगाया गया। यह बहुत ही भयावना पापपूर्ण काम था। मुझे सुबह से शाम तक खड़े होकर बुरे लोगों का चेहरा ताकना होता था; लेकिन कोई फायदा नहीं हुआ—कुल मिलाकर मैं पहले की तरह ही बना रहा। दब्बूपन मेरे परिवार में पीढ़ियों से रहा है। चलो, यही शुक्र है कि मेरी हालत और बुरी नहीं है।"

"सच है," जेकब स्मालबरी ने इस विषय पर और भी गहराई से विचार करते हुए कहा। "यह देखने की बात है कि तुम्हारी हालत और भी खराब हो सकती थी, लेकिन जो हालत अभी है, तुम्हारे लिए काफी दुखदायी है, जोसेफ। क्योंकि तुम जानते ही हो कि, भले ही किसी औरत के लिए यह बहुत अच्छी बात है, लेकिन सत्यानाश हो इसका, आदमी के लिए यह अटपटी बात है। बेचारा!"

"बिल्कुल है—बिल्कुल है," गैब्रिएल ने विचारों से अपना ध्यान हटाते हुए कहा। "हाँ—आदमी के लिए बहुत अटपटी बात है।"

"अरे—यह बहुत डरपोक भी है," जान कोग्गन ने कहा। "एक बार यह याल्बरी बॉटम में रात में काम कर रहा था, और एकाध घूँट पी ली थी, याल्बरी के जंगलों से होकर घर लौटते समय यह रास्ता भटक गया—भूले थे कि नहीं, उस्ताद पुअरग्रास?"

"नहीं, नहीं, नहीं—वह कहानी नहीं!" इस सीधे-सादे आदमी ने अपनी घबराहट छुपाने के लिए जबर्दस्ती हँसते हुए प्रतिवाद किया।

"और अपनी कोई सुध-बुध नहीं रह गई इसे," मिस्टर कोग्गन ऐसे निर्विकार भाव से कहते रहे जिससे पता चलता था कि किसी वास्तविक कहानी को वक्त की तरह आगे बढ़ते रहना चाहिए और किसी शख्स की परवाह नहीं करनी चाहिए। "और जब यह काफी डरा-डरा-सा पेड़ों के बीच रास्ता भटककर रात के अँधेरे में आ रहा था और चिल्ला रहा था, 'भाइयो, मैं भटक गया हूँ! भाइयो, मैं भटक गया हूँ' तो उसी समय संयोग से एक उल्लू 'हू-हू-हू!' चिल्ला रहा था, जैसा कि तुम्हें पता है उल्लू करते ही हैं, गैब्रिएल (गैब्रिएल ने सिर हिलाया), और जोसेफ ने सिर से पैर तक काँपते हुए जवाब दिया, वेदरबरी का जोसेफ पुअरग्रास हूँ, सर!"

"नहीं, नहीं, अब—बहुत हो गया," इस डरपोक आदमी ने अचानक ही बेहिचक साहस दिखाते हुए कहा। "मैंने सर नहीं कहा था—मैं अपनी कसम खाता हूँ मैंने ऐसा नहीं कहा था कि 'वेदरबरी का जोसेफ पुअरग्रास हूँ, सर।' नहीं, नहीं, जो सही है वह सही है, और मैंने पंछी को कभी 'सर' नहीं कहा क्योंकि मुझे अच्छी तरह पता था कि कोई भी भलामानस रात के अँधेरे में वहाँ नहीं पुकारेगा। 'वेदरबरी का जोसेफ पुअरग्रास हूँ'—बस इतना ही

कहा था मैंने, और मैं यह भी नहीं कहता अगर कीपर डे के यहाँ की मेथेग्लिन शराब का असर न होता...लेकिन अच्छी बात यह है कि बात उतने में ही खत्म हो गई।"

इनमें से कौन-सी बात सही थी, इस सवाल को सभा ने चुपचाप छोड़ दिया, जान विचारात्मक मुद्रा में कहता रहा–

"और यह सबसे डरपोक आदमी है–है न तू जोसेफ? अरे अभी एक बार की बात है कि तुम लैम्बिंगडाउन फाटक पर भटक गए थे–भटके थे कि नहीं, जोसेफ।"

"हाँ, भटका था," पुअरग्रास ने इस तरह जवाब दिया जैसे कि शालीनता की भी कुछ हद होती है और यह मौका ऐसा ही था।

"हाँ–आधी रात का समय भी था। दरवाजा इसकी लाख कोशिश के बावजूद खुल नहीं रहा था और यह सोचकर कि इसमें शैतानी हाथ है, यह घुटनों के बल झुक गया।"

"हाँ," जोसेफ ने आग और शराब की गरमी से तथा जो बातचीत हो रही थी उसकी नाटकीयता की अनुभूति से आत्मविश्वास प्राप्त करते हुए कहा, "मेरा तो दिल ही डूब गया था उस समय; लेकिन मैं घुटनों के बल बैठ गया और ईसा मसीह की प्रार्थना की, और फिर ईसाई धर्म का पूरा कबूलनामा बोला, और इसके बाद पूरी श्रद्धा से मूसा के दसों धर्मादेश भी बोल गया। लेकिन नहीं, दरवाजा खुलता ही नहीं था; और फिर मैंने चर्च की सुबह-शामवाली प्रार्थना शुरू कर दी और सोचने लगा कि अब तो चार प्रार्थनाएँ हो गईं और किताबों से कुल मिलाकर इतना ही ज्ञान मुझे मिला है और अगर इससे भी बात नहीं बनी तो कुछ नहीं हो पाएगा, और मैं एक भटका हुआ इनसान ही रह जाऊँगा। अब जब मैं प्रार्थना की आखिरी पंक्ति बोलकर उठा तो देखा कि फाटक खुल रहा था–हाँ, दोस्तो, फाटक पहले की तरह ही खुल गया।"

सभी इस स्पष्ट अटकलबाजी पर चिन्तन में डूब गए और इस दौरान सबकी निगाहें राख के गड्ढे में गड़ गईं जो मध्याह्न के सूर्य में मरुस्थल की तरह चमक रहा था और इससे उनकी आँखें कुछ तो प्रकाश के कारण और कुछ बहस के विषय की अमूर्तता के कारण लम्बी और सिकुड़नभरी हो गईं थीं।

गैब्रिएल ने चुप्पी तोड़ी। "ये जगह रहने के लिए कैसी है–और काम करने के लिहाज से मालकिन कैसी हैं?" इस प्रकार जब गैब्रिएल ने अपने हृदय के अन्तरतम में स्थित विषय पर सभा का ध्यान आकृष्ट कर दिया तो उसे थोड़ी प्रसन्नता की अनुभूति हुई।

"हम उसके बारे में नहीं जानते–कुछ नहीं। वह कुछ ही दिनों पहले यहाँ आई है। उसके चाचा की तबियत खराब हुई और काफी अच्छे डाक्टर को बुलाया गया लेकिन वह उस आदमी को बचा नहीं पाया। जहाँ तक मैं समझता हूँ, वह फार्म का काम जारी रखेगी।"

"मेरे ख्याल से मामला ऐसा ही है," जान कोग्गन ने कहा "हाँ, ये बहुत अच्छा परिवार है। मैं तो आज यहाँ कल कहीं और करने के बजाय इन लोगों के लिए काम करना चाहूँगा। इसके चाचा बड़े ही ईमानदार किस्म के आदमी थे। क्या तुम्हें नहीं पता गैब्रिएल–एकदम छड़े थे वह?"

"बिल्कुल नहीं।"

"मैं अपनी पहली पत्नी शार्लोट को पटाने के लिए उनके घर जाया करता था जो उन्हीं के यहाँ ग्वालन का काम करती थी। वाकई बड़े अच्छे स्वभाव के थे एवरडीन परिवार के लोग, और मुझे एक इज्जतदार नौजवान होने के नाते उससे मिलने और जी भरकर हल्की शराब पीने की इजाजत थी—बेशक जो पेट में चला गया उसके अलावा ले जाने की इजाजत नहीं थी।"

"हाँ, हाँ, जान कोग्गन।"

"अरे तुम्हें क्या बताऊँ कि खूब शराब होती थी और मेरी पूरी इच्छा होती थी कि उनकी भलमनसाहत का पूरा खयाल करूँ और अंगुलभर पीने की अशिष्टता करके उस आदमी की उदारता का अपमान न करूँ।"

"सच है, उस्ताद कोग्गन—ऐसा करना उनका अपमान करना ही होता," मार्क क्लार्क ने समर्थन किया।

"—और इसलिए मैं जाने से पहले नमकीन मछली खाया करता था, और तब वहाँ पहुँचने तक मेरा गला इतना सूख जाता था जैसे चूने की टोकरी—इतना अधिक सूखा होता था कि शराब सट से सरक जाती थी—आह, बड़ी आसानी से सरक जाती थी। अच्छा समय था—दिव्य समय था! इतनी प्यारी शराब उस घर में मिलती थी। तुम्हें तो याद होगा जेकब? कभी-कभी तुम भी तो मेरे साथ जाया करते थे।"

"याद है—याद है," जेकब ने कहा। "ईस्टर के बादवाले सोमवार को बक्स हेड में हमने जो पियक्कड़ी की थी, उसमें भी बड़ा मजा आया था।"

"हाँ, आया था। लेकिन बढ़िया किस्म की शराब को छोड़ दिया जाए, जिसको पीने के बाद भी आप इज्जतदार आदमी बनने के करीब नहीं पहुँच पाते, तो—किसान एवरडीन की रसोई में मिलनेवाली शराब की टक्कर का कुछ नहीं था। वहाँ कोई भी फालतू बात करने की इजाजत नहीं थी! न, मामूली-सी भी नहीं, सबसे मस्ती के समय में भी नहीं जब सबने छककर चढ़ा रखी हो; हालाँकि ऐसे मौकों पर मदमस्त आदमी को दो-चार गालियाँ उछाल देने में बड़ा मजा आता है।"

"सही कहा," माल्टवाले ने कहा। "कुदरत का तकाजा है कि बीच-बीच में गालियाँ निकलती रहें, वरना स्वाभाविकता नहीं रह जाएगी; और अपवित्र वचन भी जिन्दगी का एक हिस्सा है।"

"लेकिन शार्लोट," कोग्गन ने आगे कहा—"इस तरह के एक भी शब्द की इजाजत नहीं देती थी, न तो थोड़ी भी फालतू बातचीत करने देती थी...हाय बेचारी शार्लोट—मैं सोचता हूँ कि क्या मरने के बाद स्वर्ग जाने का उसका नसीब था। लेकिन तकदीर से उसका कोई खास बैर तो नहीं था और आखिरकार वह बेचारी अपने आखिरी समय की ओर चल पड़ी।"

"और क्या आप लोगों में से किसी को मिस एवरडीन के माँ-बाप के बारे में जानकारी है?" गड़ेरिए ने पूछा जो बातचीत की एक निश्चित दिशा बनाए रखने में मुश्किल महसूस

कर रहा था।

"मैं उनको थोड़ा-बहुत जानता था," जेकब स्मालबरी ने कहा। "लेकिन वे शहरी लोग थे और यहाँ नहीं रहते थे। उनकी मौत हुए बरसों गुजर गए। पिताजी, मालकिन के माँ-बाप किस तरह के लोग थे?"

"ऐसा है," माल्टवाले ने कहा, "वह देखने में तो कोई खास नहीं थे लेकिन उनकी पत्नी बड़ी खूबसूरत महिला थीं। प्रेयसी के रूप में वह उसको बहुत चाहते थे।"

"ऐसा कहा जाता है कि वह उसको बीसियों बार चूमते थे," कोग्गन ने कहा।

"जब उनकी शादी हुई तो उन्हें अपनी बीवी पर बड़ा नाज था, ऐसा मैंने सुना है," माल्टवाले ने कहा।

"हाँ," कोग्गन ने कहा। 'वह उसको इतना मानते थे कि रात में तीन बार मोमबत्ती जलाकर उसे देखा करते थे।"

"अथाह प्रेम—ऐसा मैंने दुनिया में कहीं और नहीं पाया!" जोसेफ पुअरग्रास बुदबुदाया जिसकी आदत थी कि नैतिक मामलों में अपने विचारों को बहुत बड़े फलक पर व्यक्त करता था।

"निश्चित तौर पर," गैब्रिएल ने कहा।

"हाँ, यह बिल्कुल सच है—मैं उस शख्स और उसकी बीवी दोनों को अच्छी तरह जानता था—याद आया 'लेवी एवरडीन' नाम था उस शख्स का। 'शख्स' तो मैंने जल्दी में कह दिया लेकिन वह समाज में इससे ऊपर के तबके के इनसान थे—बीसियों पौंड की हैसियतवाले वह वाकई एक भलेमानस दर्जी थे। और दो या तीन बार वह बड़े प्रसिद्ध दिवालिया भी हुए।"

"अरे मैं सोच रहा था कि वह बिल्कुल आम आदमी थे।" जोसेफ ने कहा।

"अरे नहीं-नहीं! उस शख्स को पैसों के ढेर की कमी पड़ी; सोने और चाँदी के सैकड़ों सिक्कों की।"

माल्टवाले की साँस जब कुछ उखड़ने लगी तो कोग्गन ने, जो खोए-खोए ढंग से राख में गिरे एक कोयले का निरीक्षण कर रहा था, आँखों को हल्के-से नचाया और कथा का सूत्र अपने हाथ में ले लिया।

"अब तुम यकीन नहीं करोगे लेकिन वह शख्स—हमारी मिस एवरडीन का पिता—थोड़े ही समय बाद सबसे चंचलचित्त पतियों में से एक हो गया। वह चंचलचित्त होना तो नहीं चाहता था लेकिन अपने पर उसका बस नहीं था। वह बेचारा अपने ख्यालों में अपनी पत्नी के प्रति निष्ठावान और सही था लेकिन उसका दिल इधर-उधर भटकता रहता था, चाहे वह कुछ भी कर ले। एक बार इस बारे में उसने मुझसे बड़ी दर्दभरी बात कही थी। 'कोग्गन,' उसने कहा, 'जो औरत मुझे मिली है उससे खूबसूरत औरत की कल्पना तो मैं सपने में भी नहीं कर सकता था; लेकिन सिर्फ इस अहसास से कि उस पर मेरी कानूनी पत्नी होने का ठप्पा लगा हुआ है, मैं अपने पापी दिल को बहकने से नहीं रोक पाता, चाहे मैं

कितनी भी कोशिश कर लूँ।' लेकिन अन्त में उसने, मेरे ख्याल से, इसका समाधान इस तरह किया कि जब वे दूकान बन्द होने के बाद साथ बैठते थे तो वह उसकी शादी की अँगूठी उतरवा देता था और यह कल्पना कर लेता था कि उसकी पत्नी सिर्फ उसकी प्रेमिका है और उससे उसकी शादी हुई ही नहीं है। और जैसे ही वह पूरी तरह इस कल्पना में डूबता कि वह गलत कर रहा है और बाइबिल के सातवें धर्मादेश* का उल्लंघन कर रहा है, वह उसको पहले की तरह चाहने लगता, और इस तरह वे पारस्परिक प्रेम की सच्ची तस्वीर प्रस्तुत करते थे।"

"ठीक है, यह कोई बहुत अच्छा समाधान नहीं था," जोसेफ पुअरग्रास बुदबुदाया, "लेकिन हमें खुश होना चाहिए कि सौभाग्य से हालत इससे बुरी नहीं हुई। आपको पता ही है कि वह गलत रास्ते पर जा सकता था और पूरी तरह से अपना ध्यान गलत रास्ते पर लगा सकता था।

"देखो," बिल स्मालबरी ने कहा, "उस आदमी की इच्छा तो होती थी सही रास्ते पर चलने की, लेकिन उसका दिल उसका साथ नहीं देता था।"

"उसके अन्दर इतना बदलाव आया कि बाद के दिनों में वह बिल्कुल धार्मिक हो गया था, था कि नहीं जान?" जोसेफ पुअरग्रास ने कहा। "उसने और भी गम्भीरता से ईसाई बनने की रस्म दुबारा पूरी की, और पादरी की तरह तेज आवाज में 'आमीन' कहने की आदत डाल ली, और वह कब्रों के पत्थर से सुकून देनेवाली कविताओं की नकल उतारना पसन्द करने लगा। चर्च में चढ़ावे के बोल 'आपका चमके दिव्य प्रकाश' बोले जाते समय वह चढ़ावे की थाली सँभाला करता था, और अभागे अवैध बच्चों के धर्मपिता की भूमिका अदा करता था। खुद से मिलने आए लोगों को अचानक फाँसने के लिए मेज पर वह एक दान-पात्र रखता था; और हाँ, वह चर्च में हँसनेवाले धर्मार्थ विद्यालय के छात्रों के कान इस तरह उमेठ देता था कि वे सीधा तनकर मुश्किल से खड़े हो पाते थे—वह ऐसे कई धार्मिक कार्य करता रहता था जो किसी धार्मिक स्वभाव के व्यक्ति के लिए स्वाभाविक हैं।"

"उस वक्त उसके ख्यालात बहुत ऊँचे थे," बिल स्मालबरी ने आगे कहा। "एक दिन पादरी थर्डली उससे मिले और कहा, 'गुड मॉर्निंग, मिस्टर एवरडीन, आज दिन बड़ा सुहाना है।' 'आमीन,' एवरडीन ने बिल्कुल खोए-खोए अन्दाज में कहा। जब वह किसी पादरी को देखता था तो बस धर्म के बारे में सोचता था। हाँ, वह पक्का धार्मिक आदमी था।"

"उस समय उनकी लड़की कोई खास खूबसूरत नहीं थी," हेनेरी फ्रे ने कहा। 'कभी सोचा नहीं था कि वह इतनी सुन्दर हो जाएगी जितनी आज है।"

"उम्मीद करो कि उसके चेहरे की तरह ही उसका स्वभाव भी अच्छा हो।"
"हाँ, क्यों नहीं—लेकिन काम-काज में हम लोगों से ज्यादा पाला तो कारिन्दे का ही पड़ेगा। आह!" हेनरी ने राख के गड्ढे में घूरकर देखा और इस विडम्बना के बोध से उसके होंठों पर मुस्कुराहट फैल गई।

---

* इस धर्मादेश में परस्त्रीगमन का निषेध किया गया है।—अनु.

"एक विलक्षण ईसाई, उसी कहावत की तरह, 'जैसे शैतान ने उल्लू से कहा,'" मार्क क्लार्क ने बिना पूछे सूचना दी।

"बिल्कुल है," हेनेरी ने इस तरह कहा जिससे संकेत मिलता था कि विडम्बना को एक निश्चित सीमा से आगे नहीं बढ़ना चाहिए। "यह हमारे-तुम्हारे बीच की बात है, मेरे ख्याल से वह शख्स जल्द ही इतवार को भी वैसे ही झूठ बोलेगा जैसे काम के दिनों में बोलता है—मैं तो मानता हूँ।"

"हे भगवान, कैसी बात करते हो," गैब्रिएल ने कहा।

"बिल्कुल सच कह रहा हूँ," इस शख्स ने बुरा-सा मुँह बनाते हुए और सभा में इधर-उधर देखते हुए ऐसी कड़वी हँसी हँसते हुए कहा जो साधारण आदमियों से अलग हटकर जीवन के कष्टों को गहराई से समझने पर आती है। "आह, दुनिया में तरह-तरह के आदमी होते हैं लेकिन वह शख्स—भगवान भला करे!"

गैब्रिएल ने सोचा कि यह विषय बदलने का सही अवसर है। "आपके बेटे इतने बड़े-बूढ़े हैं तो आपकी तो काफी उम्र होगी, माल्टवाले," उसने कहा।

"पिताजी इतने बूढ़े हैं कि मुझे उनकी उम्र की याद नहीं है; आपको याद है, पिताजी?" जेकब बीच में बोल पड़ा। "और इस बीच तो वह काफी झुक गए हैं," जेकब अपने पिता के शरीर को देखता हुआ कहता रहा जो उसके अपने शरीर से कुछ ज्यादा झुका हुआ था। "यकीनन कहा जा सकता है कि पिताजी के शरीर में तीन झुकाव हैं।"

"टेढ़ी कमरवाला आदमी ज्यादा दिनों तक जीता है," माल्टवाले ने गम्भीरता से कहा।।

"गैब्रिएल आपकी जिन्दगी के बारे में सुनना चाहता है—चाहते हो न गैब्रिएल?"

"हाँ, जरूर चाहूँगा," गैब्रिएल ने इतनी ललक से कहा जैसे कई महीनों से यही सुनना चाह रहा हो। "आपकी उम्र क्या होगी, माल्टवाले?"

माल्टवाले ने प्रभाव डालने के लिए बढ़-चढ़कर अपने गले को साफ किया और राख के गड्ढे के सबसे दूरवाले छोर तक अपनी निगाहें दौड़ाते हुए ऐसी धीमी आवाज में बोला जिसका प्रयोग तभी उचित होता है जब विषय का महत्व इतना अधिक हो कि उसको समझने के लिए व्यवहार की कोई भी विचित्रता बर्दाश्त कर ली जाए, "अब मुझे यह तो याद नहीं कि मैं किस साल पैदा हुआ था; लेकिन जिन जगहों पर मैं रहा हूँ उनका हिसाब लगाकर शायद कुछ पता चल जाए। मैं उस तरफ (उत्तर की ओर सिर हिलाते हुए) ऊपरी लांगपडल में ग्यारह साल की उम्र तक रहा। सात बरस किंग्सबियर (पूर्व की ओर सिर हिलाते हुए) में जहाँ मैंने माल्ट बनाने का काम शुरू किया। वहाँ से मैं नारकॉम्ब गया और बाईस साल तक माल्ट बनाई, और बाईस साल ही मैं वहाँ शलजम की निराई और कटाई करता रहा। अरे, मैं उस पुरानी जगह को तब से जानता हूँ जब तुम पेट में भी नहीं थे, उस्ताद ओक (ओक इस तथ्य में पूर्ण विश्वास के भाव से मुस्कुराया)। इसके बाद चार साल तक मैंने डर्नओवर में माल्ट का काम किया और चार ही साल शलजम की निराई का; और ग्यारह-ग्यारह महीनों के लिए चौदह बार मैं मिलपांड सेंट ज्यूड्स (उत्तर पश्चिम की ओर इशारा करते

हुए) में रहा। बूढ़ा ट्विल्स मुझे एक बार में ग्यारह महीने से अधिक के लिए काम पर नहीं रखता था कि अगर कहीं मैं अपाहिज हो जाऊँ तो खैरातखाने का हकदार न हो जाऊँ। इसके बाद मैं मेलस्टाक में तीन साल रहा और देवी मरियम के स्नान का दिन (2 फरवरी) आने तक मुझे यहाँ भी इकतीस बरस हो जाएँगे। कुल कितना हुआ?"

"एक सौ सत्रह," एक वृद्ध सज्जन ने हँसते हुए कहा जिनकी दिमागी जोड़-घटाना करने की ज्यादा और बातचीत करने की कम आदत थी और जो अब तक एक कोने में चुपचाप बैठे थे।

"ठीक है, तो यही मेरी उम्र है," माल्टवाले ने जोर देकर कहा।

"अरे नहीं पिताजी," जेकब ने कहा "आपकी शलजम की निराई का काम गर्मी में था और माल्ट का काम भी उसी साल जाड़े में, और आपको दोनों को अलग-अलग साल में नहीं जोड़ना चाहिए।"

"चुप कर!—गर्मियों के बीच भी मैं ही रहा था या नहीं? बोलो-बोलो। इसके आगे अब तुम यह कहोगे कि मेरी कोई उम्र ही नहीं है?"

"नहीं-नहीं, हम ऐसा नहीं करेंगे," गैब्रिएल ने दिलासा देते हुए कहा।

"आप तो काफी उम्रदराज हैं, माल्टवाले," जान कोग्गन ने भी भरोसा दिलाते हुए सत्यापन किया। "हम सबको यह पता है और पक्के तौर पर आपकी देह का गठन अद्‌भुत है जो आप इतने दिन जी रहे हैं। है न दोस्तो?"

"सच है, सच है—सचमुच आपके शरीर का गठन अद्‌भुत है, माल्टवाले," सभा ने एक सुर में कहा।

माल्टवाला अब शान्त हो जाने के बाद इतना उदार हो गया कि इतनी लम्बी जिन्दगी की अपनी विशेषता को स्वेच्छा से थोड़ा कम करते हुए उसने बताया कि जिस प्याले में से वे लोग पी रहे थे उसकी उम्र उससे तीन साल ज्यादा है।

कप का निरीक्षण चल ही रहा था कि इसी बीच गैब्रिएल ओक के कुर्ते की जेब से उसकी बाँसुरी का कोना दिख गया और हेनेरी फ्रे बोल पड़ा, "गैब्रिएल, पक्के तौर पर मैंने तुम्हें आज से पहले कभी कास्टरब्रिज में बाँसुरी बजाते देखा है।"

"आपने देखा था," गैब्रिएल ने थोड़ा सकुचाते हुए कहा, "दोस्तो, मैं बड़ी मुश्किल में हूँ, और मजबूरी में ऐसा किया। मैं इतना गरीब नहीं था जितना मैं अभी हूँ।"

"कोई बात नहीं, दोस्त!" मार्क क्लार्क ने कहा, "तुम्हें परवाह नहीं करनी चाहिए, तुम्हारा भी समय आएगा। और अब अगर बहुत थकावट न हो तो हमें कोई धुन सुना दो।"

"क्रिसमस के बाद से न तो ढोल सुनने को मिला है, न तुरही," जान कोग्गन ने कहा, "चलो, बजाओ न कोई धुन, उस्ताद ओक!"

"सुनाता हूँ," गैब्रिएल ने अपनी बाँसुरी निकालकर होंठों से लगाते हुए कहा। "दोस्तो, ये बाँसुरी तो बेकार ही है लेकिन जो भी मुझसे बन पड़ेगा, आप लोगों के लिए करूँगा।"

इसके बाद ओक ने 'मेले में जॉकी' की धुन छेड़ दी और तीन बार यह मोहक धुन

बजाई। तीसरी बार उसने बड़े ही कलात्मक और सजीव अन्दाज में अपने शरीर को थोड़ा लचकाते हुए और पैरों से थाप देते हुए धुनों का उतार-चढ़ाव प्रस्तुत किया।

"यह आदमी बाँसुरी बहुत अच्छी बजा सकता है—पक्के तौर पर," एक विवाहित नौजवान ने कहा जिसकी अपनी कोई खास पहचान न होने के कारण लोग उसे "सूजन टाल के पति" के रूप में जानते थे। उसने आगे कहा, "इतनी अच्छी बाँसुरी तो मैं प्रेमी के तौर पर भी नहीं बजा पाऊँगा।"

"यह अकलमन्द इनसान है—और हमारा सौभाग्य है कि ऐसा गड़ेरिया हमारे बीच में है," जोसेफ पुअरग्रास धीमी लय में बुदबुदाया। "हमें शुक्रगुजार होना चाहिए कि इन मस्त धुनों की जगह वह कोई घटिया गाने नहीं बजाता है; क्योंकि आज वह जो कुछ है उसकी जगह उसको निचले दर्जे का घटिया इनसान यानी बुराइयों से भरा हुआ आदमी बना देना ईश्वर के लिए कठिन नहीं था। हाँ, हमें अपनी बीवियों और बेटियों की खातिर वाकई शुक्रगुजार होना चाहिए।"

"सच है, सच है—वाकई शुक्रगुजार होना चाहिए!" मार्क क्लार्क बिना इस बात की परवाह किए कि उसने जोसेफ की पूरी बात नहीं सुनी है, तुरन्त बोल पड़ा।

"हाँ," जोसेफ ने बाइबिल पढ़ानेवाले किसी आदमी की तरह महसूस करते हुए कहा। "क्योंकि आज के समय में बुराई इस तरह पैदा होती है कि आप बिल्कुल सफाचट दाढ़ीवाले और सबसे सफेद कमीज पहने हुए आदमी से भी वैसे ही धोखा खा सकते हैं जैसे चुंगी-फाटक पर किसी फटीचर आवारागर्द से।

"हाँ, अब मुझे तुम्हारा चेहरा याद आ रहा है गैब्रिएल," हेनेरी फ्रे ने अपनी धुँधली आँखों से गैब्रिएल को पहचानते हुए कहा जो अब दूसरी धुन शुरू कर चुका था। "हाँ—अब जब मैं तुम्हें बाँसुरी बजाते देख रहा हूँ तो पहचान रहा हूँ कि कास्टरब्रिज में तुम्हीं को बाँसुरी बजाते मैंने देखा था क्योंकि तब तुम्हारा मुँह ठीक वैसे ही सिकुड़ा हुआ था और आँखें किसी गला दबाए गए आदमी की आँखों की तरह बाहर निकली हुई थीं जैसे वे इस समय हैं।"

"दुख की बात है कि बाँसुरी बजाते समय आदमी का चेहरा डरावने कौवे जैसा हो जाता है," क्लार्क ने गैब्रिएल की मुखाकृति की और भी आलोचना करते हुए कहा, जबकि गैब्रिएल बाँसुरी की जरूरत के अनुसार मुख को डरावने रूप से विकृत करके 'मालकिन डर्डेन' नामक लोकगीत की धुन निकालता रहा।

"तुम्हारे चेहरे का भद्दे ढंग से बयान करने के लिए इस नौजवान की बात का बुरा मत मानना," जोसेफ ने गैब्रिएल के कान में कहा।

"बिल्कुल नहीं," ओक ने कहा।

"—क्योंकि स्वभाव से तो तुम बहुत अच्छे हो, गैब्रिएल," जोसेफ पुअरग्रास ने मोहक विनम्रता से कहा।

"हाँ, सो तो तुम हो ही, गैब्रिएल," सभा ने कहा।

"आप लोगों को बहुत-बहुत धन्यवाद," ओक ने शिष्टाचारवश नम्रतापूर्वक कहा। फिर

भी सोचता रहा कि वह कभी भी बाँसुरी बजाते हुए बाथशीबा के सामने नहीं पड़ेगा। इस निश्चय में उसने वैसा ही विवेक प्रदर्शित किया जैसा इसकी आविष्कारक देवी मिनर्वा* ने किया था।

"अरे, जब मेरी और मेरी बीवी की नारकॉम्ब के चर्च में शादी हुई थी," बूढ़े माल्टवाले ने कहा जो बातचीत के विषय से अपने को बाहर कर दिए जाने से खुश नहीं था, "तो आसपास के इलाके में हमको सबसे सुन्दर जोड़ा माना गया था—हर किसी ने ऐसा कहा।"

"कहना ये चाहते हो कि तुम्हारे चेहरे की बनावट में यह बदलाव अभी आया है?" एक तरफ से आवाज आई जिसमें स्पष्ट यथार्थवाद के कारण स्वाभाविक उत्साह था। यह आवाज पीछे बैठे एक वृद्ध सज्जन की तरफ से आई थी जिनकी आक्रामकता और ईर्ष्यालु स्वभाव की क्षतिपूर्ति बीच-बीच में उनकी मन्द मुस्कुराहटों से नहीं हो पा रही थी।

"अरे नहीं, नहीं," गैब्रिएल ने कहा।

"अब और मत बजाओ—गैब्रिएल," सूजन टाल के पति ने कहा, वही विवाहित नौजवान जो एक बार पहले भी बोला था। "अब मुझे चलना चाहिए, और जब कहीं संगीत की धुनें चल रही हों तो मुझे ऐसा लगता है जैसे मुझे बाँध दिया गया हो। जब मैं यह सोचता हूँ कि मेरे चले जाने के बाद भी संगीत चल रहा है और मैं वहाँ नहीं हूँ तो मैं बिल्कुल उदास हो जाता हूँ।"

"तो जल्दी किस बात की है, लेबन?" कोग्गन ने पूछा। "तुम तो सबसे देरी तक रहा करते थे।"

"हाँ, देखो दोस्तो, हाल ही में मेरी शादी हुई है और अब उसके प्रति मेरा फर्ज है, और इसलिए आप समझ..." नौजवान के शब्द बीच में ही लड़खड़ा गए।

"कहावत भी तो है कि नए मालिक के नए कानून," कोग्गन ने टिप्पणी जड़ दी।

"हाँ, मेरा ख्याल है—हा, हा!" सूजन टाल के पति ने जिस लहजे में कहा उससे लगता था कि हँसी-मजाक को बुरा माने बिना स्वीकार करना उसकी आदत है। इसके बाद इस नौजवान ने सबका अभिवादन किया और चल पड़ा।

सबसे पहले हेनेरी फ्रे ने अनुकरण किया। इसके बाद गैब्रिएल उठा और जान कोग्गन के साथ चला गया जिसने उसको ठहरने की जगह दे दी थी। कुछ मिनट बाद जब बचे हुए लोग भी उठकर चल ही देनेवाले थे कि फ्रे दुबारा बड़ी जल्दी में आया। अपनी उँगलियों को अनिष्टसूचक ढंग से दिखाते हुए उसने खबर से लबालब अपनी निगाह अनायास ही जहाँ डाली वहाँ जोसेफ पुअरग्रास का चेहरा था।

"क्या बात है, क्या बात है हेनेरी!" जोसेफ ने चौंकते हुए कहा।

"क्या गड़बड़ है, हेनेरी?" जेकब और मार्क क्लार्क ने पूछा।

"कारिन्दा पेनीवेज—कारिन्दा पेनीवेज—यही बात है : हाँ यही बात है।"

---

* देवी मिनर्वा—कला और मुक्ति की देवी जिसने बाँसुरी की खोज की लेकिन इसे त्याग दिया क्योंकि इसको बजाने से उसका चेहरा विकृत हो जाता था।

"क्या—कुछ चुराते हुए पकड़ा गया?"

"चोरी ही है। खबर है कि रोजाना की तरह मिस एवरडीन घर आने के बाद ये देखने दुबारा बाहर निकली कि सबकुछ ठीक-ठाक है या नहीं और आने पर देखा कि उसका कारिन्दा पेनीवेज आधा बुशेल (चार गैलन) जौ के साथ खलिहान की सीढ़ियाँ उतर रहा था। वह उस पर बिल्ली की तरह झपटी—ऐसी मर्दाना लड़की तो कभी देखी नहीं—बेशक यह बात मैं सिर्फ आप लोगों से कह रहा हूँ।"

"हाँ—हाँ, हेनेरी।"

"वह उस पर झपटी और संक्षेप में पूरी कहानी यह है कि उसके इस वायदे पर कि वह उसे सजा नहीं देगी, उसने पहले ही पाँच बोरियों का ले जाना कबूल किया। उसको तो एकदम बर्खास्त कर दिया गया है और अब मैं पूछता हूँ कि अगला कारिन्दा कौन होगा?"

सवाल इतना गम्भीर था कि हेनेरी को तत्काल बड़ेवाले कप से तब तक पीने की जरूरत महसूस हुई जब तक अन्दर की पेंदी बिल्कुल साफ दिखाई पड़ने लगी। इससे पहले कि वह इसको मेज पर वापस रख सके, सूजन टाल का पति अन्दर आया जो और भी जल्दी में था।

"क्या तुमने सुना गाँवभर में क्या खबर फैली हुई है?"

"कारिन्दे पेनीवेज के बारे में?"

"नहीं, इसके अलावा?"

"नहीं—कुछ भी नहीं सुना हमने!" उन्होंने जवाब दिया और लेबन टाल को बीचोबीच इस तरह देखा जैसे उसके गले से बाहर आने से पहले ही शब्दों का पता पा लेना चाहते हों।

"कैसी अजीबोगरीब रात है!" जोसेफ पुअरग्रास अपने हाथों को हिलाते हुए बुदबुदाया। "मुझे अपने बाएँ कान में बुरी खबर देनेवाली टनटनाहट सुनाई पड़ी और बिल्कुल अकेला एक नीलकंठ* दिखाई पड़ा है!"

"फैनी रॉबिन—मिस एवरडीन की सबसे छोटी नौकरानी—नहीं मिल रही है। दो घंटे से वे दरवाजे में ताला लगाना चाह रहे हैं लेकिन वह अन्दर नहीं आई। और उन्हें समझ में नहीं आ रहा है कि वे सोने जाएँ कि नहीं, ऐसा न हो कि ताला लग जाने पर वह बाहर ही रह जाए। उन्हें इतनी चिन्ता न होती अगर पिछले कुछ दिनों से उसको इतना उदास न देखा गया होता, और मैरीएन को आशंका है कि बेचारी लड़की की कहीं अकाल-मृत्यु न हो गई हो!"

"ओह—वह जलकर मरी होगी—जलकर मरी होगी!" जोसेफ पुअरग्रास ने सूखे होठों से कहा।

"नहीं—वह डूबकर मरी होगी।" टाल ने कहा।

"या फिर उसके पिता का उस्तरा होगा!" बिली स्मालबरी ने विस्तृत संकेत किया।

---

* नीलकंठ का अकेला दिखना आनेवाले दुख का सूचक माना जाता है। —अनु.

"अच्छा—हमारे सोने से पहले मिस एवरडीन हममें से एक-दो लोगों से बात करना चाहती है। कारिन्दे का लफड़ा और अब इस लड़की का बवाल, मालकिन तो पागल हो गई है।"

वे सभी गली से होते हुए तीव्र गति से फार्महाउस की ओर बढ़ चले। बचा रह गया सिर्फ बूढ़ा माल्टवाला जिसको कोई भी खबर, आग, वर्षा, या बिजली की गड़गड़ाहट उसकी जगह से नहीं हिला सकती थी। जब दूसरे लोगों के पैरों की आहट दूर चली गई तो उसने दुबारा बैठते हुए पहले की तरह अपनी लाल धुँधली आँखों को भट्टी में गड़ा दिया।

उन लोगों के सिरों से ऊपर शयनकक्ष की खिड़की से बाहर हवा में निकले हुए बाथशीबा के कन्धे और सिर धुँधले-से दिखाई पड़ रहे थे। वह रात में रहस्यमय-सा दिखता सफेद गाउन पहने हुए थी।

"क्या मेरे कोई आदमी आप लोगों के बीच में हैं?" उसने चिन्तापूर्वक पूछा।

"हाँ, मैडम; कई हैं," सूजन टाल के पति ने कहा।

"मैं चाहती हूँ कि आप में से दो-तीन लोग कल सुबह आसपास के गाँवों में पता कर लें कि किसी ने फैनी रॉबिन को तो नहीं देखा है। यह काम चुपचाप करना है। अभी हंगामा खड़ा करने की कोई जरूरत नहीं है। जब हम सभी आग बुझाने में व्यस्त थे, तभी वह गई होगी।"

"माफी चाहता हूँ, लेकिन गाँव में कोई नौजवान उसको पटाने में तो नहीं लगा था, मैडम?" जेकब स्मालबरी ने पूछा।

"मुझे नहीं पता," बाथशीबा ने कहा।

"मैंने भी ऐसा कुछ कभी नहीं सुना," दो-तीन लोगों ने कहा।

"इसकी गुंजाइश कम ही है," बाथशीबा ने कहा। "क्योंकि उसका कोई भी इज्जतदार प्रेमी होता तो घर पर आता। उसके गायब होने से जुड़ा सबसे अजीबोगरीब मामला जिससे मुझे काफी चिन्ता हो रही है, यह है कि मैरीएन ने उसे घर से बाहर सिर्फ घरेलू गाउन पहनकर निकलते देखा था—उसने टोपी तक नहीं डाली थी।"

"और माफी चाहते हुए मैं कहना चाहता हूँ, मैडम, कि आपके ख्याल से कोई भी लड़की अपने प्रेमी से मिलने बिना साज-सिंगार के तो नहीं ही जाएगी," जेकब ने अतीत के अनुभवों पर अपना दिमाग दौड़ाते हुए कहा। "सही है, मैडम, ऐसा वह नहीं करेगी।"

"मेरे ख्याल से उसके हाथ में एक गठरी थी हालाँकि मैं ठीक से देख नहीं पाई थी," दूसरी खिड़की से एक महिला की आवाज आई जो मैरीएन की लगती थी। "लेकिन यहाँ उसका कोई प्रेमी नहीं था। उसका प्रेमी कास्टरब्रिज में रहता है, और मेरे ख्याल से वह कोई सैनिक है।"

"क्या तुम्हें उसका नाम पता है?" बाथशीबा ने कहा।

"नहीं, मालकिन; इस मामले में वह बहुत संकोची थी।"

"अगर मैं कास्टरब्रिज की बैरक में जाऊँ तो शायद पता चले," विलियम स्मालबरी ने कहा।

"अच्छी बात है। अगर वह कल नहीं लौटती तो वहाँ जाने का ध्यान रखना और वह जो भी आदमी हो उसे तलाशने की कोशिश करो और उससे मिलो। अगर उसका कोई दोस्त या रिश्तेदार जिन्दा होता तो मुझे इतनी जिम्मेदारी का अहसास न होता। मैं तो यही मना रही हूँ कि ऐसे किसी आदमी से उसे कोई नुकसान न पहुँचे... और फिर यह कारिन्देवाला शर्मनाक मामला है—लेकिन अभी उसकी बात मैं नहीं कर सकती।"

बाथशीबा के लिए परेशानी के इतने कारण थे कि ऐसा लगता था, उसने किसी एक पर जोर देना उचित नहीं समझा। "तो ठीक है फिर, जैसा मैंने कहा, वैसा करना," उसने अन्त में खिड़की के पल्ले बन्द करते हुए कहा।

"हाँ, हाँ, मालकिन! हम वैसा ही करेंगे," उन्होंने जवाब दिया और आगे बढ़ गए।

उस रात कोग्गन के घर में गैब्रिएल ओक अपनी बन्द पलकों के पीछे कल्पनाओं और भागदौड़ में व्यस्त था, जैसे कोई नदी अपने ऊपर जमी बर्फ के भीतर ही भीतर तेजी से बह रही हो। रात का समय ही वह समय था जब वह बाथशीबा को सबसे जीवन्त रूप में देखता था, और अन्धकार में धीमे-धीमे गुजरते समय के बीच इसी समय उसने बड़ी मधुर भावना से उसकी तस्वीर देखी। ऐसा बहुत कम होता है कि कल्पना के आनन्द से निद्राहीनता के कष्ट की क्षतिपूर्ति हो जाए लेकिन आज रात शायद ओक के साथ ऐसा ही हुआ क्योंकि बाथशीबा को देखने के आनन्द मात्र से क्षणभर के लिए देखने और पाने के बीच के भारी अन्तराल की अनुभूति मिट गई।

उसने नारकॉम्ब से अपने थोड़े-बहुत बर्तन और किताबें लाने की योजना पर भी सोचा। उसके पुस्तक भंडार में *द यंग मैंस बेस्ट कम्पेनियन, द फैरियर्स श्योर गाइड, द वेटेरिनरी सर्जन, पैराडाइज लास्ट, द पिल्ग्रिम्स प्रोग्रेस, राबिंसन क्रूसो, एश डिक्शनरी और वाकिंगगेम्स अर्थमेटिक*—ये चन्द किताबें थीं और हालाँकि यह शृंखला सीमित ही थी लेकिन इन्हीं के परिश्रमपूर्ण अध्ययन से जो ठोस जानकारी उसने प्राप्त कर ली थी वह किताबों से लदी फर्लांगभर लम्बी शेल्फ का अध्ययन करनेवाले किसी सुविधाभोगी आदमी से ज्यादा थी।

अध्याय नौ

गृहस्थान : आगन्तुक : दिल की अधूरी बातें

दिन के प्रकाश में ओक की नई मालकिन बाथशीबा एवरडीन का आवास, वास्तुकला की दृष्टि से, पुनर्जागरण के शुरुआती दौर की एक प्राचीन इमारत के रूप में सामने आया और बनावट की दृष्टि से पहली नजर में ही पता चलता था कि, जैसा प्रायः होता है, यह

एक छोटी जागीर के बीच स्थित जागीरदार की गढ़ी रही थी। एक अलग सम्पत्ति के रूप में इसकी पहचान अब खत्म हो चुकी थी और इसे किसी अनिवासी जमींदार के उस विशाल भूभाग में सम्मिलित कर लिया गया था जिसमें ऐसी अनेक छोटी-छोटी सम्पत्तियाँ शामिल थीं।

ठोस पत्थर से गढ़े गए लम्बे धारीदार भित्तिस्तम्भ इसके अग्रभाग में शोभित थे और छत पर चिमनियाँ चौखटाकार या स्तम्भाकार थीं, शिखर पर स्थित कुछ तिकोने कँगूरों और ऐसी ही विशेषताओं में गोथिक वास्तुकला की परम्परा के तत्व विद्यमान थे। पत्थर की टाइलों पर, मुलायम भूरी काई विवर्ण नकली मखमल की तरह गद्दों की आकृति बना रही थी, और अगल-बगल की नीची इमारतों के कोनों से घरेलू प्याजनुमा वनस्पति लीक या सदाबहार सेनग्रीन पौधों के गुच्छे उग आए थे। दरवाजे से सामने सड़क तक जाते बजरी बिछे रास्ते के अगल-बगल भी काई उगी हुई थी—यहाँ इसका रंग चमकीला हरा था—बजरी का अखरोटी भूरा रंग बीच में सिर्फ एक या दो फुट की चौड़ाई में दिखाई पड़ रहा था। एक तरफ यह परिस्थिति और आम तौर पर यहाँ के पूरे परिदृश्य का शान्त माहौल तथा दूसरी तरफ भवन के पिछवाड़े की सजीव और इससे उलट स्थिति देखकर मन में यह ख्याल आता था कि खेती के उद्देश्य से इस इमारत को उपयुक्त बनाने के चक्कर में भीतर ही भीतर इसके मुख्य हिस्सों में काफी परिवर्तन हुए थे। प्रायः देखा जाता है कि कामकाज की दृष्टि से इस तरह के उलटफेर, अजीबोगरीब तोड़फोड़ और भारी आघात उन इमारतों में होते ही रहते हैं जिनकी योजना कभी सिर्फ आनन्द के लिए बनाई गई थी।

आज सुबह यहाँ ऊपर के कमरों में जिन्दादिली से भरपूर आवाजें सुनाई पड़ रही थीं। इन कमरों तक जानेवाला जीना सख्त बलूत की लकड़ी का था और सीढ़ी के जंगले को सँभालनेवाले डंडे पलंग के पाए की तरह भारी थे जिन्हें उनकी शताब्दी के अनूठे फैशन में मोड़ा और ढाला गया था। जीने की रेलिंग मुँडेर के ऊपरी भाग की तरह मजबूत थी और सीढ़ियों में लगातार इस तरह का घुमाव था जैसे कोई व्यक्ति बार-बार अपने कन्धों के पीछे देखने की कोशिश कर रहा हो। ऊपरी तल की सतह बड़ी अनियमित थी, कहीं तो पहाड़ियाँ बन रही थीं, कहीं घाटियाँ बनी हुई थीं और अभी-अभी कालीन हटा दिए जाने से फर्श के घुन खाए तख्तों में लम्बी-लम्बी दरारें दिखाई पड़ रही थीं। किसी भी खिड़की का कोई दरवाजा खोलने या बन्द करने पर झनझनाहट की आवाज होती थी, कोई भी हलचल होने के बाद कम्पन होता था, और कमरे में कहीं भी घूमने पर घूमनेवाले के पीछे-पीछे छाया की तरह चरचराहट की आवाज साथ चलती थी।

जिस कमरे से बातचीत की आवाज आ रही थी उसमें बाथशीबा और उसकी नौकरानी व सहेली लिडी स्मालबरी को फर्श पर बैठकर उस पर फैले कागजों, किताबों, बोतलों और कूड़े के ढेर की छँटाई करते देखा जा सकता था—ये सब स्वर्गीय मालिक की बची हुई घरेलू चीजें थीं। माल्टवाले की पड़पोती लिडी उम्र में बाथशीबा के बराबर थी, और उसके चेहरे में भोली-भाली अंग्रेज देहाती लड़की की झलक थी। अगर उसके नाक-नक्श में सौन्दर्य की कोई कमी थी भी तो यह अभाव उसके परिपूर्ण रंग से भलीभाँति पूरा हो रहा था जिसमें

जाड़े के इस समय में वैसा ही हल्का गुलाबीपन था जो हम टर्बर्ग या जेराई डाउ जैसे चित्रकारों की किसी पेंटिंग में देखते हैं। इन महान चित्रकारों की कलाकृतियों की तरह उसका चेहरा ऐसा था जो मनोहरता और आदर्श स्वरूप के बीच की सीमा-रेखा से पर्याप्त दूरी पर था। लचीले स्वभाव की होते हुए भी वह बाथशीबा से कम साहसी थी, और कभी-कभी कुछ उत्साह भी प्रदर्शित करती थी जो कुछ तो वाकई भावना से होता था और कुछ शिष्टाचारवश जिसमें कर्तव्य भाव भी जुड़ा होता था।

एक अधखुले दरवाजे से नौकरानी मैरीएन मनी द्वारा फर्श पर ब्रश रगड़ने की आवाज आ रही थी। उसके चेहरे के स्थान पर एक गोल कटोरा था जिसमें उम्र से तो कम लेकिन दूर की वस्तुओं को देर तक उलझनभरी निगाहों से देखते रहने के कारण ज्यादा झुर्रियाँ पड़ गई थीं। उसके बारे में सोचने पर हँसी फूट पड़ती थी; उसके बारे में बात करने पर किसी सूखे नार्मंडी सेब का ख्याल आता था।

"अपना ब्रश रगड़ना एक पल के लिए बन्द करो," बाथशीबा ने दरवाजे के बीच से उससे कहा, "मुझे कुछ आवाज सुनाई दे रही है।"

मैरीएन ने ब्रश चलाना बन्द कर दिया।

स्पष्ट हुआ कि यह इमारत के बाहरी हिस्से की तरफ बढ़ती हुई किसी घोड़े की टाप की आवाज थी। घोड़े की कदमताल धीमी हुई, वह दरवाजे की ओर मुड़ा और सबसे अजीब बात यह थी कि यह काईवाले रास्ते से होता हुआ दरवाजे के बिल्कुल निकट पहुँच गया। दरवाजे पर किसी चाबुक या छड़ी की खटखट सुनाई पड़ी।

"कैसी ढिठाई है," लिडी ने धीमे स्वर में कहा, "पैदल रास्ते पर इस तरह घोड़े पर चढ़कर आना! फाटक पर ही क्यों नहीं रुका वह। हाय रब्बा! यह तो कोई भलामानस लगता है! मुझे उसके टोप का ऊपरी सिरा दिख रहा है।"

"चुप कर!" बाथशीबा ने कहा।

लिडी की चिन्ता आगे भी प्रकट होती रही लेकिन शब्दों के बजाय उसके हाव-भाव से।

"कोग्गन की बीवी दरवाजे पर क्यों नहीं जाती?" बाथशीबा ने कहा।

ठक-ठका-ठक, बाथशीबा के दरवाजे पर और भी दृढ़तापूर्वक दुबारा दस्तक हुई।

"मैरीएन, तुम जाओ!" उसने अनेक रूमानी सम्भावनाओं के ख्याल से उत्तेजित होते हुए कहा।

"अरे मैडम—देखिए ये सारा काम फैला पड़ा है!"

मैरीएन पर एक नजर डालने के बाद इस तर्क का कोई जवाब नहीं था।

"लिडी—तुम जाओ," बाथशीबा ने कहा।

लिडी ने अपने हाथों को उठाया जो उस कचरे की धूल से सने हुए थे जिसकी वे लोग छँटाई कर रहे थे और अपनी मालकिन की तरफ अनुनयपूर्वक देखा।

"ये लो—कोग्गन की बीवी जा रही है!" बाथशीबा ने राहत की एक लम्बी साँस छोड़ते

हुए कहा जो उसकी छाती में एकाधिक मिनट से अटकी हुई थी।

दरवाजा खुला और एक गम्भीर आवाज आई, “क्या मिस एवरडीन घर में हैं?”

“देखती हूँ, मिस्टर,” मिसेज कोग्गन ने कहा और अगले ही क्षण कमरे में हाजिर हुईं।

“प्यारी, यह दुनिया कैसी घनचक्कर है!” कोग्गन की बीवी ने कहा (वह एक तन्दुरुस्त औरत थी जिसके पास भाव के अनुसार हर प्रकार की टिप्पणी तैयार मिलती थी : जो विशुद्ध गणितीय शुद्धता से मालपुआ छानने या पोंछा लगाने का काम कर सकती थी, और जिसके हाथ गुँधे आटे से खुरदुरे व बाँहें पपड़ियाई हुई थीं।)

“मालकिन, मैं कभी भी पुडिंग बनाने में ध्यान नहीं लगा पाती क्योंकि एक न एक चीज जरूर हो जाती है—या तो मेरी नाक में खुजली होने लगती है जिसको खुजलाए बिना मैं रह नहीं पाती या कोई दरवाजे पर धमक पड़ता है। अभी तो मिस्टर बोल्डवुड आपसे मिलने आए हैं, मिस एवरडीन।”

औरत का परिधान भी उसके चेहरे-मोहरे का एक हिस्सा होता है और इनमें से किसी एक में कोई गड़बड़ी होने का मतलब होता है दूसरे में भी वैसी ही विकृति या कमी, सो बाथशीबा ने तुरन्त कहा :

“मैं उनसे इस हालत में नहीं मिल सकती। क्या करूँ मैं?”

वेदरबरी के फार्महाउसों में किसी के घर पर न होने की बात स्वाभाविक नहीं लगती थी, इसलिए लिडी ने सुझाव दिया, “कह दीजिए कि आप धूल-मिट्टी में सनी हुई हैं और नीचे नहीं आ सकतीं।”

“हाँ—यह सही लग रहा है,” मिसेज कोग्गन ने अपनी राय जाहिर की।

“कह दो मैं उनसे मिल नहीं पाऊँगी—इतने से काम चल जाएगा।”

मिसेज कोग्गन सीढ़ियों से नीचे गईं और जैसा कहा गया था वैसे ही जवाब दुहरा दिया, अलबत्ता अपनी तरफ से उन्होंने यह भी जोड़ दिया, “मालकिन बोतलों से धूल झाड़ रही हैं, सर, और बिल्कुल धूल से ढँक गई हैं—इसलिए ऐसा है।”

“अच्छी बात है,” गम्भीर आवाज ने उदासीनता से कहा। “मैं सिर्फ यह पूछना चाहता था कि क्या फैनी रॉबिन की कोई खबर है?”

“कोई खबर नहीं है, सर—लेकिन आज रात हमें पता चल जाएगा। विलियम स्मालबरी कास्टरब्रिज गया हुआ है जहाँ बताते हैं कि फैनी का प्रेमी रहता है, और दूसरे लोग भी सब जगह पूछताछ कर रहे हैं।”

इसके बाद घोड़े की टापों की आवाज दुबारा आई और दूर होती चली गई—और दरवाजा बन्द हो गया।

“मि. बोल्डवुड कौन हैं?” बाथशीबा ने कहा।

“लिटिल वेदरबरी के एक भलेमानस किसान हैं।”

“शादीशुदा हैं?”

“नहीं, मिस।”

"उम्र क्या है उनकी?"

"चालीस के हैं—बहुत खूबसूरत—थोड़ा कठोर दिखाई पड़ते हैं—और धनी हैं।"

"ये धूल झाड़ना भी क्या मुसीबत है! कुछ न कुछ बदनसीबी मेरे साथ लगी ही रहती है," बाथशीबा ने भुनभुनाते हुए कहा। "वह फैनी के बारे में क्यों पूछ रहे थे?"

"इसलिए क्योंकि बचपन में उसके आगे-पीछे कोई नहीं था, उन्होंने ही उसको अपने संरक्षण में लेकर स्कूल में डाला, और आपके चाचा के यहाँ उसको जगह दिलाई। इस मामले में वह बहुत दयालु आदमी हैं, लेकिन हाय रे ऊपरवाले!"

"क्या हुआ?"

"किसी औरत के लिए उनके जैसा बेकार आदमी कोई नहीं होगा। हर तरह की औरतों ने उन पर डोरे डाले हैं। आसपास के इलाके की तमाम अच्छी-भली लड़कियों ने कोशिश करके देख लिया है। जेन पार्किंस दो महीने तक बाँदी की तरह लगी रही, और दोनों टेलर बहनों ने एक साल खर्च किया उस पर, और किसान आइव्स की बेटी ने उसके चक्कर में कई रात आँसू बहाए और नए कपड़ों पर बीस पाउंड फूँक डाले, लेकिन हाय रे ऊपरवाले,—इससे तो अच्छा था कि ये सारा पैसा कुएँ में डाल दिया गया होता।"

इसी समय एक छोटा-सा बच्चा आया और उसने भीतर इन लोगों की ओर देखा। यह कोग्गन परिवार का बच्चा था। कोग्गन और स्मालबरी नाम इस जिले के परिवारों में उतने ही प्रचलित थे जितने हमारी नदियों के नामों में एवन और डर्वेंट हैं। खास दोस्तों को दिखाने के लिए हमेशा ही या तो उसका कोई दाँत ढीला होता था या उँगली कटी होती थी। ये कारनामे वह इस भाव से करता था कि ऐसा करके वह दर्द से खाली इनसानों की जमात से कहीं ऊपर उठ गया है—इस प्रदर्शन पर लोगों से उम्मीद की जाती थी कि वे दया के साथ सराहना के भाव से कहें "हाय बेचारा बच्चा।"

"मुझे एक पेनी मिली है!" मास्टर कोग्गन ने लापरवाही से कहा।

"अच्छा—किसने दी तुमको बच्चे?" लिडी ने कहा।

"मिस-टर्र बोल्डवुड! उन्होंने फाटक खोलने के लिए यह दिया।"

"क्या कहा उन्होंने?"

"उन्होंने कहा, 'कहाँ जा रहे हो छोटू?' और मैंने कहा, 'मिस एवरडीन के पास,' और उन्होंने कहा, 'वह गम्भीर महिला हैं, है न छोटू?' और मैंने कहा, 'हाँ।'"

"नटखट कहीं का! तुमने ऐसा क्यों कहा?"

"क्योंकि उन्होंने मुझे पेनी दी!"

"हर जगह झमेला है।" बच्चे के जाने के बाद बाथशीबा ने व्यग्रतापूर्वक कहा। "दफा हो जाओ मैरीएन, या अपना ब्रश रगड़ती रहो, या कुछ भी करो! अब तक तुम्हें अपना घर बसा लेना चाहिए था और यहाँ मुझे हैरान नहीं करना चाहिए था।"

"अरे मालकिन—ऐसा ही करती मैं! लेकिन गरीब आदमियों को मैं नहीं अपनाना चाहती और अमीर आदमी मुझको नहीं अपनाना चाहते और इस तरह मेरी हालत पानी

से बाहर निकाली मछली जैसी हो गई है।"

"क्या कभी किसी ने आपसे शादी करने की इच्छा जताई, मिस?" लिडी ने अकेले होने पर साहस करके पूछा, "मेरे ख्याल से तो बहुतों ने की होगी?"

बाथशीबा क्षणभर के लिए मौन हो गई जैसे कि कोई जवाब नहीं देगी, लेकिन अपने को वृद्धा के रूप में विज्ञापित किए जाने से खफा होने के बावजूद विवाह की इच्छुक कुमारी के तौर पर हाँ कहने की ललक पर काबू पाना मुश्किल था क्योंकि ऐसा कहना वाकई उसके वश में था।

"एक आदमी ने की तो थी इच्छा, एक बार," उसने बड़े ही अनुभवी लहजे में कहा, और गैब्रिएल ओक (किसान रूप में) की तस्वीर उसकी निगाहों के आगे नाच गई।

"कितना अच्छा लगता होगा।" लिडी ने मन ही मन कोई छवि बनाते हुए कहा, "और आपने उसको स्वीकार नहीं किया?"

"वह मेरे जोड़ का नहीं था।"

"तिरस्कार कर देने में भी क्या गजब की बात है जबकि हममें से अधिकांश तो फौरन गदगद होकर 'धन्यवाद!' कह देतीं। लगता है जैसे आपकी वो बातें अभी सुन रही हूँ। 'नहीं मिस्टर—मैं आपसे बेहतर हूँ,' या 'मेरा पैर चूमें महोदय, मेरा चेहरा किसी किस्मतवाले मुँह के नसीब में हैं।' क्या आप उससे प्यार करती थीं, मिस?"

"अरे नहीं। लेकिन मैं उसे थोड़ा-बहुत पसन्द करती थी।"

"अब भी करती हैं?"

"बेशक नहीं—ये किसके कदमों की आहट सुनाई पड़ रही है?"

लिडी ने पिछवाड़े की एक खिड़की से पीछे आँगन में देखा जहाँ अब धीमे-धीमे रात का धुँधलका फैल रहा था। आदमियों की एक टेढ़ी कतार पिछले दरवाजे की तरफ बढ़ रही थी। आगे बढ़ते हुए आदमियों की पूरी शृंखला सधे इरादे से बिल्कुल उसी तरह बढ़ रही थी जैसे वह प्राणी जिसे हम शृंखलाबद्ध सैल्प जन्तु के नाम से जानते हैं, जो हर प्रकार से जुड़े होते हैं और जिनके पूरे परिवार की धड़कन एक होती है। कुछ लोग, रोज की तरह, रूसी बतख की तरह मोटे कपड़े का लकालक सफेद कुर्ता पहने थे, कुछ सफेदीयुक्त भूरे मोटे कपड़े में थे—जो कलाइयों, छातियों, पीठ और आस्तीन पर खूब घने थे। खड़ाऊँ पहने हुए दो-तीन औरतें सबसे पीछे आ रही थीं।

"गँवार यहाँ पहुँच गए हैं—मेरा मतलब है कामगार आ गए हैं," लिडी ने काँच से बाहर नाक सटाकर देखते हुए कहा।

"अच्छी बात है। मैरीएन, नीचे जाओ और मेरे तैयार होने तक उनको रसोईघर में रोको, और उसके बाद उन लोगों की भेंट मुझसे हॉल में करवाओ।"

अध्याय दस

मालकिन और उसके आदमी

आधे घंटे के बाद जब बाथशीबा तैयार होकर लिडी के साथ पुराने हॉल में पहुँची तो उसने पाया कि उसके सभी आदमी दूसरे छोर पर स्थित एक लम्बी बेंच तथा साथ में एक और बेंच पर बैठ चुके थे। वह एक मेज पर बैठ गई और हाथ में कलम लेकर व अपनी बगल में पैसों की कैनवस की थैली रखकर हाजिरी रजिस्टर को खोल लिया। थैली उलटकर उसने सिक्कों का एक छोटा ढेर बना दिया। लिडी ने उसकी कुहनी की तरफ एक जगह चुन ली और बैठकर सिलाई करने लगी, कभी-कभी बीच-बीच में ठहरकर वह किसी अधिकारप्राप्त व्यक्ति की तरह अगल-बगल देख लेती थी, अपने सामने पड़े आधा पाउंड के सिक्कों में से कोई एक उठा लेती थी, और सिर्फ एक कलाकृति के रूप में इसका अध्ययन करती थी और अपने चेहरे पर इस तरह के भावों को आने से सख्ती से रोकती थी जिससे लगे कि धन के रूप में इसे प्राप्त करने की उसकी कोई इच्छा है।

"हाँ, सुनिए, इससे पहले कि मैं शुरुआत करूँ," बाथशीबा ने कहा, 'मुझे दो बातें कहनी हैं। पहली तो यह है कि कारिन्दे को चोरी करने के नाते काम से हटा दिया गया है और मैंने फैसला किया है कि मैं कोई कारिन्दा नहीं रखूँगी बल्कि सारा कुछ अपने बलबूते सँभालूँगी।"

आदमियों ने आश्चर्य की साँस ली जो साफ सुनाई पड़ी।

"दूसरी बात, क्या आप लोगों को फैनी की कोई खबर है?"

"कोई खबर नहीं है, मैडम।"

"आप लोगों ने कुछ किया?"

"मैं किसान बोल्डवुड से मिला," जेकब स्मालबरी ने कहा, "और मैंने उनके तथा उनके दो आदमियों के साथ जाकर न्यू मिल तालाब को छान मारा लेकिन कोई नहीं मिला।"

"और नया गड़ेरिया याल्बरी के पास बक्स हेड तक हो आया, यह सोचकर कि वह वहाँ गई होगी, लेकिन वहाँ भी किसी ने उसको नहीं देखा था।" लेबन टाल ने कहा।

"विलियम स्मालबरी कास्टरब्रिज नहीं गया क्या?"

"गया था मैडम, लेकिन अभी घर वापस नहीं आया है। उसने छह बजे तक लौटने का वादा किया था।"

"अभी तो पौने छह होनेवाले हैं," बाथशीबा ने अपनी घड़ी देखते हुए कहा। "मेरा ख्याल है कि वह सीधा यहीं आएगा। ठीक है फिर—" उसने हाजिरी रजिस्टर में देखा। "जोसेफ पुअरग्रास—मौजूद है यहाँ?"

"हाँ, सर—मेरा मतलब है, मैडम," उस आदमी ने कहा, जिसे पुकारा गया था। "मेरा ही नाम पुअरग्रास है।"

"और क्या हो तुम?"

"अपनी नजर में तो कुछ नहीं। दूसरे लोगों की नजर में—लेकिन, मैं इसे नहीं कहूँगा; हालाँकि लोगों की राय सामने आएगी ही।"

"फार्म में क्या करते हो?"

"ढुलाई का काम तो पूरे साल करता रहता हूँ और बीज बोने के वक्त मैं कौओं और गौरैयों को भगाने के साथ-साथ सुअरों को मारने में मदद करता हूँ, सर।"

"तुम्हारा कितना हिसाब निकलता है?"

"नौ शिलिंग, नौ पेंस और आधी पेनी सर—मेरा मतलब है मैडम।"

"बिल्कुल ठीक। चूँकि मैं नई-नई आई हूँ तो मेरी तरफ से एक छोटे-से उपहार के रूप में ये दस शिलिंग और रहे।"

बाथशीबा को सबके सामने दानशीलता दिखाने में थोड़ा संकोच का अनुभव हुआ, और हेनेरी फ्रे ने, जो उसकी कुर्सी की तरफ बढ़ आया था, अपनी भौंहों और उँगलियों को उठाकर जरा आश्चर्य प्रदर्शित किया।

"तुम्हारा मुझ पर कितना बकाया निकलता है—अरे ओ कोनेवाले आदमी—क्या नाम है तुम्हारा?" बाथशीबा ने आगे कहा।

"मैथ्यू मून, मैडम," एक दुबली-पतली काया से आवाज आई जो इस तरह आगे बढ़ी कि उसके पैरों के पंजे किसी निश्चित दिशा में नहीं बल्कि जिधर मौका लगता था उधर ही मुड़ जाते थे।

"क्या, मैथ्यू मार्क?—जोर से बोलो—मैं तुम्हें तेज बोलने के लिए कोई सजा थोड़े दूँगी।" युवा किसान ने पुचकारते हुए पूछा।

"मैथ्यू मून, मेम साहब," हेनेरी फ्रे ने उसकी कुर्सी के पीछे से सुधार करते हुए कहा जहाँ वह धीरे-धीरे सरककर पहुँच गया था।

"मैथ्यू मून," बाथशीबा ने अपनी चमकीली आँखें रजिस्टर की तरफ घुमाते हुए बुदबुदाकर कहा। "दस शिलिंग, दो पेंस और आधी पेनी लिखा है तुम्हारे नाम के आगे।"

"हाँ मालकिन," मैथ्यू ने कहा, जैसे सूखी पत्तियों के बीच हवा की खड़खड़ाहट।

"ये रहा तुम्हारा हिसाब और ये लो दस शिलिंग अलग से। अब इसके आगे—एंड्रयू रैंडल, मैंने सुना है तुम नए आदमी हो। पिछला फार्म क्यों छोड़ दिया तुमने?"

"कृ-कृ-कृ-कृ-कृ-कृप-कृप-कृप-कृप-या, मैडम, कृ-कृ-कृ-कृ-प,प,प, कृपया मैडम—"

"यह हकलाता है, मैम," हेनेरी फ्रे ने धीमी आवाज में कहा, "और उन्होंने इसको निकाल दिया क्योंकि सिर्फ एक बार जब यह बिना हकलाए बोला तो जमींदार से कहा कि उसने अपने जमीर का सौदा नहीं किया है। कड़वे बोल तो यह हमारी और आपकी तरह ही बोल लेता है लेकिन अपने बचाव में सीधी-सी बात नहीं कह सकता।"

"एंड्रयू रैंडल, ये लो अपना हिसाब—मुझे धन्यवाद देने का काम एक-दो दिन में पूरा कर लेना। टेम्परेंस मिलर—और ये दूसरा नाम है सोबरनेस—मेरे ख्याल से दोनों महिलाओं

के नाम हैं।”

“हाँ, मैम। हम लोग यहाँ हैं,” एक स्वर में दो आवाजें गूँजीं।

“तुम लोग क्या करती हो?”

“भूसी निकालनेवाली मशीन की देखभाल करना, बरमे से पुआल की रस्सी बनाना, और आपके बीजों पर धावा बोलनेवाले मुर्गे-मुर्गियों को हाँकना और खुरपे से अलग-अलग किस्म के आलू की बुवाई करना।”

“हाँ—समझ गई। क्या इन औरतों का काम ठीक-ठीक है?” उसने हेनेरी फ्रे से धीमे से पूछा।

‘‘अरे मेम साहब—पूछो मत। काम की औरतें हैं—इनके जैसी चटख औरतों का जोड़ा तो कभी देखा नहीं!’’ हेनेरी ने दबी जुबान से कहा।

“बैठ जाओ!”

“कौन, मेम साहब?”

“बैठ जाओ!”

पीछे जोसेफ पुअरग्रास के चेहरे पर खिंचाव आ गया और जब उसने बाथशीबा को तुर्श लहजे में बोलते हुए तथा हेनेरी को एक कोने में दुबकते देखा तो किसी भयानक परिणाम के भय से उसके होंठ सूख गए।

“अब अगला। लेबन टाल। तुम मेरे लिए काम करते रहोगे?”

“आपके लिए या किसी के लिए भी जो मुझे अच्छा पैसा दे, मैडम,” इस युवा विवाहित व्यक्ति ने जवाब दिया।

“सच है—लोगों को जीना तो चाहिए,” पीछे से एक औरत ने कहा जो अभी-अभी खड़ाऊँ खटकाती हुई दाखिल हुई थी।

“ये कौन औरत है?” बाथशीबा ने पूछा।

“मैं इनकी धर्मपत्नी हूँ!” उसकी आवाज में और भी शिष्टता व लय आ गई थी। यह महिला अपने को पचीस की बताती थी, तीस की दिखती थी, पैंतीस की मानी जाती थी और चालीस की थी। यह ऐसी महिला थी, जो कुछ नवविवाहितों की तरह, कभी भी दाम्पत्य की मधुरता का सार्वजनिक प्रदर्शन नहीं करती थी, शायद इसलिए क्योंकि प्रदर्शन के लिए ऐसा कुछ उसके पास था नहीं।

“अच्छा, तुम हो इनकी धर्मपत्नी,” बाथशीबा ने कहा। “ठीक है लेबन, तो तुम काम करते रहोगे न?”

“हाँ, करते रहेंगे मैडम!” दुबारा लेबन की पत्नी की तीखी जुबान से आवाज आई।

“मेरे ख्याल से अपनी बात वह खुद कह सकता है, ठीक है?”

“अरे बिल्कुल नहीं, मैडम। सीधी-सादी कठपुतली है। वैसे तो ठीक-ठाक है लेकिन निरा बुद्धू है,” धर्मपत्नी ने जवाब दिया।

“हे-हे-हे!” शादीशुदा शख्स सराहने की कोशिश में विचित्र भाव से हँसा क्योंकि ऐसी

भयंकर झिड़कियों के सामने वह वैसे ही खुशमिजाजी दिखाता था जैसे चुनाव में खड़ा कोई संसदीय प्रत्याशी दिखाता है।

शेष नामों को भी ऐसे ही पुकारा गया।

"मेरे ख्याल से अब आप लोगों को मैंने निपटा दिया है," बाथशीबा ने रजिस्टर को बन्द करते हुए और बालों को झटका देकर पीछे करते हुए कहा। "क्या विलियम स्मालबरी लौट आया है?"

"नहीं, मैडम।"

"नए गड़ेरिए को अपने मातहत एक आदमी चाहिए," हेनेरी फ्रे ने एक किनारे से उसकी कुर्सी की तरफ खिसककर अपने को खास जताने का प्रयत्न करते हुए सुझाव दिया।

"हाँ—चाहिए तो। किस आदमी को ले सकता है वह?"

"छोटू केन बाल बहुत ही अच्छा लड़का है," हेनेरी ने कहा। "और गड़ेरिया ओक उसके बचपने का बुरा तो नहीं मानता?" उसने आगे कहा और इसी के साथ क्षमायाचना के भाव से मुस्कुराते हुए गड़ेरिए की ओर मुड़ गया जो अभी-अभी इस मौके पर पहुँच गया था और अब अपनी बाँहों को समेटे चौखट से टिककर खड़ा था।

"नहीं, मैं उसका बुरा नहीं मानता," गैब्रिएल ने कहा।

"केन का ऐसा नाम क्यों पड़ा?" बाथशीबा ने पूछा।

"अरे, अब आपको क्या बताएँ, मेम साहब। इसकी बेचारी माँ, जिसने धर्मग्रन्थ तो पढ़े नहीं थे, इसके नामकरण में गलती कर गई। यह सोचकर कि एबेल ने केन को मारा था, वह इसे हमेशा केन पुकारती रही जबकि उसका मतलब एबेल से था। पादरी ने इसको ठीक किया लेकिन तब तक बहुत देर हो चुकी थी क्योंकि गाँव में इस नाम से छुटकारा नहीं मिल पाया। लड़के के लिए बड़े दुर्भाग्य की बात है।"*

"वाकई दुर्भाग्य की बात है।"

"हाँ। फिर भी हम जितनी भी इसकी कठोरता कम कर सकते हैं उतना करते हुए इसको केनी पुकारते हैं। हाय, बेचारी विधवा माँ! इस बात को लेकर वह बहुत रोती-कलपती रही। उसका पालन-पोषण बहुत ही अधर्मी माँ-बाप ने किया था जिन्होंने कभी भी उसे चर्च या स्कूल नहीं भेजा, और इससे पता चलता है कि किस प्रकार माँ-बाप के पापों की सजा बच्चों को भुगतनी पड़ती है, मेम साहब।"

यहाँ तक पहुँचते-पहुँचते मिस्टर फ्रे ने अपनी मुखाकृति में प्रयत्नपूर्वक उस हल्की उदासी का प्रदर्शन किया जिसकी जरूरत तब पड़ती है जब दुर्भाग्य-पीड़ित व्यक्ति आपके अपने परिवार का नहीं होता है।

"ठीक है, तो फिर, केनी बाल गड़ेरिए के मातहत काम करेगा। और तुम अपना काम-धाम अच्छी तरह समझ गए हो न? तुमसे कह रही हूँ, गैब्रिएल ओक।"

---

*केन—आदम और हव्वा का पहला बेटा जिसने अपने भाई एबेल की हत्या कर दी थी। —अनु.

"बिल्कुल अच्छी तरह से, आपका बहुत-बहुत धन्यवाद मिस एवरडीन," गैब्रिएल ने चौखट पर खड़े-खड़े कहा। "अगर मैं नहीं समझूँगा तो पूछ लूँगा।" गैब्रिएल उसके व्यवहार के ठंडेपन से थोड़ा चकित था। कोई भी ऐसा व्यक्ति जिसको पहले से जानकारी न हो, सपने में भी नहीं सोच सकता था कि ओक और यह खूबसूरत महिला जिसके समक्ष वह खड़ा है, कभी एक-दूसरे के लिए अजनबी नहीं थे। लेकिन शायद महिला का अभिमान उस सामाजिक उन्नति की अनिवार्य परिणति था जिसने उसे एक झोपड़ी से बड़े-से घर और खेतों तक पहुँचा दिया था। ऊँची जगहों में इस तरह के उदाहरण कम नहीं हैं। बाद के कवियों की कृतियों में हम देखते हैं कि जब जोव (रोम के प्रधान देवता) और उनका परिवार ओलिम्पस की चोटी पर स्थित अपने तंग आवास से इसके ऊपर मुक्त आकाश में चले जाते हैं तो उनके शब्दों में उसी हिसाब से अहंकार और रूखेपन की झलक मिलती है।

गलियारे में कदमों की आहट सुनाई पड़ी जिसमें तेजी तो कम थी लेकिन भारीपन और सधाव था।

(सभी) "ये लो, बिल स्मालबरी कास्टरब्रिज से आ गया।"

"तो, क्या खबर है?" बाथशीबा ने कहा जबकि विलियम ने हॉल के बीच में पहुँचकर अपने हैट से एक रूमाल निकाला और अपने माथे को बीच से लेकर एकदम किनारे तक पोंछा।

"मैं जल्दी आ गया होता मिस," उसने कहा, "अगर मौसम आड़े न आता।" इसके बाद उसने एक-एक पैर को तेजी से पटका और नीचे देखने पर उसके बूट बर्फ में सने दिखाई दिए।

"चलो, आखिरकार आ तो गए," हेनेरी ने कहा।

"अच्छा, फैनी की क्या खबर है?" बाथशीबा ने कहा।

"मैडम, पूरी बात का निचोड़ यह है कि वह सैनिकों के साथ भाग गई है," विलियम ने कहा।

"नहीं—फैनी जैसी स्थिर दिमाग की लड़की ऐसा नहीं कर सकती!"

"मैं आपको पूरी बात बताता हूँ। जब मैं कास्टरब्रिज छावनी गया तो उन लोगों ने कहा, 'ग्यारहवाँ तूफानी दस्ता जा चुका है और नई टुकड़ियाँ आ गई हैं।' ग्यारहवाँ दस्ता मेलचेस्टर और उसके आगे के लिए पिछले हफ्ते रवाना हुआ। सरकार की तरफ से रवानगी का आदेश इस तरह आया जैसे अपने स्वभाव के अनुसार कोई भी चोर रात में ही आता है, और इससे पहले कि ग्यारहवें दस्ते को कुछ पता लगे, वे लोग मार्च कर चुके थे। वे यहीं पास से गुजरे थे।"

गैब्रिएल बड़े ध्यान से सुन रहा था। "मैंने उन्हें जाते हुए देखा था," उसने कहा। "ये मेलेवाले दिन की बात है।"

"हाँ," विलियम ने आगे कहा, "बताते हैं कि वे लोग 'एक लड़की जिसे मैं छोड़ गया' नामक गीत की धुन को बड़े उत्साह से बजाते हुए सड़क पर झूमते जा रहे थे। भारी-भरकम

नगाड़े की आवाज से देखनेवालों का शरीर भीतर तक हिल जा रहा था और पूरे कस्बे के घरों में आदमी-औरत कोई ऐसा नहीं बचा था जिसकी आँख नम न हुई हो।"

"लेकिन वे किसी युद्ध में तो नहीं गए हैं?"

"नहीं मैडम, लेकिन वे उनकी जगह पर गए हैं जिन्हें युद्ध में जाना पड़ सकता है, यानी मामला करीब का ही है। और इसलिए मैंने अनुमान लगाया कि फैनी का प्रेमी इसी रेजीमेंट के लोगों में रहा होगा, और वह उसी के पीछे गई है। तो मैडम, कुल मिलाकर यह कहानी है।"

"क्या तुमने उसका नाम पता किया?"

"नहीं। उसका नाम किसी को पता नहीं था। मेरे ख्याल से वह सामान्य सैनिक से ऊँचे पद पर था।"

गैब्रिएल सोच-विचार करता रहा लेकिन बोला कुछ नहीं क्योंकि उसको शुबहा था।

"ठीक है, हम लोगों को किसी भी हाल में आज रात इससे अधिक जानकारी नहीं मिल पाएगी," बाथशीबा ने कहा, "लेकिन अच्छा होता अगर आप लोगों में से कोई दौड़कर किसान बोल्डवुड के घर हो आता और उनको इतना ही बता देता।"

इसके बाद वह उठी और चलने से पहले उसने उन सबको सम्बोधित करते हुए कुछ शब्द कहे। सुन्दर गरिमा के साथ कहे गए इन शब्दों को उसकी गम्भीर पोशाक ऐसी संजीदगी प्रदान कर रही थी जो खुद उन शब्दों में नहीं थी।

"अब ध्यान रखना कि आप लोगों के सामने कोई मालिक नहीं बल्कि मालकिन है। खेती के मामले में अभी मुझे अपनी क्षमता और योग्यता का पता नहीं है, लेकिन मैं अपनी तरफ से पूरी कोशिश करूँगी, और अगर आप मेरी सेवा अच्छी तरह से करेंगे तो मैं भी आपकी वैसी ही सेवा करूँगी। आप लोगों में से कोई भी गड़बड़ न करे (यदि कोई इस तरह का हो, हालाँकि मैं उम्मीद नहीं करती) यह सोचकर कि मैं एक औरत हूँ और मुझे अच्छे-बुरे का भेद नहीं पता है।

(सभी) "नहीं मैम!"

लिडी, "बहुत बढ़िया कहा।"

"आपके जागने से पहले मैं तैयार हो जाऊँगी, आपके तैयार होने से पहले मैं खेतों में होऊँगी और आपके खेतों में पहुँचने से पहले मेरा नाश्ता हो चुका होगा। संक्षेप में, मैं आप सबको हैरान कर दूँगी।"

(सभी) "हाँ मैम!"

"और अब, गुड नाइट।"

(सभी) "गुड नाइट, मैडम।"

इसके बाद यह न्यायाधिकारी मेज से उतरी और तेजी से हाल के बाहर चली गई, उसकी काले रेशम की पोशाक में लिपटे कुछ पुआल के तिनके फर्श पर घिसटकर आवाज करते रहे। इस अवसर के प्रति अपनी भावनाओं को बड़प्पन के भाव से ऊपर उठाते हुए

लिडी बाथशीबा के पीछे-पीछे थोड़ी अकड़ से चल दी जो पूर्णतया बनावटीपन से मुक्त नहीं थी, और दरवाजा बन्द हो गया।

अध्याय 11

छावनी के बाहर : बर्फ : एक मुलाकात

इस बर्फीली शाम के थोड़ा और बीत जाने के बाद का समय है। वेदरबरी के उत्तर में कई मील दूर स्थित एक कस्बे और फौजी अड्डे के बाहरी हिस्से के दृश्य का सूनेपन के मामले में कोई मुकाबला नहीं है—अगर इसे दृश्य कहा जा सके क्योंकि इसका मुख्य घटक है अँधेरा।

यह ऐसी रात थी जब समझदार से समझदार आदमी बिना किसी प्रकार का बेतुकापन महसूस किए दुखी हो सकता है : जब संवेदनशील व्यक्तियों के लिए प्रेम व्याकुलता में बदल जाता है; आशा का स्थान आशंका ले लेती है; और आस्था का स्थान आशा : जब महत्वाकांक्षा को पूरा करने के लिए मिले गुजरे हुए अवसरों की याद से पछताने का भाव नहीं जगता, और प्रत्याशा से उद्योग करने की प्रेरणा नहीं मिलती।

यह दृश्य एक सार्वजनिक रास्ते का था जिसके बाईं तरफ एक नदी थी और उसके पीछे एक ऊँची दीवार खड़ी थी। दाहिनी तरफ का भूभाग अंशतः चरागाह और अंशतः बंजर था जिसका अन्तिम सिरा एक विस्तृत और ऊँची-नीची भूमि से जाकर मिलता था।

जंगलों की तुलना में ऐसी जगहों पर मौसम में होनेवाले परिवर्तनों की घुसपैठ कम हो पाती है। फिर भी ध्यान से देखनेवाला इनको उतना ही महसूस कर सकता है; अन्तर यह होता है कि इनके व्यक्त होने के स्वरूप उतने घिसे-पिटे और सुपरिचित नहीं होते जितना कलियों का प्रस्फुटन और पत्तों का झड़ना। वैसे कई परिवर्तन इतने गुप्त और धीमे भी नहीं होते जितना हम किसी ऊसर या बंजर भूमि को ख्याल में रखकर सोच लेते हैं। यहाँ आसपास ग्रामीण क्षेत्रों में जाड़े का आगमन स्पष्ट तौर पर कई चरणों में होता था—साँपों का बिलों में छिप जाना, फर्न के पौधों का रूपान्तरण, तालाबों का भरना, कोहरे का छाना, पाला पड़ने का धुँधलापन, काई और शैवाल का मरना और फिर सबकुछ बर्फ की चादर से ढँक जाना।

आज की रात इस ऊसर भूमि में इस शृंखला का चरमोत्कर्ष आ चुका था और मौसम में पहली बार इसकी अनियमितता का कोई निश्चित स्वरूप नहीं था; जिससे संकेत तो कुछ मिलता था लेकिन पता कुछ नहीं चलता था। इस अनियमितता की स्थिति इतनी ही थी कि बर्फ के आकाश की सबसे निचली परत की सीमा से परे इसकी और कोई पहचान नहीं थी। आसमान से गिर रहे बर्फ के फाहों से चरागाह और बंजर जमीन को थोड़े समय

के लिए अतिरिक्त आवरण मिल जाता था लेकिन तुरन्त ही वे और भी आवरणहीन लगने लगते थे। ऊपर बादलों का विशाल घेरा अत्यन्त नीचे था और ऐसा लगता था जैसे यह किसी बड़ी अँधेरी कन्दरा की छत हो, जो धीरे-धीरे अपने फर्श की ओर झुकती जा रही हो, क्योंकि मन में ख्याल आता था कि आकाश में बर्फ की पट्टियाँ और पृथ्वी पर पपड़ियाई बर्फ जल्द ही मिलकर एक हो जाएगी और उनके बीच हवा की कोई परत नहीं बचेगी।

बाईं तरफ की खूबियों पर ध्यान दें तो वहाँ नदी तो समतल थी, इसके पीछे की दीवार लम्बवत थी और अँधेरा दोनों में व्याप्त था। ये ही मुख्य विशेषताएँ थीं। अगर आकाश से भी अन्धकारपूर्ण कुछ हो सकता था तो यह दीवार थी, और अगर दीवार से भी अन्धकारपूर्ण कुछ हो सकता था तो उसके नीचे की नदी थी।

इस भवन के धुँधले ऊपरी सिरे पर जगह-जगह पत्थर की खाँचेदार और काँटेदार डिजाइनें बनी हुई थीं और सामने, हालाँकि सिर्फ ऊपरी हिस्से में, खिड़कियों की आयताकार आकृतियों का आभास होता था। नीचे पानी की सतह तक न इसमें कोई छेद था और न ही कोई उभार।

एक के बाद एक कई बार बिल्कुल सधे अन्तराल से सुस्ती भरे प्रहारों की आवाज आई जिसका इस माहौल में फैल पाना मुश्किल हो रहा था। यह बगल का कोई घंटा था जो दस बजा रहा था। घंटा खुली हवा में था और कई इंच बर्फ से आच्छादित होने के कारण इसकी खनक फिलहाल खत्म हो गई थी।

इस समय तक हिमपात धीमा हो गया था। जहाँ बीस फाहे गिरे थे वहाँ अब दस ही गिर रहे थे। कुछ ही समय के बाद नदी के किनारे एक आकृति में हलचल हुई। ध्यान से देखनेवाले को अँधेरी पृष्ठभूमि में इसकी रूपरेखा से पता चल जाता कि यह आकृति छोटी है। अभी कुल मिलाकर इतना ही दिखाई पड़ रहा था, हालाँकि यह मानवीय आकृति ही लगती थी।

यह आकृति, बिना विशेष परेशानी के, धीमे-धीमे आगे बढ़ी क्योंकि बर्फ वैसे तो आकस्मिक रूप से गिरी थी, लेकिन अभी भी दो इंच से ज्यादा गहरी नहीं थी। इसी समय कुछ शब्द तेजी से बोले गए।

"एक। दो। तीन। चार। पाँच।"

हर शब्द के साथ यह छोटी आकृति करीब छह गज आगे बढ़ जाती थी। स्पष्ट था कि ऊपर दीवार में खिड़कियों की गिनती हो रही थी। 'पाँच' शब्द का मतलब था दीवार के छोर से पाँचवीं खिड़की। यहाँ यह छाया ठहरी और छोटी हो गई। यह आकृति झुक रही थी। इसके बाद नदी के ऊपर से पाँचवीं खिड़की की तरफ एक मुट्ठी बर्फ उड़कर गई। यह दीवार पर अपने लक्ष्य से कई गज दूर एक बिन्दु पर जोर से टकराई। यह फेंकने की क्रिया किसी आदमी के दिमाग की उपज थी जिसे अमल में लाई थी कोई औरत। कोई भी ऐसा आदमी जिसने अपने बचपन में कभी चिड़िया, खरगोश या गिलहरी को देखा होगा, इतनी बेवकूफी से नहीं फेंकता जैसी यहाँ दिखी थी।

अगला प्रयास हुआ, और उसके बाद फिर अगला; यहाँ तक कि धीरे-धीरे बर्फ के चिपक जानेवाले टुकड़ों से पूरी दीवार जगह-जगह धब्बेदार हो गई। आखिरकार एक टुकड़ा पाँचवीं खिड़की से टकराया।

यह नदी आज ऐसी गहरी और सहज प्रवाहवाली दिखती थी जो बीच में और किनारों पर एक समान तीव्रता से बहती है और गति में कहीं कोई गड़बड़ होने पर तुरन्त एक छोटे से भँवर से इसका सुधार हो जाता है। ऐसी ही किसी अदृश्य भँवर की बुदबुदाहट और गुड़-गुड़ की आवाजें—और साथ में कुछ धीमी आवाजें जिन्हें दुखी आदमी सिसकियाँ कहता और प्रसन्न आदमी हँसी—जो धारा के अन्य हिस्सों में छोटी-मोटी चीजों की टकराहट से उत्पन्न हुई थीं—छोड़ दी जाएँ तो इस संकेत के जवाब में कुछ सुनाई नहीं पड़ा।

खिड़की पर दुबारा उसी तरह से टक्कर हुई।

इसके बाद एक आवाज सुनाई पड़ी जो स्पष्ट तौर पर खिड़की के खुलने की थी। इसके बाद उसी कमरे से आवाज आई।

"कौन है?"

आवाज किसी पुरुष की थी और इसमें आश्चर्य का भाव नहीं था। यह ऊँची दीवार किसी बैरक की थी, और चूँकि सेना में शादी-ब्याह को अच्छा नहीं माना जाता, इसलिए सम्भवतः आज रात से पहले भी नदी के पार से बातचीत और संकेतों का आदान-प्रदान किया जा चुका था।

"सार्जेंट ट्राय हो?" बर्फ के बीच खड़ी इस धुँधली छाया ने संकोचपूर्वक पूछा।

यह व्यक्तित्व इस हद तक जमीन पर सिर्फ एक छाया की तरह था और दूसरा वक्ता इस हद तक इमारत का एक हिस्सा; कि किसी को भी यही लगता कि दीवार की बर्फ से बातचीत हो रही है।

"हाँ," परछाई से सन्देहपूर्ण आवाज आई। "तुम कौन लड़की हो?"

"अरे फ्रैंक—तुम मुझे नहीं जानते!" छाया ने कहा। "तुम्हारी पत्नी, फैनी रॉबिन।"

"फैनी!" दीवार ने बिल्कुल भौचक्का होते हुए कहा।

"हाँ," लड़की ने उमड़ आई भावनाओं को दबाते हुए कहा। उस औरत के लहजे में कुछ ऐसा था जो पत्नी में नहीं होता और उस आदमी का व्यवहार कुछ ऐसा था जो किसी पति का नहीं होता। बातचीत आगे बढ़ती रही।

"तुम यहाँ कैसे आई?"

"तुम्हारी खिड़की के बारे में पूछकर। माफ करना!"

"मुझे आज रात तुम्हारे आने की उम्मीद नहीं थी। दरअसल मैंने तो यही नहीं सोचा था कि तुम आओगी भी। ताज्जुब की बात है कि मैं तुम्हें यहाँ मिल गया। कल मुझे रवानगी का हुक्म मिला हुआ है।"

"तुमने कहा था कि मैं आ जाऊँ।"

"हाँ—मैंने ये कहा था कि तुम आ सकती हो।"

"हाँ, मेरा मतलब है कि मैं आ सकती हूँ। मुझसे मिलकर तुम्हें खुशी तो हुई है न, फ्रैंक?"

"अरे हाँ—जरूर।"

"क्या तुम—मेरे पास आ सकते हो?"

"नहीं, प्यारी फैनी। बिगुल बज चुका है, बैरक के दरवाजे बन्द हो चुके हैं, और मैं निकल नहीं सकता। हम सभी यहाँ कल सुबह तक वैसे ही हैं जैसे काउंटी जेल में हों।"

"तो मैं तुमसे तब तक नहीं मिलूँगी!" शब्दों में निराशा के कारण हकलाहट आ गई थी।

"तुम वेदरबरी से यहाँ कैसे पहुँचीं?"

"कुछ रास्ता—पैदल चलकर—बाकी वाहनों से।"

"सुनकर हैरानी हुई मुझे।"

"हाँ—मुझे भी। और फ्रैंक, वह कब होगा?"

"क्या?"

"जो तुमने वादा किया था।"

"मुझे बिल्कुल याद नहीं।"

"अरे तुम्हें जरूर याद होगा! इस तरह मत बोलो। मैं शर्म से जमीन में गड़ जाती हूँ। जो बात पहले तुमको कहनी चाहिए थी, वह मुझे कहनी पड़ रही है।"

"कोई बात नहीं—कह जाओ।"

"अच्छा, कहना ही पड़ेगा मुझे—बात ये है कि हम लोग शादी कब करेंगे फ्रैंक?"

"अच्छा, अब समझा। ठीक है—तुम्हें पहनने के ठीक-ठाक कपड़े लेने होंगे।"

"पैसे तो हैं मेरे पास। शादी हम लोग चर्च में विवाह की पूर्व-सूचना देकर करेंगे या पादरी से विवाह-अनुमति लेकर?"

"मेरे ख्याल से विवाह की पूर्व-सूचना देकर।"

"और हम लोग दो अलग चर्च-क्षेत्रों में रहते हैं।"

"अच्छा? तब फिर क्या होगा?"

"मैं सेंट मेरी चर्च के क्षेत्र में रहती हूँ, और यह इलाका उसके तहत नहीं आता। इसलिए विवाह की पूर्व-सूचना दोनों चर्चों में देनी होगी।"

"ऐसा नियम है क्या?"

"हाँ, ओह फ्रैंक—मुझे लगता है तुम समझते हो कि मैं कुछ ज्यादा ही बेताब हूँ! प्यारे फ्रैंक, ऐसा मत सोचो—क्योंकि मुझे तुमसे बेपनाह मुहब्बत है। और तुमने सैकड़ों बार कहा था कि तुम मुझसे शादी करोगे और—और—मैं—मैं—"

"अब तमाशा मत करो। बेवकूफी की बात है यह। अगर मैंने ऐसा कहा था तो जरूर करूँगा।"

"और क्या मैं अपने क्षेत्र के चर्च में शादी की पूर्व-सूचना दे दूँ, और क्या अपने यहाँ

तुम भी दे दोगे?"

"हाँ।"

"कल?"

"कल नहीं। हम लोग कुछ दिनों में तय कर लेंगे।"

"अफसरों ने तुम्हें मंजूरी दे दी है?"

"नहीं—अभी नहीं।"

"अरे—ऐसा कैसे? कास्टरब्रिज छोड़ने से पहले तो तुमने कहा था कि तुम्हें करीब-करीब मंजूरी मिल ही गई है।"

"बात ये है कि मैं कहना भूल गया। तुम्हारे इस तरह अचानक और बिना बुलाए आने की उम्मीद नहीं थी मुझे।"

"हाँ—हाँ—ये तो है। मेरी गलती है कि मैंने तुम्हें परेशान किया। अब मैं चली जाऊँगी। क्या तुम कल मुझसे मिसेज ट्विल के यहाँ नॉर्थ स्ट्रीट में आकर मिल सकते हो? मुझे बैरक में आना पसन्द नहीं है। यहाँ घटिया औरतें घूमती रहती हैं और लोग मुझे भी ऐसी ही कोई औरत मान लेते हैं।"

"बिल्कुल सही कहा। मैं ही तुम्हारे पास आऊँगा, प्यारी। गुड नाइट।"

"गुड नाइट, फ्रैंक—गुड नाइट!"

और दुबारा किसी खिड़की के बन्द होने की आवाज सुनाई पड़ी। वह छोटी-सी छाया दूर चल दी। जब वह नुक्कड़ से आगे निकल गई तो दीवार के भीतर से एक दबी-दबी-सी हँसी की आवाज आई।

"वाह—वाह—सार्जेंट—वाह—वाह!" इसके बाद किसी ने शिकायती अन्दाज में कुछ कहा जो स्पष्ट नहीं था और वह खिलखिलाहट हँसने की दबी-सी आवाज में खो गई। इस हँसी और बाहर नदी में बन रहे भँवरों की गुड़गुड़ाहट में ज्यादा अन्तर नहीं था।

अध्याय 12

किसान : एक नियम : एक अपवाद

बाथशीबा के खुद किसानी करने और अब किसी कारिन्दे की सहायता न लेने के निर्णय का सबसे पहला प्रमाण लोगों को तब मिला जब अगले दिन उसको कास्टरब्रिज की अनाज-मंडी में देखा गया।

बल्लियों और खम्भों पर टिका हुआ नीचा लेकिन लम्बा-चौड़ा हॉल जिसको अभी जल्दी ही अनाज-मंडी के नाम से विभूषित कर दिया गया था, दो-दो और तीन-तीन के समूह में आपस में बात कर रहे जोशीले लोगों से ठसाठस भरा था। वक्ता दाएँ-बाएँ अपने

श्रोता के चेहरे में निगाहें गड़ा देता था और बोलने के दौरान अपने तर्क पर जोर देने के लिए एक पलक सिकोड़ लेता था। इनमें से अधिकांश ने अपने हाथों में ऐश की लकड़ी की छड़ी ले रखी थी जिसका प्रयोग वे कभी तो चलते समय लाठी के रूप में करते थे और कभी सुअरों, भेड़ों, दूसरी तरफ मुँह करके खड़े अगल-बगल के लोगों और आम तौर पर ऐसी जड़ चीजों को कुरेदने में करते थे जिनके साथ उनको बाजार में घूमने के दौरान इस तरह के बर्ताव की जरूरत महसूस होती थी। बातचीत के दौरान सभी अपने डंडों का तरह-तरह से इस्तेमाल कर रहे थे—अपनी पीठ पर टिकाकर, अपने दो हाथों के बीच इसको टेढ़ा करके, जमीन के सहारे इस पर लदकर जब तक कि यह लगभग अर्द्ध-वृत्त न बन जाए। या शायद इसको उस समय जल्दी से बाँह के नीचे दबा लिया जाता था जब नमूने की बोरी निकालकर मुट्ठीभर अनाज हथेली में रखा जाता था और जाँच-परख के बाद जमीन पर फेंक दिया जाता था। यह एक ऐसा घटनाचक्र था जिससे आधे दर्जन खालिस शहरी पक्षी अच्छी तरह से परिचित थे जो रोज की तरह बिना किसी की निगाह में आए इमारत में घुस आए थे और गर्दन ऊँची करके तथा तिरछी निगाहों से अपनी उम्मीदों के पूरा होने का इन्तजार कर रहे थे।

इन भारी-भरकम किसानों के बीच एक नारी आकृति घूम रही थी जो इस जगह पर अकेली औरत थी। उसने बड़े सुन्दर और सलीकेदार कपड़े पहन रखे थे। इन लोगों के बीच उसका चलना ऐसे था जैसे बैलगाड़ियों के बीच सैर-गाड़ी, उसको सुनना ऐसे था जैसे प्रवचनों के बाद कोई रूमानी कहानी और वह ऐसे महसूस की जा रही थी जैसे भट्ठियों के बीच ठंडी हवा। यहाँ जगह बनाने के लिए, जितना उसने सोच रखा था, उससे कहीं ज्यादा दृढ़ता की जरूरत थी क्योंकि पहली बार उसके यहाँ प्रवेश करने पर अनाप-शनाप बातें रुक गई थीं, करीब-करीब हर चेहरा उसकी ओर घूम गया था और जो पहले से ही घूमे हुए थे, वे वहीं जमे रह गए थे।

इन किसानों में से सिर्फ दो या तीन से ही उसकी निजी तौर पर जान-पहचान थी और इन्हीं के पास वह गई। लेकिन वह जिस तरह की व्यावहारिक औरत बनना चाहती थी उसके लिए जरूरी था कि परिचय हो या न हो, कामकाज चलता रहे और आखिरकार उसमें इतना आत्मविश्वास आ ही गया कि उन लोगों से भी निस्संकोच बातचीत कर सके जिनको वह सिर्फ उनके बारे में सुनकर जानती थी। बाथशीबा के पास भी अपनी नमूने की बोरियाँ थीं और धीरे-धीरे उसके हाथों में व्यावसायिक कुशलता—खास कास्टरब्रिज की शैली में अपनी पतली-पतली हथेलियों में अनाज को परखने के लिए उठाकर दिखाने की कला भी आ गई।

उसकी ऊपरी दन्त-पंक्ति की सटीक वक्रता में, और जब वह होठों को फैलाकर किसी लम्बे आदमी से किसी मुद्दे पर बहस के लिए अपने चेहरे को ऊप़र उठाती थी तो उसके लाल होंठों के नुकीले कोनों में, कुछ ऐसा था जिससे लगता था कि इस कोमल काया में स्त्री होने का लाभ उठाने की पूरी क्षमता थी, और ऐसा करने के लिए पर्याप्त साहस भी।

लेकिन उसकी आँखों में एक प्रकार की कोमलता थी—निश्चित तौर पर ऐसी कोमलता—कि अगर ये काली न होतीं तो रहस्यमयी-सी लगतीं : चूँकि आँखें काली थीं, इससे उस भाव में कमी आ रही थी जो साफ दृष्टि के लिए मार्मिक हो सकता था।

यह बात किसी युवा औरत के बारे में कहने पर विश्वास नहीं होता, लेकिन वह हमेशा अपने साथ बातचीत करनेवालों को पूरी बात कहने का मौका देने के बाद ही अपनी बात कहती थी। मोल-तोल के समय वह अपनी कीमत पर अड़ी रहती थी, जैसा किसी विक्रेता के लिए स्वाभाविक है, और दूसरों की कीमतें आग्रह करके घटाती रहती थी, जैसा किसी औरत के लिए अपरिहार्य है। लेकिन उसकी दृढ़ता में ऐसा लचीलापन था जो इसको हठ से अलग करता था क्योंकि उसके द्वारा कीमतें कम कराने में ऐसा भोलापन था जो इसको टुच्चेपन से दूर रखता था। किसानों में से वे लोग जिनसे उसका ज्यादा लेन-देन नहीं था (अभी तक ऐसे लोगों की संख्या ही अधिक थी) लगातार एक-दूसरे से पूछते रहते थे, "कौन है वह?" जवाब होता था :

"किसान एवरडीन की भतीजी : वेदरबरी का फार्म सँभाल लिया है : कारिन्दे को हटा दिया है : और कसम खाई है कि सबकुछ खुद करेगी।"

इसके बाद दूसरा आदमी सिर हिलाता था।

"हाँ, दुख की बात है कि यह इतनी जिद्दी है," पहलावाला कहता था।

"लेकिन हमें यहाँ उस पर गर्व होना चाहिए—उसने इस पुरानी जगह में जान डाल दी है। लेकिन यह इतनी सुन्दर लड़की है कि जल्द ही कोई उसे अपना बना लेगा।"

यह कहना नारीत्व के प्रभाव को नकारना होगा कि यह चुम्बकीय प्रभाव जितना उसके चेहरे की सुन्दरता और चाल-ढाल के कारण था उतना ही किसी ऐसे पेशे में उसकी भागीदारी की नवीनता के कारण भी। फिर भी, यह उत्सुकता स्वाभाविक थी, और इस मंच पर आज शनिवार को उसका प्रथम पदार्पण निश्चित तौर पर एक सुन्दर कुमारी के रूप में उसकी जीत थी, क्रय-विक्रय करनेवाले किसान के रूप में चाहे यह जैसा भी रहा हो। वास्तव में यह अनुभूति इतनी प्रबल थी कि दो-तीन बार उसको ऐसी सहज इच्छा हुई कि इन किसानों के बीच जुपिटर की छोटी बहन की तरह इठलाए और कीमतों वगैरह को एकदम नजरअन्दाज कर दे।

अपनी ओर आकृष्ट कर लेने की उसकी क्षमता का एक स्पष्ट अपवाद दिख रहा था। इस तरह के मामलों में औरतें बड़ी सचेत होती हैं। बाथशीबा ने बिना दाएँ-बाएँ निगाहें फेरे, जान लिया कि एक विपरीत स्वभाव का शख्स भी है। पहले तो इस बात से वह हैरान हुई। अगर दोनों तरफ थोड़े-बहुत लोग होते तो यह बात बिल्कुल स्वाभाविक होती। अगर किसी ने भी उस पर ध्यान नहीं दिया होता, तो इस बात को वह तटस्थता से लेती : ऐसी बातें हो चुकी थीं। अगर इस आदमी समेत सभी ने उस पर ध्यान दिया होता तो इसको वह स्वाभाविक मानती, लोग पहले भी ऐसा कर चुके थे। लेकिन अपवाद के अकेलेपन ने रहस्य पैदा कर दिया।

जल्दी ही उसको इस दुराग्रही की शक्ल-सूरत के सम्बन्ध में काफी कुछ पता चल गया। वह भलामानस-सा दिखता था और उसके भरे-पूरे रोमन चेहरे के उभार धूप में काँसे जैसी गाढ़ी रंगत के साथ चमक रहे थे। वह सीधा बना रहता था और उसकी मुखमुद्रा शान्त थी। उसकी सबसे बड़ी खासियत थी : गरिमा।

स्पष्ट था कि कुछ समय पहले वह अधेड़ावस्था की दहलीज पर पहुँच गया था जहाँ स्वाभाविक रूप से किसी भी आदमी की शक्लो-सूरत में बारह-तेरह वर्षों के लिए बदलाव में ठहराव आ जाता है, और ठीक यही हाल औरतों का भी होता है लेकिन कृत्रिम रूप से। पैंतीस से लेकर पचास तक उसकी सीमा-रेखा थी। वह इनमें से किसी एक उम्र का या दोनों के बीच किसी उम्र का हो सकता था।

ऐसा कह सकते हैं कि आम तौर पर चालीस साल के पुरुष संयोगवश दिख जानेवाली किसी भी औसत सुन्दरी की तरफ उड़ती निगाह डालने के लिए तैयार रहते हैं और इससे परहेज नहीं करते। शायद इसका कारण यह हो कि प्रेम के लिए दाँव लगानेवाले लोगों के विपरीत उन्हें यह बोध रहता है कि इसके सबसे खराब परिणाम को भुगतने से एक निश्चित हद तक उन्हें छूट प्राप्त है और यही बोध उन्हें अनावश्यक रूप से सट्टेबाज बना देता है। बाथशीबा को पक्का यकीन था कि विचलित न होनेवाला यह शख्स शादीशुदा नहीं है।

जब खरीदारी पूरी हो गई तो वह जल्दी से लिडी के पास पहुँची जो उसी टमटम के पास खड़ी बाथशीबा का इन्तजार कर रही थी जिसमें बैठकर वे लोग बाजार आए थे। घोड़ों को जोत दिया गया और वे दुलकी चाल से आगे बढ़ गए—बाथशीबा की चीनी, चाय और कपड़े पैक किए हुए पीछे रखे थे और उनकी रंगत, आकृति और रूपरेखा से आभास हो रहा था कि ये चीजें अब बनिए और कपड़ेवाले की न होकर इस युवा महिला किसान की सम्पत्ति हैं।

"आज तो मुझे फुरसत मिली, लिडी, और बात खत्म हो गई। दुबारा मुझे अटपटा नहीं लगेगा क्योंकि तब तक वे लोग मुझे वहाँ देखने के आदी हो चुके होंगे। लेकिन आज सुबह का अनुभव इतना खराब था जैसे शादीशुदा होना; हर तरफ नजरें ही नजरें!"

"मुझे पता था ऐसा होगा," लिडी ने कहा। "किसी के शरीर को घूरने के मामले में मर्द लोग ऐसे ही निर्दयी होते हैं।"

"लेकिन एक आदमी ऐसा था जिसके पास इतनी अक्ल थी कि अपना समय मुझ पर बर्बाद न करे।" यह सूचना इस प्रकार प्रस्तुत की गई कि लिडी को क्षणमात्र के लिए भी यह ख्याल न आ सके कि उसकी मालकिन जरा-सी भी चिढ़ी हुई हैं। "देखने में बहुत अच्छा आदमी है," उसने आगे कहा, "सीधा-सादा, मेरे ख्याल से चालीस का होगा। क्या तुम्हें कुछ पता है कि वह कौन हो सकता है?"

लिडी सोच नहीं पाई कि क्या जवाब दे।

"क्या तुम्हें बिल्कुल अन्दाज नहीं?" बाथशीबा ने कुछ निराशा से कहा।

"मुझे कुछ पता नहीं है। वैसे भी इससे क्या फर्क पड़ता है जब उसने आपकी तरफ और लोगों से भी कम ध्यान दिया। अगर उसने कुछ ज्यादा दिलचस्पी दिखाई होती, तब तो कोई बात भी होती।"

बाथशीबा के मन में इस समय ठीक इसके विपरीत ख्यालात आ रहे थे, और वे चुपचाप तेजी से आगे बढ़ते रहे। एक नीची घोड़ा-गाड़ी जो और भी तेजी से आगे बढ़ रही थी, उनके पास से गुजरते हुए आगे निकल गई।

"अरे, ये रहा वह आदमी!" उसने कहा।

लिडी ने देखा। "ये? ये तो किसान बोल्डवुड हैं—ये तो वही आदमी हैं जो आपसे उस दिन मिलने आए थे और आप मिल नहीं पाई थीं।"

"अरे, किसान बोल्डवुड," बाथशीबा बुदबुदाई और उसकी ओर देखा जो इन लोगों से आगे बढ़ गया था। इस किसान ने एक बार भी अपना सिर नहीं घुमाया, बल्कि सड़क पर सबसे दूर किसी बिन्दु पर अपनी निगाहें गड़ाए हुए इस तरह खोया-खोया और निश्चिन्त भाव से गुजर गया जैसे बाथशीबा और उसकी सुन्दरता उसके लिए हवा हो।

"दिलचस्प आदमी है! तुम्हारा क्या ख्याल है?" उसने पूछा।

"हाँ, हाँ, बहुत। सभी इस बात को मानते हैं," लिडी ने जवाब दिया।

"आश्चर्य है कि वह इतना खोया-खोया और उदासीन रहता है, और अपने आसपास की चीजों से इतना निर्लिप्त लगता है।"

"कहा जाता है—हालाँकि बिल्कुल निश्चित तो नहीं है—कि जब वह नौजवान था तो उसको बड़ा कड़वा अनुभव हुआ था। लोग कहते हैं कि किसी औरत ने उसको प्रेम में धोखा दे दिया।"

"लोग तो हमेशा यही कहते हैं—और हमें अच्छी तरह पता है कि औरतें बड़ी मुश्किल से कभी किसी आदमी को धोखा देती हैं; ये तो मर्द लोग ही होते हैं जो हमें प्रेम में धोखा देते हैं। मुझे लगता है कि उसका इस तरह संकोची होना उसके स्वभाव में है।"

"मैं भी यही उम्मीद करती हूँ, मिस, कि यह उसका सहज स्वभाव हो—कुछ और नहीं।"

"फिर भी यह सोचना बड़ा रूमानी लगता है कि इस बेचारे के साथ बुरा बर्ताव हुआ है। हो सकता है कि ऐसा हुआ ही हो उसके साथ।"

"विश्वास करिए कि उसके साथ ऐसा हुआ है। अरे, हाँ, मिस, हुआ है उसके साथ। मुझे लगता है कि जरूर उसके साथ ऐसा हुआ होगा।"

"फिर भी, हम लोग, लोगों के बारे में बढ़ा-चढ़ाकर सोचने में माहिर होते हैं—आश्चर्य नहीं कि इसमें दोनों हों—बराबर-बराबर! कुछ तो उसके साथ बुरा बर्ताव भी हुआ हो और कुछ उसका संकोच भी हो।

"अरे नहीं, मिस—मैं दोनों के बीच की बात नहीं सोच पाती!"

"सबसे अधिक सम्भावना इसी की है।"

"हाँ, हाँ, ऐसा ही है! आपकी बात मैं मानती हूँ कि सबसे अधिक सम्भावना इसी की है। आप पक्का जानिए, मिस, कि यही बात है।"

अध्याय 13

देववाणी! वेलेंटाइन

फरवरी की तेरह तारीख को, फार्महाउस में इतवार की शाम का समय था। शाम का खाना-पीना हो जाने के बाद बाथशीबा ने कोई और बेहतर साथी न होने के कारण लिडी को ही आकर अपने साथ बैठने के लिए कह दिया था। यह पुरानी इमारत जाड़े में मोमबत्तियाँ जलाने और खिड़कियों के पल्ले बन्द करने से पहले विवादपूर्ण लगने लगती थी; इस जगह का वातावरण उतना ही पुराना लगता था जितनी यहाँ की दीवारें! कुर्सियों-मेजों के पीछे हर कोने का अपना अलग तापमान था, क्योंकि आज दिन में घर के इस हिस्से में आग नहीं जलाई गई थी; और बाथशीबा का नया पियानो, इससे पहले कि रात की छाया इसके कम चमकते हिस्से पर पड़े और इसकी कुरूपता को ढँके, टूटे-फूटे फर्श पर झुका हुआ और टेढ़ा-मेढ़ा दिख रहा था। लिडी, किसी छोटी लेकिन उथली नदी की तरह, हमेशा मचलती रहती थी! उसकी मौजूदगी ऐसी नहीं थी कि विचार-विमर्श किया जा सके लेकिन फिर भी सहारे के लिए काफी होती थी।

मेज पर चमड़े से मढ़ी एक पुरानी बाइबिल का गुटका पड़ा हुआ था। इसको देखते हुए लिडी ने कहा, "क्या कभी आपने बाइबिल और कुंजी से पता लगाया, मिस, कि आप किससे शादी करेंगी?"

"इतनी बेवकूफी की बात मत करो लिडी। जैसे कि ऐसी बातें होती ही हों।"

"अरे–इससे बहुत-सी बातें हूबहू पता चल जाती हैं।"

"मूर्ख कहीं की।"

"और इससे आपकी धड़कन बढ़ जाती है। कुछ लोग यकीन करते हैं! कुछ नहीं करते। मैं तो करती हूँ।"

"ठीक है–आओ आजमाते हैं," बाथशीबा ने तेजी से अपनी सीट से उठते हुए और ऐसे उपेक्षाभाव से कहा जो सिर्फ अपने आश्रित के प्रति प्रदर्शित किया जा सकता है, और तुरन्त ही शकुन-विचार के मूड में आ गई। "जाओ और अगले दरवाजे की चाबी ले आओ।"

लिडी इसको ले आई। "काश कि आज इतवार न होता," लौटने पर उसने कहा। "शायद यह गलत होता है।"

"जो चीज हफ्ते के और दिनों में सही है, वह इतवार को भी सही है," उसकी

मालकिन ने ऐसे लहजे में जवाब दिया जो स्वयं में प्रमाण था।

किताब खोली गई—समय गुजरने के साथ हल्के सलेटी रंग के हो गए इसके पन्ने उन बहुपठित काव्य-पंक्तियों पर काफी फट गए थे जहाँ पुराने समय में अनभ्यस्त पाठक, अपनी नजर किताब पर गड़ाए रखने के लिए उँगलियों को लाइन के नीचे-नीचे आगे बढ़ाते रहते थे। बाथशीबा ने रुथ वाले अध्याय में उस विशिष्ट काव्य-पंक्ति को ढूँढ़ा और उन अलौकिक शब्दों पर उसकी निगाह पड़ी। इन शब्दों से उसे थोड़ा रोमांच हो आया और वह शरमा गई। एक तरफ निराकार बुद्धि थी तो दूसरी तरफ साकार मूढ़ता। साकार मूढ़ता थोड़ा झेंपी, यह उसके विचार पर हावी हुई और कुंजी को बाइबिल पर रखवा दिया। ठीक इसी काव्य-पंक्ति पर जंग का एक धब्बा, जो उस पर इससे पहले लौह-पदार्थों के रखे जाने के दबाव से बना था, बता रहा था कि यह पहला मौका नहीं है जब इस पुरानी किताब का इस मकसद से इस्तेमाल हुआ है।

"अब ठीक से बैठो और मुँह बन्द रखो," बाथशीबा ने कहा।

उस काव्य-पंक्ति को दुहराया गया! किताब को रख दिया गया। बाथशीबा अपराधबोध से शरमाकर लाल हो गई।

"आपने किसको आजमाया?" लिडी ने उत्सुकता से पूछा।

"तुम्हें नहीं बताऊँगी।"

"आज सुबह चर्च में आपने मिस्टर बोल्डवुड की हरकतें देखीं, मिस?" लिडी ने इस टिप्पणी से यह संकेत दिया कि उसके विचारों की दिशा किधर है।

"नहीं, कतई नहीं," बाथशीबा ने गम्भीर उदासीनता से कहा।

"उनकी सीट ठीक आपके सामने है, मिस।"

"पता है मुझे।"

"और आपने यह नहीं देखा कि वह क्या कर रहे थे?"

"नहीं देखा न, बता तो रही हूँ तुम्हें!"

लिडी ने चेहरे को थोड़ा सिकोड़ते हुए अपने होठों को दृढ़तापूर्वक बन्द कर लिया।

यह हरकत अप्रत्याशित और उतनी ही परेशान करनेवाली थी। "क्या किया उन्होंने?" बाथशीबा ने जोर देकर पूछा।

"पूरी प्रार्थना में एक बार भी आपकी तरफ देखने के लिए सिर नहीं घुमाया।"

"क्यों घुमाएँ वो सिर?" उसकी मालकिन ने दुबारा इस तरह कहा जैसे बिच्छू ने डंक मार दिया हो। "मैंने तो उनसे सिर घुमाने को नहीं कहा था।"

"मैं यह कहाँ कह रही हूँ। लेकिन और सभी आपकी तरफ ध्यान दे रहे थे—और ये अजीब बात है कि उनका ध्यान आप पर नहीं गया। लेकिन यही तो उनकी खासियत है। अमीर और कुलीन हैं, क्या चिन्ता है उनको?"

बाथशीबा ने ऐसी चुप्पी साध ली जिससे पता चले कि इस मामले पर उसके विचार इतने गूढ़ हैं जो लिडी की समझ के बाहर हैं, बजाय इसके कि उसके पास कहने के लिए

कुछ है ही नहीं।

"ओह—मैं तो उस वेलेंटाइन को भूल ही गई थी जो कल ले आई थी," आखिरकार उसने चुप्पी तोड़ी!

"वेलेंटाइन? किसके लिए मिस?" लिडी ने कहा, "किसान बोल्डवुड के लिए?"

सभी सम्भावित गलत नामों में यही एकमात्र नाम था जो बाथशीबा को इस क्षण सही से भी ज्यादा उपयुक्त लगा।

"अरे, नहीं। ये तो नन्हे टेडी कोग्गन के लिए है। मैंने उससे कुछ वायदा किया है और उसके लिए ये अच्छा उपहार होगा। लिडी, लगे हाथ मेरी डेस्क ले आओ और मैं इसे तुरन्त भेज दूँ।"

बाथशीबा ने अपनी डेस्क से अठपेजी मापवाली तड़क-भड़क से सजी और उभरी छपाईवाली डिजाइन निकाली जो पिछले बाजार को कास्टरब्रिज में स्टेशनरी की सबसे बड़ी दुकान से खरीदी गई थी। इसके बीच में छोटा-सा अंडाकार कागज था : इसको खाली छोड़ दिया गया था, जिससे कि भेजनेवाला छपे हुए सामान्य शब्दों के बजाय अवसर के अनुकूल और भी कोमल शब्द डाल सके।

"ये रही लिखने की जगह," बाथशीबा ने कहा। "क्या लिखूँ?"

"मेरे ख्याल से, कुछ इस तरह का," लिडी ने तुरन्त जवाब दिया।

लाल हैं गुलाब
और नील-पुष्प नीले
कार्नेशन है सुन्दर
और तुम भी सजीले।

"हाँ—ये ठीक रहेगा। उसके जैसे गोल-मटोल मुखवाले बच्चे के लिए यह बिल्कुल सटीक है," बाथशीबा ने कहा। उसने इन शब्दों को छोटी लेकिन पढ़ने लायक हस्तलिपि में लिखा, कागज को एक लिफाफे में बन्द किया, और पानेवाले का नाम लिखने के लिए कलम को स्याही में डुबोया।

"कित्ता मजा आएगा अगर इसे उस बुद्धू बुड्ढे बोल्डवुड को भेज दिया जाए, और कित्ता हैरान होगा वो।" लिडी ने अपनी भौंहें नचाते हुए और जिस आदमी की बात की गई थी, उसके नैतिक और सामाजिक स्तर का विचार करके चहकते हुए कहा।

बाथशीबा इस विचार पर विस्तार से सोचने के लिए ठहर गई। बोल्डवुड की छवि कष्ट देनेवाले शख्स की होने लगी थी—उसके साम्राज्य में पैगम्बर डैनियल की मानिन्द हठी व्यक्ति की तरह जो पूरब की तरफ मुँह करके इबादत करने की जिद करते थे जबकि तर्क और सहज ज्ञान का तकाजा था कि वह भी और लोगों का अनुकरण करता और उसको तारीफ की निगाह से देखता जिसमें उसका एक पैसे का भी खर्च नहीं था। उसके अड़ियलपन से उसे दूर-दूर तक कोई परेशानी नहीं थी। फिर भी यह बात थोड़ी हताश करनेवाली जरूर थी कि गाँव का सबसे सम्मानित और अहम शख्स अपनी निगाहें फेरे और लिडी जैसी

छोकरी इसके बारे में बात करे। इसलिए यह ख्याल शुरू में दिलचस्प नहीं बल्कि परेशानी पैदा करनेवाला लगा।

"नहीं—मैं ऐसा नहीं करूँगी। उनको इसमें कोई मजाक नहीं सूझेगा।"

"बिल्कुल नहीं। मारे चिन्ता के उनकी जान निकल जाएगी।" लिडी ने कहा।

"दरअसल मुझे इसको टेडी को भेजने की कोई खास इच्छा नहीं है," उसकी मालकिन ने कहा, "कभी-कभी बहुत शैतानी करता है वह।"

"हाँ—सो तो है।"

"चलो हम लोग सिक्का उछालें, जैसे मर्द लोग करते हैं," बाथशीबा ने अनमनेपन से कहा। "तो फिर, चित बोल्डवुड! पट टेडी। लेकिन नहीं हम इतवार के दिन सिक्का नहीं उछालेंगे—ये तो शैतान को बुलावा देना हो जाएगा।"

"इस भजन-संग्रह को उछाल लीजिए! इसमें कोई पाप नहीं होगा, मिस।"

"ठीक है। खुले से बोल्डवुड—बन्द से टेडी! नहीं इसके तो खुला गिरने की सम्भावना ज्यादा है। खुला हुआ तो टेडी—बन्द हुआ तो बोल्डवुड।

किताब फड़फड़ाती हुई हवा में गई, और बन्द होकर नीचे आ गई।

बाथशीबा ने हल्की-सी जम्हाई लेते हुए कलम हाथ में लिया और बड़ी शान्ति से पत्र पर पानेवाले की जगह बोल्डवुड का नाम लिख दिया।

"अब जरा मोमबत्ती जलाना, लिडी, मुहर कौन-सी इस्तेमाल की जाए? ये रहा एक सींगवाले पशु का सिर—इसमें तो कुछ खास नहीं है। ये क्या है—दो फाख्ता—नहीं। कुछ अलग-सा होना चाहिए, है कि नहीं, लिडी। इस मुहर पर कुछ लिखा हुआ है—याद तो आ रहा है कि कुछ मजाकभरा है ये, लेकिन पढ़ नहीं पा रही हूँ। इसको आजमाते हैं, और अगर इससे काम नहीं चलेगा तो दूसरा देखेंगे।"

एक बड़ी लाल मुहर विधिवत लगाई गई। बाथशीबा ने शब्दों को जानने के लिए गर्म लाख पर ध्यान से देखा।

"अरे वाह!" उसने पत्र को शरारत से नीचे फेंकते हुए कहा, "ये तो पादरी और पुरोहित की भी नींद उड़ा सकता है।" लिडी ने मुहर के शब्दों को देखा, और पढ़ा :

"मुझसे शादी करो।"

उसी शाम को पत्र भेज दिया गया, और उस रात कास्टरब्रिज के डाकघर में छँटाई के बाद वह सुबह दुबारा वेदरबरी में लौट आया।

यह काम बड़े ही अन्यमनस्क भाव से और बिना सोचे-विचारे किया गया था। देख-सुनकर प्रेम के बारे में बाथशीबा को पर्याप्त जानकारी हो गई थी लेकिन जहाँ तक प्रेम की स्वानुभूति का प्रश्न है, वह बिल्कुल अनाड़ी थी।

अध्याय 14

पत्र का प्रभाव : सूर्योदय

सन्त वेलेंटाइन दिवस की शाम को गोधूलि के समय, बोल्डवुड, रोज की तरह पुरानी लकड़ियों से जलाई गई आग के पास रात के खाने के लिए बैठे। उसके सामने अँगीठी के ऊपर के ताक पर पंख फैलाए बाज से सजी एक घड़ी थी, और इस बाज के पंखों पर वह पत्र था जो बाथशीबा ने भेजा था। इस कुँवारे की निगाहें लगातार इसी पर गड़ी थीं, यहाँ तक कि वह बड़ी-सी लाल मुहर उसके दृष्टिपटल पर रक्त के धब्बे की तरह लगने लगी; और खाना खाते समय कल्पना में उस स्थान पर वह इन्हीं शब्दों को पढ़ रहा था, हालाँकि ये उसकी निगाहों से बहुत दूर थे :

"मुझसे शादी करो।"

यह ढिठाईभरा आदेश उन बिल्लौरी पदार्थों की तरह था जो स्वयं रंगहीन होते हुए भी अपने इर्दगिर्द के पदार्थों का रंग अख्तियार कर लेते हैं। यहाँ बोल्डवुड के बैठकखाने की शान्ति में हर वह चीज जो गम्भीर नहीं थी, विजातीय थी। यहाँ का परिवेश पूरे हफ्ते चलनेवाले प्यूरिटन सम्प्रदाय की प्रार्थनासभा का था। ऐसे में इस पत्र और इसके आदेश वाक्य ने अब अपनी उत्पत्ति की अगम्भीरता को खत्म करके अपना अभिप्राय बदलते हुए बड़ी गहन गम्भीरता धारण कर ली थी।

सुबह इस पत्र के मिलने के बाद से ही, बोल्डवुड को ऐसा महसूस हुआ कि उनका सन्तुलित व्यक्तित्व एक आदर्श विकार की ओर झुक रहा है। यह उथल-पुथल कुछ वैसी ही थी जैसी कोलम्बस को दिखी पहली खर-पतवार जिससे उसे जमीन का पहला संकेत मिला था—कहने को तो बहुत तुच्छ लेकिन जिससे व्यापक सम्भावनाओं का संकेत मिलता था।

निश्चित तौर पर यह पत्र कहीं से कोई उद्देश्य लेकर चला होगा। जाहिर था कि बोल्डवुड को पता नहीं था कि इस पत्र के वजूद का कोई खास अर्थ नहीं है। और ऐसी सम्भावना पर तो उन्होंने स्वप्न में भी विचार नहीं किया था। सम्मोहित मन को यह बात समझ नहीं आती कि वह सम्मोहित करनेवाले के बारे में यह महसूस कर सके कि परिस्थितिवश अपनाए गए रास्ते और भीतर की प्रेरणा से अपनाए गए रास्ते का परिणाम बाहर से एक ही दिखाई पड़ेगा। कोई घटनाक्रम शुरू करने और पहले से शुरू किसी घटनाक्रम को एक खास ढर्रे पर मोड़ने में भारी अन्तर है और यह बात उस आदमी के लिए समझना काफी मुश्किल है जो एक चीज को दूसरी चीज समझ रहा है।

जब बोल्डवुड सोने गए, तो उन्होंने यह वेलेंटाइन आईने के कोने में रख दिया। जब इसकी तरफ उनकी पीठ होती थी, उस समय भी उन्हें इसकी मौजूदगी का अहसास बना रहता था। बोल्डवुड के जीवन में पहली बार ऐसी घटना घटी थी। जिस भावना से उन्होंने इसको जानबूझकर किया गया कार्य समझा था, वही उनको इसे ढिठाई मानने से रोक रही

थी। उन्होंने दुबारा उसी दिशा में देखा। रात्रि के रहस्यमय प्रभावों ने इस लिखे हुए के साथ किसी अनजान लिखनेवाले की भी दखल करा दी। किसी के—किसी औरत के—हाथ बड़ी ही कोमलता से उनका नाम लिखे इस कागज को छूते हुए निकल गए थे! उस औरत की आँखों ने लिखते समय एक-एक अक्षर पर ध्यान दिया था और उसके मन में उस समय बोल्डवुड की छवि उतर आई थी। उसे बोल्डवुड का ख्याल क्यों आया था? उसके होंठ लाल थे या जर्द, भरे हुए थे या झुर्रियोंदार? उसका मुँह कलम चलने के साथ-साथ परिवर्तित होकर एक निश्चित भंगिमा में हो गया होगा—उसके मुँह के कोनों में स्वाभाविक कम्पन हुआ होगा! वह भंगिमा कैसी रही होगी?

इन लिखे हुए शब्दों के पूरक के रूप में इस लिखनेवाली औरत के चित्र की कोई खास पहचान नहीं थी। इसकी एक धुँधली आकृति थी, और ऐसा होना स्वाभाविक भी था क्योंकि इस प्रतिकृति की मूल कृति उस वक्त इश्क और खतो-किताबत से अनजान गहरी नींद में सो रही थी। जब भी बोल्डवुड को झपकी आती थी, वह साकार हो जाती थी, और स्वप्न नहीं रह जाती थी, जब वह जग जाते थे तो उस स्वप्न को सही ठहराने को यह पत्र सामने होता था।

आज रात चमकती हुई चाँदनी का प्रकाश रोज की तरह का नहीं था। उसकी खिड़की से छनकर थोड़ा-सा प्रकाश भीतर आ रहा था जो बर्फ से परावर्तित होकर विपरीत दिशा में चलकर आने के नाते ऊपर कमरे की छत में अस्वाभाविक चमक पैदा कर रहा था। इससे नई जगहों पर छाँव पड़ रही थी और जहाँ छाँव हुआ करती थी, वहाँ प्रकाश पड़ रहा था।

इस पत्र के आने से ही वह इतना अभिभूत हो गए थे कि इसकी सामग्री पर उनका अपेक्षाकृत कम ध्यान जा पाया था। अचानक ही उन्होंने सोचा कि इस लिफाफे के भीतर कुछ और तो नहीं है। उस अजीबोगरीब प्रकाश में वह बिस्तर से उछलकर बाहर आए, पत्र को हाथ में लिया, उस छोटे-से कागज के टुकड़े को खींचकर बाहर निकाला, लिफाफे को हिलाया-डुलाया—और इसकी तलाशी ले डाली। वहाँ कुछ और नहीं था। बोल्डवुड ने जैसा कि पिछले दिन सैकड़ों बार किया था, इस आमन्त्रण देती हुई लाल मुहर को देखा! "मुझसे शादी करो," उन्होंने जोर से कहा।

इस गम्भीर और संकोची किसान ने पत्र को दुबारा मोड़कर शीशे के फ्रेम में लगा दिया। ऐसा करते हुए अनायास ही उसकी निगाह अपने प्रतिबिम्बित रूप-रंग पर पड़ गई जो देखने में फीका-फीका और आकार-प्रकार में निस्सार लग रहा था। उन्होंने गौर किया कि उनका मुँह काफी झुर्रीदार था और उनकी आँखें फैली-फैली और खाली-खाली थीं। इस उत्तेजना के लिए स्वयं से बेचैन और असन्तुष्ट होकर वह वापस सोने चल दिए।

दिन निकलने का समय नजदीक आता गया। स्वच्छ आकाश की सम्पूर्ण आभा दोपहर के बादलों से घिरे आकाश जितनी भी नहीं थी जब बोल्डवुड ने उठकर कपड़े पहने। सीढ़ियों से नीचे उतरकर वह पूर्व में एक खेत के फाटक की तरफ बढ़े और उसका सहारा

लेते हुए ठहरकर अगल-बगल निगाह दौड़ाई।

यह आम तौर पर साल के इस समय में होनेवाला धीमा सूर्योदय था, और शिखर पर विशुद्ध बैंगनी आकाश, उत्तर दिशा में सीसे के रंग का और पूर्व में धुँधला था। यहाँ बर्फीली जमीन या वेदरबरी अपर फार्म की भेड़शाला पर, और स्पष्ट रूप से पर्वत-शृंखला पर टिके हुए सूर्य का अभी सिर्फ आधा हिस्सा दिखाई पड़ रहा था जो इस तरह से बिना किरणों के दहक रहा था जैसे किसी अँगीठी के सफेद पत्थर पर लाल और लपटविहीन अग्नि दमक रही हो। यह पूरा प्रभाव उसी प्रकार सूर्यास्त से मिलता-जुलता था जिस प्रकार बचपन और बुढ़ापे में समानता होती है।

अन्य दिशाओं में जमीन और आसमान के रंग में बर्फ के कारण इतनी अधिक समानता आ गई थी कि एक नजर में यह बता पाना मुश्किल था कि क्षितिज कहाँ है। आम तौर पर यहाँ भी प्रकाश और अन्धकार का वह असामान्य क्रम परिवर्तन था जिसकी चर्चा पहले की जा चुकी है और जो तब दृश्यमान होता है जब आम तौर पर आकाश में पाई जानेवाली भड़कीली चमक जमीन पर मिलती है और जमीन पर पाए जानेवाले अँधेरे साए आकाश में दिखते हैं। पश्चिम में अस्त होता हुआ चन्द्रमा अब इस तरह फीका और हरीतिमा लिये हुए पीला दिख रहा था जैसे बदरंग पीतल।

बोल्डवुड उदासीनतापूर्वक देख रहे थे कि जमी हुई ओस कड़ी होकर बर्फ की सतह पर ऐसे चमक रही थी कि पूरब के लाल प्रकाश से इसमें संगमरमर की चमक आ गई थी। पुराने झिलमिली सीसे के उस पार ढलान के कुछ हिस्सों में चारों तरफ बर्फ से घिरी सूखी हुई घास दिख रही थी। जब यह बर्फ कुछ मुलायम थी तो कुछ पक्षियों की उछलकूद से उनके पैरों के निशान बन गए थे जो अब कुछ समय के लिए जमकर स्थायी हो गए थे। हल्के पहियों की आधी दबी-दबी आवाज से उनका ध्यान भंग हुआ। बोल्डवुड ने मुड़कर पीछे सड़क पर देखा। यह डाकगाड़ी थी—दो पहियों का एक ऐसा नाजुक वाहन जो इतना ही भारी था कि हवा के झोंके के विरुद्ध बड़ी मुश्किल से चल सकता था। गाड़ीवाले ने एक पत्र निकालकर आगे बढ़ा दिया। बोल्डवुड ने एक और गुमनाम पत्र की आशा में इसे झपटकर खोल लिया—लोगों को बड़ी आशा होती है कि पूर्वघटित घटना अपने को दुहराएगी।

"मेरे विचार से यह आपके लिए नहीं है मिस्टर," उस आदमी ने बोल्डवुड की हरकत देखकर कहा। "हालाँकि नाम कोई नहीं है, पर मुझे लगता है कि यह आपके गड़ेरिए के लिए है।"

तब बोल्डवुड ने पते पर गौर किया।

नए गड़ेरिए को मिले
वेदरबरी फार्म
कास्टरब्रिज के निकट

"अरे—गलती हो गई—ये मेरा नहीं है। न ही यह मेरे गड़ेरिए का है। यह कुमारी एवरडीन के गड़ेरिए के लिए है। बेहतर होगा तुम इसको उसी—गैब्रिएल ओक—के पास

ले जाओ—और बता दो कि गलती से इसे मैंने खोल दिया।"

इसी समय, चमकते हुए आकाश के नीचे पहाड़ी पर एक छाया दिखाई पड़ी, जैसे मोमबत्ती की लपट में जली हुई काली बत्ती का हिस्सा। इसके बाद उसमें हलचल हुई और छाया एक ही खपच्ची से बँधे हुए घास के वर्गाकार गट्ठरों को ढोते हुए एक स्थान से दूसरे स्थान तक बड़ी तेजी से दौड़-धूप करने लगी। पीछे-पीछे एक छोटी चौपाया आकृति चल रही थी। बड़ी काया गैब्रिएल ओक की थी : छोटीवाली जार्ज की थी! ढोई जानेवाली वस्तु टट्टर थी।

"रुको," बोल्डवुड ने कहा। "उस पहाड़ी पर वही आदमी है। इस चिट्ठी को उस तक मैं खुद ले जाऊँगा।"

बोल्डवुड के लिए अब यह सिर्फ किसी दूसरे आदमी का पत्र ही नहीं था। यह एक अवसर था। चेहरे पर लबालब संकल्प का भाव लेकर वह बर्फीले मैदान में प्रवेश कर गए।

उसी समय गैब्रिएल पहाड़ी से दाहिनी तरफ नीचे उतर रहा था। अब लालिमा इस दिशा में फैलकर नीचे तक आ गई थी, और दूर स्थित वारेन के शराबखाने की छत को स्पर्श कर रही थी—शायद गड़ेरिया वहीं जा रहा था। बोल्डवुड थोड़ी दूरी पर उसके पीछे-पीछे चल रहे थे।

अध्याय 15

प्रातःकाल की एक सभा : फिर वही पत्र

शराबखाने के बाहर का चमकीला लाल और नारंगी प्रकाश इसके भीतर नहीं आता था, जहाँ रोज की तरह अँगीठी से निकलनेवाला बिल्कुल मिलते-जुलते रंग का प्रकाश फैला हुआ था।

कुछ घंटे अपने कपड़े पहने हुए ही सोए रहने के बाद माल्टवाला अब तीन टाँगोंवाली एक मेज के किनारे बैठकर रोटी और सुअर के नमकीन मांस का नाश्ता कर रहा था। यह खाने का काम बिना प्लेट के हो रहा था जिसका ढंग यह होता है कि मेज पर रोटी की फाँक को रखकर, मांस को रोटी पर फैलाते हुए, इस पर सरसों की चटनी लगाकर इस पूरी सामग्री पर एक चुटकी नमक छिड़क दिया जाता है; इसके बाद इसको जेबी छुरी से सीधा नीचे लकड़ी तक काटते जाते हैं और कटे हुए टुकड़े को चाकू में फँसाकर उठाते हुए इसे भोजन के उचित मार्ग पर पहुँचा दिया जाता है। ऐसा लगता था कि माल्टवाले के दाँत न होने से उसकी चबाने की क्षमता में कोई खास फर्क नहीं पड़ा था; वह इतने सालों से दन्तविहीन रहा था कि दाँतों के न होने को कोई कमी माने जाने की जगह उसके कठोर मसूढ़ों को उपलब्धि माना जाता था। दरअसल कब्र की तरफ उसके पाँव वैसे ही बढ़ रहे थे जैसे कोई अतिपरवलय आकार की वक्र रेखा किसी सीधी रेखा की तरफ बढ़ती है—

जैसे-जैसे वह नजदीक पहुँचता जाता था वैसे-वैसे और भी भटकता चला जाता था, जिससे सन्देह उत्पन्न होता था कि क्या वाकई वह वहाँ कभी पहुँचेगा भी?

यहाँ आनेवालों की सुविधा के लिए राख के ढेर में कुछ आलू भुन रहे थे, और जली हुई रोटी की एक उबलती मटकी रखी थी जिसे 'काफी' नाम दिया गया था। यह व्यवस्था इसलिए थी क्योंकि वारेन का यह शराबखाना एक प्रकार का सामाजिक केन्द्र था जिसका प्रयोग बाथशीबा के आदमी भटियारखाने की जगह पर करते थे, क्योंकि भटियारखाने में उसकी तीखी निगाहों के सामने रहते हुए उन लोगों को अटपटा लगता।

"मैं कह रहा था—सुन रहे हो ना, दिन में तो हमें मौसम खुशगवार मिलता है और उसके बाद रात में शीत-लहर आ जाती है," यह आवाज अचानक ही शराबखाने के दरवाजे की तरफ से आई जिसको अभी-अभी खोल दिया गया था। हेनेरी फ्रे की काया बीच रास्ते में अपने बूटों को जमीन पर पटककर बर्फ झाड़ती हुई, आग की ओर बढ़ी। माल्टवाले को हेनेरी फ्रे का यह कथन और उसका आना कतई अप्रत्याशित नहीं लगा—इस इलाके में भूमिका बनाने की औपचारिकताएँ प्रायः वचन और कर्म दोनों से छोड़ दी जाती थीं—और चूँकि माल्टवाले को भी यह छूट प्राप्त थी, उसने जवाब देने में तत्परता नहीं दिखाई। उसने अपने चाकू में पिरोकर पनीर का एक टुकड़ा वैसे ही उठाया जैसे कोई कसाई सीख कबाब उठाता है।

हेनेरी फ्रे ने अपने कुर्ते के ऊपर अच्छे ऊन का लम्बा कोट पहन रखा था। उसके कुर्ते का निचला हिस्सा कोट के निचले हिस्से से एक फुट बाहर निकला हुआ दिखाई पड़ रहा था। अगर आप इस शैली की पोशाक के आदी हो जाएँ तो यह स्वाभाविक लगेगा, आरामदेह तो यह निश्चित तौर पर था ही।

मैथ्यू मून, जोसेफ पुअरग्रास और अन्य गाड़ीवान तथा वैगनचालक अपने हाथों में बड़ी-बड़ी लालटेनें लटकाए उसके पीछे-पीछे आए। इससे पता चलता था कि वे अभी-अभी गाड़ीवाले घोड़ों के अस्तबल से आए थे जहाँ वे सुबह चार बजे से काम में लगे हुए थे।

"मैं इतना अशक्त हो रहा हूँ जैसे कोई मैना," जोसेफ पुअरग्रास ने कहा। "एक मामूली तिनका भी मेरे लिए भारी पड़ जाएगा। माल्टवाले, अब और आगे बढ़ने से पहले मैं तो एक गिलास सेब की दारू पीऊँगा।"

"मेरी भी हालत बहुत अच्छी नहीं है," मैथ्यू कराहा। "जैसा दर्द मेरी कमर और पुट्ठों में है, बता नहीं सकता—वाकई नहीं बता सकता। लगता है जैसे मेरी पीठ में चिलकन हो रही है। मैं भी अपने सूखे गले को तर करूँगा, माल्टवाले! काफी से काम चल जाएगा।"

माल्टवाले ने कोने में पड़े एक पीपे और राख में पड़ी मटकी की ओर इशारा कर दिया। "जो भी लेना चाहो, ले लो" उसने कहा। "और ये रहे कुछ आलू" (उनको राख से कुरेदकर बाहर निकालते हुए)। "आओ एक ले लो—ये साफ हैं।"

"सलाम, दोस्तो! और आज की सुबह क्या चल रहा है?" दरवाजे के बाहर से एक आदमी ने कहा। "और तुम्हारी पीठ का हाल इतना खराब क्यों है, मैथ्यू मून?" बोलनेवाला

दबे कदमों से अन्दर आ गया, और पता चला कि यह मार्क क्लार्क था।

"अरे तुम तो जानते ही हो कि मैं बेचारी 'प्लीजेंट' के साथ बैठा रहा हूँ। मैं समझ नहीं पाता कि उसका क्या करूँ। वह बेचारी रात की शुरुआत में बड़ी शान्त थी, और थोड़ा-सा सोई भी, लेकिन सुबह तक पहुँचते-पहुँचते दोबारा बेचैन और चंचल हो गई।"

"अगर यह घोड़ी मर गई तो मालकिन को पैंतीस पौंड का नुकसान होगा," मार्क क्लार्क ने कहा।

"बिना कारिन्दे के मालकिन का कामकाज कैसा चल रहा है?" माल्टवाले ने पूछा।

हेनेरी ने अपनी गर्दन हिलाई और उसके होंठों पर तीखी मुस्कुराहट फैल गई, जिससे उसके माथे की सारी मांसपेशियाँ खिंचकर बीच में उभर गईं।

"इस बात के लिए वह पछताएँगी—पक्की बात है!" उसने कहा। "बेंजी पेनीवेज कोई सच्चा या ईमानदार आदमी नहीं था—वह इतना बड़ा धोखेबाज था जैसे जोय इस्केरियट। लेकिन यह सोचना कि वह अपने बलबूते पर अपना काम कर ले जाएँगी," उसने चुपचाप अपने सिर को तीन-चार बार इधर-उधर हिलाया। "मेरे ख्याल से तो कभी नहीं—कभी नहीं!"

सबने इस कथन को किसी अप्रकट भाषण का निष्कर्ष मान लिया जो सिर हिलाए जाने के दौरान सिर्फ ख्यालों में ही व्यक्त हुआ था। हेनेरी ने इस बीच अपने चेहरे पर उदासी के अनेक चिह्न बनाए रखे, जिससे लगता था कि अगर वह बोलता रहा तो दुबारा इनके प्रयोग की जरूरत पड़ेगी।

"सबकुछ तबाह हो जाएगा और हम भी, और भलेभानसों को खाने के लाले पड़ जाएँगे!" मार्क ने ऐसे आदमी की तरह कहा जो तुरत-फुरत सारे बन्धन तोड़ डालने के लिए तैयार हो।

"देखना—जरूर कोई दुख आनेवाला है," मैथ्यू मून ने कहा। "हाल ही में मैंने तीन बहुत खराब सपने देखे; और इससे पिछलेवाले हफ्ते में सैली ने दो बार मेज पर धौंकनी रख दी।"

"यह तो इस बात का पक्का संकेत है कि कुछ गड़बड़ होनेवाला है," जोसेफ पुअरग्रास ने कहा। "कल नाश्ते के समय मेरा सामना एक सफेद बिल्ली से हो गया। और कल रात मेरी साली के यहाँ मुझे मोमबत्ती में ताबूत का हत्था दिखाई पड़ा।"

"और मैं दो महीने से शीशे में से नए चाँद को देख रहा हूँ। मुझे यह भी पता चला है कि गैमर बाल ने सपने में देखा है कि उसको मधुमक्खियाँ डंक मार रही हैं।"

"कितना भयावह है यह सब? मानना पड़ेगा कि इस सबका कहीं न कहीं कुछ मतलब है," जोसेफ पुअरग्रास ने अपनी साँसों को डरावने तरीके से खींचते हुए कहा और ऐसा भाव जताया कि वह किसी भारी दुख में है।

"हमारी मालकिन हम सबका बुरा करेंगी," हेनेरी ने कहा। "उनके खेती करने के नए तौर-तरीकों से तो यही लगता है। और उनकी नाजानकारी का आलम यह है कि कुछ न कहना ही ठीक है। अभी कल की बात है कि उन्होंने सुअर के नमकीन मांस का टुकड़ा

इसके पुट्ठों पर लम्बाई में काट दिया!"

"हो-हो-हो!" सभा ने कहा। माल्टवाले के कंठ से ऐसी क्षीण ध्वनि निकली जैसे किसी अलग ही वाद्ययन्त्र से आवाज आ रही हो, "ही-ही-ही!"

"जिद्दी औरत है वह—और किसी भी सलाह पर ध्यान नहीं देती। घमंड ने तो बड़े-बड़ों का सत्यानाश कर दिया है। प्यारे, जब मैं इस बात को सोचता हूँ तो मुझे इतनी तकलीफ होती है जो किसी को प्रसव-पीड़ा में होती है।"

"सही कहते हो हेनेरी—तकलीफ तो तुम्हें होती है—मैंने सुना है तुम्हें," जोसेफ पुअरग्रास ने भरपूर पुष्टि करते हुए और कष्टभरी मुस्कान के साथ कहा।

"क्या वह बहुत भड़कीले कपड़े पहनती है?" माल्टवाले ने पूछा।

"नहीं—केवल कपड़ों की बात नहीं है," हेनेरी ने अपने शब्दों की बुद्धिमानी पर गौर करते हुए आगे कहा; "हालाँकि यह बात भी है—जैसे कि एक प्रकार के अलौकिक कपड़े हों। लेकिन वह जिस तरह सिर को बेपरवाही से झटका देती है, कन्धे उचकाती है और कुल मिलाकर जैसा दुस्साहस करती है! उसके हर शब्द के साथ उसकी फुफकार होती है, बल्कि फुफकारती वह पहले है, और पता चला है कि लिडी से जैमवाले बर्तनों सहित रसोई की आलमारी गिर जाने पर उसने लिडी को एक मर्दाना गाली दी। अभी कल की ही बात है, वह अचानक ही घोड़े पर सवार मेरे सामने प्रकट हुई और देखती रही कि मैं कितनी तेजी से या कितना धीमा काम करता हूँ, फिर आगे बढ़ गई और एक भी दोस्ताना शब्द नहीं बोली। हाँ, दोस्तो—बड़ी निर्दयतापूर्वक बिना एक क्षण की चेतावनी के।"

"उसके भेजे में जो भी है उससे किसी आदमी को कोई नुकसान नहीं होनेवाला," बिल स्मालबरी ने कहा जो अभी-अभी अपने सामने के दाँत को दिखाता हुआ भीतर आया था। "वह खरी-खरी बोल सकती है, और पक्के तौर पर वह अक्लमन्द है। समझे मेरी बात?"

"समझता हूँ; लेकिन बिना कारिन्दे के—उस स्थान के काबिल मैं था," हेनेरी ने खुद को तबाह प्रतिभा के रूप में पेश करते हुए अपना दुखड़ा सुनाया। उसने बिली स्मालबरी के कुर्ते को इस तरह खोए-खोए ढंग से घूरकर देखा जिससे लगता था कि उसे वहाँ कोई अच्छी नियति साफ-साफ दिख रही थी। "मेरे ख्याल से यही होता है। तुम्हारी तकदीर ही तुम्हारी है, और धर्मग्रन्थों का कुछ मतलब नहीं है; क्योंकि अगर अच्छा काम करो तो काम के हिसाब से इनाम नहीं मिलता, बल्कि इनाम की जगह तुम किसी कपटपूर्ण तरीके से ठग लिए जाते हो।"

"नहीं, नहीं; मैं इस बात पर तुमसे सहमत नहीं हूँ," मार्क क्लार्क ने कहा। "ऊपरवाला इस मामले में एकदम शरीफ आदमी है।"

"कहने का मतलब है कि अच्छे काम तो अच्छा परिणाम," जोसेफ पुअरग्रास ने समर्थन किया।

इसके बाद कुछ देर तक चुप्पी छाई रही, और हेनेरी ने किसी नाटक के मध्यान्तर की तरह मुड़कर लालटेनों को फूँककर बुझा दिया। दिन का प्रकाश बढ़ने के साथ ही अब

इनकी आवश्यकता नहीं रह गई थी, हालाँकि शराबखाने में बस एक छोटी-सी खिड़की थी।

"मैं हैरान हूँ कि कोई खेती-किसानी करनेवाली औरत बीना, तानपूरा, पियानो या इस तरह की चीजों का क्या करेगी," माल्टवाले ने कहा। "लिडी कह रही थी कि उसने एक नया पियानो मँगवाया है।"

"पियानो मँगाया है?"

"हाँ। मालूम होता है कि उसके बूढ़े चाचा की चीजें उसकी पसन्द की नहीं थीं। उसने सबकुछ नया खरीदा है। भारी-भरकम लोगों के लिए भारी कुर्सियाँ, दुबले-पतले लोगों के लिए हल्की और बुनाईवाली कुर्सियाँ; बड़ी-बड़ी घड़ियाँ जो दीवार-घड़ियों से टक्कर ले रही हैं और जो अँगीठी के ऊपर के आले में रखी जानी हैं।"

"सुन्दर फ्रेमों में लगाने के लिए तस्वीरें।"

"और नशे में धुत लोगों के लिए घोड़े के बाल से बुनी बेंचें जिनमें दोनों तरफ घोड़े के बाल से बने तकिए होंगे," मार्क क्लार्क ने कहा, "इसी तरह सुन्दर लोगों के लिए आईने, और धूर्तों के लिए झूठ बोलनेवाली किताबें।"

"हाँ," हेनेरी फ्रे ने कहा। "इसके बाद अगली चीज वो होगी जो अकसर उन बड़े किसानों के पास होती है जो रुतबा हासिल कर लेते हैं। बैठक की जगह ड्राइंगरूम होगा, इसके बाद रसोईघर को फैलाकर बैठक बना दिया जाएगा। फिर रसोई के लिए गुसलखाने की जरूरत पड़ने लगती है, और सुअरबाड़े को गुसलखाने में तब्दील कर दिया जाता है। तब लोग जमींदार से कहते हैं, कि हमारे बिचारे सुअरों के सिर पर छत नहीं है और ये आपके लिए शर्म की बात है। अचानक ही बाहर बाड़ों की एक कतार बनने लगती है—और वे ऐसे उग आते हैं जैसे...." कोई सटीक तुलना न पाने पर हेनेरी ने अपनी निगाहें इधर-उधर दौड़ाईं, जैसे उसे लग रहा हो कि शायद दीवारों के सामने तुलना के लिए कोई चीज मिल जाएगी।

"एकदम सही बात है, नौकरानी भी यही बता रही थी," मार्क क्लार्क चिल्लाया।

हेनेरी ने व्यंग्य और हताशाजनित अपनी झुर्रियों को कुछ और समय तक रहने दिया—इसके बाद, जब उसे लगा कि उसके पास कहने के लिए ऐसा कुछ नहीं है जिसमें इनकी आवश्यकता हो तो उसने अपने चेहरे को सपाट किया और बैठ गया।

बाहर किसी के दृढ़ कदमों की तेज आहट सुनाई पड़ी, दरवाजा करीब छह इंच खुला और दूसरी तरफ से किसी ने कहा, "दोस्तो, क्या इधर आप लोगों के पास अभी-अभी जन्मे कुछ मेमनों के लिए जगह है?"

"हाँ, हाँ, गैब्रिएल," सभा ने कहा।

दरवाजे को झटका देकर पीछे किया गया और यह दीवार से जा लगा जिससे वह ऊपर से नीचे तक हिल गई। दरवाजे पर मिस्टर ओक दमकता चेहरा लिए हाजिर हुए। बर्फ से बचने के लिए उसके टखनों के चारों ओर पुआल बँधा था, कुर्ते के बाहर उसकी कमर पर चमड़े की एक पेटी थी और वह दुनिया के स्वास्थ्य और जीवनीशक्ति का साक्षात

प्रतीक दिख रहा था। उसके कन्धों पर विभिन्न अजीबोगरीब स्थितियों में चार मेमने लटके थे और जार्ज नाम का कुत्ता जिसे गैब्रिएल ने नारकॉम्ब से लाने का जुगाड़ कर लिया था, चुपचाप पीछे-पीछे चल रहा था।

"हाँ, भाई ओक, और इस साल ब्याना कैसा चल रहा है?" जोसेफ पुअरग्रास ने पूछा।

"बहुत कठिन," ओक ने कहा। "मैं इस आखिरी पखवाड़े में दिन में दो बार, बर्फ में या बारिश में, भीगता रहा हूँ। केनी और मैंने आज रात अपनी पलकें तक नहीं झपकाई हैं।"

"मैंने सुना है कुछ अच्छे जोड़े पैदा हुए हैं?"

"बहुत ज्यादा। वैसे इस साल ब्याना बहुत अजीब ढंग से चल रहा है। कुमारी मरियम के दिन तक भी हम निपट नहीं पाएँगे।"

"और पिछले साल सबकुछ बड़े दिन के बाद साठवें दिन तक निपट गया था," जोसेफ ने कहा।

"बाकी भी ले आओ, केन," गैब्रिएल ने कहा, "और इसके बाद दौड़कर वापस भेड़ों के पास जाओ। तुम्हारे पीछे-पीछे मैं भी आ रहा हूँ।"

केनी बाल, जो हँसमुख चेहरेवाला लड़का था और मुँह के नाम पर जिसके पास एक छोटा गोल छेद था, आगे बढ़ा और दो अन्य मेमनों को रखने के बाद आदेशानुसार वापस चल पड़ा। ओक ने मेमनों को उनकी अस्वाभाविक टँगी हुई स्थिति से उतारा, उनको पुआल में लपेटा और आग के चारों ओर रख दिया।

"यहाँ हमारे पास मेमनों के लिए उस तरह की झोपड़ी नहीं है जैसी मेरे पास नारकॉम्ब में हुआ करती थी," गैब्रिएल ने कहा। "और कमजोर मेमनों को घर तक लाना भी आफत ही है। अगर आपकी जगह न होती यहाँ, माल्टवाले, तो मैं समझ नहीं पाता कि इस खराब मौसम में मैं क्या करूँ। और आज आपका क्या हालचाल है?"

"न तो बीमार हूँ, न दुखी, गैब्रिएल। लेकिन जवान भी तो नहीं हुआ हूँ।"

"बैठ जाओ, ओक," शराबखाने के इस प्राचीन शख्स ने आगे कहा—"नारकॉम्ब की पुरानी जगह कैसी थी, जब तुम अपने कुत्ते को लाने गए थे? वहाँ तो मौसम काफी तीखा और तेज हवाओंवाला रहा होगा, है न? मैं पुरानी जानी-पहचानी जगहों को देखना और एमिंस्टर के मेले में एक दिन गुजारना चाहता हूँ; लेकिन, मेरा ख्याल है कि अब मैं वहाँ एक भी आदमी को जान-पहचान नहीं पाऊँगा।"

"मेरा भी ख्याल है कि आप ऐसा नहीं कर पाएँगे। बहुत बदल गया है वह।"

"क्या ये सच है कि डिकी हिल का लकड़ी का बना शराबखाना ढहा दिया गया है?"

"हाँ-हाँ—सालों पहले। और उसी के पास बनी डिकी की कुटिया भी।"

"पक्की बात है?"

"हाँ, और टाम्पकिन का पुराना सेब का पेड़ उखड़ गया है जो अकेले दो बड़े पीपे भरकर सेब की शराब दिया करता था। और बाकी पेड़ भी काम के नहीं रह गए हैं।"

"उखड़ गया—ऐसा मत कहो। आह, उथल-पुथलभरे समय में जी रहे हैं हम—उथल-पुथलभरे समय में।"

"और आपको वह पुराना कुआँ याद होगा जो उस जगह के बीचो-बीच हुआ करता था? अब वहाँ मजबूत लोहे का पम्प है जिसके साथ बड़ा-सा पत्थर का कुंड है।"

"हाय, प्यारे—देश की शक्लो-सूरत कैसे बदलती जा रही है, और आजकल क्या-क्या देखने के लिए जी रहे हैं हम। हाँ—वही बात यहाँ भी है। लोग आजकल यहाँ मालकिन के अजीबोगरीब कारनामों की दास्तान सुना रहे हैं।"

"आप लोग क्या कह रहे हैं उनके बारे में?" ओक ने शेष लोगों की तरफ तीखी निगाह से देखते हुए और गरम होते हुए पूछा।

"ये अधेड़ लोग अभिमान और अहंकार के लिए उसकी बुराई कर रहे हैं," मार्क क्लार्क ने कहा। "लेकिन मैं कहता हूँ, होने दो उसको अभिमानी जितनी भी हो। धन्य है उसका सुन्दर चेहरा—मैं तो उसके लाल सुर्ख होंठों को चूमकर धन्यवाद देना चाहूँगा उसे!" उद्दंड मार्क क्लार्क ने इस बात को पूरा करते-करते अपने होंठों से चटखारे की आवाज पैदा की।

"मार्क," गैब्रिएल ने कड़ाई से कहा, "अब ख्याल रहे तुम्हें, मिस एवरडीन के बारे में इस तरह का हँसी-मजाक—ये तुम्हारा चटर-पटर—बिल्कुल नहीं चलेगा। मैं इसकी इजाजत नहीं देता। सुना तुमने?"

"पूरे दिल से, क्योंकि मुझे कोई मौका नहीं मिलनेवाला," मार्क क्लार्क ने दोस्ताना लहजे में कहा।

"मेरे ख्याल से तुम भी उनके खिलाफ बोलते रहते हो?" ओक ने जोसेफ पुअरग्रास की तरफ मुड़कर बड़ी गम्भीर निगाह से देखते हुए कहा।

"नहीं, नहीं—एक शब्द नहीं बोला मैंने—वाकई यह खुशी की बात है कि मालकिन ज्यादा बुरी नहीं हैं, बस यही कहना है मेरा," जोसेफ पुअरग्रास ने भय से काँपते और शरमाते हुए कहा। "मैथ्यू ने अभी-अभी कहा—"

"मैथ्यू मून—क्या कह रहे थे तुम?" ओक ने पूछा।

"मैं? क्यों, तुम नहीं जानते क्या कि मैं एक कीड़े को भी नुकसान नहीं पहुँचाता—बिल्कुल नहीं, जमीन के अन्दर दबे कीड़े को भी नहीं," मैथ्यू मून यह कहते हुए काफी असहज दिख रहा था।

"ठीक है, किसी न किसी ने तो कहा ही है—और सुनो दोस्तो," हालाँकि गैब्रिएल संसार के सबसे शान्त और सबसे विनम्र लोगों में से था, पर इस मौके पर वह योद्धा जैसी तत्परता और उत्साह से आगे बढ़ा। "ये रहा मेरा मुक्का।" यह कहते हुए उसने अपने मुक्के को, जो आकार में एक औसत पावरोटी से कुछ छोटा था, माल्टवाले की छोटी-सी मेज के ठीक बीचोबीच रख दिया, और मेज पर इसी से एक-दो थाप दी, जैसे कि सुनिश्चित कर रहा हो कि आगे उसकी बात सुनने से पहले लोग इत्मीनान से मुक्के को अपने दिमाग में बैठा लें। "अब—इस गाँव में जिस किसी के भी मुँह से सबसे पहले मुझे हमारी मालकिन

की बुराई सुनाई पड़ेगी, (यहाँ मुक्के को ऊपर उठाकर छोड़ दिया गया, उसी तरह जैसे इन्द्र देवता अपने हथौड़े को परखते समय करते) उसको इसका भरपूर स्वाद नहीं चखाया—तो मैं अपने बाप की असल औलाद नहीं।"

सबने अपने-अपने चेहरे के भावों से पूरी तरह ऐसा जताया जैसे इस कथन से वे लेशमात्र भी विचलित नहीं हुए हैं, बल्कि उस विवाद पर अफसोस कर रहे हैं, जिससे यह बेतुका व्यक्ति सामने आ गया है; और मार्क क्लार्क चिल्लाया, "सुना आपने, सुना; ठीक वही बात जो मुझे कहनी चाहिए थी।" कुत्ते जार्ज ने उसी समय गड़ेरिए की परेशानी देखी और हालाँकि अंग्रेजी वह आधी-अधूरी ही समझता था, तो भी गुर्राने लगा।

"अब भिड़ मत जाना गैब्रिएल, और बैठ जाओ।" हेनेरी ने ऐसी शान्ति से कहा जैसे कि अनिष्ट निवारण के लिए पूरी ईसाइयत से प्रार्थना कर रहा हो।

"हमने सुना है कि तुम बहुत अच्छे और समझदार शख्स हो, गैब्रिएल," जोसेफ पुअरग्रास ने माल्टवाले के पलंग के चौखटे के पीछे से बड़ी चिन्ता से कहा, जहाँ वह सुरक्षा के लिए चला गया था। "मेरे विचार से समझदार होना बड़ी बात है—" उसने आगे कहा और अब उसका चलना-फिरना शरीर नहीं बल्कि मन से नियन्त्रित हो रहा था। "हम भी चाहते हैं कि हम समझदार होते, है कि नहीं दोस्तो?"

"हाँ, जरूर चाहते हैं हम," मैथ्यू मून ने ओक को यह दिखाने के लिए कि वह उसी तरह काफी दोस्ताना भाव रखता है, उसकी तरफ देखकर थोड़ा-सा हँसते हुए कहा।

"तुम्हें किसने बताया है कि मैं समझदार हूँ?" ओक ने कहा।

"ये बात तो बच्चा-बच्चा जानता है," मैथ्यू ने कहा। "हमने सुना है कि तुम तारों से समय का ठीक वैसे ही पता लगा लेते हो जैसे हम लोग सूरज और चाँद से।"

"हाँ, मैं थोड़ा-बहुत इस तरीके से काम चला लेता हूँ," गैब्रिएल ने इस विषय के एक औसत जानकार की तरह कहा।

"और ये भी सुना है कि तुम धूप-घड़ियाँ बना लेते हो और लोगों का नाम सुन्दर सजावटवाले लम्बे-लम्बे अक्षरों में उनकी गाड़ियों पर ऐसे छाप देते हो जैसे ताँबे के प्लेट से छपाई हुई हो। बड़ी अच्छी बात है कि तुम इतने समझदार आदमी हो, गैब्रिएल। तुम्हारे आने से पहले किसान जेम्स एवरडीन की गाड़ियों पर छपाई का काम जोसेफ पुअरग्रास किया करता था, और मैं कभी नहीं समझ पाया कि जे और ई का रुख किस तरफ करूँ—तुम समझ सकते थे जोसेफ? (जोसेफ ने यह दर्शाने के लिए अपना सिर हिलाया कि वाकई वह नहीं समझ सकता था।) और इसलिए तुम उनको इस गलत तरीके से लिखते थे, है न जोसेफ।" मैथ्यू ने धूलभरे फर्श पर अपने चाबुक के हत्थे से लिखा : **ſAMƎS** "और किसान जेम्स जब अपना नाम इतना उलटा-पुलटा देखते थे तो कैसे गालियाँ देते थे और तुम्हें मूर्ख कहते थे, कहते थे कि नहीं, जोसेफ?" मैथ्यू मून ने मजा लेते हुए बात आगे बढ़ाई।

"हाँ—कहते थे," जोसेफ ने विनम्रता से कहा। "लेकिन तुम जानते हो, इसमें मेरी ज्यादा

गलती नहीं थी, क्योंकि ये जे और ई याददाश्त के लिए इतनी कमीनी चीज हैं कि इनका मुँह आगे है या पीछे, याद रखना मुश्किल होता है; और मेरी याददाश्त भी हमेशा माशाअल्लाह ही रही है।"

"ये तुम्हारे लिए बड़े दुख की बात है, तुम्हारे लिए मुसीबतों की कमी है क्या।"

"हाँ, है तो; लेकिन तकदीर में इससे बुरा मेरे लिए नहीं है, और इसके लिए अहसानमन्द हूँ मैं। जहाँ तक तुम्हारा सवाल है ओक, मेरा पक्का मानना है कि मालकिन को तुम्हें अपना कारिन्दा नियुक्त कर देना चाहिए था—इसके लिए तुम एकदम सही आदमी हो।"

"मुझे यह मानने में कोई परेशानी नहीं है कि मैं इसकी उम्मीद करता था," ओक ने साफ-साफ कहा, "दरअसल, मुझे इसी जगह की उम्मीद थी। लेकिन यह भी सही है कि अगर मिस एवरडीन की मर्जी है तो उन्हें अपना कामकाज खुद करने का हक है—और मुझे सिर्फ एक मामूली गड़ेरिया बनाए रखने का भी हक है उन्हें।"

ओक ने धीमी साँस ली, चमकती हुई राख के गड्ढे में दुखी भाव से देखा, और ऐसे विचारों में खोया प्रतीत हुआ जो बहुत आशाजनक नहीं थे।

आग की अनुकूल गर्मी पाकर लगभग निष्प्राण मेमने मिमियाने और अपने हाथ-पैर पुआल पर हिलाने-डुलाने लगे—और पहली बार उन्हें इस तथ्य का ज्ञान हुआ कि वे पैदा हो गए हैं। उनकी आवाजें जब सम्मिलित रूप से बढ़कर एक प्रकार के मन्द सामूहिक गान में बदल गईं तो ओक ने आग के सामने से दूध का कनस्तर खींचा, और अपने कुर्ते की जेब से एक छोटी केतली निकालकर इसको दूध से भर दिया। उसने इन असहाय प्राणियों को, जिन्हें अब वापस अपनी माँओं के पास नहीं जाना था, टोंटी से दूध पीना सिखा दिया—इस कला में देखते-देखते उन्होंने महारत हासिल कर ली।

"और मैंने सुना है कि वह तुम्हें मरे हुए मेमनों की खाल भी नहीं लेने देती?" जोसेफ पुअरग्रास ने पर्याप्त गम्भीरता से ओक के क्रियाकलापों पर निगाह गड़ाए हुए बात आगे बढ़ाई।

"मुझे नहीं मिलते हैं ये," गैब्रिएल ने कहा। "उनके चाचा के समय में क्या होता था?"

"अगर वे निशान लगाने से पहले मरते थे," हेनेरी ने कहा, "तो खाल गड़ेरिए की—अगर उसके बाद, तो किसान की। और हर जुड़वाँ मेमने में से एक जिन्दा मेमने को गड़ेरिया बेच लेता था—हाँ, अगर कोई ऐसी भेड़ न हो जिसका अपना बच्चा खत्म हो गया हो और इसकी उसे जरूरत हो, तो वह एक जिन्दा मेमना एक शिलिंग के हिसाब से बेच लेता था।"

"तुम्हें तो बुरी तरह इस्तेमाल किया जा रहा है, गैब्रिएल," जोसेफ पुअरग्रास ने दुबारा पाँसा फेंका, इस उम्मीद से कि शायद रोने-धोने में साथ देनेवाला कोई मिल ही जाए। "मेरे ख्याल से वह तुम्हारे लिए दोस्ताना भाव नहीं रखती—मेरा ये पक्का ख्याल है।"

"अरे नहीं—बिल्कुल नहीं," गैब्रिएल ने जल्दी से जवाब दिया और ऐसी आह उसके मुँह से निकल गई जो मेमनों की खाल से वंचित होने के कारण तो नहीं हो सकती थी।

इससे पहले कि बातचीत में आगे कुछ और कहा जाए, दरवाजे पर एक काली छाया दिखी। भीतर शराबखाने में बोल्डवुड का प्रवेश हुआ, हरेक को मित्रता और कृपालुता के बीच की श्रेणी का अभिवादन करते हुए।

"अरे—ओक, मैंने सोच लिया था कि तुम यहीं हो," उन्होंने कहा। "दस मिनट पहले मुझे डाक-गाड़ी से एक खत मिला था जिसको मैंने बिना पता पढ़े खोल लिया। मेरे ख्याल से यह तुम्हारा खत है। इस गलती के लिए मुझे माफ कर देना।"

"अरे ठीक है—कोई फर्क नहीं पड़ता, मि. बोल्डवुड—कोई बात नहीं," गैब्रिएल ने तपाक से कहा। दुनिया में उसकी खोज-खबर लेनेवाला कोई नहीं था, और न ही उसके पास किसी पत्र के आने की सम्भावना थी, जिसको वह पूरे गाँव को खुशी-खुशी दिखाता।

ओक ने एक किनारे जाकर किसी अनजानी लिखावट में यह पढ़ा :

प्रिय मित्र,

मुझे तुम्हारा नाम नहीं पता, लेकिन मैं सोचती हूँ कि ये कुछ लाइनें तुम तक पहुँच ही जाएँगी, जो मैं तुम्हें तुम्हारी उस उदारता के धन्यवाद में लिख रही हूँ जिसका परिचय मुझे उस रात मिला जब मैं वेदरबरी से हड़बड़ी में चली थी। मैं वह पैसा भी लौटा रही हूँ जो मेरे ऊपर तुम्हारा कर्ज है, माफ करना कि मैं इसे भेंट के रूप में नहीं रख पा रही हूँ। सबकुछ ठीक-ठाक है और मुझे यह बताते हुए खुशी हो रही है कि मेरी शादी उस नौजवान से होने जा रही है जो मुझसे प्यार करता रहा है। 11वीं ड्रैगून गार्ड्स का सार्जेंट ट्राय नाम का यह नौजवान आजकल इसी कस्बे में तैनात है। मैं जानती हूँ कि सिवाय कर्ज के, वह मेरे द्वारा कुछ भी लेने का विरोध करेगा क्योंकि वह काफी स्वाभिमान और प्रतिष्ठा से भरा हुआ है—वाकई, उसकी रगों में अभिजात कुल का खून है।

मैं तुम्हारा बहुत अहसान मानूँगी अगर इस पत्र को फिलहाल गुप्त रखो, प्रिय दोस्त, हम जल्दी ही वेदरबरी में पति-पत्नी के रूप में आकर सबको चौंकाना चाहते हैं, हालाँकि यह बात एक ऐसे शख्स से कहने में मैं शर्म से लाल हुई जा रही हूँ जो करीब-करीब अजनबी ही है। सार्जेंट का पालन-पोषण वेदरबरी में ही हुआ है। एक बार फिर तुम्हारी सदाशयता के लिए धन्यवाद देते हुए, मैं हूँ

तुम्हारी सच्ची शुभचिन्तक
फैनी रॉबिन।

"क्या आपने इसे पढ़ा है मि. बोल्डवुड?" गैब्रिएल ने कहा। "अगर नहीं पढ़ा है तो अच्छा होगा आप इसे पढ़ लें। मैं जानता हूँ कि फैनी रॉबिन में आपकी दिलचस्पी है।"

बोल्डवुड पत्र पढ़कर परेशान दिखाई पड़े।

"फैनी—बेचारी फैनी! जिस अंजाम का उसको इतना विश्वास है, वह अब तक तो आया नहीं—और हो सकता है कभी न आए। मैं देख रहा हूँ कि उसने कोई पता भी नहीं दिया है।"

"ये सार्जेंट ट्राय किस तरह का आदमी है?" गैब्रिएल ने कहा।

"मेरे विचार से ऐसे मामले में बहुत भरोसे का आदमी नहीं है वह," बोल्डवुड बुदबुदाए। "हालाँकि वह चालाक आदमी है। उसकी भी एक रोचक कहानी है। उसकी माँ एक फ्रांसीसी गवर्नेस थी, और ऐसा लगता है कि उसकी माँ और स्वर्गीय लार्ड सेवर्न के बीच गुपचुप प्यार था। उसकी माँ की शादी एक गरीब आदमी से हो गई जो दवाओं का काम करता था, और जल्द ही एक बच्चे का जन्म हुआ। जब तक लार्ड सेवर्न की जमींदारी से पैसा आता रहा सबकुछ ठीकठाक चलता रहा। बाद में इस लड़के का दुर्भाग्य ऐसा था कि इसके अच्छे दोस्तों की मौत हो गई; तब इसको कास्टरब्रिज के एक वकील के यहाँ दूसरे दर्जे की मुंशीगीरी मिल गई। ये वहाँ कुछ समय तक टिका रहा और अगर इसको सेना में भर्ती होने की सनक न सवार हुई होती तो किसी न किसी लायक हो गया होता। फैनी ने जैसा लिखा है, उस तरह हमको कभी चौंका पाएगी; इसमें मुझे सन्देह है—बहुत अधिक सन्देह है। नादान लड़की—नासमझ लड़की! उसने अपना चरित्र तो खो दिया—ये उससे कभी शादी नहीं करेगा—अब क्या करेगी वह?"

दरवाजे को दुबारा तेजी से धक्का देकर खोला गया और दौड़कर आता हुआ केनी बाल भीतर दाखिल हुआ। उसकी साँसें उखड़ी हुई थीं, और उसका मुँह लाल होकर छोटी तुरही के मुँह की तरह खुल गया था जिससे वह आवाज करता हुआ और चेहरे को काफी फुला-फुलाकर तेजी से खाँस रहा था।

"केन बाल," ओक ने कड़े लहजे में कहा, "इस तरह तेज क्यों दौड़ते हो कि साँस उखड़ जाए! हमेशा कहता रहता हूँ मैं तुमसे।"

"अरे, मैं—मेरा—मि. ओक, दौड़ने में मेरी साँस उखड़ गई, और इसी से मुझे खाँसी आ गई—खों-खों!"

"ठीक है—किसलिए आए हो तुम?"

"मैं आपको बताने आया हूँ," दरवाजे की चौखट के सहारे अपने थके-हारे किशोर शरीर को सहारा देते हुए कनिष्ठ गड़ेरिए ने कहा—"कि आप फौरन चलिए। दो और भेड़ों ने जुड़वाँ मेमनों को जन्म दिया है—ये बात है, गैब्रिएल ओक।"

"ओह, ये बात है," ओक ने उछलकर खड़े होते हुए और बेचारी फैनी पर से अपना ध्यान हटाते हुए कहा। "तुम बहुत अच्छे लड़के हो कि दौड़कर मुझे बताया, किसी दिन ईनाम के तौर पर पुडिंग की अच्छी-सी दावत मिलेगी तुम्हें। लेकिन चलने से पहले तारकोल का डिब्बा ले आओ, और हम लोग इन मेमनों पर निशान लगाकर इनसे फुरसत पा लें।"

ओक ने अपनी अथाह जेबों में से निशान लगानेवाला एक लोहा निकाला, इसको डिब्बे में डुबोया और नवजात भेड़ों के पुट्ठों पर उस नाम के शुरुआती अक्षर अंकित कर दिए जिसके ख्याल मात्र से उसे आनन्द की अनुभूति होती थी—'बी.ए.'। इससे आसपास के पूरे क्षेत्र में पता चल जाता था कि अब आगे से ये मेमने बाथशीबा एवरडीन के हैं, किसी और के नहीं।

"केनी, अब इन दोनों को सँभालो और जाओ। अच्छा मिस्टर बोल्डवुड," गैब्रिएल

ने सोलह टाँगों, और चार छोटी कायाओं को उठाया जिनको वह खुद लाया था, और उनके साथ ब्यानेवाले खेत की दिशा में गायब हो गया—खुशी की बात थी कि अब इनकी काया आधे घंटे पहले की मौत के दहानेवाली इनकी दशा से बेहतर चुस्त-दुरुस्त और आशाजनक स्थिति में थी।

बोल्डवुड खेत की तरफ कुछ दूर तक उसके पीछे-पीछे आए, हिचकिचाए और वापस मुड़ गए। दुबारा उसके पीछे लगते हुए उन्होंने अपने इरादे को पक्का किया और वापस न लौटने का संकल्प लिया। उस कोने में पहुँचकर जहाँ मोड़ बना हुआ था, उन्होंने अपनी पाकेटबुक निकाली, इसको खोला और अपने हाथ में खोलकर रख लिया। एक पत्र दिखाई पड़ा—बाथशीबा का।

"मैं तुमसे पूछने जा रहा था, ओक," उन्होंने बनावटी लापरवाही से कहा, "कि क्या तुम्हें पता है कि ये किसकी लिखावट है?"

ओक ने किताब में एक निगाह डाली, और लाल चेहरा लिए तुरन्त जवाब दिया, "मिस एवरडीन के हाथ की।"

ओक तो महज बाथशीबा के नाम की अनुगूँज से लाल हो गया था। अब एक नए विचार से उसको एक अजीबोगरीब आशंका ने परेशान कर दिया। निश्चित तौर पर यह पत्र गुमनाम रहा होगा; नहीं तो पूछताछ की जरूरत ही न पड़ती।

बोल्डवुड ने उसकी दुविधा को गलत समझा। संवेदनशील लोग सदैव निष्पक्ष तर्क के बजाय 'कहीं मैं तो नहीं?' की आशंका के लिए तैयार खड़े रहते हैं।

"यह प्रश्न बिल्कुल नेक इरादे से किया गया था," उन्होंने घोषणा की—और जिस गम्भीरता व तत्परता से उन्होंने अपने को वेलेंटाइन के एक सन्देश पर तर्क-वितर्क में लगाया, वह कुछ बेतुका-सा था। "तुम जानते ही हो कि ऐसी उम्मीद करते हैं लोग, कि छुप-छुपकर खोजबीन की जाए : इसी बात में तो मजा है।" यदि 'मजा' शब्द की जगह, 'यातना' होता तो भी उस वक्त बोल्डवुड के चेहरे पर जिस तरह परेशानी और बेचैनी के भाव थे, उससे अधिक नहीं हो सकते थे।

जल्दी ही गैब्रिएल से विदाई लेकर यह अकेला और संकोची शख्स अपने घर नाश्ते के लिए लौट आया—उसके दिल में संकोच और पश्चाताप की टीस उठ रही थी कि एक अजनबी के सामने उन व्यग्र सवालों से उसने अपनी मनःस्थिति का खुलासा कर दिया था। एक बार फिर बोल्डवुड ने उस पत्र को आले में रखा और गैब्रिएल की जानकारी के बरक्स इससे जुड़ी परिस्थितियों पर विचार करने बैठ गए।

अध्याय 16

'आल सेंट्स' और 'आल सोल्स'

एक दिन सुबह के समय मुख्यतः औरतों और लड़कियों की एक मंडली सेना के पड़ाववाले उस सुदूर कस्बे, जिसकी चर्चा पहले की जा चुकी है, में स्थित 'आल सेंट्स' नाम के एक पुराने-से चर्च में प्रार्थना की समाप्ति के बाद, उठी। प्रार्थना के बाद प्रवचन नहीं हुआ था। वे तितर-बितर होने ही वाले थे कि उनका ध्यान मुख्य द्वार से घुसकर केन्द्रीय गलियारे की तरफ फुर्ती से बढ़ते किसी के कदमों की ओर गया। उसके कदमों की गूँजती ध्वनि चर्च के लिए असामान्य थी; यह किसी घुड़सवार की एड़ों की झंकार थी। सभी की निगाहें उठ गईं। एक युवा फौजी घुड़सवार जिसकी लाल वर्दी में आस्तीन पर सार्जेंट के तीन वी आकार के निशान बने थे, चर्च के पार्श्व भाग की तरफ झेंपा हुआ-सा बढ़ रहा था। उसके कदमों की तेजी और बिल्कुल झेंपा न दिखने के उसके इरादे से उसकी हैरानी और भी गहरी हो रही थी। जिस समय वह इन औरतों के बीच से उनकी बेधती नजरों को झेलते हुए गुजरा, उसके गालों पर थोड़ी-सी लाली आ गई थी; लेकिन, चर्च के पूर्वी भाग से गुजरते हुए वह तब तक चलता रहा जब तक वेदी की रेलिंग के पास नहीं पहुँच गया। यहाँ क्षणभर के लिए वह अकेला खड़ा रहा।

प्रार्थना सभा की अध्यक्षता करनेवाले उप पादरी ने, जिसने अभी अपना सफेद चोगा भी नहीं उतारा था, इस नवागन्तुक को देख लिया और उसके पीछे-पीछे सम्मिलन-स्थल तक चला आया। उसने इस फौजी से फुसफुसाकर बात की, और क्लर्क को इशारे से बुलाया जिसने आगे एक वृद्ध महिला से फुसफुसाकर बात की जो जाहिरा तौर पर उसकी पत्नी थी, और वे लोग भी चर्च के पूर्वी भाग की सीढ़ियों पर चढ़ते हुए आ गए।

"कोई शादी है!" कुछ औरतें प्रसन्नता से बुदबुदाईं। "चलो देखते हैं।"

उनमें से अधिकांश दुबारा बैठ गईं।

पीछे किसी मशीनरी की चरमराहट की आवाज हुई और कुछ युवतियों ने पीछे मुड़कर देखा। गिरजे की मीनार की पश्चिमी दीवार के अन्दरवाले हिस्से से एक छोटा-सा छत्र बाहर निकला हुआ था जिसके नीचे घंटेभर में चार बार घड़ी की घंटी को बजानेवाले एक आदमी की प्रतिमा और एक छोटी घंटी थी। यह स्वचालित यन्त्र उसी घड़ी की मशीनरी से चलनेवाला था जो मीनार के बड़े घंटे को बजाता था। मीनार और चर्च के बीच में एक बन्द दीवार की ओट थी जिसका दरवाजा प्रार्थना के समय बन्द रहने से यह विचित्र घड़ीसाजी निगाहों से ओझल रहती थी। लेकिन इस समय यह दरवाजा खुला हुआ था, और उस पुतले का निकलना, घंटी पर उसका प्रहार और वापस कोने में उसका जा दुबकना कई लोगों को दिख रहा था और इसकी आवाज पूरे चर्च में सुनाई पड़ रही थी।

उस पुतले ने साढ़े ग्यारह बजाए।

"लड़की कहाँ है?" दर्शकों में से कुछ फुसफुसाए।

वह युवा सार्जेंट अपने आसपास के पुराने खम्भों की तरह असामान्य दृढ़ता से शान्त खड़ा रहा। उसका मुँह दक्षिण-पूर्व की तरफ था और जितना वह शान्त था, उतना ही चुप भी।

यह चुप्पी मिनट गुज़रने के साथ-साथ ध्यानाकर्षण का केन्द्र बनने लगी, लेकिन कोई और नहीं आया, और न कोई व्यक्ति अपनी जगह से हिला। एक बार फिर घड़ी की घंटी को बजानेवाले पुतले का अपनी जगह से खड़खड़ाते हुए चलना, इसका पौने बारह बजाना और इसकी वापसी इतनी अचानक हुई कि लगभग कष्टकारी रही, और साफ दिखाई पड़ रहा था कि इससे सभा में कई लोग चौंक गए।

"कमाल है, लड़की कहाँ है?" दुबारा फुसफुसाहट की आवाज आई।

अब वहाँ थोड़ा-बहुत पैरों का हिलाना-डुलाना और कइयों की वह बनावटी खाँसी शुरू हो गई जिससे सस्पेंस की भावना प्रकट होती है। आखिरकार लोगों की दबी-दबी हँसी की आवाज भी आने लगी। लेकिन सिपाही टस से मस नहीं हुआ। वह वहीं खड़ा रहा, दक्षिण-पूर्व की तरफ मुँह किए, स्तम्भ की तरह सीधा तनकर और अपनी टोपी को हाथ में लिए हुए।

घड़ी टिक-टिक करती चलती रही। औरतों ने अपने धैर्य का चोला उतार फेंका और ही-ही, खी-खी की आवाजें और भी खुलकर आने लगीं। इसके बाद मौत का सन्नाटा छा गया। हर कोई अन्तिम दृश्य की प्रतीक्षा कर रहा था। कुछ लोगों ने जरूर ध्यान दिया होगा कि हर पन्द्रह मिनट पर घंटे बजाने से लगता था कि बड़े अजीबोगरीब तरीके से समय की उड़ान तेज हो गई है। जब दुबारा वही खड़खड़ाहट हुई, पुतला बाहर आया और पहले की तरह पन्द्रह-पन्द्रह मिनट की चार घंटियाँ बजा दी गईं तो यह विश्वास करना कठिन हो गया कि इस पुतले ने मिनटों की गणना में भूल नहीं की है। यह बात लगभग निश्चित थी कि इस विचित्र जीव के चेहरे पर शरारतभरी मुस्कान और इसकी खींचतान में क्रूर आनन्द का भाव था। इसके बाद ऊपरवाली मीनार में बारह भारी टनटनाहटों का नीरस और दूर से आता अनुनाद सुनाई पड़ा। औरतों पर कुछ असर पड़ा और इस बार कोई खिलखिलाहट की आवाज नहीं आई।

पादरी कोठरी में चला गया और क्लर्क मौके पर से गायब हो गया। सार्जेंट ने अभी भी अपनी निगाहें नहीं फेरी थीं; चर्च की एक-एक औरत उसका चेहरा देखने का इन्तजार कर रही थी, और ऐसा लगता था कि उसे भी इसका पता है। आखिरकार वह मुड़ा और दबे पाँव लेकिन दृढ़तापूर्वक होंठों को दबाए उन सबके सामने से चर्च के मध्य भाग से गुजर गया। झुकी हुई पीठवाले दो दन्तहीन बुड्ढे भिखारियों ने इस पर एक-दूसरे की ओर देखा और निश्छल हँसी हँस पड़े; लेकिन इस आवाज का उस जगह में बड़ा अजीब असर पड़ा।

चर्च के सामने एक चौकोर खड़ंजा था जिसके चारों तरफ पुराने जमाने की कई लकड़ी की इमारतों के बाहर निकले हिस्से की छाँव पड़ती थी। यह नौजवान दरवाजे से आगे बढ़ने

के बाद यही चौक पार करने जा रहा था कि एक छोटी-सी औरत से उसकी भेंट हो गई। उस औरत के चेहरे पर व्याप्त प्रबल चिन्ता का भाव इस युवक को देखते ही करीब-करीब आतंक में तब्दील हो गया।

"क्या हुआ?" उसने औरत की तरफ निगाहें जमाकर देखते हुए अपने उत्कट क्रोध को दबाकर कहा।

"अरे, फ्रैंक—मुझसे गलती हो गई! मैंने सोचा कि वह मीनारवाला चर्च 'आल सेंट्स' चर्च है, और मैं तुम्हारे कहे मुताबिक उसके दरवाजे पर साढ़े ग्यारह बजने से एक मिनट पहले आ गई थी। पौने बारह तक इन्तजार करने के बाद मुझे पता चला कि मैं 'आल सोल्स' चर्च में हूँ। लेकिन मुझे ज्यादा चिन्ता नहीं हुई, क्योंकि मैंने सोच लिया कि यह कल भी हो सकता है।"

"बेवकूफ कहीं की, मुझको बेवकूफ बनाया। लेकिन अब बात मत करो मुझसे।"

"कल कर लें, फ्रैंक?" उसने सपाट लहजे में पूछा।

"कल!" उसने खोखली हँसी हँस दी। "मैं एक ही तजुर्बे से दुबारा कुछ समय तक नहीं गुजरता, समझी!"

"लेकिन आखिरकार," उसने काँपती आवाज में प्रतिवाद किया, "ये गलती इतनी बड़ी तो नहीं थी! प्यारे फ्रैंक, अब कब होगा ये?"

"आह, कब? भगवान जाने!" उसने थोड़े व्यंग्य से कहा, और उससे विमुख होकर तेजी से दूर निकल गया।

अध्याय 17

बाजार में

शनिवार को बोल्डवुड रोज की तरह बाजार में थे कि उनकी नींद चुरा लेनेवाली ने प्रवेश किया और उनकी निगाह में आ गई। अपनी गहन निद्रा से आदम जाग चुका था, और वो देखो! वो रही हव्वा। इस किसान ने हिम्मत की, और पहली बार उसको अच्छी तरह से देखा।

भौतिक कारणों और भावनात्मक प्रभावों को नियमित समीकरण में नहीं रखा जा सकता, क्योंकि कभी-कभी कारण जितना ही सूक्ष्म होता है इससे उत्पन्न मानसिक विक्षोभ का प्रभाव उतना ही जबर्दस्त होता है। लगता है जब औरतों पर सनक सवार हो जाती है, तो चाहे लापरवाही या अन्तर्निहित कमी की वजह से; उनकी सहज अन्तःप्रेरणा उन्हें इस तथ्य का बोध नहीं करा पाती, और इसीलिए आज चौंकने की नियति बाथशीबा की थी।

बोल्डवुड ने उसको देखा—चतुराई, आलोचना या समझदारी के भाव से नहीं, बल्कि भावशून्यता से घूरते हुए, वैसे ही जैसे कोई फसल काटनेवाला किसी गुजरती ट्रेन को देखता है—किसी ऐसी चीज की तरह जो उसके लिए विजातीय हो और मुश्किल से उसकी समझ में आती हो। बोल्डवुड के लिए औरतें अनिवार्य पूरक होने के बजाय बड़ी दूर की चीज रही थीं : ऐसे अनिश्चित पक्ष, गति और स्थायित्ववाले धूमकेतु की तरह कि बोल्डवुड यह विचार ही नहीं कर पाते थे कि उनके परिक्रमा पथ वैसे ही ज्यामितीय, अपरिवर्तनशील और किन्हीं नियमों से बँधे थे जैसे उनका अपना था, या वे वैसे ही पूरी तरह चंचल स्वभाववाले थे जैसे वे बाहर से लगते थे।

उन्होंने उसके काले बालों, उसके चेहरे की एक-एक रेखा और रूपरेखा, और उसकी ठोड़ी और गले की गोलाई को देखा। इसके बाद उन्होंने उसकी पलकों के किनारों, आँखों, और बरौनियों, और उसके कानों की रूपरेखा पर गौर किया। इसके बाद उन्होंने उसकी देह, उसकी स्कर्ट और उसकी जूतियों के तलवों तक पर ध्यान दिया।

बोल्डवुड ने उसको सुन्दर समझा, लेकिन फिर सोचा कि पता नहीं उनका ख्याल सही भी है या नहीं, क्योंकि यह रूमानी गुड़िया अगर इतनी ही सुन्दर है जितनी उन्हें लग रही है, तो यह बात असम्भव लगती है कि लोगों के बीच कोई मस्तीभरा हंगामा खड़ा किए बगैर और अपने बारे में खुसर-पुसर पैदा किए बिना वह इतने लम्बे समय से यहाँ है। उनका दृढ़ विश्वास था कि तमाम अधूरे लोगों के बीच इस पूर्ण रचना को न तो प्रकृति और न कला ही अब और बेहतर बना सकती है। उनका हृदय भीतर ही भीतर कम्पायमान हो गया। ध्यान रखने की बात है कि बोल्डवुड थे तो चालीस साल के, लेकिन इसके पहले उन्होंने किसी भी औरत को नजर भरकर नहीं देखा था : उन्होंने औरतों को बहुत दूर-दूर से अपनी इन्द्रियों से महसूस भर किया था।

क्या वाकई वह खूबसूरत थी? अब भी वह अपने को भरोसा नहीं दिला पा रहा थे कि उनका विचार सही है। उन्होंने नजर चुराकर पास खड़े एक आदमी से पूछा, “क्या मिस एवरडीन को खूबसूरत माना जाता है?”

“अरे हाँ—आपको याद होगा कि जब वह पहली बार यहाँ आई थी तो बहुत लोगों ने उस पर ध्यान दिया था। बेशक, वह बहुत खूबसूरत लड़की है।”

कोई भी आदमी जिस औरत से अंशतः या पूर्णतः प्रेम करता है, उसकी सुन्दरता के बारे में अनुकूल राय सुनकर चटपट यकीन कर लेता है। इस मामले में एक बच्चे के विचारों की भी वही अहमियत होती है जो ब्रिटिश रॉयल कला अकादमी के सदस्य की होगी। अब बोल्डवुड को सन्तुष्टि मिल गई।

और इस सुन्दरी ने उनसे कहा था, “मुझसे शादी करो।” उसने यह अजीब काम क्यों किया? बोल्डवुड ने इस तथ्य की अनदेखी की कि परिस्थितियों से जो पता चलता है उसको मान लेने और जो पता नहीं चलता उसकी तह तक पहुँचने में अन्तर है, ठीक वैसे ही जैसे बाथशीबा ने इस तथ्य से मुँह फेर लिया कि छोटी शुरुआतों के सम्भावित परिणाम काफी

बड़े हो सकते हैं।

इस वक्त वह बड़े इत्मीनान से एक तेज-तर्रार युवा किसान से सौदा कर रही थी : उसके साथ इतनी उदासीनता से हिसाब-किताब मिला रही थी जैसे कि उसका चेहरा किसी बही का पन्ना हो। जाहिर था कि उनके जैसे स्वभाववाले आदमी के लिए बाथशीबा जैसी रुचिवाली औरत के मन में कोई आकर्षण नहीं था। लेकिन बोल्डवुड ईर्ष्या से जल-भुन उठे। पहली बार उन्होंने "घायल प्रेमी के नर्क"* की ड्योढ़ी पर पाँव रखा। तुरन्त उसका मन हुआ कि जाकर दोनों के बीच में खड़ा हो जाए। ऐसा किया जा सकता था, लेकिन केवल एक तरीके से—उसके अनाज का नमूना देखने के बहाने बोल्डवुड ने यह विचार त्याग दिया। वह यह निवेदन नहीं कर सकते थे : यह प्रेम की अवमानना है कि इसमें क्रय-विक्रय की बात की जाए। क्रय-विक्रय का विचार उनके मन में बनी बाथशीबा की छवि से मेल नहीं खाता था।

इस पूरे समय में बाथशीबा को निरन्तर इस बात का अहसास बना रहा कि आखिरकार उसने इस मजबूत किले में सेंध लगा ली है। उसे पता था कि बोल्डवुड की आँखें हर जगह उसका पीछा कर रही हैं। यह एक प्रकार की विजय थी, और अगर यह विजय स्वाभाविक रूप से मिली होती तो इस परेशान करनेवाली देरी के कारण उसके लिए यह और भी मधुर होती। लेकिन इसको गलत दिशा में चली गई कारीगरी से पैदा किया गया था, और उसकी निगाह में इसकी उतनी ही कीमत थी जितनी किसी कृत्रिम फूल या मोम के फल की।

बाथशीबा ऐसी औरत थी कि जो मामले उसके दिल से न जुड़े हों, उनमें अच्छे-बुरे का विचार उसे था और इसीलिए उसको वाकई अफसोस हुआ कि उसकी एक सनक ने एक ऐसे आदमी के मन की शान्ति भंग कर दी जिसका वह इतना सम्मान करती थी कि उसे जान-बूझकर चिढ़ाने की सोच भी नहीं सकती थी। इस सनक के लिए जितनी जिम्मेदार वह थी, उतनी ही लिडी भी।

उस दिन तो उसने लगभग मन ही बना लिया कि जैसे ही उनकी अगली मुलाकात होगी, वह उनसे माफी माँग लेगी। इस समाधान में सबसे बुरी बात यह थी कि अगर बोल्डवुड को लगा कि वह उनका उपहास कर रही है तो माफी पर अविश्वास होने से यह अपराध और बढ़ जाएगा, और अगर उन्होंने सोच लिया कि वह ऐसा चाहती है कि वे उससे प्यार करें तो यह उसके आगे बढ़कर पहल करने का एक और प्रमाण लगेगा।

---

* यह 'पैराडाइज लास्ट' में ईर्ष्या के लिए जॉन मिल्टन का रूपक है। —अनु.

अध्याय 18

बोल्डवुड सोच में : पश्चात्ताप

बोल्डवुड लिटिल वेदरबरी फार्म के काश्तकार थे, और जनपद के इस दूरस्थ हिस्से में एकमात्र उन्हीं का व्यक्तित्व ऐसा था जो कुलीनता के सबसे निकट था। वे कुलीन अजनबी, जिनका शहर ही उनका माई-बाप था, और इस कोने में एकाध दिन रहने की जिनकी मजबूरी थी, हल्के पहियों की आवाज सुनते और प्रार्थना करते कि किसी जमींदार या कम से कम किसी जागीरदार के दर्शन हों, लेकिन पता चलता कि मि. बोल्डवुड बाहर जा रहे होते थे। एक बार फिर वे पहियों की आवाज सुनते, और उनकी उम्मीद दुबारा जग जाती : मि. बोल्डवुड ही वापस आ रहे होते थे।

उनका मकान सड़क से हटकर था, और अस्तबल, जिनकी फार्म के लिए वही उपयोगिता है जो किसी कमरे के लिए अँगीठी की, पीछे थे। इनके निचले हिस्से लॉरेल की झाड़ियों में खो गए थे। आधे खुले हुए नीले दरवाजे के भीतर इस समय अपने खूँटे पर चुस्त और सन्तुष्ट खड़े आधा दर्जन घोड़ों की पीठ और पूँछ देखी जा सकती थी। इस प्रकार देखने पर, एक के बाद एक खड़े चितकबरे घोड़े और कुम्मैत घोड़े का पिछवाड़ा मेहराब की तरह दिखता था जिसके बीचोबीच पूँछ की पट्टी नीचे लटकती रहती थी। इनके ऊपर जानवरों को जई और पुआल के ढेर में आवाज करते हुए मुँह चलाने में व्यस्त सुना जा सकता था हालाँकि बाहर की रोशनी से भीतर झाँकने पर उनके मुँह नजर नहीं आते थे। कोने में एक अश्वशावक की बेचैन और परछाईं जैसी आकृति अस्तबल के एक छोटे-से भाग में टहल रही थी, जबकि सभी मुँह चलानेवालों के दाँतों की नियमित आवाज के बीच-बीच में किसी रस्सी की खड़खड़ाहट या किसी के पैर पटकने की आवाज से विघ्न पड़ रहा था।

इन जानवरों के बिल्कुल पास चहलकदमी करनेवाला शख्स कोई और नहीं बल्कि खुद किसान बोल्डवुड थे। यह जगह एक साथ उनका लंगरखाना और उनके एकान्तवास का स्थान, दोनों थी। यहाँ अपने आश्रित चौपायों के खान-पान की देखभाल करने के बाद यह ब्रह्मचारी शाम को टहलता हुआ तब तक चिन्तन में मग्न रहता था जब तक कि चाँदनी की किरणें गोल जालीवाली खिड़कियों से भीतर न आने लगें या पूरे परिदृश्य को अँधेरा अपनी चपेट में न ले ले।

उनका चौकोर ढाँचा बाजार की भीड़ और हलचल की अपेक्षा इस वक्त ज्यादा स्पष्ट रूप से दिखता था। इस चिन्तनभरी चहलकदमी में उनका पैर जमीन पर इस तरह पड़ता था कि तलवा और अँगूठा एक साथ जमीन को स्पर्श करते थे, और उनके आकर्षक लाल मांसल चेहरे का झुकाव ठीक इतना ही होता था कि उनका शान्त मुँह और खूब गोलाईवाली लेकिन प्रशस्त और चौड़ी ठुड्डी छिप जाए। उसके बड़े-से माथे की चिकनी सतह पर एकमात्र हस्तक्षेप कुछ स्पष्ट और धागे जैसी क्षैतिज रेखाओं का ही था।

बोल्डवुड का जीवन काफी सामान्य था लेकिन उनकी प्रकृति सामान्य नहीं थी। उनके चरित्र और स्वभाव की सबसे बड़ी विशेषता जो अनायास ही देखनेवाले को विस्मित कर देती थी, उनकी शान्ति थी, और यह उनकी रिक्तता का पूरक लगती थी। इसका कारण कदाचित यह था कि उन्होंने धुर विरोधी सकारात्मक व नकारात्मक शक्तियों का अद्‌भुत समन्वय के साथ सन्तुलन कर लिया था। सन्तुलन में व्यवधान पड़ते ही वह दूसरे छोर पर पहुँच जाते थे।

अगर विरले ही कभी कोई भावना उन पर हावी होती थी तो वह पूरी तरह इसके अधीन हो जाते थे, जो भावना उन पर हावी नहीं रहती थी वह दबी रहती थी। या तो वह स्थिर होती थी या तेज, वह कभी मन्द नहीं होती थी। हमेशा ही या तो वह बुरी तरह लपेट में आते थे या बिल्कुल छूट जाते थे।

उनकी मानसिक बनावट में हल्का और उन्मुक्त संस्पर्श नहीं था, न अच्छा न बुरा। कार्य की भूमिका में दृढ़ रहते और लिए गए कार्यों को मृदुता से पूर्ण करते हुए वह हमेशा गम्भीर रहते थे। जीवन की मूर्खताओं में उन्हें कोई हास्य नहीं दिखता था, और इस प्रकार मस्तमौलाओं और मसखरों, और जीवन में हर तरफ दिल्लगी खोजनेवालों की निगाह में उनकी संगत बहुत अच्छी नहीं थी लेकिन गम्भीर और दुख से जान-पहचान रखनेवाले लोगों के लिए वह बर्दाश्त के बाहर नहीं थे। एक ऐसे आदमी के रूप में जो जीवन की तमाम नाटकीयता का गम्भीर अध्येता था अगर कभी वह सुखदायी नाटकों पर खुश होने में चूक जाते थे तो जब दुखदायी नाटकों का संयोग बनता था, तब भी उन्हें दुखी होने का दोषी नहीं ठहराया जा सकता था।

बाथशीबा ने स्वप्न में भी नहीं सोचा था कि जिस रहस्यमय और मौन काया पर उसने अनजाने ही कोई बीज फेंक दिया है, वह प्रचंड उर्वरतावाली क्यारी है। अगर उसे बोल्डवुड के मनोभावों का बोध होता तो उसका यह दोष अक्षम्य और उसके दिल पर लगनेवाला दाग अमिट होता। इसके अलावा अगर उसे इस आदमी पर फिलहाल अपने अच्छे या बुरे प्रभाव का बोध होता तो वह अपनी जिम्मेदारी से काँप जाती। अपने वर्तमान के सौभाग्य से और अपनी भविष्य की शान्ति के दुर्भाग्य से उसकी समझ में अभी तक यह नहीं आया था कि बोल्डवुड है क्या चीज। पूरी तरह तो कोई नहीं जानता था : क्योंकि वैसे तो पुराने उफान के धुँधले चिह्नों के सहारे उनकी अद्‌भुत क्षमताओं का अनुमान लगाया जा सकता था, पर उनको कभी उन लहरों के साथ बहते नहीं देखा गया था जिनसे ये चिह्न बने थे।

बोल्डवुड ने अस्तबल के दरवाजे पर आकर समतल खेतों के उस पार देखा। पहले बाड़े के बाहर एक झाड़ी थी, और इसके दूसरी तरफ चरागाह जो बाथशीबा के फार्म का था।

अभी बसन्त की शुरुआत थी—यह वह समय होता है जब चरागाह की घास काटे जाने से पहले भेड़ों को उसकी पहली खुराक दी जाती है। पिछले कई हफ्तों से पूरब की तरफ बहनेवाली हवा ने बदलकर दक्षिण का रुख कर लिया था—और अप्रत्याशित रूप से

बसन्त का मध्य आ गया था—करीब-करीब बिना शुरुआत के ही। यह बसन्तकाल का वह समय था जब हम इस ऋतु के लिए वनदेवियों के जागने की कल्पना कर सकते हैं—वनस्पति जगत में हलचल और विकास की शुरुआत हो जाती है और छोटे पादप बढ़ने लगते हैं। इसके साथ ही अकेले बगीचों और पथविहीन जंगलों में जहाँ सबकुछ पाले के कारण असहाय और ठहरा हुआ लगता है, धूम-धड़ाका, कड़ी मेहनत, सामूहिक प्रयत्न और खींचातानी शुरू हो जाती है जिसकी तुलना में शोरगुलवाले किसी शहर में होनेवाली क्रेनों और घिरनियों की जोर-आजमाइश बौनी होती है।

बोल्डवुड ने दूर चरागाहों में नजर दौड़ाते हुए तीन आकृतियों को देखा। ये मिस एवरडीन, गैब्रिएल ओक और केनी बाल की आकृतियाँ थीं।

जब बाथशीबा की आकृति बोल्डवुड की आँखों में चमकी तो वह वैसे ही दमक उठे जैसे चन्द्रमा किसी बड़ी मीनार को प्रकाशित कर देता है। किसी भी व्यक्ति का शरीर उसकी आत्मा का वैसा ही बाह्य आवरण होता है जैसा संकोची या सरल, उमड़ता हुआ या आत्म-संयमी वह व्यक्ति हो। अब बोल्डवुड के चेहरे पर पहलेवाली अगम्यता नहीं थी, और उनके चेहरे से पता चलता था कि पहली बार वह अब अपनी मोर्चाबन्दी से परे अरक्षित भाव से रह रहे हैं। दृढ़ चरित्र के लोग जब प्रेम करते हैं तो आम तौर पर यही अनुभव होता है।

आखिरकार उन्होंने एक फैसला किया। यह फैसला था, उस तरफ जाकर बाथशीबा से बेधड़क पूछ लेने का।

इन तमाम वर्षों में भावनाओं के प्रकटीकरण का किसी प्रकार का माध्यम न होने से उनके संकोची स्वभाव ने उनके हृदय को अनुदार बनाने में अपना पूरा असर दिखाया था। प्रायः देखा गया है कि प्रेम के कारण मुख्यतः आत्मगत होते हैं, और बोल्डवुड इस कथन के प्रत्यक्ष प्रमाण थे। उनकी श्रद्धा को अपने आँचल में समेटने के लिए कोई माँ नहीं थी, उनकी कोमल भावनाओं के लिए कोई बहन नहीं थी, संवेदना के लिए कोई रिश्ता नहीं था। वह सच्चे प्रेमी के प्रेम से अभिभूत हो गए।

वह चरागाह के फाटक की तरफ बढ़े। इसके पार जमीन पर घास में हवा से बन रही लहरें लय पैदा कर रही थीं और आकाश में लवा पक्षियों की मधुर चहचहाहट गूँज रही थी, मेमनों की धीमी मिमियाहट इन दोनों में घुलमिल रही थी। मालकिन और नौकर एक मेमने को 'स्वीकार कराने' के काम में लगे थे। यह तब किया जाता है जब किसी भेड़ की अपनी सन्तान मर जाने पर उसकी जगह उसे किसी दूसरी भेड़ के जुड़वाँ बच्चों में से एक दे दिया जाता है। गैब्रिएल ने मृत मेमने की खाल उतार ली थी, और चलन के अनुसार जीवित मेमने के शरीर पर उसे बाँध रहा था, जबकि बाथशीबा चार टट्टरोंवाले एक छोटे-से पशुओं के बाड़े का दरवाजा खोलकर खड़ी थी जिसमें माँ और सौतेले मेमने को हाँक दिया गया। वहाँ वे तब तक रहेंगे जब तक मादा भेड़ के दिल में धीरे-धीरे इस नए मेमने के लिए मोह न पैदा हो जाए।

उस काम को देखते हुए बाथशीबा की निगाह फाटक पर बोल्डवुड पर पड़ी जो एक

हरे-भरे विलो पेड़ के नीचे खड़े थे। गैब्रियल के लिए बाथशीबा का चेहरा अप्रैल के किसी दिन की उतार-चढ़ाववाली आभा की तरह था और इसमें होनेवाले जरा से परिवर्तन पर भी वह हमेशा निगाह रखता था। उसने इस चेहरे पर उभर आई लालिमा के रूप में तुरन्त उस पर किसी बाहरी प्रभाव को पहचान लिया। वह भी मुड़ा और बोल्डवुड पर उसकी नजर पड़ी।

इन संकेतों को तुरन्त उस पत्र से जोड़ते हुए जो बोल्डवुड ने उसे दिखाया था, गैब्रिएल को सन्देह हुआ कि उस पत्र के मार्फत बाथशीबा ने कोई चोंचलेबाजी शुरू की है। लेकिन वह अपने काम में लगा रहा क्योंकि उसे पता नहीं था कि यह सब कैसे हुआ था।

बोल्डवुड उस मूक-अभिनय को भाँप गए जिससे पता चलता था कि इन लोगों को उनकी उपस्थिति का अहसास है, और यह अनुभूति वैसे ही थी जैसे उनकी नई संवेदना एकदम खुलकर सामने आ गई हो। अभी वह सड़क पर ही थे, आगे बढ़कर चलते जाने के बाद उन्हें उम्मीद हो गई कि किसी को भी पता नहीं चलेगा कि पहले उनका इरादा खेत में घुसने का था। वह अत्यधिक जड़ता, शर्म और सन्देह के भाव से अभिभूत आगे बढ़ गए। शायद बाथशीबा के व्यवहार में संकेत था कि वह उनसे मिलना चाहती थी; शायद नहीं; वह किसी औरत के मनोभाव समझने में विफल थे। लगता है इस शृंगारिक दर्शन की रहस्यवादी व्याख्या में भ्रामक तरीके से व्यक्त हुए सूक्ष्मतम अर्थ छिपे थे। एक-एक ढंग, नजर, शब्द और लहजे में ऐसा रहस्य था जो प्रत्यक्ष दिखाई पड़नेवाले महत्व से बिल्कुल अलग था, और बोल्डवुड ने इनमें से किसी पर भी अब तक विचार नहीं किया था।

जहाँ तक बाथशीबा का सम्बन्ध है, उसे यह भ्रम नहीं हुआ कि बोल्डवुड किसी काम से या यूँ ही गुजरे थे। उसने इस मामले की सम्भावनाओं पर गौर किया और इस निष्कर्ष पर पहुँची कि बोल्डवुड के वहाँ दिखाई पड़ने के लिए वह स्वयं जिम्मेदार है। यह सोचकर उसे बड़ी तकलीफ होती थी कि एक छोटी-सी चिंगारी से कितनी बड़ी आग लगनेवाली है। बाथशीबा शादी के लिए छलयोजना बनानेवाली नहीं थी, न ही वह जानबूझकर पुरुषों की भावनाओं से खिलवाड़ करनेवालों में से थी, और उसको देखने के बाद अगर कोई निन्दक हकीकत में किसी प्रेम का स्वाँग करनेवाली को देख लेता तो उसे आश्चर्य होता कि बाथशीबा ऐसे किसी प्रेम का झूठा स्वाँग करनेवाली से बिल्कुल अलग होते हुए भी उससे कितनी मिलती-जुलती है।

उसने दृढ़ निश्चय किया कि इस आदमी की जिन्दगी के सहज प्रवाह में कभी भी अपने किसी भी हाव-भाव या संकेत से कोई रोड़ा नहीं अटकाएगी। लेकिन प्रायः जब तक बुराई से बचने का इरादा किया जाता है, तब तक बुराई इतना आगे बढ़ चुकी होती है कि बचाव असम्भव हो जाता है।

अध्याय 19

भेड़ों की धुलाई : प्रस्ताव

आखिरकार बोल्डवुड उससे मिलने पहुँच ही गए। वह घर पर नहीं थी। "निश्चित तौर पर नहीं," वह बुदबुदाए। औरत के रूप में बाथशीबा का ख्याल करते हुए एक काश्तकार के रूप में उसकी विषम स्थिति का ख्याल नहीं रहा उन्हें। यह भी नहीं कि उन्हीं की तरह के विस्तृत क्षेत्र की खेतीवाली किसान होने के कारण वर्ष के इस समय में उसके घर से बाहर होने की ही सम्भावना थी। यह और इस तरह की और जो भी भूल-चूक बोल्डवुड से हुई, वह उनकी मनःस्थिति और उससे भी ज्यादा परिस्थितियों को देखते हुए स्वाभाविक थी। प्रेम में आदर्श निरूपण के लिए सबसे बड़े सहायक तत्व यहाँ मौजूद थे : थोड़ी दूरी से बाथशीबा का बीच-बीच में दिख जाना, और उससे सामाजिक मेलजोल का अभाव—चाक्षुष सामीप्य, मौखिक दूरी। छोटे-मोटे मानवीय तत्वों को अनदेखा कर दिया गया था। प्रायः समस्त सांसारिक कार्य-व्यवहार में घुसपैठ कर देनेवाली क्षुद्रताओं से इसलिए बचाव हो गया क्योंकि प्रेमी और प्रेमपात्र की एक-दूसरे के पास आवाजाही नहीं थी। इसके अलावा बोल्डवुड को कदाचित ही इस बात का ध्यान था कि तुच्छ घरेलू वास्तविकताओं से बाथशीबा को भी दो-चार होना पड़ता होगा या कि और लोगों की तरह उसके भी कुछ ऐसे मामूली क्षण होंगे जब उसे एकदम साधारण रूप में देखने पर उसकी सबसे अधिक मोहक यादें रह जाएँगी। इस प्रकार अपनी कल्पना में वह उसे एक छोटी-मोटी देवी की पदवी देते रहते थे जबकि वह अभी भी उन्हीं की तरह हाड़-मांस के एक हैरान प्राणी का जीवन जी रही थी।

मई के अन्त में किसान बोल्डवुड ने पक्का इरादा किया कि वह छोटी-छोटी चीजों से न तो बिदकेंगे और न ही दुविधा में चित्त को भटकने देंगे। इस समय तक वह प्रेम के आदी हो चुके थे। अब वह इस भावना से तब भी कम घबराते थे जब यह उन्हें अपेक्षाकृत अधिक यातना देती थी, और अपने को परिस्थिति के अनुकूल महसूस करते थे। बाथशीबा के बारे में उसके घर से पूछताछ करने पर उन्हें पता लगा कि वह भेड़ों की धुलाई कराने में लगी है, और वह उसको वहाँ तलाशने चल दिए।

भेड़ों की धुलाई के लिए चरागाह में बना तालाब दरअसल ईंटों का बना एक वृत्ताकार कुंड था जिसमें भरा जल अत्यन्त निर्मल था। उड़ते हुए पक्षियों को, नीले आकाश को प्रतिबिम्बित करनेवाली इसकी चिकनी सतह, मीलों दूर से वैसे ही दिखाई पड़ती होगी जैसे एक आँखवाले दैत्य के हरे चेहरे में उसकी चमकती गोल आँख। इस मौसम में इसके किनारे पर उगी घास का दृश्य लम्बे समय तक यादों में बसाने लायक था। काली नम मिट्टी से नमी खींचने की इसकी प्रक्रिया को मानो आँख से देखा जा सकता था। इस समतल घास के मैदान के बाहरी हिस्से में गोल-गोल और नीची जमीनवाले चरागाह थे,

जहाँ इस समय बटरकप फूलों के बीच-बीच में कहीं-कहीं डेजी के फूल खिले थे। उसके किनारे से नदी परछाईं की तरह शान्त प्रवाहित होती रहती थी—इसके सीलनभरे किनारों पर सरकंडों और नरकटों की एक लचीली बाड़ बन गई थी। इस चरागाह के उत्तर में पेड़ थे जिनकी पत्तियाँ नई, कोमल और नम थीं। ये अभी गर्मी की धूप और सूखे से अकड़कर कड़े और काले नहीं हुए थे, हरे के पास पीला और पीले के पास हरा पत्ता दिखता था। इस हरियालीभरे झुरमुट के किसी एकान्त स्थान से आनेवाली तीन कोयलों की मधुर तान शान्त हवा में गूँज रही थी।

बोल्डवुड विचारों में खोए ढलान से नीचे आए। इस दौरान उनकी निगाहें अपने बूटों पर गड़ी हुई थीं जहाँ बटरकप के फूलों के पीले पराग ने कलात्मक पीली सजावट कर दी थी। नदी की एक छोटी-सी धारा इस तालाब के एक छोर से उसमें प्रवेश करती थी और दूसरे छोर से आगे निकल जाती थी। गैब्रिएल ओक, जान कोग्गन, मून, पुअरग्रास, केन बाल और अनेक लोग यहाँ एकत्रित थे। सभी सिर से लेकर पाँव तक गीले थे—और बाथशीबा घुड़सवारी की एक नई पोशाक पहने पास में खड़ी थी—ये उसकी अब तक पहनी गई पोशाकों में सबसे सुन्दर थी। उसके घोड़े की लगाम उसकी बाँह पर लिपटी हुई थी। हरी घास पर सेब व माल्ट की शराब की सुराहियाँ पड़ी हुई थीं। बेचारी भेड़ों को कमर तक पानी में डूबकर खड़े कोग्गन और मैथ्यू मून तालाब में धकिया देते थे। इसके बाद किनारे पर खड़ा गैब्रिएल तैरकर आगे बढ़ने पर उनको बैसाखी जैसे एक औजार से नीचे दबा देता था जो इसी काम के लिए बना था। इससे उन थके जानवरों की मदद भी की जाती थी जिनका ऊन तर-बतर हो जाता था और वे डूबने लगते थे। उनको धारा के विपरीत ऊपरवाले निकास-द्वार से बाहर निकाल लिया जाता था और सारी गन्दगी नीचे बह जाती थी। केनी बाल और जोसेफ जो इस क्रिया का बादवाला हिस्सा सम्पन्न कर रहे थे, बाकियों की अपेक्षा अधिक गीले थे। वे किसी झरने के नीचे पड़ी डाल्फिन की तरह नजर आ रहे थे, उनके कपड़ों के एक-एक उभार और एक-एक कोण से एक छोटा झरना बह रहा था।

बोल्डवुड ने नजदीक आकर इतनी घबराहट से बाथशीबा को 'गुड मॉर्निंग' कहा कि वह अपने को यह सोचने से रोक नहीं पाई कि उनके कदम अनायास ही इस तालाब की तरफ बढ़ गए हैं और उन्हें यह उम्मीद नहीं थी कि वह यहाँ होगी। इसके अलावा उसने मन ही मन महसूस किया कि बोल्डवुड के माथे पर बल पड़ रहे हैं और उनकी आँखों में अनादर का भाव आ रहा है। बाथशीबा ने तुरन्त पीछे हटने का विचार किया, और नदी के किनारे-किनारे कुछ दूर जाकर ठहर गई। उसने घास पर पड़नेवाले पैरों की आवाज सुनी और उसको यह अहसास हो गया कि प्रेम उसको चारों तरफ से खुशबू की तरह घेर रहा है। मुड़ने या इन्तजार करने के बजाय वह और भी आगे ऊँचे नरकटों के बीच चलती चली गई, लेकिन बोल्डवुड का इरादा पक्का लगता था और वह भी तब तक आगे बढ़ते रहे जब तक कि दोनों नदी के मोड़ से आगे नहीं निकल गए। यहाँ बिना किसी की निगाह में आए वे ऊपर धुलाई करनेवालों की चिल्लाहटें और छपछप की आवाजें सुन सकते थे।

"मिस एवरडीन!" बोल्डवुड ने आवाज दी।

वह सहमकर मुड़ी और कहा "गुड मॉर्निंग।" बोल्डवुड के लहजे में ऐसा कुछ भी नहीं था जिसकी उसने शुरू में उम्मीद की थी। आवाज में दीनता और धीमा स्वराघात था : जिसका अभिप्राय तो काफी गहरा होता है लेकिन जिसका स्वरूप बमुश्किल जाहिर हो पाता है। कभी-कभी मौन में इतनी ताकत होती है कि यह अपने ढाँचे के बिना विचरण करनेवाली देहमुक्त भावनारूपी आत्मा की तरह दिखता है, और तब यह बोलने से भी अधिक असरदार होता है। उसी तरह, जैसे बहुत कुछ कहने के बजाय कई बार कम बोलकर अधिक समझाया जाता है। बोल्डवुड ने उसी एक शब्द में सबकुछ कह दिया।

यह जान जाने पर कि जिसे पहियों की घड़घड़ाहट समझा जा रहा है, वह बादलों की गड़गड़ाहट है; सजगता बढ़ जाती है। उसी प्रकार बाथशीबा के सहज ज्ञान से जब उसका विश्वास दृढ़ हो गया तो उसकी सजगता बढ़ गई।

"मेरे मन में—इतनी भावनाएँ हैं—कि मैं सोच नहीं पा रहा हूँ," बोल्डवुड ने सच्ची सरलता से कहा। "मैं आपसे बिना लाग-लपेट के बात करने आया हूँ। जब से मैंने आपको अच्छी तरह से देखा, मेरी जिन्दगी पर मेरा नियन्त्रण नहीं रह गया है। मिस एवरडीन—मैं आपके सामने शादी का प्रस्ताव रखने आया हूँ।"

बाथशीबा ने एकदम उदासीन मुखमुद्रा बनाए रखने का प्रयास किया, और उसने बस अपने होंठों को बन्द कर लिया जो पहले थोड़े से खुले हुए थे।

"इस समय मैं इकतालिस साल का हूँ," वह कहते रहे, "मुझे ऐसा आदमी माना जाता था जिसका अविवाहित रहना तय था, और मैं था भी ऐसा ही। इसके पहले मैंने पति के रूप में अपने बारे में विचार तक नहीं किया था, न ही मैंने उम्र बढ़ जाने के बाद इस बारे में कोई योजना बनाई है। लेकिन बदलाव तो हम सब में होता है, और इस मामले में, मेरा बदलाव आपको देखने से हुआ। इस बीच मुझे बार-बार महसूस हुआ है कि मेरी वर्तमान जीवन-पद्धति हर तरह से बुरी है। सबसे बढ़कर मैं आपको अपनी पत्नी के रूप में पाना चाहता हूँ।"

"मिस्टर बोल्डवुड, मुझे लगता है कि सम्मान तो मैं आपका बहुत करती हूँ पर मेरे अन्दर—वह भावना नहीं है जिसके आधार पर—आपका प्रस्ताव स्वीकार कर लूँ," बाथशीबा ने अटकते हुए जवाब दिया।

ऐसा लगा कि इस सम्मान के बदले सम्मान लौटाने से बोल्डवुड की भावनाओं का वह अवरुद्ध द्वार खुल गया जो उन्होंने अब तक बन्द कर रखा था। "मेरा जीवन आपके बिना बोझ है," उन्होंने धीमी आवाज में कहा। "—मैं चाहता हूँ—मैं चाहता हूँ कि आप मुझे बार-बार कहने दें कि मैं आपसे प्यार करता हूँ!"

बाथशीबा ने कोई जवाब नहीं दिया, पर उसकी घोड़ी इतनी प्रभावित लगी कि घासफूस कुतरने के बजाय उसने सिर उठाकर ऊपर देखा।

"मेरा ख्याल है और मुझे आशा है कि आपको मेरी इतनी परवाह जरूर होगी कि

आप मेरी बात सुन लें!"

यह सुनने पर तुरन्त बाथशीबा के मन में हुआ कि पूछ ले, वह ऐसा किस आधार पर सोच रहे हैं। तभी उसे याद आ गया कि यह कोई बोल्डवुड का काल्पनिक विचार नहीं बल्कि उसके अपने प्रस्ताव के छलभरे वाक्य पर गम्भीर चिन्तन का स्वाभाविक परिणाम था।

"काश मैं आपकी तारीफ में कसीदे पढ़ सकता," बोल्डवुड सहजता से कहते रहे, "और अपनी खुरदुरी भावनाओं को एक सुन्दर आकार दे सकता; लेकिन ऐसी चीजें सीखने की न मेरी सामर्थ्य है और न ही धैर्य। आपको अपनी पत्नी के रूप में पाने की मेरी इच्छा इतनी प्रबल है—कि और कोई ख्याल मेरे अन्दर बस ही नहीं सकता; लेकिन अगर मेरे अन्दर उम्मीद न जगाई गई होती तो मैं मुँह नहीं खोलता।"

"फिर वही वेलेंटाइन! ओह वही वेलेंटाइन।" उसने अपने आप से कहा, लेकिन उनसे कुछ नहीं बोली।

"अगर आप मुझसे प्रेम कर सकती हैं तो बता दीजिए, मिस एवरडीन। अगर नहीं—तो ना मत कहिए।"

"मिस्टर बोल्डवुड, तकलीफ से कहना पड़ रहा है कि मैं हैरान हूँ, इसलिए मैं समझ नहीं पा रही कि किस तरह आपकी बात का जवाब शिष्टता और सम्मान सहित दूँ—लेकिन सिर्फ अपनी भावना व्यक्त कर पा रही हूँ—मेरा मतलब है अपना अभिप्राय; कि मेरे ख्याल से मैं आपसे शादी नहीं कर सकती, हालाँकि सम्मान मैं आपका बहुत करती हूँ। सर, आपका व्यक्तित्व इतना गरिमापूर्ण है कि मैं आपके काबिल नहीं हूँ।"

"लेकिन मिस एवरडीन!"

"मुझे—मुझे वह नहीं—मैं जानती हूँ मुझे वह वेलेंटाइन भेजने का ख्याल सपने में भी नहीं लाना चाहिए था—यह ऐसा खिलवाड़ था जो किसी भी स्वाभिमानी औरत के लिए ठीक नहीं था। अगर आप केवल मेरी नासमझी को क्षमा करें तो मैं वादा करती हूँ कि अब कभी नहीं—"

"नहीं, नहीं, नहीं! नासमझी मत कहिए! मुझे सोचने दीजिए कि यह कुछ और भी था—कि यह एक प्रकार की रूहानी प्रेरणा थी—एक ऐसी भावना की शुरुआत कि आप मुझे चाहेंगी। यह कहकर तो आप मुझे सता रही हैं कि यह नासमझी में हुआ था—मैंने इस तथ्य को ध्यान में रखकर इस पर कभी विचार नहीं किया, और मैं यह बर्दाश्त नहीं कर सकता। आह, काश मुझे पता होता कि आपका दिल कैसे जीत सकता हूँ! लेकिन यह तो मैं कर नहीं सकता—मैं सिर्फ इतना ही पूछ सकता हूँ कि क्या मैंने आपको पा लिया है। अगर नहीं, और यह सच नहीं है कि आप मेरे निकट वैसे ही बिना सोचे-विचारे आई हैं जैसे मैं आपके पास आया हूँ तो मैं कुछ और नहीं कह सकता।"

"मुझे आपसे प्रेम नहीं हुआ है, मिस्टर बोल्डवुड—यह बात मैं पक्के तौर पर कह सकती हूँ।" ऐसा कहते हुए पहली बार उसके गम्भीर चेहरे पर थोड़ी-सी मुस्कुराहट दौड़ गई, और

ऊपर के दाँतों की सफेद पंक्ति तथा तीखी गढ़नवाले होठों से निष्ठुरता का आभास हुआ जिसका उसकी मोहक आँखों ने तुरन्त खंडन भी किया।

"लेकिन आप जरा विचार करें—सहृदयता और अनुग्रह के साथ विचार करें—कि क्या आप मेरे साथ पत्नी के रूप में नहीं निभा सकतीं! मुझे पता है कि आपके लिए मेरी उम्र काफी अधिक है, लेकिन मेरा यकीन करिए कि आपकी अपनी उम्रवाले किसी भी आदमी से ज्यादा देखभाल करूँगा मैं आपकी। मैं अपने भरसक आपकी सुरक्षा और सेवा करूँगा—वाकई करूँगा। आपको कोई चिन्ता नहीं होगी—घरेलू मामलों से आप परेशान नहीं होंगी, और बिल्कुल आराम से रहेंगी, मिस एवरडीन। गोशाला की देख-रेख कोई आदमी कर लेगा—मैं यह खर्च करने में सक्षम हूँ—यहाँ तक कि आपको कभी भी घास कटाई के समय दरवाजे से बाहर झाँकना भी नहीं होगा—न ही फसल के समय में मौसम की चिन्ता करनी होगी। मैं अपनी टमटम से काम चलाता हूँ, क्योंकि मेरे गरीब माँ-बाप इसी की सवारी करते थे, लेकिन अगर आपको ये पसन्द नहीं है तो मैं इसे बेचकर आपके लिए आपकी खुद की घोड़ा-गाड़ी ला दूँगा। मैं कह नहीं सकता कि इस दुनिया के किसी भी ख्याल या किसी भी वस्तु से कितनी ऊँची लगती हैं आप मुझे—किसी को भी नहीं पता—केवल ऊपरवाला जानता है—कि आप मेरे लिए क्या मायने रखती हैं!"

बाथशीबा का हृदय युवा था, और इतनी सरलता से बातचीत करनेवाले गम्भीर स्वभाव के उस व्यक्ति के प्रति सहानुभूति से भर गया।

"ऐसा मत कहिए, ऐसा मत कहिए! मैं बर्दाश्त नहीं कर सकती कि आप मेरे लिए इतने अहसास रखें और मैं कुछ भी अहसास न करूँ। और मुझे डर है कि लोगों का ध्यान हम पर जाएगा, मि. बोल्डवुड। क्या आप इस मामले को यहीं विराम देंगे? मैं सुलझे दिमाग से नहीं सोच पा रही हूँ। मुझे नहीं पता था कि आप मुझसे यह कहने जा रहे हैं। ओह, मैं कितनी दुष्ट हूँ कि आपको मेरे कारण इस तरह कष्ट झेलना पड़ा।" वह उनकी उत्कटता पर उत्तेजित होने के साथ-साथ सहम भी गई थी।

"तो कहिए कि आप पूरी तरह से इनकार नहीं कर रही हैं। एकदम इनकार नहीं कर रही हैं!"

"मैं कुछ नहीं कर सकती। मैं जवाब नहीं दे सकती।"

"इस विषय पर दुबारा आपसे बातचीत कर सकता हूँ न?"

"हाँ।"

"मैं आपके बारे में सोच सकता हूँ?"

"हाँ, मेरे ख्याल से आप मेरे बारे में सोच सकते हैं।"

"और आपको पाने की उम्मीद कर सकता हूँ?"

"नहीं—उम्मीद न करें! आइए, हम लोग आगे चलते हैं।"

"मैं कल फिर आपसे भेंट करूँगा।"

"नहीं—कृपया नहीं। मुझे समय दीजिए।"

"ठीक है—मैं आपको कितना भी समय दे दूँगा," उन्होंने सत्यनिष्ठा और आभार की भावना सहित कहा। "अब मैं पहले से खुश हूँ।"

"नहीं—मैं आपसे गुजारिश करती हूँ। अगर खुशी मेरे मान जाने से आनेवाली है तो खुश मत होइए! उदासीन रहिए मि. बोल्डवुड! मुझे सोचना पड़ेगा।"

"मैं इन्तजार करूँगा," उन्होंने कहा।

इसके बाद वह मुड़कर दूर चली गई। बोल्डवुड ने अपनी नजर जमीन पर गड़ा दी और देर तक ऐसे आदमी की तरह खड़े रहे जिसे यह न पता हो कि वह कहाँ खड़ा है। इसके बाद उन्हें वास्तविकताओं का बोध वैसे ही हुआ जैसे जोश में लगनेवाली चोट उस समय तो जोश में दब जाती है लेकिन बाद में उभरकर कष्ट देती है, और वह भी आगे बढ़ गए।

अध्याय 20

उलझन : कैंची पर सान चढ़ाना : झगड़ा

"वह कितने निःस्वार्थ और भले हैं कि वह सबकुछ मुझे दे रहे हैं जिसकी मैं इच्छा कर सकती हूँ।" बाथशीबा ने विचार किया।

फिर भी चाहे इसे उसकी भलाई कहें या इसका विपरीत भाव, उसने यहाँ भलाई नहीं दिखाई थी। पवित्रतम प्रेम में किए गए अमूल्यतम समर्पण में भी केवल अपने को तृप्त करने की भावना होती है, उदारता की भावना कतई नहीं।

बोल्डवुड से तनिक भी प्रेम न होने के कारण बाथशीबा आखिरकार उनके प्रस्ताव पर शान्तिपूर्वक विचार करने की स्थिति में आ गई। यह ऐसा प्रस्ताव था जिसे हैसियत में उसके बराबर की पास-पड़ोस की औरतों के साथ-साथ अपेक्षाकृत ऊँची सामाजिक स्थितिवाली औरतें भी खुशी-खुशी स्वीकार करतीं और इसका प्रचार करने में उन्हें गर्व होता। कूटनीति से लेकर भावना तक हर दृष्टिकोण से यही सही था कि उसे, एक अकेली लड़की को, शादी करनी चाहिए, और इस सत्यनिष्ठ, समृद्ध और इज्जतदार आदमी से करनी चाहिए। वह उसके पास का रहनेवाला था; उसकी सामाजिक स्थिति अच्छी थी; उसमें गुण तो आवश्यकता से भी ज्यादा थे। अगर सिद्धान्त रूप में उसकी विवाहित होने की कोई ख्वाहिश होती, जो कि थी नहीं, तो उसके पास उसको नकारने का कोई उचित कारण नहीं था क्योंकि वह ऐसी औरत थी जो अपने मौजी स्वभाव की इच्छाओं से मुक्ति के लिए प्रायः अपनी अक्ल से निवेदन करती रहती थी। विवाह के साधन के रूप में बोल्डवुड ऐसे शख्स थे जिन पर कोई एतराज नहीं किया जा सकता था; वह उनका सम्मान करती थी और उन्हें पसन्द करती थी; फिर भी वह उनको चाहती नहीं थी। ऐसा लगता है कि औसत पुरुष इसलिए पत्नियों

को अपनाते हैं क्योंकि बिना शादी के अधिकार सम्भव नहीं है, और औसत औरतें पतियों को इसलिए स्वीकार करती हैं क्योंकि बिना अधिकार के शादी सम्भव नहीं है; बिल्कुल अलग-अलग मकसद होते हुए भी दोनों तरफ तरीका एक ही है। लेकिन औरत की तरफ से प्रेरणा की यहाँ कमी थी। इसके अलावा एक फार्म और मकान की अकेली मालकिन होने की बाथशीबा की स्थिति अनोखी थी और इस अनोखेपन का जादू खत्म होना अभी शुरू नहीं हुआ था।

लेकिन उसके भीतर एक प्रकार की अशान्ति भर गई जिसका श्रेय कमोबेश उसी को था, क्योंकि इससे कम ही लोग प्रभावित होते। अगर उन कारणों को छोड़ भी दें जिनकी चर्चा हो चुकी है और जिनके आधार पर उसने अपनी आपत्तियों को खारिज किया तो भी उसके मन में यह भावना दृढ़तापूर्वक आती थी कि इस खेल की शुरुआत करने के नाते उसे ईमानदारी से इसके परिणामों को स्वीकार करना चाहिए। फिर भी अनिच्छा बनी रही। वह एक ही साँस में कहती थी कि बोल्डवुड से शादी न करना हृदयहीनता होगी, और यह भी कि अपनी जिन्दगी बचाने के लिए भी वह ऐसा नहीं कर सकती।

बाथशीबा का स्वभाव बाहर से विचारपूर्ण दिखनेवाला लेकिन भीतर से भावनात्मक था। दिमाग से एलिजाबेथ और दिल से मेरी स्टुअर्ट जैसी बाथशीबा प्रायः अत्यन्त अविवेकपूर्ण कार्यों को अत्यधिक विवेक से करती थी। उसके अधिकांश विचार पूर्णतः हेत्वनुमान होते थे; दुर्भाग्य से वे हमेशा विचार ही रह जाते थे। केवल कुछ ही विचार ऐसे होते थे जो अतार्किक अवधारणाएँ होते थे; लेकिन दुर्भाग्य से ये वे विचार होते थे जो प्रायः कार्य रूप में परिणत होते थे।

उस बातचीत के अगले दिन उसने अपने बगीचे के पिछवाड़े गैब्रिएल ओक को भेड़ों की ऊन-कटाई के लिए अपनी कैंची को सान देते पाया। पास-पड़ोस की सारी झोपड़ियों में कमोबेश इसी कार्रवाई के दृश्य थे; गाँव के चप्पे-चप्पे से धार लगाने की हड़बड़ीभरी आवाजें आकाश तक व्याप्त थीं जैसे किसी लड़ाई के पहले शस्त्र-भंडार में होती है। शान्ति और युद्ध दोनों की ही तैयारियों में बड़ा घनिष्ठ सम्बन्ध है क्योंकि एक में जहाँ हँसिया, दराँती, कैंची और छँटाई की कैंची को नोक और धार की जरूरत होती है, वहीं दूसरे में यही जरूरत तलवारों, संगीनों और भालों को होती है।

गैब्रिएल की सान का हत्था केनी बाल घुमा रहा था, उसका सिर पहिए के प्रत्येक चक्कर के साथ एक निश्चित लय में आगे-पीछे हो रहा था। ओक की स्थिति कुछ-कुछ वैसे ही थी जैसे कामदेव को अपने बाणों पर धार चढ़ाते समय चित्रित किया जाता है; उसकी काया थोड़ी-सी झुकी थी, उसके शरीर का भार कैंची पर था, और उसका सिर एक तरफ सन्तुलित था; साथ ही होंठ पूरी तरह से भिंचे हुए और पलकें सिकुड़ी हुई थीं जो उसकी भंगिमा में चारचाँद लगा रही थीं।

मालकिन ने आकर एक-दो मिनट तक बिना कुछ बोले उनको देखा : इसके बाद कहा, “केन, नीचे चरागाह की तरफ जाओ और कुम्मैत घोड़ी को पकड़ो। सान की घिरनी मैं

घुमा दूँगी। मुझे तुमसे कुछ बात करनी है, गैब्रिएल।"

केन चल पड़ा और बाथशीबा ने हत्था सँभाल लिया। गैब्रिएल ने अत्यन्त विस्मित भाव से ऊपर देखा, अपने विस्मय को प्रकट होने से बचाया, और दुबारा नजरें नीची कर लीं। बाथशीबा ने घिरनी को घुमाया और गैब्रिएल ने कैंची लगा दी।

चक्का घुमाने में जो खास तरह की गति होती है, उसमें मस्तिष्क को सुन्न कर देने की अजीबोगरीब प्रवृत्ति होती है। यह एक प्रकार से इक्सियन की सजा* का ही एक हल्का स्वरूप है और जेलों के इतिहास में इसका एक काला अध्याय रहा है। दिमाग चक्कर खा जाता है, सिर भारी हो जाता है, और लगता है कि शरीर का गुरुत्व-केन्द्र धीरे-धीरे खिसककर भौंहों और सिर के बीच कहीं भारी सूजन के रूप में बैठ गया है। बाथशीबा ने दो या तीन दर्जन चक्करों के बाद जी को अच्छे न लगनेवाले इन लक्षणों को महसूस किया।

"घिरनी तुम घुमाओ गैब्रिएल, और मुझे कैंची पकड़ने दो," उसने कहा, "मेरा सिर घूम रहा है और मैं बात नहीं कर पा रही।"

गैब्रिएल घिरनी घुमाने लगा। बाथशीबा ने तब अपनी बात कुछ उलझन सहित (बीच-बीच में अपनी कहानी पर से ध्यान हटाकर कैंची पर केन्द्रित करते हुए जिसको तेज करने में थोड़े कौशल की जरूरत थी) कहना शुरू किया, "मैं तुमसे पूछना चाहती थी कि कल मि. बोल्डवुड के साथ मेरे नरकट के पीछे जाने पर लोगों ने कोई टीका-टिप्पणी तो नहीं की।"

"हाँ की थी," गैब्रिएल ने कहा..."आपने कैंची को ठीक से नहीं पकड़ा है, मिस—मैं जानता था कि आपको तरीका नहीं मालूम होगा—इस तरीके से पकड़िए।"

उसने घिरनी को छोड़ दिया और बाथशीबा के दोनों हाथों को पूरी तरह से अपने हाथों में लेते हुए (वैसे ही जैसे कभी-कभी हम बच्चों को लिखना सिखाने के लिए उनका हाथ पकड़ते हैं) उसके साथ-साथ कैंची को मजबूती से पकड़ लिया। "किनारे को इस तरह झुकाइए," उसने कहा।

यह कहने के साथ ही हाथों और कैंची को झुका दिया गया, और प्रशिक्षण देनेवाले ने बोलते हुए उसी स्थिति में काफी लम्बे समय तक हाथों को पकड़े रखा।

"बस काफी है।" बाथशीबा ने कहा। "मेरे हाथों को छोड़ो। मुझे पसन्द नहीं है कि कोई इन्हें पकड़े रहे! घिरनी को घुमाओ।"

गैब्रिएल ने उसके हाथों को आजाद कर दिया, और चुपचाप वापस अपने हत्थे को सँभाल लिया। सान चढ़ाने का काम चलता रहा।

"क्या लोगों को ये अटपटा लगा?" बाथशीबा ने दुबारा पूछा।

"बात अटपटेपन की नहीं थी, मिस।"

---

* यूनानी पुराणकथाओं के अनुसार इक्सियन ने ज्यूस की पत्नी हेरा का शीलभंग करने का प्रयास किया था और दंडस्वरूप उसे कभी न रुकनेवाली चक्कर काटती आग की चर्खी से बाँधा गया था।

"क्या कहा उन्होंने?"

"यही कि यह साल पूरा होने से पहले ही किसान बोल्डवुड और आपका नाम शायद एक-दूसरे के साथ जुड़ जाएगा।"

"उन लोगों का चेहरा देखकर ही समझ लिया था मैंने! इस बात में कोई दम नहीं है। इससे बड़ी मूर्खता की बात हो ही नहीं सकती। और मैं चाहती हूँ कि तुम इसका खंडन करो : इसीलिए आई थी मैं।"

गैब्रिएल कुछ सन्देह में और दुखी दिखाई पड़ा, लेकिन अविश्वास के क्षणों के बीच लगा कि उसे राहत मिली है।

"जरूर उन लोगों ने हमारी बातचीत सुन ली होगी," बाथशीबा ने आगे कहा।

"तो फिर, बाथशीबा!" ओक ने हत्था रोकते हुए और उसके चेहरे को चकित भाव से निहारते हुए कहा।

"तुम्हारा मतलब है मिस एवरडीन," उसने मर्यादा से कहा।

"मेरा मतलब यह है कि अगर मि. बोल्डवुड ने वाकई शादी की बात की थी तो मैं तुम्हें खुश करने के लिए कहानी गढ़कर यह नहीं कहनेवाला कि उन्होंने ऐसा नहीं किया था। पहले ही तुम्हें खुश करने के लिए मैंने बहुत पापड़ बेले हैं।"

बाथशीबा ने उसको असमंजस से आँखें गोल करके देखा। वह समझ नहीं पा रही थी कि अपने निराश प्रेमी के रूप में उस पर दया करे, या अपने प्रेम से उबर जाने के लिए उस पर क्रोधित हो—क्योंकि उसका भाव बाथशीबा को स्पष्ट नहीं हो पाया।

"मैंने कहा कि मैं तुम्हारे मुँह से सिर्फ इतना कहलवाना चाहती थी कि मैं उससे शादी करने जा रही हूँ, यह बात सच नहीं है," धीमी आवाज में ऐसा कहते-कहते उसका आत्मविश्वास थोड़ा-सा डगमगा गया।

"मिस एवरडीन, अगर आपकी यही इच्छा है तो यह बात मैं उन लोगों से कह सकता हूँ। और साथ ही आपने जो किया है, उस पर भी मैं अपनी राय आपको दे सकता हूँ।"

"मैं जानती हूँ। लेकिन मैं तुम्हारी राय नहीं लेना चाहती।"

"मैं देना भी नहीं चाहता," गैब्रिएल ने कड़वाहट से कहा, और घिरनी को घुमाने के अपने काम में लगा रहा। अपनी आँखें जमीन के एक पत्ते पर गड़ाए कभी तो वह घिरनी के साथ नीचे झुकता था और कभी ऊपर, और उसी के अनुसार उसके शब्द जमीन से लम्बवत या बगीचे के साथ क्षैतिज एक नियमित आरोह-अवरोह में ऊपर-नीचे हो रहे थे।

बाथशीबा के लिए जल्दबाजी में उठाया गया कदम अकसर गलत होता था, लेकिन, जैसा कि प्रायः नहीं होता, समय लेना बुद्धिमानी थी। लेकिन यहाँ यह नहीं भूलना चाहिए कि समय कभी-कभार ही लिया जाता था। स्वयं अपने तथा अपने कामों के बारे में इस समय इलाकेभर में अगर किसी एक आदमी की राय को वह अपनी खुद की राय से भी बढ़कर तवज्जो देती थी तो वह था गैब्रिएल ओक। और उसके चरित्र में स्पष्टवादिता इस तरह थी कि किसी भी विषय पर, यहाँ तक कि किसी दूसरे आदमी से बाथशीबा के प्रेम

और विवाह पर भी—विचारों की वैसी ही निष्पक्षता देखी जा सकती थी, और उसके विचार लिए जा सकते थे। अपने स्वयं के विवाह-प्रस्ताव को पूरी तरह असम्भव जान लेने के बाद किसी दूसरे के प्रस्ताव में टाँग अड़ाने से वह दृढ़तापूर्वक बचता था। यही किसी प्रेमी की चरम निर्लिप्तता है, वैसे ही किसी प्रेमी में इसका अभाव चरम उपेक्षणीय पाप है। बाथशीबा ने खरा जवाब पाने की उम्मीद से ही उससे यह सवाल किया था, हालाँकि उसे यह भी पता रहा होगा कि यह विषय पीड़ादायी होगा। इस हद तक स्वार्थी होती हैं कुछ सुन्दर औरतें। शायद उसके लिए अपने स्वयं के हित में एक ईमानदार आदमी को इस तरह प्रताड़ित करने का यह बहाना था कि उसकी आसान पहुँच में ठोस निर्णय देनेवाला कोई और व्यक्ति बिल्कुल नहीं था।

"अच्छा, मेरे आचरण के बारे में तुम्हारी क्या राय है," उसने शान्ति से कहा।

"यही कि यह किसी भी विचारशील, संकोची और सुन्दर औरत के लिए ठीक नहीं है।"

क्षणभर में बाथशीबा का चेहरा गुस्से से यूँ लाल हो गया जैसे डैनबी* का सूर्यास्त। लेकिन उसने अपनी इस भावना को जज्ब किया, और उसकी जिह्वा के वाक्-संयम ने उसके चेहरे की वाचालता को और भी प्रकट कर दिया।

इसके बाद गैब्रिएल से एक गलती हो गई।

"शायद आपको मेरे फटकारने का रूखापन पसन्द न आया हो, क्योंकि मुझे पता है कि ये रूखापन है; लेकिन मैंने सोचा कि इससे भला होगा।"

उसने पलटकर कटाक्ष करते हुए जवाब दिया, "इसके विपरीत तुम्हारे बारे में मेरी राय इतनी बुरी है कि तुम्हारी गाली में मुझे निन्दकों की तारीफ नजर आती है।"

"मुझे खुशी है कि आप इस बात को दिल से नहीं लगा रही हैं, क्योंकि मैंने इसको ईमानदारी और गम्भीरता से कहा था।"

"समझ गई। लेकिन दुर्भाग्य से जब तुम ये कोशिश करते हो कि दिल्लगी न की जाए तो मसखरे लगते हो—ठीक उसी तरह जब तुम गम्भीरता से बचने की इच्छा करते हो तो भी कभी-कभी समझदारी की कोई बात बोल जाते हो।"

चोट करारी थी, लेकिन बाथशीबा ने खुलकर अपना गुस्सा जाहिर कर दिया था और इस मामले में गैब्रिएल का स्वभाव भी इससे बेहतर नहीं था। उसने कुछ कहा नहीं। इसके बाद बाथशीबा फट पड़ी, "क्या मैं पूछ सकती हूँ कि मेरे अन्दर कमी कहाँ है? शायद, तुमसे शादी न करने में!"

"इसकी तो कोई बात ही नहीं है," गैब्रिएल ने शान्ति से जवाब दिया। "इस मामले पर सोचना तो मैंने बहुत पहले ही छोड़ दिया है।"

"सोचना या इसकी ख्वाहिश करना?" उसने कहा, और जाहिर था कि उसे इस विचार के बेहिचक खंडन की आशा थी।

---

*सूर्यास्त के चित्रों में गाढ़े रंगों का प्रयोग करनेवाला प्रसिद्ध अंग्रेज लैंडस्केप पेंटर।

गैब्रिएल ने महसूस जैसा भी किया हो, उसने शान्ति से उसी के शब्दों को दुहरा दिया, "इसकी ख्वाहिश करना भी।"

किसी भी औरत से उतना ही कड़वाहटभरा बर्ताव किया जा सकता है जो उसको बुरा न लगे और वैसा ही रूखापन दिखाया जा सकता है जो मर्माहत करनेवाला न हो। अगर गैब्रिएल ने उसकी बात काटकर यह कहा होता कि वह उससे प्रेम भी करता है तो बाथशीबा ने अपने छिछोरेपन के लिए अपमानजनक फटकार को भी स्वीकार कर लिया होता! जिस प्रेम का प्रतिदान न हुआ हो उसकी तीव्रता बर्दाश्त की जा सकती है, भले ही इसमें दंश और धिक्कार हो; अपमान में भी जीत और विवाद में भी मधुरता होती है। इसी की उसने उम्मीद कर रखी थी, और यही चीज उसे मिली नहीं। महज इसलिए उपदेश पीना पड़े कि उपदेशक उसको सुबह के निर्मम प्रकाश में अनावृत करे, चिढ़ानेवाली बात थी। गैब्रिएल की बात भी खत्म नहीं हुई थी। उसने और भी उत्तेजित स्वर में कहा :

"मेरी राय है (चूँकि आपने पूछा है) कि मिस्टर बोल्डवुड जैसे शख्स के साथ सिर्फ मनबहलाव के लिए खिलवाड़ करना तुम्हारी भूल है। जिस आदमी की तुम्हें परवाह नहीं है, उसे बरगलाना तारीफ लायक काम नहीं है। और मिस एवरडीन, अगर तुम्हारा वाकई उसकी तरफ झुकाव था भी, तो तुम इस बात को, उसे वैलेंटाइन भेजने की जगह किसी और सही तरीके से भी बता सकती थीं।"

बाथशीबा ने कैंची रख दी।

"मैं किसी भी आदमी को—अपने निजी चाल-चलन पर टीका-टिप्पणी नहीं करने दे सकती!" वह बिफर पड़ी। "एक मिनट के लिए भी नहीं करने दूँगी। इसलिए मेहरबानी करके इस हफ्ते के अन्त तक ये फार्म छोड़ दो!"

हो सकता है कि यह विचित्र बात हो—लेकिन यह सच्चाई थी—कि जब बाथशीबा किसी सांसारिक भावना में बहती थी तो उसके निचले होंठों में कम्पन होता था; जब किसी श्रेष्ठ परिष्कृत भावना में बहती थी तो उसके ऊपरी होंठों में। इस समय उसके किसी भी होंठ में कम्पन नहीं हुआ।

"अच्छी बात है, ऐसा ही करूँगा मैं," गैब्रिएल ने शान्ति से कहा। बाथशीबा से उसका जुड़ाव किसी न टूटनेवाली कड़ी से नहीं बल्कि बड़ी खूबसूरत डोर से था जिसे तोड़कर नष्ट करने में उसे कष्ट हो रहा था। "मुझे तुरन्त चले जाने में और भी खुशी होगी," उसने कहा।

"तो फिर तुरन्त जाओ, जहन्नुम में!" बाथशीबा ने आँखें तरेरते हुए कहा, हालाँकि उसने एक बार भी उससे आँख नहीं मिलाई। "अब कभी मुझे अपनी शक्ल मत दिखाना।"

"ठीक है, मिस एवरडीन—ऐसा ही होगा।"

और वह अपनी कैंची उठाकर शान्ति और गरिमा के साथ बाथशीबा से दूर वैसे ही चल पड़ा जैसे मूसा ने फिर्औन का साथ छोड़ा था।

अध्याय 21

भेड़ों के रेवड़ में संकट : एक सन्देश

वेदरबरी का बाड़ा छोड़े गैब्रिएल को करीब चौबीस घंटे हुए थे कि इतवार की दोपहरी में जोसेफ पुअरग्रास, मैथ्यू मून, फ्रे और आधा दर्जन दूसरे लोग भागते हुए मालकिन के ऊपरी फार्मवाले घर पर पहुँचे।

"क्या बात है, लोगो!" उसने कहा। इन लोगों से उसकी भेंट ठीक दरवाजे पर हुई जहाँ से वह चर्च जाने के लिए बाहर आ रही थी। वह एक कसा हुआ दस्ताना खींचकर चढ़ाने की मशक्कत कर रही थी और उसके दोनों लाल होंठ भिंचे हुए थे। वह इसी मुद्रा में क्षणभर के लिए ठहर गई।

"साठ!" जोसेफ पुअरग्रास ने कहा।

"सत्तर," मून ने कहा।

"उनसठ," सूजन टाल के पति ने कहा।

"—भेड़ों ने बाड़ा तोड़ दिया," फ्रे ने कहा।

"—और हरी तिपतिया घास के मैदान में घुस गईं," टाल ने कहा।

"—हरी तिपतिया," मून ने कहा।

"—तिपतिया!" जोसेफ पुअरग्रास ने कहा।

"और गैस बन जाने से उनका पेट फूलने लगेगा," हेनेरी फ्रे ने कहा।

"हाँ, उनका पेट फूलेगा," जोसेफ ने कहा।

"और अगर उनको निकालकर उनका इलाज नहीं किया तो सब की सब ऐसे मर जाएँगी जैसे जूँ," टाल ने कहा।

जोसेफ के चेहरे पर चिन्ता की रेखाएँ और शिकनें पड़ गई थीं। फ्रे के माथे पर सीधी और आड़ी-तिरछी दोनों तरह की, जालीदार जंगले के नमूने की झुर्रियाँ पड़ी थीं जिनसे उसकी दुगुनी हताशा का पता चलता था। लेबन टाल के होंठ पतले और उसका चेहरा सख्त था। मैथ्यू के जबड़े लटक गए थे और उसकी आँखें उधर को ही घूम जाती थीं जिधर मांसपेशियों का खिंचाव अधिक होता था।

"हाँ," जोसेफ ने कहा। "और मैं घर में बैठकर बाइबिल उलट-पुलट रहा था कि हेनेरी आया : "जोसेफ," उसने कहा, "भेड़ों ने खा-खाकर पेट फुला लिया है—"

बाथशीबा के लिए यह ऐसा क्षण था जब विचार वक्तव्य और वक्तव्य चीत्कार होता है। इसके अलावा ओक की टिप्पणियों से जो मानसिक आघात उसे पँहुचा था, अभी वह उसी से बड़ी मुश्किल से उबर पाई थी।

"बस करो—बस करो! अरे ओ मूर्खो!" छतरी और प्रार्थना की किताब को गलियारे में फेंककर और इंगित दिशा की ओर दौड़ते हुए वह चिल्लाई। "आ गए मेरे पास, ये नहीं

कि वहीं जाकर उनको बाहर निकालते। अरे अक्ल के दुश्मनो!"

इस समय उसकी काली आँखें चमक रही थीं। बाथशीबा के सौन्दर्य में देवत्व के बजाय शैतानियत का पुट था इसलिए वह गुस्से में और भी खूबसूरत लगती थी—और विशेष रूप से उस समय तो यह प्रभाव और भी बढ़ जाता था जबकि वह आइने के सामने सावधानी से पहनी गई तड़क-भड़कवाली मखमली पोशाक में हो।

सारे आदमी उसके पीछे गिरते-पड़ते भागे, जोसेफ तो बीच रास्ते में इस तरह मन्द पड़ गया जैसे दिनोदिन निष्ठुर होती जाती इस दुनिया में कोई नष्ट होता हुआ इनसान। बाथशीबा की उपस्थिति से हमेशा इन लोगों में उत्साह का संचार होता था और एक बार यह उत्साह पा जाने के बाद ये लोग खुशी-खुशी भेड़ों के बीच गए। अधिकांश पीड़ित भेड़ें जमीन पर पड़ी हुई थीं और उनका हिलना-डुलना भी मुश्किल था। इनको ढोकर बाहर निकाला गया, और अन्य को पास के खेत में हाँक दिया गया। यहाँ आने के कुछ मिनट बाद इनमें से कई और भेड़ें भी जमीन पर पड़ गईं और बाकी की तरह लाचार काली-नीली हो गईं।

बाथशीबा ने दुखी और विदीर्ण हृदय से अपने सबसे अच्छे रेवड़ की इन सबसे सुन्दर भेड़ों को तेज स्वाद लेने के बाद पेट फुलाकर पड़े देखा।

इनमें से कइयों के मुँह से झाग आ रहा था, उनकी साँसें तेज-तेज चल रही थीं, जबकि शरीर तो सभी के बुरी तरह फूल गए थे।

"हाय, क्या करूँ, क्या करूँ!" बाथशीबा ने लाचारी से कहा। "भेड़ें भी इतनी अभागी जानवर होती हैं! कुछ न कुछ इनके साथ लगा ही रहता है! रेवड़ में कोई न कोई मुसीबत हर साल लगी ही रहती है।"

"इनको बचाने का एक उपाय है," टाल ने कहा।

"कौन-सा उपाय? जल्दी बताओ!"

"इनकी बगल में एक ऐसी चीज से छेद करना पड़ेगा जो इसी काम के लिए बनी है।"

"तुम कर सकते हो इसे? मैं कर सकती हूँ?"

"नहीं, मैडम। हम नहीं कर सकते—न तो आप ही कर सकती हैं। यह काम तो एक खास जगह पर करना होता है—आप एक इंच भी इधर-उधर हुए तो भेड़ को भोंक देंगे और उसकी जान चली जाएगी। ये भी कोई जरूरी नहीं है कि हर गड़ेरिए को ऐसा करना आता ही हो।"

"तब तो मर जाएँगी ये," उसने निराश होकर कहा।

"पास-पड़ोस में सिर्फ एक शख्स को पता है इसका ढंग," जोसेफ ने तुरन्त आगे बढ़कर कहा। "अगर वह यहाँ होता तो इन सबको ठीक कर देता।"

"कौन है वो—चलो उसे बुलाएँ!"

"गड़ेरिया ओक," मैथ्यू ने कहा। "वह बहुत अक्लमन्द है हुनर के मामले में!"

"हाँ, ये तो पक्की बात है।" जोसेफ पुअरग्रास ने कहा।

"सही बात है—क्या आदमी है वह," लेबन टाल ने कहा।

"मेरे सामने उस आदमी का नाम लेने की हिम्मत कैसे हुई तुम्हारी!" बाथशीबा ने उत्तेजित होते हुए कहा। "मैंने तुम लोगों से कहा था कि कभी उसका जिक्र मत करना और न ही तुम लोग करोगे, अगर मेरे साथ रहना है। आह!" यह कहते-कहते उसके चेहरे पर चमक आ गई; "किसान बोल्डवुड को पता है!"

"अरे नहीं, मैडम," मैथ्यू ने कहा। "अभी उस दिन उनकी दो भेड़ों का छीमीदार पौधे खाने के बाद बिल्कुल यही हाल हुआ था। उन्होंने तुरन्त यहाँ पर गैब्रिएल के लिए घोड़े से एक आदमी भेजा, और गैब्रिएल ने जाकर उन भेड़ों की जान बचाई। किसान बोल्डवुड के पास इस काम के लिए बना औजार है। ये एक खोखला पैप होता है, जिसके भीतर एक तेज सूआ रहता है—है न, जोसेफ?"

"हाँ—एक खोखला पैप," जोसेफ ने समर्थन किया। "ऐसा ही होता है।"

"हाँ सचमुच—ऐसा ही होता है," हेनेरी फ्रे ने गुजरते हुए समय के प्रति पूरबवालों की तरह उदासीनता दिखाते हुए सुर में सुर मिलाया।

"अच्छा—" बाथशीबा भड़क गई, "अब हूँ, हाँ करते हुए मेरे सिर पर मत खड़े रहो। किसी को भेड़ों का इलाज करने के लिए बुलाओ—जल्दी करो!"

सभी जन भौचक्के होकर निर्देश के अनुसार किसी की तलाश में दबे पाँव चल पड़े, बिना इस बात पर विचार किए कि वह व्यक्ति आखिर है कौन। मिनटभर में सभी फाटक से निकलकर गायब हो गए, और मरती हुई भेड़ों के पास वह अकेली रह गई।

"मैं उसको कभी नहीं बुलाऊँगी—कभी नहीं।" उसने दृढ़तापूर्वक कहा।

तभी एक भेड़ ने भयानक अन्दाज में अपनी मांसपेशियों को सिकोड़ा, अपने को लम्बा किया और ऊपर हवा में उछल गई। उछाल चौंकानेवाली थी। भेड़ तेजी से गिरी, और शान्त पड़ गई।

बाथशीबा इसके पास गई। भेड़ मर गई थी।

"हाय क्या करूँ मैं—क्या करूँ मैं।" एक बार फिर उसने हाथ मलते हुए कहा। "मैं उसे नहीं बुलाऊँगी, नहीं, बिल्कुल नहीं!"

किसी संकल्प को एकदम दृढ़तापूर्वक व्यक्त करने का प्रायः यही मतलब नहीं होता कि संकल्प भी उतना ही दृढ़ है : अकसर होता यह है कि किसी टूटते-बिखरते संकल्प को सहारा देने के लिए इसकी टेक ले ली जाती है, जबकि संकल्प दृढ़ रहने पर ऐसी किसी प्रतिज्ञा की कोई जरूरत नहीं होती। वास्तव में बाथशीबा के "नहीं, मैं नहीं बुलाऊँगी" का मतलब था "मेरा विचार है मुझे जरूर बुलाना चाहिए।"

उसने फाटक से बाहर आकर अपने सहायकों पर नजर दौड़ाई, और उनमें से एक की तरफ हाथ से इशारा किया। उसके इशारे का जवाब लेबन ने दिया।

"ओक कहाँ रह रहा है?"

"घाटी के उस तरफ नेस्ट कॉटेज में।"

"कुम्मैत घोड़ी पर बैठो और भागकर उस तरफ जाओ, और उससे कहो कि तुरन्त वापस आ जाए, कह देना कि यह मेरा आदेश है।"

टाल लपकता हुआ मैदान की तरफ गया, और दो मिनट में वह नंगी पीठवाली कुम्मैत घोड़ी पर सवार था, लगाम के नाम पर सिर्फ एक रस्सी के साथ। वह पहाड़ी से नीचे उतर गया।

बाथशीबा देखती रही, शेष सबने भी यही किया। टाल की घोड़ी अश्वमार्ग पर सोलह एकड़वाले मैदान, भेड़शाला, बीच के मैदान, सपाट खेत, कैपेल की जमीन से गुजरती हुई इतनी दूर चली गई कि सिकुड़कर एक छोटी-सी छाया में तब्दील हो गई। इसके बाद इसने पुल पार किया, और दूसरी तरफ स्प्रिंगमीड और व्हाइटपिट्स से होते हुए घाटी से ऊपर चढ़ने लगी। इस जगह को स्थायी तौर पर छोड़ने से पहले जिस कुटिया में गैब्रिएल रह रहा था, वह सामने की पहाड़ी पर सफेद धब्बे की तरह दिखाई पड़ती थी जिसके पीछे नीले देवदार की कतार थी। बाथशीबा इधर-उधर चहलकदमी करती रही। उसके आदमी खेत में घुसे और इन मूक प्राणियों को सहलाकर उनकी वेदना कम करने की कोशिश की। कोई फायदा नहीं हुआ।

बाथशीबा की चहलकदमी जारी रही। घोड़ी पहाड़ी से नीचे उतरती दिखी, और वही उबाऊ शृंखला उलटकर फिर से दुहराई गई, व्हाइटपिट्स, स्प्रिंगमीड, कैपेल की जमीन, सपाट खेत, बीच का मैदान, भेड़शाला, सोलह एकड़वाला मैदान। बाथशीबा ने मन ही मन सोचा कि टाल को इतनी अक्ल जरूर होगी कि घोड़ी गैब्रिएल को दे दे, और स्वयं पैदल वापस आए। घुड़सवार उनके निकट आ गया। यह टाल था।

"ओह, क्या बेवकूफी है!" बाथशीबा ने कहा।

गैब्रिएल का दूर-दूर तक पता नहीं था।

"शायद वह पहले ही जा चुका है!" उसने कहा।

टाल अहाते के भीतर आया, और उछलकर नीचे उतरा—उसके चेहरे पर ऐसी त्रासदी के भाव थे जैसी श्रूसबरी के संग्राम के बाद मार्टन के चेहरे पर रहे होंगे।

"क्या हुआ?" बाथशीबा ने पूछा, वह यकीन नहीं कर पा रही थी कि उसका मौखिक 'शाही फरमान' चूक भी सकता है।

"उसका कहना है भिखारियों की मर्जी से भीख नहीं मिलती," लेबन ने जवाब दिया।

"क्या?" बाथशीबा की आँखें खुली की खुली रह गईं, और फट पड़ने के लिए उसने अपनी साँस भीतर खींच ली। जोसेफ पुअरग्रास दो-चार कदम हटकर एक टटिया के पीछे हो गया।

"उसका कहना है कि वह तब तक नहीं आएगा जब तक कि आप उससे उस तरह नम्रतापूर्वक और तमीज से आने के लिए नहीं कहेंगी, जैसा किसी भी अहसान लेनेवाली औरत के लिए उचित है।"

"ओ-हो—तो ये है उसका जवाब! किसके बल पर अकड़ है उसकी? तो फिर मैं कौन हूँ इस तरह उसके नखरे झेलनेवाली? क्या मैं उस आदमी के सामने नाक रगड़ूँगी जो मेरे सामने नाक रगड़ चुका है!"

रेवड़ की एक और भेड़ हवा में उछली, और गिरकर मर गई।

उपस्थित जनसमुदाय गम्भीर दिखता था, जैसे कि उन्होंने अपनी राय दबाकर रखी हो।

बाथशीबा एक तरफ को मुड़ गई, उसकी आँखों में आँसू भरे थे। अपने अहंकार और झगड़ालू स्वभाव के चलते वह जिस मुश्किल में पड़ गई थी, उस पर अब और परदा डालना सम्भव नहीं था। वह बुरी तरह फूट-फूटकर रो पड़ी : सबने इस चीज को देखा, और उसने भी अब और छिपाने का प्रयास नहीं किया।

"रोइए मत, मिस," विलियम स्मालबरी ने सहानुभूतिपूर्वक कहा। "क्यों न उससे नरमी से कहा जाए? मुझे यकीन है कि तब वह आएगा। इस मामले में गैब्रिएल सही आदमी है।"

बाथशीबा ने अपने दुख को काबू में किया और अपनी आँखें पोंछ लीं। "हाय, कितना क्रूर अत्याचार है ये मेरे साथ—क्रूर अत्याचार है, क्रूर अत्याचार है।" वह बुदबुदाई। "मुझे वही करने के लिए मजबूर किया जा रहा है जो मैं करना नहीं चाहती, हाँ मजबूर ही तो किया जा रहा है।...टाल, अन्दर आओ।"

इस पराजय के बाद जो किसी प्रतिष्ठान के मुखिया के लिए शोभनीय नहीं थी, वह घर के भीतर गई, टाल उसके पीछे-पीछे था। यहाँ वह बैठ गई और तूफान गुजर जाने के बाद क्षुब्ध समुद्र की तरह, फूट-फूटकर रोने के बाद आनेवाली हिचकियों के बीच जल्दी से घसीटकर एक पर्ची लिखी। यह पर्ची जिस तरह जल्दी में लिखी गई थी, उसको देखते हुए इसमें विनम्रता की कमी नहीं थी। उसने इसे हाथ भर की दूरी पर रखकर देखा और फिर इसे मोड़ने ही जा रही थी कि नीचे ये शब्द जोड़ दिए :

"मुझको बेसहारा मत छोड़ो, गैब्रिएल!"

दुबारा इसको मोड़ते समय वह और भी लाल हो गई, और अपने होंठों को बन्द कर लिया जैसे कि ऐसा करके इस कृत्य के औचित्य को लेकर मन में उठनेवाले सवाल को अनिश्चित काल के लिए टाल देना चाहती हो। यह पर्ची भी वैसे ही भेजी गई जैसे सन्देश भेजा गया था, और घर के भीतर बाथशीबा परिणाम का इन्तजार करने लगी।

सन्देशवाहक के रवाना होने और बाहर दुबारा घोड़े की पदचाप सुनाई पड़ने के बीच के पन्द्रह मिनट बड़ी व्यग्रता के थे। इस समय का इन्तजार करने के बजाय, लिखने की जिस पुरानी मेज पर उसने पत्र लिखा था, उसी पर झुककर उसने अपनी आँखें मूँद लीं; जैसे कि आशा और आशंका दोनों को दूर रखना चाहती हो।

फिर भी, इस बार मामला आशाजनक था। गैब्रिएल नाराज नहीं था। वह केवल उदासीन रहा, हालाँकि बाथशीबा का पहला आदेश बहुत ही अहंकारपूर्ण था। इससे थोड़ी-सी भी कम सुन्दरता रखनेवाली को ऐसी हेकड़ी शोभा नहीं देती, और दूसरी तरफ ऐसी सुन्दरी को पूरा-पूरा लाभ मिलता अगर यही हेकड़ी थोड़ी-सी कम होती।

घोड़े की आवाज सुनकर वह बाहर निकली और निगाहें ऊपर उठाईं। आकाश और उसके बीच से एक घुड़सवार छाया गुजरी और भेड़ोंवाले खेत के नजदीक चलती चली गई, घुड़सवार पीछे की ओर देख रहा था। गैब्रिएल ने उसकी तरफ देखा। यह ऐसा क्षण था जब किसी औरत की आँखें कुछ और कहती हैं, जबान कुछ और। बाथशीबा कृतज्ञता से दबी दिख रही थी, और उसने कहा, ''ओ गैब्रिएल, तुम मेरे साथ इतना बुरा बर्ताव कैसे कर सकते हो!"

अपने पहले के विलम्ब के लिए इस तरह की मीठी झिड़की एकमात्र वह बात थी जिसके चलते वह इस बात को माफ कर सकता था कि उसकी वर्तमान तत्परता की सराहना नहीं की गई।

गैब्रिएल ने अस्फुट स्वर में कुछ कहा, और तेजी से आगे बढ़ गया। उसकी शक्ल से ही बाथशीबा को पता चल गया कि उसकी पर्ची का कौन-सा वाक्य उसको यहाँ लाया है। बाथशीबा पीछे-पीछे उसी खेत की तरफ चल पड़ी।

गैब्रिएल पहले ही जमीन पर पड़ी फूली हुई आकृतियों के बीच पहुँच चुका था। उसने अपना कोट उतारकर कमीज की आस्तीनों को ऊपर मोड़ लिया था और अपनी जेब से संकट-मोचक यन्त्र निकाल लिया था। यह एक छोटी-सी नली या छिद्रक यन्त्र था जिसके भीतर एक मोटी-सी सुई थी, और गैब्रिएल इतनी दक्षता से इसका प्रयोग करने लगा कि किसी अस्पताल का शल्यचिकित्सक भी उसके आगे शरमा जाए। भेड़ की बाईं तरफ अपना हाथ फेरते हुए सही बिन्दु को चुनने के बाद, वह त्वचा और प्रथम आमाशय में नली सहित सूए से सूराख कर देता था, इसके बाद वह झटके से सुए को खींच लेता था जबकि नली अपनी जगह पर रह जाती थी। नली से हवा का एक तेज झोंका निकलता था जो सूराख पर रखी किसी मोमबत्ती को बुझा देने के लिए काफी होता था।

कहा गया है कि वेदना के बाद मात्र इससे छुटकारा ही कुछ समय के लिए बड़ा सुखद होता है : और इस समय इन बेचारे जीवों का चेहरा देखकर ऐसा ही लग रहा था। उनचास ऑपरेशन सफलतापूर्वक सम्पन्न हो गए थे। कुछ भेड़ों की स्थिति काफी बिगड़ जाने के कारण जो जल्दबाजी करनी पड़ी, उसके नाते गैब्रिएल का निशाना एक मामले में चूक गया, सिर्फ एक में ही—जिसमें उसने निशान से हटकर प्रहार कर दिया, और यह प्रहार तुरन्त ही बीमार भेड़ के लिए जानलेवा साबित हुआ। चार और भेड़ें मर गईं। तीन बिना ऑपरेशन के ठीक हो गईं। इस तरह भटककर अपने को इतने खतरनाक ढंग से घायल कर लेनेवाली भेड़ों की कुल संख्या सत्तावन थी।

जब इस प्रेम-प्रेरित व्यक्ति ने अपना काम निपटा लिया तो बाथशीबा आई और उसके चेहरे पर अपनी आँखें टिका दीं।

"गैब्रिएल, क्या तुम मेरे साथ आगे भी रहोगे?" उसने दिल जीत लेनेवाली मुस्कान सहित कहा, और दुबारा अपने होंठों को एकदम पास लाने की कोशिश नहीं की, क्योंकि तुरन्त ही एक और मुस्कान की बारी थी।

"रहूँगा," गैब्रिएल ने कहा।

और एक बार फिर वह उसे देखकर मुस्कुरा पड़ी।

अध्याय 22

खलिहान और भेड़ों का ऊन कतरनेवाले

आदमी लोग मौके पर स्फूर्ति के अभाव से प्रायः उतने नगण्य और उपेक्षित नहीं होते जितना कि स्फूर्ति होने पर इसका पूरा-पूरा प्रयोग न करने से। हाल ही में, दुर्भाग्य के हाथों अपने पराभव के बाद से पहली बार, गैब्रिएल काफी हद तक विचारों से स्वतन्त्र और कर्म में सक्रिय हुआ था। ये वे चीजें हैं जो बिना अवसर के व्यर्थ हैं, जैसे इनके बिना अवसर व्यर्थ है। अगर इनका उचित तालमेल हुआ होता तो निश्चय ही वह उन्नति कर गया होता। लेकिन बाथशीबा एवरडीन के आगे-पीछे घूमने में उसका काफी समय बर्बाद हुआ। बड़े-बड़े ज्वार उसको किनारे पहुँचाए बिना निकल रहे थे, और कदाचित जल्द ही भाटा आ जाएगा जिसमें यह सामर्थ्य ही नहीं थी।

जून का पहला दिन था, और भेड़ों के ऊन कतरने का समय होने के कारण चारों तरफ, सूखे रहनेवाले चरागाह में भी, हरियाली और रंगत छाई हुई थी। हर तरफ हरियाली में नवीनता थी, एक-एक रन्ध्र खुला हुआ था, और एक-एक डंठल रस से भर गया था। गाँव में साकार ईश्वर को देखा जा सकता था, और शैतान यहाँ की दुनिया से शहर के लिए रुखसत हो गया था। वेदरबरी और इसके आस-पास के वनस्पति जगत में इस उपजाऊ समय में देर से होनेवाली रेशमी मंजरी, विभिन्न प्रकार के फर्न के तनोंवाले पौधे, चौकोर सिरेवाले मोस्कटल पादप, मैलकाइट पत्थर की दरार में किसी सन्त की तरह बैठा कोई कुकू-पिंट पौधा, बर्फ से सफेद लेडीज स्माक फूल, मानव त्वचा से मिलता-जुलता दन्तिमूल, जादूगर की बूटी और काली पंखुड़ियोंवाला घंटी के आकार का भारी पुष्प कपैनुला मुख्य थे। जहाँ तक जीव-जगत की बात है, इसमें थे—मि. जान कोग्गन, मुख्य ऊन कतरनेवाले, दूसरे और तीसरे ऊन कतरनेवाले जो अपने पेशे से जाने जाते थे और जिनको नाम की जरूरत नहीं थी, हेनेरी फ्रे, चौथा ऊन कतरनेवाला, सूजन टाल का पति पाँचवाँ, जोसेफ पुअरग्रास छठा, ऊन कतरने में सहायता करनेवाला युवा केन बाल और सबके काम पर निगाह रखनेवाला गैब्रिएल ओक। इनमें से हरेक ने बस नाम के लिए कपड़ा पहन रखा था। कपड़ों के मामले में ये उच्चवर्गीय और निम्नवर्गीय हिन्दू के ठीक औसत पर थे। चेहरे की भंगिमा और आम तौर पर वहाँ छाई गम्भीरता देखकर पता चलता था कि आज कोई जरूरी काम हो रहा है।

ये लोग बड़े खलिहान में भेड़ों के रोम कतर रहे थे, जो इस अवसर के लिए

ऊन-कटाईवाला खलिहान कहा जाता था। इसकी जमीनी योजना क्रूस के आकार की भुजावाले चर्च से मेल खाती थी। यह न सिर्फ इलाके के चर्च से आकार-प्रकार में मिलता-जुलता था, बल्कि पुरातनता में भी इससे प्रतिस्पर्धा करता था। अगर यह खलिहान कभी किसी मठ का कोई हिस्सा रहा हो तो किसी को भी इसकी जानकारी नहीं लगती थी : अगल-बगल ऐसा कुछ नहीं था जिससे यह पता चलता। किनारों पर स्थित विशाल ड्योढ़ियाँ इतनी ऊँची थीं कि अनाज के गट्ठरों से खचाखच ऊपर तक भरी गाड़ी भीतर आ सकती थी। इनके आर-पार, चौड़ाई में और सीधे तराशे हुए, भारी और नुकीले पत्थर के मेहराब फैले हुए थे जिनकी सरलता में ही यह भव्यता छिपी हुई थी जो उन इमारतों में नहीं दिखती जहाँ इससे भी अधिक सजावट के प्रयत्न हुए हैं। शाहबलूत की लकड़ी की काली, धुँधली छत जो अन्दर से बड़े-बड़े पट्टों, मेहराबों और विकर्णों से बाँधी गई थी, अपनी रचना में बहुत अच्छी थी क्योंकि आज के समय के दस में से नौ चर्चों की अपेक्षा इसकी सामग्री अधिक मूल्यवान थी। किनारे की हर दीवार के साथ-साथ दोनों तरफ सहारा देने के लिए खड़े किए गए खम्भों की एक कतार थी जिनकी लम्बी छाया उनके बीच की खाली जगह में पड़ रही थी। इन्हीं को पार करते हुए कोरदार खिड़कियाँ थीं जिनकी रचना इतनी सटीक थी कि झरोखों की जरूरत भी पूरी हो रही थी और सुन्दरता भी बनी हुई थी।

एक बात जो इस खलिहान के बारे में कही जा सकती थी लेकिन प्राचीनता और शैली में इसी के बराबरवाले चर्च या महल के बारे में नहीं कही जा सकती थी, यह थी कि इसकी रचना मूल रूप से जिस उद्देश्य के लिए की गई थी, आज भी उसी के लिए इसका प्रयोग हो रहा था। मध्यकाल के इन दोनों खास अवशेषों से अलग और इनसे श्रेष्ठ यह पुराना खलिहान ऐसी परम्पराओं का प्रतीक था जिनमें समय के साथ कोई बदलाव नहीं आया है। कम से कम यहाँ आकर पुराने भवन-निर्माताओं की भावना और आधुनिक दर्शकों की भावना एकाकार हो गई थी। इस घिस-पिट गई इमारत के समक्ष खड़े होने पर आँखें इसकी वर्तमान उपयोगिता देखती थीं और मस्तिष्क इसके विगत इतिहास पर विचार करने लगता था। ऐसा करते समय जिस विचार से इसकी रचना हुई, उसके स्थायित्व को सोचकर कुछ कृतज्ञता और काफी गर्व की अनुभूति होती है। चार शताब्दियाँ इसकी रचना को गलत नहीं साबित कर पाई थीं। न ही इसके उद्देश्य को कमजोर कर पाई थीं। इससे उन बुजुर्गों के स्थिर दिमाग से किए गए गम्भीर प्रयत्नों का पता चलता है। एक बार ही सही, मध्यकाल और आधुनिककाल का दृष्टिकोण एक था। कोरदार खिड़कियों, घिसे-पिटे मेहराब के पत्थरों और तिरछे किनारों, धुरी की दिशा और शहतीरों पर शाहबलूत की लकड़ी के काम से किसी नष्ट हो चुकी किलेबन्दी की कला या लुप्त हो चुके धार्मिक पन्थ का संकेत नहीं मिलता था। दो जून की रोटी से शरीर की रक्षा और उद्धार अभी भी अध्ययन, धर्म और कामना है।

ऊन की कटाईवाली जगह पर भरपूर प्रकाश पाने के लिए आज धूप की तरफवाले बड़े दरवाजे खोल दिए गए थे। इस जगह के बीच में मोटे बलूत की लकड़ी का बना खलिहान

का फर्श था जो पुराना होने के नाते काला पड़ गया था और कई पीढ़ियों से अनाज पीटनेवाले मूसल की चोटें खा-खाकर इतना चिकना और पक्के रंग का हो गया था जैसे एलिजाबेथ काल की किसी हवेली के राजकक्ष का फर्श। यहीं पर भेड़ों का ऊन कतरनेवाले घुटनों के बल बैठे हुए थे। उनकी बदरंग कमीजों, धूप से कत्थई रंग की हो गई बाँहों, और उनके हाथ में थमी पालिश की गई कैंचियों पर सूर्य का प्रकाश तिरछा पड़ रहा था जिससे इनमें इतनी चमक आ गई थी कि कोई कमजोर आँखवाला आदमी तो चौंधिया ही जाता। उनके सामने हाँफती हुई एक भेड़ पड़ी हुई थी जिसकी धड़कनें भयमिश्रित आतंक से इस कदर बढ़ गई थीं कि वह बाहर के गर्म परिदृश्य की तरह थरथरा रही थी।

चार सौ साल पुराने फ्रेम में आज की इस तस्वीर में प्राचीनता और नवीनता का वैसा अन्तर नहीं था जिसका पता तारीखों से चलता है। शहरों की तुलना में वेदरबरी अपरिवर्तनीय था। शहरवालों का 'तब' गाँववालों का 'अब' होता है। लन्दन में बीस या तीस साल पहले का वक्त पुराना वक्त होता है : पेरिस में दस या पाँच साल का। वेदरबरी में साठ या अस्सी साल को वर्तमान में ही शामिल कर लेते हैं, और एक शताब्दी से कम में इसके स्वरूप और चरित्र में किसी बदलाव की छाप नहीं पड़ती। पाँच दशक गुजर जाने के बाद भी यहाँ किसी गेटिस की काट, किसी कुर्ते पर कढ़ाई के काम में बाल बराबर भी फर्क नहीं आया था। दस पीढ़ियाँ किसी एक मुहावरे में रद्दोबदल नहीं कर पातीं। वेसेक्स की इन गलियों में व्यस्त आगन्तुक का प्राचीनकाल केवल पुराना समय होता है, उसका पुराना समय अभी भी नया होता है, उसका वर्तमान भविष्यत होता है।

इसलिए यह खलिहान ऊन कतरनेवालों के लिए स्वाभाविक था, और इसके साथ उनका सामंजस्य था।

इस इमारत के विस्तृत छोर, जो गिरजे के मध्य भाग और पूर्वी भागवाले छोरों से मिलते-जुलते थे, अवरोधक लगाकर घेर दिए गए थे। सभी भेड़ों को दोनों तरफ की इन्हीं सीमाओं में इकट्ठा किया जाता था, और एक तरफ भेड़ों को रोकने के लिए बाड़ा बनाया गया था जिसमें तीन-चार भेड़ों को हमेशा तैयार रखा जाता था जिससे कि ऊन कतरनेवाले बिना समय गँवाए इन्हें पकड़ सकें। पीछे पीली-भूरी छाया में तीन औरतें मैरीएन मनी, टेम्परेंस और सोबरनेस मिलर कच्चे ऊन को इकट्ठा कर रही थीं और उनका गोला बनाने के लिए बरमी से ऊन की लड़ियाँ लपेट रही थीं। इनका पूरा-पूरा लेकिन उदासीन भाव से सहयोग कर रहा था बूढ़ा माल्टवाला जो अक्टूबर से अप्रैल तक माल्ट बनाने का सीजन खत्म हो जाने पर खुद को आसपास के किसी भी फार्म की सेवा में लगा देता था।

इन सबके पीछे थी बाथशीबा जो सावधानीपूर्वक आदमियों पर नजर रखते हुए यह देख रही थी कि लापरवाही से कोई भेड़ कटे नहीं या घायल नहीं हो और इन जानवरों को बारीकी से मूँड़ा जाए। गैब्रिएल जो उसकी चमकीली आँखों के सामने किसी पतिंगे की मानिन्द फुदकता हुआ मँडरा रहा था, लगातार भेड़ों को मूँड़ने में ही नहीं लगा हुआ था, उसका आधा समय दूसरों का साथ देने और उनके लिए भेड़ चुनने में गुजर रहा था। इस

समय वह कोने में रखे एक पीपे से लेकर हल्की शराब का एक मग और रोटी तथा पनीर के छोटे-छोटे टुकड़े आगे बढ़ा रहा था।

किसी पर एक नजर डालकर तो कहीं किसी को सजग करके और एक नौसिखिए को, जिसने अपनी अन्तिम भेड़ का काम खत्म करने के बाद उसे बिना उसके नाम का ठप्पा लगाए रेवड़ में चले जाने दिया था, झाड़ लगाने के बाद बाथशीबा दुबारा गैब्रिएल के पास आई तो वह दोपहर का खाना नीचे रखकर एक डरी हुई भेड़ को—बड़ी कुशलता से हाथों को मोड़कर इसे इसकी पीठ के बल उछालकर—अपनी मुँड़ाई की चौकी पर खींच रहा था। उसने इसके सिर के बालों के गुच्छे काट डाले, और गर्दन तथा गिरेबान पर बाल कतरना शुरू कर दिया। उसकी मालकिन चुपचाप देखती रही।

"वह अपमान से शरमाकर लाल हो रही है," बाथशीबा ने भेड़ की गुलाबी गर्दन और कन्धों को देखते हुए कहा जो कैंचियाँ चल जाने से नंगी हो गई थीं—यह लाली ऐसी थी जो अपनी नजाकत के कारण तमाम रानियों के लिए ईर्ष्या की चीज थी, और जितनी तेजी से यह आई थी वह दुनिया की किसी भी औरत के लिए सम्मान की बात हो सकती थी।

बाथशीबा को अपने पास पाकर बेचारे गैब्रिएल की आत्मा तृप्त हो गई थी। वह गैब्रिएल की कुशलता से चलती कैंचियों को बड़े ध्यान से देख रही थी जो हर बार पास आने पर मांस का टुकड़ा काटती हुई लगती थीं और फिर भी कभी ऐसा हुआ नहीं। गिल्डेनस्टर्न की तरह ओक को इस बात में खुशी थी कि वह अत्यधिक खुश नहीं था। बाथशीबा से बातचीत करने की उसकी कोई इच्छा नहीं थी, उसके लिए तो इतना ही बहुत था कि उसकी सुन्दर मालकिन और उसका एक ऐसा खास दायरा है जिसके भीतर वे दोनों ही हैं, कोई और नहीं।

इसलिए चटर-पटर बाथशीबा की तरफ से ही हो रही थी। एक ऐसी वाचालता होती है जो कुछ भी नहीं कहती, यह वाचालता बाथशीबा की थी और एक ऐसा मौन होता है जो बहुत कुछ कहता है, यह मौन गैब्रिएल का था। हल्की-फुल्की मस्ती से भरे हुए उसने भेड़ को इसकी दूसरी तरफ पलटते हुए अपने घुटने से इसका सिर दबा लिया और इसके गले में लटकनेवाली खाल पर एक के बाद एक लाइन में कैंची चलाता रहा, वहाँ से इसके बाजू में और पीछे की तरफ बढ़ा और पूँछ पर आकर उसने काम खत्म कर दिया।

"बहुत अच्छा, और बड़ी तेजी से काम किया।" कैंची की आखिरी आवाज सुनने के साथ बाथशीबा ने अपनी घड़ी की ओर देखते हुए कहा।

"कितना समय लगा, मिस?" गैब्रिएल ने अपना माथा पोंछते हुए कहा।

"जब से तुमने इसके सिर से बालों का पहला गुच्छा काटा, तब से कुल साढ़े तेईस मिनट। पहला मौका है जब आधे घंटे से कम समय में यह काम होते देख रही हूँ।"

बिल्कुल चिकना यह प्राणी अपने लोम के बीच से उठा—ठीक वैसे ही जैसे समुद्री फेन के बीच से उठनेवाली प्रेम की देवी एफ्रोडाइट दिखती है—अपने उस परिधान को खोकर चकित और लज्जित जो फर्श पर एक सफेद कोमल गठरी की तरह पड़ा हुआ था। इसकी

काया की हमेशा ढँकी रहनेवाली वह भीतरी सतह दिख रही थी जो बर्फ की तरह उज्ज्वल थी और जिस पर तनिक भी दाग या धब्बा नहीं था।

"केन बाल!"

"हाँ मिस्टर ओक : आ रहा हूँ।"

इसके बाद केनी तारकोल का डिब्बा लेकर आगे बढ़ता है, नंगी खाल पर तुरन्त 'बी. ई.' के नाम का ठप्पा लगाया जाता है, और सीधी-सादी भेड़ तख्त पर से हाँफते हुए उछलकर बाहर खुले रेवड़ में चली जाती है। इसके बाद मैरीएन आती है, इधर-उधर बिखरी पड़ी लटों को ऊन के बीच में डालती है, इसको समेटती है और अनदेखे-अनजाने लोगों को जाड़े में गर्मी देनेवाली साढ़े तीन पौंड सामग्री पीछे की तरफ ले जाती है। फिर भी, वे अनदेखे-अनजाने लोग, इस ऊन का इस तरह नए और शुद्ध रूप में मजा कभी नहीं ले पाएँगे जैसी यह यहाँ पड़ी हुई है—उन तक तो यह तभी पहुँचेगा जब इसकी चिकनाई सुखाकर, कड़ी करके धो दी जाएगी—पर इस समय तो यह किसी भी ऊनी वस्तु से उतनी ही श्रेष्ठ है जैसे दूध और पानी से क्रीम श्रेष्ठ होती है।

लेकिन आज सुबह की गैब्रिएल की खुशी को क्रूर परिस्थितियों ने बख्शा नहीं। भेड़ों– नर, मादा और जवान भेड़ों का मुंडन पूरा हो गया था, और ये लोग मुंडित भेड़ों तथा एकदम नई भेड़ों की ओर बढ़ ही रहे थे कि किसान बोल्डवुड को खलिहान के छोर पर देखकर ओक की इस उम्मीद पर पानी फिर गया कि उसकी मालकिन एक बार फिर अपनी मधुर उपस्थिति उसके पास बनाए रखेगी और उसके काम का समय मापेगी। किसी ने उनको आते हुए देखा नहीं, लेकिन थे तो निश्चित तौर पर वही। बोल्डवुड अपने साथ-साथ एक सामाजिक परिवेश लेकर चलते थे, जिनको उसके नजदीक आनेवाला हर आदमी महसूस करता था; और बाथशीबा के मौजूद होने से जो गपशप थोड़ी कम हुई थी, अब वह बिल्कुल ही बन्द हो गई।

बोल्डवुड दूसरी तरफ बाथशीबा की ओर बढ़े जिसने मुड़कर बड़ी सहजता से उनका अभिवादन किया। वह उससे धीमी आवाज में बोले, और उसने अपने आप अपना स्वर उसी के अनुरूप नीचा कर दिया, और अन्ततः उसकी आवाज में उन्हीं की तरह सुरों का उतार-चढ़ाव भी आ गया। उसकी ऐसी कोई इच्छा नहीं थी कि वह उनसे रहस्यमय सम्बन्ध रखनेवाली प्रतीत हो, लेकिन इस उम्र की संवेदनशील औरतें बड़े व्यक्तित्व के प्रभाव में आ जाने के बाद न केवल दैनन्दिन शब्द चयन में, बल्कि जब प्रभाव गहरा हो तो अपने लहजे और मिजाज में भी प्रभावित हो जाती हैं।

उनकी बातचीत गैब्रिएल को सुनाई नहीं पड़ी जो इतना स्वतन्त्रमना था कि नजदीक नहीं जा सकता था, और इतना परेशान था कि उधर से मुँह भी नहीं मोड़ सकता था। उनकी बातचीत का मुद्दा यह था कि बोल्डवुड जून की खिली धूप में बाथशीबा को अपने साथ वहाँ से बाहर ले जाना चाहते थे।

जो भेड़ें पहले ही छीली जा चुकी थीं, उन्हीं के पास खड़े-खड़े वे दुबारा बातें करते

रहे। रेवड़ के बारे में? जाहिर था कि नहीं। गैब्रिएल ने निष्कर्ष निकाला था, जो झूठा नहीं था, कि जब भी किसी ऐसे विषय पर बात होती है जो बोलनेवालों की आँख के सामने ही हो तो आम तौर पर निगाहें वहीं गड़ी हुई होती हैं। बाथशीबा जमीन पर पड़े रद्दी ऊन के एक मामूली ढेर को जिस तरह बनावटी गम्भीरता से देख रही थी उसी से पता चलता था कि यह ऊन परखनेवाली निगाह नहीं बल्कि एक औरत की शर्मिन्दगी का संकेत है। उसके गाल संवेदनशील जगहों पर रक्त के प्रवाह के अनिश्चित उतार-चढ़ाव से लाल होने लगे थे। दुखी और उदास गैब्रिएल भेड़ों का ऊन कतरता रहा।

बाथशीबा बोल्डवुड के पास से चली गई, और वह करीब पन्द्रह मिनट तक इधर-उधर अकेले टहलते रहे। इसके बाद वह दुबारा दिखाई पड़ी, अपनी मेहँदी जैसी हरी नई घुड़सवारी की पोशाक में, जो उसकी कमर पर वैसे ही चिपकी हुई थी जैसे किसी फल का छिलका उससे चिपका रहता है। छोटा बॉब कोग्गन उसकी घोड़ी के आगे-आगे था। बोल्डवुड अपना घोड़ा ला रहे थे जो पेड़ के नीचे बँधा हुआ था। ओक की आँखें अपने को इन लोगों का पीछा करने से रोक नहीं पाईं, और बोल्डवुड के हाव-भाव को देखते हुए ऊन कतरते रहने के चक्कर में उसने भेड़ की उरुसन्धि पर कैंची चला दी। यह मूक प्राणी उछल पड़ा; बाथशीबा ने तुरन्त इधर देखा, और उसे खून दिखाई पड़ा।

"अरे गैब्रिएल!" उसने कड़ा उलाहना देते हुए कहा। "तुम दूसरों से इतनी कड़ाई बरतते हो—जरा देखो कि तुम खुद क्या कर रहे हो!"

किसी अनजान आदमी के लिए इस टिप्पणी में शिकायत जैसी कोई खास बात नहीं थी, लेकिन ओक के लिए, जिसे पता था कि बाथशीबा भलीभाँति जानती है कि बेचारी भेड़ के घाव की जिम्मेदार वह खुद है क्योंकि उसने ऊन कतरनेवाले को तो और भी नाजुक हिस्से में घाव दे दिया है, इस बात में इतना दंश था कि बाथशीबा और बोल्डवुड दोनों से हीनता का स्थायी अहसास भी इसका उपचार नहीं कर पा रहा था। लेकिन अब बाथशीबा में एक प्रेमी की हैसियत से उसकी कोई रुचि नहीं है, इस बात का पौरुषभरा संकल्प कभी-कभी उसे अपनी भावनाएँ छुपाने में मददगार होता था।

"बोतल!" उसने अविचलित भाव से हर बार की तरह चिल्लाकर कहा। केनी बाल दौड़कर आया, और घाव पर मरहम लगाने के साथ ही ऊन कतरने का काम फिर शुरू हो गया।

बोल्डवुड ने बाथशीबा को धीरे से काठी में बैठाया, और उन लोगों के मुड़ने से पहले बाथशीबा ने एक बार फिर उसी अधिकारपूर्ण और चिढ़ानेवाली शालीनता से कहा :

"अभी मैं मि. बोल्डवुड के साथ उनकी लेस्टर भेड़ों को देखने जा रही हूँ। खलिहान में मेरी जगह तुम सँभालो, गैब्रिएल, और आदमियों को सावधानी से उनके काम में लगाए रखो।"

घोड़ों को घुमा दिया गया, और वे दुलकी चाल से चल पड़े।

बोल्डवुड की गहन आसक्ति उसके आसपास के लोगों के लिए गहरी रुचि का विषय

थी, लेकिन इतने सालों से बढ़-चढ़कर ब्रह्मचर्य की जीती-जागती मिसाल होने के बाद उनकी भूल एक एंटी-क्लाइमेक्स थी, कुछ-कुछ वैसे ही जैसे सन्त जॉन लांग द्वारा यह प्रमाणित करते-करते कि क्षयरोग जानलेवा नहीं है, उनकी खुद की मृत्यु क्षयरोग से हो गई थी।

"इसका मतलब है शादी," टेम्परेंस मिलर ने अपनी आँखों से उनको ओझल होते देखते हुए कहा।

"मेरा भी यही अनुमान है," कोग्गन ने बिना सिर ऊपर उठाए, काम करते-करते कहा।

"ठीक ही है, किसी बहुत दूर के रहनेवाले के मुकाबले आसपास का आदमी शादी के लिए अच्छा है," लेबन टाल ने अपनी भेड़ को पलटते हुए कहा।

हेनेरी फ्रे ने आँखों में गहरे दुख का भाव दर्शाते हुए कहा :

"मैं समझ नहीं पा रहा कि अपने मोर्चे खुद सँभाल सकनेवाली एक अविवाहित युवती पति क्यों पाना चाहेगी, जबकि उसे घर भी नहीं चाहिए; क्योंकि यह किसी दूसरी औरत को मिल सकता था जिसे अब दूर ही रहना होगा। लेकिन जो होता है होने दो, दुख की बात तो तब होगी जब ये दोनों दो घरों को तबाह करें।"

जैसा कि निश्चित चरित्रवाले लोगों के साथ आम तौर पर होता है, बाथशीबा अनिवार्य रूप से हेनेरी फ्रे जैसे लोगों की आलोचना का शिकार बनती थी। उसका जगजाहिर दोष यही था कि अपना विरोध जताने में वह अत्यधिक मुखरता का परिचय देती थी और अपनी पसन्द खुलकर व्यक्त नहीं करती थी। हम जानते हैं कि शरीर को इसका रंग उन किरणों से मिलता है जो इससे टकराकर लौट जाती हैं, न कि उन किरणों से जिनको यह अवशोषित कर लेता है। उसी प्रकार लोगों की पहचान उनकी नफरत और बैरभाव से ज्यादा बनती है जबकि उनकी सद्‌भावना को कोई गुण नहीं माना जाता।

हेनेरी ने और भी नम्रतापूर्वक आगे कहा, "मैंने एक बार तो कुछ चीजों को लेकर उसे थोड़ी-बहुत खरी-खोटी भी सुना दी थी; ऐसी अड़ियल महिला के लिए जितनी हिम्मत की जा सकती है करीब-करीब उतनी ही। तुम सब तो जानते ही हो, दोस्तो, कि मैं कैसा आदमी हूँ, और मेरे अहंकार को चोट पहुँचने पर मैं कितनी कड़वी बातें बोल देता हूँ?"

"पता है, पता है, हेनेरी।"

"तो मैंने कहा, 'मालकिन एवरडीन, अवसर भी खूब हैं, और एक से एक सौभाग्यवान पुरुष इच्छुक भी हैं, लेकिन ये 'डाह'—नहीं, डाह नहीं—मैंने डाह नहीं कहा था—'बल्कि दूसरे पक्ष (यानी औरत जाति) की दुष्टता', मैंने कहा—'उन्हें दूर बनाए रखती है।' क्या यह बात उसके लिए तीखी नहीं थी, बताओ?"

"शायद ठीक ही कहा था।"

"हाँ! मैं तो कह देता हूँ चाहे इसके लिए मुझे मृत्यु और मुक्ति ही क्यों न प्राप्त हो जाए। जब मुझको सनक सवार हो जाती है तो मेरा दिमाग इसी तरह हो जाता है।"

"सही आदमी हो, और शैतान की तरह अहंकारी भी।"

"तुमने देखी कलाकारी? बात दरअसल कारिन्दा बनने की थी, लेकिन इसको इतना

सीधे-सीधे नहीं पेश किया कि वह मेरा मतलब समझ जाए, जिससे कि मैं और भी मजबूत पकड़ बना सकूँ। ये थी मेरी गहराई... फिर भी करने दो उसको शादी और करेगी भी वह। शायद यही ठीक समय है। मुझे यकीन है कि उस दिन भेड़ों की धुलाई के समय लम्बी-लम्बी घास के पीछे किसान बोल्डवुड ने उसको चूमा था—इसका तो पक्का यकीन है मुझे।"

"क्या बकवास है!" गैब्रिएल ने कहा।

"अरे, ओक—तुम कैसे जानते हो?" हेनेरी ने धीमे से पूछा।

"क्योंकि जो कुछ हुआ था, वह सब उसने मुझे बताया है," ओक ने दिखावा किया कि इस मामले में वह अन्य ऊन कतरनेवालों से अलग है।

"इस बात पर यकीन करने का तुम्हें हक है," हेनेरी ने खिन्नता से कहा, "पूरा-पूरा हक है। लेकिन मैं चीजों में थोड़ा अन्तर देखता हूँ। कारिन्दे के लिए घाघ होना बड़ी मामूली बात है—बहुत ही मामूली। फिर भी मैं जिन्दगी को बिल्कुल सहज रूप में लेता हूँ। समझे मेरी बात, दोस्तो? अपनी बात को सीधे-सरल शब्दों में कहने की मेरी भरसक कोशिश के बावजूद मेरी बात कुछ लोगों के सर के ऊपर से गुजर जाती है।"

"अरे हाँ हेनेरी, हम तुम्हारी बात बिल्कुल समझ रहे हैं।"

"भलेमानुसो, एक अजीबोगरीब बुड्ढा—इधर से उधर तक इस तरह हड़बड़ी मचा रहा था जैसे मेरी कोई हैसियत ही नहीं है। थोड़ा-सा विकृत भी था। लेकिन मेरी अपनी गम्भीरता है। मैं एक गड़ेरिए की हँसी उड़ा सकता हूँ। लेकिन नहीं—अरे नहीं!"

"एक अजीबोगरीब बुड्ढा कहता है तू।" माल्टवाले ने चिड़चिड़पने से कहा। "तुम तो बुड्ढा कहलाने के लायक भी नहीं हो—बिल्कुल नहीं। तेरे अभी आधे दाँत भी नहीं टूटे हैं, और जिसके इतने दाँत भी न टूटे हों वह काहे का बूढ़ा? जब तुमने माँ की गोदी भी नहीं छोड़ी थी, क्या उसके पहले ही मेरी शादी को लम्बा समय नहीं हो चुका था? जब अस्सी को भी पार कर चुके लोग मौजूद हैं तो साठ साल हो जाना कोई तीर मार लेने की बात नहीं है।—यह तो बेमतलब की शेखी है।"

वेदरबरी में यह हमेशा से चली आ रही प्रथा थी कि जब माल्टवाले को चुप कराना हो तो मामूली मतभेदों को तिलांजलि दे दी जाती थी।

"बेमतलब की शेखी, हाँ," जान कोग्गन ने कहा। "माल्टवाले, हम तुम्हें एक अद्भुत बूढ़-पुरनिया मानते हैं, और इस बात को कोई काट नहीं सकता।"

"कोई नहीं काट सकता," जोसेफ पुअरग्रास ने कहा। "माल्टवाले, तुम बहुत दुर्लभ और अनोखे इनसान हो, और हम सब इसी के नाते तुम्हारी तारीफ करते हैं।"

"हूँ, और जवानी में जब मेरी इन्द्रियाँ चुस्त-दुरुस्त थीं, मेरे भी जाननेवाले और चाहनेवाले थे," माल्टवाले ने कहा।

"बेशक आपको चाहनेवाले थे—बेशक।"

झुकी काया और सफेद बालोंवाला शख्स सन्तुष्ट हो गया और जाहिर था कि हेनेरी भी सन्तुष्ट हो गया है। बातचीत को आगे बढ़ाने के लिए प्यारी मैरीएन, जो अपने गेहुँए

रंग और मोटे सन के पुराने कामकाजी कपड़े में इस वक्त फ्रेंच पेंटर पूसां के किसी पुराने तैलचित्र की मानिन्द चिकनी लग रही थी, बोल पड़ी।

"क्या किसी को ऐसे किसी लूले-लँगड़े या रँडुवा आदमी की जानकारी है जो मुझ गरीब के लायक हो?" मैरीएन ने कहा। "सोलह आने सही आदमी तो इस जन्म में मुझे मिलने से रहा। अगर मुझे इस बारे में कुछ जानकारी मिल जाती तो रोटी और शराब के मुकाबले इससे मेरा ज्यादा भला होता।"

कोग्गन ने इसका कोई माकूल जवाब दिया। ओक ऊन कतरने में लगा रहा, और कुछ नहीं बोला। उसका मन खट्टा हो गया था जिससे उसकी शान्ति जाती रही। बाथशीबा ने उसको अपने आदमियों के ऊपर कारिन्दे के रूप में लगाकर उसको मरहम लगाने का संकेत दिया था, हालाँकि फार्म को कारिन्दे की सख्त जरूरत भी थी। उसे फार्म का लालच नहीं था : चूँकि वह बाथशीबा को चाहता था और वह किसी और की नहीं हुई थी, इससे उसे इस जगह का लालच हो गया था। ऐसा लगता था कि बाथशीबा के बारे में अब उसके विचार कपोल-कल्पित और अस्पष्ट हैं। उसने सोचा कि बाथशीबा को दिया गया उसका भाषण उसकी सबसे बड़ी भूल थी। बाथशीबा का यह जताना कि वह बोल्डवुड से प्रेम का खिलवाड़ कर रही है, वस्तुतः गैब्रिएल के साथ किया गया खिलवाड़ था। अन्दर ही अन्दर उसको पक्का यकीन हो गया था कि जैसा उसके मस्त स्वभाववाले और अल्पशिक्षित साथियों का अनुमान था, एक दिन लोग बोल्डवुड को मिस एवरडीन के पति के रूप में देखेंगे। जिन्दगी के इस मुकाम पर आकर गैब्रिएल ने, हर ईसाई बच्चे के मन में बाइबिल पढ़ने के प्रति जो अरुचि होती है, उस पर विजय पा ली थी। इन दिनों वह बार-बार इसका अध्ययन करता था और उसने अपने मन में सोचा, "मौत से भी बदतर है वह औरत जिसके दिल में न जाने कितने दन्द-फन्द हैं।" यह कोरी भावना थी—तूफान का झाग। अभी भी बाथशीबा को दिल से वह उतना ही चाहता था।

"आज रात हम सबको कोई शानदार दावत मिलनेवाली है," केनी ने अपने विचारों को दूसरी तरफ ले जाते हुए कहा। "आज सुबह मैंने दूध दुहनेवाली बाल्टियों में अंजीरभरे पकवान बनाए जाते देखा है—आपके अँगूठे जितनी मोटी-मोटी मलाई, मिस्टर ओक। और आज तक अपनी जिन्दगी में मैंने इतने शानदार अंजीर नहीं देखे—घुड़सेम से बड़े ये कभी होते ही नहीं थे। और चूल्हे पर एक बड़ा-सा मिट्टी का बर्तन रखा हुआ था, लेकिन मुझे यह नहीं पता कि इसके भीतर क्या था।"

"और सेब के मीठे समोसे के लिए आँच पर पकाकर लाल किए गए दो बुशेल सेब भी हैं।" मैरीएन ने कहा।

"अच्छा, इस बीच मैं अपना काम भी खत्म कर लूँगा," जोसेफ पुअरग्रास ने भोजन चबाने की आशा के सुखद अहसास को महसूस करते हुए कहा, "हाँ, खानपान तो अच्छी चीज है, और अगर शब्दों में कहना हो तो कह सकते हैं कि थके-हारे लोगों में इससे जान आ जाती है। भूखे भजन न होय गोपाला, सही बात तो ये है।"

अध्याय 23

संध्याकाल : एक दूसरी घोषणा

ऊन-कटाई पर दिए जानेवाले भोज के लिए घर के बगलवाले घास के मैदान में एक लम्बी-सी मेज डाल दी गई थी। इस मेज का एक छोर बैठक की चौड़ी खिड़की की दहलीज के ऊपर से एक-दो फुट भीतर कमरे में घुसा हुआ था। वहाँ से अपने सफेद कपड़े सहित यह वैसे ही बाहर की ओर निकली हुई थी जैसे नई पड़ी हुई बर्फ से ढँकी जेटी। बाहर की तरफ का छोर पेड़ों के नीचे तक फैला हुआ था, जिनकी लचीली शाखाओं को मवेशियों ने उस ऊँचाई तक छाँट डाला था जहाँ तक उनकी गर्दन और मुँह पहुँच सकते थे। इससे मेज के उस छोर पर बैठनेवालों को पारदर्शी रंगतवाली ताजा हरी छत मिल रही थी।

मिस एवरडीन, सामने मेज की तरफ मुखातिब होकर, खिड़की के भीतर बैठी थी : इस प्रकार वह आदमियों के बीच घुले-मिले बिना मेज के खास सिरे पर थी। खाने की इस मेज पर मुख्यतः भेड़ के मांस की कचौड़ी और गोमांस, सेब और रेवत चीनी की पुडिंग, पाँच बड़े-बड़े जगों में सेब का आसव और माल्ट की शराब, सजे हुए थे। देखते ही देखते ऊन काटनेवाले इस मेज के चारों तरफ इकट्ठा हो गए, उनमें से दो-तीन की बीवियों ने परोसने और खिलाने की जिम्मेदारी सँभाल ली।

आज की शाम बाथशीबा कुछ ज्यादा ही उत्साहित थी, उसके लाल-लाल गाल और होंठों की चमक उसके काले बालों के गुच्छों पर और भी सुशोभित हो रही थी। लगता था कि उसको सहयोग की दरकार थी, और उसके अनुरोध पर दावत शुरू करने से पहले तक मेज के दूसरे किनारेवाली सीट खाली छोड़ दी गई थी। फिर उसने वह जगह और उससे सम्बन्धित कामकाज सँभालने के लिए गैब्रिएल को कहा, जिसको उसने बड़ी तत्परता से किया।

ठीक इसी समय मि. बोल्डवुड फाटक से भीतर आए और मैदान पार करके खिड़की पर बाथशीबा के पास पहुँचे। देर से आने के लिए उन्होंने क्षमायाचना की : जाहिर था कि उनको आमन्त्रण देकर बुलाया गया है।

"गैब्रिएल," बाथशीबा ने कहा, "जरा एक बार फिर कष्ट करोगे, और मि. बोल्डवुड को अपनी जगह पर बैठने दोगे?" ओक चुपचाप अपनी पहलेवाली सीट पर खिसक गया।

आम तौर पर अपने भूरे और हल्के सादे वस्त्रों के ठीक विपरीत वह नया कोट और सफेद वास्कट पहने आकर्षक वेशभूषा में थे, और सभा के अन्य लोगों की तरह ही उनके कन्धे पर पत्तियों से छनकर आती सूर्य की किरणों की विविध रेखाओं ने उनको और भी रोशन कर दिया था। अन्दर से भी वह बड़े खुश थे और परिणामस्वरूप काफी हद तक बातूनी भी; अब उनके आ जाने के बाद बाथशीबा भी ऐसी ही थी। बोल्डवुड के मेज के दूरवाले किनारे पर होने के नाते वह जान कोग्गन से बातचीत करके खुश हो रही थी।

“मैं यहाँ एक ऐसे आदमी को देख रही हूँ जिसे मैं नहीं जानती, कोग्गन,” उसने कहा। “कौन है वो—वह नकली मखमलवाला आदमी?”

“मालकिन,” ऊन कतरनेवाले ने कहा, “आप उसके पुराने रूप को जानती हैं, सिर्फ उसका नया रूप आपको नहीं पता है। ये कारिन्दा पेनीवेज है, दाढ़ी बढ़ाए हुए, जो उसने आपके यहाँ से जाने के बाद बढ़ाई है।”

“उसकी यहाँ कोई जरूरत नहीं है!” चेहरे पर आक्रोश के भाव से उसने कहा।

“वह आपको फैनी रॉबिन की खबर देने आया है,” कोग्गन ने जवाब दिया।

“अच्छा,” बाथशीबा ने अब रुचि लेते हुए और आनेवाले तक अपनी आवाज पहुँचाने के लिए ऊँचे स्वर में कहा। “तुम क्या जानते हो फैनी के बारे में?”

“मैंने उसको मेलचेस्टर में देखा है, मैडम,” दाढ़ी और नकली मखमलवाले इस शख्स ने कहा।

“अच्छा—तुमने देखा?”

“हाँ, मैंने उसको मेलचेस्टर में देखा है, मैडम,” पूर्व कारिन्दे ने बात आगे बढ़ाई, लगता था कि फैनी रॉबिन के बारे में अपनी थोड़ी-सी जानकारी को वह तब तक खींचना चाहता था जब तक उसकी प्लेट में पड़ी ढेर सारी खाद्य सामग्री खत्म न हो जाए जिसके भक्षण में वह इस समय लगा हुआ था।

“और तुम उसके बारे में क्या जानते हो? क्या उसने तुमसे बात की?”

“नहीं। यह तो उसने नहीं किया।”

“क्या तुमने उससे बात की?”

“मैंने बात नहीं की। यही तो मैं बताने जा रहा था कि इस तरह की चीजें अधूरी ही रह गईं।”

“तब तुम्हें उसके बारे में कुछ भी नहीं पता?”

“मैडम, कैसे पता चल सकता है!” कारिन्दे ने उलाहनाभरे लहजे में कहा और खाता रहा। “हाँ वाकई बिल्कुल कुछ भी नहीं—कुछ भी नहीं। मैंने सिर्फ उसके कपड़ों को देखा।”

“क्या देखा तुमने?”

“कि वह बड़ी गिरी हुई हालत में थी।”

“तुम ऐसे असभ्य और कपटी आदमी को यहाँ क्यों लाए?” बाथशीबा ने कोग्गन से कहा।

“मैं नहीं लाया था, मालकिन,” उसने क्षमायाचना की। “और अगर मुझे पता होता कि इसकी कहानी इस तरह कीचड़ उछालनेवाली होगी तो मैं इसको किसी भी सूरत में न आने देता। फिर भी, मैं आपको भरोसा दिलाता हूँ कि यह बहुत अच्छा आदमी है, और कोई भी गाना इतनी तबियत से गा सकता है, जितनी किसी भी सांसारिक आदमी की ख्वाहिश हो सकती है। कुल मिलाकर बेचारे पेनीवेज के खिलाफ यही कहा जा सकता है कि वह चोरी करने और झूठ बोलने की आदत से बाज नहीं आता, लेकिन अपना कर्तव्यपालन

वह किसी भले आदमी की तरह सन्त भाव से करेगा। हमारे यहाँ से जाने के बाद वह गिने-चुने मौकों पर ही जेल गया है। अपनी जिन्दगी में कभी तड़ीपार की सजा नहीं मिली उसे। अरे नहीं, नहीं; हम कभी किसी सजायाफ्ता को अपनी दावत की मेज पर बैठा ही नहीं सकते—यह बहुत घटिया बात होगी। उसको खाना खत्म कर लेने दें, मैडम?"

"ठीक है, अगर तुम चाहते हो तो रहने दो उसे, लेकिन ध्यान रखना कि वह कुछ चुराए नहीं। फैनी के बारे में तो उसकी जानकारी बिल्कुल झूठी है।"

"हाँ, हाँ, मैडम।"

"ओह—पुडिंग के लिए साफ प्लेटें लाने का समय हो गया है!" अचानक ही मैरीएन मनी ने कहा।

"बिल्कुल नहीं—बिल्कुल नहीं," मि. कोग्गन ने मैरीएन की बात का जवाब देते हुए, लेकिन बाथशीबा और फिर पूरे जनसमुदाय की तरफ देखते हुए कहा। "ऐसे किसी झंझट की जरूरत नहीं है, मैडम। दोस्तो, जब काम चलाने के लिए आपके पास एक साफ-सुथरी प्लेट है तो लोगों को प्लेट के लिए भागदौड़ कराना दुनिया की सबसे बड़ी फिजूलखर्ची है—क्यों, उस्ताद पुअरग्रास?"

"सही है—बिल्कुल सही है, दोस्त कोग्गन, मेरे हिसाब से एकदम सही है।"

इसके बाद मुख्य ऊन-कर्तक ने अपनी प्लेट को किनारे से पकड़ा, अपनी छुरी और काँटे को नीचे कपड़े पर गिराया और प्लेट को उलट दिया। उस्ताद पुअरग्रास ने भी हूबहू यही नकल उतारी, और मंडली के अधिकांश लोगों ने यन्त्रवत उसका अनुकरण किया।

"जोसेफ, पुडिंग दूँ तुम्हें?" मिसेज कोग्गन ने दूर से ही पूछा।

"बहुत जरा-सा—जितना कम से कम हो सके, मिसेज कोग्गन।"

"और मेरे लिए घोड़े के अँगूठे के नाखून के बराबर काफी होगा," जान ने कहा।

इस टिप्पणी में प्रदर्शित प्रतिभा वहाँ उपस्थित कोग्गन परिवार के एक बालक को इतनी पसन्द आई, और इसमें निहित गूढ़ोक्ति से उसे इतना असीमित आनन्द मिला, कि उसने इसको सँजो लिया, और हफ्ते भर तक दिन में छह बार दोस्तों और दुश्मनों के सामने दुहराता रहा।

"जब मैं उस दिन अपनी साली के यहाँ कास्टरब्रिज में था," जान ने आगे कहा, "और प्लेट को उलट दिया जैसे मैं अभी कर रहा हूँ, और जैसा मैं हमेशा दावतों में करता हूँ, जैसा मुझसे पहले मेरे बाप और आप लोगों के बाप भी करते थे, दोस्तो (दोस्तों ने समर्थन में अपना सिर हिलाया) तो मेरी बीवी ने इस पर बड़ा बवाल किया। 'क्यों जेन,' मैंने कहा, 'तुम इतनी फिजूलखर्ची क्यों करना चाहती हो? तुम्हारी प्लेट हमेशा दो तरफ से साफ होती है, और उसमें से एक का तुम कभी इस्तेमाल नहीं करती'... क्यों, दोस्त ओक, मेरे और तुम्हारे बाप को तो पुडिंग का स्वाद ही नहीं मिलता था अगर उन्होंने प्लेट को उलटकर नहीं खाया। (कोग्गन ने गड़ेरिए की ओर घोर प्रश्नसूचक निगाह से देखा जिसने आँखों के इशारे से सहमति जताई।) अरे वह रही मेरी बीवी जो मेरी एक-एक बात सुन रही है

(मिसेज कोग्गन की तरफ मुड़ते हुए जो पीछे छुरियाँ और काँटे पोछ रही थी) भगवान भला करे इसका! जेन तुम तो किसी अच्छी वायलिन की तरह हो—जितनी ही पुरानी होती और इस्तेमाल में आती जा रही हो, उतनी ही तुम्हारी मधुरता बढ़ रही है। अरे, इसने पाँच नन्हे-मुन्ने दिए हैं मुझे, और मुझे लगता है कि इसकी चमकती आँखों में मुझे एक और दिखाई पड़ रहा है।"

"इतने बुद्धू मत बनो, जान!" मिसेज कोग्गन ने रोषपूर्वक और शर्म से लाल होते हुए कहा।

"ठीक है—समय बताएगा—भविष्यवक्ताओं के लिए यही एक प्रमाण है," जान ने अपना उत्साह दबाते हुए कहा। जोसेफ पुअरग्रास ने इन शब्दों पर कुछ आश्चर्य से मिसेज कोग्गन का गुपचुप निरीक्षण किया और इसके बाद मिसेज कोग्गन से भी अधिक शरमा गया। जेकब स्मालबरी ने इसके बाद एक नया विषय छेड़ दिया जिससे इस महिला को बड़ी राहत मिली।

"बसन्त में अगर किसी तरह का सलाद मुझे पसन्द आता है तो वह है जलकुम्भी," उसने मेजपोश पर थोड़ा-सा नमक डालते हुए और इस जलीय वनस्पति का एक गुच्छा धनुष की तरह मोड़ते हुए कहा।

"जहाँ तक मेरी बात है मैं तो हमेशा सलाद के पत्ते को अइसे ही चबाकर गटक सकता हूँ," सूजन टाल के पति ने एक पूरे पौधे को खाने के लिए उठाते हुए कहा। यह पौधा बिना काटे-पीटे धो दिया गया था और उसने इसको छतरी की तरह लपेटा, और इसके बाद जोसेफ पुअरग्रास के कन्धे के ऊपर से ही इसके डंठल से दूर स्थित एक नमकदानी को कुरेद-कुरेदकर उसमें पर्याप्त नमक लगा लिया। "मुँह भरकर पनीर खाने और एक प्याली सेब का रस पीने में उतना मजा क्या आएगा जितना—" इस कथन का बाकी हिस्सा उस आवाज में खो गया जो किसी हँडिया के नीचे दबे काँटों की चटचटाहट से मेल खा रही थी। यह आवाज मि. टाल के उन दाँतों से आ रही थी जो सलाद के पौधे की पत्तियों और तने पर अपनी कार्रवाई में जुटे हुए थे, और धीरे-धीरे यह फलता-फूलता पौधा वैसे ही दिन-दहाड़े गायब हो गया जैसे किसी जादूगर के कंठ में विलुप्त होती कोई ढेर सारे पंखोंवाली कलगी।

खाना-पीना खत्म हो जाने के बाद कोग्गन ने, सुननेवालों पर ध्यान दिए बिना, अपने आप ही गुनगुनाना शुरू कर दिया :

खो गया है प्रेम तो परवाह नहीं है,
खो गया है प्रेम तो परवाह नहीं है!
आएगा कोई और अब दिल में हमारे
पहले से भी अच्छा वो, होगा मेरे प्यारे
खो गया है प्रेम तो परवाह नहीं है!

यह गीत जब खत्म हुआ तो लोगों की प्रशंसाभरी मौन निगाहें मेज पर गड़ गईं, मानो

कि इस अदाकारी को विख्यात रमणीय कृति होने के कारण प्रशंसा की जरूरत नहीं है, उसी प्रकार जैसे स्थापित लेखकों की कृतियों को अखबार में प्रचारित करने की जरूरत नहीं होती।

"उस्ताद पुअरग्रास, अब तुम्हारा गीत," कोग्गन ने कहा।

"मैं शराब में बिल्कुल डूब गया हूँ, और मेरा सुर गायब हो गया है," जोसेफ ने डूबते हुए स्वर में कहा।

"बकवास, इतने अहसान-फरामोश तो तुम कभी नहीं थे जोसेफ—कभी नहीं।" कोग्गन ने आहत भावनाओं को प्रदर्शित करने के लिए स्वर में उतार-चढ़ाव लाते हुए कहा। "और मालकिन की निगाहें तुम्हीं पर गड़ी हुई हैं जैसे कह रही हों, 'तुरन्त गाओ, जोसेफ पुअरग्रास।'"

"हाँ सच्ची, उनकी आँखें मुझी पर गड़ी हुई हैं। अच्छी बात है, झेलूँगा मैं!...मेरी शक्ल-सूरत पर नजर डालो, और देखकर बताओ कि क्या मेरे चेहरे की लाली से भेद खुल रहा है कि मेरे ऊपर शराब का ज्यादा असर हो गया है, दोस्तो?"

"नहीं, तुम्हारे चेहरे की लाली बिल्कुल ठीक है," कोग्गन ने कहा।

"जब भी किसी सुन्दरी की निगाहें मुझ पर जम जाती हैं तो मैं कोशिश करता हूँ कि मेरे मुँह की लाली बढ़े नहीं," जोसेफ ने संकोचपूर्वक कहा। "लेकिन अगर इसे बढ़ना ही है, तो बढ़ जाए।"

"जोसेफ, अब मेहरबानी करके अपना गाना सुनाओ," बाथशीबा ने खिड़की से कहा।

"अच्छी बात है, मैडम," उसने हथियार डालनेवाले लहजे में कहा, "मुझे नहीं पता कि क्या कहूँ। यह मेरी अपनी रची धुन पर एक मामूली बैले है।"

"सुनाओ, सुनाओ!" इस भोज में एकत्रित जनसमुदाय ने कहा।

इस प्रकार आश्वासन पा जाने के बाद पुअरग्रास ने काँपते हुए स्वर में एक प्रशंसनीय और भावपूर्ण रचना प्रस्तुत की, जिसकी धुन में प्रथम और द्वितीय दो स्वर थे, उसमें भी द्वितीयक स्वर मुख्यतः ध्वनि-आधारित था। यह इतना सफल रहा कि वह उसी साँस में कुछ फूँ-फाँ करने के बाद अन्धाधुन्ध दूसरे गीत में कूद पड़ा।

मैंने प्रीत की....
मैंने प्रीत की...
मैंने प्रीत की पौध लगाई,
जब फागुन ने ली अँगड़ाई,
चैत, बैसाख और तपे जेठ में
जब चिड़ियों ने अलख जगाई।

"बहुत बढ़िया," गीत की समाप्ति पर कोग्गन ने कहा। "'चिड़ियों ने अलख जगाई' दिल में उतर जानेवाली बात है।"

"हाँ, 'प्रीत की पौध' काफी अच्छी रही, और अच्छी तरह साँस खींचकर गाया इसे। हालाँकि 'प्रीत' तब बड़ी बुरी लगती है जब कोई इसे चीखकर गाने लगता है। अगला गीत, उस्ताद पुअरग्रास।"

लेकिन इस व्याख्या के दौरान बालक बॉब कोग्गन से एक ऐसी गलती हो गई जिसकी चपेट में छोटे बालक तभी आते हैं जब अन्य लोग विशेष रूप से गम्भीर होते हैं। अपनी हँसी रोकने के चक्कर में, उसके हाथ में जितना भी मेजपोश का हिस्सा आया, अपने हलक में उसने ठूँस लिया। हुआ यह कि कुछ समय तक संन्यासी की तरह मुँह बन्द रखने के बाद अचानक ही उसकी हँसी नाक से फूट पड़ी। जोसेफ ने भाँप लिया और अपमानित महसूस करते हुए गाना तत्काल रोक दिया। कोग्गन ने तुरन्त बॉब के कान उमेठ दिए।

"गाते रहो जोसेफ—गाते रहो, और इस बदमाश लड़के की बात का बुरा न मानना," कोग्गन ने कहा। "यह बहुत ही मार्मिक बैले है—तो फिर एक बार और—हो जाए अगली टेक : जहाँ तुम्हारी साँस कुछ उखड़ रही है वहाँ धुन उठाने में मैं तुम्हारी मदद करूँगा :"

ओ लहराए पौध ये नाजुक
बल खाए पौध ये नाजुक।

लेकिन उस गायक से दुबारा नहीं गवाया जा सका। बॉब कोग्गन को उसकी अशिष्टता के कारण घर भेज दिया गया, और इस उत्तेजनाभरे माहौल में दुबारा शान्ति स्थापित की जेकब स्मालबरी ने, जिसने अपने आप ही एक ऐसा वृहद और अन्तहीन गाथा-गीत शुरू कर दिया जैसा ऐसे ही किसी मौके पर शराबी बुड्ढे सिलेनस ने देहाती नौजवानों क्रोमिस और नेजिलस तथा अपने समय के अन्य मस्त-मलंगों को सुनाया था।

अभी शाम का धुँधलका नहीं फैला था, हालाँकि नीचे जमीन पर रात चुपके-चुपके अपने पैर पसार रही थी। पश्चिम में पृथ्वी की तरफ आती सूर्य की किरणें जमीन को कहीं स्पर्श नहीं कर पा रही थीं, या यूँ कहें कि इनकी चमक जमीन की सतह के ऊपर-ऊपर ही खत्म हो जा रही थी। सूर्य अपने अवसान के पहले, आखिरी प्रयत्न के रूप में घूमकर पेड़ों के बीच चला गया था, और इसके बाद अस्त होना शुरू हो गया था। ऊन कतरनेवालों के शरीर का अधोभाग गोधूलि के भूरे प्रकाश में नहा गया था जबकि उनके सिर और कन्धे अभी दिन का ही लुत्फ उठा रहे थे—यहाँ ऐसी सजीव चमक थी जो कृत्रिम नहीं बल्कि स्वाभाविक लगती थी।

सूर्य गेरुए रंगवाली धुन्ध में अस्त हो गया; लेकिन वे बैठकर बातें करते रहे, और इतने प्रफुल्लित हो गए जितने होमर के स्वर्ग के देवतागण। बाथशीबा अभी भी खिड़की के भीतर अपने आसन पर विराजमान थी और बुनाई में व्यस्त थी, जहाँ से वह बीच-बीच में बाहर के अँधेरे में डूबते दृश्य को निगाहें उठाकर देख लेती थी। शाम का मन्द धुँधलका फैल गया और उठकर चलने की तैयारियों से पहले ही उसने उन सबको अपने आगोश में ले लिया।

गैब्रिएल को अचानक ही मेज के किनारेवाली अपनी जगह से किसान बोल्डवुड गायब दिखे। ओक नहीं जानता था कि उनको गए कितना समय गुजर चुका है, लेकिन जाहिर था कि वह चारों तरफ से बढ़ते अँधेरे में चुपचाप खिसक गए थे। वह यही सब सोच रहा था कि लिडी ऊन कतरनेवालों की जगह से थोड़ी ऊँचाईवाले कमरे के पिछले हिस्से में मोमबत्तियाँ

जलाकर ले आई, और इनकी चमकभरी नई लौ से मेज और आदमियों पर रोशनी पड़ने लगी और पीछे स्थित हरी छायाओं के बीच प्रकाश फैल गया। अभी भी अपनी ही जगह पर स्थित बाथशीबा की काया एक बार फिर प्रकाश के मार्फत दृष्टिगोचर हुई जिससे पता चला कि बोल्डवुड कमरे में चले गए थे, और उसी की बगल में बैठे हुए थे।

अब बारी थी इस शाम के सबसे महत्त्वपूर्ण प्रश्न की। क्या मिस एवरडीन–उन लोगों के घर जाने से पहले–'एलन नदी के किनारे' नाम का वह गीत उनको सुनाएँगी जिसको वह हमेशा बड़े मोहक अन्दाज में गाती रहती थीं?

एक क्षण सोच-विचार करने के बाद बाथशीबा मान गई, और गैब्रिएल को इशारे से बुलाया, वह इस उत्सुकताभरे माहौल में जल्दी से वहाँ गया।

"अपनी बाँसुरी लाए हो?" बाथशीबा ने धीमे से पूछा।

"हाँ, मिस।"

"तो फिर बजाओ, मेरे गाने पर।"

वह आदमियों की तरफ मुँह करके, मोमबत्तियों को पीछे छोड़कर खिड़की की खुली जगह में खड़ी हो गई, और गैब्रिएल उसकी दाहिनी तरफ ठीक चौखट के बाहर खड़ा था। बोल्डवुड कमरे के भीतर ही बाईं तरफ उसके और भी नजदीक आ गए थे। प्रारम्भ में उसके गायन में कुछ संकोच था, लेकिन जल्दी ही इसमें नियमित प्रांजलता का समावेश हो गया।

बाद की घटनाओं के कारण गीत का एक हिस्सा वहाँ उपस्थित अधिकांश लोगों को कई महीने, और यहाँ तक कि कई वर्ष तक याद रहा :

उसको अपनी प्रिया बनाए, इक सैनिक ने ठाना था
मीठी बातों से बुन डाला, प्रेम का ताना-बाना था
सुनो कहानी इक लड़की की, एलन नदी किनारे की
कितनी खुश थी पूछो मत, खुशियों का नहीं ठिकाना था।

गैब्रिएल के मधुर बाँसुरी-वादन के साथ-साथ बोल्डवुड ने भी अपने स्वाभाविक गम्भीर स्वर में अपना मन्द्र गायन बाथशीबा के गायन में सम्मिलित कर दिया, इस बात का ध्यान रखते हुए कि उनका स्वर इतना धीमा हो कि यह गीत युगल गान जैसा कुछ न लगने लगे। उनकी आवाज पृष्ठभूमि में ऐसी थी जिससे बाथशीबा का स्वर और उभर आया। ऊन कतरनेवाले एक-दूसरे के सहारे टिककर ऐसे बैठ गए जैसे आदिमकाल में लोग भोज के लिए बैठते थे, और वे लोग इतने मौन तथा डूबे हुए थे कि दो टेकों के बीच बाथशीबा की साँसों की आवाज करीब-करीब सुनी जा सकती थी, और इस गाथा गीत की समाप्ति पर जब अन्तिम स्वर धीरे-धीरे उतरकर खत्म हुआ तो सभा में आनन्द का ऐसा गुंजार हुआ जिससे लोगों की दिली प्रशंसा का पता चलता है।

यहाँ यह बताने की जरूरत नहीं है कि आज की रात बाथशीबा के प्रति किसान बोल्डवुड के व्यवहार पर गैब्रिएल का ध्यान गए बिना नहीं रह सका। अगर समय पर ध्यान न दें तो उनकी गतिविधियों में वैसे तो कुछ भी असामान्य नहीं था। जब और सभी

लोग दूसरी तरफ देख रहे होते तो बोल्डवुड बाथशीबा को निहारते थे; जब वे लोग धन्यवाद देते या तारीफ करते थे तो वह चुप्पी साध लेते थे; जब सबका ध्यान कहीं और होता तो वह उस समय अपना धन्यवाद बुदबुदाकर व्यक्त करते थे। अर्थ तो दरअसल इन गतिविधियों में अन्तर के कारण आ गया था जिनका अपने में कोई अर्थ नहीं था; और जिस ईर्ष्याभाव से प्रेमीजन ग्रस्त रहते हैं, उसी के चलते इन संकेतों को समझने में ओक को देर न लगी।

बाथशीबा इन लोगों से रात्रि की विदा लेने के बाद खिड़की से हटकर पीछे आ गई, और कमरे के भीतरी हिस्से में चली गई। बोल्डवुड ने खिड़की का चौखटा और कपाट बन्द कर दिया और उसके साथ भीतर ही रुक गए। ओक निस्तब्ध और सुगन्धित पेड़ों के नीचे निरुद्देश्य टहलता रहा। बाथशीबा के मधुर स्वर के जादू से उबरने के बाद ऊन कतरनेवाले चलने के लिए उठ गए, कोग्गन ने बाहर निकलने के लिए बेंच को पीछे धकेलते हुए पेनीवेज की तरफ मुड़कर कहा :

"जहाँ तारीफ की बात होती है वहाँ मैं तारीफ करता हूँ, और यह शख्स इसके लायक है—इसलिए तारीफ तो करनी पड़ेगी," उसने यह टिप्पणी करते हुए उस होनहार चोर को यूँ देखा जैसे कि वह किसी विश्वविख्यात कलाकार की सर्वश्रेष्ठ कृति हो।

"पक्की बात है कि अगर यह साबित न हुआ होता तो मुझे कभी भी विश्वास नहीं होता," जोसेफ पुअरग्रास ने हिचकी ली, "एक-एक कप, अच्छी से अच्छी एक-एक छुरी और काँटे, और एक-एक खाली बोतल अभी भी वैसी ही पड़ी हुई है, और एक भी चोरी नहीं हुआ।"

"मेरे ख्याल से जो तारीफ मेरी आप लोग कर रहे हैं, मैं उसके आधे के लायक भी नहीं हूँ," सदाचारी चोर ने गम्भीरता से कहा।

"हाँ, पेनीवेज के बारे में एक बात मैं कहूँगा," कोग्गन आगे कहता गया, "कि जब भी यह दिल से कोई नेक काम करने का मन बना लेता है, जैसा मैंने आज रात यहाँ बैठने से पहले उसके चेहरे से जान लिया था, तो आम तौर पर ऐसा कर भी ले जाता है। हाँ, मुझे यह कहते हुए खुशी है दोस्तो, कि इसने कुछ भी नहीं चुराया।"

"अच्छा, यह एक ईमानदारी का काम है, और इसके लिए हम तुझे धन्यवाद देते हैं, पेनीवेज," जोसेफ ने कहा, जिसके विचारों का शेष सभा ने एक स्वर से समर्थन किया।

अब जबकि सबके चलने का समय हो गया था और बैठक के भीतर कपाटों के बीच स्थिर प्रकाश की एक पतली दरार से अधिक कुछ और नहीं दिख पा रहा था, वहाँ एक भावपूर्ण घटना घटित हो रही थी।

मिस एवरडीन और बोल्डवुड अकेले थे। बाथशीबा के गालों की स्वस्थ रौनक काफी हद तक उसकी अपनी स्थिति की गम्भीरता से ही खत्म हो गई थी, लेकिन उसकी आँखों में जीत के उल्लास की चमक थी—हालाँकि यह ऐसी जीत थी जिसे चाहा नहीं गया था बल्कि इसका सिर्फ विचार किया गया था।

वह एक नीची आराम-कुर्सी के पीछे खड़ी थी जिससे वह अभी-अभी उठी थी, और

बोल्डवुड इसी के आगे घुटनों के बल झुके हुए थे—कुर्सी की पीठ के ऊपर से वह उसकी ओर झुके थे और अपने दोनों हाथों में उसका हाथ पकड़े हुए थे। उनके शरीर के हाव-भाव में व्यग्रता थी—और कीट्स बड़े सुन्दर ढंग से इसका कारण बताते हैं, छलकती हुई खुशी जो सँभाले न सँभल पा रही हो। प्रेम के द्वारा एक ऐसे शख्स के समस्त स्वाभिमान का अपहरण, जिसकी कभी इसी स्वाभिमान से पहचान होती थी, अपने परेशानी पैदा करनेवाले बेतुकेपन के कारण बाथशीबा के लिए कष्टकारी था जिससे उसकी इस मादक अनुभूति पर घड़ों पानी पड़ जाता था कि उसको देवी मानकर आराधना की जा रही है।

"मैं आपको प्यार करने की कोशिश करूँगी," आम तौर पर अपने आत्मविश्वास के विपरीत वह काँपती आवाज में कह रही थी। "और अगर मुझे किसी भी तरह यकीन होता है कि मैं आपके लिए अच्छी पत्नी बनूँगी तो मैं वाकई आपसे शादी के लिए इच्छुक रहूँगी। लेकिन मि. बोल्डवुड, किसी भी औरत के लिए इस तरह के महत्त्वपूर्ण सवाल पर हिचकिचाहट वाजिब है, और मैं आज रात आपसे पक्का वादा नहीं करना चाहती; बल्कि मैं आपसे कुछ हफ्तों तक इन्तजार करने के लिए कहूँगी जिससे इस बीच मैं अच्छी तरह सोच-विचार कर लूँ।"

"लेकिन तुम पक्के तौर पर कह सकती हो कि *तब*..."

"मैं पक्के तौर पर आशा कर सकती हूँ कि अब से लेकर फसल कटने के समय तक के पाँच या छह हफ्तों के बाद, जिस दौरान आप कह रहे हैं कि आप घर से बाहर जा रहे हैं, मैं शायद आपकी पत्नी होने का वादा कर पाऊँ," उसने दृढ़तापूर्वक कहा। "लेकिन एक बात अच्छी तरह याद रखिए, अभी मैं वादा नहीं कर रही हूँ।"

"इतना बहुत है; मैं इससे अधिक नहीं चाहता हूँ। इन प्यारभरे शब्दों के सहारे मैं इन्तजार कर सकता हूँ। और अब, गुड नाइट, मिस एवरडीन!"

"गुड नाइट," उसने मोहक अन्दाज में—करीब-करीब प्रेमभरे भाव से कहा—और बोल्डवुड प्रशान्त मुस्कान सहित वापस चल पड़े।

अब बाथशीबा उनके व्यक्तित्व से और अधिक परिचित हो गई थी। उन्होंने उसके सामने अपना दिल खोलकर रख दिया था। इस समय तक उसकी नजरों में उनकी तस्वीर एक ऐसे पक्षी की हो गई थी जो अपने उन पंखों को खो बैठा हो जिनसे उसकी शान थी। वह अपने अतीत के उतावलेपन से हैरान थी और इसकी भरपाई के लिए प्रयत्नशील थी, बिना इस बात पर विचार किए कि क्या इस पाप की इतनी बड़ी सजा है जिसको भुगतने के लिए वह अपने को तैयार कर रही है। उसके लिए यह सब था तो भयावह, लेकिन कुछ समय के बाद यह स्थिति भयावह होते हुए भी आनन्द से खाली नहीं थी। थोड़ी-सी जीत भी सम्मिलित हो तो जितनी आसानी से कभी-कभी सबसे डरपोक औरतें भी भय के प्रति एक प्रकार की चाहत विकसित कर लेती हैं, वह अद्भुत है।

अध्याय 24

उसी रात : देवदार की बगिया में

किसी कारिन्दे के बिना काम चलाने के नाते जो तमाम काम बाथशीबा की अपनी मर्जी से उसके जिम्मे आ पड़े थे, उनमें से एक था सोने से पहले फार्महाउस का निरीक्षण करना और यह देखना कि रातभर के लिए सबकुछ ठीक-ठाक और सुरक्षित है। गैब्रिएल, हर शाम के उसके इस दौरे से ठीक पहले निगरानी के लिए नियुक्त किसी विशेष अधिकारी की तरह यथासम्भव उसके कामकाज पर पूरी सावधानी से नजर डालता हुआ, प्रायः रोज ही निकलता था। लेकिन इस प्रेमभरी निष्ठा से उसकी मालकिन काफी हद तक अनजान थी, और जो थोड़ा-बहुत पता भी था वह भी करीब-करीब व्यर्थ ही चला जाता था। प्रेम में आदमी की चपलता का औरतें प्रलाप करती नहीं थकतीं, लेकिन उसकी वफादरी को सिर्फ दुत्कारती ही हैं।

चूँकि निगरानी का काम छिपकर ही सबसे अच्छे तरीके से होता है, आम तौर पर वह अपने हाथ में एक धुँधली लालटेन लिये होती थी, और थोड़ी-थोड़ी देर बाद महानगर के किसी पुलिसवाले की तरह इत्मीनान से निर्जन स्थानों और कोनों का निरीक्षण करने के लिए इसकी लौ को तेज कर देती थी। इस इत्मीनान का कारण शायद सम्भावित खतरे के प्रति उसकी निर्भीकता उतनी नहीं थी जितनी ऐसी किसी आशंका से उसका मुक्त होना; वह अधिक से अधिक विकट स्थिति की कल्पना यही कर सकती थी कि कोई घोड़ा ढंग से सुलाया न गया हो, सभी मुर्गियों को भीतर न किया गया हो, या कोई दरवाजा खुला न रह गया हो।

रोजाना की तरह आज की रात भी इन जगहों का निरीक्षण हुआ, और वह फार्म के बाड़े की तरफ चली गई। इस स्थान की नीरवता सिर्फ ढेर सारे मुँहों से नियमित रूप से आनेवाली चबाने की आवाजों और सभी अदृश्य नासिकाओं से आनेवाली साँस लेने की भारी आवाजों से भंग हो रही थी जिसका परिणाम यह था कि नासिका-गर्जन और फुफकार की आवाजें वैसे ही सुनाई पड़ रही थीं जैसे कोई धीमे-धीमे चलनेवाली धौंकनी। इसके बाद जब तक अनुमान का सहारा लेते हुए आँखों से चिपचिपी तथा गीली सतहवाले गुलाबी-सफेद नथुनों की कतार लालटेन की रोशनी में दिखाई पड़ती थी, दुबारा चबाने की शुरुआत हो जाती थी। ये नथुने, जब तक कि कोई आदी न हो, छूने पर वितृष्णा पैदा करते थे; इनके नीचे स्थित मुँह अपनी जीभ की पहुँच में आनेवाले बाथशीबा के किसी भी कपड़े का सिरा चबा जाने को तत्पर रहते थे। इन सबके ऊपर थोड़ा और ध्यान से देखने पर एक भूरा माथा और घूरती हुई, लेकिन बैरभाव से दूर, दो आँखें दिखती थीं और सबसे ऊपर दो अर्ध-चन्द्राकार सींग ऐसे दिखते थे जैसे दो नए चाँद हों। बीच-बीच में निर्विकार भाव से रँभाने की जो आवाज आती थी वह मानो घोषित करती थी कि ये नाक-नक्श डेजी, व्हाइटफुट,

बॉनीलैस, जॉली-ओ, स्पॉट, ट्विंकल आई वगैरह-वगैरह, यानी बाथशीबा की डेवनशायर गायों के थे।

घर वापसी में उसका रास्ता नुकीले देवदारवाली एक नई बगिया से गुजरता था, जिसे कुछ साल पहले उत्तरी हवाओं से इस परिसर की सुरक्षा के लिए लगाया गया था। इस रास्ते पर सिर के ऊपर पर्ण-समूहों का घना जाल होने के नाते यहाँ अच्छी-भली दुपहरिया में धुँधलका, शाम के समय हल्का अँधेरा, गोधूलि के बाद आधी रात की तरह अँधेरा और आधी रात में वैसा ही काला घना अँधेरा हो जाता था जैसा कभी मिस्र देश में खुदा के कहर से तीन दिन तक लगातार रहा था। अगर इस स्थान का वर्णन करना हो तो इसे एक विशाल, नीचा, प्राकृतिक रूप से बना हॉल कह सकते हैं जिसकी कल्लेदार छत को हरे-भरे पतले तनों के खम्भों से मजबूती मिली हुई थी और नीचे का तल इधर-उधर पड़ी घास की पत्तियों के साथ सूखी हुई छोटी-छोटी टहनियों और फफूँददार देवदार के फलों से बने कोमल धूसर आवरण से ढँका हुआ था।

मार्ग के इस हिस्से से रात को गुजरना प्रायः कठिन होता था, हालाँकि चलने से पहले खतरे की आशंका इतनी प्रबल नहीं होती थी कि बाथशीबा अपने साथ किसी को लेकर चले। काल की तरह चुपचाप यहाँ से गुजरते हुए उसको लगा कि दूसरे सिरे पर किसी के कदमों की आहट सुनाई पड़ रही है। निश्चित तौर पर यह किसी के कदमों की आवाज थी। उसके अपने कदम तुरन्त इतने धीमे-धीमे पड़ने लगे जैसे रुई के फाहे। उसने यह याद करके अपने को दुबारा आश्वस्त किया कि रास्ता सार्वजनिक है और आनेवाला शायद कोई ग्रामीण है जो घर लौट रहा है। इसके साथ ही उसे अफसोस भी हुआ कि इस ग्रामीण से उसकी भेंट रास्ते की सबसे अँधेरी जगह पर होनेवाली है, यद्यपि यह जगह उसके अपने दरवाजे के ठीक सामने है।

कदमों की यह आवाज बढ़कर नजदीक आ गई और उसके पास से कोई छाया गुजरने ही वाली थी कि उसकी स्कर्ट में कोई चीज उलझ गई जिससे यह झटके से जमीन की ओर खिंच गई अचानक लगे इस अवरोध से बाथशीबा गिरते-गिरते बची। सँभलते-सँभलते वह ऊनी कपड़ों और बटनों से जा टकराई।

"धत्त तेरे की!" उसके सिर से एकाध फुट ऊँचाई से आवाज आई। "तुम्हें चोट तो नहीं लगी, दोस्त?"

"नहीं," बाथशीबा ने दूर हटने की कोशिश करते हुए कहा।

"मेरे ख्याल से हम लोग किसी तरह अटक गए हैं।"

"हाँ।"

"क्या तुम औरत हो?"

"हाँ।"

"बल्कि मुझे कहना चाहिए कि महिला हो।"

"कोई फर्क नहीं पड़ता।"

"मैं एक मर्द हूँ।"

"ओह।"

बाथशीबा ने धीरे से दुबारा स्कर्ट खींची लेकिन कोई फायदा नहीं था।

"तुम्हारे हाथ में यह धुँधली-सी लालटेन है क्या, है न?" आदमी ने कहा।

"हाँ।"

"अगर कहो तो मैं इसकी लौ तेज करके तुम्हें छुड़ा दूँ।"

लालटेन को एक हाथ ने पकड़ा, इसकी लौ तेज होकर कैद से आजाद हुई और बाथशीबा ने चकित होकर अपनी स्थिति का जायजा लिया।

जिस आदमी से वह उलझी हुई थी वह सुर्ख लाल और पीतल के रंगों में चमक रहा था। वह एक सैनिक था। उसका अचानक प्रकट होना अँधेरे के लिए वैसे ही था जैसे शान्ति के लिए तुमुल नाद। अँधेरा, जिसका अब तक हर तरफ साम्राज्य था, अब एकदम से छँट गया था। लालटेन से तो कम लेकिन इसके प्रकाश में दिखनेवाले शख्स के कारण ज्यादा। काली पोशाक में किसी खतरनाक काया की बाथशीबा की आशंका से इस अनुभव का विरोधाभास इतना जबर्दस्त था कि इससे उसके अन्दर जादुई परिवर्तन आ गया।

तुरन्त जाहिर हो गया कि इस सैनिक के घुड़सवारी के जूतों में लगी एड़ उसकी स्कर्ट में सजी गोट के सख्त किनारे से उलझ गई है। सैनिक ने बाथशीबा के चेहरे पर एक नजर डाली।

"मैं आपको क्षणभर में आजाद कर दूँगा, मिस," उसने एक नई रवानी के साथ कहा।

"अरे नहीं—मैं कर लूँगी, शुक्रिया आपका," बाथशीबा ने शीघ्रता से जवाब दिया, और इस काम के लिए झुक गई।

इस उलझाव से छुटकारा इतना आसान नहीं था। कुछ ही क्षणों के भीतर एड़ का चमड़े का छल्ला इतनी बुरी तरह से गोट के सख्त किनारे के रेशों में उलझ गया था कि इससे अलग होने में कुछ समय लग जाने की सम्भावना थी।

वह भी झुक गया, और उन दोनों के बीच जमीन पर पड़ी लालटेन से निकलनेवाला धीमा प्रकाश देवदार वृक्षों के लम्बे पत्तों और घास की ऊँची नम पत्तियों पर किसी बड़े जुगनू की तरह का प्रभाव पैदा कर रहा था। उनके चेहरों पर पड़ता हुआ यह प्रकाश इस बगिया के आधे से अधिक हिस्से में आदमी और औरत दोनों की विशाल परछाइयाँ बना रहा था, हरेक की काली छाया पेड़ के तनों पर पड़कर विकृत होते-होते खत्म हो जाती थी।

जब बाथशीबा ने अपनी निगाहें क्षणभर के लिए ऊपर उठाईं तो उसने उसकी आँखों में आँखें डालकर देखा। बाथशीबा ने फिर नजरें नीची कर लीं, क्योंकि उसकी आँखों में इतना तेज था कि निगाहों से निगाहें मिलाकर देखना कठिन था। लेकिन बाथशीबा ने तिरछी नजरों से भाँप लिया कि वह नौजवान और खूबसूरत है, और उसकी आस्तीन में तीन फीते लगे हुए हैं।

बाथशीबा ने एक बार फिर स्कर्ट खींची।

"आप बँध चुकी हैं मिस, बात बिगाड़ने से कोई फायदा नहीं होगा," सैनिक ने रुखाई से कहा। "अगर आपको इतनी ही जल्दी है तो मुझे आपकी ड्रेस काटनी पड़ेगी।"

"ठीक है—ऐसा ही करिए," उसने लाचारी के भाव से कहा।

"अगर आप क्षणभर इन्तजार कर लें तो इसकी जरूरत नहीं पड़ेगी," और उसने उस छोटे-से छल्ले से एक धागा खोलकर निकाल दिया। बाथशीबा ने अपना हाथ पीछे खींचा, लेकिन अनजाने में या जान-बूझकर, सैनिक ने इसको छू लिया। बाथशीबा उद्विग्न हो गई यद्यपि उसे इसका कारण समझ में नहीं आया।

उसका धागे सुलझाना जारी रहा, लेकिन इसका कोई ओर-छोर समझ में नहीं आता था। बाथशीबा ने एक बार फिर उसको देखा।

"इतने खूबसूरत चेहरे का दीदार कराने के लिए शुक्रिया!" युवा सार्जेंट ने बिना किसी औपचारिकता के कहा।

वह शर्म से लाल हो गई। "जान-बूझकर नहीं दिखाया था," उसने बेरुखी से और बन्धन में रहते हुए जितना सम्भव था उतने अक्खड़पन से, जवाब दिया।

"आपकी इस बेअदबी पर तो मैं और भी कुर्बान हूँ, मिस," उसने कहा।

"कितना अच्छा होता—अगर तुमने इस तरह यहाँ घुसपैठ करके मुझे अपनी शक्ल न दिखाई होती।" उसने दुबारा स्कर्ट खींची, और उसकी पोशाक की चुन्नटें वैसे ही पट-पट फटने लगीं जैसे बौने लोगों की चाँदमारी।

"मैं आपकी फटकार के काबिल हूँ। लेकिन आपकी तरह सुन्दर और विनम्र लड़की को मर्दों से इतनी नफरत क्यों? आपके पिता भी तो मर्द थे।"

"कृपा करके अपने रास्ते जाइए।"

"क्या कहा, सुन्दरी, अपने रास्ते जाऊँ और तुम्हें अपने पीछे-पीछे घसीट लूँ? जरा देखो—ऐसा फन्दा मैंने जिन्दगी में कभी नहीं देखा।"

"अरे शर्म आनी चाहिए तुम्हें—मुझको यहाँ फँसाए रखने के लिए। तुम इसे जान-बूझकर बिगाड़ रहे हो—जान-बूझकर।"

"मेरा तो ऐसा कोई इरादा नहीं है," सार्जेंट ने शरारत से आँखें मटकाते हुए कहा।

"मैं कहती हूँ तुमसे कि यही इरादा है तुम्हारा!" वह ऊँचे स्वर में बिफर पड़ी। "मैं कह रही हूँ इसे खोलने के लिए। अब करने दो मुझे।"

"बेशक मिस; मैं कोई फौलाद का बना तो हूँ नहीं," उसने ऐसा कहते हुए इतनी धूर्तताभरी गहरी साँस ली जिससे ज्यादा धूर्तता को साँस में समेटना सम्भव नहीं था। "मैं तो तब भी सौन्दर्य के लिए शुक्रगुजार होता हूँ जब मुझे यह कुत्ते के सामने फेंकी जानीवाली हड्डी की तरह मिलता है। ये लम्हे बहुत जल्द बीत जाएँगे।"

बाथशीबा ने अपने होंठों को दृढ़तापूर्वक बन्द कर लिया।

बाथशीबा के मन में उथल-पुथल मची हुई थी कि क्या वह हिम्मत करके झटके से भागकर अपने को बन्धनमुक्त कर ले जिसमें उसकी स्कर्ट के निचले हिस्से के पीछे छूट

जाने का खतरा था। यह विचार बहुत ही भयानक था। यह ड्रेस—जिसको पहनकर वह भोज में राजकुमारी जैसी लग रही थी—उसके कपड़ों के ढेर में सबसे अच्छी थी, उसकी आलमारी में इस कदर उस पर फबनेवाला कोई और कपड़ा न था। बाथशीबा की स्थितिवाली ऐसी कौन-सी औरत होगी जो किसी जवाँमर्द सैनिक से छुटकारा पाने के लिए इतनी बड़ी कीमत चुकाना चाहेगी जबकि वह स्वभाव से डरपोक नहीं थी और उसके नौकर-चाकर भी वहाँ से एक आवाज की दूरी पर थे?

"कितना अच्छा समय गुजर रहा है—मुझे लगता है जल्दी ही खत्म हो जाएगा," बाथशीबा के शान्त साथी ने कहा।

"इस छिछोरेपन पर गुस्सा आ रहा है और—और—"

"इतनी क्रूरता तो नहीं कर रहा मैं!"

"—मेरा अपमान हो रहा है!"

"यह इसलिए किया है कि मैं आप जैसी खूबसूरत औरत से माफी माँगने का सुख पा सकूँ, जो मैं पूरी नम्रता से बिना लागलपेट के कर रहा हूँ मैडम," उसने सिर झुकाते हुए कहा।

बाथशीबा को कहने के लिए कुछ नहीं सूझा।

"मैंने अपनी जिन्दगी में बहुत-सी औरतों को देखा है," यह नौजवान बुदबुदाता हुआ और सिर झुकाई बाथशीबा को गौर से देखता हुआ पहले से अधिक विचारपूर्वक कहता गया; "लेकिन मैंने आप जैसी खूबसूरत औरत नहीं देखी। मानिए या न मानिए—बुरा लगे या भला लगे—मुझे परवाह नहीं है।"

"तो फिर, तुम हो कौन जिसे किसी के विचारों की कतई परवाह नहीं है?"

"कोई अजनबी नहीं। सार्जेंट ट्राय। मैं इसी जगह ठहरा हुआ हूँ।—देखिए आखिरकार खुल गया ये। आपकी कोमल उँगलियों की हड़बड़ी मेरी उँगलियों से ज्यादा थी। काश ये जन्म-जन्मान्तर का बन्धन होता जिससे छुटकारा नहीं मिलता।"

बात बिगड़ती ही जा रही थी। वह उठी, और साथ ही वह भी उठ गया। अब उसकी दिक्कत यह थी—कि किस तरह इस आदमी से अपने सम्मान की रक्षा करते हुए पीछा छुड़ाया जाए। वह लालटेन हाथ में लिए, एक-एक इंच दुबककर पीछे हटती रही जब तक कि उसकी वर्दी का लाल रंग दिखाई देना बन्द नहीं हो गया।

"अच्छा, सुन्दरी, गुड नाइट!" उसने कहा।

उसने कोई जवाब नहीं दिया, और बीस-तीस गज चलने के बाद मुड़ी और दौड़कर दरवाजे से अन्दर हो गई।

लिडी अभी-अभी सोने के लिए गई थी। अपने कक्ष तक चढ़कर जाने के बीच में बाथशीबा ने इस लड़की का दरवाजा एक-दो इंच खोला और, हाँफते हुए कहा, "लिडी, क्या गाँव में कोई सैनिक ठहरा हुआ है—सार्जेंट करके कुछ नाम है उसका—सार्जेंट के पद के लिहाज से कुछ शालीन, और देखने में ठीक-ठाक, नीले कफ और कालरवाली लाल

वर्दी पहनता है?"

"नहीं मिस...मेरी जानकारी के हिसाब से तो नहीं, लेकिन हो सकता है कि ये छुट्टियों में घर आया हुआ सार्जेंट ट्राय हो, हालाँकि मैंने उसे देखा नहीं है। वह एक बार यहाँ तब आ चुका है जब कास्टरब्रिज में उसकी रेजिमेंट थी।"

"हाँ—यही नाम है। क्या उसके मूँछ थी—दाढ़ी या गलमुच्छे नहीं?"

"हाँ थी।"

"कैसा आदमी है वह?"

"अरे मिस—कहते हुए मुझे शर्म आती है—दुश्चरित्र आदमी है—इज्जतदार लड़कियों के लिए चलता-फिरता काल, लोग ऐसा बताते हैं। लेकिन मैं तो यही जानती हूँ कि वह बहुत तेज-तर्रार है जो किसी जमींदार की तरह हजारों कमा सकता था। क्या ठाठ-बाट हैं उसके! कहने को तो वह किसी डाक्टर का लड़का है, जो बड़ी बात है; और हकीकत में वह किसी सामन्त की सन्तान है।"

"यह तो और भी बड़ी बात है। सच है ये?"

"हाँ। और उसका अच्छी तरह लालन-पालन हुआ, और उसे कास्टरब्रिज के ग्रामर स्कूल कई साल भेजा गया। वहाँ रहकर उसने सभी भाषाएँ सीख लीं और कहा जाता है कि वह इतना आगे बढ़ गया कि चीनी भाषा को शार्टहैंड में लिख सकता था। लेकिन यह बात मैं पक्के तौर पर नहीं कह सकती, क्योंकि इसे केवल सुन रखा है। उसने अपनी प्रतिभा बर्बाद कर दी और एक सैनिक बन गया, लेकिन इसके बाद भी बिना कोई कोशिश किए वह सार्जेंट के पद तक पहुँच गया। आह—ऊँचे कुल में जन्म लेना कितना अच्छा होता है, खानदानी खून सामान्य जनों में भी छिपता नहीं है। तो क्या वाकई घर आया हुआ है वह, मिस?"

"मुझे ऐसा लगता है। गुड नाइट, लिडी।"

आखिरकार कोई भी खुशमिजाज स्त्री इस आदमी से हमेशा के लिए नाराज कैसे रह सकती थी? कुछ मौके ऐसे होते हैं जब बाथशीबा जैसी लड़कियाँ अत्यन्त स्वच्छन्द आचरण भी बर्दाश्त कर लेंगी। ये मौके तब आते हैं जब वे तारीफ सुनना चाहती हों, जो प्रायः होता है; जब वे किसी का प्रभुत्व स्वीकार करना चाहती हों, जो कभी-कभी होता है, और जब वे कोई झंझट नहीं चाहती हों, जो मुश्किल से कभी होता है। इस समय बाथशीबा पर पहली भावना हावी थी, जिसमें दूसरी का भी कुछ-कुछ असर था। इसके अलावा संयोग से या शैतानी से इसका प्रेरक एक ऐसा खूबसूरत अजनबी था जिसने निश्चित तौर पर अच्छे दिन देख रखे थे, इसलिए और भी दिलचस्प बन गया था।

अतः वह एकदम तय नहीं कर पाई कि सैनिक ने उसका अपमान किया है या नहीं।

"क्या ऐसी गड़बड़ कभी हुई होगी!" अन्त में अपने कमरे में उसने खुद से कहा। "और क्या कभी कहीं इतनी नीचता हुई होगी जैसी मैंने की—इस तरह मुँह चुराकर भाग आना, वह भी ऐसे आदमी से जो शराफत और भलाई दिखा रहा था।" स्पष्ट था कि

अपने व्यक्तित्व की मुँह खोलकर की गई तारीफ अब उसे बुरी नहीं लग रही थी।

यह बोल्डवुड की घातक भूल थी कि एक बार भी उन्होंने बाथशीबा से यह नहीं कहा था कि वह खूबसूरत है।

अध्याय 25

नवागत का परिचय

स्वभावगत विलक्षणता और तकदीर के उलटफेर ने सार्जेंट ट्राय को एक असाधारण शख्सियत के रूप में ढाल दिया था।

वह ऐसा आदमी था जो अतीत की यादों को बोझ और भविष्य की आशाओं को वाहियात समझता था। आँखों के सामने जो है उसी का ख्याल, विचार और चिन्ता करनेवाले उस शख्स की कमजोरी सिर्फ वर्तमान थी। समय को लेकर उसका दृष्टिकोण वैसे ही था जैसे यदा-कदा क्षणभर के लिए आँखों की दमक। विगत और आगत से चेतना का वह तादात्म्य जो विगत को हमारे लिए दुखद और आगत के लिए हमें चौकन्ना बनाता है, उसके लिए अनजाना था। उसके लिए गुजरा हुआ कल विगत था; आनेवाला कल भविष्य; उसके अगले दिन के बारे में वह नहीं सोचता था।

इस मामले में कुछ बिन्दुओं पर उसे अपनी तरह के सबसे खुशकिस्मत व्यक्तियों में से एक माना जा सकता है, क्योंकि यह दलील दी जा सकती है कि अतीत की स्मृति कोई गुण नहीं बल्कि एक रुग्णता है, और एकमात्र सन्तोषजनक आशा—अर्थात अटूट आस्था—व्यवहारतः असम्भव है; जबकि आशा और इसके सहयोगी अवयवों धैर्य, अधैर्य, दृढ़ता, जिज्ञासा के रूप में यह सुख और दुख के बीच झूलता रहता है।

आशा करने की रीति से ही अनजान होने के नाते सार्जेंट ट्राय को कभी निराशा हाथ नहीं लगी। इस नकारात्मक लाभ के बदले में कुछ सकारात्मक हानियाँ भी थीं जो इससे जुड़ी रुचियों और भावनाओं के सीमित हो जाने का परिणाम थीं। लेकिन क्षमता सीमित होने को हारनेवाला कभी कमी नहीं मानता। इस नैतिक या कलात्मक गुण के मामले में विपन्नता का पदार्थ से द्वन्द्वात्मक सम्बन्ध है, क्योंकि जो इसे झेलते हैं वे इसकी परवाह नहीं करते, जबकि जो परवाह करते हैं वे शीघ्र ही झेलने से छुट्टी पा जाते हैं। किसी चीज का सतत अभाव होने का मतलब इसको नकारना नहीं होता, और जिसका आनन्द ट्राय ने कभी नहीं लिया था, वह उसने छोड़ा नहीं; लेकिन उसे इस बात का पूरा अहसास था कि जो आनन्द गम्भीर लोगों को नहीं मिल पाता, उसे मिलता है। उसकी क्षमता, वास्तव में कम होते हुए भी, उन लोगों से अधिक लगती थी।

आदमियों के लिए वह औसतन सत्यवादी था, लेकिन औरतों से क्रेट के निवासियों

की तरह सफेद झूठ बोलता था। यह आचार-संहिता किसी और कारण से नहीं बल्कि सभा में पहली बार प्रवेश करने पर लोकप्रियता पाने के लिए होती थी, और मिलनेवाली कृपा के क्षणिक होने की सम्भावना से सन्दर्भ सिर्फ भविष्य का ही होता था।

उसने उस लक्ष्मण-रेखा को कभी पार नहीं किया जो साफ-सुथरे अवगुणों और भद्दे अवगुणों के बीच होती है, और इसीलिए, यद्यपि उसके नैतिक गुणों की शायद ही कोई तारीफ होती थी, लोग उनको नकारते भी नहीं थे और प्रायः ऐसी स्थिति को मुस्कुराकर टाल जाते थे। इसका परिणाम यह हुआ था कि वह एक प्रकार से अन्य लोगों की रसिकता का शोषक हो गया था जिससे उसके श्रोताओं के नैतिक लाभ के बजाय एक विलासी के रूप में उसकी बढ़ोत्तरी हुई थी।

काफी समय पहले परस्पर सहमति से अलग-अलग रास्ता अख्तियार कर लेने के बाद उसकी सोच-विचार की क्षमता और उसकी प्रवृत्तियों का आपस में कोई सम्बन्ध नहीं रह गया था। इससे कई बार ऐसा होता था कि इरादे तो उसके बड़े नेक होते थे, लेकिन उसका कोई खास कारनामा सारे किए-कराए पर पानी फेर देता था। सार्जेंट के दुष्टतापूर्ण दौर उसके क्षणिक आवेगों का परिणाम होते थे और सज्जनतापूर्ण दौर ठंडे दिमाग से की गई सोच का परिणाम होते थे और इसीलिए बादवाली स्थिति के बारे में प्रायः सिर्फ सुना जाता था, उसे देखा नहीं गया था।

ट्राय हमेशा क्रियाशील रहता था, लेकिन उसकी क्रियाशीलता मशीनी ढंग की ज्यादा थी, और स्वाभाविक कम, और कोई निर्धारित आधार या दिशा न होने के नाते यह क्रियाशीलता राह चलते संयोग से मिल जानेवाली किसी भी चीज पर आजमा ली जाती थी। इसीलिए कई बार जबकि उसकी वाणी तो स्वतःस्फूर्त होने के कारण अद्‌भुत होती थी, अपने प्रारम्भिक प्रयत्न को सही दिशा न दे पाने से कर्म में वह औसत दर्जे से भी नीचे चला जाता था। समझने की क्षमता उसकी तीव्र थी और चारित्रिक दृढ़ता काफी थी, लेकिन इन दोनों का सही मेल करने की क्षमता न होने से समझदारी, इच्छाशक्ति से दिशा-निर्देश की प्रतीक्षा करते हुए छोटी-छोटी बातों में उलझी रहती थी, और चारित्रिक दृढ़ता समझदारी की परवाह किए बिना यूँ ही जाया होती रहती थी।

मध्य वर्ग की अपनी स्थिति के हिसाब से वह काफी सुशिक्षित था—एक औसत सैनिक के लिहाज से तो असाधारण पढ़ा-लिखा। वह धारा-प्रवाह और बिना रुके बोलता था। इस तरीके से वह भीतर से कुछ और होते हुए भी बाहर से कुछ और प्रतीत हो सकता था। उदाहरण के लिए वह प्रेम की बात करते हुए रात के खाने के बारे में सोच सकता था; पति से भेंट करते हुए पत्नी का सौन्दर्य निहार सकता था; पैसा चुकाने के लिए उत्सुक दिखते हुए कर्ज लेने की नीयत रख सकता था।

नारी जाति का दिल जीतने में चापलूसी के चमत्कारी प्रभाव का ज्ञान इतना व्यापक है कि तमाम लोग प्रायः इसे किसी मुहावरे की तरह दुहराते रहते हैं, या इसे उतनी ही स्वाभाविकता से बोलते रहते हैं जैसे यह कि वे ईसाई हैं और इसी तरह की अन्य बातें,

बिना इस पर अधिक विचार किए कि ऐसी उक्तियों में कितना व्यापक अर्थ निहित है। जिसकी तारीफ की जाती है उसके हित में अमल तो इस पर और भी कम होता है। अधिकांश लोग ऐसे किसी विचार को घिसी-पिटी कहावतों के उस खाने में डाल देते हैं जिनके व्यापक अर्थ को अच्छी तरह समझने के लिए कुछ अनर्थ की जरूरत होती है। कुछ सोच-विचार करने के बाद ऐसा विश्वास किया जाता है कि इस चापलूसी को असरकारी होने के लिए तर्कसंगत होना चाहिए। पुरुषों को श्रेय जाता है कि शायद ही कोई इस सवाल को प्रयोग करके हल करने की कोशिश करता है, और यह उनके लिए खुशी की बात है कि संयोग ने कभी उनके लिए इस सवाल को हल नहीं किया है। फिर भी यह एक सच्चाई है कि औरत को सच्ची-झूठी कहानियों से बहला करके चालाकी से उसका दिल जीतनेवाले कपटी पुरुष उसको तबाह करने की हद तक शक्तिमान हो सकते हैं और अनेक अवांछित तथा पीड़ादायी घटनाएँ इस तथ्य का प्रमाण हैं। कुछ लोग यही ज्ञान प्रयोग करके पाने का दावा करते हैं जैसा कि पहले कहा गया है, और खुशी-खुशी भयावह परिणामोंवाले ऐसे प्रयोग करते रहते हैं। सार्जेंट ट्राय ऐसा ही एक शख्स था।

उसे यदा-कदा कहते सुना गया था कि औरत जात के साथ बर्ताव करने में चापलूसी का एकमात्र विकल्प है गाली-गलौज और कोसना। तीसरा कोई तरीका नहीं है। "उनसे सही ढंग से पेश आए नहीं कि आपका पत्ता साफ," वह कहता था।

वेदरबरी में इस विचारक के आगमन के थोड़े-ही समय बाद उसे सार्वजनिक रूप से देखा गया। ऊन-कटाई के एक-दो हफ्ते के बाद, बोल्डवुड की अनुपस्थिति से एक अलग तरह की राहत महसूस करती हुई बाथशीबा अपने घास के मैदानों की तरफ गई और बाड़े के उस पार घास काटनेवालों पर निगाह डाली। उनमें लगभग बराबर की संख्या में गठीली और लचीली कायाएँ थीं, गठीले शरीर आदमियों के थे, लचीली कायाएँ औरतों की थीं जिन्होंने सिर पर पीले सूती कपड़े से ढँकी ऐसी टोपी पहन रखी थी जिसका कपड़ा पीछे उनके कन्धों पर झूलता रहता था। कोग्गन और मार्क क्लार्क बीच के एक चरागाह में घास काट रहे थे। क्लार्क अपनी हँसिया चलाने के साथ-साथ कोई धुन गुनगुना रहा था जिसमें सुर से सुर मिलाने का जान कोई प्रयास नहीं कर रहा था। सबसे आगे के चरागाह में लोग घास को लादना शुरू कर चुके थे, औरतें ढेर के ढेर लगाकर कतार बनाए जा रही थीं, और आदमी इन्हें उठाकर गाड़ी में डाल रहे थे।

गाड़ी के पीछे से एक चमकीली लाल काया उभरी, और निश्चिन्त भाव से लदाई करने लगी। यह रसिया सार्जेंट था जो शौकिया तौर पर घसियारे का काम करने आया था; और इस बात से इनकार नहीं किया जा सकता कि इस तरह के व्यस्त समय में अपने स्वैच्छिक श्रमदान से वह फार्म-मालकिन की वाकई वैसी ही सेवा कर रहा था जैसी पुराने जमाने में राजा की दी हुई जमीन के बदले में उसके जागीरदार करते थे।

बाथशीबा के मैदान में घुसते ही ट्राय ने उसे देख लिया। उसने अपने घास उठानेवाले पंजेदार काँटे को जमीन में गाड़ दिया और अपनी चाबुक या छड़ी उठाते हुए बढ़कर आगे

आ गया। बाथशीबा कुछ तो गुस्से और कुछ शर्म से लाल हो गई, और सीधा उसी पर अपनी निगाहें जमाकर उसकी तरफ चल पड़ी।

अध्याय 26

घास के मैदान के किनारे का दृश्य

"अरे, मिस एवरडीन!" सार्जेंट ट्राय ने अपनी दबी हुई टोपी को हाथों से सही करते हुए कहा। "मुझे कतई पता नहीं था कि उस रात मैं आपसे ही बात कर रहा था। और फिर भी, अगर मैंने सोचा होता, 'अनाज मंडी की मलिका' (सच्चाई तो दिन या रात, किसी भी समय सच्चाई होती है, और कल कास्टरब्रिज में मैंने लोगों के मुँह से आपका यही नाम सुना)—मैं कहता हूँ, अनाज मंडी की मलिका कोई दूसरी औरत हो ही नहीं सकती थी। अब मैं आपसे हजार बार माफी माँगता हूँ कि भावनाओं में बहकर एक अजनबी से इतनी खरी-खोटी बातें कर गया। इस जगह के लिए मैं नया नहीं हूँ—जैसा मैंने आपको बताया कि मैं सार्जेंट ट्राय हूँ, और जब मैं बच्चा था तो इन्हीं खेतों में सैकड़ों बार आपके चाचा के साथ हाथ बँटा चुका हूँ। वही मैं आज आपके लिए कर रहा था।"

"मुझे लगता है इसके लिए मुझे आपका शुक्रिया कहना चाहिए, सार्जेंट ट्राय," अनाज मंडी की मलिका ने उदासीनतापूर्वक आभार के भाव से कहा।

सार्जेंट आहत और दुखी दिखा। "आपको ऐसा कुछ नहीं करना चाहिए, मिस एवरडीन," उसने कहा। "आपको ऐसा कुछ जरूरी क्यों लगता है?"

"मुझे खुशी है कि ऐसा जरूरी नहीं है।"

"अगर बुरा न मानें तो पूछ सकता हूँ, क्यों?"

"क्योंकि मैं किसी चीज के लिए तुम्हारा धन्यवाद नहीं करना चाहती।"

"मेरे विचार से मैंने अपनी जुबान से आपको ऐसा छलनी कर दिया है कि उसकी भरपाई मेरे दिल से कभी नहीं हो सकती। हाय रे यह असहनीय समय; कि ईमानदारी से किसी औरत को यह बताना कि वह खूबसूरत है, आदमी की बदनसीबी बन जाए। मैंने अधिक से अधिक यही कहा था—यह तो आप मानेंगी; और मैं कम से कम इतना तो कहता ही—यह मैं खुद मानता हूँ।"

"कुछ बातें ऐसी हैं जिनके न करने या होने पर भी मेरा काम चल जाएगा, ये धन-दौलत की तरह जरूरी नहीं हैं।"

"वाकई। यह टिप्पणी एक प्रकार से विषयान्तर है।"

"नहीं। इसका मतलब ये है कि मैं तुम्हारी संगत के बजाय तुमसे दूर रहना चाहूँगी।"

"और मुझे किसी और औरत के प्यार के बजाय आपकी फटकार कबूल है; इसलिए

मैं यहीं रुकूँगा।"

बाथशीबा एकदम निरुत्तर हो गई। फिर भी यह महसूस करने से अपने को रोक नहीं पाई कि काम में जो मदद वह कर रहा था, उसके नाते कड़ा जवाब नहीं दिया जा सकता था।

"तो," ट्राय कहता रहा, "मेरा ख्याल है कि एक तारीफ ऐसी होती है जिसमें रूखापन होता है, और वह मेरी ओर से हो सकती है। साथ ही एक बर्ताव ऐसा होता है जो अन्याय होता है, और वह आपकी ओर से हो सकता है। एक सीधा आदमी, जिसने कभी दुराव नहीं जाना, बिना सोचे-समझे दिल की बात मुँह से निकाल देता है तो क्या इसके लिए उसे किसी पापी की सन्तान की तरह दुत्कार देना चाहिए।"

"दरअसल हमारे बीच ऐसा कोई मामला नहीं है," बाथशीबा ने दूसरी तरफ मुँह करते हुए कहा। "मैं अनजान आदमियों को बेबाक और धृष्ट होने की इजाजत नहीं देती—अपनी तारीफ में भी नहीं।"

"ओ-हो—तो आपको तकलीफ कथन से नहीं बल्कि कहने के तरीके से है," उसने लापरवाही से कहा। "लेकिन मुझे इस बात को जानकर दुखद सन्तोष है कि मेरे शब्द, चाहे मीठे हों या कड़वे, निश्चित तौर पर सच्चे हैं। क्या आप चाहती हैं कि मैं आपको देखने के बाद अपने जाननेवालों से कह दूँ कि आप एक मामूली औरत हैं, सिर्फ इसलिए कि आप उनकी निगाहों से घूरे जाने की परेशानी से बच सकें? मैं ऐसा नहीं कर सकता। इंग्लैंड की एक भी औरत की अतिशय विनम्रता को उत्साहित करने के लिए मैं किसी की सुन्दरता के बारे में ऐसा हास्यास्पद झूठ नहीं बोल सकता।"

"जो तुम कह रहे हो—यह सब ढोंग है।" बाथशीबा ने सार्जेंट के मक्कारीभरे तरीके पर न चाहकर भी हँसते हुए कहा। "बातें बनाने में तुम्हारा कोई जवाब नहीं, सार्जेंट ट्राय। उस रात क्या तुम बिना कुछ कहे मेरे पास से नहीं गुजर सकते थे?—मैंने इसीलिए तुम्हें बुरा-भला कहा था।"

"क्योंकि मैं ऐसा नहीं कर सकता था। किसी भावना का आधा मजा तो उसको तत्काल व्यक्त कर पाने में ही होता है, और मैं अपनी भावनाओं को रोकता नहीं। एकदम यही बात तब भी होती अगर आप कुरूप और बूढ़ी होतीं—तब भी अपनी बात को मैं ऐसे ही व्यक्त करता।"

"भावनाओं की इतनी सघन अनुभूति करते तुम्हें कितना वक्त हो गया?"

"अरे, जब से मुझे सौन्दर्य और कुरूपता का बोध हुआ।"

"उम्मीद है कि जिस बोध की बात कर रहे हो तुम, वह चेहरे तक ही न सीमित होकर नैतिक गुणों को भी समेटनेवाला होगा।"

"मैं अपने या किसी और के नैतिक गुणों या धर्म की बात नहीं करता। लेकिन अगर आप जैसी खूबसूरत औरतों ने मुझे काफिर न बना दिया होता तो शायद मैं एक अच्छा ईसाई होता।"

खुशी की मुस्कान से गालों में पड़नेवाले गड्ढों को छिपाने के लिए बाथशीबा आगे बढ़ गई। अपने चाबुक को लहराता हुआ ट्राय पीछे-पीछे लगा रहा।

"लेकिन–मिस एवरडीन–आपने मुझे माफ तो किया न?"

"बड़ी मुश्किल से।"

"क्यों?"

"तुम्हारी बातें ही ऐसी हैं।"

"मैंने कहा था कि आप सुन्दर हैं, और अभी भी मैं यही कह रहा हूँ, क्योंकि भगवान कसम, आप हैं ही ऐसी! आप जैसी खूबसूरती देखी नहीं कभी, झूठ कहूँ तो अभी मेरी जान चली जाए! क्यों, कसम है–"

"नहीं–नहीं! मैं तुम्हारी बात नहीं सुनूँगी–तुम बड़े ही धृष्ट हो!" उसने उसकी बातें सुनकर दुखी होने और कुछ और सुनने की लालसा के बीच झूलते हुए बेचैन होकर कहा।

"मैं फिर कहता हूँ कि आप गजब की खूबसूरत औरत हैं। मेरे ऐसा करने में कोई खास बात तो नहीं है, है क्या? मुझे यकीन है कि यह तथ्य जगजाहिर है। मिस एवरडीन, हो सकता है कि मैंने अपने विचारों को बहुत भावावेश में व्यक्त किया हो, और इसीलिए इन पर आपको भरोसा न हो पा रहा हो, लेकिन निश्चित तौर पर बात में ईमानदारी है, और इसे माफ क्यों नहीं किया जा सकता?"

"क्योंकि यह–यह सही नहीं है," उसने स्त्रियोचित लहजे में बुदबुदाते हुए कहा।

"छिः! छिः! पाखंड करके तीसरे धर्मादेश का उल्लंघन करने का मेरा गुनाह क्या आप द्वारा झूठ बोलकर नवें धर्मादेश का उल्लंघन करने से ज्यादा है!"

"देखो–यह बात मुझे एकदम सही नहीं लगती कि मैं गजब की खूबसूरत हूँ," उसने बात टालते हुए जवाब दिया।

"आपको ऐसा नहीं लगता; तो मैं पूरे सम्मान सहित कह रहा हूँ कि अगर ऐसा है, तो यह आपकी विनम्रता के कारण है, मिस एवरडीन। लेकिन निश्चित तौर पर आपके आसपास के लोगों की नजर में जो आता होगा, वे आपसे कहते होंगे। और आपको उनके शब्दों पर यकीन करना चाहिए।"

"वे लोग ऐसा नहीं कहते–"

"तो उनको कहना चाहिए!"

"मेरा मतलब है, मेरे मुँह पर नहीं कहते, जैसे तुम कह रहे हो," वह कह गई और इस प्रकार बातों में और भी बहकती चली गई जबकि उसका इरादा ठीक उलटा था।

"लेकिन आप जानती हैं कि वे लोग ऐसा सोचते हैं।"

"नहीं–मतलब ये है कि–मैंने लिडी को कहते सुना है कि वे ऐसा सोचते हैं, लेकिन..." वह चुप हो गई।

इस सीधे-सादे जवाब का तात्पर्य था–आत्मसमर्पण–चूँकि यह आत्मसमर्पण सुरक्षित था, इसका उसे स्वयं भान न हुआ। एक अधूरे वाक्य ने आज तक इतना पूर्ण अर्थ नहीं

दिया था। लापरवाह सार्जेंट मन ही मन मुस्कुराया, और शायद शैतान भी नर्क की किसी झिर्री से मुस्कुरा उठा, क्योंकि यह क्षण एक जिन्दगी के लिए निर्णायक क्षण था। उसके लहजे और हाव-भाव से किसी शक की गुंजाइश नहीं रही कि जिस बीज को वटवृक्ष बनना था, वह अंकुरित हो चुका था; बाकी बातें तो वक्त और स्वाभाविक परिवर्तनों पर निर्भर थीं।

"सच्चाई छुप नहीं सकती।" सैनिक ने जवाब में कहा। "अब ये मत कहिएगा कि आप जैसी कोई युवती जो तारीफ करनेवालों से घिरी रहती हो, इससे एकदम अनजान है। अच्छा, तो, मिस एवरडीन—बदजुबानी के लिए माफी चाहता हूँ—आप हमारी कौम के लिए गौरव नहीं, दुख की चीज हैं।"

"अच्छा—कैसे?" उसकी आँखें आश्चर्य से फैल गईं।

"हाँ, सही कह रहा हूँ मैं। मैं दिलेरी से अपराध करता हूँ (एक पुरानी देसी कहावत, जो बड़ी अच्छी तो नहीं है लेकिन एक नीरस सैनिक के लिए चल जाएगी), और इसलिए मैं आपकी खुशी की परवाह किए बिना, और बिना आपसे क्षमायाचना किए या इसकी आशा किए, अपने दिल की बात कहूँगा। देखिए, मिस एवरडीन मैं आपको बताता हूँ कि किस तरह आपके खूबसूरत चेहरे से इस दुनिया का फायदा कम और नुकसान ज्यादा है।" सार्जेंट ने नीचे जमीन पर आँखें गड़ा दीं। "औसतन हर साधारण औरत के प्रेम में एक आदमी पड़ता है। वह उससे शादी कर सकती है; वह सन्तुष्ट हो जाता है, और सार्थक जिन्दगी जीता है। आपके जैसी औरत की आकांक्षा कम से कम सौ लोग करते हैं—आपकी आँखों का जादू उनमें से बीसियों पर चलेगा—उन तमाम लोगों में से शादी आप एक से ही कर सकती हैं। मान लीजिए इनमें से बीस अपने निराश प्रेम की कड़वाहट शराब में डुबोने की कोशिश करेंगे। बीस और लोग इस दुनिया से निराश होकर अपनी जिन्दगी यूँ ही गुजार देंगे, क्योंकि आपसे प्रेम के सिवाय उनकी जिन्दगी का और कोई मकसद नहीं; बीस और—वे भावुक लोग जिनमें से शायद एक मैं भी हूँ—हमेशा आपके पीछे-पीछे घिसटते रहेंगे, आपकी एक झलक पाने को बेताब, ऊलजलूल हरकतें करते हुए। मर्द होते ही हैं ऐसे मूर्ख। बाकी बचे लोग किसी न किसी तरह अपनी भावनाओं पर काबू पाने की कोशिश करेंगे। लेकिन ये सभी लोग दुख पाएँगे और न केवल ये निन्यानबे आदमी बल्कि उनसे शादी करनेवाली निन्यानबे औरतें भी उनके साथ दुख पाएँगी। तो ये है मेरी बात। इसीलिए मैं कह रहा हूँ, मिस एवरडीन, कि आप जैसी औरत अपनी कौम के लिए वरदान तो नहीं ही है।"

इस भाषण के दौरान खूबसूरत सार्जेंट की मुखाकृति वैसे ही दृढ़ और कठोर थी जैसे जान नाक्स* की अपनी युवा साम्राज्ञी को सम्बोधित करते समय रही होगी।

यह देखकर कि बाथशीबा ने कोई जवाब नहीं दिया, उसने कहा, "क्या आप फ्रेंच पढ़ना जानती हैं?"

"नहीं, मैंने शुरू किया था, लेकिन जब मैं क्रियाओं तक पहुँची, पिताजी का देहान्त हो गया," उसने सहजता से उत्तर दिया।

---

* स्काटलैंड के सुधारवादी नेता।

"मैं पढ़ता हूँ—जब भी मौका मिलता है, हालाँकि इस बीच कम ही मौका मिला है (मेरी माँ पेरिस की थीं)—और उन लोगों में एक कहावत है कि इश्क एक इबादत है। समझ में आई मेरी बात?"

"ओह!" बाथशीबा ने जवाब दिया, और आम तौर पर अविचलित रहनेवाली इस लड़की की आवाज में थोड़ी-सी हिचक थी; "जितनी मोहक बातें हैं तुम्हारी, उसका आधा भी लड़ाई में लगा दो तो संगीन के घाव को भी सुहाना बना दोगे!" और तुरन्त ही इस कथन में बाथशीबा को अपनी भूल का अहसास हो गया। इसको सुधारने के चक्कर में उससे और भी गड़बड़ हो गई। "लेकिन यह मत सोचना कि जो कुछ तुम मुझे बता रहे हो, उससे *मुझे* कोई खुशी हो रही है।"

"मुझे पता है आपको खुशी नहीं हो रही है—अच्छी तरह पता है," ट्राय ने बाहर से अपने चेहरे पर उल्लासपूर्ण दृढ़ता लाई और फिर भाव बदलकर रूखेपन से कहा, "जब दर्जनभर आदमी आपसे चिकनी-चुपड़ी बातें करने और आपकी जरूरी आलोचना किए बिना लल्लो-चप्पो करने को तैयार हैं तो कोई कारण नहीं कि प्रशंसा और शिकायत की खिचड़ी आपको अच्छी लगे। भले ही मैं मूर्ख हूँ, पर इतना घमंडी भी नहीं कि इतनी-सी बात न समझ सकूँ।"

"मेरे ख्याल से तुम—फिर भी, अक्लमन्द हो," बाथशीबा ने, इस बीच इस सैनिक के तौर-तरीके से अस्वाभाविक रूप से व्यग्र हो जाने के कारण, उस नरकुल की तरफ तिरछी नजर से देखते हुए कहा जिसे वह एक हाथ से आवेशपूर्वक खींच रही थी। ऐसा इसलिए नहीं था कि उसकी चापलूसी बिल्कुल अप्रत्याशित थी बल्कि इसलिए कि इसकी तीव्रता बहुत अधिक थी।

"मैं किसी और के सामने यह बात नहीं कबूलूँगा—न ही आपके सामने कबूल रहा हूँ। फिर भी, उस रात के मेरे मूर्खतापूर्ण विचार में कुछ अक्लमन्दी हो सकती है। मैं जानता था कि जो बात मैं तारीफ में कह रहा हूँ वह आपसे इतनी बार कही गई होगी कि तंग आकर आपके लिए इसका आनन्द खत्म हो गया होगा, लेकिन मुझे निश्चित पता था कि अपने दयालु स्वभाव के कारण आप मेरी बकवास को भी कड़ाई से नहीं लेंगी—पर आपने ऐसा ही किया—और आज सुबह जबकि मैं आपके चारे की मेहनत से रक्षा कर रहा हूँ, आपने मेरे बारे में गलत सोचा और मुझे चोट पहुँचाई।"

"अच्छा, इसके बारे में अधिक सोचने की जरूरत नहीं है। शायद दिल खोलकर अपनी बात कहने में तुम्हारा इरादा मेरे प्रति रुखाई का नहीं था; मुझे वाकई यकीन है कि तुम्हारा इरादा ऐसा नहीं था," इस चतुर नारी ने बड़ी मासूमियत से कहा। "और यहाँ मदद करने के लिए मैं तुम्हारी शुक्रगुजार हूँ। लेकिन—लेकिन ध्यान रहे कि फिर कभी मुझसे इस तरह बात मत करना, या किसी भी तरह से नहीं, जब तक कि मैं खुद तुमसे न बोलूँ।"

"अरे मिस एवरडीन। यह कड़ाई तो कुछ ज्यादा ही हो गई!"

"नहीं, यह ज्यादा नहीं है। ज्यादा क्यों है?"

"आप इस हिसाब से तो मुझसे कभी बात नहीं करेंगी; क्योंकि मैं यहाँ ज्यादा दिन नहीं रहूँगा। जल्दी ही मैं वापस अपनी ड्रिल की नीरस दिनचर्या में लौटनेवाला हूँ—और शायद जल्दी ही हमारी रेजीमेंट को बाहर जाने का आदेश भी मिल जाएगा। और फिर भी आप मुझसे मेरे सुख का एकमात्र छोटा-सा सहारा भी छीन लेना चाहती हैं, जो मेरी इस नीरस जिन्दगी में बचा रह गया है। ठीक है, शायद औरत का सबसे खास गुण उसकी उदारता नहीं होती।"

"तुम यहाँ से कब जा रहे हो?" बाथशीबा ने कुछ दिलचस्पी से पूछा।

"महीनेभर में।"

"लेकिन मुझसे बात करके तुम्हें किस तरह खुशी मिल सकती है?"

"यह जानने के बाद भी कि मेरा कसूर क्या है—आप मुझसे पूछ रही हैं!"

"अगर इतनी छोटी-सी चीज की तुम्हें इतनी परवाह है तो मुझे एतराज नहीं है," उसने दुविधा और सन्देहपूर्वक जवाब दिया। "लेकिन तुम्हें मुझसे बात करने की वाकई इतनी परवाह नहीं है! खाली कह ही रहे हो तुम—मेरे ख्याल से बस कह ही रहे हो तुम।"

"यह अन्याय है—लेकिन मैं यह बात दुहराऊँगा नहीं। किसी भी कीमत पर आपकी दोस्ती की ऐसी पहचान पाकर मैं इतना सन्तुष्ट हूँ कि बेकार नुक्ताचीनी नहीं करना चाहता। मुझे वाकई इस चीज की परवाह है। हो सकता है कि आप ऐसे आदमी को निरा बुद्धू समझें जो आपसे सिर्फ एक शब्द सुनना चाहता है—सिर्फ एक गुडमॉर्निंग। शायद ऐसा आदमी बुद्धू हो भी—मुझे नहीं पता। लेकिन काश आपने कभी एक आदमी की निगाह से औरत को देखा होता—और वह औरत आप खुद होतीं!"

"अच्छा।"

"आपको तो बिल्कुल नहीं पता कि यह कैसा अनुभव होता है—और भगवान न करे कि कभी इसका अनुभव हो आपको।"

"बकवास, चापलूस कहीं के। कैसा होता है, यह? जानना चाहूँगी मैं।"

"संक्षेप में कहा जाए तो यह ऐसा अनुभव होता है जिसमें न कुछ सोचा जा सकता है, न कुछ सुना जा सकता है और न किसी तरफ देखा जा सकता है, सिवाय उस एक दिशा के जिसमें सिर्फ दुख और यातना ही है।"

"ओह सार्जेंट, बात बनेगी नहीं—तुम झूठ बोल रहे हो," उसने अपना सर हिलाते हुए कहा। "तुम्हारी बातें इतनी बनावटी हैं कि सच हो ही नहीं सकतीं।"

"मैं झूठ नहीं बोल रहा हूँ—एक सैनिक के सम्मान की कसम।"

"लेकिन ऐसा क्यों है?—बेशक मैं यूँ ही पूछ रही हूँ।"

"क्योंकि आप बहुत बेचैन कर देनेवाली हैं—और मैं बहुत बेचैन हूँ।"

"लगते भी हो।"

"वाकई हूँ भी।"

"क्यों, अभी उस रात को ही तो तुमने देखा है मुझे।"

"इससे कोई फर्क नहीं पड़ता। बिजली की चमक तो अपना काम तुरन्त कर जाती है। मुझे तभी आपसे तुरन्त प्यार हो गया था—जैसे अभी है।"

बाथशीबा ने उसके पैरों से लेकर ऊपर वहाँ तक का जिज्ञासापूर्वक निरीक्षण किया जहाँ तक उसने अपनी निगाहों को दौड़ाना चाहा। यह निरीक्षण ट्राय की आँखों तक नहीं बल्कि उनसे कुछ नीचे तक ही सीमित रहा।

"न तो तुम मुझसे प्रेम कर सकते हो और न करो," उसने बनावटी लज्जा से कहा। "लोगों में ऐसी कोई भावना अचानक नहीं आती। अब मैं तुम्हारी और कोई बात नहीं सुनूँगी। पता नहीं कितने बज रहे हैं—मैं जा रही हूँ—पहले ही मैंने यहाँ काफी वक्त बर्बाद कर दिया है।"

सार्जेंट ने अपनी घड़ी देखी और उसे समय बताया, "क्या आपके पास घड़ी नहीं है, मिस?" उसने पूछा।

"फिलहाल तो नहीं है—जल्दी ही एक लेनेवाली हूँ।"

"नहीं। आपको घड़ी मिल जाएगी। हाँ—मिलेगी आपको! तोहफा, मिस एवरडीन—तोहफा।"

और इससे पहले कि वह इस नौजवान का इरादा समझे, एक भारी-सी सोने की घड़ी उसके हाथ में थी।

"यह घड़ी इतनी अच्छी है कि मेरे जैसे आदमी को शोभा नहीं देती," उसने धीमे से कहा, "इस घड़ी की भी एक लम्बी कहानी है। कमानी दबाकर इसे पीछे से खोलिए।"

उसने वैसा ही किया।

"क्या दिखा आपको?"

"एक कुलचिह्न और आदर्श वाक्य।"

"पाँच बिन्दुओंवाली एक किरीटिका और उसके नीचे—'प्यार हालात का मुहताज है।' यह सेवर्न के सामन्तों का आदर्श-वाक्य है। यह घड़ी उनके आखिरी जमींदार की थी, और इसे मेरी माँ के पति, एक डाक्टर, को उनके इस्तेमाल के लिए दिया गया था कि जब मैं समझदार हो जाऊँ तो इसे मुझे दे दिया जाए। कुल मिलाकर मेरे नसीब में यही विरासत है मेरी। अपने समय में यह घड़ी सम्राटों के काम आई है—राजकीय समारोह, दरबारी क्रियाकलाप, शाही यात्राएँ, और राजाओं की निद्रा—सबका समय तय किया है इसने। अब यह आपकी है।"

"लेकिन सार्जेंट ट्राय—मैं इसे नहीं ले सकती—नहीं ले सकती।" यह कहते हुए आश्चर्य से उसकी आँखें गोल हो गई थीं। "सोने की घड़ी—क्या कर रहे हो तुम! इतना दिखावा मत करो।"

अपना उपहार वापस लेने से बचने के लिए सार्जेंट पीछे हट गया, जिसे वह उसकी तरफ आग्रहपूर्वक बढ़ाती जा रही थी। जैसे-जैसे वह पीछे हटता था, बाथशीबा आगे बढ़ती जाती थी।

"इसे रख लें—मिस एवरडीन—रख लें। उसने बच्चे की तरह मचलकर जिद करते हुए कहा। "आपके पास रहने से मेरे लिए इसकी कीमत दस गुना हो गई है। मेरा काम तो किसी साधारण घड़ी से भी चल जाएगा, यह सोच-सोचकर कि मेरी पुरानी घड़ी किसके दिल के पास टिक-टिक कर रही है।—अच्छा मैं यह बात नहीं कहूँगा। आज से पहले यह घड़ी कभी भी इतने सही हाथों में नहीं रही जितने सुपात्र के हाथ में आज है।"

"लेकिन मैं इसे वाकई नहीं रख सकती!" बाथशीबा ने बिल्कुल परेशान होकर क्रुद्ध होते हुए कहा। "तुम ऐसा कैसे कर सकते हो—अगर वाकई तुम्हारी बात का कोई मतलब है। मुझे अपने स्वर्गीय पिता की घड़ी दे दी, और वह भी इतनी कीमती! इतनी लापरवाही मत करो सार्जेंट ट्राय।"

"मैं अपने पिता से प्रेम करता था : अच्छी बात है, लेकिन इससे भी अच्छी बात ये है कि मैं आपसे और भी प्यार करता हूँ। इसीलिए मैं ऐसा कर सकता हूँ," सार्जेंट ट्राय ने इतने स्वाभाविक स्वर में कहा कि अब यह सब नाटक नहीं लग रहा था। बाथशीबा के निश्चल सौन्दर्य की उसने परिहास में तारीफ की थी लेकिन इसके सजीव रूप ने उसे वाकई विचलित कर दिया था, और हालाँकि उसकी गम्भीरता बाथशीबा की कल्पना से कम थी, यह उसकी अपनी कल्पना से शायद कहीं ज्यादा थी।

बाथशीबा व्यग्रतापूर्ण आश्चर्य से सराबोर थी और उसने कुछ सन्देह के भाव से कहा, "क्या ये हो सकता है—अरे कैसे हो सकता है—कि तुम मेरे बारे में सोच रहे हो, और इस तरह अचानक। तुम मुझे अभी जानते ही कितना हो; हो सकता है कि मैं वाकई उतनी—उतनी सुन्दर न होऊँ जितनी तुम्हें लगती हूँ। कृपया इसे वापस ले लो—जरूर ले लो। न मैं इसे रख सकती हूँ, न रखूँगी। मेरा विश्वास करो कि तुम्हारी उदारता कुछ ज्यादा ही है। मैंने कभी तुम पर एक पाई का अहसान नहीं किया है, तो फिर तुम मुझ पर इतने मेहरबान क्यों हो!"

एक बार फिर ट्राय के होठों पर एक बनावटी जवाब आया, लेकिन दूसरे ही क्षण उसने इसे टाल दिया, और बाथशीबा की ओर सम्मोहित आँखों से देखा। सच्चाई यह थी कि इस समय जब कि वह व्यग्रतापूर्वक आवेश में और दिन के उजाले की तरह स्पष्ट सामने खड़ी थी तो जिन विशेषणों का सार्जेंट ने उसके लिए प्रयोग किया था, वे उसके मोहक सौन्दर्य पर इस कदर सटीक बैठ रहे थे कि एकबारगी वह हड़बड़ा गया कि इतनी जल्दी इनको झूठा कैसे मान ले। उसने यन्त्रवत कहा, "अरे, क्यों," और उसकी ओर देखता रहा।

"मेरे आदमी मुझे खेत में तुम्हारे पीछे-पीछे भागते देख रहे हैं, और हैरान हो रहे हैं—ओह, यह तो बड़ी बुरी बात है!" वह अपनी बात कहती रही। उसे इस बात का जरा भी इल्म नहीं था कि उसकी वजह से किसी में क्या बदलाव आ रहा है।

"पहले तो मेरा यह मतलब नहीं था कि आप इसे ले लें, क्योंकि यह मेरी कुलीनता की एकमात्र निशानी थी," ट्राय के मुँह से निकल गया, "लेकिन अपनी कसम खाकर कहता हूँ कि मेरी इच्छा है कि अब आप इसे ले लें। बिना किसी दिखावे के—आइए! मेरी खातिर मुझको उस खुशी से महरूम न करिए जो आपके इसे पहनने से मुझे मिलेगी।

लेकिन आप इतनी प्यारी हैं कि आप दूसरों की तरह दया दिखाने की भी परवाह नहीं करेंगी।"

"नहीं, नहीं—ऐसा मत कहो। मेरे कम बोलने के अपने कारण हैं जिन्हें मैं समझा नहीं पाऊँगी।"

"ठीक है तब, ठीक है," उसने हार मानकर घड़ी को वापस लेते हुए कहा। "अब मैं चलता हूँ। और क्या यहाँ कुछ हफ्तों के मेरे ठहरने के दौरान आप मुझसे बातचीत करेंगी?"

"जरूर करूँगी। फिर भी कह नहीं सकती कि करूँगी ही। ओह, इस तरह आकर तुमने मुझे यूँ तंग क्यों किया!"

"शायद जाल बुनने के चक्कर में मैं खुद ही फँस गया हूँ। यही बात हुई है। अच्छा, क्या आप मुझे अपने खेतों में काम करने देंगी?" उसने मनौवल के लहजे में कहा।

"हाँ, मेरा ख्याल है जरूर—अगर इसमें तुम्हें खुशी है तो।"

"मिस एवरडीन, मैं आपका शुक्रगुजार हूँ।"

"नहीं, नहीं।"

"अलविदा।"

अपने माथे को झुकाते हुए सार्जेंट अपना हाथ अपनी कैप तक ले गया, सलामी बजाई और दूर घास काटनेवालों के बीच लौट गया।

बाथशीबा इस समय घास काटनेवालों से नजरें न मिला सकी। दुविधाभरी व्यग्रता से उसका हृदय चंचल हो रहा था, और उसकी आँखों में प्रायः आँसू भर आए जब वह यह बुदबुदाते हुए घर की तरफ चली, "ओह मैंने क्या कर दिया—क्या मतलब है इसका—काश मुझे पता होता कि इसमें से कितना सच है।"

अध्याय 27

मधुमक्खियों का छत्ता

इस साल छत्ता बदलने में वेदरबरी की मधुमक्खियों ने देर कर दी थी। जून के आखिर में, और चरागाह में ट्राय से हुई भेंट के अगले दिन बाथशीबा अपने बगीचे में खड़ी होकर हवा में मधुमक्खियों के एक झुंड को देख रही थी और इनके उतरने की जगह का अनुमान लगा रही थी। न केवल इस वर्ष इनके आने में देर हुई थी बल्कि इनका अनुमान लगा पाना भी मुश्किल था। कभी-कभी पूरे मौसमभर मधुमक्खियों के सभी झुंड सबसे नीचे स्थित किसी पेड़ की टहनी, जैसे किसी झरबेरी की झाड़ी या सेब-वृक्ष की लता, पर उतर जाते थे। अगले साल उतने ही तालमेल से वे सीधा किसी लम्बे, पतले कोस्टर्ड या दूसरे सेब वृक्ष के सबसे ऊपरी हिस्से में कहीं पहुँच जाते थे, और जो लोग सीढ़ियों, नकाब और डंडों के बिना इन्हें लेने पहुँचते थे, ऐसे सभी आक्रान्ताओं के लिए ये टेढ़ी खीर सिद्ध होते थे।

यही हाल इस समय भी था। बाथशीबा की आँखें, जिन पर उसने अपनी एक हथेली से छाँव कर रखी थी, असीमित नीले आकाश में ऊपर बढ़ती इन मधुमक्खियों के समूह का पीछा कर रही थीं। अन्ततः ये उसी प्रकार के एक भारी-भरकम पेड़ पर जाकर रुकीं जिस तरह के पेड़ों की चर्चा की जा चुकी है। यह प्रक्रिया कुछ-कुछ वैसी ही थी जैसी युगों-युगों पूर्व इस ब्रह्मांड की सृष्टि के बारे में बताई जाती है। भनभनाती हुई मधुमक्खियों का झुंड आकाश में फैलकर और एक समान धुँधलापन पैदा करते हुए छा गया था, जो अब घना होकर मेघ सदृश केन्द्रित हो गया था; एक शाखा की ओर बढ़ते-बढ़ते यह और भी घने हो गए, यहाँ तक कि इससे उजाले में एक ठोस काला धब्बा बन गया।

आदमी व औरतें सभी चारा सुरक्षित रखने में बुरी तरह व्यस्त थे—यहाँ तक कि काम में हाथ बँटाने के लिए लिडी भी घर छोड़कर चली गई थी—इसलिए बाथशीबा ने फैसला किया कि अगर सम्भव हुआ तो वह खुद मधुमक्खियों को मधुमक्खी पेटिका में डाल देगी। पेटिका को फूल-पत्तियों और शहद से सजाने के बाद वह एक सीढ़ी, ब्रश और छड़ी ले आई। फिर उसने चमड़े के दस्ताने, मूँज की टोपी और काफी मोटे कपड़े की नकाब—जो कभी हरी रही होगी लेकिन अब गहरे भूरे रंग की हो गई थी—कवच की तरह पहनकर खुद को सुरक्षित बनाया और सीढ़ी के दर्जनभर डंडों पर चढ़ी ही थी कि उसे दस गज से भी कम दूरी से एक ऐसी आवाज सुनाई पड़ी जिसमें उसे अजीब ढंग से उद्वेलित कर देने की क्षमता थी।

“मिस एवरडीन, रुकिए, मैं आपकी मदद करता हूँ। ऐसा काम अकेले करने की कोशिश न करें।”

ट्राय बगीचे का फाटक खोलकर अन्दर आ रहा था।

बाथशीबा ने ब्रश, छड़ी और खाली पेटिका को नीचे फेंका, बिजली की तेजी से अपने गाउन के घेर को टखनों पर कसकर लपेटा, और जितना भी सँभलकर उसके लिए सम्भव था, सीढ़ी से उतरकर नीचे आ गई। जब तक वह नीचे पहुँची, ट्राय भी वहाँ पहुँच चुका था और वह पेटिका उठाने के लिए झुका।

“मैं कितना खुशनसीब हूँ कि इस मौके पर यहाँ आ टपका!” सार्जेंट ने कहा।

बाथशीबा की बोली निकलने में एक मिनट लग गया। “क्या मेरे लिए इन मधुमक्खियों को तुम इकट्ठा करोगे?” उसने जिस तरह कहा वह किसी साहसी लड़की के लिए हिचकिचाहट मानी जा सकती है, हालाँकि किसी डरपोक लड़की के लिए यही लहजा काफी साहसभरा लग सकता था।

“क्या मैं करूँगा!” ट्राय ने कहा। “क्यों, बेशक मैं करूँगा। आज आप कितनी खिली-खिली लग रही हैं।” ट्राय ने अपने चाबुक को जमीन पर फेंका और सीढ़ी पर चढ़ने के लिए अपने पैर बढ़ा दिए।

“लेकिन नकाब और दस्ताने तो पहन लो, नहीं तो डंक मार-मारकर मधुमक्खियाँ तुम्हारी दुर्दशा कर डालेंगी।”

"अरे हाँ। नकाब और दस्ताने तो पहनने पड़ेंगे मुझे। क्या आप बताएँगी कि इनको सही तरह से कैसे पहनें?"

"और तुम्हें चौड़े किनारेवाली टोपी भी पहननी पड़ेगी, क्योंकि तुम्हारी टोपी में नकाब को चेहरे की त्वचा से दूर टाँगकर रखने के लिए किनारा नहीं है, और वे तुम्हारे चेहरे पर पहुँच जाएँगी।"

"चौड़े किनारेवाली टोपी भी, जरूर-जरूर।"

इस प्रकार तय ये हुआ कि नकाब वगैरह लगे-लगे ही बाथशीबा की टोपी उतारकर ट्राय के सिर पर रख दी जाए। ट्राय ने अपने हैट को गूजबेरी की झाड़ियों में उछाल दिया। इसके बाद नकाब को नीचे की तरफ उसके कालर के चारों ओर बाँधा गया, और उसे दस्ताने पहना दिए गए।

इस भेष में वह इतना अजीबोगरीब दिख रहा था कि हड़बड़ी में होते हुए भी बाथशीबा की हँसी फूट पड़ी। जिस रूखे व्यवहार ने उसे बाथशीबा से अलग-थलग कर रखा था, आज उस कठघरे का एक और अवरोध हट गया।

बाथशीबा नीचे जमीन से देखती रही कि वह मधुमक्खियों को बुहारकर और पेड़ हिलाकर गिराते हुए दूसरे हाथ में वह पेटिका पकड़े हुए था जिसमें इनको गिराना था। जब उसका ध्यान उधर काम में लगा हुआ था तो बाथशीबा ने मिनटभर की इस फुरसत का लाभ उठाकर अपनी लटों को थोड़ा-सा सँवार लिया। वह पेटिका को एक हाथ की दूरी से पकड़े-पकड़े नीचे आया, जिसके पीछे-पीछे मधुमक्खियों का एक भारी झुंड खिंचता चला आ रहा था।

"मेरे सर की कसम," ट्राय ने नकाब में से कहा, "इस पेटी को पकड़कर रखने में हाथ इतनी बुरी तरह दुख रहा है जितना हफ्तेभर तलवारबाजी के अभ्यास से भी नहीं दुखेगा।" जब यह काम पूरा हो गया तो वह उसकी तरफ बढ़ा, "क्या आप मुझे खोलकर इससे बाहर निकालेंगी? इस पिंजरे जैसी पोशाक में तो मेरा दम ही घुट रहा है।"

उसकी गर्दन के पास बँधे धागे को खोलते समय अपनी झेंप को छिपाने के लिए बाथशीबा ने कहा, "जिसकी बात तुम कर रहे थे वह मैंने कभी नहीं देखी है।"

"क्या?"

"तलवारबाजी।"

"अच्छा—देखना चाहेंगी आप?" ट्राय ने कहा।

बाथशीबा को हिचक महसूस हुई। वेदरबरी के जो लोग कभी संयोग से थोड़े समय के लिए कास्टरब्रिज में बैरकों के पास रह चुके थे, उनके मुँह से कई बार बाथशीबा ने तलवारबाजी के इस अनोखे और भव्य प्रदर्शन की कहानियाँ सुन रखी थीं। जिन आदमियों या बच्चों ने दरारों के बीच से या दीवारों के ऊपर से बैरक के अहाते में झाँककर यह प्रदर्शन देखा होता था, वे लौटकर बताते थे कि यह काफी तड़क-भड़क का अवसर होता है : सैन्य साजो-सामान और अस्त्र-शस्त्र इधर-उधर चारों तरफ तारों की तरह चमकते हैं, हालाँकि

यह सब कायदे-कानून और सीमा के अन्दर ही होता है। जिस चीज की अनुभूति इतनी प्रबल थी, उसे उसने हल्के ढंग से इस तरह कहा, "हाँ, मैं इसे जरूर देखना चाहूँगी।"

"और आप देखेंगी भी जरूर। आप मुझे यह अभ्यास करते देखेंगी।"

"नहीं। कैसे?"

"सोचने दीजिए मुझे।"

"छड़ी से नहीं—मैं उससे नहीं देखना चाहती। असली तलवार होनी चाहिए।"

"हाँ, पता है मुझे—और मेरे पास यहाँ तलवार नहीं है। लेकिन मेरा विचार है कि शाम तक मेरे लिए एक तलवार का जुगाड़ हो जाएगा। अब आपको यह करना है।"

ट्राय ने उसके ऊपर झुककर धीमी आवाज में कोई सुझाव दिया।

"अरे नहीं, बिल्कुल नहीं," बाथशीबा ने शरमाते हुए कहा। "बहुत-बहुत धन्यवाद, लेकिन मैं किसी भी तरह नहीं कर सकती।"

"निश्चित तौर पर आप कर सकती हैं? किसी को पता नहीं चलेगा।"

बाथशीबा ने अपना सिर हिलाया, लेकिन इसमें नकारात्मक भाव कमजोर पड़ गया था। "अगर मुझे करना हो," उसने कहा, "तो मुझे लिडी को भी लाना होगा। ला सकती हूँ न?"

ट्राय ने दूर कहीं देखा। "मुझे समझ में नहीं आता कि आप उसे क्यों लाना चाहती हैं," उसने रुखाई से कहा।

बाथशीबा की आँखों में अनजाने में ही एक सहमति का भाव देखकर जाहिर हो रहा था कि सार्जेंट की बेरुखी के अलावा किसी और बात से उसे भी लगा था कि सुझाए गए दृश्य में लिडी की मौजूदगी फिजूल ही होगी। यह बात उसने यह प्रस्ताव करते समय भी महसूस की थी।

"अच्छा, मैं लिडी को नहीं लाऊँगी—और खुद आऊँगी। लेकिन बहुत थोड़े समय के लिए," उसने एक बार फिर दुहराया, "बहुत थोड़े समय के लिए।"

"मैं पाँच मिनट से ज्यादा नहीं लूँगा," ट्राय ने कहा।

अध्याय 28

फर्न की झाड़ियों के बीच का गड्ढा

बाथशीबा के निवास स्थान के सामने की पहाड़ी मीलभर की दूरी तक बंजर भूमि के रूप में पसरी हुई थी जिसमें इस मौसम में अभी-अभी तेजी से उग आए ताजे और हरे-भरे फर्न की ऊँची-ऊँची झाड़ियाँ फैली हुई थीं।

आज इस मध्यग्रीष्म की संध्या में आठ बजे, जब पश्चिम में सूर्य का रोमांचित कर

देनेवाला सुनहला प्रकाश अपनी लम्बी अलसाई किरणों से फर्न के पौधों की ऊपरी सतह को स्पर्श कर रहा था, इनके बीच किसी की पोशाक के रगड़ की धीमी आवाज सुनी जा सकती थी, और कन्धों तक पहुँचनेवाली इन कोमल पंखदार झाड़ियों के बीच बाथशीबा दिखाई पड़ी। वह ठिठकी, पहाड़ी पर अपने दरवाजे की तरफ आधी दूर वापस आई जहाँ से उस स्थान को उसने विदाई के भाव से देखा जिसे यह फैसला करके वह अभी-अभी पीछे छोड़ आई थी कि इसके निकट बिल्कुल नहीं रहना है।

उसे पहाड़ी के उभार से मुड़ती हुई एक कृत्रिम लाल रंग की धुँधली छाया दिखी। वह दूसरी तरफ लुप्त हो गई।

उसने एक मिनट—दो मिनट इन्तजार किया—वायदे के न पूरे होने पर उसे ट्राय की निराशा का ख्याल आया, और वह दुबारा मैदान में दौड़ पड़ी, बड़ी मुश्किल से किनारे पर चढ़ी और पहलेवाली दिशा में चल पड़ी। इस समय वह अपने इस दुस्साहसपूर्ण वायदे की हड़बड़ी से काँपते हुए हाँफ रही थी। उसकी साँस तेजी से ऊपर-नीचे हो रही थी और उसकी आँखों में एक विचित्र चमक थी। फिर भी जाना तो उसको है ही। वह फर्न की झाड़ियों के बीच एक गड्ढे के किनारे पहुँची। नीचे गड्ढे में ट्राय खड़ा था जो ऊपर उसी को देख रहा था।

"आपको देखने से पहले मैंने फर्न की झाड़ियों के बीच से आपके आने की सरसराहट सुन ली थी," उसने आगे बढ़कर बाथशीबा को ढलान से नीचे उतारने में मदद करने के लिए अपना हाथ बढ़ाते हुए कहा।

यह गड्ढा तश्तरी के आकार का अपनेआप बना हुआ गड्ढा था जिसका ऊपरी व्यास 30 फुट था और यह इतना उथला था कि उन दोनों के सिरों तक सूर्य की किरणें पहुँच सकती थीं। बीच में खड़े होने पर चारों तरफ से सिर के ऊपर फर्न की झाड़ियों का एक घेरा बनता था; ये झाड़ियाँ ढलान के नीचे तक उगी हुई थीं और उसके बाद अचानक लुप्त हो गई थीं। बीच के हिस्से में तल पर मोटी काई और घास की मिली-जुली एक ऐसी मोटी परत जमी हुई थी कि आधा पैर इसी में छुप जाता था।

"अब," ट्राय ने तलवार को दिखाते हुए कहा जिसे धूप में उठाने पर किसी सजीव वस्तु की तरह स्वागत करनेवाली दमक प्रकट हुई। "सबसे पहले चार दाहिनी तरफ के और चार बाईं तरफ के प्रहार हैं, चार दाहिने और चार बाएँ आक्रमण। मेरे विचार से पैदल सेना के प्रहार और बचाव हमसे अधिक दिलचस्प हैं लेकिन वे उतने धमाकेदार नहीं हैं। उनके यहाँ सात प्रहार और तीन भोंकनेवाले आक्रमण होते हैं। यह तो हो गई शुरुआती जानकारी। अब, इसके आगे हमारा प्रहार नम्बर एक इस तरह है जैसे आप अपनी फसल बो रहे हों—यूँ।" बाथशीबा को हवा में एक प्रकार का उलटा इन्द्रधनुष दिखाई पड़ा, और ट्राय का हाथ दुबारा ठहर गया। "प्रहार नम्बर दो, जैसे कि आप बाड़ लगा रहे हों—यूँ। तीन—जैसे कि आप फसल काट रहे हों—यूँ। चार, जैसे कि आप भूसी निकाल रहे हों—इस तरह। इसके बाद यही बाईं तरफ भी है। तो ये हुए प्रहार : एक; दो; तीन; चार; दाएँ : एक; दो; तीन;

चार; बाएँ।" उसने इनको दुहराया। "देखना है इनको दुबारा?" उसने पूछा। "एक, दो—"

बाथशीबा ने तुरन्त रोक दिया। "मैं नहीं देखती। वैसे तो तुम्हारे दूसरे और चौथे में कोई परेशानी नहीं है; लेकिन पहले और तीसरे खतरनाक हैं।"

"ठीक है—आपके लिए पहले और तीसरे मैं छोड़ दूँगा। इसके आगे प्रहार, भोंकनेवाले आक्रमण, और बचाव।" ट्राय ने विधिवत इनका प्रदर्शन किया। "इसके बाद इस तरीके से अभ्यास करते हैं।" उसने पहले की तरह हाथ चलाया। "देखिए, ये घिसे-पिटे नमूने हैं। पैदल सेना में दो सबसे शैतानी प्रहार ऊपर की ओर होते हैं जिनका हम इनसानियत के नाते प्रयोग नहीं करते। इस तरह—तीन, चार।"

"कितने जानलेवा और खूँखार प्रहार हैं ये।"

"ये बड़े घातक हैं। अब आपको और भी मजा आएगा, और कुछ खुला खेल देखने को मिलेगा—पैदल और घुड़सवार सेना दोनों के हर प्रकार के प्रहार जो बिजली की चमक से भी तेज और इतने अन्धाधुन्ध होंगे कि इनकी स्वाभाविकता नियन्त्रण में तो रहे लेकिन बाधित न हो। आप मेरी प्रतिद्वन्द्वी हैं, यहाँ असली लड़ाई से अन्तर सिर्फ इतना है कि हर बार मैं आपको बाल-बाल बचा जाऊँगा। ध्यान रहे कि आप चाहे जो करें लेकिन घबराकर हाथ-पैर नहीं हिलाना है आपको।"

"मैं बिल्कुल नहीं घबराऊँगी।" उसने दिलेरी दिखाते हुए कहा।

सार्जेंट ने अपने सामने करीब एक गज की दूरी पर तलवार की नोक साधी।

इन नई-नई गतिविधियों में बाथशीबा के साहसी स्वभाव को थोड़ा-बहुत मजा आने लगा था। वह बताने के अनुसार ट्राय की तरफ मुँह करके खड़ी हो गई।

"अब सिर्फ यह देखने के लिए कि आपमें वाकई इतनी हिम्मत है कि मैं वह सब कर सकता हूँ जो मैं चाह रहा हूँ, मैं पहले आपकी परीक्षा लूँगा।"

उसने तलवार को लहराया, और अगले ही क्षण बाथशीबा को अपनी बाईं तरफ कूल्हे के ठीक ऊपर तलवार की नोक और धार चमक के साथ लपलपाती दिखी; इसके बाद ये उसकी दाहिनी तरफ प्रकट हुए और ऐसा लगा कि उसके शरीर से गुजरकर ये उसकी पसलियों के बीच से निकल गए हों। तीसरी चीज यह दिखी कि बिल्कुल साफ और रक्तहीन यही तलवार ट्राय के हाथ में सीधी (जिस स्थिति को तकनीकी रूप से 'तलवार की स्वाभाविक स्थिति' कहते हैं) पड़ी हुई थी। सबकुछ विद्युत गति से हुआ।

"ओह!" उसने डरकर अपना हाथ अपनी बगल में रखते हुए कहा। "क्या तुमने मुझे भोंक दिया?—नहीं, तुमने ऐसा तो नहीं किया है। क्या किया तुमने!"

"मैंने आपको छुआ तक नहीं है," ट्राय ने कहा। "यह सिर्फ हाथ की सफाई थी। तलवार आपके पीछे से गुजरी थी। अब आप डरी तो नहीं हैं, या हैं? क्योंकि अगर आप डरी रहेंगी तो मैं प्रदर्शन नहीं कर पाऊँगा। मैं आपको वचन देता हूँ कि न केवल आपको कोई चोट नहीं आएगी बल्कि आपको मैं एक बार भी छुऊँगा तक नहीं।"

"मुझे नहीं लगता कि मैं डरी हूँ। तुम्हें पक्का यकीन है कि मुझे कुछ नहीं होगा?"

"एकदम पक्का—"

"क्या यह तलवार बहुत धारदार है?"

"अरे नहीं—सिर्फ मूर्ति की तरह चुपचाप खड़ी रहना अब!"

क्षणभर में ही बाथशीबा की आँखों के सामने नजारा ही बदल गया। मन्द सूर्य की किरणों से आती प्रकाश की किरणें चकाचौंध पैदा करनेवाली ट्राय की तलवार की धार से टकराकर अगल-बगल, उसके सामने, ऊपर हर तरफ चमक रही थीं। लगता था कि ट्राय की तलवार एक साथ हर तरफ मौजूद होते हुए भी किसी एक जगह पर नहीं है। चारों तरफ प्रकाश की इस चमक के साथ ही एक प्रकार की सीटी जैसी आवाज आ रही थी—यह भी उसके चारों तरफ से तत्काल ही पैदा हुई आवाज थी। संक्षेप में वह प्रकाश के बादलों और सीटियों की ध्वनि से वैसे ही घिर गई थी जैसे उसके सिर पर ही उल्काओं से भरा आकाश हो।

जब से चौड़े फाल की तलवार को राष्ट्रीय शस्त्र घोषित किया गया, तब से लेकर आज तक इसके संचालन में इतनी कुशलता कभी नहीं देखी गई होगी जैसी ट्राय के हाथों में थी और आज के पहले कभी भी इसके प्रदर्शन को लेकर वह इतना उत्सुक नहीं रहा था जितना बाथशीबा के साथ फर्न की झाड़ियों के बीच आज की इस शाम में था। उसके प्रहारों की बारीकी के सम्बन्ध में कहा जा सकता है कि अगर यह सम्भव होता कि तलवार की धार चारों तरफ हवा में अपने गुजरने की जगह पर कोई स्थायी निशान छोड़ती चले तो बीच में जो खाली जगह बचती वह करीब-करीब बाथशीबा के शरीर का साँचा ही होती।

इस सैन्य ज्योति की दमकती हुई धारों के पीछे वह देख सकती थी कि ट्राय की दाहिनी भुजा किसी झंकृत वीणा के तारों की तरह अपने कम्पन की सीमा में चमकीली लाल धुन्ध जैसी फैली हुई थी, और सबसे पीछे ट्राय खुद था जो था तो प्रायः उसी से मुखातिब लेकिन कभी-कभी पीछे के प्रहार दिखाने के लिए आधा मुड़ जाता था। फिर भी उसकी आँखें, हमेशा बाथशीबा के शरीर की रूपरेखा का आकलन करने में लगी हुई थीं, और उसके होंठ प्रयत्नपूर्वक भिंचे हुए थे। इसके बाद उसकी गति कम हो गई, और बाथशीबा उसके अंग संचालन को देख सकी। तलवार की लपलपाहट थम गई थी, और वह पूरी तरह से रुक गया।

"बाहरवाले बालों की इस ढीली लट को ठीक करने की जरूरत है," बाथशीबा के हिलने-डुलने या बोलने से पहले ही वह बोल पड़ा। "ठहरो, मैं कर देता हूँ।"

उसकी दाहिनी तरफ बिजली की चिंगारी चमकी : तलवार नीचे आई थी। वह लट जमीन पर आ गिरी।

"शाबास!" ट्राय ने कहा। "आप राईभर नहीं हिलीं। किसी औरत के लिए अद्भुत बात है ये।"

"क्योंकि मुझे इसकी उम्मीद ही नहीं थी। अरे, तुमने तो मेरे बालों का सत्यानाश कर दिया!"

"सिर्फ एक बार और।"

"नहीं—नहीं! मुझे तुमसे डर लग रहा है—वाकई डर लग रहा है!" वह चीख पड़ी।

"मैं आपको एकदम स्पर्श नहीं करूँगा—आपके बाल तक को नहीं। मैं सिर्फ उस इल्ली को मारने जा रहा हूँ जो आपके ऊपर चढ़ी हुई है। हिलना मत!"

पता चला कि फर्न की झाड़ियों के बीच से गुजरते समय उन्हीं में से कोई इल्ली बाथशीबा की चोली पर आ बैठी थी। उसने देखा कि तलवार की चमकती हुई नोक उसकी छाती की तरफ बढ़ी और इसमें घुसती हुई लगी। बाथशीबा ने पूरे विश्वास से आँखें मूँद लीं कि आखिरकार उसकी जान गई। फिर भी पहले की तरह महसूस करते हुए उसने दुबारा आँखें खोल दीं।

"ये रहा, देखिए," सार्जेंट ने अपनी तलवार को उसकी आँखों के सामने करते हुए कहा।

इल्ली उसकी नोक में बिंधी हुई थी।

"जादू हो गया ये तो!" बाथशीबा ने चकित होकर कहा।

"अरे नहीं—हाथ की सफाई। मैंने तो आपकी छाती पर सिर्फ वहीं नोक लगाई जहाँ पर इल्ली थी, और आपको घोंपने के बजाय इंच के हजारवें भाग से आपके शरीर को बचा गया।"

"लेकिन जिस तलवार में धार नहीं है उससे तुम मेरे बालों का गुच्छा कैसे कतर सकते हो?"

"धार नहीं है! यह तलवार उस्तरे की तरह छील सकती है। ये देखिए।"

उसने अपनी हथेली को इसकी धार से छुआ, और इसके बाद वहाँ से लटकती हुई खाल की एक पतली कतरन बाथशीबा को दिखाई।

"लेकिन पहले तो तुमने कहा था कि ये भोथरी है और मुझे काट नहीं सकती।"

"वह तो आपको बिना हिले-डुले खड़ी रखने और इस तरह आपकी सुरक्षा करने के लिए कहा था। हिलने-डुलने से आपको कितनी बड़ी चोट का खतरा था, उसको देखते हुए इससे बचाव के लिए मुझे आपसे झूठ बोलने में भी संकोच नहीं हुआ।"

वह काँप गई, "मेरी जिन्दगी और मौत के बीच इंचभर का फासला था, और मुझे पता भी नहीं था।"

"इस बात को और अच्छी तरह कहें तो आप दो सौ पिचानबे बार जिन्दा काटे जाने से आधा इंच दूर रही हैं।"

"निर्दयी, क्रूरता है ये तुम्हारी!"

"फिर भी आप बिल्कुल सुरक्षित रही हैं। मेरी तलवार से कभी चूक नहीं होती।" ट्राय ने तलवार को वापस म्यान में रख दिया।

इस दृश्य के परिणामस्वरूप सैकड़ों उथल-पुथलभरी भावनाओं से अभिभूत बाथशीबा अनमने भाव से हीदर की एक झाड़ी पर बैठ गई।

"अब मैं आपसे विदा लेता हूँ," ट्राय ने नरमी से कहा। "और मैं इसे आपकी निशानी

के रूप में लेकर अपने पास रखने का दुस्साहस करूँगा।"

बाथशीबा ने देखा कि वह घास पर झुका, उसकी घुँघराली लटों से काटे गए बालों की घुमावदार लट को, उठाया, इसे अपनी उँगलियों के चारों तरफ लपेटा, अपने कोट में छाती के पास एक बटन खोला, और इसे सावधानी से भीतर रख लिया। बाथशीबा ने उसे रोकने या मना करने में अपने को असहाय महसूस किया। कुल मिलाकर, वह बाथशीबा के लिए भारी पड़ रहा था, और बाथशीबा किसी ऐसे आदमी की तरह लग रही थी जो ताजी हवा के झोंके के सामने पड़ जाने पर इसके तेज बहाव के नाते साँस तक नहीं ले पाता।

वह बाथशीबा के नजदीक आ गया और बोला, "अब मुझे जाना होगा।" वह और भी नजदीक आ गया। एक मिनट के बाद उसने सार्जेंट की सुर्ख काया को फर्न की झाड़ियों के बीच लुप्त होते देखा, करीब-करीब वैसे ही जैसे किसी चमकदार तलवार को तेजी से लहरा दिया गया हो।

उस क्षणभर के अन्तराल में ही उसके चेहरे पर रक्तिम लालिमा फैल गई, शरीर में यूँ चुभन होने लगी जैसे उसका पोर-पोर दहक रहा हो, और भावनाओं का ज्वार उमड़कर विचारों पर हावी हो गया। जिस तरह खुदा की नियामत से माउंट होरेब पर मूसा के पत्थर मारने से पानी का सोता फूट पड़ा था, वैसे ही आज के इस आघात से बाथशीबा के आँसू फूटकर बह निकले। उसने ऐसा महसूस किया जैसे उसने घोर पाप कर दिया हो।

बात ये थी कि ट्राय का मुँह धीरे-धीरे उसके अपने मुँह पर झुकता चला गया था। उसने बाथशीबा को चूम लिया था।

अध्याय 29

साँझ के झुटपुटे में एक सैर के बारे में

बाथशीबा एवरडीन की तमाम चारित्रिक विशेषताओं में अब हमें स्पष्ट तौर पर मूढ़ता का समावेश दिखाई पड़ता है। यह उसके सहज स्वभाव के लिए एक तरह से नई बात थी। कामदेव के बाण की तरह इसने अन्ततः उसके समूचे व्यक्तित्व को अपने आगोश में ले लिया। यद्यपि बाथशीबा के पास इसकी पर्याप्त समझदारी थी कि वह पूर्णतया नारी स्वभाव से ही अनुशासित न हो, उसका नारी स्वभाव भी इतना पर्याप्त प्रभावी था कि उसकी समझदारी को पूरा-पूरा काम करने का अवसर नहीं मिलता था। इससे अधिक आश्चर्य की बात क्या हो सकती है कि नारी जाति जिन चापलूसियों को झूठा जानती है, उन पर तो यकीन करने के लिए अद्‌भुत रूप से तत्पर रहती है—और जिन कटु आलोचनाओं को सच्चा जानती है, उन पर पूरी तरह संशय में रहती है।

बाथशीबा जिस तरह ट्राय से प्रेम करती थी, उस तरह सिर्फ आत्मविश्वास से लबरेज

औरतें ही अपने आत्मविश्वास को लात मारने के बाद कर पाती हैं। जब कोई दृढ़ स्वभाव की नारी अपनी दृढ़ता को बेपरवाह होकर त्याग देती है तो उसकी हालत उस कमजोर औरत से भी बदतर हो जाती है जिसके पास त्यागने के लिए दृढ़ता जैसी कोई चीज कभी थी ही नहीं। उसकी परेशानी का एक कारण यह भी होता है कि यह स्थिति उसके लिए नई होती है। ऐसी स्थिति से अच्छी तरह निपटने का उसका कोई अभ्यास नहीं होता। नई होने के कारण कमजोरी दुगुनी हो जाती है।

इस मामले में बाथशीबा को कपट का अहसास नहीं था। यद्यपि एक अर्थ में दुनियादार औरत होते हुए भी आखिरकार उसकी दुनिया खुली धूप में होनेवाली गोष्ठियों और हरे गलीचों तक सीमित थी जहाँ लोगों के नाम पर गुजरते हुए पशुओं का समूह होता है और हवा में व्यस्तता की गुनगुनाहट होती है; जहाँ आपकी दीवार के दूसरी तरफ खरगोशों या खरहों का डेरा जमा होता है, जहाँ टोले में आपका पड़ोसी ही ले-देकर सबकुछ है, और जहाँ गणनाएँ बाजार के दिनों तक ही सीमित होती हैं। आधुनिक समाज के बनावटी व्यवहार-कौशल का उसे अत्यल्प ज्ञान था, और बुरे समाज की बनावटी आत्म-रति का तो बिल्कुल ही ज्ञान नहीं था। अगर इस मामले में उसके प्रमुख विचारों को साफ-साफ लिखा जाता (और उससे ये कभी लिखे नहीं गए) तो कुल मिलाकर उनका यही निष्कर्ष निकलता कि वह अपने विवेक की अपेक्षा अपनी भावनाओं से ज्यादा काम लेती थी। उसका प्रेम पूरी तरह बच्चे के प्रेम की तरह था, और हालाँकि इसमें ग्रीष्म की तरह ऊष्मा थी, पर इसकी ताजगी बसन्त की थी। उसका अपराध सिर्फ इतना था कि परिणाम के बारे में चालाकी और सावधानी से विचार करके वह अपनी भावना पर काबू पाने का प्रयास नहीं करती थी। दूसरों को तो वह कठिन और पेचीदा रास्ते दिखा सकती थी, लेकिन खुद अपनी सलाह पर अमल नहीं कर पाती थी।

और ट्राय की कमियाँ औरत की नजर में आसानी से आनेवाली नहीं थीं, जबकि उसकी विशेषताएँ जगजाहिर थीं। इसके ठीक विपरीत सीधे-सादे ओक की कमियाँ तो अन्धे से अन्धे को भी महसूस हो जातीं लेकिन उसके गुण खदान में छिपी धातुओं की तरह थे।

बाथशीबा ने अपने आचरण में प्रेम और सम्मान के बीच स्पष्ट विभाजक रेखा खींच रखी थी। बोल्डवुड में अपनी रुचि के सम्बन्ध में उसने लिडी से खुलकर बात की थी लेकिन ट्राय के सम्बन्ध में उसका सिर्फ अपने दिल से संवाद हुआ था।

यह सारी दीवानगी गैब्रिएल ने देखी और रोज सुबह खेत में जाने से लेकर लौटने तक और कई रातों में आधी रात के बाद इसको लेकर परेशान भी हुआ। अब तक उसे यही भारी दुख था कि वह बाथशीबा का प्रेमपात्र नहीं है : अब उससे भी बड़ा दुख यह हो गया कि वह जाल में फँस रही है, और इस दूसरे दुख ने पहले को करीब-करीब भुला ही दिया। यह बात शारीरिक पीड़ा को लेकर हिप्पोक्रेटस के बहुचर्चित सिद्धान्त*

---

* शारीरिक पीड़ा को लेकर हिप्पोक्रेटस का बहुचर्चित सिद्धान्त—"जब दो पीड़ाएँ एक साथ लेकिन एक ही स्थान पर नहीं होतीं तो अधिक कष्टकारी पीड़ा दूसरे को दबा देती है।"—अनु.

के अनुरूप ही थी। उदात्त लेकिन सम्भवतः निराश प्रेम की यही पहचान होती है कि अपने प्रिय के दिल में नफरत पैदा हो जाने का डर भी उसका या उसकी कमियों का विरोध करने से विचलित नहीं कर सकता। ओक ने अपनी मालकिन से बात करने का निश्चय किया। इस समय घर से बाहर गए हुए बोल्डवुड के प्रति बाथशीबा का यह व्यवहार उसे अन्यायपूर्ण लगता था और इसी को आधार बनाकर वह अपनी बात रखेगा।

ऐसा मौका एक शाम को तब मिला जब बाथशीबा एक ऐसे रास्ते पर थोड़ी दूर टहलने के लिए निकली हुई थी जो पास के अनाज के खेतों से गुजरता था। गोधूलि का समय था जब ओक, जो उस दिन खेतों में दूर तक नहीं गया था, उसी रास्ते से लौटा। बाथशीबा विचारों में खोई हुई चली आ रही थी, बिल्कुल वैसे ही जैसे उसने सोचा था।

गेहूँ की बालियाँ अब ऊँची हो गई थीं, और रास्ता तंग था; इसलिए दोनों तरफ कुहनियों तक की ऊँचाईवाले खेतों के बीच में दबकर यह रास्ता नालीनुमा हो गया था। बिना फसल को नुकसान पहुँचाए दो आदमियों का एक साथ कन्धे सटाकर निकलना सम्भव नहीं था, और बाथशीबा को रास्ता देने के लिए ओक एक तरफ खड़ा हो गया।

"अरे गैब्रिएल, तुम हो?" उसने कहा। "तुम भी टहल रहे हो। गुड नाइट।"

"मैंने सोचा कि आपसे चलकर मिल लूँ क्योंकि थोड़ी देर हो गई है," जब बाथशीबा उसके पास से थोड़ी तेजी से आगे बढ़ गई तो ओक ने मुड़कर उसके पीछे-पीछे चलते हुए कहा।

"तहे-दिल से शुक्रिया। लेकिन मुझे ज्यादा डर नहीं है।"

"अरे नहीं। लेकिन यहाँ बदमाशों की कमी नहीं है।"

"मुझे तो कभी नहीं मिले।"

ओक बड़ी चालाकी से इस रसिक सार्जेंट को 'बदमाशों' की श्रेणी में रखकर बात की शुरुआत करने जा रहा था। लेकिन अचानक इस योजना में व्यवधान पड़ गया क्योंकि उसको एकदम से महसूस हुआ कि यह एक बेहूदा तरीका है और शुरुआत करने के लिए काफी बेधड़क भी। उसने दूसरी भूमिका की कोशिश की।

"और चूँकि आपसे स्वाभाविक रूप से मिलने आनेवाला शख्स घर से बाहर भी है—मेरा मतलब है किसान बोल्डवुड—तो मैंने सोचा कि मैं ही चलता हूँ," उसने कहा।

"अच्छा, हाँ," बिना पीछे मुड़कर देखे वह आगे चलती चली गई और कई कदमों तक अनाज की भारी बालियों के साथ उसके कपड़ों की सरसराहट के अलावा उसकी तरफ से कोई और सुगबुगाहट नहीं हुई। इसके बाद उसने कुछ तल्खी से कहा, "मुझे बिल्कुल समझ में नहीं आ रहा कि मि. बोल्डवुड मुझसे स्वाभाविक रूप से मिलने आएँगे, ऐसा कहने का तुम्हारा मतलब क्या है।"

"मैं उस शादी की बात कर रहा था जो लोगों के कहे अनुसार आपके और उनके बीच होनेवाली है, मिस। साफ-साफ बोलने के लिए माफी चाहता हूँ।"

"जो बात लोग कह रहे हैं, सच नहीं है," उसने तुरन्त जवाब दिया। "हमारे बीच

कोई शादी नहीं होने जा रही है।"

अब गैब्रिएल ने खुलकर अपना विचार सामने रख दिया क्योंकि वह मौका आ गया था। "अच्छी बात है, मिस एवरडीन," उसने कहा, "लोगों की बात छोड़ दें तो भी वह आपसे शादी की बात नहीं चला रहे हैं तो क्या कर रहे हैं?"

कदाचित बाथशीबा इस विषय की मनाही करके बात को वहीं खत्म कर देती अगर अपनी कमजोर स्थिति के अहसास ने उसे अपनी स्थिति को मजबूत करने के लिए घुमा-फिराकर बात करने और बहस करने के लिए प्रेरित न किया होता।

"अब ये बात छिड़ ही गई है," उसने काफी जोर देकर कहा, "तो मुझे खुशी है कि एक ऐसी गलतफहमी को दूर करने का मौका मिला जो बहुत आम है और काफी उकसानेवाली है। मैंने मि. बोल्डवुड से किसी भी प्रकार का कोई निश्चित वादा नहीं किया। मैंने कभी उनकी परवाह नहीं की। मैं उनकी इज्जत करती हूँ, और उन्होंने मुझसे आग्रह किया है कि मैं उनसे शादी करूँ। लेकिन मैंने उनको कोई साफ जवाब नहीं दिया है। जैसे ही वे लौटेंगे मैं ऐसा जवाब दे दूँगी। और वह जवाब ये होगा कि मैं उनसे शादी करने की नहीं सोच सकती।"

"लगता है लोगों को काफी गलतफहमी हुई है।'

"हुई है।"

"अभी उस दिन लोग कह रहे थे कि आप बोल्डवुड के साथ खिलवाड़ कर रही हैं, और आपने करीब-करीब साबित कर दिया था कि आप ऐसा नहीं कर रही हैं। इधर लोग कहने लगे हैं कि आप खिलवाड़ नहीं कर रही हैं, और आपने खुलकर जाहिर कर दिया कि..."

"कि मैं ऐसा कर रही हूँ, यही कहना चाहते हो न तुम।"

"चलिए—उम्मीद करता हूँ कि लोगों की बात सही होगी।"

"बात तो सही है उनकी, लेकिन गलत तरीके से इस्तेमाल की गई है। मैं उनके साथ खिलवाड़ नहीं कर रही लेकिन फिर उनसे मेरा कोई लेना-देना भी नहीं है।"

आखिरकार ओक से रहा नहीं गया और वह बोल्डवुड के प्रतिद्वन्द्वी के बारे में गलत लहजे में बोल ही गया। "काश आप उस युवा सार्जेंट ट्राय से कभी न मिलतीं, मिस," उसने गहरी साँस ली।

बाथशीबा के कदम कुछ ठिठक गए। "क्यों?" उसने पूछा।

"वह आपके लिए अच्छा आदमी नहीं है।"

"क्या मुझसे इस तरह बात करने के लिए तुमसे किसी ने कहा है?"

"हरगिज नहीं।"

"तो मुझे लगता है कि सार्जेंट ट्राय का यहाँ हमारी बात से कोई मतलब नहीं है," उसने कड़ाई से कहा। "फिर भी मैं जोर देकर कहती हूँ कि सार्जेंट ट्राय एक पढ़े-लिखे इनसान हैं और किसी भी औरत के काबिल हैं। वह अच्छे खानदान से ताल्लुक रखते हैं।"

"साधारण सैनिकों के मुकाबले अधिक पढ़ा-लिखा होना और अच्छे खानदान से ताल्लुक रखना और चाहे जो भी हो, उसकी योग्यता का प्रमाण तो नहीं है। इससे पता चलता है कि जिन्दगी में नीचे ही गया है वह।"

"मैं समझ नहीं पा रही कि इसका हमारी बातचीत से क्या ताल्लुक है। मि. ट्राय की जिन्दगी किसी भी तरह से नीचे नहीं गई है, और उनकी श्रेष्ठता ही उनकी योग्यता का प्रमाण है।"

"मुझे यकीन है कि उसके पास जमीर बिल्कुल नहीं है। और मैं आपसे यह गुजारिश करने से अपने को रोक नहीं पा रहा हूँ, मिस, कि उससे बिल्कुल ताल्लुक न रखें। सिर्फ एक बार मेरी बात सुन लीजिए—सिर्फ एक बार। मैं नहीं कहता कि वह इतना बुरा इनसान है जितना मैंने सोच रखा है—भगवान न करे कि वह ऐसा हो। लेकिन चूँकि हमें ठीक-ठीक उसके बारे में नहीं पता, तो क्यों न उसको बुरा मानकर चला जाए, सिर्फ आपकी अपनी हिफाजत के लिए? उस पर भरोसा न करें, मालकिन; मैं आपसे कह रहा हूँ कि उस पर इस कदर भरोसा न करिए।"

"क्यों?"

"मुझे सैनिक पसन्द हैं, लेकिन इस एक सैनिक को मैं पसन्द नहीं करता," उसने दृढ़तापूर्वक कहा। "अपने पेशे में उसकी चालाकी ने उसे बिगाड़ दिया है, और जो चीज दोस्तों के लिए हँसी-मजाक की है वह औरतों के लिए तबाही है। जब वह आपसे दुबारा बात करने की कोशिश करे, तो दुआ-सलाम करके मुँह फेर लीजिए; और कभी जिस रास्ते से उसको आता देखिए, उसको छोड़कर दूसरा रास्ता पकड़ लीजिए। जब वह कोई हँसीवाली बात बोले तो जान-बूझकर उसकी बात न समझिए और हँसिए मत, और ऐसे लोगों के सामने उसकी बात करिए जो आपकी बात उस तक कुछ इस तरह पहुँचाएँ जैसे 'वह सनकी आदमी,' या 'वह सार्जेंट—क्या नाम है उसका'—'वह आदमी जिसका परिवार बर्बाद हो गया है।' उससे बदतमीजी मत करिए, लेकिन उससे नम्रता का व्यवहार भी नहीं करिए, और इस तरह उससे छुटकारा पाइए।"

बाथशीबा इस समय जिस तरह तड़प उठी, उस तरह पिंजरे में बन्द चिड़िया भी कभी नहीं तड़पती।

"मैं कहती हूँ—मैं फिर कहती हूँ—कि तुम्हारा उनके बारे में बात करना ठीक नहीं है—मैं बिल्कुल हैरान हूँ कि उनकी चर्चा क्यों की जाए यहाँ।" उसने हताशापूर्वक कहा। "मैं जानती हूँ कि वह—कि वह—कि वह बिल्कुल जमीरवाले आदमी हैं—कभी-कभी रूखेपन की हद तक भी पहुँच जाते हैं—लेकिन अपनी बात हमेशा मुँह पर ही खरी-खरी कह देते हैं।"

"अच्छा!"

"वह उतने ही अच्छे हैं जितना इस इलाके का कोई और शख्स। चर्च जाने में भी वह बहुत पाबन्द हैं—बहुत ध्यान रखते हैं वह!"

"मेरे ख्याल से किसी ने कभी उसको वहाँ देखा नहीं। कम से कम मैंने तो कभी

नहीं देखा।"

"उसकी वजह यह है," उसने व्यग्रता से कहा, "कि वह पुरानी मीनार के दरवाजे से ठीक उसी समय अकेले भीतर दाखिल होते हैं जब प्रार्थना शुरू होती है और गैलरी के पीछे की तरफ बैठते हैं। मुझे बताया था उन्होंने।"

ट्राय की भलमनसाहत का यह सबसे बड़ा उदाहरण गैब्रिएल के कानों में वैसे ही पड़ा जैसे किसी खराब हो गई घड़ी की तेरहवीं घंटी की आवाज। न केवल इस बात पर एकदम अविश्वास उत्पन्न हो गया बल्कि इससे पहले के भी सारे आश्वासन वगैरह सन्देह के घेरे में आ गए।

ओक को ये जानकर तकलीफ हुई कि बाथशीबा को सार्जेंट पर इस कदर विश्वास है। जब उसने सन्तुलित स्वर में जवाब देना शुरू किया तो उसके भीतर भावनाओं का ज्वार हिलोरें ले रहा था, जाहिर था कि उसकी लाख कोशिश के बावजूद सन्तुलन बिगड़ रहा था।

"आप जानती हैं, मालकिन, कि मैं आपसे प्रेम करता हूँ और हमेशा करता रहूँगा। मैं इसकी चर्चा सिर्फ आपको ध्यान दिलाने के लिए कर रहा हूँ कि किसी भी हालत में मैं आपको नुकसान पहुँचाने की नहीं सोच सकता। इसके आगे इस बात को मैं यहीं छोड़ देता हूँ। पैसों और अन्य अच्छी चीजों की दौड़ में मैं पिछड़ गया हूँ, और मैं इतना मूर्ख नहीं हूँ कि अब जबकि मैं गरीब हूँ, और आप मुझसे काफी आगे निकल गई हैं तो भी आपके ऊपर अपना अधिकार जताऊँ। लेकिन बाथशीबा, प्रिय मालकिन, मैं आपसे इस बात पर विचार करने की गुजारिश करता हूँ—कि अपने आदमियों के बीच अपनी मान-मर्यादा बनाए रखने के लिए और आपको प्रेम करनेवाले उस प्रतिष्ठित आदमी के साथ-साथ मेरा भी ख्याल करके, इस सैनिक के प्रति अपने आचरण में आपको थोड़ा और सजग रहना चाहिए।"

"बस, बस, बस!" कहते हुए बाथशीबा का गला अवरुद्ध हो गया।

"क्या आप मेरे लिए मेरे अपने मामलों, और मेरी जिन्दगी से भी बढ़कर नहीं हैं?" वह कहता रहा।—"देखिए, मेरी बात सुनिए। मैं आपसे छह साल बड़ा हूँ और मि. बोल्डवुड मुझसे दस साल बड़े हैं, और सोचिए—इससे पहले कि बहुत देर हो जाए, मैं आपसे गुजारिश करता हूँ कि सोच लीजिए—उनके हाथों में आप कितनी सुरक्षित रहेंगी।"

बाथशीबा के प्रति अपने प्रेम का संकेत करके ओक ने अपनी दखलन्दाजी पर उसके गुस्से को कुछ हद तक कम कर दिया था; लेकिन उससे शादी करने की ओक की कामना पर अपने प्रति उसकी शुभकामनाओं के हावी हो जाने को वह वैसे ही नहीं क्षमा कर पाई जैसे ट्राय के प्रति उसके तिरस्कारपूर्ण व्यवहार को।

"मैं चाहती हूँ कि तुम कहीं और चले जाओ," उसने आदेश दिया, चेहरे पर फीकापन उतर आया जो दिखाई तो नहीं देता था लेकिन शब्दों के कम्पन से उसका पता चल रहा था। "इस फार्म पर अब एक पल भी मत रहो। मुझे तुम्हारी जरूरत नहीं है—मैं तुमसे विनती करती हूँ कि चले जाओ!"

"क्या बकवास है," ओक ने अविचलित भाव से कहा। "यह दूसरा मौका है जब

आप मुझे निकालने का दिखावा कर रही हैं, और मतलब क्या है इसका?"

"दिखावा! आपको जाना पड़ेगा मिस्टर—आपके उपदेश मैं नहीं सुननेवाली। मैं यहाँ की मालकिन हूँ।"

"कहती जाइए—और भी जो कुछ कहना हो आपको। मुझको ऐरा गैरा नत्थू खैरा समझकर बरताव कर रही हैं जबकि आपको पता है कि थोड़े समय पहले मेरी हालत आपके जैसी ही थी। कसम खाकर कहता हूँ बाथशीबा, कि यह सरासर ढिठाई है। आपको भी पता है कि मैं सबकुछ दुरुस्त किए बिना नहीं जा सकता जिससे कि आपको दिक्कत न हो। कह नहीं सकता कि कब तक। दरअसल, तब तक जब तक आप कारिन्दे, या मैनेजर, या किसी रूप में कोई समझदार आदमी रखने का वायदा नहीं करेंगी। अगर आप यह वादा कर दें तो मैं तुरन्त चला जाऊँगा।"

"मैं कोई कारिन्दा नहीं रखूँगी। अपना कामकाज मैं खुद सँभालूँगी," उसने निर्णायक स्वर में कहा।

"तो ठीक है; आपको शुक्रगुजार होना चाहिए कि मैं यहाँ पड़ा हुआ हूँ। फार्म का कामधाम कैसे चलेगा जब एक औरत के अलावा इसकी देखभाल करनेवाला और कोई नहीं होगा? लेकिन ध्यान रहे, मेरी कतई इच्छा नहीं है कि आप मेरे प्रति आभारी महसूस करें—कतई नहीं। मैं जो कर रहा हूँ, कर रहा हूँ। कभी-कभी मैं सोचता हूँ कि इस जगह को छोड़कर आजाद हो जाने में मुझे चिड़िया की तरह खुश होना चाहिए—यह मत सोचिएगा कि अपनी हस्ती मिटाकर मैं सन्तुष्ट हूँ। मुझे बेहतर भविष्य की उम्मीद थी। फिर भी मैं नहीं चाहता कि आपका कामधन्धा चौपट होता देखूँ, जैसा कि हो भी जाएगा अगर आपके यही ख्यालात रहे। इतना मुँहफट होकर अपनी बात कहने से मुझे नफरत है, लेकिन मेरी कसम, आपके उकसानेवाले तौर-तरीकों से कोई आदमी वह सबकुछ बोल जाएगा जिसकी वह किसी और समय कल्पना भी नहीं करता। मैं मानता हूँ कि मैं थोड़ी-बहुत दखलन्दाजी करता हूँ। लेकिन आपको तो अच्छी तरह पता है कि ऐसा क्यों है, और वह कौन है जिसे मैं बहुत चाहता हूँ, और जिसके लिए मेरे दिल में मूर्खता की हद तक इतनी भावनाएँ हैं कि उसके प्रति नरम होने का दिखावा नहीं कर पाता।"

काफी सम्भावना है कि वह चुपचाप और अनजाने में ही ओक की इस वफादारी का भीतर से थोड़ा-बहुत सम्मान करती रही होगी जो उसके शब्दों से अधिक उसके हाव-भाव में झलकता था। बहरहाल, बाथशीबा ने अस्फुट स्वर में कुछ कहा जिसका आशय यह था कि अगर वह चाहे तो वहाँ रह सकता है। उसने थोड़े स्पष्ट स्वर में कहा, "क्या अब मुझे अकेली छोड़ दोगे? मैं मालकिन की हैसियत से आदेश नहीं दे रही हूँ, एक औरत के रूप में कह रही हूँ—और मुझे उम्मीद है कि तुम इनकार करने का अक्खड़पन नहीं दिखाओगे।"

"बेशक, मैं आपको अकेली छोड़ दूँगा, मिस एवरडीन," गैब्रिएल ने कहा। उसे आश्चर्य हो रहा था कि यह निवेदन इस समय किया गया, क्योंकि कहा-सुनी तो खत्म हो गई थी, और वे लोग आबादी से काफी दूर एक अत्यन्त निर्जन पहाड़ी पर थे, और रात हो रही

थी। वह चुपचाप खड़ा हो गया और बाथशीबा को अपने से काफी आगे निकल जाने दिया जब तक कि उसे क्षितिज पर सिर्फ उसकी छाया नहीं दिखने लगी।

ओक से छुटकारा पाने की इस बेचैनी की वजह जल्दी ही साफ हो गई। और इसने उसकी तकलीफ को और बढ़ा दिया। बाथशीबा के पास की जमीन से कोई छाया उगती-सी नजर आई। यह आकृति निस्सन्देह ट्राय की ही थी। ओक को बातचीत भी सुनाई पड़ने की कोई सम्भावना नहीं थी, और वह तुरन्त ही पीछे मुड़कर चल दिया और इन प्रेमियों और उसके बीच दो सौ गज का अच्छा-खासा फासला हो गया।

गैब्रिएल चर्च के पिछवाड़े के रास्ते से होता हुआ घर गया। मीनार से गुजरते हुए उसको बाथशीबा की कही बात याद आ गई कि सार्जेंट अपनी आदत के मुताबिक प्रार्थना की शुरुआत में किसी की निगाह में आए बिना चर्च में घुसता है। यह सोचकर कि गैलरी के जिस छोटे-से दरवाजे की चर्चा हुई थी वह बिल्कुल इस्तेमाल में नहीं होगा, वह उन बाहरी सीढ़ियों पर चढ़ गया जिसके ऊपर यह दरवाजा था, और इस पर निगाह डाली। ऊपर उत्तरी-पश्चिमी दिशा में अभी भी मौजूद हल्की रोशनी में भी इतना तो जाहिर हो रहा था कि दीवार से लेकर नीचे दरवाजे तक एक फुट से अधिक लम्बाई में आइवी की एक लता उग आई थी और इसने दरवाजे को पत्थर के कोनों से नाजुक तरीके से बाँध रखा था। यह इस बात का निश्चित प्रमाण था कि कम से कम ट्राय के वेदरबरी में वापस आने के बाद से तो यह दरवाजा नहीं ही खोला गया है।

अध्याय 30

गर्म कपोल और आँसूभरी आँखें

आधे घंटे के बाद बाथशीबा ने अपने घर में प्रवेश किया। जब मोमबत्ती के प्रकाश में आई तो उसके चेहरे पर ऐसी लालिमा और उत्तेजना की चमक थी जो अब अकसर ही रहा करती थी। विदा होते समय ट्राय के कहे गए शब्द, जो उसके साथ-साथ दरवाजे तक आया था, अभी भी बाथशीबा के कानों में गूँज रहे थे। उसने बाथशीबा से दो दिनों के लिए विदा ली थी। उसने कहा था कि इस दौरान वह बाथ शहर में कुछ दोस्तों से भेंट-मुलाकात करेगा। उसने एक बार फिर बाथशीबा को चूमा था।

यहाँ एक छोटे-से तथ्य का खुलासा न करना बाथशीबा के साथ अन्याय होगा जिसका पता काफी समय बाद चल पाया। आज की शाम सड़क किनारे इतने सही मौके पर ट्राय का आना पहले से तय नहीं था। उसने आने का संकेत किया था—लेकिन बाथशीबा ने मना कर दिया था, और ओक को तो उसने इस डर से विदा कर दिया था कि अगर मना करने के बावजूद वह कहीं आ गया तो उन दोनों का आमना-सामना न हो जाए।

इस नए और विक्षुब्ध कर देनेवाले घटनाक्रम से हैरान-परेशान होकर वह एक कुर्सी में धँस गई। इसके बाद वह इस तरह उठी जैसे उसने कोई निर्णय ले लिया हो और किनारे की टेबल से अपनी डेस्क ले आई।

तीन मिनट के भीतर, बिना रुके और कोई काट-पीट किए, उसने बोल्डवुड को उनके कास्टरब्रिज से बाहर के पते पर एक चिट्ठी लिख डाली जिसमें उसने नम्रता से लेकिन दृढ़तापूर्वक कहा कि उसने अपने सामने बोल्डवुड द्वारा प्रस्तुत पूरे मामले पर अच्छी तरह विचार कर लिया है और सोच-विचार करने में पूरा समय लगाया है; कि उसका अन्तिम निर्णय यही है कि वह उनसे शादी नहीं कर सकती। उसने ओक से इरादा जाहिर किया था कि बोल्डवुड को निर्णायक जवाब देने से पहले वह उनके घर आने का इन्तजार करेगी। लेकिन बाथशीबा को लगा कि उसके लिए इन्तजार करना मुमकिन नहीं था।

इस पत्र को अगले दिन तक भेज पाना असम्भव था; फिर भी अपनी बेचैनी दूर करने के वास्ते इसे अपने हाथ से निकाल देने और इस तरह तुरन्त कार्रवाई शुरू कर देने के लिए, वह इसे लेकर रसोई की ओर चल पड़ी जहाँ औरतों में से किसी न किसी के होने की सम्भावना थी।

वह गलियारे में ठिठक गई। रसोई में वार्तालाप चल रहा था और इसका विषय बाथशीबा और ट्राय थे।

“अगर वह इनसे शादी करेगा तो ये खेती छोड़ देंगी।”

“बड़ी शानदार जिन्दगी होगी, लेकिन हँसी-खुशी के बीच कुछ परेशानी भी हो सकती है—मुझे तो यही लगता है।”

“ओह, काश ऐसा पति मुझे मिलता।”

बाथशीबा के पास इतनी समझदारी थी कि अपने बारे में अपने नौकर-चाकरों की कही बात को तवज्जो न दे, लेकिन उसके भीतर नारी-सुलभ वाचालता का अतिरेक भी था जिससे यह सम्भव नहीं था कि वह कही गई बात पर ध्यान न देकर इसको स्वाभाविक रूप से खत्म हो जाने दे। वह उनके बीच टपक पड़ी।

“किसके बारे में बात हो रही है?” उसने पूछा।

क्षणभर के लिए चुप्पी छा गई और किसी ने कोई जवाब नहीं दिया। अन्त में लिडी ने साहस करके कहा, “आपके ही बारे में कुछ बातें चल रही थीं, मिस।”

“मुझे भी ऐसा लग रहा था। मैरीएन, और लिडी और टेम्परेंस—अब मैं तुम्हें मना किए देती हूँ कि ऐसी चीजों पर अटकलबाजी मत करना। तुम्हें पता है कि मैं मि. ट्राय की तनिक भी परवाह नहीं करती—बिल्कुल नहीं। सबको पता है कि मुझे उससे कितनी नफरत है।—हाँ,” इस जिद्दी युवती ने दुहराया, “उनसे नफरत है मुझे।”

“हमें पता है कि आपको नफरत है,” लिडी ने कहा, “और हम सबको भी नफरत है।”

“मैं भी उससे नफरत करती हूँ,” मैरीएन ने कहा।

"मैरीएन—झूठी कहीं की। ये फरेबभरी कहानी कैसे सुना रही है!" बाथशीबा ने उत्तेजित होते हुए कहा। "अभी सुबह इसी जगह पर तुमने दिल से उनकी तारीफ की है—की थी या नहीं—हाँ, मैरीएन, तुम अच्छी तरह जानती हो!"

"हाँ मिस, लेकिन आपने भी तो यही किया था। अब वह घुटा हुआ बदमाश है, और आपका उससे नफरत करना वाजिब है।"

"वह घुटे हुए बदमाश नहीं हैं। मेरे मुँह पर ऐसा कहने की तुम्हारी हिम्मत कैसे हुई? मुझे उनसे नफरत करने का कोई हक नहीं है—न तुम्हें—न किसी और को। लेकिन मैं एक बेवकूफ औरत हूँ। मुझे इससे क्या कि वह क्या हैं—तुम्हें पता है कि कुछ नहीं है ऐसा। मुझे उनकी परवाह नहीं है—मैं उनकी पैरवी नहीं कर रही—कतई नहीं। ध्यान रहे, अगर तुममें से किसी ने भी उनके खिलाफ एक शब्द भी कहा तो उसे तुरन्त निकाल दिया जाएगा।"

उसने चिट्ठी को जमीन पर फेंक दिया और आँखों में आँसू लिए हुए भारी मन से तेजी से बैठक में चल दी। लिडी उसके पीछे-पीछे चल पड़ी।

"अरे मिस," लिडी ने बाथशीबा के चेहरे को दयाभाव से देखते हुए कोमलता से कहा, "मुझे अफसोस है कि हमने आपको इस तरह गलत समझा! मैं तो सोचती थी कि आप उनकी परवाह करती हैं, लेकिन मैं समझ गई कि अब आपको उनकी परवाह नहीं है।"

"दरवाजा बन्द कर दो, लिडी।"

लिडी ने दरवाजा बन्द किया और कहती रही; "लोग हमेशा ऐसी ही ऊटपटांग बातें किया करते हैं, मिस। आगे से मैं उन्हें जवाब दे दूँगी, 'मिस एवरडीन जैसी महिला उनसे प्रेम कर ही नहीं सकती'—मैं इसे बिना लाग-लपेट के बोल दूँगी।"

बाथशीबा फूट पड़ी : "ओ लिडी, क्या तू इतनी बुद्धू है! पहेलियाँ नहीं समझती—समझ नहीं सकती तू! तू तो खुद एक औरत है!"

लिडी की चमकदार आँखें विस्मय से गोल हो गईं।

"हाँ, जरूर तू अन्धी है, लिडी!" उसने हताशा और दुख से कहा। "मैं उनसे पागलपन, दुख और यन्त्रणा की हद तक प्यार करती हूँ। मुझसे डरो मत, हालाँकि किसी भोली-भाली औरत को डराने के लिए काफी हूँ मैं। पास आओ—और पास!" उसने लिडी की गर्दन में अपनी बाँहें डाल दीं। "किसी न किसी से मुझे दिल की बात कहनी ही पड़ेगी—यह मेरी आत्मा को कचोट रही है। क्या तुम अभी भी मुझे इतना नहीं समझ पाईं कि मेरे उस दयनीय इनकार की असलियत जान सको। हे भगवान, कितना बड़ा झूठ था वो। भगवान और मेरा प्रेम मुझे माफ करे। क्या तुम्हें नहीं पता कि प्रेम करनेवाली कोई भी औरत अपने प्रेम को निशाना बनाए जाने पर झूठी कसमों-वसमों की बिल्कुल परवाह नहीं करती? अच्छा, कमरे से बाहर चली जाओ। मैं बिल्कुल अकेली रहना चाहती हूँ।"

लिडी दरवाजे की ओर चल पड़ी।

"लिडी यहाँ आओ। सच्ची कसम खाकर कहो कि वह ऐयाश नहीं है—कि जो कुछ भी लोग उसके बारे में कह रहे हैं, सब झूठ है।"

"लेकिन मिस, मैं ऐसा कैसे कह सकती हूँ कि—"

"ढीठ लड़की!—लोगों की कही बात को दुहराने की हिम्मत कैसे हुई तुम्हारी? पत्थरदिल तो तुम हो ही...लेकिन मैं देखती हूँ कि तुम या गाँव में कोई और, या कस्बे में भी कोई ऐसा करने की हिम्मत कैसे करता है।" उसने आतिशदान से लेकर दरवाजे तक चहलकदमी शुरू कर दी।

"नहीं, मिस, मैं दुहरा नहीं रही—मुझे पता है कि यह सच नहीं है," लिडी ने बाथशीबा की अप्रत्याशित उग्रता से भयाक्रान्त होकर कहा।

"मैं जानती हूँ कि तुम सिर्फ मुझे खुश करने के लिए इस तरह हामी भर रही हो। लेकिन लिडी, वह बुरा नहीं हो सकता, जैसा कहा जा रहा है। सुना तुमने?"

"हाँ, मिस, हाँ।"

"और तुम्हें विश्वास है कि वह ऐयाश नहीं है?"

"मैं समझ नहीं पा रही हूँ कि क्या कहूँ मिस," कहते-कहते लिडी रोने लगी थी। "अगर मैं 'नहीं' कहती हूँ तो आपको मेरा यकीन नहीं होता, और अगर 'हाँ' कहती हूँ तो आप मुझ पर गुस्सा करती हैं।"

"कहो कि तुम इस बात पर यकीन नहीं करतीं—कहो कि यकीन नहीं करतीं।"

"मैं उन्हें इतना बुरा नहीं मानती जितना लोग बताते हैं।"

"वह एकदम बुरा नहीं है...हाय रे मेरी जिन्दगी और हाय रे मेरा दिल—मैं कितनी लाचार हूँ।" लिडी की उपस्थिति का लिहाज न करते हुए अपने को ढीली छोड़कर वह ऊलजलूल ढंग से प्रलाप करने लगी। "काश मैं उससे कभी मिली ही न होती। प्रेम में हमेशा औरतों की ही मुसीबत होती है। मुझे औरत बनाने के लिए ऊपरवाले को मैं कभी माफ नहीं करूँगी, मेरा खूबसूरत चेहरा मेरे लिए महँगा साबित हो रहा है।" वह कुछ तरोताजा हुई और अचानक लिडी से मुखातिब हुई। "ध्यान रहे, लिडी की बच्ची। अगर तूने इस बन्द कमरे में कही मेरी बात का एक भी शब्द कहीं किसी से कहा तो मैं तुम पर कभी भरोसा नहीं करूँगी, न तुम्हें प्रेम करूँगी, न तुमसे कोई वास्ता रखूँगी—एक पल भी नहीं।"

"मैं कोई बात दुहराना नहीं चाहती," लिडी ने अपेक्षाकृत निम्न श्रेणी की स्त्रियोचित मर्यादा से कहा। "लेकिन मेरी आपके साथ रहने की कोई ख्वाहिश नहीं है। और अगर आपकी मर्जी है तो मैं फसल कट जाने के बाद चली जाऊँगी, या इसी हफ्ते, या आज ही चली जाऊँगी... मुझे नहीं लगता कि मैं इसी लायक रह गई हूँ कि मुझको यहाँ रखकर बेवजह मेरी दुर्दशा की जाए।" छोटे कद की इस औरत ने बड़ी बात कही।

"नहीं, नहीं लिडी—तुम कहीं मत जाना!" बाथशीबा अक्खड़पन छोड़कर इस तरह अनुनय-विनय पर उतर आई जो हास्यास्पद रूप से असंगत था। "इस समय मेरे उलटा-पुलटा बोलने का बुरा मत मानना। तुम नौकरानी नहीं हो—तुम तो मेरी सहेली हो। प्रिय लिडी—जब से मेरे दिल का दर्द मुझ पर इस तरह हावी हुआ है, मुझे खुद नहीं पता कि मैं क्या कर रही हूँ। क्या होगा मेरा। मुझे लगता है कि मैं और भी मुसीबतों में पड़ती चली जाऊँगी।

कभी-कभी तो मैं सोचती हूँ कि मेरे नसीब में अनाथालय में मरना तो नहीं लिखा हुआ है। भगवान जानता है, मैं दोस्तों के मामले में अभागी हूँ।"

"मैं किसी बात का बुरा नहीं मानूँगी, न ही मैं आपको छोड़ूँगी।" लिडी सुबक पड़ी और उसने अनायास ही बाथशीबा के होठों पर अपने होंठ रख दिए, और उसे चूम लिया।

इसके बाद बाथशीबा ने लिडी को चूमा और सबकुछ पहले की तरह हो गया। "मुझे अकसर रुलाई नहीं आती, आती है क्या लिडी, लेकिन तुमने मेरी आँखों में आँसू ला दिए," यह कहते हुए उसकी नम आँखों के बीच मन्द मुस्कान की छटा बिखर गई। "उनको एक अच्छा इनसान मानने की कोशिश करना, करोगी न लिडी?"

"जरूर करूँगी, मिस।"

"जानती हो, वह ऐसे इनसान हैं जो स्वभाव से तो गम्भीर हैं लेकिन उनके तौर-तरीके उच्छृंखलताभरे हैं। लेकिन ऐसा होना उन लोगों से अच्छा है जो स्वभाव से तो उच्छृंखल होते हैं लेकिन तौर-तरीकों में गम्भीरता दिखाते हैं। मुझे लगता है कि मैं भी ऐसी ही हूँ। वादा करो कि मेरा राज खोलोगी नहीं—वादा करो, लिडी। और किसी को पता न चलने देना कि मैं उनके बारे में आँसू बहा रही थी, क्योंकि यह मेरे लिए बहुत बुरा होगा, और उस बेचारे के लिए भी अच्छा नहीं होगा।"

"अगर मेरे दिमाग में यह बात रह भी जाए तो साक्षात काल भी यह बात मुझसे नहीं उगलवा पाएगा और मैं हमेशा आपकी सहेली बनी रहूँगी," लिडी ने जोर देकर और आँखों में कुछ और आँसू लाते हुए कहा—इसलिए नहीं कि इसकी कोई जरूरत थी बल्कि इसलिए कि इस पूरे परिदृश्य में अपने आपको कलात्मक ढंग से फिट कर सके, जिसका असर ऐसे समय में औरतों पर तुरन्त हो जाता है। "मेरा ख्याल है, भगवान भी चाहता है कि हम अच्छी सहेलियाँ बनें, आप नहीं चाहतीं?"

"जरूर चाहती हूँ।"

"और प्रिय मालकिन, आप मुझे तंग नहीं करिएगा और न मुझे काट खाने के लिए दौड़िएगा, ठीक है, क्योंकि तब आप शेर की तरह भयानक लगती हैं, और मैं डर जाती हूँ। पता है आपको, मैं सोचती हूँ कि जब आप गुस्से में होती हैं, तो उस वक्त किसी भी पुरुष से कम नहीं लगतीं।"

"कभी नहीं—ऐसा सोचती हो तुम?" बाथशीबा को यह कहते हुए हल्की-सी हँसी आ गई, हालाँकि स्वयं की ऐसी रणचंडीवाली छवि से वह थोड़ा चौंकी भी। "मैं आशा करती हूँ कि मैं निर्भीक स्वभाव की मर्दाना औरत नहीं हूँ?" उसने कुछ चिन्ता के भाव से कहा।

"अरे नहीं—मर्दाना नहीं; लेकिन इतनी धाकड़ औरत कि कभी-कभी उसी तरह लगती हैं...मिस," उसने बड़े दुखपूर्वक साँस लेते और उतने ही दुखपूर्वक साँस छोड़ते हुए कहा, "काश मेरे भीतर आपकी जैसी आधी कमियाँ भी होतीं। ऐसे बुरे समय में एक लाचार औरत के लिए इससे बड़ी सुरक्षा होती है।"

अध्याय 31

आरोप : आक्रोश

यह सोचकर कि उसके पत्र का जवाब देने के लिए मि. बोल्डवुड के खुद लौटकर आने की सूरत में उनसे सामना न हो, अगले दिन शाम को बाथशीबा कुछ घंटे पहले लिडी से किए गए अपने वायदे को पूरा करने के लिए चल पड़ी। बाथशीबा की सहेली को, दोनों की आपसी सुलह की गारंटी के रूप में, अपनी बहन से भेंट करने के लिए हफ्तेभर की छुट्टी मिल गई थी। उसकी बहन जानवरों के लिए टट्टर और नाँद बनानेवाले एक खाते-पीते व्यापारी से ब्याही थी जो याल्बरी के पास ही ऊपरी मेलस्टाक के निकट भूल-भुलैया जैसे पिंघल वृक्षों के जंगल में रहता था। तय ये हुआ था कि मिस एवरडीन एक-दो दिन के लिए उनके घर आकर उनको मेहमाननवाजी का मौका देंगी और कुछ ऐसे उपकरणों को देखेंगी जिनको जंगल में रहनेवाले इस आदमी ने पहली बार पेश किया था।

गैब्रिएल और मैरीएन को हिदायत देकर कि रात में सबकुछ सावधानी से ताले के भीतर करने की जिम्मेदारी उन्हीं की है, वह घर से जिस समय बाहर निकली ठीक उसी समय बिजली की चमक के साथ हल्की-सी फुहार पड़कर बन्द हो चुकी थी जिससे हवा में ताजगी आ गई थी और जमीन की ऊपरी परत कोमलता से धुल गई थी, यद्यपि नीचे सबकुछ पहले की तरह ही सूखा था। तमाम किनारों और गड्ढों से मिट्टी की ताजी सोंधी महक उठ रही थी, और इस दृश्य को चिड़ियों के मधुर गुंजन से सम्पूर्णता मिल रही थी। उसके सामने ही बादलों के बीच, छिपे हुए सूर्य के पास दिखाई पड़नेवाली प्रकाश की तीव्र किरणें शोभायमान हो रही थीं। इस मध्य ग्रीष्म ऋतु में सूरज आसमान के सुदूर उत्तरी-पश्चिमी कोने में था।

डूबते दिन को देखते हुए और यह सोचते हुए कि किस प्रकार कुछ करने का वक्त धीरे-धीरे सोच-विचार में नष्ट होता जा रहा है और सोच-विचार का समय प्रार्थना और सोने में निकल रहा है, वह करीब दो मील की यात्रा ही पूरी कर पाई थी कि याल्बरी हिल पर उसे वही शख्स दिख गया जिससे बचने के लिए वह इतनी बेचैन थी। बोल्डवुड आगे बढ़ते चले आ रहे थे, उस तरह मन्द चाल से नहीं जो उनकी रोजाना की चाल थी, जिसमें वह हमेशा दो विचारों का सन्तुलन बनाते प्रतीत होते थे। उनके हाव-भाव में इस समय हैरानी और सुस्ती दिख रही थी।

बोल्डवुड ने जीवन में पहली बार इस सत्य का साक्षात्कार किया था कि पीठ फेर लेना औरतों की विशेषता होती है चाहे इससे किसी आदमी के तबाह हो जाने की सम्भावना भी हो। उनकी उम्मीद इसी बात पर टिकी थी कि बाथशीबा दृढ़ और निश्चयी स्वभाव की, अपनी सहेलियों की अपेक्षा कम हठीली लड़की है और उन्होंने सोचा था कि ये गुण ही उसको स्थिरता की खातिर सीधा रास्ता अख्तियार करने और उन्हें अपनाने के लिए प्रेरित करेंगे, हालाँकि उन्हें यह भी आभास था कि वह उसके सपनों के राजकुमार नहीं हैं।

लेकिन यह तर्क वैसे ही विफल रहा जैसे टूटे हुए आईने से टकराकर बिखरी हुई किरणें लौट जाती हैं। यह जानकर उन्हें जितना आश्चर्य हुआ, उतना ही दुख भी हुआ।

वह जमीन में निगाहें गड़ाए चलते चले आए और बाथशीबा पर उनकी निगाह तभी पड़ी जब उनके बीच बहुत जरा-सा फासला रह गया। उसके कदमों की आहट से उन्होंने सिर उठाकर देखा, और उनके परिवर्तित हाव-भाव से बाथशीबा को अच्छी तरह पता चल गया कि उसके पत्र ने कितनी गहराई और कितनी ताकत से उनकी भावनाओं को आघात पहुँचाया था। "अरे—आप हैं, मि. बोल्डवुड," वह हकलाते हुए बोली, चेहरे पर अपराध-बोध तैर गया।

जिन लोगों की चुप्पी में तिरस्कार की सामर्थ्य होती है, उन्हें यह शब्दों से भी ज्यादा प्रभावी माध्यम लगता है। आँखों में वे संकेत होते हैं जो जुबान पर नहीं आते, और मौन होंठों से जितनी बातें कह दी जाती हैं वे कानों में समा नहीं सकतीं। ऐसी क्षीण मनःस्थिति की शोभा और पीड़ा दोनों यह है, कि ऐसे में मौन का रास्ता अपना लिया जाता है।

यह देखकर कि वह एक तरफ को थोड़ा-सा हट गई, उन्होंने कहा, "क्या हुआ, तुम्हें मुझसे डर लग रहा है?"

"ऐसा क्यों कह रहे हैं आप?" बाथशीबा ने कहा।

"मुझे तुम्हारे चेहरे से ऐसा लगा," उन्होंने कहा। "और ये बड़ी अजीब बात है, खासकर तुम्हारे लिए मेरी भावनाओं को देखते हुए।"

उसने अपने को सँभाला, चुपचाप अपनी आँखें गड़ा दीं, और इन्तजार करने लगी।

"तुम्हें पता है कि यह भावना क्या है," बोल्डवुड ने शब्दों पर जोर देते हुए कहा। "मौत की तरह प्रबल है यह। जल्दबाजी में लिखी किसी चिट्ठी से इसको खारिज कर देने से कोई फर्क नहीं पड़ता इस पर।"

"काश मेरे लिए आपकी भावनाएँ इतनी प्रबल न होतीं," वह बुदबुदाई। "यह आपकी उदारता है, और मैं इसके काबिल नहीं हूँ, लेकिन अब मैं और नहीं सुनना चाहती।"

"सुनना? तुम्हें क्या लगता है कि मुझे कुछ और कहना है? मैं तुमसे शादी न करूँ, और बात खत्म। तुम्हारा पत्र बिल्कुल साफ था। मैं तुम्हें कुछ नहीं सुनाना चाहता—कुछ नहीं।"

बाथशीबा के अन्दर इतनी सामर्थ्य नहीं रह गई कि इस उलझनभरी स्थिति से निजात पाने के लिए अपनी इच्छाशक्ति का सही इस्तेमाल कर सके। उसने हड़बड़ाकर कहा, "गुड ईवनिंग," और आगे बढ़ने लगी। बोल्डवुड भारी और अलसाए कदमों से उसके पास तक पहुँचे।

"बाथशीबा—प्रिये—क्या वाकई अन्तिम फैसला है ये?"

"हाँ, बिल्कुल।"

"अरे बाथशीबा—मुझ पर रहम करो।" बोल्डवुड के मुँह से अनायास निकल गया। "भगवान के लिए—हाँ—मैंने अपने को इतना नीचे, निम्नतम स्तर तक गिरा दिया है—कि

एक औरत से रहम की भीख माँग रहा हूँ! पर वह औरत तुम हो, तुम्हीं हो।"

बाथशीबा ने अपने पर नियन्त्रण किया। लेकिन अपने होठों पर सहज ढंग से आनेवाली बात के लिए उसे मुश्किल से शब्द मिले : "इस बात में औरत की प्रतिष्ठा नहीं है।" इसको सिर्फ बुदबुदाकर कहा गया, इस आदमी के भावनाओं में उमड़ने के दृश्य में कुछ ऐसा परेशान कर देनेवाला, अकथनीय दुख था जिसके आगे स्त्रियोचित वाचालता भी फीकी पड़ गई।

"मुझे कुछ समझ नहीं आ रहा है, और मैं पागल हो गया हूँ," उन्होंने कहा। "मुझमें बिल्कुल धैर्य नहीं है कि यहाँ गिड़गिड़ाऊँ; लेकिन फिर भी मैं तुमसे गिड़गिड़ा रहा हूँ। काश तुम जान पातीं कि मेरे दिल में तुम्हारे लिए कितनी जगह है—लेकिन ऐसा होना असम्भव है। एक अकेले आदमी के लिए इनसानियत के नाम पर ही सही, मुझे अब छोड़ो मत!"

"मैं आपको छोड़ नहीं रही—दरअसल, मैं ऐसा कर भी कैसे सकती हूँ?—मैंने आपको कभी अपनाया ही नहीं।" दिन के उजाले की तरह साफ अपनी इस अनुभूति में कि उसने उनसे कभी प्यार नहीं किया था, उसे क्षणभर के लिए फरवरी के उस दिन की अपनी नासमझीभरी हरकत याद ही नहीं रही।

"लेकिन एक समय ऐसा था जब तुम्हारे बारे में मेरे कुछ सोचने से पहले ही, तुम्हारा मेरी तरफ झुकाव हुआ था। मैं तुम्हें दोषी नहीं ठहराता, क्योंकि अब भी मुझे लगता है कि जिसे तुम वेलेंटाइन कहती हो—उस पत्र से यदि तुमने मुझे अपनी तरफ आकृष्ट न किया होता तो जिस अज्ञानता और अँधेरे में मैं रह रहा होता वह मेरे तुम्हारे परिचय की स्थिति से भी खराब होती, हालाँकि यह मुसीबत भी इसी से खड़ी हुई है। लेकिन, मेरा विचार है, एक ऐसा भी समय था जब मुझे तुम्हारे बारे में कुछ नहीं पता था, और तुम्हारी कोई परवाह नहीं थी, और फिर भी तुम मेरी तरफ आकर्षित हुईं। और अगर अब तुम ये कहती हो कि तुमने मुझे बढ़ावा नहीं दिया तो मुझे कुछ नहीं कहना है।"

"जिसे आप बढ़ावा देना कह रहे हैं, वह एक बचकाना खेल था। मैं इसके लिए बहुत अधिक पछताती हूँ—हाँ, बहुत अधिक, और रो-रोकर। फिर भी आप मुझे इसकी याद दिलाते रहेंगे?"

"मैं तुम्हें इसके लिए दोषी नहीं ठहराता—मुझे खुद इसका अफसोस है। जिस बात को तुम मजाक साबित करने पर अड़ी हुई हो, उसे तो मैंने गम्भीरता से ले लिया था; और अब तुम्हारी जिस बात के लिए मैं प्रार्थना कर रहा हूँ कि ये मजाक साबित हो, उसे तुम बिल्कुल गम्भीर बताती हो। हमारे मिजाज में कोई तालमेल नहीं है। काश तुम्हारी भावना मेरी भावना से कुछ और मिलती, या मेरी भावना तुम्हारी भावना से कुछ और मिलती। काश मैं पहले समझ पाता कि यह खिलवाड़ मुझे कहाँ ले जाएगा—तो मैंने तुम्हें बुरी तरह फटकार दिया होता; लेकिन इसकी समझ मुझमें अब आई है जब मैं तुमसे इतना प्यार करता हूँ कि ऐसा नहीं कर सकता। लेकिन इस तरह बकवास करते रहना तो कमजोरी है...बाथशीबा तुम पहली ऐसी औरत हो जिस पर मैंने प्रेम करने की नीयत से निगाह डाली है, और चूँकि मैं तुम्हें पाने के काफी करीब पहुँच गया था इसीलिए इस इनकार को स्वीकार कर पाना

मुश्किल हो रहा है। तुमने तो करीब-करीब मुझसे वादा ही कर दिया था। लेकिन अब मैं इसलिए नहीं बोलूँगा कि तुम्हारा दिल पसीज जाए, और तुम्हें मेरे दर्द से दुख पहुँचे; इससे कोई फायदा नहीं। मुझे तो इसको झेलना ही पड़ेगा : मेरा दर्द तुम्हें दुख देकर तनिक भी कम नहीं होगा।"

"लेकिन मुझे आप पर तरस आता है—बहुत अधिक—बहुत अधिक।" उसने गम्भीरता से कहा।

"ऐसा कुछ भी मत करो—ऐसा कुछ भी मत करो। बाथशीबा, तुम्हारा प्रेम ही इतनी बड़ी चीज है कि इसके साथ-साथ तुम्हारे तरस खाने से भी वंचित हो जाने से मेरे दुख में कोई खास अन्तर नहीं पड़ता, न ही तुम्हारे तरस खाने से इसमें खास कमी हो रही है। हाँ प्रिये—कितने प्रेम से बातें की थीं तुमने मुझसे, भेड़ों की धुलाईवाले कुंड पर नरकटों के पीछे, ऊन-कटाई के समय खलिहान में, और आखिरी बार शाम को अपने घर में। कहाँ गईं वे तुम्हारी सारी प्यारभरी बातें—मुझसे प्रेम कर पाने की तुम्हारी सच्ची उम्मीद? कहाँ है तुम्हारा वह पक्का इरादा कि तुम मेरा बहुत ख्याल रखोगी? सब भूल गया?—सब?"

उसने भावनाओं पर काबू पाया, उनकी तरफ चुपचाप चेहरे में आँखें गड़ाकर देखा और अपनी धीमी लेकिन दृढ़ आवाज में बोली, "मि. बोल्डवुड, मैंने आपसे कोई वायदा नहीं किया था। क्या आपने मुझे पत्थर की समझ रखा था जब आपने मुझसे कहा कि आप मुझसे प्यार करते हैं—एक ऐसी बात जो किसी आदमी के मुँह से औरत की सबसे बड़ी तारीफ होती है? कुछ न कुछ भावनाएँ तो मुझे भी प्रदर्शित करनी ही थीं, असभ्य औरत कहलाने से बचने के लिए। फिर भी वो सारी खुशियाँ उसी दिन के लिए थीं—मुझे क्या पता था कि जो चीज और सभी पुरुषों के लिए मनबहलाव का साधन है, वही आपके लिए जीवन-मरण का सवाल है। अकल से काम लीजिए, और कुछ मेरा भी ख्याल करिए!"

"अच्छी बात है, बहस करने में हर्ज नहीं है—कोई हर्ज नहीं है। एक बात तो तय है। तुम पूरी तरह मेरी थीं, और अब तुम एकदम मेरी नहीं हो। सबकुछ बदल गया है, और सिर्फ तुम्हारी ओर से, याद रहे। एक वक्त था जब तुम मेरी कुछ भी नहीं थीं, और मैं सन्तुष्ट था। एक बार फिर तुम मेरी कुछ भी नहीं हो, और यह दूसरी बार का कुछ भी नहीं होना पहले से कितना अलग है। काश तुमने मुझे कभी अपनाया ही न होता, क्योंकि यह अपनाना तो सिर्फ मुझे दुत्कारने के लिए ही था।"

बाथशीबा को अपने साहसी स्वभाव के बावजूद अच्छी तरह अहसास होने लगा कि वह आखिरकार है तो एक औरत ही। उसने जी-जान से कोशिश की कि इस स्त्री स्वभाव से छुटकारा पा जाए जो उसके भीतर अनियन्त्रित भावनाओं का उफान लाने पर तुला हुआ था। उसने भरसक कोशिश की जब तक उनके उलाहने चल रहे हैं; वह अपना ध्यान पेड़ों, आकाश या आँखों के सामने पड़नेवाली किसी भी छोटी-मोटी चीज पर लगाकर अपने को उत्तेजना से दूर रखे, लेकिन अब उसके बचाव में कोई उपाय कारगर नहीं था।

"मैंने आपको नहीं अपनाया था—कतई नहीं अपनाया था।" उसने यथासम्भव

साहसपूर्वक जवाब दिया। "लेकिन मेरे साथ इस तरह उखड़कर बात मत करिए। मैं यह बात सुनना बर्दाश्त कर सकती हूँ कि मेरी गलती है, लेकिन तभी जब आप नरमी से बताएँ! महाशय, क्या ऐसा नहीं हो सकता कि आप मुझे क्षमा कर दें, और इस बात को खुशी-खुशी स्वीकार कर लें—"

"खुशी-खुशी! जिस आदमी को इतना बेवकूफ बनाया गया हो कि उसका जी जला हुआ हो, वह खुश हो सकता है भला? अगर मैं हार गया हूँ तो जीतने का नाटक कैसे कर सकता हूँ? हे भगवान, पत्थर का दिल है तुम्हारा! अगर मुझे पता होता कि ये इतनी भयानक कड़वी मिठाई होगी तो मैं तुम्हारे पास भी नहीं भटकता, तुम्हारा मुँह तक नहीं देखता, और तुम्हारी बातों के लिए कानों में रुई ठूँस लेता।—ये सब मैं तुमसे कह रहा हूँ, लेकिन तुम्हें क्या परवाह है! कोई परवाह नहीं है तुम्हें।"

वह उनके आरोपों का मौनपूर्वक कमजोर खंडन करती रही, और बेचैनी से अपने सिर को इधर-उधर झटका देती रही जैसे कि वह अपने कान में पड़नेवाले उन शब्दों को झटककर दूर कर रही हो जिनकी बौछार इस कांस्यवर्णी, रोमन चेहरेवाले खूबसूरत शख्स के काँपते होंठों से हो रही थी।

"प्रिये, अभी भी मैं तुम्हें एक झटके में छोड़ देने और दुबारा तुम्हारे लिए जी-जान लगाने के दो छोरों के बीच झूल रहा हूँ। भूल जाओ कि तुमने 'ना' कहा है और सबकुछ पहले की तरह मान लो। कह दो, बाथशीबा, कि तुमने मुझको वह इनकार भरा खत सिर्फ मजाक में लिखा था—चलो, यही कह दो मुझसे!"

"यह सच नहीं होगा, और हम दोनों के लिए कष्टकर होगा। आप मेरी प्रेम करने की काबिलियत को बहुत अधिक आँक रहे हैं। आपको जितना यकीन है, मेरे स्वभाव में उसकी आधी गर्मजोशी भी नहीं है। इस निर्मम दुनिया में अनाथ बचपन के कारण मेरे भीतर की सहृदयता खत्म हो चुकी है।"

वह तत्काल तड़पकर बोले, "हो सकता है, कुछ हद तक ये बात सही हो : लेकिन आह, मिस एवरडीन, ये कोई बात नहीं है। तुम वैसी नीरस स्वभाव की महिला तो नहीं हो जैसी मुझे समझा रही हो। नहीं, नहीं। बात ये नहीं है कि तुम्हारे अन्दर भावना न होने के कारण तुम मुझसे प्रेम नहीं कर रहीं। स्वाभाविक है कि तुम चाहती हो कि मैं यही मानूँ—तुम मुझसे छिपा रही हो कि तुम्हारे सीने में भी मेरी तरह ही धड़कता हुआ दिल है। प्रेम तो बहुत है तुम्हारे पास, लेकिन इसकी दिशा बदल गई है। मुझे पता है क्यों।"

उसके दिल का मधुर संगीत अब कर्णभेदी हो गया, और उसका कलेजा मुँह को आ गया। वह ट्राय की बात पर आ रहे थे। तो इसका मतलब उन्हें पता है कि क्या कुछ हुआ है। और वह नाम अगले ही क्षण उनके होंठों पर आ गया।

"ट्राय ने मेरी सबसे प्यारी चीज को अकेला क्यों नहीं छोड़ा?" उन्होंने क्रुद्ध होकर सवाल किया। "जब उसको नुकसान पहुँचाने का मेरा कोई इरादा नहीं था तो जबरिया तुम्हारी निगाह में क्यों आया वो? जब तक तुम्हें उसकी चिन्ता नहीं थी तुम्हारा इरादा मुझको पाने

का था; जब भी मैं अगली बार तुम्हारे पास आता तुम्हारा जवाब हाँ में ही होता। इस बात से इनकार कर सकती हो—मैं पूछता हूँ, इस बात से इनकार कर सकती हो?"

जवाब देने में उसने देरी की, लेकिन सच्चाई से इनकार नहीं कर पाई। "इनकार नहीं कर सकती," उसने धीरे से कहा।

"मुझे पता है इनकार नहीं कर सकती। लेकिन उसने मेरे न रहने पर सेंध लगाई और मुझे लूट लिया। उसने तब तुम्हारा दिल क्यों नहीं जीता—जब किसी को इससे तकलीफ नहीं होती? तब कोई शिकायत करनेवाला नहीं होता—अब तो लोग मेरी हँसी उड़ाते हैं—ये पहाड़ और आसमान मुझ पर हँसते हुए लगते हैं और मैं अपनी गलती पर शर्म से गड़ जाता हूँ। मैंने अपनी इज्जत गँवा दी—अपना नाम—अपना रुतबा—खो दिया, अब कभी ये सब वापस नहीं आएगा। जाओ और अपने चहेते से शादी कर लो—जाओ!"

"अरे सर—मि. बोल्डवुड।"

"शौक से करो शादी। तुम्हारे ऊपर अब मेरा कोई अधिकार नहीं रहा। जहाँ तक मेरी बात है, मेरे लिए यही अच्छा है कि कहीं अकेले चला जाऊँ, और छिप जाऊँ —और दुआ करूँ। मैंने कभी एक औरत से प्रेम किया था। और अब मैं शर्मिन्दा हूँ। जब मैं इस दुनिया में नहीं रहूँगा तो लोग कहेंगे, प्रेम का मारा अभागा आदमी था वह। हे भगवान—काश मुझे प्रेम में यह धोखा चोरी-चोरी मिला होता, और बेइज्जती न होती, और मेरी नाक रह जाती। लेकिन कोई बात नहीं—अब तो जो होना था हो चुका है, और औरत भी मुझे नहीं मिली। लानत है तुझ पर। लानत है।"

उनके अप्रत्याशित क्रोध से डरकर वह कुछ पीछे हट गई, हालाँकि प्रकट रूप से ऐसा जताया नहीं, और उसने कहा, "मैं एक लड़की हूँ—मुझसे इस तरह मत बोलिए!"

"तुम्हें हमेशा से पता था—अच्छी तरह पता था—कि तुम्हारी नई सनक मेरी परेशानी है। तुम पीतल जड़ी सुर्ख वर्दी की चकाचौंध में आ गईं—अरे बाथशीबा—यही तो औरतों की बेवकूफी है।"

वह तुरन्त भड़क उठी। "आप तो हद ही कर दे रहे हैं।" उसने रोषपूर्वक कहा। "हर कोई मुझ पर टूट पड़ा है—हर कोई। इस तरह किसी औरत पर प्रहार करना मर्दानगी नहीं है! दुनिया में मेरा साथ देनेवाला कोई नहीं है, लेकिन रहम नहीं करते लोग। फिर भी अगर आप जैसे हजार लोग भी ताना मारें और मेरी बुराई करें, तो भी हार नहीं मानूँगी मैं।"

"तुम उससे मेरे बारे में जरूर बतियाओगी। कह देना उससे, 'बोल्डवुड तो मेरे लिए जान देने को तैयार था।' हाँ, तुमने उसको यह जानते हुए भी तवज्जो दी है कि वह ऐसा इनसान नहीं है जो तुम्हारे लिए बना हो। उसने तुम्हें चूमा है—तुम्हें अपना बनाने का दावा किया है। सुन रही हो न—उसने तुम्हें चूमा है। कह दो कि ऐसा नहीं है!"

सर्वाधिक दर्दभरी औरत भी दर्द से पीड़ित आदमी के सामने कातर हो जाती है और यद्यपि बोल्डवुड, आक्रोश और भावावेश में, पुरुष रूप में करीब-करीब उसके अपने ही प्रतिरूप थे, पर बाथशीबा के गाल थरथरा उठे। उसने हाँफते हुए कहा, "मुझे छोड़ दें

सर—छोड़ दें। मैं आपके लिए कुछ नहीं हूँ। मुझे जाने दीजिए।"

"कहो कि उसने तुम्हें चूमा नहीं है।"

"नहीं कहूँगी।"

"हुँह—तो फिर उसने चूमा है।" बोल्डवुड ने फटे स्वर में कहा।

"हाँ उसने चूमा है," उसने धीमे से, और अपने भय के बावजूद, अकड़कर कहा। "मुझे सच बोलने में संकोच नहीं है।"

"तो सत्यानाश हो उसका; सत्यानाश हो उसका।" बोल्डवुड ने गुस्से से फनफनाते हुए कहा। "कहाँ तो मैं तुम्हारा हाथ छूनेभर के लिए सारे जहाँ की खुशियाँ तुम्हारे कदमों पर न्योछावर कर देता और कहाँ तुमने बिना अधिकार या शिष्टाचार के एक लम्पट को अपना चुम्बन लेने दिया। हे भगवान—चुम्बन लेने दिया!...आह उसकी जिन्दगी में एक वक्त आएगा जब वह पछताएगा—और जो दर्द उसने दूसरे को दिया है, उसका बुरी तरह अहसास करेगा; और तब वह तड़प-तड़पकर अपने दिल के अरमानों पर आँसू बहाएगा—ठीक वैसे ही जैसे आज मैं कर रहा हूँ!"

"नहीं, नहीं, उनको इस तरह बददुआ मत दो!" उसने बिलखते हुए याचना की। "और कुछ भी कहिए लेकिन यह मत कहिए—कुछ भी। उन पर दया करिए सर, क्योंकि मैं उन्हें दिल से चाहती हूँ।"

बोल्डवुड के विचार ऐसे बिन्दु पर पहुँच गए थे जहाँ रूपरेखा और संगति बिल्कुल लुप्त हो जाते हैं। आसन्न रात्रि उनकी आँखों में संकेन्द्रित होती दिख रही थी। उन्होंने उसकी बात पर बिल्कुल ध्यान नहीं दिया।

"मैं उसे दंड दूँगा—अपनी कसम खाकर कहता हूँ, मैं ऐसा जरूर करूँगा। सैनिक हो या चाहे जो हो, मैं उससे मिलूँगा, और इस बेरहमी से मेरी खुशी छीनने के लिए उस छोकरे को कोड़े मारूँगा। अगर वो सौ आदमियों की ताकत रखता तो भी मैं उसे चाबुक से मारता..." अचानक ही उन्होंने अपनी आवाज अस्वाभाविक रूप से धीमी कर ली। "बाथशीबा, मेरी खोई हुई प्यारी धोखेबाज, क्षमा करना। मैं तुम्हें दोष दे रहा हूँ—तुम्हें धमका रहा हूँ—तुमसे बदतमीजी से बात कर रहा हूँ—जबकि सबसे बड़ा दोषी तो वह है। उसने अपनी अथाह झूठी बातों से तुम्हारा दिल चुरा लिया।...उसकी तकदीर अच्छी है कि वह वापस अपनी रेजीमेंट में गया हुआ है—कि वह इस गाँव से बहुत दूर है, यहाँ नहीं! खैर मनाओ कि वह अभी तुरन्त यहाँ न लौटे। मैं तो भगवान से प्रार्थना करता हूँ कि वह मेरी निगाह में न आ जाए, क्योंकि मैं अपना आपा खो सकता हूँ। अरे बाथशीबा, उसको दूर ही रखना—हाँ, उसको मुझसे दूर ही रखना।"

इसके बाद क्षणभर के लिए बोल्डवुड इतने जड़ खड़े रहे कि ऐसा लगा कि उनकी आत्मा उनके भावपूर्ण शब्दों के साथ ही साँस के साथ पूरी तरह बाहर निकल गई। उन्होंने मुँह फेर लिया, और चले गए; जल्दी ही उनकी काया शाम के धुँधलके में गुम हो गई और उनके कदमों की आवाज पत्तों की सरसराहट में खो गई।

अब तक मिट्टी की मूरत की तरह निश्चल खड़ी बाथशीबा ने अपना माथा पीट लिया, और पागलों की तरह अभी-अभी गुजरे तमाशे के बारे में उधेड़बुन में लग गई। मि. बोल्डवुड जैसे शान्त-प्रकृति के इनसान में भावनाओं का ऐसा उफान समझ से परे था, भयावह था। संकोची स्वभाववाले इनसान के बजाय उनका एक अलग ही रूप था—जिसे बाथशीबा ने आज देखा था।

किसान बोल्डवुड की धमकियाँ एक सूरत में खतरनाक हो सकती थीं जिसका ज्ञान सिर्फ उसे था। उसका प्रेमी अगले एक या दो दिन में ही वेदरबरी लौट रहा था। जैसा बोल्डवुड और अन्य लोग सोच रहे थे, ट्राय सुदूर अपनी बैरक में वापस नहीं गया था बल्कि बाथ में किसी परिचित से मिलने गया था, और अभी भी उसकी छुट्टी में एक हफ्ता या अधिक का समय बचा हुआ था।

बाथशीबा को पक्का यकीन हो गया कि अगर वह ऐसे नाजुक समय में दुबारा उससे मिलने आ गया, और बोल्डवुड से उसकी भेंट हो गई तो इसका परिणाम होगा दोनों के बीच उग्र झगड़ा। ट्राय को सम्भावित चोट-चपेट के बारे में सोचकर व्यग्रता से उसकी धड़कन बढ़ गई। छोटी से छोटी चिंगारी से भी बोल्डवुड की ईर्ष्या और उनका गुस्सा तुरन्त भड़क जाएगा, वह अपना आत्म-नियन्त्रण खो देंगे जैसे आज की शाम खो दिया; हो सकता है ट्राय की खुशदिली आक्रामक हो जाए; यह मजाक उड़ाने का रूप ले ले, और तब बोल्डवुड का गुस्सा प्रतिशोध की राह पकड़ सकता है।

इस भय से कि कहीं उसे भावुक लड़की न मान लिया जाए, यह लड़की अपनी प्रबल भावनाओं की गहराई को बड़ी खूबसूरती से लापरवाही के दिखावे में छुपाती रही थी। उसका मार्गदर्शन करनेवाला भी कोई नहीं था। लेकिन अब कोई संकोच नहीं था। अपनी उचाट मनःस्थिति में, आगे बढ़ने की जगह उँगलियाँ चटकाते हुए, अपनी भौंहों को दबाते हुए, और फूट-फूटकर सुबकते हुए, वह इधर-उधर टहलती रही। इसके बाद वह रास्ते के किनारे पड़े पत्थरों के एक ढेर पर सोच-विचार करने बैठ गई। वहाँ वह काफी देर तक बैठी रही। पृथ्वी के अँधेरे क्षितिज पर हरे और पारभासी विस्तृत पश्चिमी आकाश को घेरे हुए कांस्यवर्णी बादलों के तटाग्र और उच्च अन्तरीप दिख रहे थे। इसके बाद उन पर जामुनी रंग का मुलम्मा चढ़ा, और कभी न थकनेवाली पृथ्वी घूमकर पूरब की ओर संशयग्रस्त और टिमटिमाते तारोंवाले एकदम विपरीत दृश्य में आ गई। उसने आसमान में बादलों के बीच इनकी लुका-छिपी पर निगाहें गड़ा दीं, लेकिन कुछ देख न सकी। उसका बेचैन दिल दूर कहीं ट्राय में लगा हुआ था।

अध्याय 32

रात्रि : घोड़ों की भाग-दौड़

वेदरबरी गाँव में इस समय कब्रिस्तान जैसी शान्ति छाई हुई थी, और यहाँ के निवासी करीब-करीब मुर्दों की तरह शान्त पड़े हुए थे। चर्च की घड़ी ने ग्यारह बजाए। हवा में इतनी निस्तब्धता थी कि घंटों की आवाज से ठीक पहले और इनकी ध्वनि खत्म हो जाने के बाद घड़ी की सुइयों की टिकटिक साफ सुनी जा सकती थी। ये ध्वनियाँ वैसे ही स्वाभाविक मन्दता से फैल रही थीं जैसी आम तौर पर निर्जीव वस्तुओं की होती हैं—दीवारों के बीच फड़फड़ाती और प्रतिध्वनित होती, विकीर्ण बादलों के साथ थरथराती और उनके बीच घुलमिलकर असीमित आकाश में फैलती हुई।

आज रात बाथशीबा के झिर्रीदार और पुराने मकान में सिर्फ मैरीएन ही थी क्योंकि जैसा कि बताया गया है, लिडी अपनी उस बहन के पास थी जिससे मिलने बाथशीबा गई हुई थी। ग्यारह बजने के कुछ मिनट बाद, मैरीएन ने अपने बिस्तर में बेचैनी के भाव से करवट बदली। उसे बिल्कुल समझ नहीं आ रहा था कि उसकी नींद में खलल पड़ने का क्या कारण है। पहले तो उसे सपना आया, और उसके बाद नींद उचट गई, साथ ही अजीबोगरीब अनुभूति हुई कि कुछ हो गया है। उसने बिस्तर छोड़ दिया और खिड़की से बाहर देखा। इस इमारत से सटकर ही थी घोड़ों के रहने की जगह, और वहाँ उसे एक धूसर छाया को देखकर लगा कि कोई वहाँ चर रहे घोड़ों की तरफ बढ़ रहा है। इस छाया ने एक घोड़े को सामने की अयाल से पकड़ा, और इसे मैदान के कोने में ले गई। यहाँ मैरीएन को कोई वस्तु दिखी जिसके बारे में उसे बाद में पता चला कि यह गाड़ी थी, क्योंकि कुछ मिनट गुजरने के बाद जो कि जाहिर तौर पर घोड़े को जोतने में लगे थे, उसे सड़क पर हल्के पहियों की आवाज के साथ मिली-जुली घोड़े की टापों की आवाज सुनाई पड़ी।

अस्तबल में इस रहस्यमय छाया की तरह भुतहा अन्दाज में सिर्फ दो ही तरह के प्राणी घुस सकते थे। या तो कोई औरत या कोई बंजारा। इस तरह के काम में रात के इस समय औरत के होने का कोई सवाल ही नहीं उठता था, और आनेवाला चोर ही रहा होगा जिसे सम्भवतः आज रात गृहस्वमिनी के बाहर होने का पता रहा होगा और इसीलिए इस दुस्साहस के लिए उसने आज का दिन चुना होगा। इसके अलावा सन्देह को पुख्ता करनेवाली बात यह थी कि निचले वेदरबरी में जिप्सी थे भी।

मैरीएन, जो डकैत की उपस्थिति में डर के मारे चिल्ला नहीं पाई थी, उसको जाते देखकर निडर हो गई। उसने जल्दी से शरीर पर कपड़े डाले, चरमराती सीढ़ियों से तेजी से नीचे उतरी, सबसे नजदीक स्थित कोग्गन के घर की ओर दौड़ी, और गोहार लगा दी। कोग्गन ने गैब्रिएल को बुलाया, जो पहले की तरह उसके घर में ठहरा हुआ था, और वे दोनों एक साथ बाड़े में पहुँचे। इसमें कोई शक नहीं रह गया कि घोड़ा जा चुका था।

"सुनो!" गैब्रिएल ने कहा।

उन्होंने कान लगाकर सुना। निचले वेदरबरी में बंजारों के डेरे के ठीक बाहर—लांगपडल लेन से गुजरते एक घोड़े की दुलकी चाल की आवाज ठहरी हुई हवा में साफ सुनाई पड़ रही थी।

"ये तो हमारी डेंटी है—मैं उसकी चाल से ही बता सकता हूँ।" जान ने कहा।

"हे भगवान। वापस आने पर मालकिन काट खाने को दौड़ेंगी और हमें नालायक कहेंगी।" मैरीएन ने प्रलाप किया। "काश यह सब तब होता जब वह घर पर होतीं और हममें से किसी को जवाब नहीं देना पड़ता।"

"हमें पीछा करना होगा," गैब्रिएल ने निर्णायक स्वर में कहा। "हम जो भी कुछ करेंगे, मिस एवरडीन के सामने उसकी जवाबदेही मेरी होगी। हाँ, हम पीछा करेंगे।"

"जरूर, लेकिन मैं समझ नहीं पा रहा कि कैसे करेंगे," कोग्गन ने कहा। "छोटी पापेट को छोड़कर इस कठिन काम के लिए हमारे सभी घोड़े भारी हैं, और हम दोनों का काम उससे कैसे चल पाएगा...अगर हमारे पास बाड़े के उस पारवाला वह जोड़ा होता तो कुछ हो सकता था।"

"कौन-सा जोड़ा?"

"मि. बोल्डवुड के टिडी और माल।"

"तो फिर मेरे लौटकर आने तक यहीं इन्तजार करो!" गैब्रिएल ने कहा। वह तेजी से पहाड़ी के नीचे मि. बोल्डवुड के घर की तरफ दौड़ पड़ा।

"किसान बोल्डवुड घर पर नहीं हैं," मैरीएन ने कहा।

"और भी अच्छा है," कोग्गन ने कहा। "मुझे पता है कि वह क्या करने गया है।"

पाँच मिनट के भीतर ही ओक वापस उसी गति से दौड़ता हुआ लौट आया, उसके हाथों में दो रस्सियाँ लटक रही थीं।

"ये कहाँ मिल गईं?" कोग्गन ने जवाब की प्रतीक्षा किए बिना पीछे मुड़कर तेजी से बाड़े की ओर बढ़ते हुए कहा।

"छज्जे के नीचे—मुझे पता था कि ये कहाँ रखी हुई हैं," गैब्रिएल ने उसके पीछे-पीछे चलते हुए कहा। "कोग्गन, क्या तुम घोड़े की नंगी पीठ पर सवारी कर सकते हो? काठी खोजने का समय नहीं है।"

"योद्धा की तरह!" जान ने कहा।

"मैरीएन, जाओ, तुम सो जाओ," गैब्रिएल ने बाड़े की ऊँचाई से चिल्लाते हुए उससे कहा।

छलाँग मारकर बोल्डवुड के चरागाह में उतरते हुए दोनों ने घोड़ों से छिपाने के लिए अपनी रस्सियों को जेब में डाल लिया। घोड़े इन लोगों को खाली हाथ देखकर बालों का गुच्छा पकड़ने से आसानी से काबू में आ गए, और बड़ी सफाई से उनके गले में फन्दे डाल दिए गए। न तो लगाम की मुखरी थी और न ही लगाम, इसीलिए ओक और कोग्गन

दोनों ने ही रस्सी को इन जानवरों के मुँह से ले जाते हुए दूसरी तरफ बाँधकर तत्काल लगाम की मुखरी बना ली। ओक एक तरफ से छलाँग भरकर चढ़ा और कोग्गन ने चढ़ने में फाटक के किनारे का सहारा लिया और वे तेज गति से उसी दिशा में चल पड़े जिधर बाथशीबा का घोड़ा और वह चोर गए थे। घोड़े को किसकी गाड़ी में जोता गया था, यह पता नहीं चल पाया।

ये लोग तीन-चार मिनट के भीतर ही निचले वेदरबरी में पहुँच गए। उन्होंने सड़क किनारे छाँवदार हरे-भरे क्षेत्र में नजरें दौड़ाईं। बंजारे जा चुके थे।

"शैतान कहीं के!" गैब्रिएल ने कहा।

"पता नहीं किस रास्ते से गए हैं?"

"सीधा आगे की ओर गए होंगे, पक्की बात है," जान ने कहा।

"अच्छी बात है, हमारे पास उनसे अच्छे घोड़े हैं और हम जरूर उनको पकड़ लेंगे, ओक ने कहा। "अब पूरी रफ्तार से आगे बढ़ चलो।"

अब किसी गाड़ीवाले घुड़सवार की आवाज नहीं सुनाई पड़ रही थी। जैसे-जैसे वेदरबरी पीछे छूटता गया सड़क और भी मुलायम व मिट्टीदार होती गई, और हाल की बारिश से इसकी सतह गीली होकर कीचड़भरी तो नहीं लेकिन कुछ नर्म जरूर हो गई थी। वे चौराहे पर आए। कोग्गन ने अचानक माल को रोका और सरककर नीचे आ गया।

"क्या बात है?" गैब्रिएल ने कहा।

"हम उनकी आवाज नहीं सुन पा रहे हैं तो कोशिश करनी चाहिए कि उनके पैरों के निशान खोजते हुए आगे बढ़ें," जान ने अपनी जेबें टटोलते हुए कहा। उसने माचिस की एक तीली जलाई और इसे जमीन के नजदीक ले गया। यहाँ बारिश ज्यादा हुई थी, और इस आँधी-पानी से पहले के सारे पदचिह्न और घोड़ों के खुरों के निशान इन बूँदों से मिटकर अस्पष्ट हो गए थे, और पानी के तमाम छोटे-छोटे गड्ढों में माचिस की तीली की लौ इस तरह प्रतिबिम्बित हो रही थी जैसे कि ये आँखें हों। पैरों के कुछ निशान बिल्कुल ताजा थे और उसमें पानी नहीं था। पहियों के निशान की एक जोड़ी भी खाली थी, और अन्य की तरह छोटी नाली नहीं बनी थी। अभी-अभी दिखे ये पदचिह्न गति के सम्बन्ध में काफी जानकारी दे सकते थे : शब्दों में वर्णन मुश्किल होने के नाते उन्हें निम्न रेखाचित्र में दिया जाता है :

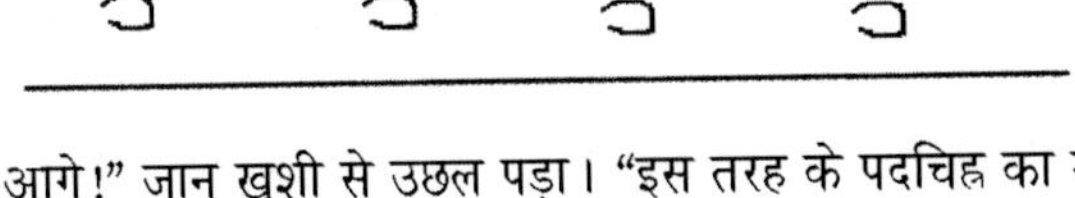

"सीधा आगे!" जान खुशी से उछल पड़ा। "इस तरह के पदचिह्न का मतलब है तेज और सरपट दौड़। अब समझे हम उनकी आवाज क्यों नहीं सुन पा रहे। और घोड़े को जोता गया है—पहियों के इन निशानों को देखो। हाँ, निश्चित तौर पर ये हमारी घोड़ी ही है।"

“तुम्हें कैसे पता?”

“बूढ़े जिमी हैरिस ने पिछले हफ्ते उसको नाल लगाई थी और उसकी बनावट को मैं हजारों में पहचान सकता हूँ।”

“बाकी बंजारे पहले ही आगे या किसी और तरफ चले गए होंगे,” ओक ने कहा। “तुमने देखा कि कोई और निशान नहीं थे?”

“पक्का।” काफी देर तक वे चुप्पी साधे आगे बढ़ते रहे। कोग्गन के पास घंटे बजाकर समय बतानेवाली बढ़िया-सी एक पुरानी घड़ी थी जो उसे अपने किसी बुद्धिमान पूर्वज से विरासत में मिली थी, और अब इस घड़ी ने एक बजाया। उसने दुबारा माचिस की तीली जलाई और जमीन का निरीक्षण किया :

“अब ये घोड़े की मन्दी चाल है,” उसने माचिस की तीली को फेंकते हुए कहा। “गाड़ी की टेढ़ी-मेढ़ी और डावाँडोल गति है यह। बात ये है कि उन्होंने शुरू में उसको काफी तेज दौड़ा दिया था; अभी भी हम उनको पकड़ लेंगे।”

एक बार फिर वे तेजी से आगे बढ़ चले, और ब्लैकमोर घाटी में आ गए। कोग्गन की घड़ी ने दो बजाया। जब उन्होंने दुबारा देखा तो खुरों के निशान इस प्रकार थे :

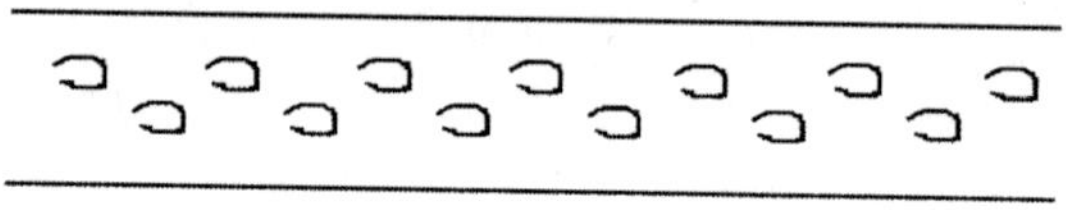

“यह घोड़े की दुलकी चाल है, मुझे पता है,” गैब्रिएल ने कहा।

“सिर्फ दुलकी चाल,” कोग्गन ने खुश होकर कहा। “हम उसे समय रहते पकड़ लेंगे।”

वे तेजी से दो या तीन मील और आगे बढ़ गए। “आह—एक मिनट,” जान ने कहा। “आओ देखते हैं कि उसे पहाड़ी पर कैसे चढ़ाया गया। इससे हमें सहूलियत होगी।” पहले की तरह ही उसने अपनी चमड़े की गेटिस पर माचिस की तीली जलाई और जाँच-पड़ताल की।

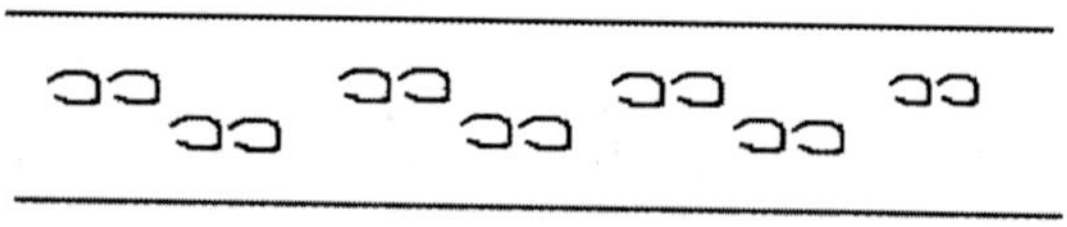

“हुर्रे।” कोग्गन चिल्ला पड़ा। “यहाँ वह पैदल चाल से चढ़ी थी। हम उनको दो मील के भीतर पकड़ लेंगे।”

वे तीन मील तक चलते गए, और सुनते रहे। एक मिल के जलाशय के छिद्र से पानी

टपकने की आवाज को छोड़कर कोई भी आवाज कहीं से नहीं आ रही थी। पानी की आवाज चेता रही थी कि इसमें कूदने का मतलब है डूब मरना। जब वे एक मोड़ पर आ गए तो गैब्रिएल घोड़े से नीचे उतर आया। उनको आगे बढ़ने का रास्ता बताने के लिए अब सिर्फ पैरों के निशान ही एक माध्यम था, और इसमें काफी सावधानी की जरूरत थी क्योंकि इस बीच इसी तरह के और भी निशान दिखाई पड़ने लगे थे।

"इसका क्या मतलब है?—हालाँकि मैं अन्दाजा लगा सकता हूँ," गैब्रिएल ने कोग्गन को देखते हुए कहा जिसने मोड़ के पास जमीन पर माचिस की तीली जला ली थी। कोग्गन, जिसकी खुद की हालत हाँफते हुए घोड़ों से अच्छी नहीं थी, एक बार फिर इस रहस्यमय संकेत की पहचान करते हुए, इस बीच कुछ थका-थका-सा दिखने लगा था।

उसने अपने होठों को गोल किया और एक लम्बी सीटी बजाई!

"लँगड़ी," ओक ने कहा।

"हाँ, डेंटी लँगड़ा रही है : आगे का बायाँ पैर," कोग्गन ने इन निशानों को एकटक देखते हुए कहा।

"हमें आगे बढ़ते रहना होगा," गैब्रिएल ने अपने पसीने से नम घोड़े पर दुबारा चढ़ते हुए कहा।

हालाँकि सड़क का अधिकांश हिस्सा देहात की किसी भी चुंगीवाली सड़क जैसा ही था, लेकिन कुछ दूरी तक यह सिर्फ पगडंडीनुमा थी। लिटिल हिंटाक से करीब दो मील दूर एक स्थान पर आखिरी बार मुड़ने के बाद वे शर्टन एब्बस से होकर बाथ को जानेवाले मुख्य मार्ग पर आ गए थे। कोग्गन ने अपने को सँभाला।

"अब हम उन्हें पा जाएँगे।" उसने खुशी से कहा।

"कहाँ?"

"शर्टन चुंगी पर। उस फाटक का रखवाला यहाँ से लेकर लन्दन तक सबसे सुस्त आदमी है—डैन रैंडल नाम है उसका—तब से जानता हूँ उसे जब वह कास्टरब्रिज फाटक पर था। एक तो लँगड़ी घोड़ी, दूसरे यह फाटक; इसी के बीच काम बन जाएगा।"

अब वे बड़ी ही सावधानी से आगे बढ़े। उनके बीच तब तक कोई बातचीत नहीं हुई जब तक कि थोड़ी ही दूरी पर अँधेरे में डूबे पेड़ों की पृष्ठभूमि के सामने उनके रास्ते के बीचोबीच पाँच सफेद डंडे नहीं दिख गए।

"चुप—हम करीब-करीब पहुँच गए हैं!" गैब्रिएल ने कहा।

"घास पर होकर धीमे-धीमे आगे बढ़ो," कोग्गन ने कहा।

सफेद डंडों के सामने एक काली आकृति के आ जाने से उनके बीच का हिस्सा आँखों से ओझल हो गया था। इस एकान्तपूर्ण समय की शान्ति उसी तरफ से आई एक आवाज से भंग हुई।

"अरे ओ! फाटकवाले!"

ऐसा लगा कि पहले भी आवाज लगाई गई थी जिस पर उनका ध्यान नहीं गया था क्योंकि उनके नजदीक पहुँचने पर, चुंगी-घर का दरवाजा खुला और रखवाला अपने हाथ में एक मोमबत्ती लिए हुए, आधे कपड़ों में बाहर आ गया। सबके सब मोमबत्ती के प्रकाश में नहा उठे।

"फाटक को बन्द रखो।" गैब्रिएल चीखा। "उसने यह घोड़ा चुराया है।"

"किसने?" चुंगी फाटक के रखवाले ने कहा।

गैब्रिएल ने गाड़ीवान को देखा, और उसे एक औरत दिखी—बाथशीबा, उसकी मालकिन।

उसकी आवाज सुनकर बाथशीबा ने अपना चेहरा प्रकाश से हटाकर दूसरी ओर कर लिया था। हालाँकि इस बीच उसकी एक झलक कोग्गन को मिल चुकी थी।

"अरे ये तो मालकिन हैं, मैं अपनी कसम खाकर कह सकता हूँ!" उसने चकित होकर कहा।

यह बाथशीबा ही थी और इस समय तक वह वही चालाकी कर चुकी थी जो उससे प्रेम के संकटों में नहीं हो पाती थी, और यह थी अपने शान्त हाव-भाव के पीछे आश्चर्य-भाव को छिपा लेना। "क्या बात है गैब्रिएल," उसने इत्मीनान से पूछा, "कहाँ जा रहे हो तुम?"

"हमने सोचा कि—" गैब्रिएल ने कहना शुरू किया।

"मैं बाथ जा रही हूँ," उसने गैब्रिएल की आत्मविश्वास की कमी का फायदा उठाते हुए कहा। "एक जरूरी काम आ जाने से मेरे लिए जरूरी हो गया कि लिडी से अपनी भेंट को छोड़कर तुरन्त वहाँ जाऊँ। पर तुम मेरा पीछा क्यों कर रहे थे?"

"हमने सोचा कि घोड़ी चोरी हो गई है?"

"वाह—क्या बात है!...कितनी मूर्खता की बात है कि तुम्हें नहीं पता चला कि गाड़ी और घोड़े को मैं ले गई हूँ। न तो मैं मैरीएन को जगा सकी और न ही घर में घुस सकी, हालाँकि उसकी खिड़की की चौखट को मैंने दस मिनट तक खटखटाया। तकदीर अच्छी थी कि मुझको गाड़ी-घर की चाबी हाथ लग गई, इसलिए मैंने और जहमत नहीं उठाई। क्या तुमने नहीं सोचा कि यह मैं हो सकती हूँ?"

"हम क्यों सोचते भला, मिस?"

"शायद नहीं। अरे, ये किसान बोल्डवुड के घोड़े तो नहीं हैं! हे भगवान—क्या कर रहे हो तुम लोग—मेरे लिए इस तरह परेशानी पैदा करते हो! क्या! क्या किसी औरत को इतना भी हक नहीं है कि चोर-उचक्कों की तरह उसके पीछे लगे बिना उसे घर से एक इंच भी हिलने दिया जाए?"

"लेकिन हमें कैसे पता चलता जब आपने अपने कामों के बारे में कोई जानकारी

नहीं छोड़ी," कोग्गन ने प्रतिवाद किया। "और समाज के चलन के मुताबिक औरतें ऐसे समय में गाड़ी दौड़ाते नहीं घूमतीं।"

"मैंने जानकरी छोड़ी थी–और उसे तुम सुबह देखते–मैंने खड़िया मिट्टी से गाड़ी-घर के दरवाजे पर लिखा था कि मैं गाड़ी और घोड़े के लिए वापस आई थी और फिर लौट रही हूँ : कि मैं किसी को जगा नहीं पाई, और जल्दी ही लौटूँगी।"

"लेकिन सोचिए मैडम, कि जब तक दिन का उजाला नहीं होता, हम उसे कैसे देख पाते।"

"बात तो सही है," उसने कहा, और हालाँकि पहले वह चिढ़ी हुई थी, उसके पास इतनी समझ तो थी ही कि अपने प्रति उनकी दुर्लभ और बेशकीमती वफादारी को वह देर तक या गम्भीरता से दोषी नहीं ठहरा सकती थी। उसने बड़ी ही मोहक अदा से कहा, "अच्छा, मैं वाकई आप लोगों की शुक्रगुजार हूँ कि आपने इतनी जहमत मोल ली। लेकिन मैं चाहती हूँ कि आप किसी और के घोड़े माँग लेते लेकिन मि. बोल्डवुड के घोड़े नहीं लाते।"

"डेंटी लँगड़ा रही है, मिस," कोग्गन ने कहा। "क्या आप आगे जा पाएँगी?"

"कुछ नहीं, उसकी नाल में एक पत्थर घुस गया था। मैंने उतरकर सौ गज पीछे ही इसे निकाल दिया था। मैं अपना काम इत्मीनान से कर लूँगी, शुक्रिया। दिन का उजाला होते-होते मैं बाथ में रहूँगी। अब आप लोग लौटेंगे?"

उसने अपना सिर घुमाया–ऐसा करते हुए फाटक के रखवाले की मोमबत्ती के प्रकाश में उसकी तेज और चमकीली आँखें झिलमिला उठीं–फाटक से गुजरी और जल्दी ही ग्रीष्म की रहस्यमय टहनियों के छायादार अँधेरों में खो गई। कोग्गन और गैब्रिएल ने अपने-अपने घोड़ों को घुमाया और जुलाई की इस रात में मखमली हवा खाते उसी रास्ते से वापस लौट चले जिससे वे आए थे।

"अजीब सनक है इनकी, है न ओक?" कोग्गन ने उत्सुकतापूर्वक कहा।

"हाँ," गैब्रिएल ने संक्षिप्त जवाब दिया।

"वह दिन का उजाला होने तक तो बाथ पहुँचने से रहीं!"

"कोग्गन, क्यों न आज रात की इस कार्रवाई के बारे में हम बिल्कुल चुप ही रह जाएँ?"

"मेरा भी यही ख्याल है।"

"अच्छी बात है। तीन बजे या उसी के आसपास हम घर पहुँच जाएँगे, और गाँव में बिल्कुल दबे पाँव घुसेंगे।"

सड़क किनारे विचलित होकर सोच-विचार करने के बाद बाथशीबा आखिरकार इस नतीजे पर पहुँची थी कि वर्तमान मुसीबतों से निपटने के सिर्फ दो ही उपाय हैं। पहला तो ये कि बोल्डवुड का गुस्सा ठंडा होने तक ट्राय को वेदरबरी से दूर ही रखा जाए; दूसरा उपाय था कि ओक के अनुनय-विनय और बोल्डवुड की झिड़कियों को सुनते हुए ट्राय को बिल्कुल

छोड़ दिया जाए।

अफसोस—क्या वह इस नए प्रेम को छोड़ सकती थी—यह कहकर कि वह उसे पसन्द नहीं करती और उससे बात नहीं कर सकती? ट्राय को प्रेरित कर सकती थी कि वह उसका पीछा छोड़ दे? अपनी भलाई के लिए उससे विनती कर सकती थी कि वह अपनी बाकी छुट्टी बाथ में ही बिताए और न तो कभी उससे मिले, न वेदरबरी आए?

तस्वीर निराशाजनक थी, लेकिन क्षणभर के लिए उसने दृढ़ होकर इस पर चिन्तन-मनन किया, हालाँकि जैसा लड़कियों के लिए स्वाभाविक है उसने खुलकर उस खुशहाल जीवन के बारे में भी सोचा जो उसके लिए तब सम्भव था जब ट्राय बोल्डवुड होता, और प्रेम-पथ ही कर्तव्य-पथ भी होता। इस प्रकार यह कल्पना करके कि उसको भूलने के बाद ट्राय किसी और औरत का प्रेमी होगा, उसने अकारण ही अपने को यातनाएँ दे डालीं; क्योंकि वह ट्राय के स्वभाव को इतनी गहराई से जान गई थी कि उसकी प्रवृत्तियों का बिल्कुल सही आकलन कर सकती थी, लेकिन दुर्भाग्य से यह सोचकर भी कि वह उससे बहुत जल्दी प्रेम खत्म कर सकता है, बाथशीबा के प्रेम में कमी नहीं आती थी—बल्कि सच्चाई तो यह है कि उसका प्रेम और भी बढ़ता जाता था।

वह उछलकर खड़ी हो गई। वह उससे तुरन्त मिलेगी : हाँ, वह उससे अनुरोध करेगी कि इस दुविधा में उसकी मदद करे। उसको रोकने के लिए पत्र भेजने का समय नहीं रह गया था, वह मान जाने के लिए तैयार भी हो, तो भी।

क्या बाथशीबा वाकई इस तथ्य से बिल्कुल अनजान थी कि प्रेमी की बाँहों का सहारा पाकर उसको त्यागने का संकल्प कमजोर हो जाता है? अथवा उसे अपनी चतुराई पर मन ही मन खुशी हो रही थी कि ट्राय से छुटकारा पाने के लिए यह रास्ता अपनाकर किसी भी तरह वह उससे एक मुलाकात और सुनिश्चित कर रही है?

अब अँधेरा हो गया था और समय करीब दस बजे का रहा होगा। अपना मकसद पूरा करने का उसके पास एक ही रास्ता था कि ऊपरी मेलस्टाक जाकर लिडी से मिलने का विचार छोड़कर वेदरबरी फार्म लौट जाए, घोड़े को गाड़ी में जोते और तुरन्त बाथ की तरफ चल दे। यह योजना पहले तो असम्भव लगी : यात्रा उसके अपने हिसाब से, तगड़े घोड़े के लिए भी, काफी दुष्कर थी; और उसने दूरी को काफी कम आँका था। रात में अकेले किसी औरत के लिए काफी जोखिम-भरी थी यह यात्रा।

लेकिन क्या वह लिडी के पास चली जाए और चीजों को अपना रास्ता अख्तियार करने दे? नहीं, नहीं और कुछ भी हो, यह नहीं हो सकता। बाथशीबा के दिलो-दिमाग में इतनी उथल-पुथल मची हुई थी कि वह कुछ भी समझ नहीं पा रही थी। वह वापस गाँव की तरफ मुड़ गई।

उसकी चाल धीमी थी क्योंकि वह वेदरबरी में तब तक नहीं घुसना चाहती थी जब तक गाँववाले सो न जाएँ, और खासकर, बोल्डवुड का खटका न रहे। उसकी योजना यह थी कि रात में चलकर बाथ पहुँचेगी, सुबह इससे पहले कि उससे मिलने के लिए सार्जेंट

ट्राय निकले, वह पहले ही उससे मिल लेगी, उसको अलविदा कहेगी, और उससे पीछा छुड़ा लेगी। इसके बाद घोड़े को पूरी तरह से आराम के लिए छोड़ देगी (इस बीच वह स्वयं रोना-धोना निपटा लेगी) और अगली सुबह वापसी की यात्रा पर चल पड़ेगी। इस व्यवस्था से वह पूरे दिन डेंटी को धीरे-धीरे हाँकते हुए शाम को ऊपरी मेलस्टाक में लिडी के पास पहुँच जाएगी और उसी के साथ अपनी इच्छानुसार वापस वेदरबरी में घर आ जाएगी। इस प्रकार किसी को पता भी नहीं चलेगा कि वह बाथ गई थी।

तो ऐसी थी बाथशीबा की योजना। लेकिन इस स्थान पर अभी हाल ही में आई हुई होने के कारण यहाँ का भौगोलिक ज्ञान उसे कम था, जिसकी वजह से उसने अपनी यात्रा की वास्तविक दूरी को इसके आधे से अधिक नहीं आँका। फिर भी वह अपने विचार को अमली जामा पहनाने चल पड़ी, इसमें प्रारम्भिक सफलता कितनी मिली; वह हम पहले ही जान चुके हैं।

अध्याय 33

धूप में : एक सन्देशवाहक

हफ्ताभर गुजर गया और बाथशीबा का कोई हाल नहीं मिला, न ही बेकाबू घोड़े पर सवार जान गिल्पिन की तरह उसकी इस मटरगश्ती का कोई कारण समझ में आया।

इसके बाद मैरीएन के लिए एक चिट्ठी आई जिससे पता चला कि जिस काम से उसकी मालकिन बाथ गई थी, अभी वह पूरा नहीं हुआ था, लेकिन अगले हफ्ते में उसके लौट आने की उम्मीद थी।

एक और हफ्ता गुजर गया। जई की फसल की कटाई शुरू हो गई, और डोलती हवा तथा दुपहरिया की धूप-छाँव के बीच एक रंग में रँगे आकाश के नीचे खेतों में फसल कटाई के पहले दिन अगस्त की पहली तारीख को, जन समुदाय उमड़ पड़ा था।

घरों के भीतर नीली मक्खियों की भिनभिनाहट को छोड़कर और कुछ भी सुनाई नहीं पड़ता था। यही हाल घरों से बाहर हँसियों की सान-धराई और ढेर के ढेर एक के ऊपर एक गिरनेवाली पीले रंग की जई के अनाज की रोंएदार बालियों की आपस में रगड़ से पैदा हुई आवाज का भी था। इन लोगों की बोतलों और सुराहियों में सेब के आसव या माल्ट की शराब को छोड़कर अगर कहीं नमी थी तो पसीने के उन कतरों में जो उनके माथे और उनके गालों से टप-टप चू रहे थे। और हर तरफ सूखा था।

ये लोग थोड़ी देर के लिए बाड़े में स्थित एक पेड़ की घनी छाया में सुस्ताने के लिए जा ही रहे थे कि कोग्गन को नीले कोट और पीतल के बटनोंवाली एक आकृति खेत में उन्हीं की तरफ दौड़कर आती हुई दिखी। "कौन हो सकता है ये?" उसने कहा।

"उम्मीद करता हूँ कि मालकिन के साथ कोई गड़बड़ न हुई हो," मैरीएन ने कहा, जो कुछ अन्य औरतों के साथ गट्ठर बाँध रही थी (जई के गट्ठर हमेशा इसी खेत पर बाँधे जाते थे)। "लेकिन आज सुबह घर में एक अपशकुन हो गया। मैं दरवाजे का ताला खोलने गई, और चाबी गिर गई और पत्थर के फर्श पर गिरकर दो टुकड़े हो गई। चाबी का टूटना भारी अपशकुन होता है। काश मालकिन घर पर होतीं।"

"ये तो केन बाल है," अपनी हँसिया को सान धराना छोड़कर गैब्रिएल ने कहा। अपने समझौते के अनुसार ओक अनाज के खेत में काम करने के लिए बाध्य नहीं था; लेकिन फसल की कटाई का महीना किसान के लिए परेशानी का होता है, और अनाज बाथशीबा का ही था, इसलिए उसने हाथ लगा दिया था।

"खूब चटक-मटक कपड़े पहने है वह," मैथ्यू मून ने कहा। "जब से उसकी उँगली में वो फोड़ा हुआ था, वह तभी से घर से गायब है, क्योंकि उसका कहना है कि जब वह काम नहीं कर सकता तो छुट्टी ही ले लेगा।"

"बड़ा अच्छा समय होता है—अद्भुत समय होता है," जोसेफ पुअरग्रास ने अपनी पीठ को सीधा करते हुए कहा, क्योंकि कुछ और लोगों की तरह ऐसे गर्मीवाले दिनों में उसकी भी आदत छोटे-मोटे बहाने बनाकर आराम फरमाने की थी। कामवाले दिन छुट्टी के कपड़े पहनकर केन बाल के यूँ आ धमकने से उसकी ईर्ष्या जाग उठी थी। "'तीर्थयात्री की कहानी' जैसी किताब पढ़ने की फुरसत तभी मिल पाई मुझे जब एक टाँग से लाचार हो गया था। और मार्क क्लार्क ने एक फोड़े के सही होते-होते ताश के बावन पत्तों का खेल सीख लिया था।"

"हाँ, और मेरे पिताजी ने इश्क लड़ाने का समय निकालने के लिए अपने हाथ की हड्डी ही खिसका ली थी।" जान कोग्गन ने कमीज की बाँह से मुँह पोंछते हुए, और अपने हैट को गर्दन के पिछले भाग पर सरकाते हुए रहस्यमय अन्दाज में कहा।

अब तक केनी फसल काटनेवालों के नजदीक आ गया था, और उसके एक हाथ में ब्रेड का बड़ा-सा टुकड़ा और सुअर का सुखाया मांस दिखाई पड़ा, जिनको वह दौड़ते हुए ही बीच-बीच में काट-काटकर खाता जा रहा था, जबकि दूसरे हाथ में पट्टी बँधी हुई थी। जब वह नजदीक आया तो उसका मुँह फूलकर गेंद की तरह हो गया था और वह बुरी तरह खाँसने लगा।

"केनी!" गैब्रिएल ने कड़ाई से कहा। "तुम्हें कितनी बार बताऊँ कि खाते समय इस तरह तेज मत दौड़ा करो। किसी दिन दम घुट जाएगा तुम्हारा—यही बाकी रह गया है, केन बाल।"

"खों-खों-खों!" केन ने जवाब दिया। "रोटी का एक टुकड़ा फँस गया—खों-खों! इसीलिए खाँसी आ रही है—मिस्टर ओक! और मैं बाथ गया था क्योंकि मेरे अँगूठे में एक फोड़ा हो गया था—हाँ, और मैंने देखा है—खों-खों!"

जैसे ही केन ने बाथ का नाम लिया, सभी अपने हँसिए और पंजे फेंककर उसके चारों

तरफ इकट्ठे हो गए। दुर्भाग्य से रोटी के फँसे हुए टुकड़े से उसकी वर्णन क्षमता प्रभावित हो गई, और ऊपर से उस पर अड़ंगा यह लग गया कि उसको छींक आ गई जिससे उसकी जेब से बड़ी-सी घड़ी झटके से बाहर आई और लड़के के सामने पेंडुलम की तरह झूलने लगी।

"हाँ," उसने अपना ध्यान बाथ पर लगाते हुए और निगाहें घड़ी पर रखते हुए बात जारी रखी;

"आखिरकार मैंने इस दुनिया के रंग देख लिए—हाँ—और मैंने अपनी मालकिन को देखा—खों-खों-खों!"

"भाड़ में जा तू।" गैब्रिएल ने कहा। "तेरे गले में कुछ न कुछ हमेशा अटका रहता है और तू जरूरी बात भी नहीं बता पाता।"

"आ खों!—देखिए! —मि. ओक अभी-अभी मेरे पेट में एक मच्छर जा घुसा है, और उसी से दुबारा खाँसी आ गई!"

"हाँ—यही होता है। तेरा मुँह हमेशा ही खुला रहता है, पाजी कहीं का।"

"बड़ी खराब बात है कि गले में मच्छर जा फँसा, बेचारा!" मैथ्यू मून ने कहा।

"हाँ, तो बाथ में तुमने देखा कि—" गैब्रिएल ने उसे कुरेदा।

"मैंने अपनी मालकिन," सहायक चरवाहे ने कहा, "और एक सैनिक को साथ-साथ टहलते देखा और धीरे-धीरे वे एक-दूसरे के और भी नजदीक आते गए, और इसके बाद हाथ में हाथ डालकर चल दिए, बिल्कुल प्रेमियों की तरह—खों-खों—बिल्कुल प्रेमियों की तरह—खों। बिल्कुल प्रेमियों की तरह—" इस बिन्दु पर साँस उखड़ने के साथ-साथ कथा का सूत्र छूट जाने पर, उनको सूचना देनेवाले ने खेत में इधर-उधर नजरें दौड़ाईं, स्पष्ट था कि वह इसके लिए कोई सूत्र तलाश रहा था। "हाँ तो, मैंने देखा कि अपनी मालकिन और एक सैनिक—आ-क्-खों।"

"धत्त तेरे की!" गैब्रिएल भुनभुनाया।

"माफ करिएगा मि. ओक, मेरी आदत ही ऐसी है!" केन बाल ने ओक की तरफ उलाहनाभरी दृष्टि से देखते हुए आँखों में आँसू भरकर कहा।

"ये रही थोड़ी सेब की शराब जिससे इसका गला सही हो जाएगा," यह कहते हुए जान कोग्गन ने एक सुराही उठाकर इसका ढक्कन खोला और इसका छेद केनी के मुँह पर लगा दिया। इस बीच जोसेफ पुअरग्रास इस गम्भीर आशंका से ग्रस्त होकर सोच-विचार में डूब गया था कि अगर केनी बाल की खाँसी से उसका दम घुट गया तो इसके कितने गम्भीर परिणाम होंगे और बाथ की उसकी रोमांचक यात्रा का इतिहास हमेशा के लिए उसी के साथ दफन हो जाएगा।

"अपनी हिफाजत के लिए, कुछ भी करने से पहले मैं हमेशा 'भगवान कसम' बोलता हूँ," जोसेफ ने नम्रतापूर्वक कहा, "और तुम्हें भी बोलना चाहिए, केन बाल। इससे बड़ी सुरक्षा होती है, और इससे तुम किसी दिन दम घुटकर मरने से बच सकते हो।"

मि. कोग्गन बड़ी उदारतापूर्वक केन के गोल मुँह में शराब उड़ेलते जा रहे थे जिसका आधा सुराही के किनारे से नीचे बह रहा था, उसके मुँह में पहुँचनेवाले बाकी हिस्से का आधा गले से बाहर निकलकर गिर रहा था, और जो हिस्सा गले से नीचे उतर रहा था वह भी गलत जगह जा रहा था, और आसपास खड़े फसल काटनेवालों के लिए खाँसी और छींक की मार्फत सेब की शराब के फुहारे के रूप में सामने आ रहा था, जो क्षणभर के लिए धूपभरी हवा में शाम के कुहासे की मानिन्द ठहर गया था।

"क्या बेहूदा छींक है! तमीज से काम नहीं कर सकता, सुअर कहीं का!" कोग्गन ने सुराही हटाते हुए कहा।

"शराब मेरी नाक में चली गई!" केनी जैसे ही बोल पाया, उसने चिल्लाकर कहा "...और अब यह मेरी गर्दन से ढुलककर मेरे दुखदायी फोड़े और मेरे सारे कपड़ों पर फैल रही है!"

"बेचारे की खाँसी बड़ी दुखदायी है," मैथ्यू मून ने कहा। "और उसकी कहानी भी काफी लम्बी-चौड़ी है। जरा इसकी पीठ पर एक हाथ मारना, गैब्रिएल।"

"ये मेरी आदत है," केन रुआँसा हो गया। "मेरी माँ कहती है कि एक हद तक भावनाओं के बस में हो जाने के बाद मैं हमेशा ही उत्तेजित हो जाता रहा हूँ।"

"सही कह रहे हो, सही," जोसेफ पुअरग्रास ने कहा। "बाल परिवार के लोग हमेशा बहुत जल्दी उत्तेजित होनेवाले लोगों में से रहे हैं। मैं इस लड़के के दादाजी को जानता हूँ—बहुत ही संकोची और सुशील आदमी थे, एकदम साधु। बात-बात में शरमाते रहते थे जैसे मैं शरमाता हूँ—लेकिन यह मेरी कोई कमी थोड़े है।"

"बिल्कुल नहीं उस्ताद पुअरग्रास," कोग्गन ने कहा। "यह तो तुम्हारी नाजुक-मिजाजी है।"

"हे-हे, अच्छा—मैं कोई गलत बात नहीं करना चाहता—बिल्कुल नहीं," जोसेफ पुअरग्रास ने संकोचपूर्वक कहा। "लेकिन हमारे अन्दर अच्छाई-बुराई पैदाइशी ही होती है—ये सच है। हालाँकि मैं अपना हल्कापन नहीं जाहिर करना चाहता—फिर भी अच्छा स्वभाव अच्छा ही होता है, और मेरी पैदाइश के वक्त मुझको बनानेवाले ने मुझे गुणों का तोहफा देने में कोई कमी नहीं की है...लेकिन अपने मुँह मियाँ मिट्ठू नहीं बनता जोसेफ! अपने मुँह मियाँ मिट्ठू नहीं बनता! दोस्तो, ये बड़ी अजीब-सी बात है—लेकिन इच्छा होती है कि अपने बारे में कुछ बताएँ नहीं, और न तारीफ सुनें। फिर भी, ईसा का पहाड़ पर दिया गया धर्मादेश कहता है कि हमें अपने अच्छे कार्यों से आदर्श स्थापित करना चाहिए और इसके बारे में लोगों को बताकर उन्हें ईश्वर की आराधना के लिए प्रेरित करना चाहिए।"

"केनी के दादा बहुत चालाक आदमी थे," मैथ्यू मून ने कहा। "अपनी अकल से एक सेब का पेड़ ही खोज निकाला जिसे आज भी उन्हीं के नाम से जानते हैं—बाबा बाल छाप—तुम्हें इन सेबों के बारे में पता है, जान?—एक प्रकार के सेब पर लाल सेब की कलम बाँधकर, एक बार फिर उस पर समय से पहले पकनेवाले सेब की कलम बाँधी जाती है।

यह सच है कि वह एक औरत के साथ धर्मशाला में इस तरह पड़े रहते थे जैसा उन्हें बिल्कुल नहीं करना चाहिए था—लेकिन इसीलिए तो—वह सही माने में चालाक आदमी थे।"

"तो फिर," गैब्रिएल ने व्यग्र होकर पूछा; "तुमने क्या देखा, केन?"

"मैंने अपनी मालकिन को एक सैनिक के साथ बाँहों में बाँहें डालकर पार्क जैसी एक जगह पर जाते हुए देखा जहाँ बेंचें और फूल-पत्तियाँ थीं," केनी ने दृढ़तापूर्वक बात आगे बढ़ाई। उसे इस बात का कम ही अहसास था कि गैब्रिएल की भावनाओं पर उसके शब्दों का बहुत गहरा असर पड़नेवाला है।

"और मेरा ख्याल है कि वह सैनिक सार्जेंट ट्राय था। और वे वहाँ आधे घंटे से ज्यादा साथ-साथ बैठे रहे, अच्छी-अच्छी बातें करते रहे और एक बार तो वह रो-रोकर जान देने पर उतारू हो गई थीं। और जब वे बाहर आए तो मालकिन की आँखों में चमक थी, और वह लिली की तरह उजली दिख रही थीं; और उन दोनों ने आँखों में आँखें डालकर एक-दूसरे को इतने प्यार से देखा जितने प्यार से कोई आदमी और औरत देख सकते हैं।"

गैब्रिएल का चेहरा कुछ मुरझाया हुआ-सा लगा। "अच्छा, इसके अलावा तुमने और क्या देखा?"

"अरे—बहुत कुछ।"

"लिली की तरह उजली?—क्या तुम्हें यकीन है कि वो मालकिन ही थीं?

"हाँ।"

"चलो, और इसके अलावा?"

"दुकानों की बड़ी-बड़ी शीशे की खिड़कियाँ, और आसमान में बारिश से भरे बड़े-बड़े बादल और आसपास के देहात में पुराने लकड़ी के पेड़।"

"उल्लू कहीं का—आगे भी कुछ बताएगा!"

"बोलने तो दो उसे," जोसेफ पुअरग्रास बीच में बोल पड़ा। "लड़के का मतलब ये है कि बाथ की जमीन और आसमान हमारे यहाँ से बिल्कुल अलग नहीं हैं। नए शहरों की जानकारी लेना हमारे फायदे की बात है, और इसलिए बच्चे के शब्दों को सुनना पड़ेगा, कहने का मतलब ये है।"

"और बाथ के लोगों को," केन ने आगे कहा, "कभी आग जलाने की जरूरत नहीं पड़ती अगर नवाबगीरी का शौक न चर्राया हो, क्योंकि वहाँ जमीन के भीतर से खौलते गर्म पानी के सोते फूटते हैं जिनका सीधे इस्तेमाल किया जा सकता है।"

"यह बात दिन के उजाले की तरह सच है," मैथ्यू मून ने प्रमाणित किया। "मैंने यही बात कई नाविकों के मुँह से सुनी है।"

"वहाँ वे कुछ और नहीं पीते," केन ने कहा, "और इसको गटकते हुए इसका मजा लेते हैं," मैथ्यू ने कहा।

"अच्छा, हम लोगों को तो यह जंगलीपन लगता है, लेकिन मेरा ख्याल है कि वहाँ के रहनेवाले इस बारे में कुछ सोचते ही नहीं," मैथ्यू ने कहा।

"और क्या पानी के साथ-साथ खाने-पीने की चीजें नहीं निकलतीं जमीन से?" कोग्गन ने अपनी आँखें नचाते हुए पूछा।

"नहीं—मैं मानता हूँ कि बाथ के नाम पर एक शाप है—वाकई शाप है। भगवान ने उन्हें पानी के साथ-साथ खाने-पीने की चीजें नहीं दीं, और यह ऐसी कमी है जिसे मैं बिल्कुल समझ नहीं पाया।"

"भई, जगह तो दिलचस्प है, कम से कम इतना तो कहा ही जा सकता है," मून ने कहा, "और वहाँ रहनेवाले लोग भी जरूर दिलचस्प होंगे।"

"तो तुम कह रहे थे कि मिस एवरडीन और वह सैनिक साथ-साथ टहल रहे थे?" गैब्रिएल ने इस समूह की तरफ लौटते हुए कहा।

"हाँ, और उन्होंने काली लेसवाला सुनहले रंग का सुन्दर रेशमी गाउन पहन रखा था। वह गाउन इतना शानदार था और कड़क था कि जरूरत पड़ने पर भीतर पैर डाले बिना अपने सहारे खड़ा रह सकता था। बड़ा सुन्दर लग रहा था। और उनके बालों में तो बड़ी शानदार कंघी की गई थी। और जब उनके चमकीले गाउन और उसके लाल कोट पर धूप पड़ती थी—आह, गजब! इतने खूबसूरत दिखते थे दोनों। पूरी सड़क पर बस वही दिखाई पड़ते थे।

"और फिर उसके बाद?" गैब्रिएल ने धीमे स्वर में पूछा।

"और उसके बाद मैंने ग्रिफिन की दूकान में जाकर अपने बूटों में कील ठुकवाई, और फिर रिग की दूकान पर जाकर एक पेनीवाले छोटे और सबसे सस्ते केक लिए जिनमें से कुछ में नीली फफूँद लगी हुई थी। और उनको चबाते हुए आगे बढ़ते जाने पर एक जगह मुझे इतनी बड़ी घड़ी दिखी जैसे कोई आटा गूँधने की बड़ी-सी परात—"

"लेकिन इस बात का मालकिन से कोई सम्बन्ध नहीं है!"

"उसी बात पर आ रहा हूँ, आप बोलने तो दें, मि. ओक।" केनी ने प्रतिवाद किया। "अगर आप मुझे ताव दिलाएँगे, तो शायद इससे मेरी खाँसी उभर जाए, और तब मैं आपको कुछ भी नहीं बता पाऊँगा।"

"हाँ भई—उसको अपने ढंग से बताने दो," कोग्गन ने कहा।

गैब्रिएल को हार मानकर धीरज बरतना पड़ा, और केनी ने बात जारी रखी :

"और वहाँ बड़ी ऊँची-ऊँची इमारतें थीं, और पूरे हफ्ते इतनी भीड़ दिखती थी जितनी वेदरबरी में ईस्टर के बादवाले मंगलवार को होनेवाली सालाना दौड़ में भी नहीं होती। और मैं शानदार चर्चों और पूजाघरों में गया। और कैसे तो पादरी प्रार्थना करता था। हाँ, वह घुटनों के बल झुककर अपने हाथ जोड़ लेता था, और उसकी उँगलियों में पहनी हुई पवित्र सोने की अँगूठियों की चमक से आँखें चुँधिया जाती थीं। ये अँगूठियाँ इतनी अच्छी तरह से पूजा करने की कमाई थीं। आह, काश मैं वहीं रहता!—"

"हमारे पादरी बेचारे थर्डली को तो इतना पैसा ही नहीं मिलता कि ऐसी अँगूठियाँ खरीद सके," मैथ्यू मून ने सोचते हुए कहा। "और इतना अच्छा इनसान है वह। मुझे नहीं लगता

कि बेचारे थर्डली के पास घटिया से घटिया टिन या ताँबे की एक भी अँगूठी होगी। जब वह शाम को मोमबत्तियों के उजाले में प्रवचन-मंच पर होता है, उस समय इनसे उसकी शोभा कितनी बढ़ जाती। लेकिन यह असम्भव है। हाय, कितनी गैर-बराबरी है।"

"शायद वह किसी और मिट्टी का बना हुआ है जिसकी तकदीर में इनको पहनना नहीं लिखा है," गैब्रिएल ने गम्भीरता से कहा। "अच्छा, इस बारे में बहुत बात हो गई। आगे बढ़ो केनी—जल्दी करो।"

"अरे—और नए ढंग के पादरी मूँछें और लम्बी-लम्बी दाढ़ियाँ रखते हैं," प्रख्यात यात्री ने कहना जारी रखा, "और बिल्कुल पैगम्बर मूसा और आरोन की तरह दिखते हैं और प्रार्थना-सभा में हमारे जैसे लोगों को लगने लगता है जैसे हम इजराइल के बच्चे हों।"

"बिल्कुल सही लगता है—बिल्कुल," जोसेफ पुअरग्रास ने कहा।

"और इस समय देश में दो तरह के धर्म चल रहे हैं—हाई चर्च और हाई चैपेल। और मैंने सोचा कि मैं भेदभाव नहीं करूँगा : इसलिए सुबह मैं हाई चर्च में जाता था और शाम को हाई चैपेल में।"

"अच्छा और समझदार लड़का है," जोसेफ पुअरग्रास ने कहा।

"हाँ, हाई चर्च में वे संगीत की साधना करते हैं और इन्द्रधनुष के सारे रंगों की पूजा करते हैं; और हाई चैपेल में वे धर्मोपदेश सुनाते हैं और उनकी पूजा एकदम बेरंग और फीकी होती है। और उसके बाद—मैंने मिस एवरडीन को बिल्कुल नहीं देखा।"

"तो इस बात को तुमने पहले क्यों नहीं कहा!" ओक ने बड़ी हताशा से कहा।

"आह," मैथ्यू मून ने कहा, "अगर उनका उस आदमी से बहुत गहरा रिश्ता है तो वह पछताएँगी।"

"उनका उससे बहुत गहरा रिश्ता नहीं है," गैब्रिएल ने आक्रोशपूर्वक कहा।

"अब ये तो उनको ही पता होगा," कोग्गन ने कहा। "हमारी मालकिन के पास इतनी अकल तो है ही कि ऐसा पागलपन नहीं करेंगी।"

"देखिए, वह कोई अनपढ़ जाहिल नहीं है, क्योंकि उसकी पढ़ाई-लिखाई अच्छी हुई थी," मैथ्यू ने अनिश्चय से कहा। "यह उसका झक्की स्वभाव ही था कि वह सैनिक बन गया, और लड़कियाँ ऐसे पापियों को पसन्द भी करती हैं।"

"देखो केन बाल," गैब्रिएल ने बेचैनी से कहा, "क्या तुम पक्की कसम खा सकते हो कि जिस औरत को तुमने देखा, वो मिस एवरडीन ही थीं।"

"केन बाल, अब तुम दूध पीते बच्चे नहीं रहे," जोसेफ ने माहौल के हिसाब से गम्भीर लहजे में कहा। "और तुम जानते हो कि कसम खाने का क्या मतलब होता है। ध्यान रखना, ये बड़ा भयानक प्रतिज्ञापत्र होता है और इसे चर्च की नींव के पत्थर से प्रमाणित किया जाता है और पैगम्बर मैथ्यू कहते हैं कि जिस पर इसका कोप होगा, वह मिट्टी में मिल जाएगा। अब यहाँ इकट्ठे सभी कामगारों के सामने क्या तुम अपनी बात के लिए कसम खा सकते हो, जैसे इस गड़ेरिए ने कहा है?"

"नहीं, मि. ओक!" केनी ने इस स्थिति की आध्यात्मिक गम्भीरता को महसूस करते हुए बड़ी बेचैनी से एक तरफ से दूसरी तरफ लोगों पर नजरें दौड़ाते हुए कहा। "मुझे यह कहने में एतराज नहीं है कि ये बात सच है, लेकिन मैं यह नहीं कहना चाहता कि यह साला एकदम पक्का सच है, अगर आप यही चाहते हैं।"

"केन, केन, ऐसा कैसे कर सकते हो तुम!" जोसेफ ने कड़े लहजे में कहा। "तुमसे पवित्र ढंग से शपथ लेने के लिए कहा गया, और तुम गेरा की सन्तान दुष्ट शिमेह की तरह गाली दे रहे हो जिसने पैदा होते ही गन्दे शब्द कहे थे। धिक्कार है तुम पर।"

"नहीं, मैं ऐसा नहीं कर रहा हूँ। बात ये है कि आप एक गरीब लड़के की आत्मा को भ्रष्ट करना चाहते हैं—सच्चाई ये है!" कहते-कहते केन रोने लगा। "मेरा मतलब सिर्फ इतना है कि वैसे तो ये मिस एवरडीन और सार्जेंट ट्राय थे, लेकिन जैसा भयानक सच आप कहलवाना चाहते हैं उसके हिसाब से ये कोई और थे।"

"पता नहीं इनमें से कौन-सी बातें सही हैं," गैब्रिएल ने अपने काम में लगते हुए कहा।

"केन बाल, तुम पछताओगे!" जोसेफ पुअरग्रास ने कहा।

इसके बाद एक बार फिर फसल काटनेवालों के हँसिए लहराए, और पहलेवाली आवाजें फिर शुरू हो गईं। गैब्रिएल ने उत्साह दिखाने का कोई बहाना नहीं किया, न ही उसने ऐसा कुछ किया जिससे लगे कि वह विशेष रूप से सुस्त है। फिर भी कोग्गन को भलीभाँति पता था कि हकीकत क्या है, और जब वे एक कोने में मिले तो उसने कहा :

"उसकी बात दिल में मत लाओ गैब्रिएल। जब वह तुम्हारी नहीं हो सकती तो इससे क्या फर्क पड़ता है कि वह किसकी बाँहों में है?"

"यही बात तो मैं खुद से कह रहा हूँ," गैब्रिएल ने कहा।

अध्याय 34

घर-वापसी : चालबाज

उसी दिन शाम को गोधूलि के समय गैब्रिएल सोने से पहले इधर-उधर टहलते हुए कोग्गन के बगीचे के फाटक की टेक लिए खड़ा था।

गली के घासयुक्त किनारे पर कोई वाहन धीमे-धीमे रेंगता चला आ रहा था। इसमें से दो औरतों की बातचीत की आवाजें आ रही थीं। आवाजें स्वाभाविक थीं और उनको बिल्कुल दबाया नहीं गया था। ओक को तुरन्त पता चल गया कि ये आवाजें बाथशीबा और लिडी की हैं।

गाड़ी सामने से आकर आगे बढ़ गई। यह मिस एवरडीन की गाड़ी थी, और सीट पर सिर्फ लिडी और उसकी मालकिन बैठी थीं। लिडी बाथ शहर के बारे में पूछ रही थी

और उसकी सहेली उसके सवालों का जवाब उद्विग्नता और अन्यमनस्कता से दे रही थी। बाथशीबा और घोड़ा दोनों ही थके हुए लग रहे थे।

उसको सकुशल लौट आया देखकर ओक को इतनी राहत महसूस हुई कि वह सबकुछ भूलकर इसी के आनन्द में डूब गया। उसने पहले जो कुछ भी सुन रखा था, सब भुला दिया।

उसने वहीं खड़े-खड़े इतनी देर कर दी कि पूर्वी और पश्चिमी आकाश का भेद मिट गया और अँधेरी पहाड़ियों के आसपास डरपोक खरगोशों के समूह बाहर आकर निडरतापूर्वक उछलकूद करने लगे। गैब्रिएल को वहाँ करीब आधा घंटा और बीता होगा कि एक काली आकृति धीमे-धीमे उसके पास से गुजरी। "गुड नाइट, गैब्रिएल," गुजरनेवाले ने कहा।

ये बोल्डवुड थे। "गुड नाइट, सर," गैब्रिएल ने जवाब दिया।

बोल्डवुड जिस तरह आए थे, उसी तरह सड़क के दूसरे छोर पर लुप्त हो गए, और इसके थोड़ी ही देर बाद गैब्रिएल घर के भीतर सोने चल दिया।

किसान बोल्डवुड मिस एवरडीन के घर की तरफ आगे बढ़ गए थे। वह घर के मुहाने पर पहुँचे और प्रवेशद्वार की तरफ बढ़ते हुए बैठक में उन्हें प्रकाश दिखाई पड़ा। खिड़की का परदा खींचा नहीं गया था, और कमरे के भीतर बाथशीबा कुछ कागजों या पत्रों को देख रही थी। उसकी पीठ बोल्डवुड की तरफ थी। दरवाजे तक पहुँचकर उन्होंने दस्तक दी और इन्तजार करते हुए उन्हें मांसपेशियों में तनाव और माथे में दर्द का अहसास हुआ।

जब से याल्बरी की पहाड़ी पर उनसे बाथशीबा की भेंट हुई थी, तभी से बाथशीबा उनके बगीचे के सामने से नहीं गुजरी थी। अकेले में वह चुपचाप औरत जात के स्वभाव पर सोच-विचार करते और अपने साथ एक औरत को लेकर घटी दुर्घटना के आधार पर पूरी नारी जाति को कठघरे में खड़ा करते थे। धीरे-धीरे उनके स्वभाव में थोड़ी उदारता आई, और आज की रात की यह भागदौड़ उसी का परिणाम थी। जैसे ही उन्हें पता लगा कि बाथशीबा लिडी से मिलकर वापस आ गई है, वह अपने उग्र व्यवहार पर शर्मसार होकर उससे माफी माँगने और उसे मनाने आए थे। उसके बाथ प्रवास की उन्हें भनक तक नहीं थी।

उन्होंने मिस एवरडीन को पूछा। लिडी का व्यवहार अजीबोगरीब था, लेकिन उन्होंने इस पर ध्यान नहीं दिया। उन्हें बाहर खड़ी छोड़कर वह अन्दर गई, और इसी बीच बाथशीबा के कमरे की खिड़की का परदा गिरा दिया गया। बोल्डवुड को यह शुभ संकेत नहीं लगा। लिडी बाहर आई।

"मेरी मालकिन आपसे नहीं मिल पाएँगी, सर," उसने कहा।

बोल्डवुड तीर की तरह फाटक से बाहर निकल गए। उन्हें माफ नहीं किया गया था—असली मुद्दा यह था। उन्होंने एक साथ सुख और दुख दोनों देनेवाली बाथशीबा को उसी कमरे में बैठकर उन्हें वहाँ घुसने से भी मना करते देखा जहाँ कुछ दिन पहले गर्मियों में उसके विशेष सम्मानित अतिथि के रूप में वह उसी के साथ बैठे थे।

बोल्डवुड ने घर जाने में जल्दबाजी नहीं की। कम से कम दस बजे का समय रहा

होगा जब भारी कदमों से वेदरबरी के निचले हिस्से की ओर जाते हुए उन्होंने भाड़े पर गाड़ी चलानेवाले की स्प्रिंगदार गाड़ी को गाँव में घुसते हुए देखा। यह गाड़ी यहाँ से उत्तर दिशा में स्थित एक कस्बे के बीच चलती थी और इसका मालिक व चालक वेदरबरी का ही एक आदमी था जिसके दरवाजे पर आकर अब यह रुक गई थी। गाड़ी की छत के आगे बँधे लैम्प के प्रकाश में एक सुर्ख व सुनहली आकृति दिखी, जो सबसे पहले उतरी।

"ओह!" बोल्डवुड ने स्वयं से कहा, "फिर उससे मिलने आ गया!"

ट्राय गाड़ीवान के घर में चला गया जहाँ वह पिछली बार अपने मूल निवास आने पर ठहरा हुआ था। अचानक बोल्डवुड ने कुछ इरादा किया। वह तेज कदमों से घर गए। दस मिनट में वह दुबारा वापस आ गए, और ऐसा लगा कि वह गाड़ीवान के घर ट्राय से मिलने जा रहे हैं।

लेकिन जब वह नजदीक पहुँचे तो कोई दरवाजा खोलकर बाहर निकला। उन्होंने इस आदमी को अन्दर के लोगों से 'गुड नाइट' कहते सुना और आवाज ट्राय की थी। यह अजीब बात थी क्योंकि अभी-अभी तो वह यहाँ पहुँचा था। फिर भी बोल्डवुड तेज कदमों से उसकी तरफ बढ़ चले। ट्राय के हाथ में सफरी थैलानुमा कुछ था—वैसा ही जैसा वह अपने साथ लेकर आया था। ऐसा लग रहा था जैसे वह आज रात ही वापस जा रहा है।

ट्राय ने पहाड़ी की तरफ मुड़कर अपनी चाल बढ़ा दी। बोल्डवुड आगे बढ़े।

"सार्जेंट ट्राय?"

"हाँ—मैं सार्जेंट ट्राय हूँ।"

"गाँव के बाहर से अभी-अभी लौटे हो न?'

"बाथ से अभी-अभी लौटा हूँ।"

"मैं विलियम बोल्डवुड हूँ।"

"अच्छा।"

जिस लहजे में यह शब्द कहा गया, असली बात पर आने के लिए बोल्डवुड को उसी की जरूरत थी।

"मैं तुमसे कुछ बात करना चाहता हूँ," उन्होंने कहा।

"किसके बारे में?"

"उसके बारे में जो सामने ही रहती है—और उस औरत के बारे में जिसे तुमने बहका दिया है।"

"आपकी अभद्रता पर मुझे अफसोस है," ट्राय ने आगे बढ़ते हुए कहा।

"जरा इधर देखो," बोल्डवुड ने उसके सामने खड़े होते हुए कहा। "अफसोस हो या चाहे जो हो, तुमको मुझसे बात करनी ही होगी।"

ट्राय ने बोल्डवुड की आवाज में उनके पक्के संकल्प को सुना, उनकी लम्बी-चौड़ी काया पर निगाह डाली, इसके बाद उनके हाथ में जो मोटा-सा डंडा था, उसे देखा। उसे याद आया कि दस बजे से अधिक का समय हो रहा है। उसे लगा कि बोल्डवुड से नरमी

से पेश आने में ही भलाई है।

"अच्छी बात है, खुशी-खुशी सुनूँगा मैं," ट्राय ने अपने थैले को जमीन पर रखते हुए कहा। "बस धीमे बोलने का ध्यान रखना, क्योंकि हमारी बातचीत फार्महाउस में किसी को सुनाई पड़ सकती है।"

"तो सुनो—तुम्हारे बारे में मुझे बहुत कुछ पता है—तुमसे फैनी रॉबिन के लगाव के बारे में भी। यह भी जान लो कि गैब्रिएल को छोड़कर, मेरे ख्याल से, मैं ही पूरे गाँव में एकमात्र आदमी हूँ जिसे इसकी जानकारी है। तुम्हें उससे शादी करनी चाहिए।"

"मैं मानता हूँ कि मुझे करनी चाहिए। बल्कि मैं चाहता भी हूँ, लेकिन नहीं कर सकता।"

"क्यों?"

ट्राय तुरन्त ही कुछ बोलनेवाला था, लेकिन उसने अपने को रोका और कहा, "मैं बहुत गरीब हूँ।" उसकी आवाज बदल गई थी। पहले इसमें लापरवाही का भाव था। अब उसकी आवाज में चालबाजी आ गई थी।

इस समय बोल्डवुड की मनःस्थिति ऐसी नहीं थी कि भावों को पकड़ सकें। उन्होंने कहा; "मैं दो टूक बात करना चाहता हूँ। और देखो, मैं सही या गलत, नारी जाति के सम्मान और लज्जा के सवालों पर न तो सोच-विचार करना चाहता हूँ, न ही तुम्हारे आचरण पर उँगली उठाना चाहता हूँ। मैं तुमसे काम की बात करना चाहता हूँ।"

"समझ गया," ट्राय ने कहा। "चलो यहाँ बैठ जाते हैं।"

उनके सामने ही बाड़ के नीचे एक पुराने पेड़ का तना पड़ा हुआ था, और वे बैठ गए।

"मिस एवरडीन से मेरी सगाई हुई थी," बोल्डवुड ने कहा; "लेकिन तुम आए और—"

"सगाई नहीं," ट्राय ने कहा।

"सगाई ही समझो।"

"अगर मैं न आया होता तो उसकी सगाई आपके साथ हो सकती थी।"

"हो सकती थी।"

"तो क्या।"

"अगर तुम न आए होते तो मैं निश्चित तौर पर—हाँ, निश्चित तौर पर अब तक अपनाया जा चुका होता। अगर तुम उससे न मिले होते तो तुम्हारी शादी फैनी से होती। तुम्हारे और मिस एवरडीन के रास्ते बिल्कुल अलग हैं और उसके साथ तुम्हारी इश्कबाजी का कोई फायदा नहीं है क्योंकि तुम्हारी शादी नहीं हो पाएगी। इसलिए ज्यादा नहीं, सिर्फ इतना ही कहूँगा कि उससे छेड़खानी करने से बाज आओ। फैनी से शादी कर लो। मेरी तरफ से फायदे में रहोगे।"

"वह कैसे?"

"मैं तुम्हें अच्छा पैसा दूँगा, मैं उसके नाम कुछ पैसा कर दूँगा, और यह पक्का कर

दूँगा कि भविष्य में तुम्हें गरीबी न झेलनी पड़े। मैं इस बात को अच्छी तरह समझता हूँ। बाथशीबा तुम्हारे साथ सिर्फ खिलवाड़ कर रही है; उसके आगे तुम बहुत गरीब हो, इसलिए एक ऐसी शानदार शादी, जो कभी तुम कर नहीं पाओगे, का ख्याल छोड़ दो और अपने लायक उस औसत शादी पर विचार करो जो तुम कल ही कर सकते हो। अपना सफरी थैला उठाओ, पीछे मुड़ो, आज रात ही वेदरबरी से दफा हो जाओ और चलते समय तुम्हारे हाथ में पचास पौंड होंगे। शादी की तैयारी के लिए फैनी को पचास पौंड मिल जाएँगे, मुझे बता देना कि वह कहाँ रह रही है, और उसकी शादीवाले दिन उसको पाँच सौ पौंड मिल जाएँगे।"

ऐसा कहते हुए बोल्डवुड की आवाज से जाहिर हो गया कि उन्हें अपनी स्थिति, अपने मकसद और उसको पूरा करने के अपने तरीके की कमजोरी का अहसास है। पहले के दृढ़ स्वभाववाले स्वाभिमानी बोल्डवुड से अब उनका स्वभाव काफी भिन्न हो गया था, और जिस तरह की योजना में वह इस समय लगे हुए थे, कुछ ही महीने पहले ऐसी किसी योजना को बचकानी हरकत बताकर खारिज कर देते। किसी प्रेमी में हमें ऐसी शानदार ताकत देखने को मिलती है जो उसके अन्दर तब नहीं होती जब वह उन्मुक्त होता है, लेकिन उन्मुक्त व्यक्ति में दृष्टिकोण की जो व्यापकता मिलती है वह किसी प्रेमी में विरले ही पाई जाती है। जब झुकाव का आधिक्य होता है तो कुछ संकीर्णता भी जरूर होती है, और हालाँकि प्रेम एक सकारात्मक भावना है, यह एक नकारात्मक क्षमता भी है। इस बात को बोल्डवुड ने हद से ज्यादा चरितार्थ कर दिया : फैनी रॉबिन की परिस्थितियों का या उसका कोई अता-पता उन्हें नहीं था, ट्राय की सम्भावनाओं का उन्हें कुछ पता नहीं था, फिर भी उन्होंने ऐसा कहा।

"फैनी को मैं बहुत अधिक पसन्द करता हूँ," ट्राय ने कहा, "और अगर, जैसा कि आप कह रहे हैं, मिस एवरडीन मेरी पहुँच से बाहर हैं तो आपसे पैसा लेने और फैनी से शादी करने में मेरा फायदा ही फायदा है। लेकिन वह एक मामूली नौकरानी है।"

"कोई बात नहीं, क्या तुम मेरी व्यवस्था से सहमत हो?"

"सहमत हूँ।"

"आह।" बोल्डवुड ने और भी प्रफुल्लित स्वर में कहा।"अरे ट्राय, अगर तुम उसे बहुत अधिक पसन्द करते हो तो तुमने यहाँ टाँग अड़ाकर मेरी खुशियों को ठेस क्यों पहुँचाई?"

"मैं अब भी फैनी को बहुत चाहता हूँ," ट्राय ने कहा। "लेकिन बाथशीबा—मिस एवरडीन ने मेरी भावनाओं को भड़का दिया और कुछ समय के लिए फैनी को मेरे दिल से निकाल दिया। अब बात खत्म।"

"इतनी जल्दी बात खत्म? तो फिर तुम दुबारा यहाँ किसलिए आए हो?"

"इसके कारण दमदार हैं। पचास पौंड तुरन्त, आपने अभी कहा न?"

"हाँ, कहा," बोल्डवुड ने कहा, "और ये रहीं—पचास पौंड की मोहरें।" उन्होंने ट्राय को एक छोटा-सा पैकेट थमा दिया।

"आपके पास तो सबकुछ तैयार है—ऐसा लगता है कि आपने निश्चित कर लिया है कि मैं इनको स्वीकार कर लूँगा," सार्जेंट ने पैकेट लेते हुए कहा।

"मैंने सोचा कि शायद तुम इन्हें स्वीकार कर लो," बोल्डवुड ने कहा।

"आपके पास सिर्फ मेरा वचन है कि मैं इस योजना पर अमल करूँगा जबकि मुझे तो पचास पौंड मिल ही चुके हैं।"

"मैंने इस पर सोचा था, और मैंने सोचा है कि अगर तुम्हें अपनी इज्जत का ख्याल नहीं भी रहा तो भी मैं तुम्हारी—चलो, चालाकी कह लो इसे—पर भरोसा कर सकता हूँ कि भविष्य में मिलनेवाले पाँच सौ पौंड से हाथ धोने और एक और आदमी को अपना कट्टर दुश्मन बनाने की गलती नहीं करोगे जो तुम्हारे लिए बहुत काम का आदमी हो सकता है।"

"रुको—सुनो!" ट्राय ने फुसफुसाकर कहा।

उनके ठीक ऊपर सड़क पर किसी के धीमे कदमों की आहट सुनाई पड़ रही थी।

"हे भगवान—ये तो वही है," उसने कहा। "मुझे जाकर उससे मिलना पड़ेगा।"

"वही—कौन?"

"बाथशीबा।"

"बाथशीबा—रात के इस समय, बाहर अकेले।" बोल्डवुड चौंककर उछल पड़े। "तुम उससे क्यों मिलोगे?"

"वह आज रात मेरे आने का इन्तजार कर रही है—और अब मुझे उससे बात करनी पड़ेगी और आपकी इच्छानुसार उससे विदा लेनी पड़ेगी।"

"मुझे बात करने की कोई जरूरत समझ नहीं आ रही है।"

"इसमें कोई बुराई नहीं है—और अगर मैं बात नहीं करूँगा तो वह मुझको खोजती फिरेगी। मेरी सारी बात आप सुनेंगे। इससे मेरे चले जाने के बाद आपको प्यार करने में सहूलियत होगी।"

"तुम्हारी आवाज में व्यंग्य झलक रहा है।"

"अरे नहीं। और ध्यान रहे, अगर मैं उससे साफ-साफ कह दूँगा कि मैं उससे नाता तोड़ने आया हूँ तो यह सही रहेगा, नहीं तो मेरे इस तरह गुम हो जाने से वह मेरे बारे में और भी सोचेगी।"

"क्या तुम अपनी बात इसी एक मुद्दे तक सीमित रखोगे? क्या तुम्हारे मुँह से निकला एक-एक शब्द सुनूँगा मैं?"

"एक-एक शब्द सुनेंगे आप। अब मेरा यह सफरी थैला हाथ में लेकर यहाँ बैठिए और गौर से सुनिए।"

कदमों की धीमी आहट नजदीक आते हुए बीच-बीच में रुक जाती थी, जैसे कि चलनेवाले के कान किसी आवाज पर लगे हों। ट्राय ने मधुर बाँसुरी जैसी धुनवाली सीटी धीमे सुर में बजाई।

"काम की बात करो, समझे!" बोल्डवुड ने बेचैनी से फुसफुसाकर कहा।

"आपने चुप रहने का वायदा किया था," ट्राय ने कहा।

"मैं फिर वायदा करता हूँ।"

ट्राय आगे बढ़ गया।

"फ्रैंक, मेरे प्यारे, तुम्हीं हो?" आवाज बाथशीबा की थी।

"हे भगवान!" बोल्डवुड ने कहा।

"हाँ," ट्राय ने उससे कहा।

"कितनी देर कर दी तुमने," उसने प्यार से कहा। "क्या तुम किराएवाली गाड़ी से आए? गाँव में घुसते हुए इसके पहियों की आवाज तो सुनी थी मैंने, लेकिन यह कुछ समय पहले की बात थी, और मैंने तो तुम्हारे आने की आशा ही छोड़ दी थी, फ्रैंक।"

"आना तो मुझे था ही," फ्रैंक ने कहा। "तुम्हें पता था कि मैं आऊँगा, था कि नहीं?"

"हाँ, मैं सोचती थी कि तुम आओगे," उसने अदा दिखाते हुए कहा। "और फ्रैंक, बड़े खुशनसीब हैं हम। मेरे अलावा घर में आज रात कोई नहीं है—मैंने सबको इधर-उधर भेज दिया है, इसलिए किसी को भी कानो-कान खबर नहीं होगी कि तुम अपनी प्रिया से मिलने उसके घर आए हो। लिडी अपने दादा के यहाँ छुट्टी बिताने जाना चाहती थी और मैंने उससे कह दिया कि वह वहाँ कल तक रुक सकती है—तब तक तुम चले जाओगे।"

"वाह," ट्राय ने कहा। "लेकिन प्रिये—अच्छा होता कि मैं वापस जाकर अपना बैग ले आऊँ, क्योंकि मेरी चप्पलें और ब्रश और कंघा उसी में है; तुम दौड़कर घर पहुँचो, इस बीच मैं इसे ले आता हूँ—और दस मिनट के भीतर तुम्हारे कमरे में पहुँच रहा हूँ।"

"हाँ," वह मुड़ी और एक बार फिर थिरकते कदमों से पहाड़ी पर चल दी।

इस बातचीत के दौरान बोल्डवुड के कसकर भिंचे हुए होठों में अधीरताभरी ऐंठन दिख रही थी और उनका चेहरा चिपचिपाहटभरी पसीने की बूँदों से तर-बतर हो गया। अब वह ट्राय की तरफ बढ़ रहे थे। ट्राय उनकी तरफ मुड़ा और उसने बैग ले लिया।

"क्या मैं उससे बता दूँ कि मैं उससे नाता तोड़ने आया हूँ और उससे शादी नहीं कर सकता?" सैनिक ने मजाक उड़ानेवाले अन्दाज में कहा।

"नहीं—नहीं—एक मिनट रुक जाओ—मुझे तुमसे कुछ और कहना है—कुछ और कहना है," बोल्डवुड ने फटी हुई आवाज में फुसफुसाते हुए कहा।

"अब," ट्राय ने कहा, "आप मेरी दुविधा समझिए। शायद मैं बुरा इनसान हूँ—अपनी भावनाओं का शिकार—जो ऐसे काम करने को मजबूर हो जाता हूँ जिन्हें मुझे नहीं करना चाहिए। फिर भी, मैं दोनों से तो शादी नहीं कर सकता। और फैनी को चुनने के दो कारण हैं। पहला तो यह कि कुल मिलाकर मैं उसे बहुत अधिक चाहता हूँ, और दूसरा यह कि इसमें आप मुझे फायदा दे रहे हैं—"

उसी क्षण बोल्डवुड लपककर उसकी तरफ बढ़े और उसकी गर्दन पकड़ ली। ट्राय ने बोल्डवुड की जकड़ को धीमे-धीमे कसते हुए महसूस किया। बोल्डवुड का यह कदम कतई अप्रत्याशित था।

"जरा ठहरिए," उसने हाँफते हुए कहा। "आप अपने प्रेम का गला घोंट रहे हैं।"

"अच्छा, क्या मतलब," बोल्डवुड ने पूछा।

"मुझे साँस लेने दो," ट्राय ने कहा।

बोल्डवुड ने यह कहते हुए अपनी जकड़ ढीली कर दी, "भगवान कसम, जी में आता है कि तुम्हारी जान ले लूँ।"

"और उसको बर्बाद कर दें।"

"उसे बचा लूँ।"

"अच्छा—वह कैसे बच सकती है जब तक कि मैं उससे शादी नहीं कर लेता?"

बोल्डवुड तड़प उठे। उन्होंने अनिच्छापूर्वक सैनिक को आजाद किया और उसे बाड़ के सामने उछाल दिया। "शैतान—तू मुझे तड़पा रहा है!" उन्होंने कहा।

ट्राय गेंद की तरह उछला और वह बोल्डवुड पर पलटवार करने ही वाला था। लेकिन उसने अपने को यह कहते हुए सँभाल लिया, "आपसे जोर-आजमाइश करने का मेरा कोई इरादा नहीं है। दरअसल झगड़ा निपटाने का यह बर्बर तरीका है। अपने इसी विश्वास के चलते बहुत जल्दी मैं सेना छोड़नेवाला हूँ। अब यह जान लेने के बाद कि बाथशीबा की सच्चाई क्या है, मेरी जान लेना गलत होगा, होगा कि नहीं?"

"तुम्हारी जान लेना गलत होगा," बोल्डवुड ने सिर झुकाकर यन्त्रवत कहा।

"अच्छा होगा कि खुद की जान ले लें।"

"ज्यादा अच्छा होगा।"

"मुझे यह जानकर खुशी है।"

"ट्राय—उसे अपनी पत्नी बना लो, और अभी-अभी जो कुछ मैंने कहा था, उस पर अमल न करना। यह विकल्प बहुत दुखदायी है, लेकिन बाथशीबा को अपना लो—मैं उसे छोड़ता हूँ। जरूर वह तुमसे बेइन्तहा मुहब्बत करती होगी, तभी तो उसने इस तरह अपने को पूरी तरह तुम्हें समर्पित कर दिया है। अभागी औरत—तुम भुलावे में हो बाथशीबा।"

"लेकिन फैनी का क्या होगा?"

"बाथशीबा एक सम्पन्न औरत है," बोल्डवुड ने व्यग्र होकर चिन्तापूर्वक कहा, "और ट्राय, वह अच्छी पत्नी साबित होगी, और दरअसल वह इस काबिल है कि तुम उससे जल्दी से जल्दी शादी कर लो।"

"लेकिन वह दबंग स्वभाव की है, और मैं तो सिर्फ उसका गुलाम बनकर रह जाऊँगा। बेचारी फैनी रॉबिन के साथ मैं कुछ भी कर सकता था।"

"ट्राय," बोल्डवुड ने अनुनय-विनय करते हुए कहा, "तुम्हारे लिए मैं कुछ भी करूँगा, सिर्फ उसको छोड़ना मत—हाथ जोड़ता हूँ उसे मत छोड़ना, ट्राय।"

"किसको, बेचारी फैनी को?"

"नहीं—बाथशीबा एवरडीन को। उसको ज्यादा से ज्यादा प्यार करो। मैं तुम्हें कैसे समझाऊँ कि उसको तुरन्त पा लेना तुम्हारे लिए कितना फायदेमन्द है।"

"मैं उसको किसी नए तरीके से नहीं पाना चाहता।"

बोल्डवुड का हाथ अपने आप ट्राय की तरफ बढ़ गया। पर उन्होंने अपनी भावना को जज्ब कर लिया, और उनकी काया जैसे दर्द से दुहरी हो गई। ट्राय कहता रहा, "जल्दी ही मैं नौकरी से मुक्ति पा लूँगा, और तब–"

"लेकिन मेरी इच्छा है कि तुम जल्दी से जल्दी यह शादी कर लो। यह तुम दोनों के लिए अच्छा रहेगा–तुम एक-दूसरे से प्यार करते हो–और तुम मुझे इस काम में अपनी मदद करने दो।"

"कैसे?"

"क्यों, फैनी की जगह वह पाँच सौ पौंड मैं बाथशीबा के नाम कर दूँगा जिससे तुम तुरन्त शादी कर सको। नहीं, मैं यह पैसा उसे नहीं दूँगा, मैं शादीवाले दिन यह पैसा तुम्हीं को दे दूँगा।"

बोल्डवुड की दीवानगी देखकर ट्राय मन ही मन दंग रह गया। उसने लापरवाही से कहा, "और क्या मुझे इस समय कुछ मिलेगा?"

"हाँ–अगर तुम चाहो। लेकिन मेरे पास ज्यादा फालतू पैसा नहीं है–मुझे इसकी उम्मीद नहीं थी–लेकिन मेरे पास जो कुछ है, सब तुम्हारा है।"

बोल्डवुड ने नींद में चलनेवाले आदमी की तरह वह बड़ा-सा कैनवस का बैग निकाला जिसको वह बटुए की तरह लेकर चलते थे, और इसको टटोला।

"मेरे पास इक्कीस पौंड और हैं," उन्होंने कहा। "दो नोट और एक मोहर। लेकिन चलने से पहले मुझे एक कागज पर दस्तखत चाहिए–"

"मुझको पैसा दीजिए, और हम सीधे उसके बैठकखाने में चलेंगे, और आपकी इच्छा के पालन के लिए आप जो भी कहेंगे, वैसी व्यवस्था कर ली जाएगी। लेकिन पैसों के इस लेन-देन का उसे बिल्कुल पता नहीं चलना चाहिए।"

"बिल्कुल नहीं–बिल्कुल नहीं।" बोल्डवुड ने जल्दी से कहा। "ये रहे रुपए–और अगर तुम मेरे घर आओ तो बाकी बातों के लिए हम इकरारनामा लिख लेंगे, और शर्तें भी।"

"पहले हम उससे मिलेंगे।"

"लेकिन क्यों? आज रात मेरे साथ आओ, और कल मेरे साथ पादरी के पास चले चलो?"

"लेकिन उससे राय-मशविरा तो करना होगा–किसी भी हाल में, सूचित तो करना होगा।"

"ठीक है फिर–चलो।"

वे पहाड़ी पर बाथशीबा के घर पहुँचे। जब वे दरवाजे पर खड़े थे, ट्राय ने कहा, "एक पल इन्तजार करिए यहीं।" वह दरवाजा खोलकर भीतर सरक गया और दरवाजे को अधखुला छोड़ दिया।

बोल्डवुड प्रतीक्षा करते रहे। दो मिनट में गलियारे में एक प्रकाश दिखा। इसके बाद

बोल्डवुड ने देखा कि दरवाजे के आर-पार जंजीर चढ़ी हुई है। भीतर ट्राय दिखा, जिसके हाथ में एक मोमबत्ती थी।

"ये क्या, तुमने सोचा कि मैं जबरन अन्दर आ जाऊँगा?" बोल्डवुड ने हिकारत से कहा।

"अरे नहीं—चीजों को सुरक्षित करने का ये सिर्फ मेरा मजाकिया अन्दाज है। आप इसे जरा पढ़ेंगे क्या? मैं मोमबत्ती पकड़े रहूँगा।"

ट्राय ने दरवाजे और चौखट के बीच की झिरी से एक मुड़ा हुआ अखबार थमा दिया, और मोमबत्ती को नजदीक ले आया। "ये है वो पैराग्राफ," उसने एक लाइन पर अपनी उँगली रखते हुए कहा।

बोल्डवुड ने देखा और पढ़ा :

"शादियाँ"

"इसी महीने की 17 तारीख को, सेंट एम्ब्रोस चर्च, बाथ में, माननीय जी. मिन्सिंग, बी.ए. द्वारा, वेदरबरी के स्वर्गीय मिस्टर एडवर्ड ट्राय, चिकित्सक के एकमात्र सुपुत्र और 11वीं ड्रैगून गार्ड्स के सार्जेंट फ्रांसिस ट्राय का कास्टरब्रिज के स्व. मि. जान एवरडीन की एकमात्र जीवित पुत्री बाथशीबा के साथ विवाह सम्पन्न।"

"इसको कहते हैं ईंट का जवाब पत्थर—क्यों, बोल्डवुड?" ट्राय ने कहा। इसके साथ ही उपहासपूर्ण हँसी की धीमी खिलखिलाहट सुनाई पड़ी।

अखबार बोल्डवुड के हाथों से गिर पड़ा। ट्राय ने आगे कहा : "फैनी से शादी करने के लिए पचास पौंड। अच्छी बात है। इक्कीस पौंड फैनी को छोड़कर बाथशीबा से शादी करने के लिए। निष्कर्ष : मैं पहले ही बाथशीबा का पति हो चुका हूँ। अब बोल्डवुड, आपकी स्थिति हास्यास्पद है जो पति और पत्नी के बीच टाँग अड़ाते रहे हैं। और दूसरी बात। बुरा तो मैं हूँ, लेकिन इतना नीच नहीं हूँ कि किसी औरत के शादी-ब्याह या सुख-दुख को खरीद-बिक्री का मामला बना दूँ। फैनी ने काफी समय पहले मुझे छोड़ दिया। मुझे नहीं पता कि वह कहाँ है—मैंने उसे हर जगह तलाश किया। एक और बात। आप कहते हैं कि आप बाथशीबा से प्रेम करते हैं। लेकिन साक्ष्य का जरा भी संकेत मिलते ही आप तुरन्त उसके अपमान में यकीन करने लगते हैं। लानत है ऐसे प्रेम पर। अब मैंने आपको सबक सिखा दिया है, अपना पैसा वापस ले लीजिए।"

"नहीं लूँगा—नहीं लूँगा।" बोल्डवुड ने फुफकारते हुए कहा।

"कोई बात नहीं, मैं इसे रखूँगा नहीं," ट्राय ने हिकारत के भाव से कहा। उसने इस सोने को कागज में लपेटा, और सबकुछ सड़क पर फेंक दिया।

बोल्डवुड ने बँधी हुई मुट्ठी उसकी तरफ लहराई। "शैतान की औलाद, धोखेबाज! नीच! छोड़ूँगा नहीं तुम्हें!"

एक बार फिर खुलकर हँसने की आवाज सुनाई पड़ी। इसके बाद ट्राय ने दरवाजा बन्द करके भीतर से ताला लगा लिया।

उस पूरी रात बोल्डवुड की काली छाया वेदरबरी की पहाड़ियों और निचले हिस्सों में किसी अतृप्त आत्मा की तरह भटकते हुए देखी जा सकती थी।

अध्याय 35

ऊपर की एक खिड़की में

अगले दिन एकदम सुबह का वक्त था—धूप और ओस से भरा-पूरा। खुली हवा में अनेक पक्षियों के गड्डमड्ड गायन की शुरुआत हो गई थी, और फीके नीले रंग के आकाश पर यहाँ-वहाँ अदृश्य बादलों के पतले जाल आच्छादित थे जो दिन के उजाले को फैलने से नहीं रोक पा रहे थे। इस दृश्य में जहाँ कहीं भी कोई प्रकाश था, उसका रंग पीला था, और जहाँ कहीं भी अँधेरा था, वह क्षीण हुआ पड़ा था। पुरानी हवेली के आसपास की लताएँ भारी ओस-कणों से दबकर झुकी हुई थीं। इन ओस कणों के पीछे स्थित वस्तुएँ ऐसी दिख रही थीं जैसे अत्यधिक आवर्धक क्षमतावाले छोटे-छोटे लेंसों से देखी जा रही हों।

घड़ी के पाँच बजाने से ठीक पहले गैब्रिएल ओक और कोग्गन गाँव के चौराहे से गुजरे और साथ-साथ खेतों की तरफ बढ़ गए। अभी वे मुश्किल से अपनी मालकिन के मकान के करीब पहुँच पाए थे कि ओक को ऐसा लगा कि उसने ऊपर की खिड़कियों में से किसी एक का पल्ला खुलते देखा है। इस वक्त ये दोनों एक ऐसी पुरानी झाड़ी की आड़ में थे जिसमें फलों के काले गुच्छे लगने शुरू हो गए थे, और इसकी छाया से निकलकर आगे बढ़ने से पहले वे ठिठक गए।

झरोखे से सटकर एक सजीला नौजवान अलसाया हुआ खड़ा था। उसने पूर्व और फिर पश्चिम में नजर दौड़ाई, वैसे ही जैसे सोकर उठा कोई व्यक्ति सुबह-सुबह पहली बार चीजों को देखता है। यह शख्स सार्जेंट ट्राय था। उसका लाल जैकेट यूँ ही डाल लिया गया था लेकिन बटन बन्द नहीं किए गए थे, और उसके चेहरे पर बिल्कुल वही भाव था जो किसी आराम फरमाते सैनिक के चेहरे पर होता है।

खिड़की की ओर चुपचाप देखते हुए बातचीत की शुरुआत कोग्गन ने की।

“उसने इससे शादी कर ली है!” उसने कहा।

गैब्रिएल यह दृश्य पहले ही देख चुका था, और अब वह उधर से मुँह मोड़कर चुपचाप खड़ा था।

“मुझे लग रहा था कि आज हमें कुछ न कुछ पता चलेगा,” कोग्गन ने आगे कहा। “अँधेरा होते ही मैंने अपने दरवाजे से गुजरते पहियों की आवाज सुनी थी—तुम कहीं बाहर गए थे।” उसने मुड़कर गैब्रिएल पर निगाह डाली। “हे भगवान, ओक, तुम्हारा चेहरा कितना सफेद है; तुम ऐसे दिख रहे हो जैसे कोई मुर्दा!”

"अच्छा?" ओक ने फीकी हँसी हँसते हुए कहा।

"फाटक की टेक लगा लो। मैं थोड़ा इन्तजार कर लूँगा।"

"ठीक है, ठीक है।"

कुछ देर तक वे फाटक के पास खड़े रहे, गैब्रिएल व्यग्रतापूर्वक जमीन में निगाहें गड़ाए रहा। उसके दिमाग में बहुत तेजी से भविष्य की तस्वीर उभर आई, और उसको पश्चाताप के वे दृश्य दिख गए जो निश्चित तौर पर जल्दीबाजी के इस कार्य के परिणामस्वरूप सामने आएँगे। इनकी शादी हो गई है, यह बात तो उसने तुरन्त जान ली थी। यह सब इतने गुपचुप तरीके से क्यों किया गया? यह पता चल गया था कि दूरी के गलत अनुमान के कारण बाथशीबा की बाथ की यात्रा भयानक रही थी; कि घोड़ी दगा दे गई थी, और इसे बीच रास्ते में किसी कस्बे में छोड़ना पड़ा; और यह भी कि उसको वहाँ पहुँचने में दो दिन से अधिक लग गए थे। लुक-छिपकर काम करने की बाथशीबा की आदत नहीं थी। अपनी सारी कमियों के बावजूद वह निष्कपटता की प्रतिमूर्ति थी। क्या उसे जाल में फँसाया गया था? यह विवाह ओक के लिए न सिर्फ अकथनीय दुख का कारण था; इसने उसे चौंका भी दिया था। हालाँकि उसका पिछला हफ्ता इसी सन्देह में गुजर गया था कि घर से दूर बाथशीबा से ट्राय के मिलने का ऐसा कोई कारण हो सकता है। लिडी के साथ उसकी चुपचाप वापसी से कुछ हद तक यह आशंका दूर हो गई थी। जिस प्रकार स्थिरता की तरह लगनेवाली सूक्ष्म गति अपने गुणों में स्थिरता से काफी भिन्न होती है, ठीक उसी प्रकार निराशा की तरह होनेवाली उसकी आशा निराशा से काफी भिन्न थी।

कुछ ही मिनटों में वे दुबारा उस मकान की तरफ चल पड़े। सार्जेंट अभी भी खिड़की से देख रहा था।

"गुड मॉर्निंग, साथियो!" उनके आगे बढ़ आने के बाद वह प्रफुल्लित स्वर में चिल्लाया।

अभिवादन का जवाब कोग्गन ने दिया। "क्या तुम इस आदमी से बात नहीं करोगे?" उसने गैब्रिएल से कहा। "मैंने तो गुड मॉर्निंग बोल दिया—जरूरी नहीं कि हमारी कही गई बात में अधन्नी का भी अर्थ हो, लेकिन फिर भी इससे आदमी सभ्य समझा जाता है।"

गैब्रिएल ने भी शीघ्र ही निश्चय कर लिया कि अब जो होना था, वह हो ही गया है तो जिसको उसने चाहा है, उसके प्रति सबसे बड़ी सहृदयता यही होगी कि इस मामले पर चेहरा न लटकाया जाए।

"गुड मॉर्निंग, सार्जेंट ट्राय," उसने मरियल आवाज में जवाब दिया।

"अजीब खाली-खाली-सा, मनहूस मकान है ये," ट्राय ने मुस्कुराते हुए कहा।

"अरे—ये भी तो हो सकता है कि इनकी शादी न हुई हो।" कोग्गन ने सुझाव दिया, "शायद बाथशीबा यहाँ नहीं है।"

गैब्रिएल ने अपना सिर हिला दिया। सैनिक थोड़ा-सा पूर्व की ओर मुड़ गया, और सूर्य के प्रकाश में गहरे लाल रंग के उसके जैकेट पर नारंगी आभा झलक गई।

"लेकिन यह एक अच्छा और पुराना मकान है," गैब्रिएल ने जवाब दिया।

"हाँ—मुझे ऐसा लगता तो है; लेकिन यहाँ मुझे पुरानी बोतल में नई शराब जैसा महसूस होता है। मेरा ख्याल है कि सभी जगहों पर काँच की चौखटदार खिड़कियाँ लगानी चाहिए, और इन लकड़ी-मढ़ी दीवारों को थोड़ा-सा चमकाना चाहिए, या बलूत की इन लकड़ियों को बिल्कुल हटा ही देना चाहिए, और इन दीवारों पर नया वालपेपर मढ़ना चाहिए।"

"मेरे ख्याल से ये अच्छा नहीं होगा।"

"अरे नहीं। मैंने सुना है कि एक बार किसी विचारक ने कहा था कि पुराने भवन-निर्माता जो कलाओं के दौर में ही काम करते थे, अपने से पहले के भवन-निर्माताओं का लिहाज नहीं करते थे, बल्कि उन्हें जैसे ठीक लगता था, वैसे ही तोड़-फोड़ और बदलाव कर लिया करते थे, और हम क्यों न करें? 'सृजन और संरक्षण साथ-साथ नहीं चल सकते,' वह कहते थे, 'और लाखों पुरातत्ववेत्ता मिलकर भी एक नई शैली नहीं खोज सकते।' मेरा भी बिल्कुल यही ख्याल है। मैं इस जगह को और आधुनिक बनाना चाहता हूँ, जिससे कि यहाँ रहने में खुशी हो।"

इस दिशा में सुधार के अपने विचारों को पुख्ता करने के लिए सैनिक ने मुड़कर कमरे के भीतरी हिस्से का सर्वेक्षण किया। गैब्रिएल और कोग्गन आगे बढ़ने लगे।

"अरे, कोग्गन," ट्राय ने इस तरह कहा जैसे उसे कुछ याद आ गया हो, "क्या तुम्हारी जानकारी में कभी मि. बोल्डवुड के परिवार में किसी को पागलपन का दौरा पड़ा है?"

जान ने एक क्षण के लिए सोचा।

"एक बार मैंने सुना था कि उनके कोई चाचा सनकी मिजाज के थे, लेकिन मुझे इसकी सच्चाई का पता नहीं है," उसने कहा।

"कोई खास बात नहीं," ट्राय ने हल्के ढंग से कहा। "मैं इस हफ्ते किसी दिन तुम्हारे साथ खेतों में आऊँगा; लेकिन पहले मुझे कुछ जरूरी काम निपटाने हैं। इसलिए तुमसे विदा लेता हूँ। हम लोग पहले की तरह ही दोस्त बने रहेंगे। मैं अहंकारी आदमी नहीं हूँ : सार्जेंट ट्राय के बारे में यह बात कोई नहीं कह सकता। फिर भी जो जरूरी है, होना चाहिए, और दोस्तो, ये लो मेरे नाम का जाम पीने के लिए आधे क्राउन का सिक्का।"

ट्राय ने इस सिक्के को बड़ी सफाई से सामने के मैदान और बाड़ के पार गैब्रिएल की तरफ उछाल दिया, जिसने अपने को इससे बचाया और उसका चेहरा गुस्से से लाल हो गया। कोग्गन ने आँख नचाई, आगे बढ़ा और सड़क पर उछलते सिक्के को झपट लिया।

"अच्छी बात है—रख लो इसे कोग्गन," गैब्रिएल ने हिकारत और कुछ गुस्से से कहा। "जहाँ तक मेरी बात है, मेरा काम उसके तोहफे के बिना चल जाएगा।"

"अपने भावों को बहुत ज्यादा दिखाओ मत," कोग्गन ने विचारपूर्वक कहा। "क्योंकि अगर इसने उससे शादी कर ली है, तो ध्यान रखना, यह अपनी नौकरी से छुट्टी ले लेगा और यहीं हमारा मालिक बनकर रहेगा। इसलिए भले ही मन में इसको 'मुसीबत की जड़' समझो, बाहर से 'दोस्त' कहना ही ठीक है।"

"अच्छा, शायद चुप रहना ही बेहतर है; लेकिन मैं इससे ज्यादा नहीं कर सकता।

मैं चापलूसी नहीं कर सकता, और अगर यहाँ सिर्फ चिकनी-चुपड़ी बातें करने से ही मेरी जगह बचेगी तो इससे अच्छा है कि मेरी जगह छिन ही जाए।"

एक घुड़सवार, जिसे अब तक वे कुछ दूरी से देख रहे थे, अब उनके पास ही आ गया।

"ये तो मि. बोल्डवुड हैं," ओक ने कहा।

"मैं समझ नहीं पा रहा कि ट्राय के सवाल का मतलब क्या था।"

कोग्गन और ओक ने बोल्डवुड का सम्मानपूर्वक अभिवादन किया, यह जानने के लिए कि उनकी जरूरत तो नहीं है, अपनी चाल को थोड़ा धीमा किया और जब उन्हें पता चल गया कि उनकी जरूरत नहीं है, तो बोल्डवुड को आगे निकलने का रास्ता देने के लिए पीछे खड़े हो गए।

बोल्डवुड जिस भयानक परेशानी से रातभर गुजरे थे और अब भी गुजर रहे थे, उसका पता उनके चेहरे के उड़े हुए रंग, माथे और कनपटी पर उभरी हुई नसों, और उनके चेहरे की गहरी रेखाओं से ही चल रहा था। घोड़ा उन्हें लेकर दूर चला गया और जानवर के कदम भी मानो उनकी गहरी निराशा को जता रहे थे। क्षणभर के लिए उनका दुख देख लेने के बाद गैब्रिएल अपना दुख भूल गया। उसने घोड़े पर तनकर बैठी उनकी चौकोर आकृति को देखा। वह सीधा सामने की तरफ देखते, कुहनियों को एक निश्चित अन्दाज में कूल्हों के पास किए हुए चलते चले जा रहे थे और धीरे-धीरे उनकी काया पहाड़ी पर लुप्त होते-होते दिखनी बन्द हो गई, जिस किसी को इस शख्स और इसकी कहानी के बारे में पता था, उसके लिए किसी वज्राघात की अपेक्षा यह लकवे जैसी स्थिति ज्यादा कारुणिक थी। मनोजगत और पदार्थ-जगत का द्वन्द्व हृदय को मथ रहा था; और जिस प्रकार हास्य में रुदन से भी भयावह स्थितियाँ होती हैं, ठीक उसी प्रकार इस दुखी व्यक्ति के धैर्य में हाहाकार छिपा हुआ था।

अध्याय 36

सम्पत्ति पर संकट : आमोद-प्रमोद

अगस्त के आखिर में एक रात जब विवाहिता स्त्री के रूप में बाथशीबा का अनुभव अभी नया ही था, और मौसम सूखा और उमसभरा था, वेदरबरी के ऊपरी फार्म के खलिहान में एक आदमी चाँद और आकाश को निहारता निश्चल खड़ा था।

यह रात अनर्थकारी थी। दक्षिण की तरफ से चलनेवाली गर्म हवा हर ऊँची चीज के शिखर को धीमे-धीमे सहलाते हुए निकल रही थी, और आकाश में एक अन्य सतह पर तैरते हुए बादलों का रेला दक्षिण दिशा में एक निश्चित राह पर बढ़ता चला जा रहा था, इनमें

से कोई भी नीचे बहनेवाली हवा की दिशा में नहीं था। इन आवरणों से ढँका चाँद विवर्ण धातु की तरह दिखता था। खेतों में चाँदनी का पीला प्रकाश फैला हुआ था, और सबकुछ एक रंग में रँगा दिख रहा था, जैसे कि बदरंग शीशे से देखा जा रहा हो। उस दिन शाम को भेड़ें एक-दूसरे के ठीक पीछे चिपकी हुई घर की ओर भाग आई थीं, कौओं का व्यवहार गड़बड़ था, और घोड़े सहमे हुए तथा सावधानी से चल रहे थे।

बादलों की गड़गड़ाहट निश्चित थी, और कुछ दूसरे लक्षणों को देखते हुए सम्भावना थी कि इसके बाद लम्बे समय तक बारिश होगी, वैसी ही जिससे पता चलता है कि इस मौसम में गरमीभरे दिन अब खत्म हुए। बारह घंटे से पहले ही, फसल-कटाई का मौसम बीती बात हो जाएगी।

इस वर्ष की आधे फार्म की पैदावार से भरे आठ चट्टों को खुले आसमान में बिना ढँके रखा देखकर ओक आशंकित हो गया। वह खलिहान की ओर गया।

यह वह रात थी जिसे अब अपनी पत्नी के कमरे से हुक्म चलानेवाले सार्जेंट ट्राय ने फसल-कटाई का भोज देने और नाचने-गाने के लिए चुना था। जैसे-जैसे ओक इस इमारत के नजदीक आता जा रहा था, वायलिनों और एक डफली की आवाज के साथ नियमित अन्तराल पर थिरकते पैरों की आवाज स्पष्ट होती चली गई। वह बड़े दरवाजों के पास आया जिनमें से एक अधखुला था, और भीतर निगाह दौड़ाई।

एक तरफ दरी के साथ बीच का स्थान बिल्कुल खाली कर दिया गया था, और पूरे का करीब दो-तिहाई यह हिस्सा समारोह के लिए सजाया-सँवारा गया था। बाकी हिस्से को, जिसमें छत तक जई का ढेर लगा हुआ था, पाल के कपड़े से ढँक दिया गया था। दीवारों, शहतीरों और तुरत-फुरत तैयार किए गए झाड़-फानूस पर हरे-भरे फूल-पत्तों से सजावट की गई थी और ओक के ठीक सामने मेज-कुर्सियों सहित एक मंच भी खड़ा कर दिया गया था। यहाँ तीन वायलिन बजानेवाले बैठे थे, और उनके पास ही खड़ा था बिखरे बालोंवाला एक ऐसा व्यक्ति जिसके गालों से टप-टप पसीना चू रहा था, और जो बड़ी तेजी से झूम-झूमकर अपने हाथों में एक डफली बजाए जा रहा था।

यह नृत्य समाप्त हुआ, और काले बलूत के फर्श पर जोड़ों की एक नई कतार दूसरे नृत्य के लिए तैयार हो गई।

"मैडम, बुरा न मानें तो मैं पूछूँ कि अगला कौन-सा नृत्य आप पसन्द करेंगी?" प्रथम वायलिनवादक ने कहा।

"दरअसल, इससे कोई फर्क नहीं पड़ता," बाथशीबा ने स्पष्ट स्वर में कहा। वह इस इमारत के भीतरी छोर पर खड़ी होकर प्यालियों और खाद्य सामग्री से भरी एक मेज के पीछे से इस दृश्य को देख रही थी। ट्राय उसकी बगल में आराम से खड़ा हुआ था।

"तो," वायलिनवादक ने कहा, "मैं तो कहूँगा कि सबसे सही रहेगी 'सैनिक की खुशी' नामक धुन—जिसका कारण ये है कि एक पराक्रमी सैनिक के विवाह का अवसर है यह—बोलो, मेरे भाइयो, और सभी लोगो?"

"हाँ, हाँ, 'सैनिक की खुशी'," समवेत स्वर गूँजा।

"तारीफ के लिए शुक्रिया," सार्जेंट ने प्रसन्नचित्त होकर बाथशीबा का हाथ पकड़ा और उसे नर्तकों के बीच में ले जाते हुए कहा। "क्योंकि वैसे तो मैंने महारानी की घुड़सवार फौज की रेजीमेंट, 11वीं ड्रैगून गाड्‌र्स से छुट्टी ले ली है जिससे कि यहाँ अपने नए कर्तव्यों को पूरा कर सकूँ, फिर भी मैं जब तक जीवित रहूँगा, अपने दिलो-दिमाग से सैनिक ही रहूँगा।"

इस प्रकार नृत्य शुरू हो गया। जहाँ तक 'सैनिक की खुशी' की खूबियों का सवाल है, इसमें कोई दो राय नहीं थी, न हो सकती है। वेदरबरी और इसके आसपास के संगीत समारोहों में देखा गया था कि यह धुन पौन घंटे तक पैरों को मथकर रख देने के बाद भी तमाम अन्य नृत्यों से कहीं ज्यादा एड़ी और पंजे को थिरकने के लिए मजबूर कर देती है। 'सैनिक की खुशी' की एक और खासियत यह है कि डफली के साथ इसका तालमेल बहुत अच्छा होता है। अच्छा बजानेवाले के हाथ में डफली कोई मामूली वाद्ययन्त्र नहीं है, बस उसे पता होना चाहिए कि इसकी धुनों को पूरी सफाई से प्रदर्शित करने के लिए कितने आलोड़न, कितनी ऐंठन, पेशियों को कितने झटके और कितने उन्माद की जरूरत होती है।

यह दिव्य धुन समाप्त हुई, मन्द्र वायलिन से गोलाबारी की तरह गूँजती हुई अच्छी-सी ध्वनि निकल रही थी, और गैब्रिएल ने भीतर घुसने में और देर नहीं की। उसने बाथशीबा से नजरें बचाईं, और यथासम्भव मंच के नजदीक पहुँच गया जहाँ बैठकर सार्जेंट ट्राय इस समय ब्रांडी और पानी पी रहा था जबकि शेष सभी लोग सेब और माल्ट की शराब पी रहे थे। गैब्रिएल आसानी से सार्जेंट के इतने नजदीक नहीं पहुँच पाया जहाँ से बातचीत हो सके, और उसने उसे क्षणभर के लिए नीचे आने का सन्देश भेजा। सार्जेंट ने कहा कि वह नहीं आ सकता।

"तो ये बता दो," गैब्रिएल ने कहा, "कि मैं सिर्फ ये कहने के लिए यहाँ आया हूँ कि जल्दी ही भारी बरसात होनेवाली है, और अनाज के ढेरों को बचाने के लिए कुछ करना पड़ेगा।"

"मिस्टर ट्राय का कहना है कि बारिश नहीं होगी," सन्देश ले जानेवाला जवाब लाया, "और वह ऐसे वाहियात मामलों पर तुमसे बात करने के लिए नहीं रुक सकते।"

ट्राय के साथ ओक की स्थिति बुझ रही मोमबत्ती जैसी हो जाती थी, और यह सोचते हुए कि वह घर चला जाएगा, वह एक बार फिर बेचैनी से बाहर निकल आया; क्योंकि इन परिस्थितियों में उसके अन्दर इतना साहस नहीं रह गया था कि खलिहान का वह नजारा देख सके। दरवाजे पर वह थोड़ा-सा ठिठका! ट्राय बोल रहा था।

"दोस्तो, आज हम न केवल फसल-कटाई का जश्न मना रहे हैं बल्कि यह शादी का जश्न भी है। कुछ दिन पहले मुझे इस महिला, आपकी मालकिन से शादी करने की खुशी नसीब हुई और हम अब तक इस शादी के लिए वेदरबरी में कोई सार्वजनिक समारोह नहीं कर पाए थे। सबकुछ ठीक ढंग से हो और आप सभी अपने-अपने बिस्तर पर चैन की

नींद लें, इसके लिए मैंने ब्रांडी की बोतलों और गर्म पानी की केतलियों का इन्तजाम कर रखा है। हर मेहमान को तीन गुना तगड़ा प्याला दिया जाएगा।"

बाथशीबा ने उसकी बाँह पर अपना हाथ रखा और जर्द चेहरे से अनुरोध करते हुए बोली, "नहीं—उन्हें ये सब मत दो—भगवान के लिए मत दो, फ्रैंक। इससे उनको नुकसान होगा। पहले ही बहुत खा-पी चुके हैं ये लोग।"

"सही बात है—अब हमें कुछ और नहीं चाहिए, आपका शुक्रिया," एक-दो ने कहा।

"हुँह!" सार्जेंट ने हिकारत के भाव से कहा, और अपने स्वर को यूँ ऊँचा कर दिया जैसे उसके दिमाग में कोई नया विचार आया हो। "दोस्तो," उसने कहा, "हम औरतों को घर भेज देंगे। ये उनके बिस्तर में होने का वक्त है। उसके बाद हम मर्द लोग जमकर मस्ती करेंगे। अगर किसी भी आदमी ने हिचकिचाहट दिखाई, तो जाड़े में वह कहीं और काम तलाश ले।"

बाथशीबा रुष्ट होकर खलिहान से चली गई, पीछे-पीछे सभी औरतें और बच्चे भी चल पड़े।

बजनियों ने जब यह देखा कि मंडली में उनकी कोई जगह नहीं है तो वे चुपचाप अपनी गाड़ी में खिसक आए और घोड़े को जोत दिया। इस प्रकार ट्राय और फार्म के आदमी ही इस जगह पर बाकी रह गए। ओक थोड़ी देर तक यह सोचकर रुक गया कि बेवजह समाज से अलग-थलग दिखना ठीक नहीं; इसके बाद वह भी उठा और चुपचाप चल पड़ा, हालाँकि उसके पहले सार्जेंट ने उसे शराब के दूसरे दौर में दोस्ती की कसम देकर रोकना चाहा था।

गैब्रिएल अपने घर की तरफ चल पड़ा। दरवाजे तक पहुँचने में उसके पैर का पंजा किसी चीज से टकराया जो मुक्केबाजी के दस्ताने की तरह मुलायम, चमड़े जैसी और फूली हुई लगी। यह एक बड़ा-सा मेढक था जो रास्ता पार कर रहा था। ओक ने यह सोचकर इसको उठा लिया कि इस प्राणी को कष्ट से छुटकारा देने के लिए बेहतर है कि इसे मार दिया जाए, लेकिन इसको घायल नहीं देखकर उसने दुबारा इसे घास पर डाल दिया। उसे समझ में आ गया कि प्रकृति के इस प्रत्यक्ष सन्देश का क्या आशय है। और जल्दी ही दूसरा सन्देश भी आ गया।

जब उसने घर के भीतर माचिस की तीली जलाई तो मेज पर एक पतली-सी चमकती हुई लकीर दिखी, जैसे कि उस पर वार्निश की कूँची को हल्के से घसीट दिया गया हो। ओक की निगाहें इस टेढ़ी-मेढ़ी चमकती लकीर का पीछा करते दूसरी तरफ चली गईं जहाँ एक बड़ा-सा भूरे रंग का घोंघा दिखा जो आज रात अपनी सुरक्षा के लिए घर में आ गया था। यह प्रकृति का दूसरा संकेत था कि वह खराब मौसम के लिए तैयारी कर ले।

ओक ने बैठकर करीब घंटेभर तक सोच-विचार किया। इस बीच कच्चे घरों में आम तौर पर पाई जानेवाली दो काली मकड़ियाँ छत पर चहलकदमी करते-करते अन्ततः फर्श पर गिर पड़ीं। इससे उसे याद आ गया कि इस मामले में उसे भेड़ों का हाव-भाव अच्छी

तरह समझ में आता है। वह कमरे से चल पड़ा, दो-तीन खेतों को दौड़कर पार करते हुए रेवड़ की तरफ बढ़ा, एक बाड़ पर आया, और उन पर निगाह डाली।

भेड़ें दूसरी तरफ भटकटैया की कुछ झाड़ियों के चारों ओर दुबककर बैठी थीं, और ध्यान देने लायक खास बात यह थी कि बाड़ पर अकस्मात ओक का सिर दिखने पर वे न तो हिलीं-डुलीं और न कहीं भागीं। इस समय उनको आदमी के भय से ज्यादा कोई और बड़ा भय सता रहा था। लेकिन सबसे अधिक ध्यान देने लायक बात यह नहीं थी : ये सभी इस प्रकार इकट्ठी खड़ी थीं कि इनकी पूँछें क्षितिज के उसी अर्धांश की तरफ थीं जिधर से तूफान का खतरा था। आपस में दुबककर इन्होंने एक भीतरी घेरा बना रखा था, और इसके बाहर ये दूर तक फैली हुई थीं, इन भेड़ों के झुंड से बना नमूना किसी खाँचेदार लेसवाली कालर से भिन्न नहीं था जिसमें भटकटैया के झाड़ियों की स्थिति वैसी ही थी जैसी कालर के बीच में गर्दन की होती है।

इससे गैब्रिएल के पहले के ख्याल को बल मिला। अब उसने जान लिया कि वह सही है, और ट्राय गलती पर है। प्रकृति हर तरफ से होनेवाले परिवर्तन का संकेत कर रही थी। लेकिन इन मौन संकेतों के दो अर्थ बिल्कुल स्पष्ट थे। जाहिर था कि गरज के साथ बारिश के बाद लगातार ठंडभरी बारिश आनेवाली है। जमीन पर रेंगकर चलनेवाले प्राणियों को बाद की वर्षा का पूरा ज्ञान था, लेकिन गरज के साथ आनेवाली बारिश के बारे में कुछ नहीं पता था, जबकि भेड़ों को गरज के साथ आनेवाली बारिश का पता था और बाद की वर्षा का बिल्कुल पता नहीं था।

मौसम की ऐसी जटिलता अकसर नहीं होती थी, इसलिए और भी भयावह थी। ओक खलिहान में लौट आया। यहाँ सर्वत्र शान्ति थी, और अनाज के ढेरों के नुकीले कोने अँधेरे में ऊपर की तरफ उभरे हुए थे। खलिहान के इस हिस्से में गेहूँ के पाँच चट्टे और जौ के तीन चट्टे थे। मड़ाई के बाद गेहूँ के एक-एक चट्टे में करीब तीस क्वार्टर और जौ के एक-एक चट्टे में करीब चालीस क्वार्टर का औसत आएगा। बाथशीबा के लिए, और किसी के लिए भी, इनके मूल्य का अन्दाज ओक ने मन ही मन इस प्रकार साधारण हिसाब से लगाया :

5 x 30 = 150 क्वार्टर = 500 पौंड

3 x 40 = 120 क्वार्टर = 250 पौंड

कुल = 750 पौंड

धन के पवित्रतम रूप—मनुष्य और पशुओं के लिए आवश्यक भोजन—के रूप में सात सौ पचास पौंड—क्या अनाज के इस ढेर को एक औरत की नासमझी के चलते आधे से भी कम कीमत का रह जाने देने का खतरा मोल लिया जा सकता है? "अगर मुझसे रुक सकता है तो मैं ऐसा कभी नहीं होने दूँगा!" गैब्रिएल ने कहा।

ओक ने प्रकट रूप में अपने समक्ष यही तर्क रखा। लेकिन इनसान, स्वयं में, कागज के उस हस्तलिखित पन्ने की तरह है जिसमें लिखे को मिटाकर दुबारा लिखा गया हो,

जिससे बाद का लिखा हुआ तो प्रत्यक्ष दिखाई पड़ता है लेकिन पहले की लिखावट के अवशेष भी रह ही जाते हैं। सम्भावना यह है कि इस उपयोगितावादी तर्क के पीछे यह सुनहरा वाक्य था : "जिस औरत को मैंने इतना चाहा है, उसकी सहायता मरते दम तक करूँगा।"

वह उसी रात अनाज के ढेरों को ढँकने में सहयोग पाने की कोशिश में वापस खलिहान में गया। भीतर सबकुछ शान्त था, और यह सोचकर कि दावत खत्म हो गई है, वह आगे निकलनेवाला था कि मुड़नेवाले दरवाजों के छिद्र से आते, बाहर के हरे रंग के उजाले की तुलना में केसरिया पीली रंगतवाले मन्द प्रकाश को देखकर ठिठक गया।

गैब्रिएल ने भीतर झाँककर देखा। उसकी आँखों का सामना एक अजीबोगरीब दृश्य से हुआ।

सदाबहार पर्णों के बीच रखी मोमबत्तियाँ नीचे अपने आधार तक जल चुकी थीं, और कुछ के तो आसपास बँधे पत्ते झुलस गए थे। कई मोमबत्तियाँ पूरी तरह बुझ गई थीं, कुछ अन्य से धुआँ और बदबू फैल रही थी, उनमें से बूँद-बूँद टपकती चिकनाई फर्श पर फैल रही थी। यहाँ मेज के नीचे और बेंच तथा कुर्सियों के सहारे, सीधे तनकर खड़े होने की मुद्रा को छोड़कर, हर मुद्रा में कोई न कोई कामगार पड़ा हुआ था, और बाल यूँ अस्त-व्यस्त थे जैसे सिरों पर झाड़ू रखी हुई हो। इन सबके बीचोबीच सार्जेंट ट्राय की लाल रंग की काया स्पष्ट दिख रही थी, जो एक कुर्सी में ढुलका हुआ था। कोग्गन अपनी पीठ के सहारे मुँह बाए पड़ा हुआ था और तमाम अन्य लोगों की तरह खर्राटे ले रहा था, इन सबके खर्राटों का समवेत स्वर ऐसा था जैसे दूर से सुनाई पड़नेवाला लन्दन का धीमा कोलाहल। अपने शरीर को ठंड से बचाने के लिए जोसेफ पुअरग्रास साही की तरह गोल होकर दुबका पड़ा था; और उसके पीछे विलियम स्मालबरी की काया का मामूली हिस्सा धुँधला-सा दिख रहा था। गिलास और प्यालियाँ अभी भी मेज पर पड़े हुए थे, पानी का एक जग औंधा पड़ा हुआ था जिससे निकली एक छोटी-सी जलधारा, बड़ी सफाई से लम्बी मेज के बीचोबीच अपना रास्ता तलाशती हुई, बेहोश मार्क क्लार्क की गर्दन पर नियमित अन्तराल से टप-टप चू रही थी, जैसे किसी गुफा में बूँद-बूँद टपकता अवरोही शंकु।

गैब्रिएल ने इस समूह पर निगाह डाली जिसमें एक-दो अपवादों को छोड़कर फार्म के प्रायः सभी काम करने लायक लोग सम्मिलित थे। उसे तुरन्त समझ में आ गया कि अगर अनाज के ढेरों को आज रात बचाना है, तो उसे अपने ही हाथों से बचाना पड़ेगा।

कोग्गन की वास्कट के नीचे से धीमी-सी 'ट्रिंग-ट्रिंग' की आवाज गूँजी। यह कोग्गन की घड़ी थी जो दो बजा रही थी।

ओक ने लेटे पड़े मैथ्यू मून के पास जाकर उसे हिलाया-डुलाया। आम तौर पर उस जगह के छप्पर आदि डालने का काम वही किया करता था। हिलाना-डुलाना बेकार रहा।

गैब्रिएल उसके कान में चिल्लाया, "तुम्हारी छप्पर छानेवाली मुँगरी, और घास को छितरानेवाला पंजा और पटरे कहाँ हैं?"

"पुआल के ढेर के नीचे," मून ने मशीनी अन्दाज में, फट से जवाब दिया।

गैब्रिएल ने उसका सिर छोड़ दिया, और वह फर्श पर किसी कटोरे की तरह गिर पड़ा। इसके बाद वह सूजन टाल के पति के पास गया।

"कोठार की चाबी कहाँ है?"

कोई जवाब नहीं। सवाल फिर दुहराया गया, नतीजा वही रहा। सूजन टाल के पति के लिए रात में खुद पर चिल्लाया जाना कोई नई बात नहीं थी। ओक ने टाल का सिर कोने में लुढ़काया और वापस चल पड़ा।

सच्चाई यह थी कि शाम की मौज-मस्ती के इस दुखद और निराशाजनक परिणाम के लिए ये लोग ज्यादा दोषी नहीं थे। ट्राय ने हाथ में गिलास लेकर इस तरह मचलकर जिद की थी कि पीना ही उनके बीच की मैत्री की निशानी है कि जो लोग इनकार भी करना चाहते थे, वे भी ऐसी स्थिति में असामाजिक नहीं कहलाना चाहते थे। अपनी नौजवानी से लेकर आज तक ये लोग सेब के आसव या माल्ट की हल्की शराब को छोड़कर किसी और तेज शराब के बिल्कुल अभ्यस्त नहीं थे, इसलिए यह कोई आश्चर्य की बात नहीं थी कि घंटाभर बीतते-बीतते सबके ऊपर एक साथ इसका असर दिखाई पड़ गया।

गैब्रिएल काफी हताश हुआ। ऐयाश सार्जेंट उस चतुर और चितचोर मालकिन के लिए बुरे दिन लेकर आया था जिसको यह वफादार शख्स अब भी मधुरता और सौन्दर्य की साक्षात प्रतिमूर्ति समझता था।

उसने खत्म होती मोमबत्तियों को बुझाया जिससे कि खलिहान को खतरा न पैदा हो सके, घोड़े बेचकर सोए इन लोगों पर दरवाजा बन्द किया, और एक बार फिर अकेला रात में चल पड़ा। पृथ्वी को लीलने को तैयार बैठे किसी विशालकाय आग उगलनेवाले सर्प के खुले मुँह से निकली आग की तरह गर्म हवा ने दक्षिण की तरफ से उसका स्वागत किया जबकि ठीक विपरीत दिशा में उत्तर से इसी हवा के बीचोबीच धुँधले बादलों का एक समूह उमड़-घुमड़ रहा था। इसका ऊपर उठना इतना अस्वाभाविक था कि ऐसा लगता था जैसे नीचे से इसे मशीन से उठाया गया हो। इस बीच छोटे-छोटे हल्के बादलों के टुकड़े उड़कर वापस आकाश के दक्षिण-पूर्व कोने में पहुँच गए थे, जैसे कि किसी दैत्य की निगाहों से घूरे गए बच्चे की तरह, बड़े बादलों से भयभीत हो गए हों।

गाँव की तरफ बढ़ते हुए ओक ने लेबन टाल के शयनकक्ष की खिड़की पर एक छोटा-सा कंकड़ उछाल दिया, इस उम्मीद में कि सूजन इसे खोल देगी; लेकिन किसी ने चूँ तक नहीं की। वह घूमकर पिछले दरवाजे की तरफ गया, जो लेबन के आने के लिए खुला छोड़ दिया गया था, और अन्दर सीढ़ियों की निचले पायदान पर पहुँचा।

"मिसेज टाल, मैं कोठार की चाभी के लिए आया हूँ, अनाज के चट्टे ढँकने के लिए कपड़े निकालने हैं," ओक ने बुलन्द आवाज में कहा।

"तुम हो?" मिसेज टाल ने अर्धनिद्रित अवस्था में कहा।

"हाँ," गैब्रिएल ने कहा।

"बिस्तर पर ही आ जाओ, शैतान कहीं के—इस तरह जगाकर रखते हो।"

"लेबन नहीं—मैं हूँ गैब्रिएल ओक। मुझे कोठार की चाभी चाहिए।"

"गैब्रिएल! तुमने लेबन होने का नाटक क्यों किया?"

"मैंने नाटक नहीं किया। मैंने समझा कि आपका मतलब—"

"हाँ नाटक तो किया ही तुमने। क्या चाहिए तुम्हें यहाँ?"

"कोठार की चाबी।"

"तो ले लो। उस कील में टँगी हुई है। इतनी रात में औरतों को परेशान करने आए लोगों को तो"...

गैब्रिएल ने इस तीव्र फटकार का आखिरी हिस्सा सुनने की प्रतीक्षा नहीं की और चाबी लेकर चलता बना। दस मिनट बाद, उसकी अकेली काया को खलिहान में चार बड़ी बरसातियाँ घसीटकर ले जाते देखा जा सकता था, और जल्दी ही इनसे अनाज के दो ढेर ढँककर सुरक्षित हो गए—प्रत्येक पर दो बरसातियाँ डाली गई थीं। दो सौ पौंड की रक्षा हो गई थी। गेहूँ के तीन चट्टे खुले रह गए थे और बरसाती नहीं बची थी। ओक ने पुआल के नीचे देखा और लकड़ी का एक पंजा पा गया। वह अनाज के तीसरे ढेर पर चढ़ गया और काम शुरू कर दिया। उसकी योजना यह थी कि ऊपर के गट्ठरों को एक के ऊपर एक ढलाननुमा बना दिया जाए, और बीच की खाली जगह को कुछ खुले हुए गट्ठरों से भर दिया जाए।

अब तक सबकुछ ठीक-ठाक था। इस तत्काल युक्ति से बाथशीबा का गेहूँ किसी भी हाल में एक या दो हफ्ते के लिए सुरक्षित हो गया था, बशर्ते हवा ज्यादा तेज न बहे।

इसके बाद जौ की बारी आई। इसकी सुरक्षा अच्छी तरह ढँककर ही हो सकती थी। समय गुजरता गया और चाँद इस बार गायब हुआ तो दुबारा नहीं निकला। यह युद्ध से पहले राजदूत की विदाई थी। रात किसी बीमार आदमी की मरियल शक्ल जैसी थी, और आखिरकार धीमी हवा के रूप में पूरे आकाश से जो श्वास छूटी, उसकी तुलना मृत्यु से की जा सकती है। और अब खलिहान में पटरों पर पड़नेवाली मुगदर की भद-भद की धीमी आवाज और बीच-बीच में खर-पतवार की खड़खड़ाहट को छोड़कर कुछ भी सुनाई नहीं पड़ रहा था।

अध्याय 37

तूफान : दोनों साथ-साथ

आसमान को पार करते जगमगाते पंखों से निकले प्रकाश की मानिन्द वातावरण में बिजली की चमक छा गई, और हवा गड़गड़ाहट से भर गई। यह आनेवाले तूफान का पहला कदम था।

दूसरी बार की गड़गड़ाहट में शोर ज्यादा था, बिजली की चमक अपेक्षाकृत कम दिखाई

पड़ी। गैब्रिएल ने बाथशीबा के बेडरूम में जलती हुई मोमबत्ती देखी, और तुरन्त ही पर्दे पर एक छाया इधर से उधर चलती-फिरती दिखाई दी।

फिर तीसरी बार बिजली चमकी। ऊपर विशाल आकाश में एक अलग तरह की जंग की तैयारी हो रही थी। इस बार बिजली की चमक चाँदी के रंग की थी, और यह आकाश में बख्तरबन्द सेना की तरह दिखी। गड़गड़ाहट भारी शोरगुल में बदल गई। अपने ऊँचे स्थान से गैब्रिएल सामने कम से कम छह मील तक की दृश्यावली देख सकता था। एक-एक झाड़ी और पेड़ इतना स्पष्ट दिख रहा था जैसे मोटी रेखाओंवाले किसी चित्र में हो। उसी दिशा में एक बाड़े में बछड़ों का एक समूह था, और इस समय ये हवा में दुलत्ती झाड़ते अपनी पूँछ उठाए घबराए हुए उछल-कूद कर रहे थे। सामने मैदान में एक पहाड़ी पीपल का वृक्ष ऐसे लगता था जैसे पालिश कर चमकाए गए टिन पर स्याही से एक रेखा खींच दी गई हो। इसके बाद यह तस्वीर लुप्त हो गई और इतना घना अँधेरा छोड़ गई कि गैब्रिएल को अपने हाथों से टटोलकर काम करना पड़ा।

उसने अनाज का ढेर लगाने में काम आनेवाली अपनी छड़ी को, जिसे यूँ ही लोग भेदक कहते थे—यह लम्बा-सा लोहे का बल्लम था जो हाथ लगाते-लगाते चिकना हो गया था—अनाज के ढेर में अटका दिया। इसका प्रयोग घरों में काम आनेवाली मुँगरी की जगह गट्ठरों को सँभालने में किया जाता है। शिखर पर एक नीला प्रकाश प्रकट हुआ और छड़ी के ऊपरी सिरे के पास इस तरह टिमटिमाहट हुई जिसका वर्णन नहीं किया जा सकता। यह बिजली की चौथी बड़ी चमक थी। क्षणभर बाद जोर का धमाका हुआ—त्वरित, साफ और संक्षिप्त। गैब्रिएल ने महसूस किया कि उसकी स्थिति सुरक्षित नहीं है और उसने नीचे उतरने का फैसला किया।

अब तक बारिश की एक भी बूँद नहीं गिरी थी। उसने अपने थके माथे को पोंछा, और एक बार फिर खुले आसमान के नीचे पड़े अनाज के ढेर पर निगाह डाली। क्या उसकी जिन्दगी वाकई उसके लिए इतनी कीमती है? उसके जीवन में कौन-सी आशाएँ शेष रह गई हैं कि वह खतरा मोल लेने से इतना डर रहा है, जबकि बिना ऐसा खतरा मोल लिए महत्त्वपूर्ण और जरूरी काम नहीं निपटाया जा सकता? उसने अनाज के ढेर के पास रहने का फैसला किया। फिर भी उसने एक सावधानी बरती। उपद्रवी घोड़ों को दौड़कर भाग जाने से रोकने के लिए पुआल के नीचे एक लम्बी-सी जंजीर थी। वह इसे सीढ़ी के ऊपर ले आया और एक तरफ फन्दे में से अपनी छड़ी को अटकाते हुए जंजीर के दूसरे छोर को जमीन पर लटकने के लिए छोड़ दिया। इससे जुड़ी नुकीली छड़ को उसने जमीन में ठोंक दिया। इस कामचलाऊ तड़ितचालक के साथ उसने अपने को अपेक्षाकृत सुरक्षित महसूस किया।

इससे पहले कि ओक दुबारा अपने औजारों को हाथ में ले, पाँचवीं बार बिजली चमकी जिसमें सर्प जैसी उछाल और पिशाच जैसी चीख थी। इसका रंग पन्ने जैसा हरा था और इसकी धमक स्तब्धकारी थी। प्रकाश में उसे क्या दिखाई दिया? सामने खुले मैदान में जब

उसने इन ऊँचे अनाज के ढेरों के पार देखा तो एक काली और स्पष्ट तौर पर स्त्री आकृति दिखी। क्या यह पूरे गाँव में अकेली साहसी औरत—बाथशीबा—की आकृति हो सकती है? यह आकृति एक कदम आगे बढ़ आई। इसके बाद वह और नहीं देख पाया।

"क्या आप हैं, मैडम?" गैब्रिएल ने अँधेरे को सम्बोधित किया।

"कौन है?" बाथशीबा की आवाज आई।

"गैब्रिएल। मैं अनाज के ढेर पर हूँ, घास-फूस डालकर ढँक रहा हूँ।"

"अरे गैब्रिएल, तुम हो! मैं उन लोगों की तलाश में आई हूँ। इस मौसम से मेरी नींद खुल गई और मुझे अनाज की चिन्ता हुई। इसको लेकर मैं बहुत परेशान हूँ—क्या किसी तरह बचा सकते हैं इसे? मेरे पति का कहीं पता नहीं है। वह तुम्हारे साथ तो नहीं हैं?"

"वह यहाँ नहीं हैं।"

"क्या तुम्हें पता है कि वह कहाँ हैं?"

"खलिहान में सोए हुए हैं।"

"उन्होंने कहा था कि अनाज के ढेरों की देखभाल हो जाएगी, और इस समय सबकुछ भगवान भरोसे है। क्या मैं कोई मदद कर सकती हूँ? लिडी को बाहर निकलते डर लग रहा है। इस समय तुमको यहाँ पाने की कल्पना नहीं की थी। जरूर मैं कुछ कर सकती हूँ?"

"अगर आपको अँधेरे में सीढ़ी चढ़ने में डर नहीं लग रहा हो तो एक-एक करके कुछ सरपत के गट्ठर ऊपर पहुँचा सकती हैं, मैडम," गैब्रिएल ने कहा। "इस समय एक-एक पल कीमती है, और इससे समय की काफी बचत होगी। बिजली चमकने के थोड़ी देर बाद बहुत अँधेरा नहीं रह जाता।"

"मैं कुछ भी करूँगी।" उसने निश्चयपूर्वक कहा। तत्काल उसने अपने कन्धे पर एक गट्ठर उठाया, सीढ़ी चढ़कर गैब्रिएल के पैरों के पास पहुँची, इसको छड़ी के पीछे रखा और दूसरे गट्ठर के लिए उतर गई। तीसरी बार चढ़ते समय अचानक ही अनाज का ढेर तेज प्रकाश में नहा उठा—पुआल की एक-एक गाँठ साफ दिख गई। उसके सामने ढलान पर दो काली मानव आकृतियाँ दिखीं। अनाज के ढेर से प्रकाश खत्म हुआ—ये आकृतियाँ लुप्त हो गईं। गैब्रिएल ने पीछे मुड़कर देखा। यह छठी चमक थी, जो उसके पीछे की तरफ पूर्व से आई थी, और ढलान पर दो काली आकृतियाँ उसकी और बाथशीबा की छायाएँ थीं।

इसके बाद गड़गड़ाहट हुई। यकीन करना मुश्किल था कि इतना दिव्य प्रकाश इस तरह की शैतानी ध्वनि का जनक हो सकता है।

"कितना भयानक है!" बाथशीबा के मुँह से निकल गया और उसने गैब्रिएल को उसकी आस्तीन से भींचकर पकड़ लिया। गैब्रिएल मुड़ा और उसकी बाँह को थामकर उसे सहारा दिया। अभी वह इसी मुद्रा में था कि उसी क्षण फिर बिजली चमक गई और उसने देखा कि पहाड़वाले पीपल के ऊँचे वृक्ष की हूबहू नकल खलिहान की दीवार पर काले रंग में चित्रित हो गई है। यह वृक्ष की छाया थी जो पश्चिम दिशा से बिजली की एक और

चमक से बन गई थी।

इसके बाद अगली चमक दिखी। इस बार बाथशीबा कन्धे पर एक गट्ठर लिए जमीन पर थी, और उसने इसकी चकाचौंध, गड़गड़ाहट और सबकुछ बिना हिले-डुले झेला, और भार लेकर ऊपर चढ़ गई। इसके बाद चार या पाँच मिनट तक हर तरफ शान्ति रही, और एक बार फिर उन पटरों की चरमराहट साफ सुनी जा सकती थी जिनको गैब्रिएल तेजी से लगाता जा रहा था। उसने सोचा कि तूफान का संकट टल गया है। लेकिन बिजली की तेज चमक से सबकुछ प्रकाश में नहा उठा।

"सँभलकर।" गैब्रिएल ने बाथशीबा के कन्धे पर से गट्ठर लेते हुए और दुबारा उसकी बाँह को मजबूती से पकड़ते हुए कहा।

इसके बाद तो आकाश जैसे फट ही पड़ा। यह चमक इतनी अद्‌भुत थी कि इसके खतरे को तत्काल महसूस नहीं किया जा सकता था, और वे सिर्फ इसकी भव्य सुन्दरता को ही देख सके। पूर्व, पश्चिम, उत्तर, दक्षिण हर तरफ से उमड़ आनेवाली बिजली की यह तेज चमक तांडव जैसी थी। हवा में नरकंकाल जैसी आकृतियाँ प्रकट होती थीं, जिनमें हड्डियों की जगह नीली आग की लपटों ने ले रखी थी—नाचती, कूदती, लम्बे डग भरती और चारों तरफ दौड़ती-भागती ये आकृतियाँ एक-दूसरे में बिल्कुल गुम हो जाती थीं। इन्हीं के साथ थे लिपटे हुए लहराते हरे सर्प और इनके पीछे दूर तक हल्का प्रकाश फैला हुआ था। भरभराते आकाश के कोने-कोने से एक साथ जो आवाज आई उसे चीख कह सकते हैं, क्योंकि वैसे तो किसी चीख का दूर-दूर तक नामोनिशान नहीं था, लेकिन किसी भी अन्य सांसारिक ध्वनि की तुलना में यह ध्वनि एक भयानक चीख से ही सबसे अधिक मिलती-जुलती थी। इस बीच उन भयानक रोशनियों में से एक गैब्रिएल द्वारा लगाई छड़ी की नोक पर उतरकर अदृश्य रूप में इसके नीचे, फिर जंजीर से होकर पृथ्वी में समा गई। गैब्रिएल करीब-करीब अन्धा हो गया, और उसने बाथशीबा के गर्म हाथ का कम्पन अपने हाथ में महसूस किया—यह एक बिल्कुल नई और रोमांचकारी अनुभूति थी, लेकिन क्रुद्ध प्रकृति के इतने समीप आकर प्रेम, जीवन, इनसान से जुड़ी हर चीज क्षुद्र और बेमतलब लगती थी।

बाथशीबा की इन अनुभूतियों को ओक सोच में ढाल पाता या यह देख पाता कि इस प्रकाश में उसके हैट की लाल कलगी कितने अद्‌भुत ढंग से चमक रही थी, इससे पहले ही पहाड़ीवाला ऊँचा पेड़ उजली रोशनी में जल उठा और आखिरी धमाके के साथ पहले की तमाम डरावनी ध्वनियों में एक नई ध्वनि मिल गई। यह सुन्न कर देनेवाला, कर्कश और क्रूर धमाका था, और बिना उस प्रतिध्वनि के, जो दूर से आती गड़गड़ाहट को नगाड़े की ध्वनि जैसा बना देती है, सीधा उनके कानों में घातक विस्फोट की तरह पड़ा। जमीन के कोने-कोने से और उसके ऊपर के विशाल गुम्बद से परावर्तित चमक के बीच उसने देखा कि पेड़ अपनी पूरी लम्बाई में ऊपर से नीचे तक दो फाँक हो गया था, एक बड़ी-सी लकड़ी की पटिया इसमें से छिलकर दूर छिटक गई थी। दूसरा हिस्सा सीधा खड़ा रह गया

था, और इसमें सामने नीचे तक छिली हुई सफेद पट्टी दिख रही थी। इस पेड़ पर बिजली गिर पड़ी थी। हवा में गन्धक जैसी महक फैल गई; इसके बाद सबकुछ शान्त, और नर्क की गुफा की तरह अन्धकारपूर्ण हो गया।

"बाल-बाल बचे हम," गैब्रिएल ने हड़बड़ाकर कहा। "आप नीचे उतर जाएँ तो अच्छा रहेगा।"

बाथशीबा ने कोई जवाब नहीं दिया; लेकिन गैब्रिएल नियमित अन्तराल पर उसको हाँफते, और उसकी डरी हुई धड़कनों के कारण उससे सटे गट्ठर में बार-बार होनेवाली खरखराहट को साफ-साफ सुन सकता था। वह सीढ़ी से नीचे उतर गई, और कुछ सोचकर वह भी उसके पीछे हो लिया। अँधेरा अब इतना घना हो गया था कि तेज से तेज आँख भी इसको भेद नहीं सकती थी। वे नीचे उतरकर चुपचाप एक-दूसरे के पास खड़े हो गए। बाथशीबा को सिर्फ मौसम की चिन्ता सताती लग रही थी; ओक इस समय सिर्फ उसी के ध्यान में डूबा हुआ था। आखिरकार उसने चुप्पी तोड़ी।

"अब तो हर हाल में तूफान गुजर गया लगता है।"

"मेरा भी यही ख्याल है," बाथशीबा ने कहा। "हालाँकि चमक-दमक तो अभी बहुत है, देखो।" आकाश में अब अनवरत प्रकाश छा गया था, बार-बार के दुहराव से वैसी ही निरन्तरता बन गई थी जैसे किसी घंटे पर लगातार चोट पड़ते रहने से अविरल ध्वनि उत्पन्न हो जाती है।

"कोई चिन्ता की बात नहीं है," गैब्रिएल ने कहा। "बारिश न होना मेरी समझ में नहीं आ रहा है। लेकिन भगवान का शुक्र है, यह हमारे लिए और भी अच्छी बात है। मैं फिर ऊपर जा रहा हूँ।"

"गैब्रिएल तुम जितने भले हो, मैं उसके काबिल नहीं हूँ। मैं अभी रुककर तुम्हारी मदद करूँगी। कुछ और लोगों को यहाँ आना चाहिए था।"

"अगर वे आने लायक होते तो आते," ओक ने कुछ हिचकिचाते हुए कहा।

"मुझे सब पता है—सब," उसने धीमे स्वर में आगे कहा : "वे सब पीकर धुत्त पड़े हैं, और मेरे पति भी उन्हीं के साथ हैं। यही बात है, है न? ये मत समझो कि मैं डरपोक औरत हूँ और चीजों का सामना नहीं कर सकती।"

"मुझे पक्का यकीन नहीं है," गैब्रिएल ने कहा। "मैं जाकर देखूँगा।"

वह बाथशीबा को वहीं अकेले छोड़कर खलिहान की तरफ गया। उसने दरवाजे की झिरी के बीच से देखा। हर तरफ वैसे ही अँधेरा था, जैसे वह छोड़कर गया था, और अभी भी पहले की तरह ही तमाम लोगों के खर्राटों की आवाज गूँज रही थी।

अपने गालों पर उसे मन्द हवा महसूस हुई, और वह पीछे मुड़ा। यह बाथशीबा की साँस थी; वह उसके पीछे-पीछे चली आई थी, और उसी झिरी में देख रही थी।

उसने उन दोनों के बीच के इस तात्कालिक और कष्टकर विषय को नरम स्वर में यह कहकर टालने का प्रयास किया, "अगर आप वापस चलें, मिस—मैडम, और कुछ

और गट्ठरों को हाथ लगा दें तो काफी समय बच जाएगा।"

इसके बाद ओक दुबारा वापस गया, ऊपर चढ़ा, और भी जल्दी काम करने के लिए सीढ़ी को छोड़ वहीं जमकर बैठ गया, और छवाई करता रहा। पीछे-पीछे बाथशीबा भी आई, लेकिन बिना किसी गट्ठर के।

"गैब्रिएल," उसने अजीब और प्रभावशाली आवाज में कहा।

ओक ने सिर उठाकर उसे देखा। खलिहान से आने के बाद से वह बोली नहीं थी। मन्द पड़ती बिजली की लगातार झिलमिलाहट में अलग तरह के काले आकाश की पृष्ठभूमि में एक संगमरमरी चेहरा दिखाई पड़ा। बाथशीबा अनाज के ढेर की चोटी पर बैठी थी, उसके मुड़े हुए पैर सीढ़ी के सबसे ऊपर के डंडे पर टिके हुए थे।

"हाँ, मालकिन," उसने कहा।

"मुझे लगता है कि उस रात मेरे बाथ चले जाने के बाद तुमने सोचा होगा कि मैं शादी के इरादे से गई थी?"

"मैंने बाद में सोचा—पहले नहीं," उसने जवाब दिया, इस तरह अचानक इस विषय पर चर्चा छिड़ जाने से वह कुछ हैरान हो गया था।

"और दूसरों ने भी यही सोचा।"

"हाँ।"

"और तुमने इसके लिए मुझे दोषी ठहराया?"

"हाँ—थोड़ा-बहुत।"

"मैं यही सोच रही थी। अब मैं अपने बारे में तुम्हारी अच्छी राय चाहती हूँ, और कुछ समझाना चाहती हूँ—मैं जब लौटी और तुम्हें इतनी उदासी से मुझे देखते हुए पाया, तभी से मैं ऐसा करना चाहती हूँ—क्योंकि अगर मैं मर जाऊँ—और मैं जल्दी ही मर सकती हूँ—तो ये बुरी बात होगी कि तुम हमेशा मेरे बारे में गलत सोचते रहो। अब सुनो।"

गैब्रिएल के हाथ जहाँ के तहाँ रुक गए।

"मैं उस रात ट्राय से अपना नाता तोड़ने का पूरा मन बनाकर बाथ गई थी। मेरे वहाँ पहुँचने के बाद ऐसी परिस्थितियाँ बनीं कि—कि हमारी शादी हो गई। अब तुम इस मामले को नए ढंग से देख सकते हो?"

"हाँ—थोड़ा-थोड़ा।"

"अब जब मैं बोल ही पड़ी हूँ तो मुझे लगता है, मुझे कुछ और कहना चाहिए—और इसमें कोई बुराई भी नहीं है, क्योंकि निश्चित तौर पर तुम किसी मुगालते में नहीं हो कि मैं कभी तुमसे प्रेम करती थी, या मैंने जो कहा, इस बातचीत का उससे अधिक कोई मकसद है। हाँ, तो मैं एक अजनबी शहर में अकेली थी, और कुछ दूर पहले से ही घोड़ी लँगड़ाने लगी थी... और अन्त में मुझे कुछ सूझा नहीं कि क्या करूँ। जब तक यह बात मेरी समझ में आई कि इस तरह उससे अकेले मिलने से मेरी बदनामी हो सकती है, तब तक बहुत देर हो चुकी थी। लेकिन जब मैं वापस आ रही थी तो अचानक उसने कहा

कि उसी दिन वह मुझसे भी खूबसूरत एक औरत से मिला है, और अगर मैं तत्काल उसकी नहीं हो गई तो उसकी वफादारी का भरोसा नहीं रहेगा।...और मैं हैरान-परेशान हो गई..." उसने अपना गला साफ किया, और क्षणभर साँस लेने के लिए रुकी। "और उसके बाद ईर्ष्या और दुविधा में झूलते हुए मैंने उससे शादी कर ली।" उसने हताशापूर्वक जल्दी से बुदबुदाकर बात को समेट दिया।

गैब्रिएल ने कोई जवाब नहीं दिया।

"उसका दोष नहीं था, क्योंकि यह बात बिल्कुल सही थी कि–कि वह किसी और से मिला था," उसने जल्दी से आगे कहा। "और अब मैं इस विषय पर तुम्हारी कोई बात नहीं सुनना चाहती : मैं इसकी मनाही करती हूँ। मैं सिर्फ ये चाहती थी कि मेरी कहानी के उस हिस्से के बारे में तुम जान जाओ जिसे गलत समझा गया है, इससे पहले कि ऐसा कोई वक्त आ जाए जब तुम इसे कभी न जान पाओ–कुछ और गट्ठर पकड़ाऊँ?"

वह सीढ़ी से नीचे उतर गई, और काम फिर शुरू हो गया। गैब्रिएल ने जल्दी ही अपनी मालकिन के ऊपर-नीचे आने-जाने में थकावट को भाँप लिया, और उसने मातृवत स्नेह से कहा, "मेरे ख्याल से अब आप घर जाइए; आप थक गई हैं। बाकी काम मैं खुद खत्म कर लूँगा। अगर हवा का रुख नहीं बदला तो बारिश आने की सम्भावना नहीं है।"

"अगर मैं किसी काम की नहीं हूँ तो चली जाऊँगी मैं," बाथशीबा ने निरुत्साह से कहा। "लेकिन अगर तुम्हें कुछ हो गया तो।"

"आप बेकार नहीं है; लेकिन मैं आपको ज्यादा थकाना नहीं चाहता। आपने अच्छा काम किया है।"

"और तुमने उससे भी अच्छा।" उसने कृतज्ञतापूर्वक कहा। "तुम्हारी निष्ठा के लिए हजार बार धन्यवाद, गैब्रिएल! गुड नाइट–मैं जानती हूँ कि तुम मेरे लिए जी-जान लड़ा रहे हो।"

वह अँधेरे में पीछे हटी, और गुम हो गई, और फाटक से उसके गुजरते समय गैब्रिएल ने साँकल खुलने की आवाज सुनी। अब गैब्रिएल मानो सपने में काम कर रहा था। वह बाथशीबा की कहानी और नारी हृदय के उस अन्तर्विरोध पर सोच रहा था जिसके कारण बाथशीबा ने अपने कौमार्य के दिनों, जब उसे खुलकर बात करने की पूरी आजादी थी, से कहीं अधिक दिल खोलकर आज की रात उससे बातचीत की थी।

उसका ध्यान गाड़ी-घर से आनेवाली किरकिराहट की आवाज से भंग हुआ। यह छत पर लगे वातसूचक पंखे के घूमने की आवाज थी, और हवा के रुख में यह बदलाव भारी वर्षा का संकेत दे रहा था।

अध्याय 38

बारिश : दो तन्हा लोगों की मुलाकात

इस समय पाँच बजे का वक्त था, और लगता था कि धूसर और मटमैली रंगतवाली पौ फटनेवाली है।

हवा का तापमान बदला और इसके झोंके और तेज हो गए। ओक के चेहरे को ठंडी हवा के पारदर्शी बवंडर ने चारों तरफ से घेर लिया। हवा का रुख थोड़ा और बदला और वह पहले से तेज बहने लगी थी। दस मिनट में ही आसमान में हर तरफ अन्धड़ का साम्राज्य हो गया। गेहूँ की बोरियों पर ढँकने के लिए डाली गई घास-फूस की टटिया हवा से ऊपर उठ गई थी, और इसको एक बार फिर से वहाँ टिकाकर पास में पड़े कुछ बाँसों से दबाना पड़ा। यह हो जाने के बाद ओक एक बार फिर जौ बचाने के काम में जुट गया। उसके चेहरे पर तीखी बौछार पड़ी, कोने-कोने में हवा के तीखे झोंकों की आवाज हुई, पेड़ नीचे अपनी जड़ों तक काँप गए, और इनकी टहनियाँ आपस में बुरी तरह टकराईं। एक-एक इंच करके पटरों को अन्धाधुन्ध भीतर ठेलते हुए उसने साढ़े सात सौ पौंड की इस अन्नराशि को बर्बाद होने से अधिक से अधिक सुरक्षित कर दिया था। बारिश ने जोर पकड़ लिया था, और जल्दी ही ओक को महसूस हुआ कि उसकी पीठ में पानी ने ठंडक और चिपचिपाहट पैदा कर दी है। आखिरकार उसका पूरा शरीर समान रूप से गीला हो गया, और उसके कपड़ों का रंग टपक-टपककर सीढ़ी के नीचे एक गड्ढे में इकट्ठा होने लगा। बारिश की तीखी बौछार तिरछी पड़ रही थी, और यह बौछार बादलों में अपनी शुरुआत से लेकर उसके ऊपर पड़नेवाली नोकों तक बीच में कहीं टूटती नहीं थी।

ओक को अचानक याद आया कि ठीक इसी जगह पर आज से आठ महीने पहले वह ऐसे ही जी-जान लगाकर आग से लड़ रहा था जिस तरह आज पानी से लड़ रहा है—और उसी औरत के निरर्थक प्रेम की खातिर। जहाँ तक उसकी बात थी–। लेकिन ओक उदार और सच्चा था, और उसने अपने इन विचारों को खारिज कर दिया।

गहरी उदासीभरी सुबह के करीब सात बजे थे जब गैब्रिएल आखिरी चट्टे से नीचे आया और राहत की साँस लेते हुए उसके मुँह से निकला, "हो गया।" वह तर-बतर, थका और उदास था; लेकिन उदास वह उतना नहीं था जितना भीगा और थका हुआ था, क्योंकि उसे खुशी थी कि उसे एक अच्छे काम में सफलता मिली है।

खलिहान से धीमी-धीमी आवाजें आईं, और उसने उधर नजर दौड़ाई। एक-एक और दो-दो के समूह में दरवाजों से बाहर कदम रखती हुई आकृतियाँ दिखीं। ये सभी अजीबोगरीब ढंग से और लज्जित होकर चले जा रहे थे, सिवाय सबसे आगेवाले के जो लाल रंग की जैकेट पहने था और जेबों में हाथ डाले सीटी बजाता चल रहा था। अन्य सभी अपराध-बोध से ग्रस्त लड़खड़ाते हुए चल रहे थे। यह पूरा जुलूस चित्रकार फ्लैक्समन की कलाकृति में

चित्रित, यूलिसेस की पत्नी पेनिलप से विवाह की इच्छा करनेवाले उन लोगों के समूह से भिन्न नहीं था जो रोमन देवता मर्करी के संचालन में नर्क की तरफ लड़खड़ाते हुए बढ़ रहे थे। ये सिमटी-सकुचाई आकृतियाँ गाँव में प्रवेश कर गईं और उनका नेता ट्राय फार्महाउस में। इनमें से एक ने भी मुँह फेरकर अनाज के चट्टों की तरफ नहीं देखा था, न ही शायद इन्होंने एक बार भी इन चट्टों के बारे में सोचा।

जल्दी ही ओक ने भी घर का रुख किया लेकिन उन लोगों के रास्ते से हटकर दूसरे रास्ते से। उसने देखा कि उससे आगे गली की गीली और चमकीली जमीन पर छाता लिए एक आदमी उससे भी धीमी चाल से चल रहा है। यह आदमी मुड़ा और चौंक उठा : ये बोल्डवुड थे।

"कैसे हैं आप, सर?" ओक ने कहा।

"हाँ, बारिश का दिन है।—अरे मैं ठीक हूँ, बिल्कुल ठीक, शुक्रिया, बिल्कुल ठीक हूँ।"

"यह सुनकर खुशी हुई, सर।"

ऐसा लग रहा था कि बोल्डवुड वर्तमान के प्रति धीरे-धीरे सजग हो रहे हैं। "तुम थके और बीमार लगते हो, ओक," उन्होंने अपने साथी को खोई-खोई निगाहों से देखते हुए कहा।

"हाँ, मैं थका हूँ। आप तो बिल्कुल बदले हुए दिख रहे हैं, सर।"

"मैं? बिल्कुल नहीं, मैं एकदम ठीक हूँ। ऐसा ख्याल तुम्हारे दिल में क्यों आया?"

"मुझे लगा कि आप उतने खुश नहीं दिख रहे हैं जैसे पहले हुआ करते थे, बस।"

"तो यह तुम्हारी भूल है," बोल्डवुड ने संक्षिप्त जवाब दिया। "मुझे किसी बात से तकलीफ नहीं होती। फौलादी बनावट है मेरी।"

"हमारे अनाज के चट्टों को ढँकने में मुझे बड़ी मेहनत करनी पड़ी है, किसी तरह समय रहते हो गया। मैंने जिन्दगी में कभी ऐसी मशक्कत नहीं की थी....आपके तो सुरक्षित होंगे, सर?"

"अरे हाँ।" कुछ देर की चुप्पी के बाद बोल्डवुड ने कहा, "क्या पूछा तुमने, ओक?"

"आपके अनाज के चट्टे तो अब तक पूरे ढँके जा चुके होंगे।"

"नहीं।"

"पत्थर के चबूतरे पर रखे हुए बड़ेवाले चट्टे तो जरूर ढँके जा चुके होंगे?"

"नहीं।"

"बाड़ के नीचेवाले?"

"नहीं! मैं छवाई करनेवाले से इसका इन्तजाम करने के लिए कहना भूल गया।"

"सीढ़ी के पासवाला छोटा चट्टा?"

"सीढ़ी के पासवाला छोटा चट्टा भी नहीं। इस साल मैंने अनाज के चट्टों पर ध्यान नहीं दिया।"

"तब तो आपको अपने अनाज का दसवाँ हिस्सा भी हासिल नहीं होगा, सर?"

"शायद नहीं।"

"उन पर ध्यान नहीं दिया," गैब्रिएल अपने आप से बुदबुदाया। इस समय यह सुनकर ओक पर जो गहन नाटकीय प्रभाव पड़ा, उसे बयान करना मुश्किल है। पूरी रात वह यह महसूस करता रहा था कि जिस अकेलेपन की भरपाई करने की कोशिश में वह लगा हुआ है, वह असामान्य और बिल्कुल अलग-थलग प्रकार का है—पूरे इलाके में सिर्फ एक उदाहरण। लेकिन यहाँ तो उसी वक्त, उसी गाँव में एक और भी बड़ी बर्बादी की कहानी लिखी जा रही है, जिसकी न कहीं कोई शिकायत है और न कोई सुननेवाला। कुछ महीने पहले बोल्डवुड का अपनी खेती-बाड़ी को भूलने का ख्याल उतना ही अस्वाभाविक माना जाता जितना किसी नाविक का यह भूल जाना कि वह अपनी नौका में है। ओक यह सोच ही रहा था कि बाथशीबा की शादी से उसे चाहे जितना भी कष्ट हुआ हो, एक शख्स ऐसा है जिसे उससे भी ज्यादा तकलीफ हुई है, कि बोल्डवुड ने बदले हुए स्वर में कहा—जैसे दिल की बात कहकर भड़ास निकालने के लिए व्यग्र हों।

"ओक, मेरे साथ-साथ तुम्हें भी पता है कि इस बीच तकदीर ने मेरा साथ नहीं दिया है। मैं भी इस बात को कबूल करता हूँ। मैं घर बसाने जा रहा था; लेकिन किसी तरह से मेरी योजना धरी की धरी रह गई।"

"मैं सोचता था कि मेरी मालकिन आपसे शादी कर लेंगी," गैब्रिएल ने कह दिया क्योंकि उसे बोल्डवुड के प्रेम की गहराई की इतनी जानकारी नहीं थी कि उनके मामले में चुप्पी साध ले, और वह दृढ़प्रतिज्ञ था कि अपनी तरफ से ऐसा करके वह शिष्टता का उल्लंघन नहीं करेगा। "फिर भी कभी-कभी ऐसा होता है, और हमारी उम्मीद के मुताबिक कुछ भी नहीं होता," उसने एक ऐसे आदमी की तरह धैर्य से कहा जिसे दुर्भाग्य ने पराजित नहीं किया था बल्कि तपाकर सोने की तरह चमका दिया था।

"मेरा ख्याल है गाँव में मेरी हँसी उड़ रही है," बोल्डवुड ने अपनी उदासीनता जताने के लिए हल्के ढंग से यूँ कहा जैसे कि उनके होठों पर अनायास ही यह बात आ गई है।

"अरे नहीं—मैं ऐसा नहीं सोचता।"

"—लेकिन असलियत ये है कि उसकी तरफ से कोई दगाबाजी नहीं हुई है, जैसा कुछ लोग सोचते हैं। मेरी और मिस एवरडीन की कभी सगाई नहीं हुई थी। लोग ऐसा कहते हैं, लेकिन यह गलत है। उन्होंने मुझसे कभी वायदा नहीं किया।" अब बोल्डवुड शान्त खड़े हो गए और ओक से मुखातिब हुए। "गैब्रिएल," उन्होंने कहा, "मैं कमजोर और बेवकूफ हूँ, और मुझे नहीं पता कि इसका कारण क्या है, और मैं अपने गम से उबर नहीं पा रहा!...जब तक इस औरत को मैंने खोया नहीं था, तब तक मुझे ऊपरवाले की मेहरबानी पर थोड़ा-बहुत भरोसा था। हाँ, उसने मुझे पनाह देने के लिए पहले तो मेरे सिर पर छाया की और मैं खुश होकर पैगम्बर की तरह उसका शुक्रगुजार हुआ। लेकिन अगले ही पल उसने मुझे बेसहारा कर दिया; और अब मुझे लग रहा है कि इस जीने से तो मर जाना अच्छा है।"

इसके बाद कुछ देर चुप्पी छाई रही। बोल्डवुड की क्षणिक तन्द्रा टूटी, और वह पुनः

अपना चिरपरिचित मौन धारण करके चल पड़े।

"नहीं गैब्रिएल," उन्होंने एक बार फिर ऐसी लापरवाही से कहा जो किसी कंकाल के चेहरे पर मुस्कुराहट जैसी थी, "यह कहानी हमसे ज्यादा दूसरे लोगों ने गढ़ रखी थी। कभी-कभी मुझे थोड़ी तकलीफ होती है, लेकिन मेरे ऊपर किसी औरत की सत्ता कभी ज्यादा दिन नहीं चल पाई। अच्छा, गुड मॉर्निंग। मुझे भरोसा है कि हम दोनों के बीच यहाँ जो भी बातचीत हुई है, तुम किसी और से उसकी चर्चा नहीं करोगे।"

अध्याय 39

घर-वापसी : एक चीख

कास्टरब्रिज और वेदरबरी के बीच चुंगीवाली सड़क पर, और कास्टरब्रिज से करीब तीन मील की दूरी पर याल्बरी हिल है, जो उन सीधी लम्बी चढ़ाइयों में से एक है जिनकी दक्षिण वेसेक्स के इस ऊबड़-खाबड़ हिस्से की मुख्य सड़कों पर बहुतायत है। बाजार से लौटनेवाले किसान और टमटम पर सवार पैसेवाले लोग आम तौर पर यहाँ ढलान पर उतरकर पैदल ही ऊपर चढ़ते थे।

अक्टूबर महीने में शनिवार की शाम को बाथशीबा की गाड़ी इसी ढलान पर ऊपर चढ़ रही थी। वह टमटम की दूसरी सीट पर खोई-खोई सी बैठी थी, जबकि उसके साथ-साथ बाजार में पहने जानेवाले किसान के खूबसूरत लिबास में गठीले शरीरवाला एक नौजवान बिल्कुल सीधा तनकर चल रहा था। हालाँकि वह पैदल था, पर लगाम और चाबुक उसी के हाथ में थी, और वह बीच-बीच में दिल बहलाने के लिए घोड़े के कान पर चाबुक का हल्का प्रहार कर देता था। यह आदमी उसका पति था, सार्जेंट ट्राय, जो बाथशीबा के पैसों की बदौलत अपनी नौकरी से छुट्टी ले लेने के बाद, धीरे-धीरे अपने को एक उत्साही और आधुनिक किसान में तब्दील कर रहा था। अड़ियल विचारों के लोग अभी भी उससे मिलने पर उसे 'सार्जेंट' कहकर पुकारते थे, जिसका कारण कुछ हद तक यह था कि अभी भी फौजी दिनों की उसकी नुकीली मूँछें बरकरार थीं, और सैनिक जैसी चाल-ढाल उसके शरीर और स्वभाव का अभिन्न अंग थी।

"हाँ, अगर कम्बख्त बारिश न हुई होती तो मैं बड़ी आसानी से देखते-देखते दो सौ निकाल लेता, मेरी जान," वह कह रहा था। "क्या तुम्हें नहीं समझ आ रहा है, इससे पूरी तस्वीर ही उलट गई? एक बार मैंने एक किताब पढ़ी थी जिसके अनुसार हमारे देश के इतिहास में बारिश का मौसम एक अनवरत लम्बी कथा है, और अच्छे दिन तो बस बीच-बीच में आनेवाले प्रसंग हैं—क्या ये बात सच नहीं है?"

"लेकिन मौसम बदलने का समय आ गया है।"

"हाँ। सही बात तो ये है कि बसन्त ऋतु में घुड़दौड़ पर लगनेवाले ये दाँव सबकी तबाही का सबब हैं। वैसा दिन तो मैंने कभी देखा ही नहीं था। वो बडमाउथ-रेजिस से एक-दो मील दूर रेतीली जमीन के पास ही खुली हुई जगह थी, और धूसर समुद्र की लहरें हमारी तरफ ऐसे आ रही थीं जैसे तरल उदासी। हवा और बारिश—हे भगवान! अँधेरा? आखिरी घुड़दौड़ से पहले अँधेरा ऐसा काला था जैसे मेरी टोपी। पाँच बजे का वक्त था, और घोड़े तब तक नहीं दिखाई पड़ते थे जब तक कि वे बिल्कुल करीब न आ जाएँ, उनके रंगों को देखने की तो बात ही छोड़ो। जमीन सीसे की तरह भारी थी, और अनुभवी लोगों का अन्दाज भी बेकार साबित हो रहा था। घोड़े, घुड़सवार, लोग, सभी ऐसे डोल रहे थे जैसे समुद्र में पानी के जहाज। तीन छप्पर उड़ गए थे, और उनके भीतर के लोग बेचारे अपने हाथों और घुटनों के बल रेंगकर बाहर निकले थे और सामने के मैदान में उड़कर आई हुई कम से कम बारह टोपियाँ दिख रही थीं। हाँ, जब साठ गज की दूरी रह गई तो पिम्परनल ने रफ्तार बढ़ा दी और जब मैंने देखा कि पॉलिसी भी पूरा जोर लगा रही है तो मेरा कलेजा मुँह को आ गया, सच में, मेरी जान!"

"और तुम्हारा मतलब है, फ्रैंक," बाथशीबा ने दुखी स्वर में कहा—उसके स्वर में पिछली गर्मी की तुलना में इस समय दुखद अधूरापन और जीवन्तता का अभाव दिखाई पड़ा—"कि इस घुड़दौड़ की बीमारी पर तुम महीनेभर में सौ पौंड से ज्यादा फूँक चुके हो। अरे फ्रैंक—निर्दयता है ये—इस तरह मेरा पैसा बहाना तुम्हारी मूर्खता है। हमें यह फार्म छोड़ना पड़ेगा—और तब अकल ठिकाने आ जाएगी।"

"निर्दयता की बात बेवकूफी है। लो, फिर शुरू—बहाओ टसुए—यही तो करती हो तुम।"

"लेकिन तुम मुझसे वादा करो कि अगले हफ्ते बडमाउथ में होनेवाली घुड़दौड़ में नहीं जाओगे, करोगे न वादा?" उसने अनुनयपूर्वक कहा। बाथशीबा बिल्कुल रुआँसी हो गई थी लेकिन आँखों में आँसू आने से बचा ले गई।

"मैं समझ में नहीं पा रहा कि मैं ऐसा क्यों करूँ—दरअसल, अगर दिन अच्छा हुआ तो मैं तुम्हें भी ले जाने की सोच रहा था।"

"कभी नहीं, कभी नहीं। मैं उधर देखना भी पसन्द नहीं करूँगी। मुझे इस शब्द को सुनने से ही नफरत है।"

"लेकिन घुड़दौड़ देखने जाने या घर पर रुकने के सवाल से इस मामले का कोई लेना-देना नहीं है। दाँव तो घुड़दौड़ शुरू होने से काफी पहले लगा दिए जाते हैं, भरोसा रखो—कि चाहे यह घुड़दौड़ मेरे लिए अच्छी हो या बुरी, सोमवार को हमारे वहाँ जाने से इस पर कोई फर्क नहीं पड़नेवाला।"

"लेकिन तुम्हारे कहने का ये मतलब तो नहीं कि इस घुड़दौड़ पर भी तुमने कुछ दाँव लगाया है!" उसने क्षुब्ध स्वर से कहा।

"देखो—अब बेवकूफी मत करो। पूरी बात तो सुनो। क्यों बाथशीबा, तुम्हारी पहलेवाली

दिलेरी और हिम्मत जाने कहाँ चली गई, और अपनी कसम अगर मुझे पता होता कि अपनी सारी बहादुरी के पीछे तुम इतने डरपोक हो तो मैंने कभी—खैर छोड़ो इसे।"

बाथशीबा की काली आँखों में क्षणभर के लिए रोष दिखाई पड़ा, और इस जवाब के बाद वह सीधा आगे देखती रही। वे बिना कुछ बोले चुपचाप आगे बढ़ते रहे। इस जगह पर सड़क को छाया प्रदान करनेवाले पेड़ों की कुछ जल्दी सूख गई पत्तियाँ बीच-बीच में उनके रास्ते पर हवा में नाचते हुए जमीन पर आ गिरती थीं।

पहाड़ी के ऊपरी हिस्से में एक औरत दिखाई पड़ी। पहाड़ी घुमावदार थी, इसलिए वह तभी दिखी जब इन पति-पत्नी के काफी नजदीक आ गई। ट्राय टमटम पर दुबारा चढ़ने के लिए मुड़ चुका था और पायदान पर पाँव रख रहा था जब वह औरत उसके पीछे से गुजरी।

हालाँकि सिर के ऊपर पेड़ों की घनी छाया और ढलती शाम के नाते वे धुँधलके में थे, पर बाथशीबा ने औरत की पोशाक से उसकी दारुण विपन्नता और उसके चेहरे पर छाई उदासी को भलीभाँति समझ लिया।

"सर, क्या मेहरबानी करके आप बता देंगे कि कास्टरब्रिज का रैन-बसेरा रात में किस समय बन्द होता है?" उस औरत ने ये शब्द ट्राय के कन्धों के पीछे से कहे।

आवाज को सुनकर ट्राय चौंक गया। फिर भी उसको तत्काल बुद्धि से इतना सूझ गया कि अचानक मुड़कर उससे नजरें मिलाने की अपनी उत्कट इच्छा को वह दबा गया। उसने धीरे से कहा :

"मैं नहीं जानता।"

औरत ने उसकी बोली सुनकर तुरन्त ऊपर देखा, उसके चेहरे के पार्श्व-भाग को ध्यान से देखा, और किसान के वेश में सैनिक को पहचान गई। उसके चेहरे पर प्रसन्नता और यन्त्रणा दोनों के भाव आए। उसके मुँह से तेज चीख निकली और वह गिर पड़ी।

"हाय बेचारी!" बाथशीबा ने उतरने का उपक्रम करते हुए कहा।

"वहीं रहो, और घोड़े को सँभालो।" ट्राय ने लगाम और चाबुक को उसकी तरफ फेंकते हुए दृढ़तापूर्वक कहा। "घोड़े को धीरे-धीरे ऊपर ले चलो; इस औरत को मैं देखता हूँ।"

"लेकिन मैं—"

"सुन लिया न? चल-चल—पॉपेट" घोड़ा, टमटम और बाथशीबा आगे बढ़ गए।

"तुम यहाँ कैसे पहुँचीं—मैंने सोचा था कि तुम कहीं बहुत दूर हो, या दुनिया में ही नहीं रहीं। तुमने मुझे चिट्ठी क्यों नहीं लिखी?" ट्राय ने उस औरत को उठाते हुए बड़े दुलार से लेकिन जल्दीबाजी में कहा।

"चिट्ठी लिखने से डरती थी मैं।"

"क्या तुम्हारे पास कुछ पैसे हैं?"

"बिल्कुल नहीं।"

"हे भगवान—काश मेरे पास तुम्हें देने के लिए और होता। ये लो—धत् तेरे की! बहुत कम है ये। मेरे पास बस यही थोड़ा-सा पैसा निकला है। मेरे पास तो वही होता है जो मेरी बीवी मुझे देती है, समझीं, और इस समय मैं उससे माँग नहीं सकता।"

औरत ने कोई जवाब नहीं दिया।

"मेरे पास वक्त बहुत कम है," ट्राय ने आगे कहा, "और अब सुनो। आज रात तुम कहाँ जा रही हो? कास्टरब्रिज के रैन-बसेरे में?"

"हाँ—वहीं जाने की सोच रही थी।"

"तुम वहाँ मत जाओ—लेकिन रुको। हाँ—शायद आज रात मैं और कुछ नहीं कर सकता—दुर्भाग्य है। आज रात वहाँ सो जाओ और कल वहीं रुको। सोमवार को मुझे फुरसत मिलेगी; और सोमवार को सुबह ठीक दस बजे, शहर के बाहर डर्नओवर मूर पर पत्थरवाले पुल—ग्रे के पुल पर मिलो। मैं जितना भी पैसा जुटा पाऊँगा, ले आऊँगा—तुम्हें कमी नहीं रहेगी—मैं इसका ख्याल रखूँगा फैनी। इसके बाद मैं तुम्हें कहीं ठहरने की जगह दिला दूँगा। तब तक के लिए विदा। मैं एकदम जानवर हूँ—लेकिन विदा!"

पहाड़ी की चढ़ाई पूरी कर लेने के बाद बाथशीबा ने पीछे नजर दौड़ाई। वह औरत अब अपने पैरों पर खड़ी थी, और बाथशीबा ने उसे ट्राय से दूर हटते और लड़खड़ाते कदमों से चलकर पहाड़ी के नीचे उस मील के पत्थर से गुजरते देखा जो कास्टरब्रिज से तीसरा था। इसके बाद ट्राय अपनी पत्नी की तरफ आया, टमटम में चढ़ा, उसके हाथों से लेकर लगाम सँभाली, और बिना कुछ बोले घोड़े पर चाबुक चला दिया जिससे घोड़ा दुलकी चाल से चल पड़ा। वह कुछ उद्विग्न था।

"क्या तुम उस औरत को जानते हो?" बाथशीबा ने उसके चेहरे पर आँखें गड़ाते हुए पूछा।

"जानता हूँ," उसने उसकी आँखों में आँखें डालकर जवाब दिया।

"मैं सोच रही थी कि तुम जानते हो," बाथशीबा ने रोषमिश्रित दर्प से, और अभी भी उसे देखते हुए कहा। "कौन है वह?"

अचानक ही ट्राय को लगा कि स्पष्टवादिता से इन दोनों औरतों में से किसी की भलाई नहीं है।

"हम दोनों की जाननेवाली नहीं है," उसने कहा। "मैं उसे चेहरे से जानता हूँ।"

"क्या नाम है उसका?"

"उसका नाम मैं कैसे जान सकता हूँ?"

"मैंने सोचा कि तुम जानते हो।"

"सोचती रहो तुम और..." वाक्य को पूरा किया पॉपेट की बगल में चाबुक के एक तेज प्रहार ने जिससे घोड़ा तूफानी गति से दौड़ पड़ा। इसके बाद कोई बातचीत नहीं हुई।

अध्याय 40

कास्टरब्रिज राजमार्ग पर

काफी देर तक वह औरत चलती रही। उसके कदमों की लड़खड़ाहट बढ़ती गई, और उसने अब रात के अँधेरे में डूब चुकी सुनसान सड़क पर दूर तक देखने के लिए अपनी आँखों पर जोर डाला। आखिरकार उसका आगे बढ़ना मात्र लड़खड़ाहट तक सीमित हो गया और उसने एक फाटक खोला जिसके भीतर घास का ढेर था। इसी के पास वह बैठी, और सो गई।

जब उस औरत की आँख खुली तो उसने अपने को चाँद-तारों से खाली आकाश के नीचे पाया। आकाश में दूर-दर तक बादलों की मोटी परत छाई हुई थी, और दूर कास्टरब्रिज शहर के ऊपर छाई रोशनी आसमान की कालिमा की पृष्ठभूमि में साफ दिख रही थी, आसपास के अँधेरे से इसकी चमक और भी खिली हुई लग रही थी। इसी चमक पर उस औरत ने अपनी निगाहें डालीं।

"काश मैं वहाँ पहुँच जाती!" उसने कहा। "परसों उससे मिल पाती—दया करो ऊपरवाले! उसके पहले शायद मैं कब्र में रहूँगी।"

किसी जमींदार की हवेली की घड़ी ने दूर कहीं अँधेरे की गहराइयों से एक बजे की घंटी बजाई—छोटी और क्षीण-सी आवाज में। लगता है, आधी रात के बाद घड़ी की आवाज दूर के साथ-साथ आसपास भी कम गूँजती है, और इसकी ध्वनि घटकर पतले अस्वाभाविक स्वर में बदल जाती है।

इसके बाद दूर छाया से एक रोशनी—दो रोशनियाँ उभरीं, और क्रमशः बड़ी होती चली गईं। सड़क पर कोई गाड़ी जा रही थी, जो फाटक से गुजरी। शायद इसमें कहीं बाहर से देर से खाना खाकर लोग लौट रहे थे। इस गाड़ी की एक बत्ती से आनेवाली किरणें क्षणभर के लिए इस झुकी हुई औरत पर पड़कर चमकीं, और उसके चेहरे को प्रकाश से नहला दिया। यह चेहरा युवा था, पर देखने में वृद्ध लगता था; आम तौर पर मुखाकृति कोमल और मासूम थी लेकिन चेहरे की रेखाएँ तीखी और खुरदुरी होने लगी थीं।

यह पैदल-यात्री स्पष्ट तौर पर एक नए संकल्प के साथ खड़ी हुई, और इधर-उधर नजर डाली। सड़क उसकी जानी-पहचानी लग रही थी, और आगे बढ़ते हुए उसने सावधानी से बाड़ के किनारे-किनारे नजर दौड़ाई। एक धुँधली सफेद आकृति दिखी; यह एक और मील का पत्थर था। उसने अंकों को महसूस करने के लिए इसको उँगलियों से टटोला।

"दो और।" उसने कहा।

थोड़ी देर आराम करने के लिए उसने इसी पत्थर के सहारे टेक लगा ली, इसके बाद वह हरकत में आई, और एक बार फिर अपनी राह पर चल पड़ी। कुछ दूर तक वह हिम्मत

से चली, इसके बाद पहले की तरह लड़खड़ाने लगी। अब वह एक निर्जन झाड़-झंखाड़ के पास थी जहाँ पत्तियों से पटी जमीन पर सफेद खपच्चियों के ढेर के ढेर बता रहे थे कि यहाँ दिन में लकड़हारे गट्ठे बाँध रहे थे और टट्टर बना रहे थे। उस समय न तो पत्तियों की खड़खड़ाहट थी, न बहती हुई हवा थी, न ही आपस में टहनियों की टकराहट की धीमी से धीमी आवाज जिससे उसका अकेलापन दूर होता। उस औरत ने फाटक के दूसरी तरफ देखा, इसे खोला और भीतर चली गई। भीतर दाखिल होते ही लकड़ियों के बँधे और खुले हुए गट्ठर पड़े थे, जिनके साथ ही हर आकार के खूँटे भी थे।

कुछ सेकेंड तक यह पैदल यात्री ऐसी तनावभरी शान्ति से खड़ी रही जिससे ठहराव का नहीं बल्कि पहले की गति को सिर्फ कुछ समय के लिए टालने का संकेत मिलता था। उसका रवैया एक ऐसे आदमी का था जो या तो बाहरी दुनिया की आवाजें सुनता है, या मनोजगत की उधेड़बुन में लगा रहता है। बारीकी से देखने पर ऐसे संकेत मिल सकते थे कि उसका झुकाव इनमें से दूसरी तरफ था। इसके अलावा, जैसा कि आगे के घटनाक्रम से जाहिर हो गया, वह उस क्षेत्र में अनुसन्धान कर रही थी जो स्वचालित व यान्त्रिक मानव-अंगों के निर्माता जाक द्रोज की विशेषज्ञता थी।

कास्टरब्रिज से आनेवाले मामूली प्रकाश की सहायता से, और अपने हाथों से टटोलकर, उस औरत ने ढेर में से दो डंडे चुन लिए। ये डंडे तीन-चार फुट की लम्बाई तक करीब-करीब सीधे थे, जहाँ आकर इनमें से प्रत्येक अंग्रेजी के वाई अक्षर की तरह दो शाखाओंवाले काँटे जैसा हो गया था। वह बैठ गई, छोटी-छोटी टहनियों को तोड़ दिया, और बाकी बचे हुए को लेकर सड़क पर चल दी। उसने बैसाखी की तरह दोनों बाँहों के नीचे एक-एक डंडे को लगा लिया, इनको आजमाया, डरते-डरते अपना पूरा वजन—जो था भी बहुत कम—इन्हीं पर डाल दिया, और झूलते हुए आगे बढ़ गई। लड़की ने अपने लिए सहायक सामग्री तैयार कर ली थी।

ये बैसाखियाँ बहुत काम की सिद्ध हुईं। अब इस यात्री की तरफ से आवाज के नाम पर सिर्फ सड़क पर उसके पैरों की थाप और उसके डंडों की खटखट सुनाई पड़ रही थी। पिछला मील का पत्थर वह काफी पीछे छोड़ आई थी, और वह किनारे की तरफ विचारमग्न होकर देखने लगी, जैसे कि दूसरे मील के पत्थर का हिसाब लगा रही हो। बैसाखियाँ वैसे तो बहुत काम की थीं, लेकिन इनकी भी सीमा थी। यान्त्रिक उपायों से सिर्फ श्रम का स्थानान्तरण होता है, क्योंकि ये श्रम का स्थान नहीं ले सकते, और पहले की थकावट खत्म नहीं हुई; यह पूरे शरीर और बाँहों में समा गई। वह थककर चूर हो गई और बैसाखियों के सहारे आगे की ओर हर बार झूलना क्रमशः धीमा होता गया। आखिरकार वह एक तरफ को लड़खड़ाई और गिर पड़ी।

यहाँ वह गठरी की तरह दस मिनट से अधिक पड़ी रही। सुबह की अलसाई हवा के झोंके मैदान से होकर बहने लगे, और कल से शान्त पड़े सूखे पत्तों में ताजा हलचल पैदा करने लगे। वह औरत पूरा जोर लगाकर घूमी और फिर अपने घुटनों के सहारे

पैरों के बल खड़ी हो गई। अपने को एक बैसाखी की मदद से टिकाते हुए उसने एक कदम चलने का प्रयत्न किया, फिर दूसरा; इसके बाद तीसरा; अब वह इन बैसाखियों का इस्तेमाल सिर्फ छड़ी की तरह कर रही थी। इस प्रकार वह मेलस्टाक हिल से नीचे उतरी और तब तक चलती रही जब तक दूसरा मील का पत्थर दिखाई देने लगा, और जल्दी ही उसकी निगाह में लोहे के जंगले से घिरा हुआ एक बाड़ा आया। लड़खड़ाते कदमों से वह पहले खम्भे की तरफ बढ़ी, इसको मजबूती से पकड़ लिया, और आसपास नजर दौड़ाई।

अब कास्टरब्रिज की बत्तियाँ अलग-अलग दिख रही थीं। सुबह हो रही थी, और गाड़ियों के जल्दी ही आने की उम्मीद नहीं, तो थोड़ी देर बाद आने की आशा तो की ही जा सकती थी। वह सुनती रही। सभी मनहूस ध्वनियों के चरमोत्कर्ष—लोमड़ी के विलाप—को छोड़कर जीवन का कहीं कोई स्पन्दन सुनाई नहीं पड़ रहा था; इसकी तीन बार आनेवाली खोखली आवाजें एक मिनट के अन्तराल पर ठीक उसी प्रकार आ रही थीं जैसे अन्तिम संस्कार के समय बजाई जानेवाली घंटियों की आवाज।

"एक मील से कम!" वह औरत बुदबुदाई। "इससे ज्यादा नहीं," उसने कुछ ठहरकर कहा। "एक मील नगरपालिका तक है, और मेरा पड़ाव है कास्टरब्रिज के दूसरी तरफ। एक मील से थोड़ा-सा ज्यादा, और मैं पहुँच जाऊँगी।" कुछ रुककर वह फिर बोली। "एक गज में पाँच या छह कदम—शायद छह। मुझे सत्रह सौ गज चलना है। सौ बार छह, छह सौ। इसका सत्रह गुना। रहम करो, ऊपरवाले।"

वह जंगला पकड़े-पकड़े आगे बढ़ती रही—पहले एक हाथ को जंगले पर आगे बढ़ाती, फिर दूसरे को, फिर उसी के सहारे टेक लगाकर वह नीचे अपने पैरों को आगे की तरफ घसीट लेती थी।

इस औरत की स्वगत प्रलाप की आदत नहीं थी; लेकिन भावना का अतिरेक कमजोर इनसान की निजी विशेषताओं को दबा देता है, उसी प्रकार जैसे यह ताकतवर इनसान की निजी विशेषताओं को और भी उभार देता है। उसने उसी लहजे में कहा, "मैं मान लूँगी कि मंजिल पाँच खम्भों के आगे है, उससे आगे नहीं, और इस तरह मुझे इनको पार करने की ताकत मिल जाएगी।"

यह इस सिद्धान्त का व्यावहारिक प्रयोग था कि एकदम आस्था न होने से अच्छा है कि कोई झूठी और ख्याली आस्था पैदा कर ली जाए।

वह पाँच खम्भों को पार कर गई, और पाँचवें खम्भे को पकड़कर खड़ी हो गई।

"मैं यह मानकर पाँच खम्भे और पार करूँगी कि मेरी मंजिल अगले पाँचवें खम्भे पर है। मैं ऐसा कर सकती हूँ।"

उसने पाँच और खम्भे पार कर लिए।

"बस पाँच और।"

वह उन्हें भी पार कर गई।

"वह पत्थर का पुल मेरी मंजिल है," फ्रुम नदी का पुल दिखाई पड़ने के बाद उसने कहा।

वह घिसटकर इस पुल तक पहुँची। इस कोशिश में औरत की एक-एक साँस हवा में इस तरह छूटी जैसे अब कभी लौटेगी नहीं।

"अब सच्चाई—" उसने बैठते हुए कहा। "सच्चाई ये है कि मुझे आधा मील से भी कम और चलना है।" जिस बात के झूठा होने का उसे पूरा अहसास था, उसी से खुद को बहलाकर उसे आधा मील की वह दूरी तय करने की ताकत मिल गई थी जिसे वह एकमुश्त तय कर पाने में असमर्थ थी। इस चातुर्य से पता चलता था कि किसी अजीबोगरीब सहज-ज्ञान से इस औरत ने यह विरोधाभासी सत्य ग्रहण कर लिया था कि दूरदर्शिता की जगह अल्पदर्शिता ज्यादा काम करती है, और बहुत दूर की चिन्ता करनेवालों की अपेक्षा निकट भविष्य की सोचनेवाले ज्यादा सफल होते हैं; कि सटीक वार करने के लिए व्यापकता नहीं, सीमित दृष्टि की जरूरत होती है।

इस बीमार और थकी-हारी औरत के सामने आधा मील का सफर एक विराट दुराग्रही बाधा की तरह था। यह उसकी जिन्दगी का अत्यन्त महत्त्वपूर्ण अवसर था। सड़क यहाँ डर्नओवर मूर से होकर निकलती थी, जो राजमार्ग के दोनों तरफ फैला हुआ था। उसने उस वीराने पर निगाह दौड़ाई, बत्तियों को देखा, खुद को देखा, गहरी साँस ली, और पुल के किनारे के एक पत्थर के सहारे टिककर बैठ गई।

उस यात्री ने जिस तरह दर्द सहते हुए तमाम तरह की युक्तियाँ सोचीं, वैसा शायद ही कभी हुआ होगा। इस आखिरी आठ सौ गज की दूरी तय करने के लिए आदमी के वश की जितनी भी सहायता, तरीके, दाँवपेंच, उपाय हो सकते थे, हर तरफ उसका दिमाग दौड़ गया, और उसने इन सबको अव्यावहारिक समझकर खारिज कर दिया। उसने छड़ियों, पहियों और रेंगने के उपायों के बारे में सोचा—यहाँ तक कि उसने लेटकर लुढ़कने पर भी विचार किया। लेकिन रेंगने और लुढ़कने में होनेवाली थकावट सीधे चलने से भी ज्यादा होती। जुगाड़ लगाने की अक्ल जाती रही। आखिरकार निराशा ने चारों तरफ से घेर लिया।

"अब और नहीं!" बुदबुदाते हुए उसने अपनी आँखें बन्द कर लीं।

पुल के दूसरी तरफ अँधेरे हिस्से में से निकलकर कोई छाया सड़क की धुँधली सफेदी पर अकेले आगे बढ़ती प्रतीत हुई। यह चुपचाप उसी लेटी हुई औरत की तरफ सरक गई।

उसको अहसास हुआ कि कोई चीज उसके हाथों को छू रही है; वह कोमल और आत्मीय थी। उसने अपनी आँखें खोल दीं और इस चीज ने उसके चेहरे को छू लिया। एक कुत्ता उसके गाल को चाट रहा था।

वह एक विशालकाय और शान्त स्वभाव का प्राणी था जो अँधेरे में खड़ा था, और इस समय उसकी आँखों से कम से कम दो फुट ऊँचाई पर था। वह न्यूफाउंडलैंड नस्ल का था, या मस्टिफ, ब्लडहाउंड था या किसी और नस्ल का, कहना मुश्किल था। वह इतने

अजीब और रहस्यमय स्वभाव का लगता था कि आम तौर पर पाई जानेवाली सुपरिचित नस्लों से अलग-थलग ही था। इस प्रकार किसी नस्ल का न होने से वह श्वानीय श्रेष्ठता की साक्षात प्रतिमूर्ति था—सभी की विशेषताओं को अपने में समेटे हुए। अपने रहस्यमय और क्रूर पहलू से अलग, अपने दुखद, गम्भीर, और हितकारी पक्ष को लेकर रात्रि इस रूप में साकार हो गई थी। अँधेरा सामान्य जनों में कल्पना-शक्ति का संचार कर देता है, और इस दुखी औरत ने भी अपनी सोच को शक्ल दे दी।

अपनी अधलेटी अवस्था में उसने उसको वैसे ही देखा जैसे पहले के समय में खड़े होकर किसी इनसान को देखती थी। यह जानवर, जो उसी की तरह बेघर था, औरत के हिलने-डुलने पर सम्मानपूर्वक एक कदम पीछे हट गया, और यह जानकर कि वह उससे घृणा नहीं कर रही है, उसने दुबारा उसके हाथ को चाट लिया।

उसके भीतर बिजली की तरह एक विचार कौंधा। "शायद मैं इसका इस्तेमाल कर सकती हूँ—तो मुझे करना ही चाहिए!"

उसने कास्टरब्रिज की तरफ उँगली से इशारा किया, और ऐसा लगा कि कुत्ता गलत समझ गया; वह उसी तरफ दौड़ पड़ा। इसके बाद जब उसने यह देखा कि वह पीछे-पीछे नहीं आ सकती तो वापस आ गया और कूँ-कूँ करने लगा।

औरत के प्रयत्न की चरम और दुखदतम परिणति यह हुई कि वह हाँफते हुए झुकी हुई मुद्रा में खड़ी हुई, और अपनी दो छोटी-छोटी बाँहों को कुत्ते के कन्धों पर टिकाते हुए, मजबूती से उसी के सहारे झुक गई, और पुचकार-भरे शब्द बुदबुदाने लगी। हृदय से वेदनाग्रस्त होते हुए भी वह अपनी वाणी से उसका उत्साह बढ़ाती रही, और ताकतवर को कमजोर से उत्साहवर्द्धन की जरूरत पड़े, इससे भी अजीब बात ये थी कि इतनी घोर निराशा में भी इतने अच्छे ढंग से उत्साह का अभिनय किया जा रहा था। उसका यह मित्र धीरे-धीरे आगे बढ़ चला, और वह बड़ी मुश्किल से छोटे-छोटे डग भरती इसके साथ-साथ चलने लगी, उसका आधा वजन इस जानवर पर जा पड़ा था। कभी-कभी वह बैठ जाती थी, वैसे ही जैसे बैसाखियों से, रेलिंग के सहारे सीधे खड़े होकर या चलते समय बैठ जाया करती थी। यह कुत्ता जो अब उसकी इच्छा और उसकी असमर्थता से अच्छी तरह परिचित हो गया था, ऐसे मौकों पर निराश और परेशान हो जाता था। वह उसकी पोशाक को झटके से खींचता और आगे भाग जाता। वह हमेशा उसे वापस बुलाती थी, और अब ध्यान देने की बात यह थी कि वह किसी आदमी की आवाज सुनकर छुप जाती थी। स्पष्ट था कि वह सड़क पर अपनी मौजूदगी और अपनी फटेहाल स्थिति को जताना नहीं चाहती थी।

जाहिर था कि इनकी प्रगति बहुत धीमी थी। वे शहर के निचले हिस्से में पहुँचे, और जब वे बाईं तरफ मुड़कर शाहबलूत के पेड़ों की सुनसान घनी छाँव में पहुँचे तो कास्टरब्रिज की बत्तियाँ उनके सामने वैसे ही थीं, जैसे धरती पर गिरा सप्तर्षि-मंडल। वे शहर के आबादीवाले इलाकों के किनारे से गुजर गए। इस प्रकार शहर पार हुआ और मंजिल प्राप्त

हुई। शहर के बाहर इस बहु-प्रतीक्षित स्थान पर एक सुन्दर इमारत थी। पहले यहाँ लोगों के रहने के लिए सिर्फ खोखा था। उसकी चहारदीवारी इतनी पतली थी, फालतू विस्तार से इतनी खाली और दी गई जगह में इतने नजदीक से खींची गई कि इसके भीतर का सबकुछ वैसे ही दिखता था जैसे लपेटी हुई चादर के भीतर शरीर का आकार-प्रकार दिखता है।

इसके बाद प्रकृति ने मानो दुखी होकर हाथ बँटाया। दीवारों को ढँकती हुई आइवी की लताएँ इस तरह उग आईं कि यह जगह गिरजाघर की तरह दिखने लगी; और लोगों ने देखा कि कास्टरब्रिज की चिमनियों के ऊपर से इसके सामने के हिस्से का दृश्य पूरे जिले में सबसे शानदार दृश्यों में एक था। एक बार पड़ोस के एक जमींदार ने कहा था कि यहाँ रहनेवाले अपने दरवाजे से जिस दृश्य का आनन्द उठाते हैं, उसे अपने दरवाजे पर पाने के लिए वह सालभर का लगान छोड़ देगा—और पूरी सम्भावना थी कि यहाँ रहनेवाले लोग जमींदार के सालभर लगान के बदले में यह दृश्य छोड़ देते। पत्थर की इस इमारत में बीच में एक मुख्य भाग और इससे जुड़े दो खंड थे जिन पर प्रहरी की तरह कुछ चिमनियाँ थीं, जो इस समय धीमी हवा में गुड़गुड़ाहट की आवाज कर रही थीं। दीवार में एक फाटक था और फाटक के पास एक तार लटका था जिसे खींचने पर अन्दर घंटी बजती थी। उस औरत ने भरसक कोशिश करके अपने को घुटनों के बल उठाया, और किसी तरह इस हत्थे तक पहुँच पाई। उसने इसे खींचा और आगे की ओर मुँह के बल गिर पड़ी।

छह बजनेवाले थे, और इमारत के भीतर चहल-पहल सुनाई पड़ी, जो इस दुखी आत्मा के लिए आश्रय स्थल था। बड़े दरवाजे के पास एक छोटा दरवाजा खुला, और भीतर एक आदमी दिखा। उसने फूलते-पिचकते कपड़ों का ढेर देखा, प्रकाश के लिए भीतर गया और दुबारा आया। दूसरी बार फिर वह भीतर गया और दो औरतों के साथ लौटा।

इन दोनों ने जमीन पर पड़ी काया को उठाया और उसे सहारा देकर दरवाजे से भीतर ले गईं। इसके बाद उस आदमी ने दरवाजा बन्द कर दिया।

"यह यहाँ कैसे पहुँची?" औरतों में से एक ने कहा।

"भगवान जाने," दूसरी ने कहा।

"बाहर एक कुत्ता है," थककर चूर हो गई यात्री ने बुदबुदाकर कहा। "वह कहाँ गया? उसने मेरी मदद की थी।"

"मैंने उसे पत्थर मारकर भगा दिया," आदमी ने कहा।

इसके बाद यह छोटा-सा जुलूस आगे बढ़ गया; आदमी आगे-आगे, हाथ में लालटेन लिए हुए; इसके बाद दोनों हड़ीली औरतें, अपने बीच में इस छोटी कृशकाय औरत को सहारा देते हुए। इस प्रकार वे घर में प्रवेश कर गए और गायब हो गए।

अध्याय 41

सन्देह : फैनी की तलाश

उस शाम बाजार से लौटने के बाद बाथशीबा ने अपने पति से बहुत कम बातचीत की, और उसने भी बाथशीबा से ज्यादा बातचीत करने में दिलचस्पी नहीं दिखाई। मुँह से कुछ न बोलते हुए भी वह बेचैन था। अगला दिन, जो इतवार था, करीब-करीब इसी तरह चुप्पी में बीत गया और बाथशीबा सुबह-शाम दोनों समय चर्च गई। अगले दिन ही बडमाउथ में घुड़दौड़ होनेवाली थी। शाम को ट्राय ने अचानक कहा :

"बाथशीबा, मुझे बीस पौंड दे सकती हो?"

बाथशीबा का चेहरा एकदम से उतर गया।

"बीस पौंड?"

"बात ये है, मुझे इसकी सख्त जरूरत है।" ट्राय के चेहरे पर साफ तौर पर दिखती चिन्ता असामान्य थी। यह पूरे दिन की उसकी मनःस्थिति की चरम परिणति थी।

"अच्छा, कल की घुड़दौड़ के लिए।"

ट्राय ने तुरन्त कोई जवाब नहीं दिया। बाथशीबा की गलती उस आदमी के लिए लाभदायक थी जो अपने दिल की बात प्रकट करने से बचना चाहता था। "चलो, मान लो कि मुझे इसकी जरूरत घुड़दौड़ के लिए ही है," आखिरकार उसने कहा।

"ओह फ्रैंक!" बाथशीबा ने जवाब दिया, और इन शब्दों में न जाने कितना मनुहार भरा था। "अभी कुछ हफ्ते पहले तुमने कहा था कि तुम्हारी सारी खुशियाँ एक तरफ, और मैं एक तरफ, और तुम मेरे लिए सबकुछ छोड़ दोगे; और अब, क्या तुम इसे नहीं छोड़ोगे, जो खुशी कम और परेशानी ज्यादा है? छोड़ दो न फ्रैंक। चलो, अपनी मीठी बातों और सुन्दर चेहरे और हर सम्भव उपाय से तुम्हें घर में रोकने की मैं भरसक कोशिश करूँगी। अपनी पत्नी की बात मान जाओ—मान जाओ न!"

इस समय बाथशीबा के स्वभाव की मधुरतम और कोमलतम विशेषताएँ सामने आ रही थीं—ये उन तमाम छद्मों और आवरणों से बिल्कुल मुक्त होकर ट्राय के लिए स्वतःस्फूर्त ढंग से फूट पड़ी थीं जो शान्तचित्त रहने पर बाथशीबा के अप्रत्याशित स्वभाव के कारण उसकी विशेषताओं पर प्रायः हावी रहते थे। बहुत कम लोग ऐसे होंगे जो इस खूबसूरत चेहरे के मान-मनुहार के आगे समर्पण न कर दें। अगर यह औरत ट्राय की पत्नी न होती तो उसने तुरन्त हथियार डाल दिए होते। चूँकि ऐसा नहीं था, उसने सोच लिया कि अब वह उससे और अधिक छल नहीं करेगा।

"यह पैसा घुड़दौड़ में लगाई बोलियों का कर्ज उतारने के लिए नहीं चाहिए," उसने कहा।

"तब किसलिए चाहिए?" बाथशीबा ने पूछा। "तुम्हारी इन रहस्यमय देनदारियों से

मुझे बड़ी चिन्ता होती है, फ्रैंक।"

ट्राय हिचकिचाया। अब वह उससे इतना प्रेम नहीं करता था कि उसकी आदतों को बहुत ज्यादा बर्दाश्त करे। फिर भी मौके की नजाकत को देखकर नम्र होना जरूरी था। "इस तरह सन्देह की आदत से तुम मेरे साथ अन्याय करती हो," उसने कहा। "जैसा सख्त बर्ताव तुम मुझसे कर रही हो, वह इतनी जल्दी तुम्हें शोभा नहीं देता।"

"मेरे ख्याल से अगर मैं पैसे दे रही हूँ तो मुझे थोड़ा-बहुत टोका-टाकी करने का अधिकार है," उसने मुस्कुराने और चुमकारने के बीच का चेहरा बनाकर कहा।

"ठीक कहा, और टोका-टाकी हो जाने के बाद मेरे ख्याल से अब हमें आगे बढ़कर पैसे की बात पर आना चाहिए। बाथशीबा, हँसी-मजाक बहुत अच्छी बात है, लेकिन अति मत करो, नहीं तो किसी दिन तुम्हें पछताना पड़ जायगा।"

वह लाल हो गई। "वह तो मैं पहले ही कर रही हूँ" उसने तुरन्त कहा।

"किस बात का पछतावा है तुम्हें।"

"कि मेरे रोमांस का अन्त हो गया है।"

"विवाह के बाद सारे रोमांस का अन्त हो जाता है।"

"तुम इस तरह की बात न करते तो अच्छा था। मुझसे चालाकी दिखाकर तुम मेरा दिल दुखा देते हो।"

"तुम मुझसे काफी रुखाई से पेश आती हो। मुझे लगता है तुम मुझसे नफरत करती हो।"

"तुमसे नहीं—सिर्फ तुम्हारी कमियों से। मुझे वाकई उनसे नफरत है।"

"अगर तुम उन्हें सुधारने में अपने को लगाओ तो ज्यादा अच्छा रहेगा। चलो हम लोग बीस पौंड से हिसाब बराबर कर लें और दोस्ती कर लें।" बाथशीबा ने हार मानकर गहरी साँस ली।

"घर-खर्च के लिए यहाँ मेरे पास करीब-करीब इतना ही पैसा है। अगर तुम्हें लेना ही है तो इसे ले लो।"

"बहुत अच्छा। शुक्रिया। उम्मीद करता हूँ कि कल तुम्हारे नाश्ते के लिए घर आने से पहले मैं निकल जाऊँगा।"

"जाना जरूरी है? आह, एक समय था जब मुझे छोड़कर जाने के लिए तुम्हें हजार बार सोचना पड़ता था। तब तुम मुझे प्रियतमा कहा करते थे। लेकिन अब मेरे दिन कैसे गुजर रहे हैं, इससे तुम्हें क्या मतलब।"

"भावनाओं के बावजूद, जाना तो मुझे पड़ेगा ही," ट्राय ने यह कहते हुए अपनी घड़ी को देखा, और चोर की दाढ़ी में तिनकावाले सिद्धान्त से प्रेरित होकर, पीछे से इसका ढक्कन खोल दिया जिससे उसके भीतर काफी सुरक्षित ढंग से सजाकर रखी गई बालों की एक छोटी-सी लट दिख गई।

उसी समय संयोग से बाथशीबा की निगाहें उठ गईं, और उसने यह गतिविधि और

ये बाल देख लिए। दुख और आश्चर्य से वह लाल हो गई, और बिना सोचे-समझे उसके मुँह से कुछ शब्द निकल पड़े। "औरत के बालों की लट!" उसने कहा, "क्यों फ्रैंक, किसकी है ये?"

ट्राय ने तत्काल अपनी घड़ी को बन्द कर दिया था। उसने लापरवाही से जवाब दिया, इस तरह जैसे बालों की इस लट को देखकर उमड़ आई भावनाओं पर काबू पा रहा हो। "क्यों, तुम्हारे ही तो हैं। और किसके हो सकते है? मैं तो भूल ही गया था कि मेरे पास हैं ये।"

"कितना सफेद झूठ है, फ्रैंक।"

"मैं तुमसे कह रहा हूँ कि मैं इसे भूल गया था।" उसने जोर से कहा।

"ये मतलब नहीं है मेरा—ये बाल पीले थे।"

"क्या बकवास है।"

"यह मेरा अपमान है। मैं जानती हूँ कि ये पीले थे। अब मैं जानना चाहती हूँ—ये किसके थे?"

"अच्छी बात है—बता देता हूँ, हंगामा मत खड़ा करो। यह उस औरत के बाल हैं जिससे, तुमसे मिलने से पहले, मेरी शादी होनेवाली थी।"

"तो उसका नाम बताओ।"

"मैं ऐसा नहीं कर सकता।"

"क्या अब वह शादीशुदा है?"

"नहीं।"

"क्या वह जीवित है?"

"हाँ।"

"क्या वह सुन्दर है?"

"हाँ।"

"आश्चर्य है कि वह ऐसी भयानक बीमारी के होते हुए भी सुन्दर कैसे है।"

"बीमारी—कैसी बीमारी?" उसने तुरन्त पूछा।

"ऐसे भयानक रंग के बाल होने की बीमारी।"

"ओ-हो—ये हुई न बात!" ट्राय ने सँभलते हुए कहा। "अभी जल्दी ही उसने अपने बालों को खुला रखना शुरू किया है और तब से जिस किसी ने भी उसके बालों को देखा है, उनकी तारीफ की है। सुन्दर बाल हैं ये। लोग मुड़-मुड़ के देखते थे इनको, बेचारी लड़की।"

"हुँह। यह तो कुछ भी नहीं है।" बाथशीबा ने थोड़ा-सा चिढ़कर कहा। "अगर मैं तुम्हें वैसे ही प्यार करती जैसे पहले करती थी तो मैं कह सकती थी कि लोग मेरे बालों को देखने के लिए भी मुड़ जाया करते थे।"

"बाथशीबा, इतनी पागल और ईर्ष्यालु मत बनो। तुम्हें पता था कि शादी के बाद की

जिन्दगी कैसी होगी, और अगर तुम्हें इन अनिश्चितताओं से इतना डर था तो तुम्हें शादी करनी ही नहीं चाहिए थी।"

यहाँ तक आते-आते ट्राय ने उसके भीतर कड़वाहट भर दी थी; उसके दिल को चोट पहुँची, और उसकी आँखों की कोर गीली हो गई। चूँकि भावुकता का प्रदर्शन करते उसे शर्म आ रही थी, आखिरकार वह बिफर पड़ी, "तो मेरी सारी मोहब्बत का ये तोहफा मिल रहा है मुझे। आह, जब मैंने तुमसे शादी की तो तुम्हारी जिन्दगी मुझे अपने प्राणों से ज्यादा प्यारी थी। मैं तुम्हारे लिए अपनी जान देने को तैयार थी—किस तरह समझाऊँ कि मैं तुम्हारे लिए अपनी जान देने को तैयार थी। और अब तुम्हीं इस बात का ताना मार रहे हो कि मैंने तुमसे शादी करने की बेवकूफी की। क्या मेरे मुँह पर ही मेरी गलती का अहसास कराना भलमनसाहत है? मेरी अक्ल के बारे में तुम्हारे जो भी ख्यालात हों, अब जब मैं तुम्हारे शिकंजे में हूँ तो मुझे यह बात तुम्हें इतनी बेदर्दी से नहीं बतानी चाहिए।"

"मैं क्या करूँ जब घटनाएँ ही ऐसी घट रही हैं," ट्राय ने कहा। "कसम से, ये औरतों का चक्कर मेरी जान लेकर छोड़ेगा।"

"देखो, तुम्हें लोगों के बाल नहीं रखने चाहिए। जला दो इसे, जलाओगे न फ्रैंक?"

फ्रैंक कहता रहा जैसे उसने सुना ही न हो, "तुम्हारे प्रति मेरी भावना पैदा होने से पहले की भावनाएँ भी हैं—जिनकी भरपाई करनी है—ऐसे रिश्ते जिनके बारे में तुम्हें कुछ नहीं पता। अगर शादी करके तुम्हें पछतावा है, तो मुझे भी है।"

अब बाथशीबा ने काँपते हुए दीनता और मनुहार के मिश्रित स्वर में बात करते हुए उसकी बाँह पर अपना हाथ रख दिया, "मुझे तो सिर्फ इस बात का पछतावा है कि तुम मुझे उतना ही प्यार करते हो जितना दुनिया की किसी और औरत को। इसके अलावा मुझे कोई पछतावा नहीं है। तुम इसलिए तो पछतावा नहीं कर रहे कि तुम पहले से ही किसी को मुझसे ज्यादा चाहते रहे हो, नहीं न?"

"मुझे नहीं पता। तुम ऐसा क्यों कह रही हो?

"बालों की इस लट को तुम नहीं जलाओगे। तुम्हें इन सुन्दर बालोंवाली औरत पसन्द है; हाँ, ये सुन्दर हैं—मेरे अभागे काले बालों से ज्यादा सुन्दर। चलो, क्या कर सकते हैं। बदसूरत होने पर मेरा वश नहीं है। अगर तुम्हारी मर्जी है तो उसे ही जी-जान से चाहो।"

"आज दराज से बाहर निकालने से पहले, मैंने इन बालों को कई महीनों से नहीं देखा था। इस बात की तो मैं कसम खा सकता हूँ।"

"लेकिन अभी-अभी तुमने 'रिश्तों' की बात की। और फिर, वह औरत जिससे हम मिले।"

"उससे मिलकर ही तो मुझे इन बालों की याद आई।"

"तो ये उसी के हैं?"

"हाँ, अब जब तुमने मुझसे कबूल करा ही लिया है, तो उम्मीद है तुम्हें तसल्ली हो गई होगी।"

"और वे रिश्ते कौन से हैं?"

"अरे वो फालतू की बात है। सिर्फ एक मजाक।"

"सिर्फ एक मजाक।" उसने वेदना-मिश्रित आश्चर्य से कहा। "यहाँ मेरे प्राण सूख रहे हैं और तुम्हें मजाक सूझ रहा है। सही-सही बताओ फ्रैंक। तुम्हें पता है कि मैं बेवकूफ नहीं हूँ, हालाँकि मैं औरत हूँ और औरत की कमजोरियाँ भी हैं मुझमें। देखो, मुझसे ईमानदारी से पेश आओ," उसने ईमानदारी और निर्भीकता से उसके चेहरे में आँखें गड़ाते हुए कहा। "मुझे ज्यादा नहीं चाहिए; सिर्फ न्याय—बस। आह, कभी मैं सोचती थी कि जिसे अपना पति चुनूँगी, उसके प्यार में रंचमात्र की भी कमी बर्दाश्त नहीं कर पाऊँगी। अब मैं क्रूरता छोड़कर कुछ भी बर्दाश्त कर लूँगी। हाँ, पंछी की तरह आजाद और दिलेर बाथशीबा का आज ये हश्र हो गया है।"

"भगवान के लिए, इस तरह आसमान सर पे मत उठाओ," ट्राय ने उठकर कमरे से बाहर जाते हुए चिड़चिड़ाहट से कहा।

उसके जाते ही बाथशीबा की सिसकियाँ फूट पड़ीं—बिन आँसू की सूखी सिसकियाँ जिनकी तीव्रता आँसुओं के बाहर न निकलने से और भी बढ़ गई थी और जो हृदय को भीतर ही भीतर मथ रही थीं। लेकिन उसने दृढ़ निश्चय किया कि ऐसा कुछ भी नहीं करेगी जिससे भावुकता का प्रदर्शन हो। वह पराजित हो गई थी, लेकिन अपने जीते-जी वह इसको कबूल नहीं करेगी। यह दुखद तथ्य जानकर वाकई उसका स्वाभिमान आहत हुआ कि उसकी तुलना में एक अगम्भीर आदमी ने विवाह के नाम पर उससे छल किया था। वह पिंजरे में बन्द शेर की तरह व्यग्र इधर से उधर खीझती हुई टहलती रही, उसका रोम-रोम विद्रोह कर उठा, और चेहरा आरक्त हो गया। ट्राय से मिलने से पहले बाथशीबा को एक औरत के रूप में अपनी स्थिति पर नाज था; यह उसके लिए गौरव की बात थी कि पृथ्वी पर किसी आदमी के होठों ने उसके होठों का स्पर्श नहीं किया था, कि उसकी कमर को किसी प्रेमी ने कभी बाँहों के घेरे में नहीं लिया था। अब उसे अपने आप से नफरत थी। उन दिनों वह उन लड़कियों के प्रति मन में हिकारत का भाव रखती थी जो किसी भी ऐसे ठीक-ठाक दिखनेवाले आदमी को दिल देने के लिए बेचैन रहती हैं जो उन्हें थोड़ी-सी इज्जत बख्श दे। उसने सिद्धान्ततः विवाह के ख्याल को भी उतना अच्छा नहीं माना था जितना उसके इर्द-गिर्द की अधिकांश औरतें मानती थीं। प्रेमी के लिए अपनी चिन्ता के ऊहापोह में वह उससे शादी के लिए राजी हो गई थी लेकिन उसके लिए सबसे खुशी के इस अवसर से जो अनुभूति जुड़ी थी, वह उन्नति और सम्मान की नहीं बल्कि आत्म-बलिदान की थी। हालाँकि उस देवी का उसे शायद ही कोई ज्ञान रहा होगा, पर बाथशीबा अपनी मूलवृत्तियों के अनुसार देवी डायना की आराधक थी। अब ये बातें याद करते हुए उसे बड़ी पीड़ा होती थी कि उसने कभी भी गम्भीरतापूर्वक इशारों, शब्दों या हाव-भाव से किसी आदमी को अपने पास फटकने का न्यौता नहीं दिया था, कि उसने अपने को समर्थ समझा था, और अपने अल्हड़ हृदय की उन्मुक्तता में कल्पना कर रखी थी कि कुमारी के अस्तित्व की सहजता

को त्यागकर किसी नीरस पुरुष की विनीत अर्द्धांगिनी बनना एक हद तक पतन है। काश उसने इस तरह की गलती कभी न की होती, जो भले ही सम्मानजनक थी, और एक बार फिर वैसे ही खड़ी हो जाती जैसे वह नारकॉम्ब की पहाड़ी पर खड़ी हुई थी और ट्राय या किसी भी आदमी को ललकार देती कि हिम्मत हो तो उसके एक भी बाल को छूकर दिखाए।

अगले दिन सुबह वह रोज से जल्दी उठी, और रोज की तरह ही फार्म का चक्कर लगाने के लिए घोड़े को जीन कसकर तैयार कराया। जब वह रोजाना के नाश्ते के समय—साढ़े आठ बजे—घर में आई, तो उसे बताया गया कि उसके पति ने उठकर नाश्ता किया था और टमटम और पॉपेट के साथ कास्टरब्रिज चल दिया था।

नाश्ते के बाद वह शान्त और संयत हुई, और फार्म के उस चौथाई हिस्से के लिए टहलते हुए चल पड़ी, जिसे वह अभी भी अपने घरेलू कार्यों के साथ-साथ स्वयं ही देखती थी। इस बीच वह लगातार गैब्रिएल ओक के ख्यालों में डूबी रही, जिसके प्रति उसके मन में बहन जैसा मैत्री भाव आने लगा था। बेशक वह कभी-कभी अपने पुराने प्रेमी के रूप में उसके बारे में सोचती थी और क्षणभर के लिए कल्पना करने लगती थी कि उसके साथ एक पति के रूप में जीवन कैसा होता—ऐसी ही परिस्थितियों में वह बोल्डवुड के साथ भी जीवन की कल्पना कर डालती थी। लेकिन भावुक प्राणी होते हुए भी बाथशीबा व्यर्थ के स्वप्न देखने की आदी नहीं थी, और इस बारे में उसका चिन्तन बहुत सीमित होता था, और बस उन्हीं मौकों पर होता था जब ट्राय की उपेक्षा खुलकर सामने आ जाती थी।

उसने सड़क पर मि. बोल्डवुड जैसा कोई आदमी आते हुए देखा। यह मि. बोल्डवुड ही थे। बाथशीबा का चेहरा बुरी तरह लाल हो गया, और वह देखने लगी। बोल्डवुड अभी दूर ही थे कि उन्होंने गैब्रिएल ओक को हाथ उठाकर इशारा किया, जो खेत के दूसरी तरफ पगडंडी पर था। इसके बाद ये दोनों लोग एक-दूसरे के पास आए और ऐसा लगा कि वे गम्भीर बातचीत में व्यस्त हो गए हैं।

वे काफी देर तक बातचीत करते रहे। इसके बाद उनके पास से जोसेफ पुअरग्रास गुजरा जो पहाड़ी के ऊपर बाथशीबा के घर की तरफ सेब का ठेला धकेलता चला जा रहा था। बोल्डवुड और गैब्रिएल ने उसको आवाज दी, कुछ देर उससे बात की, और उसके बाद तीनों अपने-अपने रास्ते चले गए।

बाथशीबा को, जो इस मूक अभिनय को कुछ आश्चर्य के भाव से देख रही थी, बड़ी राहत महसूस हुई जब बोल्डवुड वापस मुड़ गए। "क्यों, क्या बात है जोसेफ?" उसने कहा।

जोसेफ ने अपना ठेला रोक दिया, और किसी महिला से बातचीत करने के लिए आवश्यक शिष्टाचार अपनाते हुए फाटक पर बाथशीबा से बोला।

"अब आप रॉबिन को कभी नहीं देख पाएँगी मैम, न जिन्दा न मुर्दा।"

"क्यों?"

"क्योंकि रैन-बसेरे में उसकी मौत हो गई है।"

"फैनी मर गई—नहीं-नहीं!"

"हाँ मैम।"

"कैसे मरी वह?"

"मुझे सही-सही नहीं पता, लेकिन मुझे लगता है कि कमजोरी से मौत हुई उसकी। जब मैं उसे जानता था, तब भी वह इतनी नाजुक औरत थी कि कोई कठिनाई सहन नहीं कर पाती थी और बताते हैं कि मोमबत्ती की तरह बुझ जाती थी। सुबह उसकी तबियत खराब हुई, और वह बिल्कुल कमजोर हो गई थी इसलिए शाम को उसकी मौत हो गई। कानूनन वह हमारे गाँव की है, और उसको यहाँ घर पर लाकर दफनाने के लिए आज दोपहर तीन बजे मि. बोल्डवुड एक वैगन भेजनेवाले हैं।"

"मि. बोल्डवुड को मैं ऐसा कुछ नहीं करने दूँगी—मैं यह काम खुद करूँगी। फैनी मेरे चाचा की नौकरानी थी, और वैसे तो उससे मेरा सिर्फ दो दिन का परिचय था, पर वह मेरी है। कितने दुख की बात है! जरा सोचो तो, फैनी एक रैन-बसेरे में..." बाथशीबा को अहसास होने लगा था कि दुख क्या चीज होती है, और उसने सच्ची भावना से कहा—"मि. बोल्डवुड के घर जाओ और कह दो कि परिवार की एक पुरानी नौकरानी को लाने की जिम्मेदारी मिसेज ट्राय खुद सँभालेंगी... हमें उसे वैगन में नहीं रखना चाहिए : हम शवयात्रा की गाड़ी का इन्तजाम करेंगे।"

"ज्यादा समय नहीं है मैडम, क्या इतना समय मिल पाएगा?"

"शायद नहीं," उसने सोच-विचार करते हुए कहा। "तुम कितने बजे दरवाजे पर पहुँचने के लिए कह रहे थे—तीन बजे?"

"आज दोपहर तीन बजे मैडम।"

"ठीक है—तुम साथ जाओ। कुल मिलाकर एक सुन्दर वैगन एक भद्दी मुर्दागाड़ी से बेहतर है। जोसेफ, नीले रंग और लाल पहियोंवाली स्प्रिंग वैगन लाओ, और इसको पूरी सफाई से धो डालो।—और, जोसेफ।"

"हाँ, मैम।"

"उसके ताबूत पर रखने के लिए अपने साथ कुछ सदाबहार पत्ते और फूल ले जाना—बल्कि ढेर सारे इकट्ठा कर लेना, और उसको इनसे पूरी तरह ढँक देना। लारस्टाइन की कुछ टहनियाँ और रंगबिरंगे फूल, और कुछ यू की पत्तियाँ ले लो, और हाँ, गुलदाउदी के कुछ गुच्छे भी। और उसे लाने के लिए प्लीजेंट को गाड़ी में जोतना क्योंकि वह उसे अच्छी तरह से जानती थी।"

"ऐसा ही करूँगा मैम। मेरे वापस आने पर हमारे कब्रिस्तान के फाटक पर नगरपालिका की तरफ से आए हुए चार मजदूर मिलेंगे मुझे, और उसे लेकर नगरपालिका के बोर्ड द्वारा निर्धारित रस्मों के अनुसार दफना देंगे।"

"हे भगवान—कास्टरब्रिज नगरपालिका—इस हाल में पहुँच गई फैनी।" बाथशीबा ने सोचते हुए कहा। "काश मुझे पहले पता चल पाया होता। मैं तो सोचती थी कि वह कहीं बहुत दूर है। वहाँ वह कब से थी?"

"एक-दो दिन से।"

"अरे—तो वहाँ वह लगातार नहीं रह रही थी?"

"नहीं। पहले वह वेसेक्स से आगे सेना के पड़ाववाले किसी शहर में रहने गई थी, और उसके बाद से वह कई महीनों से मेलचेस्टर में एक इज्जतदार विधवा के घर पर सिलाई का काम करके गुजारा चला रही थी। मेरा ख्याल है कि वह इस रैन-बसेरे में इतवार की सुबह ही पहुँची थी, और ऐसा लगता है कि मेलचेस्टर से पूरा रास्ता उसने घिसट-घिसटकर चलते हुए तय किया था। कह नहीं सकता कि उसने अपनी जगह क्यों छोड़ी, और झूठी बात मैं बताऊँगा नहीं। कुल मिलाकर यही पूरी कहानी का निचोड़ है, मैम।"

"ओह।"

मुँह से उच्छ्वास के साथ निकले इस शब्द के साथ ही इस युवा पत्नी के चेहरे के भावों में जितनी तेजी से परिवर्तन हुआ, उतनी तेजी से आज तक कभी कोई मणि भी नहीं चमकी थी। "क्या वह हमारी चुंगीवाली सड़क पर चलकर गई थी?" अचानक ही उसके स्वर में व्यग्रता और उत्सुकता आ गई।

"मेरे ख्याल से वह इसी सड़क से गई थी...मैडम, लिडी को बुला दूँ क्या, आपकी तबीयत तो ठीक है। आप तो लिली की तरह पीली और मुरझाई दिख रही हैं।"

"नहीं—उसे मत बुलाओ। कोई बात नहीं है। वेदरबरी से कब गुजरी वह?"

"पिछले शनिवार की रात।"

"ठीक है जोसेफ; अब तुम जाओ।"

"बिल्कुल मैम।"

"जोसेफ, जरा इधर आओ। फैनी रॉबिन के बालों का रंग कैसा था?"

"बात दरअसल ये है मालकिन, कि अब जब मुझसे यह बात इतनी गम्भीरता से पूछी जा रही है, तो मुझे याद नहीं आ रहा है, यकीन करिए।"

"कोई बात नहीं—जाओ और जैसा कहा है, वैसे ही करो। रुको—नहीं ठीक है, जाओ।"

बाथशीबा ने उसकी तरफ से मुँह फेर लिया जिससे कि सामनेवाले को उसकी मनःस्थिति का पता न चल जाए जिसके स्पष्ट संकेत उसके चेहरे से मिल रहे थे। वह मूर्च्छा तथा सिरदर्द के परेशान कर देनेवाले अहसास के साथ घर के भीतर चली गई। घंटेभर बाद उसने वैगन की आवाज सुनी और बाहर निकल गई, अभी भी उसे अपने चेहरे पर दिखती उलझन और हैरानी का दुखद अहसास था। अपना सबसे अच्छा सूट पहने जोसेफ चलने के लिए घोड़े को गाड़ी में जोत रहा था। बाथशीबा के निर्देशों के अनुसार ढेर सारी खुशबूदार पत्तियाँ और फूल वैगन में रख दिए गए थे। इस समय बाथशीबा का ध्यान इन पर नहीं गया।

"किसकी प्रेमिका बता रहे थे तुम, जोसेफ?"

"मुझे नहीं पता मैम।"

"क्या तुम्हें पूरा यकीन है?"

"हाँ मैम, पूरा यकीन।"

"किस बात का यकीन?"

"मुझे यकीन है कि मुझे बस इतना मालूम है कि वह सुबह पहुँची और शाम को बिना किसी बातचीत के मर गई। ओक और मि. बोल्डवुड ने मुझसे सिर्फ यही कुछ शब्द बोले थे। 'जोसेफ, फैनी रॉबिन नहीं रही,' गैब्रिएल ने अपने खास अन्दाज में मेरे चेहरे को देखते हुए कहा था। मुझे बड़ा दुख हुआ और मैंने कहा, 'ओह–और उसकी मौत कैसे हुई?' 'कास्टरब्रिज के रैन-बसेरे में उसकी मौत हुई,' उसने कहा था, 'और शायद यह बात उतनी जरूरी नहीं है कि उसकी मौत कैसे हुई। वह इतवार की सुबह-सुबह रैन-बसेरे में पहुँची और दोपहर बाद मर गई–इतना निश्चित है।' तब मैंने पूछा कि वह इस बीच क्या कर रही थी, और इसके बाद मि. बोल्डवुड घूमकर मेरी तरफ आए और अपनी छड़ी के दूसरे छोर से जमीन में आड़ी-तिरछी रेखाएँ बनाने लगे। उन्होंने मुझे उसके मेलचेस्टर में सिलाई का काम करके गुजारा करने के बारे में बताया, जैसा मैंने आपसे कहा था, और यह भी बताया कि वह वहाँ से पिछले हफ्ते के आखिर में चली थी, और शनिवार रात के अँधेरे में यहाँ से गुजरी थी। इसके बाद उन लोगों ने कहा कि मैं आपको उसकी मौत की जानकारी दे दूँ, और वे चले गए। आपको पता है मैम, कि उसकी मौत रात में हवा में रहने के चलते हो सकती है; क्योंकि लोग कहा करते थे कि वह बचेगी नहीं, जाड़े के समय में उसे बहुत ज्यादा खाँसी आती थी। पर अब इन बातों का क्या मतलब, जब सबकुछ खत्म हो गया।"

"क्या तुमने कोई और कहानी सुनी है?" बाथशीबा ने उसे इस तरह बेधती निगाहों से देखा कि उसकी आँखों में भय समा गया।

"एक शब्द भी नहीं मालकिन, मेरा विश्वास करिए।" उसने कहा। "गाँव में अभी शायद ही किसी को इसकी खबर है।"

"ताज्जुब है कि मेरे पास यह खबर गैब्रिएल खुद क्यों नहीं लाया। अकसर तो वह छोटी से छोटी खबर मेरे पास लेकर पहुँच जाता है।" ये शब्द सिर्फ बुदबुदाकर कहे गए, और उस समय वह जमीन पर निगाहें गड़ाए हुए थी।

"शायद वह व्यस्त था मैम," जोसेफ ने राय दी। "और ऐसा लगता है कि कभी-कभी उसे अपने उस गुजरे वक्त की याद सताने लगती है जब वह आज के मुकाबले खुशहाल था। वह दिलचस्प और बहुत समझदार गड़ेरिया है, और किताबी ज्ञान में भी माहिर है।"

"जब वह इस बारे में तुमसे बातें कर रहा था तो क्या उसके मन में कुछ और चल रहा था?"

"मैं तो कहूँगा कि ऐसा ही था मैम। वह बुरी तरह उदास था, और किसान बोल्डवुड भी।"

"शुक्रिया जोसेफ। ठीक है। अब जाओ, नहीं तो तुम्हें देर हो जाएगी।"

बाथशीबा के मन में अभी भी उदासी छाई हुई थी और वह फिर से घर में चली गई। दोपहर में उसने लिडी से कहा, जिसे इस घटना की जानकारी हो गई थी, "फैनी रॉबिन के बालों का क्या रंग था–पता है तुम्हें? मुझे तो याद नहीं है–मैंने उसे एक या दो दिन

ही देखा था।"

"वे हल्के रंग के थे मैडम—लेकिन वह इन्हें कसकर और अपनी टोपी के नीचे दबाकर रखती थी, जिससे ये मुश्किल से दिखाई पड़ते थे। लेकिन मैंने उसको सोते समय इन्हें खोलते देखा था, और तब ये वाकई खूबसूरत दिखते थे। एकदम सुनहले रंग के बाल।"

"उसका प्रेमी कोई सैनिक था, है न?"

"हाँ। मि. ट्राय के रेजीमेंट में ही। वो कहते हैं कि वो उसे अच्छी तरह से जानते थे।"

"क्या, मि. ट्राय ऐसा कहते हैं? उन्होंने ऐसा कब कहा?"

"एक दिन मैंने ऐसे ही बात छेड़ दी और उनसे पूछा कि क्या आप फैनी के प्रेमी को जानते हैं। उन्होंने कहा कि हाँ, वह उस प्रेमी को उतना ही जानते हैं जितना कि अपने आपको, और यह भी कहा कि रेजीमेंट में वह उससे ज्यादा किसी को पसन्द नहीं करते थे।"

"ओ-हो। ऐसा कहा उन्होंने।"

"हाँ, और उन्होंने कहा कि उस दूसरे नौजवान और उनके खुद के बीच बहुत ज्यादा समानता है, जिससे कई बार लोगों को उनके बारे में गलतफहमी हो जाती है—"

"लिडी, भगवान के लिए चुप हो जाओ!" बाथशीबा ने चिन्ता के अहसास से पैदा होनेवाले चिड़चिड़ेपन से कहा।

अध्याय 42

जोसेफ और उसका बोझ : 'बक्स हेड'

कास्टरब्रिज का रैन-बसेरा कोने के एक हिस्से को छोड़कर हर तरफ दीवार से घिरा था। यहाँ बाहर निकली हुई एक ऊँची ढलवाँ छत थी और यह बाहर से आइवी की लताओं से ढँकी हुई थी। इस ढलवाँ छत में न कोई रोशनदान था, न कोई चिमनी थी, न किसी तरह की साज-सज्जा थी, और न ही किसी प्रकार का कोई उभार था। दूर-दूर तक फैली घनी हरी पत्तियों के अलावा यहाँ सिर्फ एक छोटा-सा दरवाजा था।

दरवाजे की स्थिति विचित्र थी। इसकी चौखट जमीन से तीन-चार फुट ऊपर थी, और एकबारगी इस अप्रत्याशित ऊँचाई का कारण समझ में नहीं आता था, अगर ठीक नीचे घिसे हुए रास्ते को देखकर यह अन्दाज न लगा लिया जाए कि इस दरवाजे का प्रयोग सिर्फ बाहर खड़े किसी वाहन की ऊँचाई से वस्तुओं और व्यक्तियों को लाने-ले जाने के लिए किया जाता था। कुल मिलाकर ऐसा लगता था मानो यह दरवाजा प्रकारान्तर से अपने नर्कद्वार होने की घोषणा कर रहा है। चौखट की दरारों में बेरोकटोक उगे घास के

गुच्छों को देखकर जाहिर होता था कि दरवाजे से आवाजाही छठे-छमासे ही होती है।

जब साउथ स्ट्रीट के भिक्षुक-आवास की घड़ी की सुइयाँ तीन बजने में पाँच मिनट का समय दर्शा रही थीं, उस समय फूल-पत्तियों से लदी लाल पहियोंवाली एक नीली स्प्रिंग वैगन गली के छोर से गुजरी और इमारत के इस तरफ बढ़ी। अभी-अभी बजी घड़ी से संगीतात्मक ध्वनि निकल ही रही थी कि जोसेफ पुअरग्रास ने घंटी बजा दी, और उससे कहा गया कि वह अपनी वैगन को ढलवाँ छत के नीचे ऊँचे दरवाजे के सामने लगाए। इसके बाद दरवाजा खुला और देवदार की लकड़ी का बना एक सादा ताबूत धीरे से बाहर निकाला गया, और मोटा सूती कपड़ा पहने दो आदमियों ने इसे वाहन के बीचोबीच रख दिया।

इसके बाद उन आदमियों में से एक ऊपर चढ़कर इसके किनारे गया, अपनी जेब से चाक का एक टुकड़ा निकाला, और ढक्कन पर बड़े-बड़े अक्षरों में घसीटकर नाम और कुछ अन्य शब्द लिख दिए। (आजकल ये चीजें जरा ढंग से की जाती हैं, और एक तख्ती की व्यवस्था की जाती है।) उसने एक पुराने लेकिन ठीक-ठाक काले रंग के कपड़े से सबकुछ ढँक दिया, वैगन का पीछे का तख्ता वापस लगा दिया, इन आदमियों में से एक ने पुअरग्रास को पंजीकरण प्रमाणपत्र थमाया, और दोनों ने भीतर जाकर दरवाजे को बन्द कर लिया। फैनी से उनका थोड़े समय का सम्बन्ध हमेशा के लिए खत्म हो गया।

इसके बाद जोसेफ ने निर्देश के अनुसार फूलों को सजाया और फूलों के चारों ओर सदापर्णी की इस तरह सजावट कर दी कि वैगन में है क्या, इसका अन्दाजा लगाना मुश्किल हो गया। उसने अपना चाबुक फटकारा, और सुन्दर-सी यह शवयात्रा की गाड़ी रेंगती हुई पहाड़ी से नीचे सड़क पर वेदरबरी की तरफ चल पड़ी।

दिन का तीसरा पहर तेजी से गुजरा, और घोड़े के साथ-साथ चलते हुए दाहिनी तरफ समुद्र की ओर देखने पर पुअरग्रास को अजीबोगरीब बादल और उस स्थान के चारों ओर की ऊँची-ऊँची पहाड़ियों पर धुन्ध के छल्ले दिखे। ये बढ़ते ही गए, और धीरे-धीरे बीच में पड़नेवाली घाटियों के ऊपर और आसपास की दलदली भूमि और नदी के किनारों के मुरझाए नरकुलों के चारों ओर भी छा गए। इसके बाद उनकी आर्द्र और स्पंजी आकृतियाँ आकाश में संघनित हो गईं। यह पास के समुद्र के कारण वातावरण की नमी में अचानक हुई वृद्धि थी, और जब तक यह घोड़ा, आदमी और शव याल्बरी के बड़े जंगल में पहुँचे, किसी के अदृश्य हाथ से चुपचाप सम्पन्न इन गतिविधियों का असर उन तक पहुँचा, और वे पूरी तरह ढँक गए। यह पतझड़ के कुहासों की शुरुआत थी।

हवा यूँ थी मानो कोई आँख अचानक अन्धी हो गई हो। अपने भार के साथ यह वैगन अब कहीं साफ प्रकाश और कहीं धुँधलेपन से नहीं गुजर रही थी बल्कि पूरे रास्ते में एक समान पीलापन छाया हुआ था। हवा में किसी तरह की हलचल का अहसास नहीं होता था, न ही दोनों तरफ स्थित बीच वृक्ष, भोज वृक्ष और देवदार के पेड़ों की पत्तियों पर पानी की एक भी बूँद गिरी हुई दिखती थी। वृक्ष इस तरह एकाग्रतापूर्वक खड़े थे जैसे कि उन्हें इन्तजार हो कि कोई हवा का झोंका आकर उन्हें हिला जाए। हर तरफ एक चौंकानेवाली

चुप्पी पसरी हुई थी—इतनी सम्पूर्णता में कि वैगन के पहियों की चरमराहट भारी शोरगुल जैसी लगती थी और पत्तियों की ऐसी धीमी-धीमी खड़खड़ाहट की आवाजें बिल्कुल साफ सुनाई पड़ रही थीं जो अब तक सिर्फ रात में सुनाई पड़ती थीं।

याल्बरी की पहाड़ी के दूसरी तरफ उतरते हुए, और अभी पेड़ों के नीचे ही चलते हुए जोसेफ पुअरग्रास ने घूमकर लारस्टाइन के खिले हुए फूलों के बीच से धुँधले दिखाई देते अपने इस दुखद भार, और उसके बाद दाएँ-बाएँ ऊँची-ऊँची शाखाओं के बीच पसरे उस अथाह अन्धकार को देखा जो धुँधला, छायारहित और एकरस धूसर रंग में भुतहा लग रहा था। उसे और जो भी कुछ महसूस हुआ हो लेकिन खुशी का अहसास नहीं हुआ और उसकी इच्छा हुई कि उसके साथ कोई बच्चा या कम से कम कुत्ता ही होता। घोड़े को रोककर उसने अपने कान लगा दिए, आसपास कहीं से किसी के कदमों की या किसी गाड़ी की आहट नहीं सुनाई पड़ी और यह मौत जैसी चुप्पी तभी टूटी जब किसी पेड़ से गिरनेवाला कोई भारी-सा टुकड़ा सदापर्णी से होकर गुजरते हुए बेचारी फैनी की ताबूत पर खट से गिर पड़ा। पेड़ों की पत्तियाँ इस समय तक कोहरे से पूरी तरह भीग चुकी थीं और अब पहली बार इनसे छलककर पानी की बूँदें नीचे गिरीं। इनके गिरने की खोखली आवाज ने वैगनचालक को दुखद रूप से ईश्वर की याद दिला दी। इसके बाद एक-एक करके दूसरी-तीसरी बूँदें तेजी से नीचे आईं। इस समय सूखी पत्तियों, सड़क और राहगीर पर ये भारी बूँदें टप-टप की आवाज सहित अनवरत गिर रही थीं। नीची टहनियों पर जमी बूँदें किसी वृद्ध के सफेद बालों जैसी थीं, और बीच के वृक्षों की ललछौंह पत्तियों पर यही बूँदें सुनहरे भूरे बालों पर मोतियों की तरह लग रही थीं।

इस जंगल को पार करते ही सड़क किनारे स्थित राय-टाउन नामक एक छोटे-से गाँव में पुरानी 'बक्स हेड' नाम की सराय थी। वेदरबरी से यह करीब डेढ़ मील की दूरी पर थी, और पुराने जमाने में जब बग्घियाँ चलती थीं तो तमाम बग्घीवाले यहीं अपने घोड़ों को ठहराते थे और तरो-ताजा घोड़ों को लेकर आगे की यात्रा पर जाते थे। अस्तबल का वह पुराना हिस्सा अब ढहा दिया गया था, और सराय के आसपास ज्यादा कुछ नहीं रह गया था। सराय सड़क से थोड़ा पीछे हटकर स्थित थी और रास्ते के दूसरी तरफ देवदार के एक पेड़ की सीधी टहनी से लटकते हुए एक निशान से इस राजमार्ग पर दूर-दूर तक लोगों को अपने अस्तित्व की जानकारी देती थी। पिछले कुछ वर्षों में यह सबकुछ लुप्त हो गया है।

जिन्हें पर्यटक कहा जा सके, ऐसे लोग तो अभी यहाँ मुश्किल से आते थे लेकिन जब कभी यहाँ से गुजरते यात्रियों की निगाह इस साइनबोर्डवाले वृक्ष पर पड़ती थी तो वे कहते थे कि इस तरह का साइनबोर्ड बनाने का शौक कलाकारों को जरूर होता है, लेकिन रोजमर्रा की जिन्दगी में ऐसी सम्पूर्ण कलाकृति का उदाहरण उन्हें कभी नहीं मिला। इसी पेड़ के पास वह वैगन खड़ी थी जिसमें वेदरबरी की अपनी पहली यात्रा के दौरान ओक छुपकर घुसा था, लेकिन अँधेरे के कारण यह साइनबोर्ड और सराय दिखाई नहीं पड़े थे।

इस सराय के तौर-तरीके पुराने समय से चले आ रहे थे। दरअसल यहाँ बहुधा

आनेवालों के दिमाग में ये स्थायी फार्मूले की तरह बैठ गए थे : जैसे—

"और शराब चाहिए तो अपने प्याले की पेंदी से ठकठक करो।"

"तम्बाकू के लिए चिल्लाओ।"

"खाना परोसनेवाली लड़की को बुलाने के लिए कहो 'छोकरी!' "

"सराय की मालकिन के लिए, 'बुढ़िया!' वगैरह-वगैरह।"

यह चिर-परिचित साइनबोर्ड देखकर जोसेफ को बड़ी तसल्ली हुई, और ठीक उसके नीचे अपने घोड़े को रोककर, वह बहुत दिनों की अपनी इच्छा पूरी करने चल पड़ा। उसका मन ललक रहा था। घोड़े का रुख उसने हरे-भरे किनारे की तरफ किया, और एक मग माल्ट की शराब के लिए सराय में जा पहुँचा।

बाहर की सड़क से एक सीढ़ी नीचे गलियारा था, उससे एक सीढ़ी और उतरने पर रसोई का फर्श था और अन्दर जाते ही जोसेफ को ताम्रवर्णी कटोरों की तरह मि. जान कोग्गन और मि. मार्क क्लार्क के चेहरे दिखे तो उसकी खुशी का ठिकाना न रहा। पास-पड़ोस के इज्जतदार लोगों में सर्वाधिक काबिले-तारीफ आहार-नली रखनेवाले ये दोनों इस समय तीन टाँगोंवाली गोल मेज पर आमने-सामने बैठे थे, जिसके चारों ओर लोहे का घेरा था जिससे कि अचानक कुहनियों का धक्का लगने से प्यालियाँ और बर्तन नीचे न गिरें। ऐसा कहा जा सकता था कि उनके चेहरे धरती के आर-पार एक साथ चमकते अस्त होते हुए सूरज और पूरे चाँद की तरह लग रहे थे।

"अरे, ये तो पड़ोसी पुअरग्रास है!" मार्क क्लार्क ने कहा। "मैं पक्के तौर पर कह सकता हूँ कि तुम्हारा चेहरा तुम्हारी मालकिन की रसोई की तारीफ नहीं कर रहा है, जोसेफ।"

"पिछले चार मील से मेरा समय एक बहुत मनहूस साथी के साथ गुजरा है," जोसेफ ने अपनी विवशता पर क्षुब्ध होते हुए कहा। "और सच्चाई ये है कि इसका असर मुझ पर पड़ने लगा था। मैं तुमसे सच कहता हूँ कि आज सुबह नाश्ते के बाद से अनाज का दर्शन तक नहीं किया है मैंने, और सुबह भी खेत में चार बूँद ओस चाटकर चल दिया था।"

"तो पियो जोसेफ, जी भर के पियो!" कोग्गन ने उसे तीन-चौथाई भरा हुआ एक घेरेदार मग पकड़ाते हुए कहा।

काफी देर तक, और उसके बाद थोड़ी और देर तक पीने के बाद जोसेफ ने मग को नीचे रखते हुए कहा, "मजा आ गया—बहुत मजा आया, और मेरी मनहूस यात्रा के लिए बहुत है ये।"

"सही कहा, पीने से बड़ी तसल्ली मिलती है," जान ने इस तरह कहा जैसे वह इतने चिरपरिचित सत्य को दुहरा रहा हो कि जुबान से निकलते शब्दों पर ध्यान देने की उसे कोई जरूरत ही न हो। फिर वह कप को ऊपर उठाते हुए आँखें बन्द करके सिर को धीरे-धीरे पीछे झुकाता चला गया कि आसपास के अप्रासंगिक परिवेश के चक्कर में उसकी प्यासी आत्मा क्षणमात्र के लिए भी इस सुख से वंचित न रह जाए।

"अच्छा, अब मुझे चलना चाहिए।" पुअरग्रास ने कहा। "ऐसा नहीं है कि मेरी तुम्हारे

साथ थोड़ी और पीने की इच्छा नहीं है; लेकिन अगर मुझे यहाँ देख लिया गया तो गाँववालों का मुझ पर से विश्वास उठ जाएगा।"

"तो आज किधर के लिए निकले हो, जोसेफ?"

"वापस वेदरबरी के लिए। मेरे साथ बाहर वैगन में बेचारी फैनी रॉबिन है, और मुझे उसके साथ कब्रिस्तान के फाटक पर पौने पाँच बजे पहुँचना है।"

"हाँ—इस बारे में मैंने भी सुना है। आखिर गाँव की पंचायत में उसका मामला उलझ ही गया, और एक शिलिंग और कब्र के लिए आधा क्राउन देने को कोई राजी नहीं है।"

"पंचायत कब्र का आधा क्राउन देती है, लेकिन घंटी बजाने का एक शिलिंग नहीं देती, क्योंकि घंटी तो बेकार का तामझाम है। लेकिन कब्र के बिना तो काम ही नहीं चलेगा, बेचारी लाश। फिर भी मुझे उम्मीद है कि हमारी मालकिन सारा खर्च उठा लेंगी।"

"इससे नेक मालकिन मैंने देखी नहीं। लेकिन तुम्हें क्या जल्दी है, जोसेफ। वह बेचारी औरत तो मर ही चुकी है, और तुम उसे जिन्दा तो कर नहीं सकते, तो क्यों न आराम से बैठकर हमारे साथ एक बार और पी लो।"

"मुझे तुम्हारे साथ सिर्फ दो घूँट और पी लेने में कोई एतराज नहीं है, दोस्तो। लेकिन बस कुछ ही मिनट और रुक पाऊँगा।"

"दो घूँट तो तुम्हें पीनी ही पड़ेगी। उसके बाद मर्द की मर्दानगी दुगुनी हो जाती है। ऐसी गर्मी और शान आ जाती है, और काम को दौड़-दौड़कर करने का मन होता है, और सबकुछ ढंग से चलता रहता है। शराब की अति बुरी होती है, और हमें नाकारा बना देती है, लेकिन तमाम लोगों में शराब का लुत्फ उठाने का चाव ही नहीं होता, और चूँकि हमें यह वरदान मिला हुआ है तो हमें इसका पूरा-पूरा लाभ उठाना चाहिए।"

"सही कहा," मार्क क्लार्क ने कहा। "यह ऐसी खासियत है जो ईश्वर ने हमें वरदान में दी है, और हमें इसकी तौहीन नहीं करनी चाहिए। लेकिन पादरियों और धर्मगुरुओं और स्कूल मास्टरों और गम्भीर चाय पार्टियों को क्या कहें जिनके नाते वे मस्तीभरे पुराने दिन अब नहीं रहे।"

"अच्छा अब मुझे वाकई चलना चाहिए," जोसेफ ने कहा।

"देखो जोसेफ; बेवकूफ कहीं के! औरत बेचारी मर ही गई है, है न, और तुम्हें किस बात की जल्दी है।"

"अच्छा, उम्मीद करता हूँ कि ऊपरवाला मेरी हरकतों पर नाराज नहीं होगा," जोसेफ ने दुबारा बैठते हुए कहा। "इस बीच मैं कुछ कमजोरीभरे लम्हों से गुजरा हूँ, ये सच है। इसी महीने एक बार पहले भी मैं नशे में धुत्त हो चुका हूँ, और इतवार को मैं चर्च नहीं गया था, और कल ही मेरे मुँह से एक-दो गालियाँ निकल गई थीं। परलोक का भी ध्यान रखना है, और लापरवाही से उसे बिगाड़ना नहीं है।"

"तुम तो चैपेल के सदस्य लगते हो, जोसेफ। मुझे ऐसा लगता है।"

"अरे नहीं, नहीं। मैं इतनी दूर नहीं गया हूँ।"

"जहाँ तक मेरी बात है," कोग्गन ने कहा, "मैं तो चर्च ऑफ इंग्लैंड का पक्का माननेवाला हूँ।"

"हाँ, और विश्वास करो, मैं भी वही हूँ," मार्क क्लार्क ने कहा।

"मैं अपने लिए ज्यादा नहीं बोलूँगा, मैं बोलना नहीं चाहता," कोग्गन ने सिद्धान्तों की बात करनी शुरू कर दी जो शराब के असर की खास पहचान होती है। "लेकिन मैंने आज तक एक बार भी अपना सम्प्रदाय नहीं बदला : मैं जिस धर्म में पैदा हुआ, उसी से पलस्तर की तरह चिपका हुआ हूँ। हाँ, चर्च के बारे में कहा जाता है कि कोई आदमी चर्च से वास्ता रखते हुए भी पहले की तरह ही पीने-खाने की खुली छूट ले सकता है, और उसे धर्म को लेकर चिन्तित होने की बिल्कुल जरूरत नहीं है। लेकिन चैपेल के सदस्य को आँधी-पानी-तूफान में भी चैपेल जाना पड़ता है, और पूरी तन्मयता से पूजा करनी पड़ती है। लेकिन ये चैपेल के सदस्य अपने हिसाब से कम चालाक नहीं होते। वे अपने परिवार के बारे में और अखबारों में छपी तबाही की खबरों के आधार पर अपने दिमाग से बड़ी सुन्दर प्रार्थनाएँ गढ़ लेते हैं।"

"गढ़ लेते हैं—गढ़ लेते हैं," मार्क क्लार्क ने कहा; "लेकिन हम चर्चवालों को ये पहले से छपी-छपाई मिलनी चाहिए, नहीं तो हमें दुधमुँहे बच्चे की तरह पता ही न चले कि सबके मालिक ऊपरवाले के लिए हम प्रार्थना में क्या कहें।"

"चैपेलवालों की ऊपरवाले से हमसे ज्यादा जान-पहचान है" जोसेफ ने विचारपूर्वक कहा।

"हाँ," कोग्गन ने कहा। "हमें अच्छी तरह पता है कि अगर कभी कोई स्वर्ग जाएगा, तो वे लोग ही जाएँगे। उन्होंने इसके लिए कड़ी मेहनत की है, और वे इसके हकदार हैं। मैं इतना बुद्धू नहीं हूँ कि मुझे यह भी पता न हो कि हम चर्चवालों को उतना मौका नहीं है, क्योंकि हमें पता है कि हमें उतना मौका नहीं है। लेकिन मुझे ऐसे आदमी से नफरत है जो स्वर्ग जाने के लालच में अपनी पुरानी सोच बदल ले। तुम्हें कुछ मिलता देखकर मैं अपना पाला नहीं बदल लूँगा। दोस्तो, जब मेरे एक-एक आलू को पाला मार गया तो पादरी थर्डली ने ही बीज के लिए एक बोरी आलू दिया था मुझे, जबकि यह उसके अपने इस्तेमाल के लिए बमुश्किल बचा था और खरीदने के लिए उसके पास पैसा भी नहीं था। अगर वह न होता तो बगीचे में बुवाई के लिए एक आलू न होता मेरे पास। क्या तुम सोचते हो कि इसके बाद भी बदल जाऊँगा मैं? नहीं, मैं अपने पक्ष में ही बना रहूँगा, और अगर हमारा पक्ष गलत है तो होने दो : पतितों के साथ ही मेरा भी पतन होगा।"

"क्या खूब कहा—क्या खूब कहा," जोसेफ ने कहा। "फिर भी, दोस्तो, अब मुझे चल देना चाहिए। मुझे जरूर चल देना चाहिए। पादरी थर्डली कब्रिस्तान के फाटक पर इन्तजार कर रहे होंगे, और बाहर वैगन में वह औरत पड़ी हुई है।"

"जोसेफ पुअरग्रास, इतने परेशान न होओ। पादरी थर्डली बुरा नहीं मानेंगे। वह खुले दिल के आदमी हैं; वर्षों तक उन्होंने मुझे रास्तों पर नशे में धुत्त पाया है, और अपनी

लम्बी और उदास जिन्दगी में मैंने पिया भी खूब है, लेकिन वह तिरस्कार करके बोलनेवाले आदमी नहीं हैं। बैठ जाओ।"

जोसेफ पुअरग्रास को जितनी देर होती गई, उतना ही उसकी आत्मा पर उसे सौंपे गए आज दोपहर के कर्तव्यों का बोझ कम होता गया। समय गुजरने का पता ही नहीं चला, शाम का अँधेरा गहराने लगा, और तीनों की आँखें अन्धकार में जुगनुओं जैसी दिखने लगीं। कोग्गन की जेब में उसकी घड़ी ने अपने चिरपरिचित लेकिन संक्षिप्त सुर में छह बजाए।

उसी समय दरवाजे पर तेज कदमों से किसी के आने की आहट सुनाई पड़ी, और दरवाजा खुलने पर गैब्रिएल ओक भीतर घुसा जिसके पीछे-पीछे सराय की नौकरानी मोमबत्ती लिए चल रही थी। उसने बैठनेवालों में एक के लम्बे और दो के गोल चेहरों पर कड़ी निगाह डाली जिनमें से एक ने मुँह लटकाकर और दो ने गर्म तवों जैसी मुखमुद्रा के साथ उसका सामना किया। जोसेफ पुअरग्रास आँखें मींचता हुआ कई इंच पीछे हट गया।

"भगवान कसम, मैं तुम्हारे ऊपर शर्मिन्दा हूँ, यह शर्म की बात है, जोसेफ, शर्म की।" गैब्रिएल ने गुस्से से कहा। "कोग्गन, तुम तो बड़े मर्द बनते हो और यही तुम्हारा शऊर है।"

कोग्गन ने अनिश्चयपूर्वक ओक को देखा, बीच-बीच में उसकी कोई न कोई आँख अपने आप खुलती-बन्द होती रही जैसे कि यह शरीर का हिस्सा न होकर कोई अलग ही अलसाया हुआ हिस्सा हो।

"इस तरह गुस्सा मत करो, गैब्रिएल!" मार्क क्लार्क ने मोमबत्ती की तरफ बरजनेवाली नजरों से देखते हुए कहा जैसे वहाँ उसे कुछ खास दिलचस्पी की चीज नजर आ रही हो।

"एक मुर्दा औरत का कोई कुछ नहीं बिगाड़ सकता," आखिरकार कोग्गन ने मशीनी अन्दाज में कहा। "उसके लिए जो भी किया जा सकता था, किया गया है—वह हमारी पहुँच से परे है; और कोई आदमी मिट्टी के उस बेजान टुकड़े के लिए हड़बड़ी क्यों मचाए जो न तो कुछ अहसास कर सकता है, न कुछ देख सकता है, और पता नहीं तुम्हें उसका क्या करना है? अगर वह जिन्दा होती तो सबसे पहले मैं उसकी मदद करता। अगर उसे खाने-पीने के सामान की जरूरत होती तो मैं पैसे देता, पैसे की ऐसी-तैसी। लेकिन वह मर चुकी है, और हमारे भागने-दौड़ने से जिन्दा नहीं होनेवाली। यह औरत हमारे हाथ से निकल चुकी है—उसके ऊपर समय लगाना समय को बर्बाद करना है; जिस चीज की जरूरत नहीं है, उसके लिए भागदौड़ क्यों करें? पियो, गैब्रिएल, और मस्त रहो, क्योंकि कल हमारा भी यही हश्र होना है।"

"यही हश्र होना है," मार्क क्लार्क ने जोर देकर कहा और इस हश्र के चलते कोई मौका खोने का खतरा न मोल लेते हुए उसने तुरन्त घूँट भर लिया। इस बीच जान भविष्य सम्बन्धी अपने विचारों को एक गीत में पिरोने लगा :

कल है जो आनेवाला, कल है जो आनेवाला
चैन है लानेवाला, सुकून है लानेवाला
आज मन भर के जी लूँ

बाँटकर प्याला पी लूँ
कल की कल ही देखूँगा
आज क्यों नाहक सोचूँ
कल है जो आनेवाला, कल है जो–आने–

"अपना भोंपू बजाना बन्द करो, जान।" ओक ने कहा, और पुअरग्रास की ओर मुड़ा, "जहाँ तक तुम्हारी बात है जोसेफ, तुम्हारी हरकतें घिनौनी हैं, अपनी औकातभर पी रखी है तुमने।"

"नहीं, गैब्रिएल ओक, नहीं। बात तो सुनो, गैब्रिएल। मामला ये है कि मेरी आँखों में एक ही चीज कई-कई दिखाई पड़ने की बीमारी है, और इसीलिए मैं तुम्हें दो दिखाई पड़ रहा हूँ–मेरा मतलब, तुम मुझे दो दिखाई पड़ रहे हो।"

"एक ही चीज को कई-कई दिखानेवाली आँख बड़ी बुरी चीज है," मार्क क्लार्क ने कहा।

"मेरे साथ हमेशा ऐसा होता है जब मैं किसी ठेके पर कुछ देर बैठ जाता हूँ," जोसेफ ने लाचारी से कहा। "हाँ, मुझे हर चीज दो दिखाई पड़ती है, जैसे कि मैं राजा नूह के समय में रहनेवाली कोई पवित्र आत्मा हूँ और बड़ी जलनौका में प्रवेश कर रहा हूँ...ह-ह-ह हाँ," उसने आँसू बहाते हुए कहा, "मुझे इंग्लैंड की बड़ी फिक्र है; कायदे से मुझे, अन्य त्यागी जनों की तरह, सृष्टि के प्रारम्भ में रहना चाहिए था, और तब मुझे इस तरीके से पि-पि-पियक्कड़ नहीं कहा जाता।"

"काश, तुम अपने को हिम्मती आदमी साबित करते और यहाँ रोते-धोते नहीं बैठे रहते।"

"हिम्मती आदमी साबित करता?...अच्छा, पियक्कड़ नाम को मैं सिर झुकाकर कबूल करता हूँ–मैं कमजोर हूँ–होने दो। मुझे पता है कि मैं कुछ भी करने से पहले 'भगवान कसम' बोलता हूँ, सुबह बिस्तर से उठने से लेकर वापस बिस्तर पर जाने तक, और इस पवित्र कार्य में मेरी जितनी भी हँसी हो, सहने के लिए तैयार हूँ। हाँ।...लेकिन हिम्मती आदमी नहीं हूँ? क्या कभी मैंने किसी को अपने पर उँगली उठाने का मौका दिया? मैं पूछता हूँ कि ऐसा हुआ?"

"हम नहीं कह सकते कि ऐसा हुआ, हीरो पुअरग्रास," जान ने मान लिया।

"मैंने ऐसा बर्ताव कभी चुपचाप सहन नहीं किया। फिर भी इतना बड़ा सबूत होने के बावजूद गैब्रिएल का कहना है कि मैं हिम्मती नहीं हूँ। चलो, छोड़ो इसे; मौत ही सच्ची हितैषी है।"

गैब्रिएल ने जब यह देखा कि उन तीनों में से कोई भी शेष यात्रा के लिए वैगन को सँभालने की स्थिति में नहीं है तो उसने कोई जवाब नहीं दिया, बल्कि बाहर निकलकर दरवाजे को फिर से बन्द करता हुआ गाड़ी के पास आ गया, जो अब कोहरे और अँधेरे में धुँधली दिख रही थी। उसने घोड़े को उधर से खींचा जहाँ वह घास चरने में लगा था, फूल-पत्तियों

को ताबूत पर फिर से व्यवस्थित किया, और रात के अँधेरे को चीरता आगे बढ़ गया।

गाँव में धीरे-धीरे अफवाह फैल गई थी कि आज जिस शव को लाकर दफनाया जाना है, वह अभागी फैनी रॉबिन के अन्तिम अवशेष हैं जो कास्टरब्रिज से मेलचेस्टर और फिर उसके आगे तक 11वीं ड्रैगून गार्ड्स के पीछे भटकती रही थी। लेकिन जिस प्रेमी का वह पीछा करती रही थी, बोल्डवुड की चुप्पी और ओक की उदारता के कारण ट्राय के रूप में उसकी पहचान नहीं हो पाई। गैब्रिएल का विचार था कि किसी भी हाल में मामले की पूरी सच्चाई तभी सामने आनी चाहिए जब फैनी को दफनाये कुछ दिन बीत जाएँ जिससे कि बाथशीबा को अभी तुरन्त सच्चाई जानने और तीखी टिप्पणियों के उस दंश से छुटकारा मिल जाए जो कालान्तर में कुछ हल्का हो जाएगा।

जिस समय गैब्रिएल अपने चर्च के रास्ते में पड़नेवाले बाथशीबा के निवास, उसकी पुरानी हवेली तक पहुँचा, काफी अँधेरा हो गया था। फाटक से एक आदमी आया और हवा में उड़ाए गए आटे की तरह पसरे कुहरे के बीच से बोला :

"क्या तुम लाश लेकर आ गए पुअरग्रास?"

गैब्रिएल ने पहचान लिया कि यह पादरी की आवाज थी।

"लाश आ गई है, सर," गैब्रिएल ने कहा।

"अभी-अभी मैं मिसेज ट्राय से पूछने आया था कि देरी की क्या वजह है। मेरे विचार से अब सही ढंग से अन्तिम संस्कार करने के लिए समय नहीं रह गया है। क्या तुम्हारे पास रजिस्ट्रार का प्रमाणपत्र है?"

"नहीं," गैब्रिएल ने कहा। "मुझे उम्मीद है कि पुअरग्रास के पास होगा; और वह 'बक्स हेड' में बैठा है। मैं उससे यह माँगना भूल गया।"

"तब तो तय ही हो गया। हम कल सुबह तक के लिए अन्तिम संस्कार टाल देंगे। शव को चर्च में पहुँचाया जा सकता है, या इसे यहीं फार्म पर छोड़ दिया जाए और सुबह ताबूत उठानेवाले इसे ले आएँगे। उन्होंने घंटाभर इन्तजार किया और अब घर चले गए हैं।"

कुछ वजहों से दूसरी योजना पर गैब्रिएल को भारी आपत्ति थी, हालाँकि बाथशीबा के चाचा के समय में फैनी कई साल तक इसी फार्म-हाउस में रही थी। उसकी आँखों के सामने उन तमाम आकस्मिक स्थितियों के दृश्य तैर गए जो इस देरी से पैदा हो सकती थीं। लेकिन उसकी इच्छा कानून नहीं थी, और वह इस विषय पर मालकिन की राय के लिए घर के भीतर गया। वहाँ बाथशीबा को उसने बड़ी अस्वाभाविक मनःस्थिति में पाया; गैब्रिएल की तरफ देखती उसकी आँखों में सन्देह का भाव था, और वह पहले के किसी विचार से परेशान थी। अभी ट्राय लौटा नहीं था। पहले तो बाथशीबा ने उसके इस प्रस्ताव पर उदासीन भाव से सहमति में सिर हिला दिया कि वे लोग इस भार को तुरन्त चर्च पहुँचा दें; लेकिन उसके तुरन्त बाद गैब्रिएल के पीछे-पीछे फाटक तक आते हुए, फैनी के प्रति एकदम ही उसकी चिन्ता जाग उठी, और उसने लड़की को घर में लाने की इच्छा जाहिर की। ओक ने समझाया

कि अभी उसे वैगन में ही छोड़ देने में सुविधा होगी, सिर्फ गाड़ी को धकेलकर सुबह तक के लिए गाड़ी-घर में कर दिया जाए। लेकिन कोई फायदा नहीं हुआ। "यह हृदयहीनता है और ईसाइयत के खिलाफ है," बाथशीबा ने कहा, "कि उस बेचारी को पूरी रात गाड़ी-घर में छोड़ दिया जाए।"

"तो ठीक है," पादरी ने कहा। "मैं कल तड़के ही अन्तिम संस्कार करने की व्यवस्था कर लूँगा। शायद मिसेज ट्राय का ये सोचना सही है कि हमें अपनी ही एक मृत बहन से इतनी बेरहमी का बर्ताव नहीं करना चाहिए। हमें याद रखना चाहिए कि अपना घर छोड़कर उसने भारी गलती की, फिर भी वह हमारी बहन है; और ऐसा मानना चाहिए कि उस पर ईश्वर की असीम अनुकम्पा है, और वह ईसाई समाज का एक अंग है।"

पादरी के शब्द भारी हवा में दुखद लेकिन अविकल लय से गूँजे, और गैब्रिएल की आँख से आँसू की एक बूँद टपकी जो उसके सच्चे अहसास से पैदा हुई थी। बाथशीबा अविचलित दिखाई पड़ी। इसके बाद मि. थर्डली इन लोगों को छोड़कर चल दिए, और गैब्रिएल ने लालटेन जला ली। सहायता के लिए तीन और लोगों को बुलाकर लाने के बाद वे लोग इस बेजान शरीर को उठाकर दरवाजे के भीतर लाए और बाथशीबा के निर्देशानुसार हाल के सामने एक छोटी-सी बैठक के बीचोबीच दो बेंचों पर ताबूत को रख दिया।

इसके बाद गैब्रिएल ओक को छोड़कर हर कोई कमरे से बाहर चला गया। वह ताबूत के आसपास यूँ ही खड़ा रहा। ट्राय की पत्नी के सन्दर्भ में परिस्थितियों के नाटकीय मोड़ और उन्हें विफल करने में अपनी असमर्थता पर उसे गहरा दुख था। इस शव को दफनाने को लेकर उसकी सबसे बुरी आशंका दिनभर की उसकी पूरी मशक्कत के बावजूद अब सच हो गई थी। ओक ने कल्पना कर ली कि आज दोपहर की गलती के परिणामस्वरूप जिस भयावह सत्य से पर्दा उठनेवाला है, उसकी मनहूस काली छाया से बाथशीबा की जिन्दगी आनेवाले कई सालों तक मुक्त नहीं हो पाएगी, और इससे पूरी तरह से मुक्ति तो शायद ही कभी मिल पाएगी।

अचानक, बाथशीबा को तत्काल वेदना से बचाने की अन्तिम कोशिश के रूप में, उसने एक बार फिर ताबूत के ढक्कन पर चाक से लिखे हुए शब्दों को देखा। घसीटकर लिखे गए शब्द थे, "फैनी रॉबिन और बच्चा।" गैब्रिएल ने अपना रूमाल निकाला और सावधानी से बाद के दो शब्दों को रगड़कर मिटा दिया, जिससे अब सिर्फ 'फैनी रॉबिन' लिखा हुआ दिख रहा था। इसके बाद वह कमरे से चला गया, और चुपचाप आगे के दरवाजे से बाहर निकल गया।

अध्याय 43

फैनी का प्रतिशोध

"आपको मेरी और जरूरत तो नहीं है, मैडम?" उसी शाम बाद में, दरवाजे के पास हाथ में मोमबत्ती लिए खड़ी लिडी ने बाथशीबा से पूछा, जो इस मौसम में पहली बार जलाई गई आग के पास उदास और अकेली बैठी थी।

"आज रात नहीं, लिडी।"

"अगर आप चाहें तो मैं मालिक का इन्तजार करने के लिए बैठ जाऊँगी। फैनी से मुझे कोई डर नहीं है, अगर मैं अपने कमरे में बैठूँ और मोमबत्ती मेरे पास हो। वह इतनी बच्चे जैसी और डरपोक थी कि अगर उसकी आत्मा चाहे भी तो किसी पर आ नहीं सकती, मुझे पक्का भरोसा है।"

"अरे नहीं, नहीं। तुम जाकर सो जाओ। बारह बजे तक मैं खुद उनका इन्तजार करूँगी, और अगर वह तब तक नहीं आए तो मैं भी उनका इन्तजार करना छोड़कर सो जाऊँगी।"

"अभी साढ़े दस हुए हैं।"

"अच्छा। फैनी का तपेदिक बहुत ज्यादा बढ़ गया था?

"ज्यादा तो नहीं—लेकिन था।"

"वह करीब आठ महीने हमसे दूर रही। क्या उसके जाने से पहले किसी ने भी कहा था कि वह बारह महीने भी नहीं जिएगी?"

"मैंने किसी को ऐसा कहते कभी नहीं सुना।"

"अगर वह अपनी पूरी उम्र जी जाती तो ये हैरानी की बात तो न होती?

"मेरे ख्याल से तो नहीं।"

"क्या आज तुमने किसी के मुँह से सुना कि उसकी छाती कमजोर नहीं थी?"

"नहीं—आपने सुना क्या मैडम?"

"अरे नहीं, नहीं—मैं तो बस पूछ रही थी, फैनी के बारे में दिलचस्पी होने के नाते।" इसके बाद उसने बुदबुदाकर कहा, "तपेदिक, फेफड़ों की सूजन, या इस तरह की किसी बीमारी से मरनेवाले अपनी मौत से एक दिन पहले मीलो-मील की दूरी पैदल नहीं चल सकते।"

"आप ऊपर चलकर क्यों नहीं बैठतीं, मैम?"

"ऊपर क्यों नहीं बैठतीं?" बाथशीबा ने बेतुकेपन से कहा। "वहाँ बैठने से कोई फायदा नहीं है—यहाँ आग जली हुई है। लिडी," अचानक उसने भावनात्मक और उत्तेजनापूर्ण फुसफुसाहट में कहा, "क्या तुम्हें फैनी के बारे में कोई अजीब बात सुनने को मिली है?" ये शब्द उसके मुँह से अभी निकले ही थे कि उसके चेहरे पर पश्चाताप का भाव छा गया, और उसकी रुलाई फूट पड़ी।

"नहीं—कुछ भी नहीं।" लिडी ने उसे रोते हुए देखकर हतप्रभ होकर कहा। "रो क्यों रही हैं मैम, क्या किसी बात से आपको तकलीफ पहुँची है?" वह सहानुभूतिपूर्वक बाथशीबा के नजदीक आ गई।

"नहीं, लिडी—मुझे तुम्हारी और जरूरत नहीं है। मुझे खुद पता नहीं कि मैं आजकल इस तरह रोने क्यों लगी हूँ; मैं कभी रोती नहीं थी। गुड नाइट।"

बैठक से बाहर आकर लिडी ने दरवाजा बन्द कर दिया।

इस समय बाथशीबा अकेली और दुखी थी; वैसे तो शादी के पहले वह इससे भी अकेली रही थी; लेकिन तब की तुलना में आज का अकेलापन वैसे ही था जैसे किसी पहाड़ के अकेलेपन की तुलना में किसी गुफा का अकेलापन। और पिछले एक-दो दिनों से ही उसकी शान्ति में खलल डालनेवाले उसके पति के अतीत के ख्यालात आने लगे थे। फैनी के अस्थायी विश्राम-स्थल को लेकर आज शाम बाथशीबा के हठीले विचारों का कारण यह था कि उसके दिल में भावनाओं की अजीबोगरीब उथल-पुथल मची हुई थी। शायद इसे और बेहतर ढंग से यूँ कह सकते हैं कि यह उसके पूर्वाग्रहों के प्रति उसका दृढ़ विद्रोह था, अनुदारता की उस निम्नस्तरीय भावना के प्रति उसकी वितृष्णा जिसके रहते यह मृत औरत उसकी सारी सहानुभूति से वंचित रह जाती क्योंकि उसने उस आदमी का प्यार पाने में बाथशीबा को पीछे छोड़ दिया था जिसे बाथशीबा ने जी-जान से चाहा था, हालाँकि उसका वही प्रेम आज सन्देह के कारण अन्तिम साँसें गिन रहा था।

पाँच या दस मिनट में दरवाजे पर दुबारा थपथपाहट की आवाज आई। एक बार फिर लिडी दिखाई पड़ी और थोड़ा अन्दर आकर संकोचपूर्वक खड़ी हो गई, और अन्ततः बोल पड़ी, "मैरीएन ने अभी-अभी एक अजीब बात सुनी है, लेकिन मैं जानती हूँ कि ये सच नहीं है। और हमें सच्चाई का पता एक-दो दिन के भीतर ही चल जाएगा।"

"क्या बात है?"

"अरे, हमसे-आपसे कोई वास्ता नहीं है इसका, मैम। फैनी के बारे में है। वही बात जो आपने सुनी है।"

"मैंने कुछ नहीं सुना है।"

"मेरा मतलब है कि घंटे भर से वेदरबरी में एक घटिया कहानी सुनाई पड़ रही है—कि —वहाँ एक नहीं, *दो जने* हैं।" लिडी ने इन शब्दों को बहुत धीमी आवाज में बोलते हुए हाल की दिशा में अपने सिर से इशारा किया।

"कहाँ?"

"ताबूत में।"

बाथशीबा सिर से पाँव तक सिहर गई।

"मुझे इस बात का यकीन नहीं होता!" उसने कहा। "और ताबूत के ढक्कन पर तो सिर्फ एक नाम लिखा हुआ है।"

"मुझे भी यकीन नहीं होता। और बहुत से दूसरे लोगों को भी नहीं हो रहा है, लेकिन

मैंने सोचा कि आपको बता तो दूँ। कल हमें इसकी सच्चाई का पता जरूर चल जाएगा। ओक को कहते सुना गया कि यह कहानी किसी और अभागी लड़की की है, और मुझे उसकी बात पर यकीन है, क्योंकि अगर ये सच होता तो हमें इसके बारे में ज्यादा जानकारी दी जाती—क्या आपको ऐसा नहीं लगता, मैम।"

"हमें जानकारी दी जा सकती है या नहीं भी दी जा सकती है।"

बाथशीबा ने घूमकर आग में निगाहें गड़ा दीं जिससे कि लिडी उसका चेहरा न देख सके। जब लिडी ने देखा कि उसकी मालकिन अब चुप हो गई हैं तो बाहर निकलकर उसने दरवाजे को धीमे से बन्द किया और सोने चली गई।

आज शाम आग में निगाहें गड़ाए बाथशीबा का चेहरा देखकर उन्हें भी चिन्ता हो जाती जो उसे कतई पसन्द नहीं करते थे। फैनी रॉबिन की बदनसीबी से बाथशीबा को खुशी नहीं हुई, हालाँकि वह उसी प्रकार बाथशीबा की सौत थी जिस प्रकार अभागी वष्टि की सौत एस्थर थी और कुछ मामलों में दोनों की तकदीर में परस्पर द्वन्द्व था। जब लिडी दुबारा कमरे में आई थी तो उसका सामना जिन खूबसूरत आँखों से हुआ उनमें बेचैनी और उदासी भरी हुई थी। वह बात बताने के बाद जब लिडी बाहर गई तो इन आँखों में दीनता का भाव छा गया था। पुराने ख्यालातवाला उसका गँवई संस्कार उसे जिस बात के लिए परेशान कर रहा था, कोई दुनियादार औरत उससे शायद ही परेशान होती क्योंकि फैनी, और अगर उसका कोई बच्चा था भी, तो दोनों अब मर चुके थे।

बाथशीबा के पास, अपने अतीत और फैनी के दुखद अन्त की सन्देहास्पद त्रासदी के बीच सम्बन्ध होने की अटकलें लगाने के लिए ठोस आधार थे हालाँकि ओक और बोल्डवुड को इस बारे में कुछ पता नहीं था। उस अकेली औरत से पिछले शनिवार को हुई भेंट न किसी ने देखी थी और न उस पर कोई चर्चा हुई थी। हो सकता है कि फैनी के इस अंजाम तक पहुँचने की पूरी कहानी कुछ दिनों तक छुपाने में ओक का इरादा बहुत नेक रहा हो; लेकिन अगर उसे पता होता कि इस मामले में बाथशीबा के अनुभवों ने पहले ही अपना काम कर दिया है तो इस समय बाथशीबा जिस अन्तर्द्वन्द्व से गुजर रही थी, उसे एक मिनट भी बढ़ाने का वह कोई उपाय नहीं करता क्योंकि अन्ततः भेद जब खुलता तो वह ज्यादा पीड़ादायी होता।

अचानक बाथशीबा की इच्छा हुई कि किसी ऐसे आदमी से बात करे जो उससे मजबूत हो, और इस तरह वह अपनी आशंकाग्रस्त मनःस्थिति को मर्यादापूर्वक और अपने चिन्ताजनक सन्देहों को दृढ़तापूर्वक झेलने का हौसला पा सके। ऐसा मित्र उसे कहाँ मिल सकता था? घर में तो कहीं मिलता नहीं। अब तक इस घर में वही सबसे अधिक धैर्यवाली औरत थी। वह सिर्फ धैर्य और कुछ समय तक निर्णय टालने की हिम्मत सीखना चाहती थी, और उसे यह सिखानेवाला कोई नहीं था। क्या वह गैब्रिएल ओक के पास जाए! लेकिन ऐसा नहीं हो सकता था। उसने सोचा कि ओक के पास चीजों का सामना करने का कितना अच्छा ढंग है। बोल्डवुड भी, जो गैब्रिएल की तुलना

में इतनी गहराई और ऊँचाई और भावनाओं की प्रबलता रखनेवाले लगते थे, इस सीधे-सादे सबक को बाथशीबा से तनिक भी ज्यादा नहीं सीख पाए थे जिसमें ओक को पूरी महारत हासिल थी—कि जिन ढेर सारे कामों से घिरा होता था वह, उसमें उसके अपने हितवाले कामों पर कदाचित ही उसका ध्यान जाता था। ओक अपनी राय को खास तवज्जो न देते हुए तमाम परिस्थितियों पर गहराई से विचार करता था। बाथशीबा की इच्छा भी यही करने की थी। लेकिन ओक अपने दिल की गहराई में उस तरह अनिश्चय और अनिर्णय से परेशान नहीं था जिस तरह वह इस समय थी। ओक को फैनी के बारे में वह सबकुछ पता है जो वह जानना चाहती है—इसका बाथशीबा को पूरा यकीन था। अगर वह अभी तुरन्त उसके पास चली जाए और सिर्फ इतना कह दे, "इस कहानी की सच्चाई क्या है?" तो उसका लिहाज करते हुए ओक को बताना पड़ेगा। इससे अकथनीय राहत मिलेगी। कुछ और कहने की जरूरत ही नहीं रहेगी। गैब्रिएल उसे इतने नजदीक से जानता था कि उसके किसी तरह के झक्की व्यवहार से वह चौंकेगा नहीं।

बाथशीबा ने चादर लपेटी, दरवाजे की तरह बढ़ी और इसे खोल दिया। एक-एक पत्ती, एक-एक टहनी शान्त थी। हवा में अभी नमी से भारीपन था, हालाँकि दोपहर की तुलना में यह कम था, और टहनियों से नीचे गिरी पत्तियों पर नियमित अन्तराल से टप-टप पड़ती बूँदों से कानों को सुख देनेवाली नियमित संगीतमय ध्वनि पैदा हो रही थी। घर के भीतर के मुकाबले बाहर अच्छा लग रहा था, और बाथशीबा ने दरवाजा बन्द कर दिया और गली में धीरे-धीरे चलते हुए गैब्रिएल की कुटिया के सामने पहुँच गई। कोग्गन के यहाँ जगह की कमी से तंग आकर उसका घर छोड़ने के बाद आजकल वह यहीं रह रहा था। सिर्फ एक खिड़की में प्रकाश था, और वह नीचे का कमरा था। दरवाजे अभी बन्द नहीं किए गए थे, न ही खिड़की पर कोई पर्दा ही खिंचा था क्योंकि इस परदेसी को न तो डकैती और न ही अपनी गोपनीयता भंग होने का कोई डर था। हाँ, ये गैब्रिएल ही था जो बैठा हुआ था; वह पढ़ रहा था। सड़क पर अपने खड़े होने की जगह से वह अच्छी तरह देख सकती थी कि बिल्कुल चुपचाप बैठे हुए गैब्रिएल के हल्के घुँघराले बालोंवाला माथा उसके हाथ के सहारे टिका हुआ है, और वह सिर्फ बीच-बीच में नजर उठाकर सामने पड़ी मोमबत्ती के जले भाग को हटाता जाता है। अन्त में उसने घड़ी पर नजर डाली, काफी समय हो जाने के अहसास से चौंकता हुआ प्रतीत हुआ, किताब बन्द की, और उठ गया। वह जानती थी कि वह सोने जा रहा है और अगर दरवाजे पर दस्तक देनी है तो तुरन्त ही देनी पड़ेगी।

पर उसका संकल्प जवाब दे गया—उसे लगा कि वह ऐसा नहीं कर पाएगी। इस समय उसे वह किसी भी कीमत पर अपने दुख का संकेत नहीं दे सकती—सीधे-सीधे फैनी की मौत के बारे में जानकारी माँगने की बात तो बहुत दूर है। उसे सन्देह करते, अनुमान लगाते, खीझते रहना है और सबकुछ अकेले सहन करना है।

वह किसी बेघर बंजारे की तरह सड़क के किनारे खड़ी रही, जैसे कि मानो उस छोटे-से घर से फैल रहे सन्तोष के उस वातावरण से मोहित हो गई हो जिसका उसके भीतर दुखद अभाव था। गैब्रिएल ऊपर के कमरे में दिखा, खिड़की के पास एक बेंच पर अपनी मोमबत्ती को रखा और इसके बाद प्रार्थना के लिए घुटनों के बल बैठ गया। इस वक्त अपनी विद्रोही और व्यग्र मनःस्थिति की तुलना में इस दृश्य को देखना उसकी सहनशक्ति से बाहर था और उसने उधर से मुँह फेर लिया। ऐसे किसी उपाय से मुसीबत से समझौता करना उसका स्वभाव नहीं था। जैसे उसने शुरुआत की थी, वैसे ही वह अपने ढंग से अपनी कठिन राह पर आगे चलती जाएगी। भारी मन के साथ वह दुबारा गली में वापस मुड़कर चल दी और अपने घर में प्रवेश कर गई।

ओक के उदाहरण को देखकर उसके भीतर जो पहली भावनात्मक प्रतिक्रिया हुई, उससे अब और भी व्यग्र होकर, वह हॉल में क्षणभर के लिए ठिठकी और उस कमरे के दरवाजे पर नजर डाली जहाँ फैनी पड़ी हुई थी। उसने अपनी उँगलियों को एक-दूसरे में फँसाया, सिर को झटके से पीछे किया, और पागलों की तरह सुबककर अपना माथा पीटते हुए बोल पड़ी, "काश तुम बोलतीं और अपना राज मुझे बतातीं, फैनी।... हाय, ये सही नहीं है, सही नहीं है कि तुम दो लोग हो।...अगर मैं तुम्हें एक मिनट देख पाती तो मुझे सबकुछ पता चल जाता।"

कुछ पल गुजरे, और उसने धीरे से कहा, "और मैं देखूँगी।"

बाद में बाथशीबा कभी समझ नहीं पाई कि उसकी जिन्दगी की उस यादगार शाम को बुदबुदाकर किए गए उस संकल्प के बाद वह कौन-सी मनःस्थिति थी जिसने उससे आगे के काम कराए। वह पेंचकस खोजने के लिए लकड़ी की आलमारी की तरफ गई। थोड़े, लेकिन न जाने कितने समय के बाद, उसने अपने को भावविह्वल, धुँधलाई आँखों के साथ और मर्मभेदी पीड़ा की स्थिति में उस लड़की के खुले हुए ताबूत के सामने खड़ी पाया जिसके अन्त की अटकलों को लेकर वह इतनी परेशान थी और भीतर झाँकते हुए उसे अपने से ही कहे ये शब्द सुनाई पड़े :

"सबसे भयानक सच को जान लेना सबसे अच्छी बात थी, और अब मुझे इसका पता चल गया है।"

उसे ध्यान था कि स्वप्न में विचरण करते किसी व्यक्ति की तरह की कई गतिविधियों से गुजरकर वह यहाँ पहुँची है। हॉल में यकायक कौंधे उस विचार को कार्यरूप में परिणत करने के लिए वह सीढ़ियाँ चढ़कर ऊपर गई थी और अपनी नौकरानियों के खर्राटों की आवाज सुनकर आश्वस्त हो जाने के बाद नीचे उतरकर ताबूतवाले कमरे के दरवाजे का हत्था घुमा दिया था। फिर उसने ताबूत का ढक्कन खोलने का वह काम कर डाला जिसे अकेले रात में करने की बात सोचकर भी वह बुरी तरह डर गई होती। लेकिन अब हो जाने के बाद यह काम उतना डरावना नहीं रह गया था जितना उसके पति के आचरण का वह ठोस प्रमाण जिससे फैनी की कहानी के अन्तिम अध्याय से पर्दा हट गया था।

बाथशीबा की उत्सुक आँखें ऊपरी हिस्से पर नहीं केन्द्रित थीं। उसे जिसकी तलाश थी, वह इस मृत लड़की के एक तरफ उसकी एक बाँह के घेरे में लिपटा पड़ा था :

कुदरत का नायाब नमूना
फूल एक जो खिल न सका,
कुचला उसको निर्ममता से
जिसको बचपन भी मिल न सका।

इस दुनिया में अपने पहले और अन्तिम वस्त्र—सफेद लिनेन के छोटे-से टुकड़े—में सफाई से लिपटे इस नवजात शिशु की मुखाकृति इतनी नाजुक व छोटी थी कि इसके गालों और इसकी छोटी-छोटी गोल मुट्ठियों को देखकर उसे अनायास ही उन गूदेदार और कोमल मशरूमों की याद आ गई जो कुहासेभरी सुबह में दिखाई पड़ते हैं।

फैनी का चेहरा उसके पीले बालों के चौखटे में शान्त था, वैसे ही जैसे वह सैकड़ों बार इस घर में सो चुकी थी, बस पहलेवाली ताजगी की रंगत गायब थी। ट्राय के पास मिली बालों की लट कहाँ से आई, इसको लेकर अब कोई सन्देह नहीं रह गया था। इस समय वह अपने जीवन के अन्तिम कुछ महीनों की तुलना में अपेक्षाकृत सुडौल और कमउम्र लग रही थी। उसके हाथों में एक प्रकार का असामान्य सौष्ठव आ गया था, और उन पर नजर डालनेवाले किसी चित्रकार को लगता कि आखिरकार उसे उन अद्भुत हाथों और उँगलियों के दर्शन हो ही गए जिन्हें देखकर ही बेलिनी ने अपनी चित्रकृतियों का सृजन किया होगा।

इन दोनों मूक प्राणियों की मासूमियत और सुन्दरता देखकर वितृष्णा के सारे भाव तिरोहित हो गए—नाराजगी के सारे भाव मिट गए। जिस प्रकार इस शिशु को बचपन की तरफ कदम बढ़ाने का अवसर नहीं मिला था, वैसे ही इस स्त्री ने नारीत्व में कदम रखा ही था। वे दोनों अपने अस्तित्व के एक नए मुकाम की दहलीज पर खड़े रह गए थे, और इसके पहले कि उन्हें उस मुकाम पर पहुँचा हुआ माना जाए, वे लुप्त हो गए। उनको देखकर आरम्भ का बोध होता था, अन्त का नहीं। वे उस प्रकृति की, सृजन में विफलता के प्रतीक लगते थे जिसके अजीबोगरीब तौर-तरीके हैं; न कि उस प्रकृति के विनाश के उदाहरण जो भयावह है।

लेकिन इन बातों से उसे क्या मतलब था जो वहाँ खड़ी थी? ये तो क्षणिक विचार थे जो सिर्फ दया-भाव से और पीड़िता के उसी की तरह महिला होने के ख्याल से पैदा हुए थे। इसके बाद बाथशीबा एक बार फिर हकीकत की दुनिया में लौट आई, और उसके दिमाग में इस दृश्य को लेकर बिल्कुल काल्पनिक और भावुक विचारों का स्थान अन्य विचारों ने ले लिया। उसका सिर झुक गया, और जो साँस दुविधा, जिज्ञासा, और उत्सुकता के नाते थमी हुई-सी थी, अब उच्छवास के रूप में निकल पड़ी : “ओ-ह-ह!” उसके मुँह से निकला और मौन कमरे में देर तक गूँजता रहा।

ताबूत में पड़े इन दोनों निष्प्राण लोगों के पास ही उसके आँसुओं की झड़ी लग गई—इन आँसुओं का कारण काफी जटिल और वर्णन से परे था, सिर्फ इतना कहा जा सकता है कि ये आँसू किसी साधारण दुख के नाते तो नहीं थे। निश्चित तौर पर फैनी की आत्मा को उस समय बड़ी राहत महसूस हुई होगी जब घटनाओं का चक्र कुछ यूँ चल पड़ा कि वह यहाँ स्वाभाविक, बेरोकटोक लेकिन प्रभावी ढंग से आ पहुँची। सिर्फ एक उपलब्धि—मौत को गले लगाने की—ऐसी थी जिसके द्वारा अपनी अधम स्थिति को त्यागकर शानदार स्थिति प्राप्त की जा सकती थी और फैनी ने इसे हासिल कर लिया था। और तिस पर आज रात इस आकस्मिक भेंट का यह संयोग जिसने बाथशीबा के विचार से उसकी सौत की विफलता को सफलता में, उसके अपमान को विजय में, उसके दुर्भाग्य को प्रभुत्व में परिवर्तित कर दिया था; इससे बाथशीबा स्वयं अत्यधिक उपहास का पात्र बन गई थी, और उससे जुड़ी हर चीज हास्यास्पद बनकर रह गई थी। लेकिन बाथशीबा की कल्पना के बावजूद उस निर्दोष उजली मुखाकति पर ऐसी किसी वेदना की छाया नहीं दिखाई पड़ी जिसका प्रतिकार वह पूरी क्रूरता से मूसा के इस नियम से कर रही थी : "दाह का बदला दाह, चोट का बदला चोट; रार का बदला रार।"

बाथशीबा ने अपनी स्थिति से छुटकारा पाने के लिए तत्काल मृत्यु पर सोच-विचार किया, जो उसके विचार से, था तो कष्टकर और भयानक रास्ता; लेकिन इसकी तुलना में जिन्दगी में तो अपमान की कोई सीमा ही नहीं थी। लेकिन मौत को गले लगाकर छुटकारा पाने की यह योजना भी सिर्फ अपने प्रतिद्वन्द्वी का अन्धानुकरण करना था और वह भी, बिना उन कारणों के, जिससे उसके प्रतिद्वन्द्वी की मौत महिमामंडित हो गई थी। वह कमरे में तेज कदमों से, मुट्ठियाँ भींचकर इधर से उधर टहलने लगी, जैसी कि उत्तेजित होने पर प्रायः उसकी आदत थी, और विचारों में डूबे-डूबे ही टूटे-फूटे शब्दों में बोल पड़ी; "हाय मुझे इनसे नफरत है, हालाँकि मैं इनसे नफरत करना नहीं चाहती क्योंकि यह दुखदाई और दुष्टतापूर्ण बात है—और फिर भी मुझे इनसे थोड़ी नफरत है। हाँ, मेरा रोम-रोम नफरत से भरा हुआ है, मैं चाहूँ या न चाहूँ...अगर यह जिन्दा होती तो इस पर गुस्सा करना और क्रूरता दिखाना शायद वाजिब होता, लेकिन एक अभागी मृत औरत और बच्चे के प्रति प्रतिशोध की भावना मेरे गले नहीं उतरती। हाय, इस सबने मुझे दुखी कर दिया है!"

बाथशीबा अपनी मानसिक स्थिति से खुद इतनी भयभीत हो गई कि उसने किसी सहारे की उम्मीद में चारों तरफ नजर दौड़ाई। उसे रात में घुटनों के बल झुके ओक की छवि याद आई, और औरतों की अनुकरण-वृत्ति के अनुरूप उसे यह विचार बहुत पसन्द आया। उसने घुटने के बल बैठने, और सम्भव हो तो प्रार्थना करने का फैसला किया। गैब्रिएल ने प्रार्थना की थी, वह भी करेगी।

उसने ताबूत के पास घुटने के बल बैठकर अपने चेहरे को हाथों में छुपा लिया, और एकबारगी कमरा मकबरे की तरह शान्त हो गया। अपने आप ही, या किसी अन्य कारण से, जब बाथशीबा उठी तो उसकी आत्मा में शान्ति थी, और कुछ देर पहले ही उन अन्तरविरोधी

प्रवृत्तियों के लिए पछतावा था जो उस पर हावी हो गई थीं।

प्रायश्चित करने की इच्छा से उसने खिड़की के पास रखे एक गुलदस्ते से फूल चुने और इन्हें मृत लड़की के सिर के चारों ओर रखने लगी। बाथशीबा को मृतात्माओं के प्रति प्रेम प्रदर्शित करने के लिए उन्हें पुष्पांजलि देने के अलावा और कोई तरीका नहीं पता था। उसे पता ही नहीं चला कि वह कब तक यूँ ही व्यस्त रही। अहाते में गाड़ी-घर के दरवाजों की भड़भड़ाहट से उसकी तन्द्रा टूटी। क्षणभर बाद ही, बाहर का दरवाजा खुला और बन्द हुआ, हॉल को पार करते कदमों की आहट सुनाई पड़ी, और कमरे के द्वार पर उसका पति दिखाई पड़ा जो उसे ही देख रहा था।

ट्राय ने यह सब धीरे-धीरे देखा, पूरे दृश्य को विस्मयपूर्वक घूरकर देखा, जैसे कि उसे यह सब किसी जादू-टोने से पैदा किया गया दृष्टिभ्रम लग रहा हो। मुर्दे की तरह पीली पड़ गई बाथशीबा भी उसकी ओर ऐसे ही एकटक देखती रही।

सहज अनुमान का सम्बन्ध उचित कारण से इतना कम होता है कि इस क्षण दरवाजे पर हाथ टिकाकर खड़े ट्राय को एक बार भी यह ख्याल नहीं आया कि उसे दिखे दृश्य का सम्बन्ध फैनी से हो सकता है। हैरानी में सबसे पहला ख्याल उसे यही आया कि घर में किसी की मृत्यु हो गई है।

"हाँ—क्या बात है?" ट्राय ने भावशून्यता से पूछा।

"मैं यहाँ नहीं रह सकती—मैं यहाँ नहीं रह सकती!" बाथशीबा ने उससे ज्यादा खुद से कहा। वह विस्फारित नेत्रों से देखती हुई, उसकी बगल से निकल जाने के लिए, दरवाजे की तरफ बढ़ी।

"भगवान के लिए, बताओ क्या बात है—कौन मर गया!" ट्राय ने कहा।

"मैं नहीं कह सकती—मुझे बाहर जाने दो—मेरा दम घुट रहा है।" उसने कहा।

"लेकिन नहीं—मैं कहता हूँ, रुको।" ट्राय ने उसका हाथ पकड़ लिया और तब लगा कि बाथशीबा की इच्छाशक्ति जाती रही और वह शान्त पड़ गई। उसका हाथ पकड़े-पकड़े ही वह कमरे में आया, और इस प्रकार ट्राय और बाथशीबा हाथ में हाथ डाले ताबूत की तरफ बढ़े।

मोमबत्ती उनके पास ही एक मेज पर जल रही थी, और नीचे तिरछे पड़ते इसके प्रकाश में माँ और शिशु दोनों की विवर्ण मुखाकृति साफ-साफ दिख रही थी। ट्राय ने झाँककर देखा और पत्नी का हाथ छोड़ दिया। उसे सारा मामला समझ में आ गया, और वह निस्तब्ध खड़ा हो गया।

वह इस कदर बिना हिले-डुले खड़ा था कि ऐसा लगा जैसे उसके भीतर इच्छाशक्ति ही नहीं रह गई है। तमाम भावनाएँ एक-दूसरे से टकराईं, एक-दूसरे को निष्प्रभावी कर दिया और कहीं कोई हलचल नहीं हुई।

"क्या तुम इसे जानते हो?" बाथशीबा ने इतने दबे-दबे स्वर में पूछा जैसे किसी कन्दरा से आवाज आ रही हो।

"जानता हूँ," ट्राय ने कहा।

"क्या ये वही है?"

"वही है।"

पहले वह बिल्कुल सीधा खड़ा था। अब उसके शरीर में जो पहली हलचल दिखी, वह अँधेरी रात में कुछ समय बाद दिखनेवाले प्रकाश की तरह की गति थी। वह धीरे-धीरे आगे झुक रहा था। उसके चेहरे की रेखाएँ धुँधली पड़ गईं और निराशा का स्थान गहन अवसाद ने ले लिया। बाथशीबा अभी भी दूसरी तरफ से उसे मुँह बाए और विचलित नेत्रों से देख रही थी। तीव्र अनुभूति की क्षमता आम तौर पर स्वभाव की गहनता के अनुरूप होती है, और शायद फैनी के सारे कष्ट मिलाकर भी, जो उसकी क्षमता से काफी अधिक थे, उसे कष्ट की वैसी अनुभूति कभी नहीं हुई थी जैसी बाथशीबा को आज हो रही थी।

ट्राय अपने चेहरे पर अवर्णनीय पश्चाताप और श्रद्धा का भाव लिऐ घुटनों के बल बैठ गया, और फैनी रॉबिन के ऊपर झुकते हुए, उसे आहिस्ता से चूम लिया; वैसे ही जैसे कोई सोए हुए शिशु को जगाने से बचने के लिए उसे धीरे से चूमता है।

इस दृश्य को देखकर, जो उसके लिए असहनीय था, बाथशीबा ट्राय की तरफ झपटी। जब से उसने यह जाना था कि भावना क्या होती है, तब से लेकर अब तक की उसकी समस्त भावनाएँ इस समय घनीभूत हो गईं थीं। थोड़े समय पहले की अपनी क्षुब्ध मनःस्थिति, जब वह अपने आहत स्वाभिमान और मातृत्व के मामले में किसी दूसरी औरत से पिछड़ जाने पर सोच रही थी, से अब वह पूरी तरह बिदक चुकी थी। वह सब पति के प्रति पत्नी के सहज और अभी भी गहरे प्रेम में भुला दिया गया। तब उसने अपनी स्वतन्त्रता के लिए आह भरी थी, और अब वह उसी बन्धन के लिए क्रन्दन कर रही थी जिसकी उसने निन्दा की थी। उसने ट्राय की गर्दन में अपनी बाँहें डाल दीं और पागलों की तरह हृदय के अन्तरतम से चीत्कार कर उठी :

"नहीं—उन्हें मत चूमो। ओह फ्रैंक, मैं इसे नहीं सह सकती—नहीं सह सकती। मैं तुम्हें उससे ज्यादा प्यार करती हूँ—मुझे भी चूमो, फ्रैंक—चूमो मुझे! तुम मुझे भी चूमोगे, फ्रैंक!"

बाथशीबा जैसी क्षमतावाली और स्वच्छन्द औरत, जो यह महसूस नहीं कर पा रही थी कि प्रतिद्वन्द्वी माँ और प्रतिद्वन्द्वी शिशु दोनों मर चुके हैं, की बच्चों जैसी तड़प और सरलता से भरी इस अपील में कहीं कुछ इतना असामान्य और चौंकानेवाला था कि ट्राय ने अपने गले से कसकर चिपटी बाँहों को ढीला करते हुए हक्का-बक्का होकर उसे देखा। फैनी और उसके सामने खड़ी यह औरत एक-दूसरे से एकदम अलग थीं, फिर भी इस हरकत ने दिखा दिया था कि दिल से सभी औरतें एक जैसी होती हैं। यह इतना अप्रत्याशित था कि ट्राय के लिए यकीन करना मुश्किल हो रहा था कि यह उसकी अभिमानी पत्नी बाथशीबा ही है। लगता था कि फैनी की आत्मा उसके शरीर में प्रवेश कर गई है। लेकिन यह मनःस्थिति क्षणिक ही थी। जब यह क्षणिक स्तब्धता गुजर गई तो ट्राय ने मुखमुद्रा बदलकर उसे चुप करानेवाले अन्दाज में उद्धत दृष्टि से देखा।

"मैं तुम्हें नहीं चूमूँगा," उसने उसे धक्का देकर दूर हटाते हुए कहा।

काश पत्नी अब और आगे न बढ़ी होती। फिर भी, इन विषम परिस्थितियों में जब उसकी प्रतिद्वन्द्विता सिर्फ एक शव से थी तो अपने मन की भड़ास निकालने के लिए उसे माफ न भी किया जाए तो उसकी इस गलती को समझा तो जा ही सकता है। अब तक उसने भावावेश में आकर जिन भावनाओं का प्रदर्शन कर दिया था, सबको उसने आत्म-नियन्त्रण से फिर से समेट लिया।

"तुम्हारे पास इस बात के लिए क्या वजह है?" उसने पूछा, उसका कड़वाहटभरा स्वर अद्भुत रूप से मन्द था—अब यह बिल्कुल अलग औरत का स्वर था।

"मुझे यह कहना है कि मैं एक बुरा, कलुषित हृदय का इनसान रहा हूँ," उसने जवाब दिया।

"और यह कि ये औरत तुम्हारी शिकार है—लेकिन मैं उससे कम पीड़ित नहीं हूँ।"

"आह। मुझे ताना मत दो, मैडम। यह औरत भले ही मर गई है, यह मेरे लिए जो है, वह न तुम कभी थी, न हो, न हो सकती हो। अगर तुम्हारे सुन्दर चेहरे और तुम्हारी लच्छेदार बातों से मेरी बुद्धि न भ्रष्ट हो गई होती तो मैं इसी से शादी करता। जब तुम मेरी जिन्दगी में नहीं टपकी थीं, इसके अलावा मेरा दूसरा कोई विचार ही नहीं था। भगवान साक्षी है कि मेरा—लेकिन अब तो बहुत देर हो गई है! मैं इसी लायक हूँ कि इसके लिए मुझे जिन्दगीभर तकलीफ मिले।" इसके बाद वह फैनी की तरफ मुड़ा। "लेकिन कोई बात नहीं मेरी प्यारी," उसने कहा, "ऊपरवाले की नजर में सिर्फ तुम्हीं मेरी बीवी हो।"

इन शब्दों को सुनकर बाथशीबा के मुँह से निराशा और आक्रोश में एक हल्की-सी चीख निकल गई—ऐसी वेदनापूर्ण चीख जैसी उन पुरानी दीवारों के भीतर आज तक नहीं सुनी गई थी। यह ट्राय से उसके बन्धन की डोर के टूटने की आवाज थी।

"अगर ये—बीवी—है—तो—मैं क्या हूँ?" उसने चीखने के बाद बुरी तरह सुबकते हुए कहा; और चूँकि वह कभी इस तरह हारकर हथियार नहीं डालती थी इसलिए स्थिति और भी गम्भीर हो गई थी।

"तुम मेरे लिए कुछ नहीं हो—कुछ नहीं," ट्राय ने बेरुखी से कहा—"पादरी के सामने एक रस्म से शादी नहीं हो जाती। मैं नैतिक रूप से तुम्हारा नहीं हूँ।"

इस समय बाथशीबा की तीव्र इच्छा हुई कि वह उससे भागकर, इस जगह से भागकर कहीं छिप जाए और किसी भी तरह उसके इन शब्दों से छुटकारा पा जाए, चाहे इसके लिए उसे अपनी जान ही क्यों न देनी पड़े। उसने एक पल भी इन्तजार नहीं किया, बल्कि दरवाजे की ओर मुड़ी और तीर की तरह बाहर निकल गई।

अध्याय 44

पेड़ के नीचे : प्रतिक्रिया

अँधेरी सड़क के किनारे-किनारे बाथशीबा निरुद्देश्य और बेखबर चलती चली गई। उसे अपनी स्थिति का पहली बार तब ध्यान आया जब वह एक ऐसे फाटक पर पहुँची जिसके भीतर एक झुरमुट था जिसमें से कुछ बड़े-बड़े देवदार और बीच वृक्ष ऊपर निकले हुए थे। उस स्थान को ध्यान से देखने पर उसे लगा कि उसने पहले कभी इस स्थान को दिन के उजाले में देखा है, और जो दुर्गम झुरमुट जैसा दिख रहा था, वह दरअसल फर्न की एक झाड़ी थी जो अब तेजी से सूख रही थी। अपनी परेशानी में उसे इससे ज्यादा कुछ समझ में नहीं आया कि भीतर जाकर छुप जाए। वहाँ घुसने पर वह एक ऐसी जगह पर आ गई जो एक झुकी हुई टहनी के नाते नमीभरे कुहरे से सुरक्षित थी, जहाँ उलझे हुए फर्न के पत्तों और डंठलों से बनी एक शैया पर वह पस्त होकर बैठ गई। हवा के झोंकों से बचाव के लिए उसने यन्त्रवत कुछ मुट्ठी घास-पात खींचकर चारों तरफ लपेट ली, और अपनी आँखें बन्द कर लीं।

उस रात बाथशीबा को नींद आई या नहीं, वह कह नहीं सकती। लेकिन काफी समय बाद शरीर के ताजेपन और मस्तिष्क की शान्ति के बीच उसे कुछ दिलचस्प सुगबुगाहट का अहसास हुआ जो उसके ऊपर के पेड़ों पर और आसपास हो रही थी।

पहली आवाज थी एक बेसुरी चहचहाहट की।

यह कोई गौरैया थी जो अभी-अभी जाग रही थी।

इसके बाद "ची-वी-वी!" की आवाज किसी दूसरे घोंसले से आई।

यह फिंच पक्षी था।

तीसरी : "टीं-टीं-टीं-टीं!" की आवाज झाड़ी से आई।

यह गायक पक्षी रॉबिन था।

"किटकिट–किटकिट–किटकिट!" सिर के ऊपर से आवाज आई।

गिलहरी।

इसके बाद सड़क पर से, "पर-रम-पर-रम-टम-टम!"

यह कोई हलवाहा लड़का था। थोड़ी देर में वह पास आ गया, और उसकी आवाज सुनकर बाथशीबा को लगा कि वह उसके अपने फार्म के लड़कों में से था। उसके पीछे-पीछे भारी कदमों की आवाज आई और फर्न की झाड़ियों के बीच से देखने पर बाथशीबा को प्रातःकाल की अरुणिमा में अपने घोड़ों का एक समूह दिखा। वे रास्ते के दूसरी तरफ एक तालाब पर पानी पीने के लिए रुके। बाथशीबा ने उन्हें झटके से तालाब में जाते, पानी पीते, अपने सिरों को झटके से ऊपर उठाते और फिर पानी पीते देखा, उनके होंठों से पानी की चाँदी जैसी धार टप-टप टपक रही थी। उन्होंने फिर से बदन को झटका दिया और तालाब

से बाहर आ गए, और दुबारा फार्म की तरफ वापस मुड़ गए।

उसने एक बार फिर चारों तरफ नजर दौड़ाई। दिन निकल ही रहा था, और इसकी ठंडी हवा और रंगत पिछली रात की उसकी उत्तेजनापूर्ण हरकतों और संकल्पों के ठीक विपरीत थी। उसने अनुभव किया कि उसकी गोद में और उसके बालों से लाल और पीली पत्तियाँ चिपटी पड़ी हैं जो उसकी अल्पकालिक निद्रा के दौरान चुपचाप पेड़ से गिरकर पड़ी रह गई थीं। बाथशीबा ने अपने कपड़ों को झाड़कर इन्हें हटाया तो उसके आसपास पड़ी ढेर सारी ऐसी और पत्तियाँ इससे पैदा हुए हवा के झोंके से खड़खड़ाहट की आवाज करती यूँ उड़ चलीं–"जैसे किसी तान्त्रिक से डरकर भूत भागते हैं।"

पूरब की तरफ झाड़ियों के बीच थोड़ी खुली जगह थी, और अभी वहीं निकले सूरज की आभा से बाथशीबा की आँखें उधर आकृष्ट हुईं। उसके पैरों के पास से, और कोमल शाखाओंवाले सुन्दर पीतवर्णी फर्न के बीच, जमीन क्रमशः ढलवाँ होते-होते गड्ढे में उतर गई जिसमें बीच-बीच में काई से ढँका दलदल था। इस समय इसके ऊपर सुबह की नमी छाई थी–जो दुर्गन्धयुक्त लेकिन शानदार चाँदी के पर्दे जैसी थी, सूर्य की किरणों से चमकती, फिर भी अंशतः अपारदर्शी; इसीलिए इसके पीछे की झाड़ी इसकी धुँधली चमक से कुछ हद तक अदृश्य थी। इस गड्ढे के अगल-बगल के ऊपरी किनारों पर आमतौर पर पाई जानेवाली घास-फूस उगी हुई थी, और कहीं-कहीं एक खास प्रजाति का नरकुल था जिसकी पत्तियाँ उगते हुए सूर्य की किरणों में हँसिए की तरह चमक रही थी। लेकिन कुल मिलाकर यह दलदल अस्वास्थ्यकर था। इसकी नम और जहरीली परत से पृथ्वी के भीतर के अपद्रव्यों और जलराशि की दुर्गन्ध निकलती प्रतीत होती थी। सड़ते हुए पत्तों से लेकर पेड़ों के तनों तक हर जगह अलग-अलग फफूँद दिख रही थी, कहीं उसकी बेचैन निगाहों को इनका चिपचिपा ऊपरी हिस्सा दिख रहा था तो कहीं इनका लटकता हुआ हिस्सा। कुछ अपने, धमनियों के खून की तरह लाल, बड़े धब्बों से ध्यान खींच रहे थे–तो कुछ केसरिया पीलापन लिए हुए थे, कुछ और भी थे जो लम्बे और सेवईंनुमा पतले-पतले तनों से भरपूर थे। यह गड्ढा सुख-सुविधाओं और स्वास्थ्य से भरे घर की ठीक नाक के नीचे छोटी-बड़ी महामारियों का घर लगता था, और बाथशीबा इस विचार मात्र से काँप उठी कि उसने ऐसी भयावह जगह पर रात गुजारी है।

सड़क पर अब कुछ अन्य कदमों की आहट सुनाई पड़ी। बाथशीबा अभी भी अस्त-व्यस्त थी। एक बार फिर उसने झुककर अपने को नजर में आने से बचाया, और एक पैदल यात्री दिखाई पड़ा। वह कोई स्कूली बच्चा था जिसके कन्धों पर झूलते थैले में उसका खाना था, और उसके हाथ में कोई किताब थी। वह फाटक के पास क्षणभर के लिए रुका, और बिना निगाहों को ऊपर उठाए धीरे-धीरे कुछ शब्द बुदबुदाता रहा। उसकी बुदबुदाहट इतनी तेज थी कि आवाज बाथशीबा के कानों तक पहुँच रही थी।

"'ओ ऊपरवाले, ओ ऊपरवाले, ओ ऊपरवाले, ओ ऊपरवाले!' किताब से इतना तो मुझे याद हो गया। 'करो हम पर, करो हम पर, करो हम पर, करो हम पर, करो हम पर,'

इतना याद हुआ। 'कृपा ऐसी, कृपा ऐसी, कृपा ऐसी', ये भी याद हो गया।" आगे इसी तरह के अन्य शब्द भी दुहराए गए। जाहिर था कि यह लड़का घोंघाबसन्तों की श्रेणी का था। यह किताब भजन-संग्रह थी, और प्रार्थना को याद करने का यह उसका अपना तरीका था। लगता है कि घोर संकट के समय में भी चेतना का एक ऐसा झीना आवरण शेष रह जाता है जो संकट से असम्पृक्त रहते हुए जीवन की मामूली चीजों पर ध्यान देता है, और इस बच्चे के अनोखे ढंग पर बाथशीबा के चेहरे पर हल्की मुस्कान आए बिना नहीं रह सकी। फिर वह आगे निकल गया।

इस समय तक सुस्ती का स्थान चिन्ता ने ले लिया था, और चिन्ता के साथ-साथ भूख-प्यास ने भी सताना शुरू कर दिया। उसी समय दलदल के दूसरी तरफ कुहरे में आधी छिपी हुई कोई आकृति आती दिखाई पड़ी और बाथशीबा की तरफ बढ़ी। वह औरत, हाँ, यह औरत ही थी, इधर-उधर खोजी निगाहों से देखती बढ़ी, जैसे कि अपने चारों तरफ कुछ तलाश रही हो। जब वह थोड़ा और बाएँ गई, और नजदीक आ गई तो बाथशीबा को धूपभरे आकाश में इस नवागन्तुक की रूपरेखा दिखाई पड़ी और माथे से लेकर ठुड्डी तक कहीं बिना किसी घुमाव या स्पष्ट रेखा के उसके लहरदार चेहरे से बाथशीबा को समझ आ गया कि यह लिडी स्मालबरी का सुपरिचित मुखड़ा है।

यह सोचकर बाथशीबा का हृदय कृतज्ञता से भर उठा कि वह बिल्कुल ही बेसहारा नहीं है और वह उछलकर खड़ी हो गई। "अरे लिडी!" उसने कहा या कहने की कोशिश की; लेकिन सिर्फ उसके होंठों में कम्पन हुआ, कोई आवाज नहीं निकली। सारी रात नमीभरे मौसम में खुले आसमान के नीचे पड़ी रहने से उसकी आवाज बैठ गई थी।

"अरे मैम—मैं इतनी खुश हूँ कि आप मिल गईं।" उसने बाथशीबा को देखते ही कहा।

"तुम इस पार नहीं आ सकतीं," बाथशीबा ने फुसफुसाते हुए कहा जिसे उसने लिडी के कानों तक पहुँचाने का निष्फल प्रयत्न किया। इससे अनजान लिडी ने यह कहते हुए दलदल पर पाँव रख दिए, "मेरे ख्याल से यह मेरा वजन उठा लेगा।"

बाथशीबा सुबह-सुबह दलदल पार करके अपने पास आती लिडी की क्षणभर की उस तस्वीर को पूरी जिन्दगी भुला नहीं पाई। आगे बढ़ती नौकरानी के कदमों के पास घास-फूस और सीलन से भरी जमीन से हवा में भाँति-भाँति के गैस के बुलबुले ऊपर उठ रहे थे जो हवा में ही फूटकर बिखर जाते थे और बादलभरे आकाश का हिस्सा बनने के लिए ऊपर उठ जाते थे।

बाथशीबा की आशंका के बावजूद, लिडी के पैर उस प्रकार दलदल में नहीं फँसे, बल्कि वह सकुशल दूसरी तरफ पहुँच गई, और उसने अपनी मालकिन के सुन्दर लेकिन विवर्ण और क्लान्त मुखड़े को गौर से देखा।

"आह!" लिडी ने आँखों में आँसू भरकर कहा। "अपने चेहरे पर थोड़ी मुस्कान लाइए न, मैम। ये सब कैसे—"

"फुसफुसाहट से ज्यादा मेरी बोली नहीं निकल रही है—मेरा गला बैठ गया है,"

बाथशीबा ने जल्दी से कहा। "मेरे ख्याल से उस गड्ढे की नम हवा का असर है। लिडी मुझसे सवाल मत करो, ध्यान रहे। किसने भेजा तुम्हें—किसी ने भेजा है?

"किसी ने नहीं। जब आप मुझे घर पर नहीं मिलीं तो मैंने सोचा कि कुछ गड़बड़ हो गई है। मुझे लगता है कि रात में मैंने उन्हीं की आवाज सुनी थी। मुझे पता चल गया कि कुछ गड़बड़ है—"

"क्या वह घर पर हैं?"

"नहीं, मेरे आने से ठीक पहले निकले।"

"क्या फैनी को ले जाया गया?"

"अभी नहीं। उसे जल्दी ही ले जाएँगे—नौ बजे।"

"तो फिर हम अभी घर नहीं चलेंगे। चलो हम लोग इस जंगल में टहलते हैं।"

लिडी को इस मामले में सबकुछ, या कुछ भी, ठीक से समझ नहीं आया, और वे आगे पेड़ों के बीच चलते चले गए।

"लेकिन अच्छा होगा मैम, कि आप घर में चलें, और कुछ खा लें। इस तरह ठंड में आपकी जान निकल जाएगी।"

"मैं अभी घर नहीं आऊँगी, शायद कभी नहीं आऊँगी।"

"क्या मैं कुछ आपके खाने के लिए, और सिर ढँकने के लिए इस छोटी-सी शाल के अलावा कुछ और ले आऊँ?"

"जैसी तुम्हारी इच्छा, लिडी।"

लिडी गायब हो गई और बीस मिनट के बाद एक चादर, टोप, रोटी और मक्खन के कुछ टुकड़े, चाय का एक प्याला, और एक छोटे-से चीनी मिट्टी के जग में गर्म चाय लेकर लौटी।

"फैनी चली गई?" बाथशीबा ने कहा।

"नहीं," उसकी सहेली ने चाय को कप में उड़ेलते हुए कहा।

बाथशीबा ने चादर लपेट ली और बहुत थोड़ा-सा खाया और पिया। इसके बाद उसकी आवाज और साफ हो गई, और चेहरे पर थोड़ी-सी रंगत लौट आई। "अब हम लोग फिर टहलेंगे," उसने कहा।

करीब दो घंटे तक वे जंगल में भटकते रहे, बाथशीबा लिडी की बचकानी बातों के जवाब में हाँ या ना के अतिरिक्त कुछ नहीं कहती थी, क्योंकि उसके दिमाग में रह-रहकर एक ही बात आती रही। उसने यह कहकर लिडी की बात काटी :

"अब तक फैनी चली गई होगी या नहीं?"

"जाकर देखती हूँ।"

वह यह सूचना लेकर लौटी कि अभी-अभी लोग शव को लेकर गए हैं, कि बाथशीबा की खोज हुई थी, कि उसने बता दिया कि उसकी मालकिन की तबियत ठीक नहीं है और वह मिल नहीं पाएँगी।

"तो उन लोगों की नजर में मैं अपने बेडरूम में हूँ?"

"हाँ," इसके बाद लिडी ने हिम्मत करके कहा, "जब आप मुझसे अभी पहली बार मिलीं तो आपने कहा कि आप दुबारा शायद कभी घर न आएँ। आपका ये मतलब तो नहीं था न, मैम?"

"नहीं—मैंने अपना मन बदल लिया है। अपने पति के पास से सिर्फ वही बीवियाँ भागती हैं, जिनमें कोई स्वाभिमान नहीं होता। पति के घर में उसके बुरे व्यवहार को झेलते हुए मर जाने से भी बदतर स्थिति होती है, भागकर किसी और के घर में जिन्दगी गुजारना। आज पूरी सुबह मैं यही सब सोच-विचार करती रही, और अपना रास्ता मैंने चुन लिया है। भगोड़ी बीवी पूरे समाज पर भार होती है, खुद पर बोझ होती है, और उसका नाम गाली बन जाता है—इन सबको मिलाकर देखें तो घर पर टिकने में तो फिर भी कम परेशानी है, हालाँकि ऐसे में बात-बात में अपमान, पिटाई और भुखमरी का सामना करना पड़ सकता है। लिडी अगर कभी तुम शादी करोगी—वैसे तो भगवान न करें कि तुम कभी शादी करो—तो तुम अपने को बड़ी मुसीबत में पाओगी; लेकिन ध्यान रखना, पीछे मत हटना। अपनी बात के लिए अड़ जाना, चाहे तुम्हारे टुकड़े-टुकड़े हो जाएँ। वही मैं करने जा रही हूँ।"

"अरे मालकिन—ऐसी बातें न करिए।" लिडी ने उसका हाथ थामते हुए कहा। "लेकिन मैं जानती थी कि आपके पास इतनी समझदारी होगी कि आप घर से बाहर नहीं रहेंगी। क्या मैं पूछ सकती हूँ कि आपके और उनके बीच कौन-सी भयानक बात हो गई है?

"तुम पूछ सकती हो; लेकिन मैं बता नहीं सकती।"

करीब दस मिनट में वे एक घुमावदार रास्ते से लौटकर पिछवाड़े से घर में घुसीं। बाथशीबा पीछे की सीढ़ियाँ चढ़कर एक अटारी में चली गई जो प्रयोग में नहीं आती थी, और पीछे-पीछे उसकी साथिन भी आ गई।

"लिडी," उसने हल्के मन से कहा क्योंकि उसके भीतर उत्साह और आशा का संचार होने लगा था; "इस समय तुम मेरी विश्वासपात्र रहोगी—कोई न कोई होना चाहिए, और मैं तुम्हें चुनती हूँ। अच्छा, मैं कुछ समय के लिए यहीं रहूँगी। क्या तुम आग जलाकर और जमीन पर एक दरी बिछाकर इस जगह को आरामदायक बनाने में मेरी मदद करोगी? इसके बाद तुम और मैरीएन छोटेवाले कमरे से वह छोटी-सी बिन टाँगोंवाली चारपाई, इसका बिस्तर, एक मेज, और कुछ दूसरी चीजें ले आना...यहाँ यह पहाड़ जैसा समय काटने के लिए क्या करूँ?"

"रूमाल की तुरपाई करना बहुत अच्छा काम है," लिडी ने कहा।

"अरे नहीं नहीं। सुई के काम से मुझे नफरत है—हमेशा ही रही है।"

"बुनाई?"

"उससे भी।"

"आप अपना नमूना पूरा कर सकती हैं। केवल कार्नेशन का फूल और मोर बनाना बाकी है, और उसके बाद इसे फ्रेम कराकर रखा जा सकता है और आपकी चाची के बनाए

नमूने की बगल में लटकाया जा सकता है, मैम।"

"ये नमूने पुराने हो चुके है—एकदम से देहाती। नहीं लिडी, मैं पढ़ूँगी। कुछ किताबें ले आओ। नई किताबें नहीं। नया कुछ पढ़ने का हौसला नहीं है मुझमें।"

"आपके चाचा की कुछ पुरानी किताबें लाऊँ, मैम?"

"हाँ, उनमें से जो हमने बक्सों में बन्द करके रख दी थीं।" उसके चेहरे पर यह कहते हुए मन्द मुस्कान की झलक दिखी, "बोमोन्त और फ्लेचर की 'मेड्स ट्रेजडी', और 'मॉर्निंग ब्राइड' लाओ; और—जरा सोचने दो—'नाइट थॉट्स' और 'वैनिटी आफ ह्यूमनविशेज़'।"

"और उस काले आदमी की कहानी जिसने अपनी बीवी डेसडिमोना का कतल कर दिया था? यह बड़ी सुन्दर उदासीभरी कहानी है जो आपको इस समय बहुत अच्छी लगेगी।"

"अच्छा लिड—तुम मेरी जानकारी के बिना मेरी किताबें देखती रहती हो? और मैंने तुम्हें मना किया था। तुम्हें कैसे पता कि ये मुझे अच्छी लगेगी? ये मुझे बिल्कुल अच्छी नहीं लगेगी।"

"लेकिन अगर दूसरी किताबें लगेंगी तो—"

"नहीं, वे नहीं लगेंगी। और मैं उदासीभरी किताबें नहीं पढ़ूँगी। मैं उदासीभरी किताबें क्यों पढ़ूँ? मुझे 'लव इन ए विलेज', और 'द मेड आफ दि मिल' और 'डाक्टर सिंटैक्स' और 'द स्पेक्टेटर' के कुछ अंक लाकर दो।"

उस पूरे दिन बाथशीबा और लिडी अटारी में ट्राय के विरुद्ध मोर्चाबन्दी की स्थिति में रहे जो बेकार साबित हुई, क्योंकि वह न तो आसपास कहीं दिखाई पड़ा, न उन्हें जरा भी तंग किया। बाथशीबा सूर्यास्त होने तक खिड़की पर बैठी रही, जब-तब वह पढ़ने की कोशिश करती, कभी यूँ ही निरुद्देश्य बाहर हर आने-जानेवाले को देखती, और हर प्रकार की हलचल को उदासीनता से सुनती थी।

उस रात अस्त हुआ सूर्य करीब-करीब रक्तिम लाल था, और पूर्व में इसकी किरणें एक नीले बादल पर पड़ रही थीं। इस अन्धकारपूर्ण पृष्ठभूमि के बरक्स चर्च की मीनार का अगला हिस्सा—जो फार्महाउस की खिड़कियों से दिखाई देनेवाला इमारत का एकमात्र हिस्सा था—बहुत साफ और चमकता हुआ दिखता था, इसकी चोटी पर स्थित कँगूरे की पत्ती किरणों से चमक रही थी। इसी के आसपास छह बजे, रोज के हिसाब से, गाँव के लड़के प्रिजनर्स बेस के खेल के लिए इकट्ठे हुए। न जाने कब से यह स्थान इस कार्य के लिए समर्पित था, पुराने चट्टों से बेस का काम लिया जाता था, और 'प्रिजन' था कब्रिस्तान की चहारदीवारी के सामने का वह स्थान जो खिलाड़ियों के चलने-फिरने से रास्ते की तरह चिकना हो गया था। वह इन लड़कों के काले और भूरे सिरों को झटके से दाएँ-बाएँ होते, धूप में उनकी कमीज की सफेद आस्तीनों को चमकते देख सकती थी, जबकि कभी-कभी चिल्लाने की तेज आवाज और दिल खोलकर हँसने की आवाज से सायंकाल की नीरवता भंग हो जाती थी। वे करीब पन्द्रह-बीस मिनट तक खेले कि अचानक ही खेल खत्म हो गया, और खिलाड़ियों ने दीवार फाँदी और दूसरी तरफ एक यू वृक्ष के आसपास गायब

हो गए जो एक ऐसे बीच वृक्ष के पीछे था जिसकी सुनहली पत्तियों के बीच-बीच में टहनियाँ पतली-पतली काली धारियों जैसी थीं।

"बेस खेलनेवालों ने इस तरह अचानक अपना खेल क्यों खत्म कर दिया?" बाथशीबा ने अगली बार लिडी के कमरे में घुसते ही पूछा।

"मेरे ख्याल से शायद इसलिए क्योंकि ठीक उसी समय कास्टरब्रिज से दो आदमी आए और एक भव्य नक्काशीदार कब्र का पत्थर लगाने लगे," लिडी ने कहा। "लड़के देखने चले गए कि ये किसका था।"

"क्या तुम्हें पता है?" बाथशीबा ने पूछा।

"मुझे नहीं पता," लिडी ने कहा।

अध्याय 45

ट्राय की भावुकता

जब पिछली रात ट्राय की पत्नी घर छोड़कर चली गई तो उसने पहला काम मृतका को ढँकने का किया। यह हो जाने के बाद वह सीढ़ियों से ऊपर गया, और अपने कपड़ों में ही, निढाल होकर बिस्तर पर जा पड़ा और बेसब्री से सुबह की प्रतीक्षा करने लगा।

पिछले चौबीस घंटों में नियति ने उसके साथ क्रूर मजाक किया था। जिस तरह उसका दिन गुजरा था, वैसा उसका दूर-दूर तक इरादा नहीं था। नए तरह का आचरण करने में हमेशा एक प्रकार की झिझक होती है जिस पर काबू पाना होता है और जिसका कारण प्रायः हमारे भीतर उतना नहीं होता जितना हमारे चारों तरफ की उन घटनाओं में, जो ऐसी लगती हैं कि जैसे उन्हें सुधार के रास्ते पर और नवीनता के विरोध में इकट्ठा थोप दिया गया है।

बाथशीबा से बीस पौंड पा जाने के बाद उसने अपने पास की एक-एक पाई इसमें जोड़ दी जो सात पौंड दस शिलिंग थी। इस पैसे के साथ, जो कुल मिलाकर सत्ताइस पौंड दस शिलिंग था, वह फैनी रॉबिन से मिलने के लिए जल्दी से सुबह-सुबह गाड़ी लेकर निकल गया था।

कास्टरब्रिज पहुँचकर उसने घोड़े और गाड़ी को एक सराय में छोड़ा, और दस बजने से पाँच मिनट पहले कस्बे के निचले हिस्से से ठीक बाहर स्थित ग्रे ब्रिज वापस आ गया और पुल की दीवार पर बैठ गया। घड़ी ने घंटा बजाया, पर फैनी कहीं दूर-दूर तक नहीं दिखी। दरअसल उसी समय वह रैन-बसेरे के दो सेवकों द्वारा कफन में लपेटी जा रही थी—यह पहला और आखिरी मौका था जब इस बेचारी को किसी और की सेवाएँ मिली थीं। सेंट पीटर्स के घंटे ने पन्द्रह मिनट बजाए, फिर आधा घंटा। इन्तजार करते-करते ट्राय को ढेर सारी बातें याद आ गईं; यह दूसरा मौका था जब फैनी ने उससे मिलने का

वादा तोड़ा था। मारे गुस्से के उसने कसम खाई कि यह अन्तिम बार है, और ग्यारह बजे जब भटकते-भटकते और पुल के पत्थरों को देखते-देखते वह उन पर जमी एक-एक काई से वाकिफ हो गया, और नीचे लहरों की कल-कल ध्वनि सुनते-सुनते ऊब गया तो वह उछलकर अपने बैठने के स्थान से उतरा, अपनी टमटम के लिए सराय में गया, और अतीत के प्रति उदासीनता और भविष्य के प्रति लापरवाही के साथ कड़वाहट के भाव से बडमाउथ के घुड़दौड़ स्थल की तरफ चल दिया।

वह दौड़-मैदान दो बजे पहुँचा, और वहाँ से लेकर कस्बे तक घूमता-फिरता नौ बजे तक वहीं रहा। लेकिन शनिवार की उस शाम के धुँधलके में दिखाई पड़ी फैनी की तस्वीर और उसके बाद बाथशीबा की फटकार उसके दिमाग में लौट आई। उसने कसम खाई कि वह दाँव नहीं लगाएगा, और उसने अपनी कसम पूरी की, क्योंकि शाम को नौ बजे जब वह कस्बा छोड़कर चला तो उसकी नगदी में से सिर्फ कुछ शिलिंग ही खर्च हुए थे।

वह दुलकी चाल से गाड़ी चलाते हुए घर की तरफ चल पड़ा, और तभी उसे पहली बार यह विचार आया कि जरूर फैनी की बीमारी ने उसे अपना वादा निभाने से रोका होगा। इस बार वह कोई गलती नहीं कर सकती थी। उसे अफसोस हुआ कि उसने कास्टरब्रिज में रुककर पूछताछ नहीं की। घर पहुँचकर उसने चुपचाप घोड़े को गाड़ी से खोला और घर में घुसने पर जिस भयानक आश्चर्य से उसका सामना हुआ, वह हम पहले ही देख चुके हैं।

जैसे ही इतना उजाला हुआ कि चीजें दिखाई पड़ने लगीं, ट्राय बिस्तर से उठा, और बाथशीबा के अते-पते से बिल्कुल उदासीन, और करीब-करीब उसके अस्तित्व को भूलकर, धीमे कदमों से सीढ़ियों से नीचे आया और पिछले दरवाजे से घर से बाहर निकल गया। वह कब्रिस्तान की तरफ बढ़ रहा था जिसमें घुसने के बाद उसने तलाशती हुई निगाहों से इधर-उधर देखा और उसे एक नई खुदी हुई खाली कब्र मिल गई—यह वही कब्र थी जो पिछले दिन फैनी के लिए खोदी गई थी। यह स्थान मन में बैठा लेने के बाद वह बड़ी तेजी से कास्टरब्रिज चल पड़ा। बीच में वह सिर्फ थोड़ी देर के लिए उस पहाड़ी पर रुककर कुछ सोचता रहा जहाँ उसने आखिरी बार फैनी को जीवित देखा था।

कस्बे में पहुँचने के बाद ट्राय अन्दर की एक गली में उतरकर एक ऐसी दुकान में घुस गया जिसके ऊपर एक तख्ती पर ये शब्द लिखे हुए थे "लेस्टर, पत्थर और संगमरमर तराशनेवाले।" भीतर अलग-अलग आकार और डिजाइन के पत्थर पड़े हुए थे जिन पर उन अनाम लोगों की मधुर स्मृतियों में शब्द उकेरे हुए थे—जो अभी मरे नहीं थे।

अपनी शक्लो-सूरत, शब्दों और हावभाव से ट्राय अब इतना बदल चुका था कि इस बदलाव का उसे स्वयं भी अहसास हुआ। कब्र का पत्थर खरीदने का उसका तरीका बिल्कुल अनाड़ियोंवाला था। वह न तो सोच-विचार कर पाया, न हिसाब-किताब कर सका

और न ही पैसे बचाने की सोची। उसे कुछ पाने की सनक सवार हुई, और वह छोटे बच्चे की तरह इसे पाने के लिए मचल पड़ा। "मुझे एक अच्छा-सा कब्र का पत्थर चाहिए," उसने उस आदमी से कहा जो एक अहाते में बने छोटे से दफ्तर में खड़ा था। "सत्ताइस पौंड में आप जितना अच्छे से अच्छा पत्थर दे सकते हैं, दे दीजिए।"

उसके पास कुल इतना ही पैसा था।

"इसी पैसे में सबकुछ?"

"सबकुछ। नाम खोदना, वेदरबरी तक पहुँचाना, और वहाँ लगाना। और अभी चाहिए मुझे, तुरन्त।"

"इस हफ्ते हम कुछ खास तो बनवा नहीं पाए।"

"मुझे इसी समय जरूरी है।"

"अगर आपको यहाँ स्टाक में से कोई पसन्द है तो तुरन्त तैयार कर दिया जाएगा।"

"अच्छी बात है," ट्राय ने व्यग्रता से कहा। "देखते हैं आपके पास क्या है।"

"मेरे पास स्टाक में सबसे अच्छा यह वाला है," संगतराश ने एक शेड में जाते हुए कहा। "ये रहा खूबसूरत चित्रों से सजा संगमरमर का मुख्य पत्थर; उसी तरह यह नीचेवाला पत्थर, और ये रहा कब्र को ढँकनेवाला पत्थर। इस सेट की पालिश में ही मेरे ग्यारह पौंड खर्च हो गए—पत्थर अपनी तरह के सबसे उम्दा हैं, और मैं वादा कर सकता हूँ कि ये अगले सौ सालों तक बिना टूट-फूट के बारिश और बर्फ झेल जाएँगे।"

"और कीमत क्या होगी?"

"देखिए, जो रकम आपने बताई है, उतने में मैं नाम उकेरकर इसे वेदरबरी में लगा दूँगा।"

"आज ही यह सब कर लो, और पैसे मैं अभी दे देता हूँ।"

वह आदमी मान गया, और आगन्तुक के ऐसे मूड पर चकित था जिसके चेहरे पर दूर-दूर तक शोक का नामोनिशान नहीं था। इसके बाद ट्राय ने वे शब्द लिखकर दिए जिन्हें समाधि-लेख में लिखा जाना था, हिसाब चुकता किया, और चल पड़ा। दोपहर में वह एक बार फिर आया तो उसने पाया कि लिखने का काम करीब-करीब पूरा हो गया है। उसने पत्थरों के बाँधे जाने तक इन्तजार किया, और अपने सामने ही इसे छकड़े में लदवाकर वेदरबरी के लिए रवाना कर दिया और साथ में जानेवाले दोनों आदमियों को हिदायत दे दी कि जो नाम अंकित है, उसकी कब्र के लिए वहाँ गिरजे के कर्मचारी से पूछ लें।

जब ट्राय कास्टरब्रिज से बाहर आया तो काफी अँधेरा हो गया था। उसकी बाँह से जरा भारी-सी टोकरी लटक रही थी जिसको साथ लिए वह सड़क पर पागलों की तरह तेज कदमों से चलता जा रहा था। बीच-बीच में वह पुलों और द्वारों पर रुकता था जहाँ थोड़ी देर के लिए अपना भार उतार देता था। अपनी यात्रा के बीच रास्ते में उसकी भेंट अँधेरे में लौटते उन आदमियों और वैगन से हुई जो मकबरे को पहुँचाने

गए थे। उसने सिर्फ इतना पूछा कि क्या काम पूरा हो गया है, और यह जानने पर कि हो गया है, दुबारा आगे चल पड़ा।

ट्राय करीब दस बजे वेदरबरी के कब्रिस्तान पहुँचा और सीधा उसी कोने की ओर बढ़ गया जहाँ उसने सुबह खाली कब्र देखी थी। यह स्थान मीनार के छिपे हिस्से की तरफ था जो सड़क पर गुजरनेवालों की नजरों से काफी हद तक ओझल ही रहता था—यहाँ अभी हाल ही तक पत्थरों के अम्बार और एल्डर की झाड़ियों का कब्जा था, लेकिन अब इसकी साफ-सफाई करके इसे लाशों को दफनाने लायक बना दिया गया था क्योंकि बाकी जगह की जमीन तेजी से भरती जा रही थी।

जैसा उन आदमियों ने बताया था, मकबरा इसी स्थान पर स्थित था। अँधेरे में बर्फ की तरह सफेद और सुघड़ दिख रहे मुख्य और निचले पत्थर थे और उनको जोड़नेवाला किनारा संगमरमर का था। बीच में दोमट मिट्टी थी जहाँ पौधे लगाए जा सकते थे।

ट्राय ने मकबरे के पास अपनी टोकरी रखी और कुछ मिनटों के लिए गायब हो गया। जब वह लौटा तो उसके हाथ में फावड़ा और लालटेन थी जिसका प्रकाश उसने कुछ क्षण के लिए संगमरमर पर केन्द्रित किया और उकेरे गए शब्दों को पढ़ने लगा। उसने एक छोटे-से यू वृक्ष की सबसे नीचे की टहनी पर लालटेन को टाँगा और अपनी टोकरी से किस्म-किस्म के फूलों के पौधे निकाले। उनमें गुलचाँदनी, सम्बुल, केसर, बनफ्शा और दुपुष्पी बसन्त के प्रारम्भ में खिलनेवाले थे, और कार्नेशन, पिंक, पिकोटी, लिली ऑव द वैली, फॉर्गेट-मी-नॉट, समर्स फेयरवेल, शरत केसर, और अन्य वर्ष की दूसरी ऋतुओं के लिए थे।

ट्राय ने इन्हें घास पर रखा, और भावहीन चेहरा लिए इन्हें रोपने में लग गया। गुलचाँदनी की एक कतार मुँडेर के बाहर लगा दी, और शेष को कब्र के घेरे के भीतर लगा दिया। केसर के पौधों और सम्बुल के फूलों की कतारें बना दीं; कुछ ग्रीष्म के फूलों को उसने फैनी के सिर और पैरों पर लगाया और लिली और फॉर्गेट-मी-नॉट के फूलों को उसके हृदय-स्थल पर लगा दिया। शेष फूलों के बीज उसने बीच की खाली जगह में बिखेर दिए।

इस वक्त अपनी निराशा में ट्राय को कतई यह अहसास नहीं हुआ कि इन भावुक गतिविधियों में, जिन्हें वह पहले की उदासीनता की प्रतिक्रिया में प्रायश्चितस्वरूप कर रहा है, कहीं न कहीं अनर्गलपन का भी तत्व है। ऐसे मौकों पर उसके स्वभाव में अंग्रेज लोगों के हठीलेपन के साथ-साथ भावना के स्थान पर वह सस्ती भावुकता दिखाई पड़ जाती थी जो फ्रांसीसी लोगों की विशेषता होती है।

यह बादलों से भरी हुई, उमसदार और बड़ी अँधेरी रात थी, और ट्राय की लालटेन से निकलनेवाली किरणें पुराने पेड़ों के बीच अजीबोगरीब चमक पैदा करते हुए, टिमटिमाते हुए ऊपर काले आकाश तक फैलती प्रतीत होती थीं। अपनी हथेली के पीछे उसे बारिश की एक बड़ी बूँद का अहसास हुआ; और उसी समय बारिश की एक बूँद लालटेन के एक छेद में घुस गई जिससे इसकी लौ भभककर बुझ गई। ट्राय थक गया था और अब आधी रात होने ही वाली थी, साथ ही बारिश के बढ़ने के आसार भी लग रहे थे। इसलिए उसने

दिन निकलने तक अपने इस काम को छोड़ देने का फैसला किया। वह अँधेरे में दीवार को टटोलते हुए कब्रों के ऊपर से आगे बढ़ा और घूमकर चर्च की उत्तर दिशा में पहुँच गया। यहाँ वह बरामदे में घुसा और भीतर पड़ी बेंच पर पड़कर सो गया।

अध्याय 46

पनाला : इसके कारनामे

वेदरबरी चर्च की मीनार की, अलग-अलग कालखंडों में हुई रचना वर्गाकार थी जिसमें इसकी मुँडेर के चारों कोनों पर प्रत्येक में और हर तरफ बीच में पत्थर के अलंकृत पनाले बने हुए थे। इन आठ नक्काशीदार उभारों में से इस वक्त सिर्फ दो ही ऐसे थे जो अभी भी अपने बनाए जाने का उद्देश्य—भीतर सीसे से पटी छत से पानी को तेज धार में बाहर निकालना—पूरा कर रहे थे। हर तरफ का एक-एक छिद्र इससे पहले चर्च की देख-रेख करनेवालों ने फालतू समझकर बन्द कर दिया था और दो अन्य टूट-फूटकर जाम हो गए थे—हालाँकि इससे चर्च की सेहत पर कोई फर्क नहीं पड़ता था क्योंकि जो छिद्र अभी भी खुले हुए थे और काम कर रहे थे, वे ही इतने चौड़े थे कि पूरा काम हो जाता था।

कभी-कभी तर्क दिया जाता है कि किसी कालखंड की कला के विकास को जानने के लिए उस समय के श्रेष्ठ कलाकारों की कलाकृतियों से बढ़कर कोई पैमाना नहीं है; और गोथिक कला के मामले में इस प्रस्थापना से बिल्कुल इनकार नहीं किया जा सकता। वेदरबरी की मीनार कैथेड्रल चर्चों से अलग हटकर अलंकृत मुँडेर का प्रयोग किए जाने का कदाचित गाँव में पहला उदाहरण था, और मुँडेर के अनिवार्य अंग अलंकृत पनाले बहुत ज्यादा बाहर की ओर निकले हुए थे—जो इनसानी हाथ की सर्वाधिक प्रखर रचना और डिजाइन का सर्वाधिक मौलिक नमूना थे। तात्पर्य यह है कि उनकी विरूपता में जो सममिति थी, वह उस काल की ब्रिटिश कला का कम और यूरोपीय कला का उदाहरण ज्यादा थी। आठों पनाले एक-दूसरे से भिन्न थे। देखनेवाले को दृढ़ विश्वास हो जाता था कि जो कुछ उसे उत्तर की तरफ दिखाई पड़ रहा है, पृथ्वी पर उससे विराट कुछ भी नहीं है—लेकिन ऐसा तभी तक होता था जब तक वह घूमकर दक्षिण की तरफ नहीं गया हो। इन दोनों कोनों में से इस कहानी का सम्बन्ध सिर्फ दक्षिणी-पश्चिमी कोने से है। यह इतना इनसानी था कि इसे ड्रैगन जैसा कहते भी नहीं बनता था, इतना शैतानी था कि इनसान जैसा कहते भी नहीं बनता थ, इतना पाशविक था कि शैतान जैसा कहते भी नहीं बनता था, और न ही इतना पक्षी जैसा था कि इसे ग्रिफिन कहा जा सके। यह भयावह पाषाण रचना इस तरह की गई थी जैसे कि यह खुरदुरी खाल हो, इसमें छोटे-छोटे सीधे कान थे, अपनी कोटरों से निहारती आँखें थीं, और इसकी उँगलियाँ और हाथ इसके मुँह के कोनों को पकड़े हुए थे जो इस

प्रकार उन्हें खींचकर बाहर निकलनेवाले पानी को खुला रास्ता देते प्रतीत होते थे। नीचे की दन्तपंक्ति पानी से घिस-घिसकर बिल्कुल साफ हो गई थी, हालाँकि ऊपर की अभी भी शेष रह गई थी। इस प्रकार यहाँ अपने पैर के अँगूठों को दीवार के सहारे टिकाए और उससे बाहर की ओर निकला हुआ यह प्राणी पिछले चार सौ वर्षों से शुष्क मौसम में चुपचाप और बारिश के मौसम में गड़गड़ाते और फुफकारते हुए, हँसता रहा था।

ट्राय बरामदे में सोता रहा, और बाहर बारिश बढ़ती गई। अभी पनालों से रुक-रुककर पानी गिर रहा था। थोड़े समय में इनके मुँह से नीचे जमीन तक सत्तर फुट की दूरी के बीच एक पतली-सी धार बहने लगी, ये पानी की बूँदें जमीन को ऐसे चुभती थीं जैसे तेज गति से आनेवाले बत्तखमार छर्रे। यह धार मोटी हुई और इसकी क्षमता बढ़ती गई, धीरे-धीरे यह मीनार से दूर जाकर गिरने लगी। जब मूसलाधार बारिश होने लगी तो यही धार भारी मात्रा में नीचे की ओर बढ़ी।

अब हम जमीन तक इसका रास्ता देखते हैं। परवलय के आकार में यह द्रव दीवार से आगे आया, दीवार की चौकी की पट्टियों को पार किया, पत्थरों के ढेर पर आया और संगमरमर के किनारों से होता हुआ, फैनी रॉबिन की कब्र के बीचोबीच पहुँच गया।

अभी हाल ही तक पानी की यह तेज धार इधर-उधर बिखरे पत्थरों पर गिरती थी जिससे नीचे की मिट्टी इस आक्रमण से सुरक्षित रहा करती थी। गर्मी में पत्थरों को हटाकर जमीन को साफ-सुथरा कर दिया गया था और अब इस तेज धार के मुकाबले में चिकनी जमीन के अलावा कुछ नहीं था। कई सालों से यह धार मीनार से इतनी दूर जाकर नहीं गिरी थी जितनी आज रात गिर रही थी, और ऐसी आकस्मिक स्थिति पर किसी ने ध्यान नहीं दिया था। इस कहानी के समय, और कब्रिस्तान का विस्तार किए जाने से पहले, यह उपेक्षित कोना कभी-कभी दो-तीन साल तक यूँ ही पड़ा रह जाता था, और उसके बाद आम तौर पर यह सिलसिला किसी भिखारी, किसी चोर, या किसी घोर पातकी के लाए जाने से ही टूटता था।

पनाले के मुँह से निकलती प्रचंड धारा के समस्त कोप का भाजन बनी यह कब्र। गाढ़ी पीली-भूरी मिट्टी में उथल-पुथल हुई, और यह चाकलेट की तरह उबल पड़ी। पानी इकट्ठा हुआ और मिट्टी को काटता भीतर समा गया, और इस प्रकार बने जलाशय की गड़गड़ाहट के आगे बाढ़ ला देनेवाली बारिश की अन्य ऐसी ही आवाजें दब कर रह गईं। पश्चाताप की आग में सुलग रहे फैनी के प्रेमी द्वारा इतने अरमानों से लगाए गए फूल अपनी शैया में तड़पने लगे। बनफ्शा के पौधे धीरे-धीरे औंधे हो गए, और वहाँ सिर्फ कीचड़ में लथपथ एक लता बची। जल्दी ही गुलचाँदनी और अन्य कन्द खदबदाती हुई जमीन पर यूँ उछलने लगे जैसे कड़ाहे में छौंके जाते पदार्थ। गुच्छेदार पौधे उखड़ते थे, पानी की सतह पर आते थे, और तैरकर दूर निकल जाते थे।

ट्राय अपनी आरामरहित नींद से तभी जगा जब दिन अच्छी तरह निकल आया। दो दिनों से बिस्तर नसीब न होने के कारण उसके कन्धे अकड़ गए थे, पैरों में थकान आ

गई थी, और उसका सिर भारी हो गया था। अपनी स्थिति का बोध होने पर वह उठकर सिहर उठा, फावड़ा उठाया और फिर बाहर निकल आया।

बारिश बिल्कुल थम गई थी, और अब बारिश की बूँदों से धुलकर रूसदेल और हाब्बेमा की लैंडस्केप पेंटिंगों की तरह चमकती हुई और पानी व रंगों के तेज प्रकाश से मिलने पर पैदा होनेवाले असीमित सौन्दर्य से युक्त हरी, भूरी और पीली पत्तियों के बीच से धूप खिल रही थी। भारी बारिश के कारण हवा इतनी पारदर्शी हो गई थी कि थोड़ी दूर स्थित बसन्तकालीन आभा ऐसी चटख दिखती थी जैसे बिल्कुल सामने ही हो, और दूर के वे खेत जिनकी पृष्ठभूमि में मीनार का कोना दिखता था, उतने ही पास प्रतीत होते थे जितना कि खुद मीनार।

वह मीनार के पीछे जानेवाले बजरी बिछे रास्ते पर चल पड़ा। यह रास्ता पिछली रात की तरह पथरीला न होकर कीचड़ की एक पतली परत से भर गया था। रास्ते में एक जगह उसे रेशेदार जड़ोंवाला एक पौधा दिखा जो धुलकर तन्तुओं के गुच्छे की तरह सफेद और चिकना हो गया था। उसने इसे हाथ में ले लिया—निश्चित तौर पर यह उसके लगाये प्रिमरोज के पौधों में से एक नहीं हो सकता था? उसने आगे बढ़ते हुए एक के बाद एक कई पौधे देखे। निस्सन्देह ये केसर के पौधे थे। बुझे चेहरे से ट्राय उस तरफ मुड़ गया और इसके बाद उसे वह तबाही दिखी जो इस धारा ने पैदा की थी।

कब्र के ऊपर जमा पानी जमीन ने सोख लिया था, और इसका स्थान एक गड्ढे ने ले लिया था। यहाँ से बही मिट्टी को उसने पहले ही घास पर और रास्ते में, मटमैले कीचड़ के रूप में देखा था, और कब्र के सफेद पत्थर पर भी वैसे ही धब्बों के निशान बने हुए थे। करीब-करीब सारे ही फूल पानी में बह गए थे, और वे धारा के साथ बहकर जहाँ गए, वहीं अपनी ऊपर उठी हुई जड़ों के साथ पड़े हुए थे।

ट्राय के माथे पर बल पड़ गए। उसने दाँतों को भींचा, और उसके भिंचे हुए होंठ मानो वेदना के अहसास से काँप गए। उसके भीतर भावनाएँ उमड़-घुमड़ उठीं और यह अनोखी दुर्घटना उसे सबसे तीखे दंश की तरह महसूस हुई। ट्राय के चेहरे से उसके भाव छुपते नहीं थे और जिस किसी ने भी उसे पहले देखा होगा, उसके लिए यह यकीन करना मुश्किल हो जाएगा कि यह वही आदमी है जो कभी हँसता-गाता था और जिसने किसी औरत से मचल-मचलकर प्रेमभरी बातें की थीं। पहले उसके मन में आया कि अपनी तकदीर को कोसे, लेकिन ऐसा करने के लिए भी जिस उत्साह की जरूरत थी, वह उसे कचोटनेवाली उसकी वर्तमान मनोदशा के हावी होने से पहले ही नदारद हो चुका था। यह दृश्य चूँकि पिछले दिनों के निराशाजनक दृश्यों के ऊपर हावी हो गया, एक प्रकार से यह पूरे परिदृश्य का चरमोत्कर्ष था, और यह उसकी सहन-शक्ति से बाहर की बात थी। स्वभाव से आशावादी ट्राय के अन्दर दुख को सिर्फ टालकर अपने को भुलावा देते रहने की क्षमता थी। वह किसी भी पूर्वाशंका पर विचार करना तब तक टाल सकता था जब तक कि मामला पुराना होकर समय के साथ ठंडा न पड़ जाए। फैनी की कब्र पर पौधे रोपना शायद उसकी

आत्मा की कचोट को टालने का सिर्फ एक बहाना था, और अब ऐसा हो गया था मानो उसके इरादे जाहिर हो गए हों और उनसे छल किया गया हो।

मिट्टी से सनी इस कब्र के पास खड़े होकर ट्राय ने जिन्दगी में सम्भवतः पहली बार अपने लिए दूसरा आदमी होने की ख्वाहिश की। ऐसा बिरले ही होता है कि कोई घोर विषय-व्यसनी इस बात का अहसास न करे कि उसका जीवन अपने जैसा होने का तथ्य एक ऐसी खासियत है जो उसे उन तमाम लोगों से अलग करती है जो हर प्रकार से हूबहू उसी की तरह हैं। ट्राय ने चलते-फिरते सैकड़ों बार महसूस किया था कि वह अन्य लोगों की स्थिति से ईर्ष्या नहीं कर सकता क्योंकि उस स्थिति में होने का मतलब था एक अलग व्यक्तित्व का स्वामी होना और अपने व्यक्तित्व से भिन्न कोई व्यक्तित्व उसे स्वीकार नहीं था। अपने जन्म की विचित्रताओं, अपने जीवन के उतार-चढ़ाव और इससे जुड़ी उल्का जैसी अनिश्चितताओं से उसे शिकायत नहीं थी क्योंकि ये चीजें उसकी कहानी के नायक से सम्बद्ध थीं जिनके बिना उसकी कोई कहानी ही नहीं रह जाएगी; और यह स्वाभाविक लगता था कि समय आने पर सबकुछ ठीक हो जाएगा। आज सुबह ही यह भ्रम पूरी तरह टूट गया और चूँकि यह बिल्कुल अचानक हुआ, ट्राय को खुद से नफरत हो गई। यह आकस्मिकता जितनी वास्तविक थी, उससे भी ज्यादा प्रतीत हुई। समुद्र तल के भीतर बननेवाली मूँगे की जो चट्टान तल तक पहुँचते-पहुँचते रह जाती है, क्षितिज के लिए उसका अस्तित्व वैसे ही है जैसे उसका बनना कभी शुरू ही न हुआ हो और उसका बाहर आना प्रायः आकस्मिक घटना प्रतीत होती है जबकि यह लम्बे समय से जारी थी।

वह खड़ा हो गया और अपने दुर्भाग्य पर विचार करने लगा। वह कहाँ जाए? "जो अभिशप्त है, उसे अभिशप्त ही रहने दो," उसकी नई चिन्ता के इस निष्फल प्रयत्न का यही क्रूर अभिशाप था। एक दिशा में आगे बढ़ने में अपनी शुरुआती ताकत खर्च कर देने के बाद किसी आदमी के पास इतना उत्साह नहीं शेष रह जाता कि उसके उलटे रास्ते पर चल सके। कल से ट्राय थोड़ा उलटे रास्ते पर चल पड़ा था; लेकिन मामूली विरोध से ही उसका उत्साह काफूर हो गया। नियति के भरपूर सहयोग के बावजूद उलटे रास्ते पर चलना आसान नहीं होता; लेकिन यह देखना कि एक नए रास्ते पर सहयोग करना, या उसे नया रास्ता अपनाने के लिए प्रेरित करना तो दूर, नियति ने उलटा इस दिशा में उसके पहले अदने से लेकिन महत्त्वपूर्ण प्रयास की खिल्ली उड़ा दी, उसकी सहनशक्ति से बाहर की बात थी।

ट्राय धीरे-धीरे कब्र से पीछे हटता चला गया। उसने गड्ढे को भरने की, फूलों को फिर लगाने की, या कुछ भी करने की बिल्कुल कोशिश नहीं की। उसने महज अपना इरादा छोड़ दिया और उस वक्त तथा हमेशा के लिए अपने प्रयास को शपथपूर्वक अस्वीकार कर दिया। कब्रिस्तान से चुपचाप और बिना किसी की निगाह में आए—चूँकि अभी कोई गाँववाला जगा नहीं था—वह पीछे कुछ खेतों से गुजरा, और वैसे ही चोरी-चोरी एक छोटी सड़क पर जा निकला। इसके थोड़ी ही देर बाद वह गाँव से चला गया।

इस बीच बाथशीबा अपनी इच्छा से अटारी में कैद रही। बीच-बीच में लिडी की

आवाजाही को छोड़कर, जिसके लिए पास के एक छोटे से स्थान में बिस्तर लगा दिया गया था, यह दरवाजा तालाबन्द रखा जाता था। कब्रिस्तान में करीब दस बजे नौकरानी ने ट्राय की लालटेन का प्रकाश देखा जिसकी निगाह रात का खाना खाते समय अपने आप खिड़की से उधर चली गई थी, और उसने इसे बाथशीबा को दिखाया। वे कुछ देर तक जिज्ञासापूर्वक इस दृश्य को देखते रहे, और फिर लिडी को सोने भेज दिया गया।

उस रात बाथशीबा को ज्यादा गहरी नींद नहीं आई। जब उसकी साथिन सो गई और पास के कमरे से उसके साँस लेने की धीमी-धीमी आवाज आने लगी तो उस समय भी घर की मालकिन खिड़की से बाहर उस मन्द प्रकाश पर निगाहें गड़ाए हुए थी जो पेड़ों के बीच से फैल रहा था—जिसकी चमक में निरन्तरता नहीं थी, लेकिन जो किसी लाइट हाउस के चक्कर काटते प्रकाश की तरह टिमटिमा रहा था। हालाँकि इससे बाथशीबा को यह नहीं पता चल पाया कि बार-बार किसी आदमी की छाया इसके सामने पड़ रही है। बाथशीबा तब तक यहीं बैठी रही जब तक बारिश नहीं होने लगी, और प्रकाश गायब नहीं हो गया, जिसके बाद वह अपने बिस्तर में बेचैनीपूर्वक लेटने और शाँत मन से पिछली रात के धुँधले दृश्यों की याद ताजा करने चल पड़ी।

सुबह पौ फटने से पहले ही वह एक बार फिर उठी और फेफड़ों में सुबह की ताजा हवा भरने के लिए खिड़की को खोल दिया, रात की बारिश में बौछार से नम हो गए खिड़की के शीशों में एक प्रकार की पीली चमक थी जो आसमान में नीचे विचरण करते हल्के पीले रंग के बादलों के टुकड़ों का प्रभाव था। नीचे टूटकर गिरे पत्तों पर पेड़ों से नियमित अन्तराल पर टपकती बूँदों की आवाज आ रही थी, और चर्च की दिशा में उसे एक दूसरी आवाज सुनाई पड़ी—यह अलग तरह की थी, और शेष आवाजों की तरह रुक-रुककर आती हुई नहीं थी—कल-कल करती पानी की धार किसी कुंड में गिर रही थी।

लिडी ने आठ बजे दस्तक दी, और बाथशीबा ने दरवाजे का ताला खोला।

"रात क्या गजब की बारिश हुई मैम।" लिडी ने नाश्ते के बारे में पूछताछ पूरी कर लेने के बाद कहा।

"हाँ, बहुत तेज बारिश थी।"

"क्या आपने चर्च के हाते से आती वह अजीबोगरीब आवाज सुनी?"

"मैंने एक अजीब-सी आवाज सुनी तो थी। मैं सोचती रही कि ये मीनार से तेज धार में निकलकर गिरनेवाले पानी की आवाज होगी।"

"हाँ, यही बात गैब्रिएल भी कह रहा था, मैम। इस समय वह देखने गया है।"

"अच्छा—आज सुबह गैब्रिएल यहाँ आया था?"

"यहाँ से गुजरते हुए सिर्फ एक नजर डाली थी उसने—अपने उसी पुराने अन्दाज में, जिसको मैं सोचती थी कि आजकल उसने छोड़ दिया होगा। लेकिन पहले तो मीनार से निकलनेवाली तेज धार पत्थरों पर पड़कर छिटक जाती थी, और हम हैरान हैं क्योंकि यह आवाज किसी कड़ाही के उबलने जैसी थी।"

पढ़ने, सोचने या काम करने में असमर्थ बाथशीबा ने लिडी को रुककर अपने साथ ही नाश्ता करने के लिए बोल दिया। बच्चों जैसे स्वभाववाली इस लड़की की जुबान पर हाल की घटनाएँ आ गईं। "क्या आप उधर चर्च की तरफ जाएँगी, मैम?" उसने पूछा।

"कह नहीं सकती," बाथशीबा ने कहा।

"मैंने सोचा कि शायद आप जाकर देखना चाहें कि फैनी को कहाँ दफन किया गया है। वह जगह आपकी खिड़की से देखने पर पेड़ों की आड़ में पड़ जाती है।"

बाथशीबा अपने पति से मुलाकात हो जाने को लेकर डरी हुई थी। "क्या आज रात मि. ट्राय घर में थे?" उसने कहा।

"नहीं, मैम; मेरे ख्याल से वह बडमाउथ चले गए हैं।"

बडमाउथ। इस शब्द का उच्चारण मात्र ट्राय और उसके कर्मों की मलिन छवि का परिचायक था। इस समय उनके बीच तेरह मील का फासला था। उसे अपने पति की आवाजाही के बारे में लिडी से पूछना अच्छा नहीं लगता था और अब तक ऐसा करने से वह प्रयत्नपूर्वक बचती रही थी, लेकिन अब घर में सबको पता चल गया था कि पति-पत्नी के बीच कोई भारी मतभेद पैदा हो गया है और इसे छुपाने की कोशिश व्यर्थ थी। बाथशीबा उस स्तर पर पहुँच गई थी जहाँ लोग जनमत की परवाह करना बिल्कुल छोड़ देते हैं।

"तुम्हें ऐसा क्यों लगता है कि वह वहीं गए हैं?" उसने पूछा।

"लेबन टाल ने आज सुबह नाश्ते से पहले उन्हें बडमाउथ की सड़क पर देखा था।"

बाथशीबा को पिछले चौबीस घंटों के उस निरंकुश भारीपन से थोड़ी राहत मिली जिसने उसके भीतर यौवन के उछाह को, इसके बदले परिपक्वता लाए बिना, खत्म कर दिया था, और उसने बाहर निकलकर थोड़ी दूर टहलने का इरादा किया। नाश्ता खत्म हो जाने के बाद उसने अपनी टोपी पहनी और चर्च की तरफ चल पड़ी। नौ बज गए थे, और एक बार खा-पीकर आदमियों के दुबारा काम पर लौट जाने के बाद, उसे उनमें से ज्यादा लोगों से सड़क पर भेंट होने की सम्भावना नहीं थी। यह जानकर कि उस वक्त फैनी को चर्च के पापियोंवाले हिस्से में दफनाया गया था, जिसे गाँव में 'चर्च का पिछवाड़ा' कहते हैं और जो गली से दिखाई नहीं पड़ता था, वहाँ घुसकर उस स्थान को देखने की इच्छा से अपने को रोक पाना नामुमकिन था; साथ ही न जाने किन भावनाओं के चलते ऐसा करते उसे डर भी लग रहा था। वह इस भावना से अपने को मुक्त नहीं कर पा रही थी कि उसकी सौत और रात को पेड़ों के बीच से आनेवाले प्रकाश में कोई न कोई सम्बन्ध जरूर है।

बाथशीबा पुश्ते के किनारे-किनारे चलकर आई, और गड्ढे तथा कब्र को देखा, इसकी नाजुक सतह वैसे ही कीचड़ से लथपथ और दागदार थी जैसे दो घंटे पहले ट्राय इसे देखकर छोड़ गया था। इस परिदृश्य के दूसरी तरफ गैब्रिएल खड़ा था। उसकी आँखें भी कब्र पर ही गड़ी हुई थीं, और बाथशीबा के चुपचाप आ जाने से अभी उसका ध्यान उसकी तरफ नहीं गया था। बाथशीबा तुरन्त यह नहीं महसूस कर पाई कि यह शानदार मकबरा और क्षतिग्रस्त कब्र फैनी की है, और उसने अगल-बगल तथा चारों तरफ किसी साधारण से

मिट्टी के ढेर को तलाशने के लिए नजर दौड़ाई जो साधारण ढंग से खुदा और मिट्टी से भरा हो। इसके बाद उसकी नजर उधर गई जिधर ओक देख रहा था और उसने इन शब्दों को पढ़ा जो समाधि-लेख की शुरुआत में लिखे गए थे—

"फैनी रॉबिन की मधुर स्मृति में
फ्रांसिस ट्राय द्वारा बनवाया गया।"

ओक ने बाथशीबा को देखा, और उसकी तरफ प्रश्नसूचक निगाहों से देखते हुए यह जानना चाहा कि उसे इस लिखे की जानकारी कैसे मिली, जिससे उसे खुद भी काफी आश्चर्य हुआ था।

लेकिन ऐसी बातें जानकर अब बाथशीबा की सेहत पर खास फर्क नहीं पड़ता था। भावनात्मक आघात उसकी कहानी का एक हिस्सा बन गए लगते थे, और उसने गैब्रिएल को नमस्कार करने के बाद उससे कहा कि पास पड़े फावड़े को लेकर गड्ढा भर दे। जब ओक उसकी इच्छानुसार काम में लगा हुआ था तो बाथशीबा ने फूलों के पौधों को इकट्ठा किया, और उनकी जड़ों और पत्तियों को इतने प्रेम से स्पर्श करके उन्हें लगाने लगी जो किसी औरत की बागवानी की निशानी होती है, और जिसे समझकर तथा जिसके सहारे फूल भी खिलते प्रतीत होते हैं। उसने ओक से अनुरोध किया कि चर्च की देखरेख करनेवालों से कहकर पनाले की निकासी की दिशा इन फूलों से दूर करवा दे जिससे कि ऐसी दुर्घटना की पुनरावृत्ति रोकी जा सके। आखिरकार, एक औरत की सतही उदारता के साथ, जिसकी संकीर्ण भावनाओं ने उसके भीतर प्रेम के बजाय कड़वाहट भर दी थी, उसने कब्र के पत्थर से कीचड़ के धब्बों को पोंछ दिया जैसे कि उसे इसके शब्द पसन्द हों, और वापस घर चली गई।*

अध्याय 47

समुद्र-तट पर हुई घटनाएँ

ट्राय दक्षिण की तरफ चलता चला गया। वह बडमाउथ की ओर नहीं गया, जैसा बताया गया था। उसके भीतर किसान की जिन्दगी के नीरस परिश्रम से ऊब, कब्र में दफनाई गई फैनी की उदासीभरी यादें, पश्चाताप और अपनी पत्नी के समाज से नफरत की मिली-जुली भावनाएँ थीं जिन्होंने उसे मजबूर कर दिया कि वह वेदरबरी को छोड़कर पृथ्वी पर कहीं भी और शरण ले ले। फैनी से जुड़ी तमाम बातों की दुखद स्मृति मिटने का नाम नहीं लेती थी और इससे बाथशीबा के घर में जिन्दगी असहनीय हो गई थी। तीन बजे दोपहर में

* 'वेदरबरी' के स्थानीय मीनार और कब्रिस्तान पूर्वोक्त वर्णन से पूरी तरह मेल नहीं खाते।—हार्डी

उसने अपने को मीलभर से अधिक लम्बी एक ढलान के निचले सिरे पर पाया जो समुद्र के किनारे-किनारे स्थित पहाड़ियों की एक लम्बी शृंखला तक जा रही थी और एक तरफ नीचे स्थित जुते हुए खेतों तथा दूसरी तरफ तट के प्राकृतिक दृश्यों के बीच दूर-दूर तक अवरोधक का काम कर रही थी। पहाड़ी पर करीब-करीब बिल्कुल सीधी और झक सफेद सड़क पसरी हुई थी, जिसके दोनों किनारे नीचे से ऊपर क्रमशः पतले होते-होते करीब दो मील दूर एक-दूसरे से मिलकर स्तूप का आकार बना रहे थे। इस सँकरे और ढलुवाँ मैदान में आज की इस चटकीली दोपहर में दूर-दूर तक कहीं जीवन का कोई नामो-निशान नहीं था। ट्राय को सड़क पर चलते हुए जैसी सुस्ती और अवसाद ने घेरा, वैसा अनुभव उसे पिछले कई सालों से नहीं हुआ था। हवा में गर्मी और उमस थी, और उसके आगे बढ़ने पर शिखर पीछे हटता प्रतीत होता था।

आखिरकार वह शिखर पर पहुँच ही गया, और अचानक उसका सामना हुआ दूर-दूर तक फैले और नवीन दृश्य से, लगभग वैसे ही जैसे स्पेन के खोजी यात्री बल्बोआ की निगाह पहली बार प्रशान्त महासागर पर पड़ी थी। दूर-दूर तक फैले नीले समुद्र में बस कुछ धुँधली-सी रेखाएँ स्पष्ट हो पा रही थीं जो इतनी गहरी नहीं खिंची लगती थीं कि समुद्र की सतह की एकसारता भंग हो। इसका विस्तार ट्राय के सामने की पूरी चौड़ाई से लेकर दाहिनी तरफ वहाँ तक था, जहाँ इस पर पड़ती सूर्य की तीखी किरणें इससे समस्त रंगों को हटाकर उनके स्थान पर एक निर्मल तैलीय पालिश का प्रभाव पैदा कर रही थीं। तट के नजदीकी कोनों पर स्थित दूधिया सफेद झाग की उस झालर को छोड़कर जिसके कतरे आगे निकले पत्थरों को जीभ की तरह चाट रहे थे; आकाश, पृथ्वी या समुद्र में कहीं कोई हलचल नहीं थी।

वह ढलान से नीचे उतरा और एक ऐसी जगह पहुँचा जहाँ समुद्र तीन तरफ से चट्टानों से घिरा था। यह लुलविंड कोव था जो गर्मियों की प्रसिद्ध सैरगाह थी। ट्राय ने अपने को भीतर से प्रफुल्लित महसूस किया। उसने आगे बढ़ने से पहले यहीं रुककर विश्राम करने और स्नान करने का फैसला किया। उसने कपड़े उतारे और पानी में छलाँग लगा दी। कोव के भीतर का पानी तालाब की तरह शान्त होने के नाते किसी तैराक के लिए मजेदार नहीं था और समुद्र की लहरों का लुत्फ लेने के लिए ट्राय उन दो उभरी हुई चट्टानों के बीच से तैरकर निकल गया जो इस छोटे-मोटे भूमध्य सागर के लिए हरक्युलिस की चट्टानों की तरह थीं। यह ट्राय का दुर्भाग्य था कि बाहर एक ऐसी धारा थी जो थोड़े भी कुशल तैराक के लिए तो मुश्किल नहीं थी लेकिन ऐसे तैराक के लिए कठिन थी जो अचानक ही इसकी लपेट में आ जाए। ट्राय ने अपने को पहले तो बाईं तरफ और फिर उसके बाद घूमकर तेज लहर के साथ समुद्र की ओर बहते हुए पाया।

अब उसे इस स्थान और इसके घातक स्वभाव का स्मरण हो आया। यहाँ स्नान करनेवाले बहुत से लोगों ने समय-समय पर मौत से बचने की दुआ माँगी थी, और गोंजालो की तरह उनकी भी दुआ सुनी नहीं गई थीं। ट्राय को लगा कि सम्भवतः वह भी उन्हीं

में से एक बनकर रह जाएगा। किसी प्रकार की कोई नाव नजर नहीं आ रही थी, लेकिन दूर समुद्र-तट पर स्थित पश्चिमी बडमाउथ और पोर्टलैंड टापू मानो चुपचाप उसके प्रयत्नों पर निगाह गड़ाए हुए थे, और कस्बे के किनारे धुँधले-से दिखते रस्सियों और मस्तूलों के जाल से बन्दरगाह का पता चलता था। कोव के मुहाने तक वापस पहुँचने की जी-तोड़ कोशिश कर लेने के बाद थक जाने के कारण ट्राय अपनी आदत से कई इंच नीचे तैर रहा था। वह सिर्फ नथुनों से साँस ले रहा था। दर्जनों बार पीठ के बल दोनों हाथ तितली की तरह फैलाकर तैरते हुए ट्राय ने आखिरी उपाय के रूप में धारा के रुख से थोड़ा तिरछा चलने, इस तरह तट के किसी भी बिन्दु पर पहुँच जाने का फैसला किया, और आम तौर पर धारा की दिशा में चलते हुए अपनी ताकत का सिर्फ मामूली इस्तेमाल करता रहा। निश्चित तौर पर यह धीमी प्रक्रिया थी लेकिन उसे बहुत कठिन नहीं लगी, और हालाँकि किसी निश्चित स्थान पर पहुँचने का कोई उपाय नहीं था—क्योंकि किनारे की चीजें उसके पास से दुखदायी ढंग से धीमे-धीमे पीछे छूट रही थीं—उसे महसूस हुआ कि वह थोड़ा और आगे दाहिनी तरफ लम्बी सँकरी जलमग्न भूमि की तरफ बढ़ रहा है—जो इस समय क्षितिज के धूपवाले हिस्से में स्थित होने के नाते अच्छी तरह दिख रही थी। जिस समय तैरनेवाले की निगाहें, इसे अपने बचाव का एकमात्र साधन समझकर, इस भूमि पर गड़ी हुई थीं, उसका ध्यान किसी गतिशील वस्तु पर गया, और इसके तुरन्त बाद किसी जहाज की एक नौका प्रकट हुई जिसमें कई मल्लाह सवार थे और जिसका अग्र भाग समुद्र की तरफ था।

ट्राय के अन्दर थोड़ी देर और जूझने के लिए स्फूर्ति का संचार हो गया। अपनी दाहिनी बाँह के सहारे तैरते हुए, उसने उनका ध्यान आकृष्ट करने के लिए लहरों पर छपाक-छपाक की आवाज करने के साथ-साथ अपनी पूरी ताकत से चिल्लाते हुए अपने बाएँ हाथ को ऊपर उठा दिया। ढलते हुए सूरज के प्रकाश में इस समय गहरे रंग के समुद्र तल पर नाव के पूरब में स्थित उसकी उजली काया साफ दिख रही थी, और उन लोगों ने उसे तुरन्त देख लिया। अपने चप्पुओं को पीछे करते हुए और नाव को मोड़ते हुए वे उसकी तरफ दृढ़तापूर्वक बढ़े, और उसके पहली बार आवाज लगाने के पाँच या छह मिनट के भीतर मल्लाहों में से दो ने उसे नाव के पिछले भाग में खींच लिया।

वे दो मस्तूलोंवाले एक पोत के साथ थे और बालू के लिए तट पर आए हुए थे। ट्राय थककर पस्त हो गया था, और उसके मुँह से आवाज निकलने में कुछ वक्त लग गया। इस बीच उसको बचानेवालों ने तेजी से ठंडी होती जा रही हवा से थोड़े बचाव के लिए आपस में मिलजुलकर जो थोड़ा-बहुत कपड़ा हो पाया, उसे दे दिया। उसने तुरन्त अपनी रामकहानी उन लोगों को सुनाई, और अनुरोध किया कि उसे उस स्थान पर छोड़ दिया जाए जहाँ वह नहा रहा था। उसने बताया कि वह जगह करीब एक मील की दूरी पर है। उनकी नाव कुछ लदी हुई थी, लेकिन थोड़ी-सी हिचक के बाद वे बताई गई दिशा में नाव खेकर ले जाने और उसे उतारने के लिए तैयार हो गए। ट्राय ने दूरी को बहुत कम आँका था, और इसके साथ-साथ ही धारा से दूरी बनाकर चलने के कारण वे जब तक कोव के

सँकरे मुहाने तक पहुँचे, उन्होंने दो मील से ज्यादा नाव चला ली थी। जिस समय उनकी चौड़े तले की नाव तट के कंकरों से करड़-करड़ की आवाज करते हुए टकराई, सूर्यास्त हो चुका था, अर्द्धचन्द्र निकल आया था, और चारों तरफ शान्ति पसरी हुई थी जिससे ढलुवाँ तट पर छोटी-छोटी लहरों के उछाल की धीमी आवाज और हर लहर के साथ कंकड़ों के आपस में टकराने की सरसराहट साफ सुनाई पड़ रही थी—चट्टानों के पीछे लहरों की ज्यादा तेज आवाजाही की आवाज यहाँ भीतर हल्के-हल्के दुहराई जा रही उसी गति के बावजूद साफ सुनाई दे रही थी।

ट्राय ने चिन्तापूर्वक कोव के किनारे-किनारे उस तरफ नजर दौड़ाई जहाँ उसने कपड़ों का सफेद ढेर छोड़ा था। वहाँ उनका नामोनिशान तक नहीं था। वह नाव से कूदकर उतरा, इधर-उधर—शिलाखंडों के पीछे और खर-पतवार के नीचे—तलाश की। इसमें कोई शक नहीं रह गया कि कपड़े गायब हो गए हैं।

"कसम से," उसने उनकी तरफ देखते हुए कन्धे उचकाकर कहा; "मेरा सबकुछ बर्बाद हो गया, और इस दुनिया में न मेरे पास एक फूटी कौड़ी है, न कोई आगे-पीछे।"

नाविकों ने सलाह-मशविरा किया, और उनमें से एक ने कहा, "अगर तुम हमारे साथ चल चलो तो शायद हम तुम्हें किसी टोली में रख लेंगे। बडमाउथ में हमें काम करनेवालों की जरूरत है, और अभी कमी बनी हुई है। हमें काम करनेवाले नहीं मिल रहे। कप्तान को कोई भी काम करनेवाला मिल जाए तो उसे खुशी होती है, और वह तुम्हें रख सकता है।"

ट्राय ने क्षणभर के लिए विचार किया। वैसे भी वह अपना जीवन बच जाने से इतनी राहत महसूस कर रहा था कि कपड़ों और साथ-साथ जो भी कुछ उसके पास था, उसके खो जाने से वह बहुत परेशान नहीं हुआ, हालाँकि फिलहाल इतनी असुविधा तो हो ही गई थी कि वह पूरी तरह इन अजनबियों का मोहताज हो गया था। ऐसा शायद ही होगा कि वे लोग उसे जाने दें, क्योंकि उसने उनमें से तीन-चार का कोई न कोई कपड़ा पहन रखा था। किसी न किसी प्रकार कीमत चुकाए जाने की उम्मीद की जाएगी, और ऐसा करने से पहले कमाना जरूरी है।

"सफर कितना लम्बा होगा," उसने आगे बातचीत के दौरान कहा।

"छह महीने—हालाँकि जो पुराने काम करनेवाले हैं, उन्होंने विदेशी बन्दरगाह से व्यापार के मामले में दो साल का इकरारनामा किया है, लेकिन तुम्हारे लिए यह छह महीने से ज्यादा का नहीं होगा। फिर भी, जहाज पर चलना और कायदे-कानून पढ़कर जान लेना। उसके बाद नहीं जाना हो तो हम तुम्हें बडमाउथ पहुँचा देंगे।"

ट्राय ने यह आमन्त्रण स्वीकार कर लिया, और वे सभी लंगरगाह की ओर चल पड़े। उसने उदास होकर सोचा कि गाँव को छोड़ देना बाथशीबा पर उपकार होगा। उसका चले जाना बाथशीबा के लिए उसी प्रकार लाभदायक रहेगा जिस प्रकार उसका रुकना बाथशीबा की बर्बादी होगी—हालाँकि जब वह उसकी उदारता का श्रेय उसे नहीं देगी तो इसे दिखाने

में तब तक कोई लाभ नहीं है जब तक कि दोनों तरफ का फायदा न हो।

उसके यही सब सोचते-सोचते सामने की विस्तृत जलराशि के तल पर धीमे-धीमे रात का अँधेरा छाने लगा; और उनसे थोड़ी ही दूरी पर जहाँ तट की रेखा गोलाई में घूमकर क्षितिज पर छाँव की एक पट्टी बना रही थी, पीली रोशनियों की पूरी शृंखला अस्तित्व में आने लगी जिससे पता चलता था कि वह स्थान बडमाउथ है जहाँ ये लैम्प परेड-मैदान के किनारे-किनारे जल रहे हैं। समुद्र की शान्त लहरों पर सिर्फ उनके चप्पुओं की छप-छप की आवाज सुनाई पड़ती थी, और जैसे-जैसे वे घने होते अन्धकार में परिश्रम करते रहे, वैसे-वैसे लैम्पों से आनेवाला प्रकाश बढ़ता गया। लगता था मानो हर लैम्प अपने सामने की लहरों में काफी गहराई तक लपलपाती हुई तलवार भोंक रहा है। कुछ ही देर में कई धुँधली आकृतियों के बीच उस जहाज की आकृति भी दिखने लगी जिसकी तरफ वे बढ़ रहे थे।

अध्याय 48

सन्देह का कीड़ा कुलबुलाया : सन्देह बरकरार

अपने पति की गैरहाजिरी के घंटों से बढ़कर दिनों में बदल जाने को बाथशीबा ने कुछ आश्चर्य, और कुछ राहत की भावना से महसूस किया; फिर भी दोनों में से कोई अनुभूति उदासीनता के स्तर से आगे नहीं बढ़ पाई। वह उसकी थी : यह बात इतनी तय थी, और इस निष्पत्ति की तार्किक सम्भावनाएँ इतनी सीमित थीं, कि वह आकस्मिक स्थितियों को लेकर अटकलबाजी नहीं कर सकी। स्वयं को अब अनोखी औरत न मानते हुए उसने अभागी के रूप में अपनी सम्भावित नियति पर विचार करते हुए किसी बाहरी आदमी जैसी तटस्थता हासिल कर ली थी, क्योंकि बाथशीबा ने अपना और अपनी नियति का जो खाका खींचा था उससे स्याह कोई हकीकत नहीं हो सकती। युवावस्था का उसका स्वाभाविक दर्प चूर-चूर हो गया था, और इसी के साथ आगामी समय की समस्त चिन्ताएँ दूर हो गई थीं; क्योंकि चिन्ता का मतलब होता है एक अच्छे और एक बुरे विकल्प पर सोच-विचार, और बाथशीबा ने तय कर लिया था कि उसके लिए सारे विकल्प खत्म हो गए हैं। कभी न कभी और जल्दी ही—उसका पति घर आ जाएगा। और तब अपर फार्म की उनकी काश्तकारी के दिन गिने-चुने रह जाएँगे। सम्पत्ति का कानूनी पहलू देखनेवाले एजेंट को उसके औरत होने और उसकी युवावस्था और उसकी सुन्दरता के कारण पहले ही जेम्स एवरडीन के उत्तराधिकारी के रूप में उसकी क्षमता पर कुछ सन्देह था, लेकिन उसके चाचा की अनोखी वसीयत, अपनी मृत्यु से पहले उनके द्वारा बाथशीबा की योग्यता की प्रशंसा और आकस्मिक रूप से उसके जिम्मे आ गई भेड़ों और मवेशियों की लगन से की गई देखरेख से उसकी क्षमता में विश्वास बहाल हो गया था, और ज्यादा आपत्ति नहीं की गई। बाद में इस बात

को लेकर वह काफी संशय में थी कि उसकी वैवाहिक स्थिति से कानूनन उसकी स्थिति पर क्या प्रभाव पड़ेगा, लेकिन अभी उसके नाम परिवर्तन पर ध्यान नहीं दिया गया था, और एक बात बिल्कुल स्पष्ट थी कि अगर आगामी जनवरी के लगानवाले दिन वह स्वयं या उसका पति एजेंट से नहीं मिल पाए तो कोई मुरौवत नहीं की जाएगी, और वे इसके काबिल भी नहीं रहेंगे। एक बार फार्म से बाहर होने का मतलब था बदहाली को न्योता देना।

इसलिए बाथशीबा इस अहसास में जीती थी कि उसका मकसद खत्म हो गया है। वह उन औरतों में नहीं थी जो हवा में उम्मीदें पाल लिया करती हैं। इस प्रकार वह अपने वर्ग की उन कम दूरदर्शी और ऊर्जावान महिलाओं से भिन्न थी जिनके लिए उम्मीद घड़ी की निरन्तर चलनेवाली सुई की मानिन्द होती है जिसमें चाबी भरने के लिए थोड़ी-सी भी खुराक पर्याप्त होती है। यह बात अच्छी तरह समझकर कि उससे भारी भूल हुई है, उसने अपनी स्थिति को स्वीकार कर लिया, और चुपचाप अन्त की प्रतीक्षा करने लगी।

ट्राय के जाने के बाद पहले शनिवार को वह अकेले कास्टरब्रिज गई, जहाँ वह शादी के बाद से नहीं गई थी। इस शनिवार को वह आम तौर पर मंडीगृह के सामने एकत्रित रहनेवाले उन ग्रामीण व्यापारियों की भीड़ के बीच से धीमे-धीमे पैदल ही चली जा रही थी जिन्हें हमेशा की तरह शहरी लोग इस भावना से देख रहे थे कि ये लोग अपने अच्छे स्वास्थ्य की कीमत देहात में रहकर चुका रहे हैं। तभी उसके पीछे-पीछे आ रहे एक आदमी ने अपनी बाईं तरफवाले आदमी से कुछ कहा। बाथशीबा के कान किसी जंगली जानवर की तरह तेज थे और बोलनेवाले की बात उसे बिल्कुल साफ सुनाई पड़ी, हालाँकि उस आदमी की तरफ उसकी पीठ थी।

"मैं मिसेज ट्राय को खोज रहा हूँ। क्या ये वही हैं?"

"हाँ, मेरे विचार से तो वह नवयुवती ही मिसेज ट्राय है," उस आदमी ने जवाब दिया।

"मुझे उनको एक शोक सन्देश देना है। उनके पति डूबकर मर गए।"

जैसे उसे भविष्य की घटनाओं को जान लेने की क्षमता प्राप्त हो, बाथशीबा के मुँह से निकल पड़ा, "नहीं, यह सच नहीं है : यह सच नहीं हो सकता।" इसके बाद न उसने कुछ कहा और न कुछ सुना। हाल ही में उसके भीतर जमी आत्म-नियन्त्रण की बर्फ टूट गई, और एक बार फिर प्रबल वेग से बह निकली धाराओं ने उसे अपने आगोश में ले लिया। उसकी आँखों के आगे अँधेरा छा गया, और वह गिर पड़ी।

लेकिन जमीन पर नहीं। एक गुमसुम व्यक्ति जो पुरानी अनाज-मंडी के बरामदे में खड़ा उसे इस समूह के पास से गुजरते हुए देख रहा था, उसके चौंकते ही तेज कदमों से उसकी तरफ बढ़ा था और उसे गिरते-गिरते अपनी बाँहों में थाम लिया।

"क्या बात है?" बोल्डवुड ने उसे सँभालते हुए समाचार लानेवाले की तरफ देखकर पूछा।

"इस हफ्ते लुलविण्ड कोव में नहाते समय इनके पति डूब गए। एक तटरक्षक को उनके कपड़े मिले और कल वह उनको बडमाउथ लाया।"

यह सुनकर बोल्डवुड की आँखों में एक अजीब चमक आ गई और उनका चेहरा एक अवर्णनीय विचार की दबी उत्तेजना से दमक उठा। हर किसी की निगाहें इस समय उन पर और अचेत बाथशीबा पर टिकी हुई थीं। उन्होंने उसका शरीर जमीन से ऊपर उठा लिया और उसके कपड़े की सलवटों को उसी प्रकार सुलझाया जैसे कोई बच्चा तूफान-पीड़ित पक्षी को हाथ में लेकर इसके बिखरे हुए पंखों को सुलझाता है, और उसे साथ लेकर किंग्स आर्म्स नामक सराय के रास्ते पर बढ़ गए। यहाँ वह उसके साथ मुख्य द्वार से गुजरकर एक एकान्त कक्ष में पहुँचे और जब तक उन्होंने—अनिच्छापूर्वक—यह अनमोल भार सोफे पर उतारा, बाथशीबा ने अपनी आँखें खोल दीं। जो कुछ घटित हुआ था, उसे याद करते हुए वह बुदबुदाई, "मैं घर जाना चाहती हूँ।"

बोल्डवुड कमरे से बाहर चले गए। होश में आने के लिए वह क्षणभर के लिए गलियारे में खड़े रहे। यह अनुभव उनकी चेतना के लिए बहुत अधिक था जिसके साथ वह तादात्म्य नहीं स्थापित कर पा रहे थे, और अब जब उन्होंने उसे जज्ब कर लिया था तो यह फिर हाथ से निकल गया था। उन कुछ स्वर्गिक क्षणों में वह उनकी बाँहों में रही थी। इससे क्या फर्क पड़ा अगर उसे इसका अहसास नहीं था?—बाथशीबा उनके सीने के करीब रही थी, वह उसके सीने के करीब रहे थे।

वह बाहर निकल गए और उसके पास एक औरत को भेजकर मामले की पूरी तहकीकात करने चल पड़े। घूम-फिरकर उतनी ही जानकारी हाथ लगी जितनी वह पहले ही सुन चुके थे। इसके बाद उन्होंने बाथशीबा के घोड़े को टमटम में जोतने का आदेश दिया और सब तैयारी हो जाने पर उसे सूचित करने लौटे। उन्होंने पाया कि अभी विवर्ण और रुग्ण होते हुए भी उसने इस बीच यह खबर लानेवाले बडमाउथ के उस आदमी को बुलवाकर उससे इस मामले की पूरी जानकारी हासिल कर ली थी।

बाथशीबा जिस तरह गाड़ी पर चलकर कस्बे में आई थी, उस तरह वापस घर जाने में बिल्कुल असमर्थ थी और इसलिए बोल्डवुड ने शिष्टता और भावना के नाते उसे गाड़ीवान मुहैया कराने या उसे अपनी फिटन में सीट देने की पेशकश की जो उसके स्वयं के वाहन से ज्यादा आरामदायक था। इन प्रस्तावों को बाथशीबा ने नम्रतापूर्वक ठुकरा दिया, और बोल्डवुड तुरन्त चले गए। करीब आधा घंटे बाद बाथशीबा ने कोशिश करके स्वयं में स्फूर्ति का संचार किया और हमेशा की तरह अपनी सीट पर बैठकर लगाम सँभाल ली—बाहर से ऐसा जताते हुए मानो कुछ हुआ ही न हो। वह एक टेढ़े-मेढ़े पिछले रास्ते से कस्बे से बाहर गई और सड़क तथा आसपास के दृश्यों से बेखबर धीमे-धीमे आगे बढ़ती चली गई। बाथशीबा जिस समय घर पहुँची, उस समय शाम का झुटपुटा छाने लगा था। वहाँ चुपचाप उतरकर और घोड़े को लड़के के हाथों में छोड़कर वह तुरन्त ऊपरी मंजिल की तरफ बढ़ गई। उतरते समय उसकी भेंट लिडी से हुई। यह खबर वेदरबरी में बाथशीबा के पहुँचने के आधे घंटे पहले पहुँच चुकी थी, और लिडी ने अपनी मालकिन की तरफ प्रश्नसूचक निगाहों से देखा। बाथशीबा कुछ बोल नहीं पाई।

वह अपने शयनकक्ष में घुसी और खिड़की के पास बैठकर सोचती रही, सोचती रही जबतक कि रात के अँधेरे ने उसे चारों तरफ से घेर लिया, और सिर्फ उसकी छाया दिखाई पड़ने लगी। किसी ने दरवाजे पर आकर दस्तक दी और इसे खोला।

"हाँ, क्या बात है, लिडी?" उसने कहा।

"मैं सोच रही थी कि आपके लिए कुछ पहनने को लाना चाहिए," लिडी ने संकोचपूर्वक कहा।

"क्या मतलब?"

"गमी के कपड़े।"

"नहीं, नहीं, नहीं," बाथशीबा ने जल्दी से कहा।

"लेकिन मेरा ख्याल है कि उनके लिए कुछ किया जाना चाहिए, बेचारे—"

"मेरे विचार से अभी नहीं। यह जरूरी नहीं है।"

"जरूरी क्यों नहीं है, मैम?"

"क्योंकि वह अभी भी जीवित हैं।"

"आपको कैसे पता?" लिडी ने चकित होकर कहा।

"मैं नहीं जानती। लेकिन क्या यह सबकुछ दूसरे ढंग से नहीं होता, या मुझे कुछ और पता नहीं चलता, या वह मिले नहीं होते लिडी?—या मैं नहीं जानती कि बात क्या है, लेकिन मृत्यु उस तरह नहीं हो सकती जिस तरह यह सब है। इसमें कोई चाल हो सकती है। मुझे पूरा यकीन है कि वह अभी भी जीवित हैं।"

बाथशीबा सोमवार तक अपने इस विचार पर दृढ़तापूर्वक कायम रही लेकिन उसी दिन दो ऐसी परिस्थितियाँ बनीं कि वह इससे थोड़ी-सी विचलित हो गई। पहला था स्थानीय अखबार में एक छोटा-सा पैराग्राफ जिसमें एक पत्रकार ने ट्राय की डूबकर हुई मौत के बारे में न केवल अनुमान-आधारित साक्ष्य दिए थे बल्कि उसमें बडमाउथ के किन्हीं मि. बार्कर, एम.डी., का महत्त्वपूर्ण प्रमाण भी था जिन्होंने सम्पादक के नाम पत्र में स्वयं को घटना का चश्मदीद गवाह बताया था। इसमें उन्होंने कहा था कि वह कोव के दूरस्थ हिस्से की तरफ से सूर्यास्त के समय गुजर रहे थे। उसी समय उन्होंने देखा कि कोई नहानेवाला धारा के साथ बहकर कोव के मुहाने से बाहर निकल गया, और उन्होंने तुरन्त अनुमान लगा लिया कि अगर उसके बाजुओं में असाधारण दम नहीं होगा तो उसके बचने की सम्भावनाएँ बहुत क्षीण हैं। वह धारा के साथ तट के एक उभरे हुए ऊँचे हिस्से के पीछे चला गया, और मि. बार्कर भी तट के किनारे-किनारे उसी तरफ चल पड़े। लेकिन जब तक वह ऐसी किसी पर्याप्त ऊँची जगह पर पहुँचे, जहाँ से सामने समुद्र को दूर तक देखा जा सके, तब तक शाम का झुटपुटा छा गया, और ज्यादा कुछ भी दिखाई नहीं पड़ा।

दूसरी परिस्थिति थी ट्राय के कपड़ों का आना, जब बाथशीबा के लिए उनकी जाँच-पड़ताल और पहचान करना जरूरी हो गया—हालाँकि यह काम तो काफी पहले उन्हीं लोगों ने कर दिया था जिन्होंने उसकी जेब की चिट्ठियों का निरीक्षण किया था। अपनी

उत्तेजना के बावजूद यह बात उसे इतनी साफ लगी कि ट्राय ने शीघ्र ही दुबारा पहनने की नीयत से कपड़े उतारे थे कि यह सोचना उसे पागलपन लगा कि मृत्यु के अलावा किसी और भी कारण से वह दुबारा कपड़े नहीं पहन पाया होगा।

तब बाथशीबा ने स्वयं से कहा कि जब दूसरे लोगों को पक्का भरोसा है, तो यह अजीब बात है कि उसका दिल नहीं मान रहा है। उसके दिमाग में एक ऐसा अजीबोगरीब ख्याल आया जिससे उसका चेहरा लाल हो गया। हो सकता है कि ट्राय फैनी के पीछे-पीछे दूसरी दुनिया में चला गया हो। अगर ऐसा है तो, क्या उसने जानबूझकर यह किया और ऐसा नाटक कर दिया कि उसकी मृत्यु दुर्घटना प्रतीत हो? फिर भी, फैनी के प्रति उसकी विगत ईर्ष्या और ट्राय द्वारा उस रात प्रदर्शित पश्चाताप से पैदा हुए—वास्तविक और आभासी स्थितियों के बीच अन्तर की बात ने उसे इस विचार की अनदेखी नहीं करने दी कि ट्राय ने ऐसा ही कोई मिलता-जुलता और कम दुखद तरीका अपनाया होता, लेकिन जो बाथशीबा के लिए और भी विनाशकारी होता।

उस दिन देर शाम को आग के पास अकेली और बिल्कुल शान्त बैठी बाथशीबा ने ट्राय की घड़ी को अपने हाथ में लिया, जो ट्राय की शेष वस्तुओं के साथ उसे वापस मिल गई थी। उसने ढक्कन को वैसे ही खोला जैसे हफ्तेभर पहले ट्राय ने खोला था। पीले बालों की गोल लिपटी लट वहीं थी जिसने इस विस्फोट के लिए पलीते का काम किया था।

"वह उसका था, और वह उसकी थी; उन्हें साथ ही जाना चाहिए," उसने कहा। "मैं उन दोनों की कुछ नहीं हूँ, और मैं उसके बाल क्यों रखूँ," उसने इसे अपने हाथ में लिया और आग के ऊपर लटका दिया।

"नहीं—मैं इसे जलाऊँगी नहीं—मैं इसे उसकी याद में संजोकर रखूँगी। बेचारी।" अपना हाथ पीछे खींचते हुए उसने कहा।

अध्याय 49

ओक की तरक्की : एक बड़ी उम्मीद

पतझड़ का आखिरी समय और जाड़ा साथ-साथ ही आ गए, और जंगलों में स्थित रास्तों की घास और दलदली जमीन की काई पर टूटकर गिरी सूखी पत्तियों की एक मोटी परत जम गई थी। बाथशीबा पहले ऐसी दुविधापूर्ण भावनाओं में रहती थी जो दुविधा नहीं थी, पर अब वह ऐसी शान्त मनःस्थिति में थी जो ठीक-ठीक शान्ति नहीं थी। जब तक वह उसे जीवित जानती थी, उसकी मौत पर धैर्यपूर्वक विचार कर सकती थी, लेकिन अब जब उसके बिछुड़ जाने की आशंका थी, बाथशीबा को यह दुख साल रहा था कि वह अभी भी उसका नहीं था। उसने फार्म का कामकाज जारी रखा, लाभ की ज्यादा परवाह किए बिना

जो भी मिल गया, इकट्ठा करती रही और उन तमाम जगहों पर पैसे खर्च करती रही जहाँ वह उन बीते हुए दिनों से खर्च करती चली आ रही थी, जो बहुत ज्यादा पहले तो नहीं बीते थे लेकिन उसके वर्तमान से हमेशा-हमेशा के लिए अलग हो गए लगते थे। उस अतीत को वह एक बड़ी खाई के रूप में देखती थी, जैसे कि अब वह स्वयं कोई मृत व्यक्ति हो जिसके अन्दर अभी भी सोच-विचार करने की क्षमता बाकी रह गई हो जिससे वह कवि की कहानी की मृतात्माओं की तरह बैठकर सोच सकती हो कि जिन्दगी कितना खूबसूरत तोहफा हुआ करती थी।

फिर भी, आम तौर पर छाई रहनेवाली उसकी उदासीनता का एक अच्छा परिणाम यह हुआ कि कारिन्दे के रूप में काफी समय से टल रही ओक की नियुक्ति आखिरकार हो गई। लेकिन चूँकि उसने काफी पहले से यह काम सँभाल ही रखा था, यह परिवर्तन उसके वेतन में भारी वृद्धि के अलावा बाहरवालों के लिए खास मायने नहीं रखता था।

बोल्डवुड अलग-थलग और निष्क्रिय जीवन बिता रहे थे। उस मौसम का उनका अधिकांश गेहूँ और पूरा जौ बारिश से नष्ट हो गया था। इसमें अँखुए निकल आए जो बढ़कर आपस में गुँथ उठे, और अन्ततः इनको मुट्ठी-मुट्ठी करके सुअरों को खाने के लिए डाल दिया गया। ऐसी तबाही और बर्बादी लानेवाली इस अजीब उदासीनता की आसपास लोगों में दबी जुबान से चर्चा थी, और बोल्डवुड के एक आदमी से पता चला कि इसका भुलक्कड़पन से कोई सम्बन्ध नहीं था, क्योंकि उन्हें उनके मातहतों द्वारा हिम्मत करके कई बार और आग्रहपूर्वक उनके अनाज पर मँडराते संकट के बारे में आगाह किया गया था। सड़ी हुई अनाज की बालियों से घृणापूर्वक मुँह फेर लेते सुअरों को देखकर बोल्डवुड की निद्रा टूटी, और एक दिन शाम को उन्होंने ओक को बुलवा भेजा। अब चाहे यह हाल ही में बाथशीबा की तरफ से ओक को दी गई तरक्की का असर रहा हो या कुछ और, बोल्डवुड ने गैब्रिएल से भेंट में कहा कि वह बाथशीबा के फार्म के साथ-साथ उनके फार्म की देखरेख भी सँभाल ले क्योंकि उन्हें एक सहयोगी की जरूरत है और उससे अधिक भरोसे का आदमी मिलना असम्भव है। गैब्रिएल के डूबते सितारे तेजी से बुलन्दी की ओर बढ़ रहे थे।

इस प्रस्ताव के बारे में जानकर—क्योंकि उसकी राय लेना ओक की नैतिक जिम्मेदारी थी—बाथशीबा ने पहले तो मामूली-सा प्रतिवाद किया। उसका विचार था कि एक आदमी की देखरेख के लिए दो फार्म बहुत ज्यादा हो जाएँगे। बोल्डवुड, जिन्होंने व्यावसायिक तो नहीं लेकिन व्यक्तिगत कारणों से पक्का इरादा कर रखा था, ने सुझाव दिया कि ओक के निजी इस्तेमाल के लिए एक घोड़ा दे दिया जाए और तब इस योजना में कोई दिक्कत नहीं आएगी क्योंकि दोनों फार्म आसपास ही हैं। इस बातचीत के दौरान बोल्डवुड ने बाथशीबा से सीधे बात नहीं की, केवल ओक से बात की, जो उन दोनों के बीच पूरी बातचीत में मध्यस्थ की भूमिका निभाता रहा। आखिरकार सबकुछ राजी-खुशी तय हो गया, और अब हमें ओक एक बलिष्ठ घोड़े पर सवार रोज करीब दो हजार एकड़ भूमि पर दुलकी चाल से घूमता और निगरानी करता दिखाई पड़ता है, मानो यह सारी फसल उसी की हो, जबकि

आधी जमीन की मालकिन और शेष आधी जमीन के मालिक दोनों ही अपने-अपने घरों में उदास और अलग-थलग बैठे होते हैं।

इससे आगामी वसन्त के दौरान गाँव में एक बात फैल गई कि गैब्रिएल ओक बड़ी तेजी से मालामाल हो रहा है। "जो कुछ भी सोचो," सूजन टाल ने कहा, "गैबल ओक के ठाटबाट बढ़ते जा रहे हैं। अब वह चमकीले बूट पहनता है जिनमें कीलें नहीं ठुकी होतीं और इतवार को ऊँचा हैट लगाता है और गड़ेरिए का कुर्ता पहनना तो वह भूल ही गया है। जब मैं देखता हूँ कि लोग मुर्गों की तरह अकड़कर चलते हैं तो मैं हैरान रह जाता हूँ और मेरी आवाज को लकवा मार जाता है।"

आखिरकार पता चला कि वैसे तो गैब्रिएल को खेती के हानि-लाभ से बिना कोई मतलब रखे बाथशीबा की तरफ से एक निर्धारित तनख्वाह ही मिलती थी, बोल्डवुड के साथ हुए समझौते के अनुसार ओक को लाभ का एक हिस्सा—एक छोटा-सा हिस्सा मिलना था, फिर भी यह राशि सिर्फ तनख्वाह से कहीं ज्यादा थी। कुछ लोग ओक को 'कंजूस' मानने लगे थे, क्योंकि अपनी स्थिति में आमूल परिवर्तन के बावजूद उसका रहन-सहन पहले जैसा बना रहा। वह उसी कुटिया में अपने आलुओं को खुद छीलता, अपनी जुराबों को सिलता, और कभी-कभी खुद ही अपना बिस्तर भी ठीक करता था। लेकिन ओक न केवल चिढ़ पैदा कर देने की हद तक लोगों की राय से बेपरवाह रहता था, बल्कि वह ऐसा आदमी था जो पुरानी आदतों और मान्यताओं से सिर्फ इसलिए दृढ़तापूर्वक चिपका रहता था क्योंकि वे पुरानी हैं, इसलिए उसके इरादों को लेकर शक की गुंजाइश बनती थी।

इस बीच बोल्डवुड के भीतर एक बड़ी उम्मीद का अंकुरण हो गया था जिनके बाथशीबा के प्रति असामान्य समर्पण को भावुकतापूर्ण पागलपन का नाम दिया जा सकता है। इस समर्पण को समय या परिस्थिति, बुरी या अच्छी बातें न तो कमजोर कर सकती थीं, न ही नष्ट कर सकती थीं। ट्राय के डूब जाने की जल्दबाजीभरी अटकलबाजी के बाद के शान्त समय में यह उम्मीद एक बार फिर सरसों के बीज की तरह अंकुरित हो गई थी। उन्होंने इसको डरते हुए सँजोया, और इस पर तर्क-वितर्क बिल्कुल नहीं किया कि कहीं तथ्यों के आलोक में सपना बिखरकर न रह जाए। आखिरकार बाथशीबा को शोक के कपड़े पहनने के लिए समझा-बुझाकर मना लिया गया था और इस वेशभूषा में चर्च के भीतर उसके प्रवेश से ही हर सप्ताह उनके इस भरोसे को थोड़ा-सा सहारा मिल जाता था कि एक समय ऐसा आ रहा है—जो कदाचित अभी बहुत दूर है, लेकिन फिर भी निश्चित तौर पर नजदीक आता जा रहा है—जब उन्हें उनके इन्तजार का ईनाम मिल ही जाएगा। उन्हें कब तक इन्तजार करना पड़ सकता है, इस पर उन्होंने अभी ज्यादा विचार नहीं किया था। वह तो सिर्फ यह समझने की कोशिश करते थे कि बाथशीबा को जिन घोर विपत्तियों का सामना करना पड़ा, उनसे उसके हृदय में दूसरों के लिए पहले की तुलना में ज्यादा भावनाएँ उमड़ आई थीं, और उन्हें भरोसा था कि अगर कभी भविष्य में उसकी इच्छा किसी आदमी से शादी करने की हुई, तो वह आदमी वे स्वयं होंगे। भीतर से वह भावनाशील

थी : जो चोट उसने उनको बिना सोचे-विचारे दे दी थी, उसके लिए उसके भीतर की कचोट पर, प्रेम में उसकी दीवानगी और हताशा के बाद अब काफी हद तक भरोसा किया जा सकता था। उसके अच्छे स्वभाव के जरिए उस तक पहुँचा जा सकता था, और अपनी प्रेम-भावना को बिल्कुल छिपाकर उन दोनों के बीच ऐसा कामचलाऊ सम्बन्ध कायम किया जा सकता था जो भविष्य में पूर्णाहुति को प्राप्त कर ले। बोल्डवुड को ऐसी ही उम्मीद थी।

इस अधेड़ की आँखों से देखें तो इस समय बाथशीबा और भी आकर्षक थी। स्फूर्ति से छलछलाता उसका पहलेवाला स्वभाव अब मन्द पड़ गया था। उसका उल्लासमय व्यक्तित्व रोजमर्रा के जीवन में लोगों को ज्यादा रास नहीं आता था, और वह इस दूसरे काव्यात्मक चरण में, पहले चरण का काफी कुछ बचाए रखकर, प्रविष्ट हो गई थी।

प्रेम-विह्वल और आसक्त बोल्डवुड को नारकॉम्ब में अपनी बुढ़िया चाची के पास दो महीने रहकर लौटी बाथशीबा जो अब सम्भवतः अपने वैधव्य के नवें महीने में थी, का हालचाल लेने—और इस तरह अपने बारे में उसकी सोच जानने की कोशिश करने का बहाना मिल गया। यह अवसर घास कटाई के दौरान आया और बोल्डवुड बहाने से लिडी के करीब पहुँचे जो खेतों में हाथ बँटा रही थी।

"तुम्हें घर से बाहर देखकर मुझे खुशी हो रही है लीडिया," उन्होंने प्रसन्नता से कहा।

उसने बनावटी मुस्कान बिखेर दी और मन ही मन आश्चर्य में पड़ गई कि वह उससे इस तरह खुलकर बात क्यों कर रहे हैं।

"लम्बे समय तक यहाँ से दूर रहने के बाद मिसेज ट्राय ठीक-ठाक तो हैं न," उन्होंने ऐसा जताते हुए कहा जैसे बाथशीबा की इससे कम चिन्ता तो उदासीन से उदासीन पड़ोसी को भी नहीं होगी।

"वह बिल्कुल ठीक हैं, सर।"

"और सुखी भी?"

"हाँ सुखी हैं।"

"क्या कहा तुमने कि दुखी हैं?"

"अरे नहीं। मैंने सिर्फ यह कहा कि सुखी हैं।"

"अपनी हर बात तुमसे बताती हैं?"

"नहीं, सर।"

"उनमें से कुछ?"

"हाँ, मिस्टर।"

"मिसेज ट्राय तुम पर काफी भरोसा करती हैं लीडिया, और शायद ठीक ही है।"

"करती हैं, सर। मैं उनकी हर परेशानी में उनके साथ रही हूँ और मि. ट्राय के जाते समय और बाद में भी हर समय उनके साथ थी। और अगर उन्होंने दुबारा शादी की तो मुझे उम्मीद है कि मैं उनके साथ ही रहूँगी।"

"वह वादा करती होंगी कि तुम उनके साथ रहोगी—बिल्कुल स्वाभाविक है," दूर की

सोच रहे प्रेमी ने लिडी के शब्दों के निष्कर्ष पर—कि उसकी प्रियतमा ने पुनर्विवाह के बारे में सोचा था—सिर से लेकर पैर तक रोमांचित होते हुए कहा।

"नहीं—वह ठीक-ठीक ऐसा वादा नहीं करतीं। मैं अपने आप नतीजा निकाल लेती हूँ।"

"हाँ, हाँ, समझ गया। जब वह दुबारा शादी की सम्भावना का संकेत करती होंगी तो तुम निष्कर्ष निकालती होगी—"

"वह कभी ऐसा संकेत नहीं करतीं, सर," लिडी ने यह सोचते हुए जवाब दिया कि मि. बोल्डवुड तो मूर्खता की हद पार कर गए लगते हैं।

"बेशक नहीं करती होंगी," उन्होंने हड़बड़ाते हुए जवाब दिया, उनकी आशा एक बार फिर चूर-चूर हो गई थी—"तुम्हें अपने घास हटाने के पंजे को इतनी दूर तक ले जाकर नहीं चलाना चाहिए लीडिया—नजदीक में जल्दी-जल्दी चलाना ठीक रहता है।—ठीक ही है, शायद अब एक बार फिर सबकुछ उनके पूर्ण स्वामित्व में आ गया है, अपनी आजादी न छोड़ने का उनका फैसला उचित ही है।"

"एक बार मेरी मालकिन ने निश्चित तौर पर कहा तो था, हालाँकि गम्भीरता से नहीं, कि अगर वह मि. ट्राय के वापस आ जाने की सूरत में अपने ऊपर उनके दावे के खतरे से बचना चाहें तो पिछले साल से सात साल पूरे होने पर शादी की सोच सकती हैं।"

"आह—आज से छह साल। कहा कि वह सोच सकती हैं। हर समझदार आदमी के विचार से वह तुरन्त शादी कर सकती हैं, वकील लोग चाहे जो कुछ उलटा-पुलटा कहते रहें।"

"क्या आपने उन लोगों से पूछा है?" लिडी ने भोलेपन से कहा।

"मैंने नहीं पूछा है।" बोल्डवुड ने लाल होते हुए कहा। "लिडी, मि. ओक का कहना है कि अपनी इच्छा के विरुद्ध तुम्हें एक पल भी यहाँ रुकने की जरूरत नहीं है। मैं थोड़ा आगे जा रहा हूँ। नमस्कार।"

वह उद्विग्न मनःस्थिति में और जिन्दगी में पहली बार कुछ ऐसा करने के लिए लज्जित होकर आगे बढ़ गए, जिसे स्तरहीनता कहा जा सकता था। बेचारे बोल्डवुड के भीतर किसी दुरमुट से अधिक कौशल नहीं था, और वह इस अहसास से बेचैन थे कि उन्होंने अपने को मूर्ख, और उससे भी बुरी बात यह है कि अपने को घटिया साबित कर दिया था। लेकिन बदले में उन्हें आखिरकार एक तथ्य का ज्ञान हो गया था। यह बिल्कुल नया और रोचक तथ्य था, और हालाँकि थोड़ा दुखद भी था लेकिन फिर भी प्रासंगिक और वास्तविक था। आज से छह साल से थोड़े अधिक समय बाद निश्चित तौर पर बाथशीबा उनसे शादी कर सकती है। इस उम्मीद में निश्चित तौर पर कुछ था, जिससे यह माना जा सकता था कि लिडी से शादी के बारे में उसकी बातचीत में भले ही उतनी गम्भीरता न हो, कम से कम इस विषय पर उसके विचारों का पता तो चलता ही था।

यह सुखद विचार अब उनके दिमाग में लगातार बना रहता था। छह वर्ष लम्बा

समय था, लेकिन कभी नहीं की तुलना में बहुत छोटा था। तब तक उन्हें इस विचार को सँजोए रखना था। जेकब ने तो रैचेल के लिए दो बार सात-सात साल का लम्बा समय काम करके गुजार दिया था : इस जैसी औरत के लिए छह साल की तो बिसात ही क्या है। उन्होंने उसे तुरन्त पाने के बजाय इन्तजार करने के विचार को पसन्द किया। बोल्डवुड को अपना प्रेम इतना गहरा और दृढ़ और शाश्वत लगता था कि सम्भवतः बाथशीबा ने कभी इसकी पूरी तीव्रता को जाना ही न हो, और इस बीच होनेवाली देरी में धैर्य का परिचय देकर उन्हें इस बिन्दु पर अच्छा प्रमाण पेश करने का अवसर मिल जाएगा। अपनी जिन्दगी के छह वर्ष वह यूँ खत्म कर देंगे जैसे कि वे मिनट हों—अपने प्रेम को छोड़कर पृथ्वी पर अपने समय को वह इस कदर तुच्छ समझते थे। वह उन छह वर्षों के अगोचर, अलौकिक प्रणय-प्रसंग के दौरान उसे अहसास कराएँगे कि अपनी जिन्दगी की इस चरम परिणति को छोड़कर हर चीज को वह कितना तुच्छ समझते हैं।

इस बीच गर्मियों के अन्त और सर्दियों के शुरू का वह सप्ताह करीब आ गया जब ग्रीनहिल का मेला लगता था। सिर्फ सात मील की दूरी पर होनेवाले इस मेले में वेदरबरी के लोग काफी तादाद में भाग लेते थे।

अध्याय 50

भेड़ों का मेला : ट्राय अपनी पत्नी का हाथ छूता है

ग्रीनहिल दक्षिण वेसेक्स का निज्नी नोवगोरोद था; और इस पूरे प्रान्त का सबसे व्यस्त, सबसे उल्लासपूर्ण, सबसे हंगामेदार दिन भेड़ों के मेलेवाला दिन होता था। यह सालाना उत्सव एक पहाड़ी की चोटी पर होता था जिसके साथ ही मिट्टी का बना एक प्राचीन अवशेष अच्छी हालत में बचा रह गया था। यह पहाड़ी की चोटी को चारों तरफ से घेरनेवाली विशाल चहारदीवारी और खन्दक के रूप में था, हालाँकि अब यह बीच-बीच में टूट-फूट गई थी। दोनों छोरों पर दो खुली जगहों तक टेढ़ी-मेढ़ी सड़कें ऊपर की तरफ जाती थीं। इसी किनारे से घिरा दस या पन्द्रह एकड़ का समतल हरा-भरा मैदान ही मेला-स्थल था। कहीं-कहीं इस जगह पर कुछ स्थायी इमारतें दिखती थीं लेकिन यहाँ आनेवाले अधिकांश लोग अपने ठहरने के दौरान रहने और खाने के लिए तम्बुओं का ही आश्रय लेते थे।

आज के दिन इस मेले में शामिल होने के लिए अपनी भेड़ों को दूर से लेकर आनेवाले गड़ेरिए मेला शुरू होने के दो या तीन दिन, या हफ्ते भर पहले घर से चल दिया करते थे। अपने को सौंपी गई भेड़ों को ये रोज कुछ मील—दस या बारह से अधिक नहीं—हाँकते थे और रात में रास्ते में पहले से चुने गए स्थानों पर किराए के खेतों में पड़ाव डालकर सुबह से भूखे-प्यासे ये लोग खाते-पीते थे। भेड़ों के हर झुंड का गड़ेरिया पीछे-पीछे चलता

था जिसके कन्धों पर हफ्तेभर के लिए उसकी जरूरत के सामान की गठरी बँधी होती थी और उसके हाथ में एक छड़ी होती थी जिसका प्रयोग वह इस यात्रा के दौरान लाठी की तरह करता था। कई भेड़ें थककर लँगड़ाने लगती थीं, और कभी-कभी सड़क पर ही कोई मादा भेड़ किसी मेमने को जन्म दे देती थी। ऐसी आकस्मिक स्थितियों का सामना करने के लिए दूरस्थ स्थानों से चलकर आनेवाले भेड़ों के झुंड के साथ प्रायः एक टट्टू और एक छकड़ा साथ रहता था जिनका प्रयोग अशक्त हो गई भेड़ों को लादकर आगे की यात्रा पूरी करने के लिए किया जाता था।

वेदरबरी के फार्म इस पहाड़ी से इतनी दूर नहीं थे और उन्हें ऐसे ताम-झाम की जरूरत नहीं थी। लेकिन बाथशीबा और बोल्डवुड की भेड़ों के बड़े-बड़े झुंड मिलकर बहुत अधिक हो गए थे जिन पर काफी ध्यान देने की जरूरत थी, और इसीलिए बोल्डवुड के गड़ेरिए और केन बाल के अलावा रास्तेभर के लिए गैब्रिएल भी उनके साथ हो लिया। यह रास्ता राजा जॉन के पसन्दीदा आखेट-स्थल और अब नष्ट हो चुके कस्बे किंग्सबियर के बीच से ऊपर पठार तक जाता था, और पुराना कुत्ता जार्ज इनके पीछे-पीछे लगा हुआ था।

आज सुबह जब सूर्य की बासन्ती किरणें ग्रीनहिल की पहाड़ी पर पड़ीं और इसकी चोटी पर ओस से भीगा हुआ मैदान चमक उठा तो चारों तरफ दूर-दूर तक रास्तों के दोनों तरफ उगी झाड़ियों के बीच धूल के धुन्धभरे बादल दिखाई पड़े। धीरे-धीरे ये पहाड़ी की तलहटी में बैठ गए और चोटी की तरफ जाते सर्पीले रास्तों पर चढ़ते भेड़ों के झुंड में अलग-अलग दिखने लगे। इस प्रकार धीमे-धीमे सरकते एक जुलूस के रूप में वे उस द्वार के भीतर घुस गए जहाँ से होकर ये सड़क गुजरती थी। एक के बाद एक, सींगवाली और बिना सींगवाली—नीली भेड़ों और लाल भेड़ों, पिलछौंहे रंग की और भूरी भेड़ों, और रँगनेवाले की कल्पना तथा फार्म के रिवाजों के अनुसार हरी और हल्के नारंगी रंग तक की भेड़ों का रेला चला जा रहा था। आदमी चिल्ला रहे थे और कुत्ते पूरी उग्रता से भौंक रहे थे, लेकिन इतनी लम्बी यात्रा में इन यात्रियों का रेला ऐसे खतरों से करीब-करीब उदासीन हो गया था, हालाँकि नया अनुभव होने और इसकी आदी न होने के कारण ये भेड़ें अभी भी कारुणिक ढंग से मिमिया रही थीं, और इनके बीच में कभी यहाँ तो कभी वहाँ खड़ा दिखता गड़ेरिया ऐसे लगता था मानो दंडवत भक्तों की भीड़ के बीच कोई विशालकाय प्रतिमा हो।

मेले में अधिकांश भेड़ें साउथ डाउन और पुराने वेसेक्स की सींगवाली नस्ल की थीं। बाथशीबा और बोल्डवुड की भेड़ें मुख्यतः पुराने वेसेक्स की सींगवाली नस्ल की थीं। इन्हें नौ बजे के आसपास पंक्तिबद्ध करके यथास्थान लगा दिया गया, इनके घने लहरियादार सींग दोनों तरफ इनके गालों पर बड़े सुन्दर ढंग से बिल्कुल नपी-तुली कुंडली के आकार में लटक रहे थे, हर सींग के नीचे एक छोटा-सा गुलाबी और सफेद कान चिपका हुआ था। आगे-पीछे और भी नस्लें थीं जो अपने गहरे पीले रंग के कारण बिल्कुल तेंदुए जैसी थीं, सिर्फ चित्तियों की कमी थी। कुछ आक्सफोर्डशायर नस्ल की भेड़ें भी थीं जिनका ऊन बच्चे के सन जैसे बालों की तरह घुँघराला होने लगा था, हालाँकि इस मामले में सुकुमार

लेस्टर भेड़ों का ऊन इनसे बढ़कर था जो कोट्सवोल्ड नस्ल की भेड़ों से कम घुँघराला था। लेकिन अब तक का सबसे नयनाभिराम दृश्य था एक्समूर नस्ल की भेड़ों के एक छोटे-से झुंड का जो इस साल संयोग से यहाँ दिख गया था। उनके रंग-बिरंगे चेहरे और टाँगें, काले और भारी सींग, उनके साँवले माथे के चारों ओर झूलती ऊन की लटें उस स्थान पर एक जैसी दिखनेवाली भेड़ों की नीरसता बिल्कुल दूर कर रही थीं। हजारों की संख्या में मिमियाती, हाँफती, और थकी-हारी ये भेड़ें सबेरे का समय खत्म होने से काफी पहले ही बाड़े में अन्दर करके बन्द कर दी गई थीं और हर झुंड का कुत्ता अपने झुंड के बाड़े के कोने में बाँध दिया गया था। इन बाड़ों के बीच पैदल चलनेवालों के लिए गलियारे बने हुए थे जहाँ शीघ्र ही खरीदने और बेचनेवाले लोगों की भीड़ से चहल-पहल हो गई।

पहाड़ी के एक दूसरे हिस्से में दोपहर के आसपास बिल्कुल अलग ही नजारा दिखाई पड़ा। यहाँ बिल्कुल नया और भारी-भरकम गोल तम्बू गाड़ा जा रहा था। जैसे-जैसे दिन गुजरता गया, भेड़ों का आदान-प्रदान शुरू हो गया जिससे गड़ेरियों की जिम्मेदारियाँ हल्की होती गईं; और उनका ध्यान इस तम्बू की तरफ गया। उन्होंने वहाँ काम पर लगे कोई मुश्किल गाँठ तुरत-फुरत बाँधने के चक्कर में पूरे मनोयोग से लगे हुए एक आदमी से पूछा कि क्या हो रहा है।

"टरपिन की यार्क यात्रा और उसकी घोड़ी ब्लैक बेस की मृत्यु का शानदार नाटक," उस आदमी ने नजरें उठाए या बाँधना छोड़े बिना जवाब दिया।

जैसे ही तम्बू गाड़ने का काम पूरा हुआ, बैंड से बड़ी ही सुरीली धुनों के साथ उपरोक्त घोषणा सार्वजनिक तौर पर की गई, और जिस मंच पर लोगों को प्रवेश करना था, वहाँ से आती दिव्य वाणी की सत्यता के सजीव प्रमाण के रूप में ब्लैक बेस घोड़ी को बाहर खुली जगह में खड़ा किया गया था। दिल और दिमाग दोनों से की गई इस सच्ची अपील से लोगों को इतना भरोसा हुआ कि वे शीघ्र ही भारी भीड़ के रूप में उमड़ पड़े, इनमें सबसे आगे-आगे जान कोग्गन और जोसेफ पुअरग्रास दिखाई पड़ रहे थे जो आज यहाँ छुट्टियाँ मना रहे थे।

"यह लफंगा मुझे धकियाए जा रहा है।" जब भीड़ बुरी तरह से उमड़ पड़ी तो जान के सामने की एक औरत चिल्लाई जिसका कन्धा उसके कन्धे से टकराया था।

"जब लोग पीछे से धक्का दे रहे हैं तो मैं क्या करूँ?" कोग्गन ने मानो किसी शिकंजे में कस गए अपने शरीर को बिना हिलाए अपने सिर को लोगों की तरफ यथासम्भव घुमाकर विरोध के स्वर में कहा।

जरा देर खामोशी रही और एक बार फिर नगाड़ों और तुरहियों की ध्वनि गूँज उठी। भीड़ में दुबारा उल्लास छा गया और यह एक बार झूमकर लड़खड़ा गई जिससे कोग्गन और पुअरग्रास दुबारा पीछेवालों के धक्के से सामने की औरतों पर जा गिरे।

"हाय ये लफंगे तो औरतों की लाचारी का फायदा उठा रहे हैं।" इन औरतों में से एक ने कहा जो हवा में डोलते सरपत की मानिन्द लहरा गई थी।

"देखिए," कोग्गन ने अपने चारों ओर जुटे जनसमुदाय से गम्भीर स्वर में अपील करते हुए कहा, "क्या आप लोगों ने कभी किसी औरत की ऐसी नासमझीभरी बात सुनी थी? दोस्तो, बस मैं किसी तरह कचूमर निकाल देनेवाली इस भीड़ से निकल जाऊँ—उसके बाद ये सत्यानाशी औरतें चाहें तो मेरे हिस्से का नाटक भी देख लें।"

"अपना आपा मत खोओ जान।" जोसेफ पुअरग्रास ने फुसफुसाकर कहा। "ये हमारी जान लेने के लिए अपने आदमियों को बुला सकती हैं, क्योंकि उनकी आँखों की चमक देखकर मुझे लगता है कि ये बड़े खतरनाक किस्म की औरतें हैं।"

जान ने यूँ चुप्पी साध ली जैसे दोस्त की खुशी के लिए चुप हो जाने में उसे कोई एतराज नहीं है, और धीरे-धीरे वे चबूतरे की सीढ़ी के पायदान तक पहुँच गए, पुअरग्रास उछलनेवाले स्प्रिंगदार खिलौने की तरह सिकुड़कर चपटा हो गया था, और उसने आधे घंटे पहले से जो छह पेंस का सिक्का टिकट के लिए निकालकर तैयार रखा था, वह उसके उत्तेजित हाथ की कसी हुई मुट्ठी में इतना गर्म हो गया था कि सलमा-सितारेवाली पोशाक और काँच के नगोंवाले पीतल के छल्ले पहने तथा मुँह और कन्धों पर पाउडर पोते जिस औरत ने उससे पैसा लिया, उसने तुरन्त इसे हाथ से टपका दिया जैसे उसकी उँगलियों को जलाने की कोई चाल चली गई हो। इस प्रकार वे सभी भीतर घुस गए, और बाहर से देखनेवाले को तम्बू का कपड़ा आलू की बोरी की तरह जगह-जगह से उभरा दिखने लगा जो भीतर से तमाम लोगों के सिरों, उनकी पीठों और कुहनियों के दबाव के कारण था।

इस बड़े तम्बू के पीछे दो छोटे तम्बू शृंगार कक्ष के रूप में थे। इनमें से एक पुरुष कलाकारों के लिए था, इसे कपड़े से दो बराबर हिस्सों में बाँट दिया गया था। और एक हिस्से में घास पर बैठकर एक नौजवान घुटने तक के जूते पहन रहा था जिसे हम देखते ही सार्जेंट ट्राय के रूप में पहचान लेते हैं।

ट्राय के इस स्थिति में पहुँचने तक की कहानी संक्षेप में इस प्रकार है। बडमाउथ रोड्स में एक नए नाम के साथ एक नए आदमी के रूप में जहाज पर कदम रखने के बाद वह जहाज पर काम करते हुए संयुक्त राज्य अमेरिका पहुँच गया जहाँ विभिन्न कस्बों में व्यायाम, तलवारबाजी और मुक्केबाजी के प्रशिक्षक के रूप में वह किसी तरह जीविका चलाता रहा। इस प्रकार के जीवन से ऊब पैदा करने के लिए कुछ महीने काफी थे। उसके स्वभाव में एक प्रकार की परिष्कृत पशु-वृत्ति थी, और आसानी से काम चलते समय कोई नई स्थिति कितनी भी सुखद क्यों न हो, पैसे की कमी हो जाने पर वही उसे अखरने लगती थी। यह विचार भी आता था कि अगर वह इंग्लैंड और वेदरबरी फार्म लौटना चाहे तो घर और इसके सुख पा सकता है। उसे बार-बार जिज्ञासा होती थी और वह अटकलें लगाता था कि बाथशीबा ने उसे मृत तो नहीं समझ लिया है। इंग्लैंड वह आखिरकार लौटा तो, लेकिन वेदरबरी के नजदीक जाने की हिम्मत नहीं जुटा पाया, और उसने उस स्थान के अपने पुराने अड्डे पर जाने का विचार बदल दिया। लिवरपूल में कदम रखने पर उसने निराशापूर्वक सोचा कि अगर वह घर गया तो उसका जैसा स्वागत होगा, उसे सोचकर भी डर लगता था;

क्योंकि भावना के नाम पर ट्राय को कभी-कभी भावुकता के ऐसे दौरे पड़ते थे जो अकसर उसे उतना ही परेशान करते थे जितना कोई प्रबल और स्वस्थ भावना। बाथशीबा ऐसी औरत नहीं थी जिसे मूर्ख बनाया जा सके, या जो चुपचाप सबकुछ सहन कर ले; और वह एक जोशीली पत्नी के साथ जीना कैसे स्वीकार कर सकता था जिसके समक्ष जाते ही उसे भोजन और आवास के लिए उसके अहसान तले दब जाना पड़ेगा? इसके अलावा यह कतई अप्रत्याशित नहीं था कि उसकी बीवी की खेती-बाड़ी अगर अब तक नहीं चौपट हुई होगी तो अब हो जाएगी; और तब उसके भरण-पोषण की जिम्मेदारी उस पर आ जाएगी; और उसके साथ ऐसी गरीबी में क्या भविष्य होगा, जबकि उसकी आत्मा को तकलीफ देता हुआ और बाथशीबा के शब्दों में कड़वाहट भरता हुआ फैनी का भूत उनके बीच सदैव बना रहेगा। इस प्रकार नापसन्दगी, पश्चाताप और शर्मिन्दगी की मिली-जुली भावनाओं के चलते वह अपनी वापसी को एक-एक दिन टालता रहा और अगर उसे यहाँ जैसी बनी-बनाई व्यवस्था कहीं और मिल गई होती तो उसने लौटने का विचार बिल्कुल ही त्याग दिया होता।

इस वक्त—सितम्बर के जिस महीने में हम उसे ग्रीनहिल के मेले में देख रहे हैं, उसके पहले की जुलाई में—उसका सम्पर्क एक ऐसे घुमन्तू सर्कस से हो गया जो किसी उत्तरी कस्बे के बाहरी हिस्से में अपना प्रदर्शन कर रहा था। ट्राय ने इसके एक बेकाबू घोड़े को काबू में करके, तेजी से भागते इस जानवर की पीठ से चलाई पिस्तौल की गोली से एक लटकते हुए सेब को निशाना बनाकर और अन्य करतब दिखाकर सर्कस के मैनेजर को अपना परिचय दिया। इन्हीं गुणों के कारण—जो कमोबेश ड्रैगून गार्ड्स में एक सैनिक के रूप में उसके अनुभवों पर आधारित थे—ट्राय को कम्पनी में शामिल कर लिया गया, और टर्पिनवाला नाटक मुख्य चरित्र के रूप में उसी की भूमिका को ध्यान में रखकर तैयार किया गया था। जिस तरह ट्राय को सिर-माथे पर बिठाया गया, उससे उसे बहुत ज्यादा खुशी तो नहीं हुई, लेकिन उसने सोचा कि इस काम से उसे सोच-विचार करने के लिए कुछेक हफ्ते और मिल जाएँगे। इस प्रकार मनमौजी ढंग से और भविष्य की कोई निश्चित रूपरेखा तय किए बिना ट्राय ने आज के दिन अपने को शेष कम्पनीवालों के साथ ग्रीनहिल के मेले में पाया।

और अब पतझड़ का मद्धिम सूर्य थोड़ा और नीचे आया, और मंडप के सामने यह घटना घटी। बाथशीबा ने भी, जिसे उस दिन उसके छिटपुट काम निपटानेवाला पुअरग्रास गाड़ी में लेकर मेले में आया था—और लोगों की तरह यह घोषणा पढ़ी या सुनी कि महान घुड़सवार और घोड़ों को सधानेवाले मि. फ्रांसिस टर्पिन का अभिनय करेंगे, और अभी वह इतनी उम्रदार और सांसारिक चिन्ताओं में डूबी नहीं थी कि उसे उन्हें देखने की थोड़ी भी जिज्ञासा न हो। यह विशेष शो मेले में अब तक का सबसे बड़ा और सबसे शानदार शो था, ढेर सारे छोटे-छोटे शो इसके साथ वैसे ही सम्मिलित थे जैसे मुर्गी के आसपास चूजे होते हैं। भीड़ अन्दर जा चुकी थी, और बोल्डवुड, जो पूरे दिन उससे बातचीत करने का मौका तलाश रहे थे, उसे अपेक्षाकृत एकान्त में पाकर उसी के करीब आ गए।

"उम्मीद है कि भेड़ों का आज का कारोबार अच्छा रहा होगा?" उन्होंने जरा झिझकते

हुए कहा।

"अरे हाँ, धन्यवाद," बाथशीबा ने जवाब दिया। उसके गालों पर ललाई दौड़ गई। "मेरी तकदीर अच्छी थी कि पहाड़ी पर कदम रखते ही सबकी सब बिक गईं, इसलिए हमको बाड़ाबन्दी करने की जरूरत ही नहीं पड़ी।"

"और अब आप बिल्कुल फुर्सत में हैं।"

"हाँ—सिर्फ एक और व्यापारी से दो घंटे में मुलाकात करनी है; नहीं तो मैं घर जा रही होती। मैं इस बड़े तम्बू और यहाँ की घोषणा को देख-सुन रही थी। क्या आपने कभी टर्पिन की यार्क यात्रावाला नाटक देखा है? टर्पिन तो सचमुच का आदमी था, था न?"

"अरे हाँ—बिल्कुल सही है—सबकुछ। दरअसल मुझे लगता है कि मैंने जान कोग्गन को कहते सुना है कि उसका कोई रिश्तेदार टर्पिन के दोस्त टॉम किंग को अच्छी तरह जानता था।"

"हमें याद रखना चाहिए कि अपने रिश्तेदारों से जुड़ी अजीबोगरीब कहानियाँ बताने की कोग्गन की आदत है। काश उन पर भरोसा किया जा सकता।"

"हाँ, हाँ; कोग्गन को हम जानते हैं। लेकिन टर्पिन की कहानी तो सही है। मेरे ख्याल से आपने कभी इसको मंच पर नहीं देखा है?

"कभी नहीं। जब मैं छोटी थी तो मुझे इन जगहों पर नहीं जाने दिया जाता था। सुनिए—यह घोड़े को कुदाने की कैसी आवाज है? कैसे चिल्ला रहे हैं वे!"

"मुझे लगता है ब्लैक बेस ने अभी-अभी उछल-कूद शुरू की है—मिसेज ट्राय, क्या मेरा यह अनुमान सही है कि आप यह नाटक देखना चाहती हैं? अगर मुझसे भूल हो गई हो तो माफ करिएगा; लेकिन अगर आप देखना चाहें तो मुझे आपके लिए एक सीट दिलाकर खुशी होगी।" यह देखकर कि बाथशीबा हिचकिचा रही है, उन्होंने आगे कहा, "मैं खुद देखने के लिए नहीं रुकूँगा : मैंने इसे पहले देख रखा है।"

यह शो देखने की बाथशीबा की इच्छा तो थी, और चबूतरे की सीढ़ियों पर पैर रखते-रखते वह सिर्फ इसलिए रुक गई थी क्योंकि उसे अकेले भीतर जाते डर लग रहा था। वह उम्मीद कर रही थी कि शायद ओक दिखाई पड़ जाए जिसका ऐसे मामलों में सहयोग अहस्तान्तरणीय अधिकार की तरह स्वीकार किया जाता था, लेकिन ओक का कहीं दूर-दूर तक अता-पता नहीं था। इसीलिए उसने कहा, "अगर आप पहले भीतर सिर्फ यह देख लें कि जगह है या नहीं तो मैं एक-दो मिनट के लिए भीतर चली जाऊँगी।"

और इस प्रकार थोड़ी ही देर बाद बाथशीबा तम्बू में दिखाई पड़ी जिसकी बगल में बोल्डवुड भी थे जो उसे एक 'आरक्षित' सीट पर पहुँचाने के बाद दुबारा बाहर निकल आए।

यह सीट गोल घेरे के एक सुस्पष्ट हिस्से में थोड़ी ऊँचाई पर रखी एक बेंच से बनी थी। यह हिस्सा लाल कपड़े से घेरा हुआ था और नीचे कालीन बिछा था। बाथशीबा तुरन्त ही यह जानकर परेशान हो गई कि इस तम्बू में आरक्षित सीट एकमात्र उसी की थी, भीड़भरे दर्शक समुदाय में शेष सभी लोग नाट्यमंच के किनारे-किनारे खड़े थे जहाँ

से उन्हें आधे पैसे में ही इस नाटक का दोगुना आनन्द मिल रहा था। इसलिए इस सम्मानजनक स्थान पर चमकीली पृष्ठभूमि में अकेले सिंहासनारूढ़ बाथशीबा की तरफ उतनी ही निगाहें जमी हुई थीं जितनी कि टट्टुओं और विदूषक पर जो बीच में खड़े होकर शुरुआती करतब दिखा रहे थे, क्योंकि अभी टर्पिन का प्रवेश नहीं हुआ था। एक बार वहाँ पहुँच जाने के बाद बाथशीबा की मजबूरी थी कि वहीं से यथासम्भव पूरा लाभ उठाए और बैठी रहे। वह अपने दोनों तरफ के खाली स्थान में अपनी स्कर्ट को कुछ शिष्टतापूर्वक फैलाते हुए और मंडप को एक नई और स्त्रीत्वपूर्ण आभा प्रदान करते हुए बैठ गई। कुछ मिनटों में ही उसे अपने ठीक नीचे खड़े लोगों में कोग्गन की गर्दन का थुलथुल और लाल पिछला भाग, और उससे थोड़ा आगे खड़े जोसेफ पुअरग्रास की सन्त जैसी मुखाकृति दिख गई।

भीतर एक खास तरह की रंगत से युक्त अँधेरा था। कनात के छिद्रों और दरारों के बीच से आनेवाली सूर्य की चन्द पीली किरणें पतझड़ की सुहानी दोपहर और साँझ के विचित्र चमकभरे धुँधलके में रेम्ब्रान्त की कलाकृतियों की तरह धूप-छाँव का प्रभाव पैदा कर रही थीं और तम्बू में व्याप्त धुन्धभरे वातावरण में सुनहरी धूल के फव्वारों की तरह फूट पड़ी थीं और फिर सामने की कनात पर पड़कर वहाँ टँगे छोटे-छोटे लैम्पों की तरह चमक रही थीं।

मंच पर प्रवेश करने से पहले ट्राय ने पूर्व सर्वेक्षण की नीयत से एक दरार से झाँककर देखा तो अपनी पत्नी को सामने ऊँचाई पर रानी की तरह बैठे देखा, जैसा कि पहले बताया जा चुका है। घबराकर वह पीछे हट गया, क्योंकि वैसे तो उसके वेश-परिवर्तन से उसका व्यक्तित्व पूरी तरह छुप गया था, पर उसने तुरन्त महसूस किया कि वह निश्चित तौर पर उसकी आवाज पहचान लेगी। दिनभर में उसे कई बार ख्याल आया था कि वेदरबरी का कोई न कोई आदमी यहाँ आकर उसे पहचान सकता है; लेकिन उसने लापरवाही से यह खतरा मोल ले लिया था। अगर वे मुझे देखते हैं, तो देखने दो, उसने कहा था। लेकिन यहाँ तो बाथशीबा स्वयं मौजूद थी; और इस दृश्य की वास्तविकता उसके किसी भी पूर्वानुमान से इतनी अधिक तीव्र थी कि उसे महसूस हुआ कि उसने इस मुद्दे पर ठीक से विचार कतई नहीं किया था। वह इतनी मोहक और सुन्दर दिख रही थी कि वेदरबरी के लोगों के बारे में उसका शान्त मूड बदल गया। उसे यह उम्मीद नहीं थी कि पलक झपकते भर में उसके ऊपर बाथशीबा इतना प्रभाव डाल देगी। क्या वह आगे बढ़ जाए और कोई परवाह न करे? वह ऐसा नहीं कर पा रहा था। गुमनाम रहने की चालाकीभरी इच्छा से अलग अब अचानक ही उसके अन्दर इस सम्भावना पर शर्मिन्दगी की भावना जाग उठी कि उसकी खूबसूरत बीवी जो पहले ही उससे नफरत करती थी, इतने दिनों बाद उसे इस तरह फटेहाल पाकर कहीं और नफरत न करने लगे। यह विचार आते ही वह शर्म से गड़ गया, और बुरी तरह परेशान हो गया कि वेदरबरी के प्रति उसकी नफरत ने उसे इस तरह दर-दर भटका दिया। लेकिन ट्राय की अक्ल पूरी तरह काम भी तभी करती थी जब वह बिल्कुल किंकर्तव्यविमूढ़ हो जाता था। उसने अपने छोटे-से श्रृंगार कक्ष के पर्दे

को तत्काल एक तरफ सरका दिया जिसके दूसरी तरफ मालिक और मैनेजर का शृंगार-कक्ष था जो इस समय अपनी कमर तक तो टॉम किंग नामक व्यक्ति के वेश में था, और वहाँ से नीचे पैर के अँगूठों तक पूर्वोक्त सम्माननीय मैनेजर के वेश में।

"आखिरकार मुसीबत आ ही गई," ट्राय ने कहा।

"क्या हुआ?"

"तम्बू में एक ऐसा बदजबान साहूकार बैठा हुआ है जिससे मैं मिलना नहीं चाहता, जो मेरे मुँह खोलते ही मुझे पहचान लेगा और भूत की तरह मेरे पीछे पड़ जाएगा। क्या किया जाए?"

"मेरे ख्याल से अब तो तुम्हें जाना ही पड़ेगा।"

"मैं नहीं जा सकता।"

"लेकिन नाटक चलते रहना जरूरी है।"

"आप बोल दें कि टर्पिन को जुकाम हो गया है, और वह अपने संवाद नहीं बोल पाएगा; लेकिन बिना बोले ही अपनी भूमिका को हूबहू निभाएगा।"

मालिक ने अपना सिर हिलाया।

"कुछ भी हो, नाटक हो या भाड़ में जाए, मैं अपना मुँह नहीं खोलूँगा," ट्राय ने दृढ़तापूर्वक कहा।

"अच्छी बात है, तो देखता हूँ मैं—बताता हूँ कि कैसे काम चलाना है," दूसरे ने कहा जिसको शायद लगा कि ऐन मौके पर अपने मुख्य कलाकार को नाराज कर लेना बहुत मुश्किल में डाल देगा। "मैं तुम्हारे चुप रहने के बारे में कुछ नहीं बोलूँगा; बिना कुछ बोले नाटक को आगे बढ़ाते रहो—बीच-बीच में सोच-समझकर आँखों के इशारे से और जोशभरे मौकों पर सिर को हिलाकर जो कर सकते हो, करो। उन्हें भनक भी नहीं लगेगी कि संवाद छोड़ दिए गए हैं।"

यह काफी व्यावहारिक प्रतीत हुआ, क्योंकि वैसे भी टर्पिन के संवाद अधिक और लम्बे नहीं थे। नाटक का आकर्षण पूरी तरह इसके अभिनय में ही था, और उसी हिसाब से नाटक शुरू हुआ और निर्धारित समय पर दर्शकों की तालियों की गड़गड़ाहट के बीच ब्लैक बेस घासयुक्त घेरे में कूद पड़ी। चुंगी फाटकवाले दृश्य में जहाँ आधी रात में अधिकारियों द्वारा बेस और टर्पिन का बुरी तरह पीछा किया जाता है, और फूलों के गुच्छेवाली अपनी नाइटकैप पहने उनींदा गेटकीपर इस बात से इनकार कर देता है कि कोई घुड़सवार आगे गया है, कोग्गन दिल खोलकर चिल्लाया, "शाबास!" जिसे पूरे मेले में मिमियाहट की आवाजों के बावजूद सुना जा सकता था, और पुअरग्रास इत्मीनान से फाटक पार कर जानेवाले हमारे नायक और उसके उन शत्रुओं के बीच के नाटकीय द्वन्द्व पर विचार करके खूब हँसा जिनकी खिंचाई करने की सख्त जरूरत है और जो दूसरी तरफ जाने का इन्तजार कर रहे हैं। टॉम किंग की मृत्यु पर वह आँखों में आँसूभरे कोग्गन का कन्धा पकड़कर फुसफुसाने से खुद को रोक नहीं पाया, "जान, उसे हकीकत में गोली नहीं लगी है—केवल ऐसा लग रहा

है।" और जब अन्तिम दुखद दृश्य आया और बहादुर तथा स्वामिभक्त बेस के शव को दर्शकों में से बारह लोगों द्वारा अपनी इच्छा से कपाट पर ढोकर बाहर ले जाने की बारी आई तो पुअरग्रास अपने को हाथ लगाने से रोक नहीं पाया और जान को अपना साथ देने के लिए कहते हुए उसके मुँह से बरबस निकल पड़ा, "जान, आनेवाले समय में हम वारेन के शराबखाने में यह कहानी सुना सकेंगे और अपने बच्चों को इस बारे में बता सकेंगे।" वेदरबरी में अगले कई सालों तक जोसेफ अपने समय के किसी अनुभवी आदमी की तरह बताता रहा कि जब बेस तख्त पर लेटी उसके कन्धों पर पड़ी थी तो उसने अपने हाथों से उसके खुरों का स्पर्श किया था। यदि जैसा कि कुछ विचारकों का मत है, दूसरों की यादों में बस जाना ही अमरता है तो ब्लैक बेस अगर पहले कभी भी अमर न हुई हो तो भी उस दिन जरूर अमर हो गई होगी।

इस बीच ट्राय ने इस चरित्र के लिए अपनी साधारण साज-सज्जा में कुछ और इजाफा कर लिया था जिससे कि वह अपने को और आसानी से छिपा सके, और यद्यपि पहले उसे मंच पर उतरने में थोड़ी झिझक हुई थी, पर अपने चेहरे के चारों ओर एक तार लगाने से हुई कायापलट द्वारा वह बाथशीबा और उसके आदमियों की नजरों से सुरक्षित हो गया था। फिर भी सबकुछ निपट जाने के बाद उसे बड़ी राहत महसूस हुई। शाम को दुबारा नाटक की प्रस्तुति होनी थी, और तम्बू प्रकाश से जगमगा उठा था। ट्राय ने इस बार अपनी भूमिका काफी चुप-चुप रहकर निभाई, केवल मौके-मौके पर दो-चार शब्द बोला, और इसे खत्म ही कर रहा था कि दर्शकों की प्रथम पंक्ति के पास घेरे के बिल्कुल किनारे खड़े-खड़े उसकी निगाह अपने से गजभर की दूरी के भीतर एक आदमी पर पड़ी जिसकी आँखें बगल से उसके चेहरे पर गड़ी हुई थीं। इस अन्वेषक को धूर्त पेनीवेज के रूप में पहचानकर, जो उसकी पत्नी का कट्टर दुश्मन था और अभी भी वेदरबरी के आसपास भटकता रहता था, उसने तुरन्त अपनी स्थिति बदल दी।

पहले तो ट्राय ने कोई ध्यान न देने और हवा के रुख के हिसाब से चलने का फैसला किया। काफी सम्भावना थी कि इस आदमी ने उसे पहचान लिया हो; फिर भी शक की गुंजाइश थी। पहले उसने सोचा था कि अगर वह कभी वेदरबरी लौटा तो उसके आसपास ही रहने की सूचना उससे पहले ही वहाँ नहीं पहुँचनी चाहिए। उसे लगता था कि उसके इस पेशे की जानकारी हो जाने पर वह पत्नी की नजरों में और गिर जाएगा। उसकी यह सोच अब पूरी शिद्दत से लौट आई। इसके अलावा अगर वह कतई न लौटने का फैसला कर ले तो उसके जीवित होने और पड़ोस में होने की बात अटपटी लगेगी; और वह परेशान था कि दोनों में से कुछ भी करने का फैसला करने से पहले पत्नी के सांसारिक मामलों की जानकारी कर ली जाए।

इसी दुविधा में ट्राय तुरन्त टोह लेने बाहर निकल गया। उसे लगा कि पेनीवेज को खोजकर, अगर सम्भव हो, तो उससे दोस्ती कर लेने में ही अक्लमन्दी है। उसने सर्कस से लेकर एक घनी दाढ़ी लगा रखी थी, और वह इसी वेश में मेला-क्षेत्र में टहलता रहा।

इस समय तक करीब-करीब अँधेरा हो गया था, और शरीफ लोग घर जाने के लिए अपने-अपने छकड़े और टमटम तैयार कर रहे थे।

मेले में खान-पान की सबसे बड़ी दुकान नजदीक के एक कस्बे के सरायवाले की थी। खाने-पीने और विश्राम करने के लिए इसको बहुत अच्छा स्थान माना जाता था, क्योंकि मेजबान थालीवाला (स्थानीय अखबारों में मजाक में उसे इसी नाम से जाना जाता था) आसपास के पूरे क्षेत्र में खानपान के इन्तजाम के लिए मशहूर था। उसका तम्बू प्रथम और द्वितीय श्रेणी के दो हिस्सों में विभाजित था, और प्रथम श्रेणीवाला हिस्सा खत्म होते ही थोड़ा और आगे चुनिन्दा लोगों के लिए घिरा हुआ एक हिस्सा था जो बीच में भोजन का स्थान होने से तम्बू से अलग हो गया था। इसके पीछे सफेद एप्रन और कमीज में मेजबान स्वयं दौड़धूप कर रहा था, और ऐसा दिख रहा था जैसे उसकी सारी जिन्दगी इन्हीं तम्बुओं के नीचे गुजरी हो। इस सबसे भीतरी हिस्से में कुछ कुर्सियाँ और एक मेज पड़ी हुई थी जो मोमबत्तियाँ जला दिए जाने पर टोंटीदार केतली, चाय और काफी के मुलम्मा चढ़े बर्तनों, चाइना कपों और प्लम केकों के साथ काफी मनोहारी दृश्य प्रस्तुत कररही थी।

ट्राय इस दुकान के प्रवेश-द्वार पर खड़ा हो गया, जहाँ कोई बंजारन एक छोटे-से चूल्हे पर मालपुए तल रही थी और उन्हें एक-एक पेनी में बेच रही थी, और उसने यहीं से भीतर के लोगों पर नजर डाली। पेनीवेज का तो उसे कोई पता नहीं चला लेकिन उसने भीतर की जगह में एक दरार के बीच से बाथशीबा को देखकर पहचान लिया। इस पर ट्राय पीछे हटा, घूमकर तम्बू के पीछे अँधेरे में गया और सुनने लगा। तुरन्त ही उसे तम्बू के भीतर बाथशीबा की आवाज सुनाई पड़ी; वह किसी आदमी से बातें कर रही थी। ट्राय का चेहरा लाल हो गया। वह इतनी निम्न स्तर की औरत तो नहीं थी कि मेले में आँख लड़ाए। वह पसोपेश में पड़ गया कि क्या वाकई उसकी पत्नी ने उसकी मृत्यु को तय मान लिया था। मामले की तह तक पहुँचने के लिए ट्राय ने अपनी जेब से एक जेबी चाकू निकाला और धीरे से तम्बू के कपड़े में एक-दूसरे को काटते हुए दो छोटे-छोटे चीरे लगा दिए जिनके कोनों को पीछे मोड़ने पर एक पतले से बिस्कुट के आकार का छेद हो गया। उसने अपना चेहरा यहीं जमाया, और चौंकते हुए एकबारगी पीछे हट गया, क्योंकि उसकी आँख बाथशीबा के सिर से मुश्किल से बारह इंच की दूरी पर था। इतनी नजदीकी सुविधाजनक नहीं थी। उसने उसकी कुर्सी के पास एक अँधेरी जगह पर एक तरफ थोड़ा हटकर और थोड़ा नीचे एक दूसरा छेद बनाया जहाँ से उसको सीधे देखते हुए उस पर नजर रखना आसान और सुरक्षित था।

ट्राय को अब भीतर का सारा दृश्य दिख गया। वह पीठ के सहारे टिकी हुई, अपने हाथ में लिए चाय के कप से घूँट भर रही थी, और पुरुष स्वर बोल्डवुड का था जो, जाहिर था कि अभी-अभी उसके लिए यह कप लाए थे। बेपरवाह बैठी बाथशीबा तम्बू के कपड़े पर इतने आराम से टिकी हुई थी कि यह दूसरी तरफ उसके कन्धों की शक्ल में दबकर उभर गया था और वह करीब-करीब ट्राय की बाँहों में थी; और वह अपने सीने को

सावधानीपूर्वक पीछे की तरफ रखने के लिए विवश था जिससे कि उसके भीतर झाँकने पर बाथशीबा को इसका दबाव न महसूस हो सके।

ट्राय को अपने भीतर अप्रत्याशित भावनाओं का संचार होता महसूस हुआ जैसा कि पहले दिन में भी हुआ था। वह पहले की तरह खूबसूरत थी, और वह उसकी थी। उसके भीतर अचानक ही ललक पैदा हुई कि वह भीतर जाए और उसका हाथ थाम ले और इस ललक को दबाने में उसे कुछ मिनट लग गए। तब उसने सोचा कि जो नकचढ़ी लड़की उससे प्यार करते समय भी उसे नीची निगाह से देखती थी, अब दर-दर भटकता नाटक-कलाकार जानकर तो उससे नफरत करेगी। अगर उसे गुमनामी से बाहर आना है तो बाथशीबा और वेदरबरी के लोगों से अपनी जिन्दगी के इस अध्याय को हर हाल में छुपाकर रखना होगा, नहीं तो पूरे गाँव में उसका नाम गाली बनकर रह जाएगा। वह जब तक जिएगा, लोग उसे 'टर्पिन' कहकर चिढ़ाएँगे। निश्चित तौर पर उसका हाथ थामने से पहले अपनी जिन्दगी के इन विगत कुछ महीनों को धो-पोंछकर साफ कर देना होगा।

"क्या आपके जाने से पहले एक कप और ला दूँ आपके लिए, मैडम?" बोल्डवुड ने कहा।

"धन्यवाद," बाथशीबा ने कहा। "लेकिन मुझे तुरन्त जाना होगा। इतनी देर तक मुझे इन्तजार कराना उस आदमी की सरासर लापरवाही है। अगर उसकी बात न होती तो मैं दो घंटे पहले जा चुकी होती। मेरा यहाँ अन्दर आने का कोई विचार नहीं था लेकिन एक कप चाय से बढ़कर ताजगी देनेवाली कोई चीज नहीं है—हालाँकि अगर आपने मेरी मदद न की होती तो मैं यह चाय ले नहीं पाती।"

ट्राय ने मोमबत्तियों के प्रकाश में उसके गालों का ध्यानपूर्वक निरीक्षण किया, और उन पर विद्यमान एक-एक रेखा, तथा उसके छोटे से कान की सफेद शंख जैसी बनावट को गौर से देखा। बाथशीबा ने अपना बटुआ निकाला और बोल्डवुड से अपनी चाय का पैसा खुद देने का आग्रह कर रही थी कि उसी वक्त पेनीवेज तम्बू के भीतर घुसा। ट्राय काँप गया : अपनी इज्जत बचाने की उसकी योजना यहाँ उसकी आँखों के सामने ही खतरे में पड़ गई थी। वह अपना जासूसी छिद्र छोड़कर पेनीवेज के पीछे भागने और यह जानने की कोशिश करने ही वाला था कि पूर्व कारिन्दे ने उसे पहचान तो नहीं लिया है कि तभी उसका ध्यान बातचीत पर चला गया—और उसने पाया कि उससे देर हो गई है।

"माफ करिएगा, मैम," पेनीवेज ने कहा, "मेरे पास कुछ ऐसी निजी सूचना है जो सिर्फ आपके सुनने के लिए है।"

"मैं इसे अभी नहीं सुन सकती," उसने बेरुखी से कहा। जाहिर था कि बाथशीबा को इस आदमी की सूरत से चिढ़ थी : दरअसल वह उसके पास हमेशा एक न एक कहानी लेकर आता रहता था जिससे वह दूसरों की छवि खराब करके उसकी नजरों में चढ़ जाए।

"मैं इसे लिख देता हूँ," पेनीवेज ने आत्मविश्वास से कहा। वह मेज पर झुका, एक तुड़ी-मुड़ी पॉकेटबुक से एक पन्ना निकाला, और इस पर गोल-गोल अक्षरों में लिखा :

"आपके पति यहीं हैं। मैंने उन्हें देखा है। अब कौन मूर्ख हुआ?"

इसको उसने मोड़कर छोटा किया और बाथशीबा की तरफ बढ़ा दिया। बाथशीबा ने इसे पढ़ा नहीं : उसने इसे लेने के लिए अपना हाथ भी नहीं बढ़ाया। तब पेनीवेज ने उपहासपूर्ण हँसी हँसते हुए इसे उसकी गोद में उछाल दिया, और मुड़कर उससे दूर चल दिया।

हालाँकि ट्राय यह नहीं देख पाया था कि पूर्व कारिन्दे ने क्या लिखा, लेकिन पेनीवेज के शब्दों और उसकी हरकत से उसे कोई शक नहीं रह गया कि पुर्जे में उसी की चर्चा है। इस रहस्योद्‌घाटन को रोकने के लिए अब वह कुछ भी नहीं कर सकता था। "सत्यानाश हो मेरी बदनसीबी का।" वह फुसफुसाया और मुँह से ऐसे-ऐसे शाप-वचन निकाले जो अँधेरे में घातक हवा की तरह सरसरा उठे। इस बीच बाथशीबा की गोद में से पुर्जे को उठाते हुए बोल्डवुड बोले :

"आप इसे पढ़ना तो नहीं चाहतीं, मिसेज ट्राय? अगर नहीं तो मैं इसे नष्ट कर दूँ।"

"अरे—हाँ," बाथशीबा ने लापरवाही से कहा, "शायद इसे न पढ़ना नाइनसाफी होगी। लेकिन मैं अन्दाज लगा सकती हूँ कि इसमें क्या लिखा होगा। वह अपने लिए मेरी सिफारिश चाहता है, या इसमें मेरे आदमियों से जुड़ी कोई न कोई अफवाह होगी। वह हमेशा यही तो करता है।"

बाथशीबा ने वह पुर्जा अपने दाहिने हाथ में ले लिया। बोल्डवुड ने उसकी तरफ कटी रोटी और मक्खन की एक प्लेट बढ़ायी तो एक टुकड़ा उठाने के लिए उसने इस पुर्जे को बायें हाथ में ले लिया जिसमें वह अभी भी अपना बटुआ पकड़े हुए थी, और इसके बाद उसने अपने हाथ को ढीला छोड़ दिया जिससे यह बिल्कुल तम्बू के कपड़े से सट गया। अपने खेल को खत्म होने से बचाने का मौका आ गया था, और ट्राय को जैसे किसी ने भीतर से बाध्य कर दिया कि वह दाँव लगाए। एक बार फिर उसने उसके खूबसूरत हाथ पर नजर डाली, और उँगलियों की गुलाबी पोरों को, और गुलाबी कंगन से घिरी कलाई की नीली नसों को देखा : यह सब उसके लिए कितना जाना-पहचाना था। इसके बाद, विद्युत गति से हरकत में आते हुए, जिसमें वह माहिर था, उसने चुपचाप अपना हाथ तम्बू के कपड़े के नीचे सरका दिया, जो जमीन से एकदम सटाकर और कसकर नहीं बाँधा गया था। अपनी नजर को छेद पर रखते हुए उसने हाथ थोड़ा ऊपर उठाया, उसकी उँगलियों से पुर्जे को झपटकर छीना, तम्बू का कपड़ा गिरा दिया, और बाथशीबा के मुँह से निकलनेवाली आश्चर्यभरी चीख पर मुस्कुराता हुआ अँधेरे में किनारे और खाई की तरफ भाग गया। इसके बाद वह चहारदीवारी के बाहरी तरफ उतरा, तेज कदमों से खाई की तलहटी में करीब सौ गज की दूरी में चक्कर काटकर दुबारा ऊपर चढ़ा और निर्भीकतापूर्वक टहलता हुआ तम्बू के आगे प्रवेश-द्वार की तरफ पहुँचा। अब उसका मकसद था पेनीवेज तक पहुँचना और जब तक वह न चाहे तब तक के लिए इस घोषणा की पुनरावृत्ति को रोकना।

ट्राय तम्बू के द्वार पर पहुँचा और वहाँ एकत्रित भीड़ में खड़े होकर उत्सुकता से

पेनीवेज की तलाश करने लगा; उसके बारे में पूछताछ करके वह लोगों की निगाह में आने से बचना चाहता था। एक-दो आदमी उस दुस्साहस की चर्चा कर रहे थे जो अभी-अभी एक जवान औरत के पास के तम्बू का कपड़ा उठाकर उसे लूटने के इरादे से किया गया था। माना जा रहा था कि बदमाश ने युवती के हाथ में पड़ी कागज की एक पर्ची को बैंक नोट समझ लिया था, क्योंकि वह इसी को छीनकर भाग गया और उसका बटुआ छोड़ गया। कहा जा रहा था कि इसकी निरर्थकता जानकर उसे जो खीज और निराशा होगी, वह बड़ी मजेदार होगी। फिर भी, लगता था कि इस घटना की जानकारी कुछ ही लोगों को हुई थी क्योंकि इससे उस वायलिन-वादक पर कोई फर्क नहीं पड़ा जिसने अभी-अभी ही तम्बू के द्वार पर अपना वादन शुरू किया था, न ही इससे गम्भीर मुखाकृतिवाले और सहारे के लिए छड़ी लिए हुए उन चार झुकी पीठवाले बुड्ढों पर कोई फर्क पड़ा जो मेजर मल्ली का चक्करदार नृत्य नामक गीत पर थिरक रहे थे। इनके पीछे ही पेनीवेज खड़ा था। ट्राय उसके पास गया, उसे इशारे से बुलाया, धीमे से कुछ कहा, और आँखों में पारस्परिक सहमति का भाव लिए दोनों एक साथ रात के अँधेरे में खो गए।

अध्याय 51

अपने घुड़सवार साथी से बाथशीबा की बातचीत : सलाह

वेदरबरी वापस जाने की व्यवस्था यह थी कि बाथशीबा के वाहन में पुअरग्रास की जगह ओक जाएगा और वही उसके वाहन को घर तक पहुँचाएगा, क्योंकि तीसरे पहर देर से पता चला कि एक चीज कई-कई बार दिखाई देनेवाली जोसेफ की पुरानी बीमारी फिर उभर आई थी, और इसलिए उस पर गाड़ीवान और एक औरत के रक्षक के रूप में भरोसा नहीं किया जा सकता था। लेकिन ओक ने अपने को इतना व्यस्त पाया, और बोल्डवुड की उन भेड़ों को लेकर जो बिकी नहीं थीं, वह इतना चिन्ताग्रस्त था कि बाथशीबा ने ओक या किसी को कुछ बताए बिना स्वयं ही घर तक गाड़ी ले जाने, जैसा कि वह कई बार कास्टरब्रिज के बाजार से आते समय कर चुकी थी, और इस यात्रा के निर्विघ्न पूरा करने के लिए अपने सौभाग्य पर भरोसा करने का फैसला किया। लेकिन खान-पानवाले तम्बू में अप्रत्याशित रूप से (कम से कम उसकी तरफ से) किसान बोल्डवुड से भेंट हो जाने पर वह साथ-साथ घोड़े पर चलने के उनके प्रस्ताव को ठुकरा नहीं पाई। उसके सचेत होते-होते शाम का धुँधलका छा गया था, लेकिन बोल्डवुड ने उसे आश्वस्त किया कि परेशान होने की कोई बात नहीं है, क्योंकि आधे घंटे में चाँद निकल आएगा।

तम्बू में हुई घटना के तुरन्त बाद वह जाने के लिए खड़ी हो गई थी—अब वह बिल्कुल चौकन्ना और अपने पुराने प्रेमी के संरक्षण के लिए वाकई कृतज्ञ थी—हालाँकि

उसे गैब्रिएल के न होने का दुख हो रहा था जिसका साथ वह ज्यादा पसन्द करती, जो ज्यादा सही और सुखद था, क्योंकि वह उसका अपना व्यवस्थापक और कर्मचारी था। फिर भी ऐसा नहीं हो सकता था। एक बार पहले ही बोल्डवुड से बुरा बर्ताव कर चुकने के बाद वह उनसे किसी भी कारण कड़ाई से नहीं पेश आ सकती थी, और चाँद निकल जाने तथा टमटम के तैयार हो जाने के बाद उसने पहाड़ी की चोटी के दूसरी तरफ नीचे जानेवाले रास्ते पर गाड़ी हाँक दी—और ऐसा लगा मानो वह अन्धकार में चल पड़ी हो, क्योंकि चाँद और इसके प्रकाश में नहाई पहाड़ी पीछे ऊँचाई पर छूट गए थे, शेष दुनिया इनके बीच किसी विशाल अन्धकारपूर्ण गर्त की तरह पड़ी हुई थी। बोल्डवुड अपने घोड़े पर सवार थे और बिल्कुल नजदीक से पीछे-पीछे चल रहे थे। इस प्रकार वे तलहटी में उतर आए और पहाड़ी पर छूट गए लोगों की आवाजें मानो आकाश से आ रही थीं, और वहाँ की बत्तियाँ मानो स्वर्ग के किसी अलाव की थीं। जल्दी ही उन्होंने पहाड़ी के नजदीक ही हँसते-गाते और मौज मनाते चले जा रहे लोगों को पार किया, किंग्सबियर को पार किया और मुख्य सड़क पर आ गए।

बाथशीबा ने अपने सहज ज्ञान से अहसास कर लिया था कि उसके प्रति बोल्डवुड का दृढ़निष्ठ समर्पण अभी कम नहीं हुआ था, और उसे उनसे गहरी सहानुभूति हुई। आज शाम इस बात से वह बिल्कुल उदास हो गई थी; उसे अपनी गलती का स्मरण हो आया : कई महीने पहले की तरह एक बार फिर नए सिरे से उसकी इच्छा हुई कि उसे अपनी भूल सुधारने का कोई जरिया मिल जाए। इसलिए लगातार कष्ट और उदासी झेलकर भी उससे प्रेम करनेवाले व्यक्ति के प्रति उसकी दया-भावना से बाथशीबा के व्यवहार में एक प्रकार की असंगत संवेदनशीलता आ गई थी, जो करीब-करीब स्नेहशीलता प्रतीत होती थी, और इससे बेचारे बोल्डवुड के दिल में जेकब की तरह सात साल की साधना पूरी करने के बाद सम्भावित प्रिया-मिलन के मोहक सपने में नई जान आ गई थी।

जल्दी ही उनको अपनी पीछे की स्थिति से आगे बढ़ने का एक बहाना मिल गया, और वह घोड़े को उसकी बगल में लाकर चलने लगे। चाँदनी रात में बाथशीबा की टमटम के पहिए आर-पार खेती-बाड़ी, दोनों के लिए ओक की उपयोगिता और ऐसी ही अन्य उदासीनताभरी इधर-उधर की बातें करते दो-तीन मील आगे बढ़े थे कि बोल्डवुड ने अचानक ही और सहज ढंग से पूछा, "मिसेज ट्राय, क्या आप कभी दुबारा शादी करेंगी?"

इस दो टूक सवाल से वह अकबका गई, और एकाधिक मिनट के मौन के बाद ही बोल पाई, "मैंने ऐसे किसी मामले पर गम्भीरता से सोचा नहीं है।"

"मैं इस बात को समझता हूँ। फिर भी आपके स्वर्गीय पति की मृत्यु को करीब एक वर्ष हो गया है, और—"

"आप भूल रहे हैं कि उनकी मृत्यु का पक्का प्रमाण आज तक नहीं मिला, और सम्भव है कि ये हुई ही न हो; जिससे कि मैं वास्तविक रूप से विधवा हुई ही न हूँ।" उसने

इस तथ्य के सहारे बच निकलने की कोशिश की।

"शायद पक्का प्रमाण नहीं मिला था, लेकिन परिस्थितिजन्य साक्ष्यों के आधार पर प्रमाणित हो गया था। एक आदमी ने उन्हें डूबते हुए देखा भी था। किसी भी समझदार आदमी को उनकी मृत्यु पर कोई सन्देह नहीं है, न ही आपको है मैम, मेरा तो यही ख्याल है।"

"हाँ-हाँ, मुझे सन्देह है, नहीं तो मेरा व्यवहार अलग होता," उसने नम्रतापूर्वक कहा। "शुरू से ही मेरे मन में एक अजीब-सी भावना रही है कि उनकी मृत्यु शायद नहीं हुई है। इसकी वजह मैं नहीं जानती, लेकिन तब से अब तक उसी बात को मैंने खुद को तरह-तरह से समझाया है। अगर मुझे आधा विश्वास भी हो जाए कि अब मैं उनसे कभी नहीं मिल पाऊँगी, तो भी किसी दूसरे से शादी करने का मुझे दूर-दूर तक ख्याल नहीं आता। ऐसा विचार करना मेरी भारी तुच्छता होगी।"

थोड़ी देर के लिए उनके बीच चुप्पी छा गई, और सड़क के एक मुलायम और रेतीले हिस्से पर आ जाने के बाद अब सिर्फ बोल्डवुड की काठी और बाथशीबा की टमटम के स्प्रिंगों की चरमराहट की आवाज ही सुनाई पड़ रही थी। इस चुप्पी को बोल्डवुड ने तोड़ा।

"क्या आपको याद है कि आपके बेहोश होने पर मैं आपको अपनी बाँहों में उठाकर कास्टरब्रिज में किंग्स आर्म्स में ले गया था? घूरे के भी दिन फिरते हैं : उस दिन मेरे फिरे थे।"

"मुझे पता है—मुझे सब पता है," बाथशीबा ने जल्दी से कहा।

"इस बात का मलाल मुझे जिन्दगीभर रहेगा कि घटनाओं का चक्र ही कुछ ऐसा चला कि आप मेरी न हो सकीं।"

"मुझे भी बहुत अफसोस है," उसने कहा, और खुद को नियन्त्रित किया। "मेरा मतलब है, आपको पता है, मुझे अफसोस है कि आप सोचते थे कि मैं—"

"आपके साथ गुजरा वक्त याद करके मुझे अजीब-सी खुशी होती है—कि मैं आपके लिए तब कुछ था जबकि वह कुछ भी नहीं था, और आप करीब-करीब मेरी हो गई थीं। लेकिन अब उन बातों का कोई फायदा नहीं। आपने मुझे कभी पसन्द नहीं किया।"

"मैं आपको पसन्द करती थी, और आपका सम्मान भी।"

"आप जानती हैं?"

"हाँ।"

"इनमें से क्या?"

"क्या, से क्या मतलब?"

"आप मुझे पसन्द करती हैं या आप मेरा सम्मान करती हैं?"

"मैं नहीं जानती—कम से कम मैं आपको बता नहीं सकती। औरत के लिए अपनी भावनाओं को भाषा में व्यक्त करना मुश्किल है, जिसे मुख्यतः पुरुष जाति ने अपनी भावनाओं को व्यक्त करने के लिए बनाया है। आपके प्रति मेरा बर्ताव बेवकूफीभरा, दुष्टतापूर्ण और

माफ किए जाने के काबिल नहीं था। मुझे जीवनभर इसका पछतावा रहेगा। अगर कुछ ऐसा सम्भव होता जिसे करके मैं अपनी भूल सुधार सकती तो मैं उसे खुशी-खुशी करती—उस भूल को सुधारने से बड़ी मेरी इस जीवन में और कोई इच्छा नहीं थी। लेकिन वह सम्भव नहीं था।"

"अपने को दोषी मत ठहराइए—आपका उतना दोष नहीं है जितना आप मान रही हैं। बाथशीबा, मान लीजिए कि इस बात का पूरा और वास्तविक प्रमाण मिल जाए कि आप—विधवा—हैं, जो कि सच्चाई है—तो क्या आप मुझसे शादी करके अपनी पहले की भूल का सुधार करेंगी?"

"मैं कह नहीं सकती। अभी तो मैं किसी भी सूरत में नहीं कर सकती।"

"लेकिन भविष्य में तो कभी कर सकती हैं?"

"हाँ, हो सकता है कि भविष्य में कभी कर लूँ।"

"तो ठीक है, क्या आपको पता है कि बिना किसी और प्रमाण के आज से करीब छह साल बाद आप दुबारा शादी कर सकती हैं—बशर्ते कोई एतराज न करे या उँगली न उठाए?"

"हाँ," उसने जल्दी से कहा, "मुझे यह सब पता है। लेकिन इसकी बात न करें—सात या छह साल—न जाने तब तक हम कहाँ हों!"

"ये वर्ष पंख लगाकर उड़ जाएँगे; और इनके गुजर जाने के बाद पीछे मुड़कर नजर डालने पर यही समय बहुत कम लगेगा—आज आगे देखने पर जितना लग रहा है, तब उससे कहीं कम लगेगा।"

"हाँ, हाँ, यह बात तो मैं अपने खुद के अनुभव से जानती हूँ।"

"अब एक बार फिर सुन लीजिए," बोल्डवुड ने विनती की। "अगर मैं उस वक्त तक इन्तजार करूँ, तो क्या आप मुझसे शादी कर लेंगी? अभी आपने स्वीकार किया कि आपको मेरे प्रति अपनी भूल का सुधार करना है—चलिए इसी तरह से भूल सुधार लीजिए।"

"लेकिन मि. बोल्डवुड—छह साल—"

"क्या आप किसी और आदमी की पत्नी बनना चाहती हैं?"

"दरअसल बात ये नहीं है। मेरा मतलब है कि अभी इस मामले पर बात करना मुझे पसन्द नहीं है। शायद यह उचित नहीं है, और मुझे ऐसा नहीं करना चाहिए। जैसा मैंने कहा कि मेरे पति जीवित हो सकते हैं। चलिए हम फिलहाल इस बात को यहीं छोड़ दें।"

"ठीक है, अगर आपकी इच्छा है तो मैं इस विषय को छोड़ दूँगा। लेकिन मर्यादा का तर्कों से कोई सम्बन्ध नहीं है। मैं अधेड़ आदमी हूँ, अपनी शेष जिन्दगी आपकी रक्षा के लिए उत्सुक हूँ। कम से कम आपकी तरफ से कोई उत्कट भावना या हड़बड़ी नहीं है जिसे गलत ठहराया जा सके—शायद मेरी तरफ से ऐसा है। लेकिन यह सोचने से मैं अपने को रोक नहीं पा रहा हूँ कि अपने कथनानुसार भूल-सुधार की, मेरे साथ दूर भविष्य के लिए समझौता करने की अपनी इच्छा और दया-भाव से आप—एक समझौता करें जिससे सबकुछ

ठीक हो जाएगा और मुझे खुशी होगी। वैसे देर तो हो गई है पर अगर आप ऐसा करती हैं तो एक औरत के रूप में आपकी कोई गलती नहीं होगी। क्या मेरा आपके साथ पहला स्थान नहीं था, क्या आप एक बार पहले ही करीब-करीब मेरी नहीं हो गई थीं? निश्चित तौर पर आप इतना तो कह ही सकती हैं कि अगर परिस्थितियों ने साथ दिया तो आप मुझे दुबारा अपना लेंगी? अब कृपा करके बोलो। ओ बाथशीबा, वादा करो—सिर्फ एक छोटा-सा वादा—कि अगर तुमने दुबारा शादी की तो तुम मुझसे शादी करोगी!"

उनका लहजा इतना आवेशपूर्ण था कि उनसे सहानुभूति रखते हुए भी वह उस क्षण उनसे डर गई। यह सामान्य शारीरिक भय था—कमजोर को शक्तिशाली से होनेवाला भय : कोई भावनात्मक अरुचि या आन्तरिक घृणा नहीं थी। उसने कुछ परेशानीभरे स्वर में कहा, क्योंकि उसे याल्बरी रोड पर उनका भड़क उठना अच्छी तरह याद था, और वह उनके उस गुस्से की पुनरावृत्ति की कल्पना से सिहर गई थी :

"चाहे जो हो जाए, जब तक आपकी इच्छा मुझे अपनी पत्नी बनाने की है तब तक मैं किसी और से शादी नहीं करूँगी—लेकिन इससे अधिक क्या कहूँ—आपने तो मुझे इस तरह भौचक्का कर दिया है—"

"लेकिन—साफ-साफ कहो न—कि छह साल के अन्दर तुम मेरी पत्नी होगी? अप्रत्याशित घटनाओं की तो कोई बात नहीं, क्योंकि निश्चित तौर पर वे अपने हिसाब से होती हैं। अब इस बार मैं जानता हूँ कि तुम अपना वचन निभाओगी।"

"इसीलिए तो वचन देने में हिचक रही हूँ।"

"लेकिन वचन दो न! अतीत को याद करो, और रहम करो।"

उसने गहरी साँस ली, और फिर उदासी से बोली : "हाय, मैं क्या करूँ। मैं आपसे प्रेम नहीं करती, और मुझे आशंका है कि मैं आपसे कभी उतना प्रेम नहीं कर पाऊँगी जितना किसी औरत को अपने पति से करना चाहिए। अगर आपको यह पता है और फिर भी पति के वापस न आने पर छह साल बाद शादी करने के मेरे वायदेभर से आपको खुशी हो सकती है तो यह मेरे लिए बड़े सम्मान की बात है। और अगर आपकी नजर में उस औरत की दोस्ती की अहमियत है जो खुद अपनी ही नजरों में गिर गई है, और प्रेम से खाली हो गई है, तो मैं—मैं—"

"वादा करोगी!"

"—मान लीजिए कि मैं अभी वादा नहीं कर सकती।"

"लेकिन अभी नहीं तो शायद कभी नहीं।"

"अरे नहीं, ऐसा नहीं है। मेरा मतलब है जल्दी ही। चलिए क्रिसमस तक।"

"क्रिसमस।" उन्होंने आगे सिर्फ इतना कहा, "ठीक है, उस समय तक इस मामले में मैं तुमसे कोई बात नहीं करूँगा।"

बाथशीबा की मनोदशा बड़ी विचित्र थी, जिससे पता चलता था कि आत्मा किस हद

तक शरीर की गुलाम होती है, अमूर्त आत्मा अपनी गुणात्मकता के लिए ठोस हाड़-मांस पर निर्भर होती है। यह कहना अतिबयानी नहीं होगी कि उसने न सिर्फ अपनी इच्छाशक्ति से बढ़कर किसी शक्ति के दबाव में इस सुदूर भविष्य में स्थित और अस्पष्ट मामले पर वादा करने के लिए खुद को बाध्य महसूस किया बल्कि उसने उसी दबाव में यह कल्पना भी कर डाली कि वादा करना उसका नैतिक दायित्व है। जब इस बातचीत की रात और क्रिसमस के बीच के हफ्ते धीरे-धीरे गुजरने लगे तो उसकी चिन्ता और दुविधा बढ़ती गई।

एक दिन अचानक अपनी समस्या को लेकर गैब्रिएल से उसकी कुछ निजी बातचीत हो गई। इससे उसे थोड़ी राहत मिली—नीरस और आनन्दरहित प्रकार की। वे हिसाब-किताब कर रहे थे और इसी दौरान कुछ ऐसा हुआ कि बोल्डवुड के बारे में बात करते हुए ओक के मुँह से निकल गया, "वह आपको कभी नहीं भुला पाएँगे मैम, कभी नहीं।"

फिर बाथशीबा ने कब अपनी व्यथा-कथा कह डाली, उसे पता भी नहीं चला। उसने ओक को बताया कि किस तरह वह एक बार फिर भँवर-जाल में फँस गई है; बोल्डवुड ने उससे क्या-क्या कहा है, और कैसे वह उसकी सहमति की उम्मीद पाल बैठे हैं। "इस बात को मेरे द्वारा मान लिए जाने का सबसे दुखद कारण," उसने दुखपूर्वक कहा, "और अच्छा या बुरा जो भी हो, ऐसा करने के पीछे असली कारण यह है—यह ऐसी बात है जो मैंने अब तक किसी को भी नहीं बताई है—कि मुझे यकीन है कि अगर मैंने वचन नहीं दे दिया तो वह पागल हो जाएँगे।"

"वाकई—ऐसा यकीन है आपको?" गैब्रिएल ने गम्भीरता से कहा।

"इस बात का मुझे पूरा यकीन है," उसने बेपरवाह स्पष्टवादिता से कहा; "और ऊपरवाला ही जानता है कि यह बात मैं कितने दुख से कह रही हूँ, क्योंकि मुझे इस बात को लेकर हार्दिक कष्ट और अफसोस है—मुझे लगता है कि उस आदमी की तकदीर मेरी मुट्ठी में है। उनका जीवन पूरी तरह उनके प्रति मेरे बर्ताव पर निर्भर करता है। गैब्रिएल, अपनी जिम्मेदारी का अहसास कर मैं काँप जाती हूँ, क्योंकि यह भयावह है।"

"देखिए, मैं तो बस इतना ही सोचता हूँ, मैम, जैसा मैंने आपको कई साल पहले बताया था," ओक ने कहा—"कि आपके बिना उनकी जिन्दगी में अँधेरा ही अँधेरा है; लेकिन मैं सोच नहीं पाता—और मुझे उम्मीद है कि जैसी कल्पना आप कर रही हैं, उतना भयानक कुछ भी नहीं होगा। उनके स्वाभाविक तौर-तरीके भी हमेशा रहस्यमय और अजीबोगरीब रहे हैं, आप तो जानती हैं।—लेकिन चूँकि मामला इतना दुखद और अटपटा है, आप शर्त सहित वादा क्यों नहीं करतीं? मेरे ख्याल से, मैं तो ऐसा ही करता।"

"लेकिन क्या ये उचित है? मेरे पिछले जीवन के कुछ नासमझीभरे कदमों से मुझे नसीहत मिली है कि जिस औरत पर सबकी निगाहें हों, उसे बहुत सावधानी बरतनी चाहिए जिससे कि उसकी नेकनामी-बदनामी कम से कम हो, और मैं इस मामले में सावधान

रहना चाहती हूँ। और छह साल—तब तक क्या पता हम अपनी कब्रों में हों, चाहे मि. ट्राय दुबारा आएँ या न आएँ; जबकि उनका आना कोई असम्भव भी नहीं है! यही सब सोचकर यह योजना मूर्खतापूर्ण लगती है। अब, क्या यह बात अनर्गल नहीं है, गैब्रिएल? यह बात उनके दिमाग में कैसे घुस गई, मैं सोच नहीं पा रही। लेकिन क्या यह गलत है? तुम तो जानते होगे—उम्र में मुझसे बड़े हो।"

"आठ साल बड़ा हूँ, मैम।"

"हाँ, आठ साल—और क्या यह गलत है?"

"शायद किसी आदमी और औरत के बीच यह अनोखा समझौता होगा : मुझे तो इसमें कोई खामी नजर नहीं आती," ओक ने धीमे से कहा। "दरअसल, अगर आप उनसे किसी परिस्थिति में शादी करें भी तो आपका उनसे लगाव न रखना ही इसमें दुविधा पैदा कर रहा है—क्योंकि मेरे विचार से—"

"हाँ, तुम्हारे विचार से प्रेम का अभाव है," उसने संक्षेप में कहा। "मेरे लिए प्रेम बिल्कुल बीती हुई, नहीं, खत्म हो गई चीज है—उनके लिए हो या किसी और के लिए।"

"देखिए आपका प्रेम का अभाव ही मुझे ऐसी चीज लगती है जिसके कारण उनसे ऐसा समझौता करने में कोई नुकसान नहीं दिखता। अगर अपने पति की गुमशुदगी की कमी पूरी करने के लिए और वासना से प्रेरित होकर ऐसा करतीं तब तो ये गलत होता; लेकिन किसी आदमी पर उपकार करने के लिए उदासीन भाव से किए गए समझौते की बात कुछ अलग है। मैडम, मेरी निगाह में तो असली गुनाह है किसी ऐसे आदमी से शादी करने का ख्याल करना जिससे आपको दिल से और सच्चा प्यार न हो।"

"उसका दंड भुगतने को मैं तैयार हूँ," बाथशीबा ने कहा। "तुम जानते हो गैब्रिएल कि इसी बात का बोझ मेरी आत्मा से उतर नहीं पाता कि मैंने एक बार सरासर नादानी में उन्हें मार्मिक पीड़ा पहुँचाई। अगर मैंने उनसे खिलवाड़ न किया होता तो वह मुझसे शादी करने की ख्वाहिश कभी न रखते। काश जो नुकसान मैंने किया था, उसके बदले में उन्हें चाहे कितने भी पैसे देकर भरपाई हो पाती, और इस तरह मेरी आत्मा से उस पाप का बोझ हट जाता।...देखो यह ऐसा कर्ज है जिसे निपटाने का सिर्फ एक तरीका है, और मेरे विचार से, मुझे अपने भविष्य की बिल्कुल कोई चिन्ता किए बिना, भरसक इसे करना चाहिए। जब कोई व्यसनी जुए में अपनी उम्मीदों को दाँव पर लगाता है तो इस बात से उसकी देनदारी तनिक भी कम नहीं हो जाती कि यह कर्ज असुविधाजनक है। मैं एक व्यसनी हूँ और इस बात को देखते हुए कि कुछ तो मेरे नैतिक संकोच और कुछ इस कारण कि कानूनन मेरे पति सिर्फ गुमशुदा हैं, सात साल तक तो कोई आदमी मुझसे शादी करने के लिए आगे आने से रहा, मैं तुमसे सिर्फ एक बात पूछती हूँ कि क्या मेरे ऐसे विचार उचित हैं—भले ही ये एक प्रकार से प्रायश्चित में हों। ऐसी परिस्थितियों में शादी से और ऐसा करके जिस श्रेणी की औरतों में मेरी गणना होगी, उससे मुझे नफरत है।"

"मुझे लगता है कि सबकुछ इस बात पर निर्भर करता है कि अन्य लोगों की तरह आप भी यह मानती हैं या नहीं, कि आपके पति की मृत्यु हो चुकी है।"

"लगता है मानना ही पड़ेगा, क्योंकि मेरे विचार से अगर वह जीवित होते तो अब तक काफी पहले वापस आ गए होते।"

"तो ठीक है, धार्मिक दृष्टि से आपको पुनर्विवाह पर विचार करने की उतनी ही छूट है जितनी किसी भी विधवा को जिसका एक साल पूरा हो गया हो। लेकिन आप इस बात पर मि. थर्डली की राय क्यों नहीं लेतीं कि आपको मि. बोल्डवुड से कैसे पेश आना चाहिए?"

"नहीं। जब मुझे विशेष सलाह से अलग, सामान्य जानकारी के लिए आम राय की जरूरत होती है तो मैं कभी उस आदमी के पास नहीं जाती जो उस विषय में पेशेवर पैठ रखता है। इसलिए मैं कानूनी मामले में पादरी की, डाक्टरी के मामले में वकील की, कारोबार के मामले में डाक्टर की, और नैतिक मामलों में—अपने कारोबारी की—यानी तुम्हारी सलाह पसन्द करती हूँ।"

"और प्रेम के मामले में—"

"अपनी खुद की।"

"मेरे ख्याल से इस तर्क में एक पेंच है," ओक ने गम्भीर मुस्कान सहित कहा।

उसने तुरन्त कोई जवाब नहीं दिया, और फिर "गुड ईवनिंग मि. ओक" कहकर चली गई।

उसने खुलकर बात की थी, और गैब्रिएल से जो जवाब उसे मिले, उससे सन्तोषजनक जवाबों की न तो उसे उम्मीद थी, न ही उसने पूछे। फिर भी उसके उलझे हृदय के अन्तरतम में इस समय एक ऐसे कारण से थोड़ी सी निराशाजनक टीस थी जिसे वह मानने को तैयार नहीं थी। ओक ने एक बार भी उससे खुलकर इच्छा नहीं व्यक्त की थी कि उससे वह स्वयं भी विवाह कर सकता है—एक बार भी नहीं कहा था, "मैं भी आपके लिए उन्हीं की तरह इन्तजार कर सकता हूँ।" उसे यही बात बिच्छू के डंक की तरह चुभ रही थी। ऐसा नहीं था कि ऐसे किसी काल्पनिक विचार पर वह ध्यान देती—सवाल ही नहीं था—क्योंकि क्या वह कहती नहीं रही थी कि भविष्य के ऐसे विचार अनुचित हैं, और क्या गैब्रिएल की हैसियत उससे कोमल भावनाओं की बात करने की थी? फिर भी वह बाथशीबा के प्रति अपने पुराने प्रेम का थोड़ा-सा संकेत तो कर ही सकता था और चलते-फिरते चालाकी से पूछ भी सकता था कि वह इसके बारे में बात कर सकता है या नहीं। अगर ज्यादा कुछ नहीं तो भी यह सुन्दर और अच्छा तो लगता; और तब वह दिखा देती कि कभी-कभी किसी औरत का न कहना भी कितना प्यारा और खूबसूरत होता है। लेकिन इस तरह उदासीनता से सलाह देना—सिर्फ वही सलाह जो उसने माँगी है—इस बात ने हमारी नायिका को पूरी दोपहर विक्षुब्ध रखा।

अध्याय 52

एक ही बिन्दु पर पहुँचते रास्ते

1

क्रिसमस की संध्या आ गई, और वेदरबरी में बोल्डवुड द्वारा शाम को दी जा रही एक पार्टी की बड़ी चर्चा थी। गाँव में क्रिसमस पार्टियाँ होना कोई नई बात नहीं थी, लेकिन इसमें अनोखापन यह था कि यह बोल्डवुड द्वारा दी जा रही थी। यह घोषणा कुछ अस्वाभाविक और बेतुकी लगी, जैसे किसी को कैथेड्रल चर्च के गलियारे में क्रोके खेल की बात सुनाई पड़ जाए या कोई अति सम्मानित न्यायाधीश नाटक मंच पर जा रहा हो। इस बात में तो कोई सन्देह नहीं था कि यह पार्टी वाकई धूम-धड़ाकेवाली होगी। उसी दिन जंगल से मिसलटो वृक्ष की एक बड़ी टहनी लाई गई थी और इस कुँवारे के घर के हॉल में टाँग दी गई थी। इसके बाद शूलपर्णी और आइवी की लताएँ बाँहों में भर-भरकर लाई गईं। उस दिन छह बजे सुबह से दोपहर के बाद तक रसोई में बड़े-बड़े चैलों से निकलनेवाली लपटें आवाज करते हुए लपलपा रही थीं, और इन लपटों के बीच में बड़ा-सा पीतल का भगौना, देगची और तीन डंडोंवाला पात्र यूँ पड़े थे मानो वे मूर्ति-पूजा से इनकार करने पर दहकती हुई भट्ठी में फेंके गए शाद्राच, मेशाच और आबेदनेगो हों। इसके अलावा इन सुन्दर लपटों के सामने मक्खन लगा-लगाकर मांस को भूनने का काम लगातार चल रहा था।

थोड़ी देर बाद बड़ेवाले लम्बे हॉल में, जिसमें सीढ़ियाँ उतरती थीं, आग जला दी गई, और नाचने-गाने के लिए जगह को बिल्कुल खाली कर दिया गया। शाम के अलाव के लिए जो टहनी चुनी गई थी, वह किसी पेड़ की बिना छँटाई की हुई साबुत टहनी थी, यह इतनी भारी-भरकम थी कि न तो इसे ढोकर और न ही धकियाकर इसकी जगह तक पहुँचाया जा सकता था; और लोगों के जुटने का समय नजदीक आ जाने पर इसे दो आदमियों द्वारा जंजीरों और उत्तोलकों द्वारा खींचकर व धकेलकर भीतर करते देखा गया।

इतना सब होते हुए भी इस घर में मौज-मस्ती की भावना का अभाव था। इसके मालिक ने पहले कभी ऐसा प्रयास नहीं किया था और अब इसे एक झटके में किया जा रहा था। सायास पैदा किया गया हँसी-खुशी का माहौल वास्तविक उल्लास का भ्रम पैदा करने पर तुला हुआ था। इस पूरे कार्यक्रम के आयोजन की कमान उन किराए के नौकरों के हाथ में थी जो सबकुछ बड़ी उदासीनता से कर रहे थे, और कोई छाया मानो तमाम कमरों में घूम-घूमकर कह रही थी कि ये गतिविधियाँ इस जगह और यहाँ रहनेवाले अकेले आदमी के लिए अस्वाभाविक थीं, और इसलिए उचित नहीं थीं।

2

इस समय बाथशीबा अपने कमरे में इस उत्सव के लिए तैयार हो रही थी। उसने मोमबत्तियाँ

मँगाई थीं, और लिडी ने आकर अपनी मालकिन के आईने के दोनों तरफ एक-एक मोमबत्ती रख दी।

"दूर मत जाना लिडी," बाथशीबा ने प्रायः डरते-डरते कहा। "मैं बेवकूफी में पड़कर उत्तेजित हो रही हूँ—कह नहीं सकती कि क्यों। काश मेरा इस नृत्य में जाना जरूरी न होता, लेकिन अब तो कोई चारा नहीं है। मैंने मि. बोल्डवुड से पतझड़ के समय से ही बात नहीं की है, जब मैंने उनसे क्रिसमस पर काम के सिलसिले में मिलने का वादा किया था लेकिन मुझे कोई भनक नहीं थी कि इस तरह का कुछ होनेवाला है।"

"लेकिन अब मैं जाऊँगी," लिडी ने कहा, जो उसके साथ जा रही थी; क्योंकि बोल्डवुड ने सभी को बिना किसी भेदभाव के न्योता दिया था।

"हाँ, जाना तो मुझे है ही," बाथशीबा ने कहा। "लेकिन इस पार्टी की वजह मैं हूँ; और इसी से मुझे कोफ्त हो रही है। तुम्हें बताया नहीं क्या, लिडी?"

"नहीं तो, मैम। इस पार्टी की वजह आप हैं, मैम?"

"हाँ। इस पार्टी की वजह मैं हूँ—मैं। अगर मैं न होती तो ये पार्टी न होती। इससे ज्यादा नहीं समझा सकती—इससे ज्यादा समझाने के लिए है भी नहीं। काश मैं वेदरबरी कभी न आई होती।"

"यह तो आपकी नासमझी है—कि आप अपने इस हाल को छोड़कर और बदतर हाल में रहने की इच्छा कर रही हैं।"

"नहीं लिडी। जब से मैं यहाँ रह रही हूँ, तभी से मुसीबतें मेरा पीछा नहीं छोड़ रही हैं, और इस पार्टी से उनके बढ़ने की ही सम्भावना है। अब मेरी कालीवाली सिल्क की ड्रेस ले आओ, और देखो कि यह मेरे ऊपर कैसी लगती है।"

"लेकिन उसे छोड़ क्यों नहीं देतीं, मैम? आपको एक तरह से विधवा हुए चौदह महीने हो गए हैं, और आज रात जैसे मौके पर आपको थोड़ा-बहुत सज-सँवर लेना चाहिए।"

"क्या यह जरूरी है? नहीं, मैं रोज की तरह ही रहूँगी, क्योंकि मैं कोई तड़क-भड़कवाली ड्रेस पहन लूँगी तो लोग मेरे बारे में कानाफूसी करेंगे, और लगेगा कि मैं मजे कर रही हूँ जबकि मैं पूरे समय उदासीन रही हूँ। यह पार्टी मुझे जरा भी अच्छी नहीं लग रही, लेकिन कोई बात नहीं। रुको, और तैयारी करने में मेरी मदद करो।"

3

बोल्डवुड भी इस वक्त तैयार हो रहे थे। उनके साथ कास्टरब्रिज का एक दर्जी था जो अभी-अभी लाए गए एक नए कोट को पहनने में उनकी सहायता कर रहा था।

इतनी तुनकमिजाजी बोल्डवुड में कभी देखने को नहीं मिली थी। कोट की नाप को लेकर वह सनक गए थे, और आम तौर पर उन्हें तसल्ली नहीं हो पा रही थी। दर्जी उनके चारों ओर घूमता, कमर पर खिंचाव डालता, आस्तीन खींचता, कालर को बाहर खींचता, और जिन्दगी में पहली बार इस सबसे बोल्डवुड ऊबे नहीं। एक जमाना ऐसा भी था जब बोल्डवुड

ऐसी बातों को बचकाना मानते थे, लेकिन अब कोट की एक-एक सिलवट को दक्षिणी अमेरिका में आनेवाले भूकम्प की तरह महत्व देते हुए उनके भीतर कोई दार्शनिकतापूर्ण या जल्दबाजीभरे विचार नहीं आ रहे थे। आखिरकार बोल्डवुड ने अपने को करीब-करीब सन्तुष्ट जताया और बिल का भुगतान कर दिया, और दर्जी के दरवाजे के बाहर पैर रखते ही दिनभर की प्रगति की जानकारी देने के लिए ओक भीतर आ गया।

"ओह, ओक," बोल्डवुड ने कहा, "आज रात तो तुमसे भेंट होगी ही। मौज-मस्ती करो। मैंने सोच रखा है कि किसी भी तरह से कहीं कोई कमी न होने पाए।"

"मैं यहाँ रहने की कोशिश करूँगा सर, हालाँकि हो सकता है कि बहुत जल्दी न आ पाऊँ," गैब्रिएल ने धीरे से कहा। "मुझे आपके भीतर पहले की तुलना में आया यह बदलाव देखकर वाकई खुशी है।"

"हाँ—मानना पड़ेगा मुझे—आज रात मैं खुश हूँ। आनन्दित और उससे भी कहीं कुछ ज्यादा—यहाँ तक कि मैं यह सोचकर फिर दुखी हो जाता हूँ कि यह सबकुछ बीतता जा रहा है। कभी-कभी जब मैं अत्यधिक आशावान और खुश होता हूँ, दूर कहीं कोई मुसीबत सिर पर मँडरा रही होती है। इसलिए मैं अकसर अपने भीतर की उदासी को सन्तुष्टि के भाव से देखता हूँ, और खुश होने से डरता हूँ। फिर भी हो सकता है कि यह बेतुका हो—मैं महसूस करता हूँ कि यह बेतुका है। अन्ततः शायद मेरा दिन आ रहा है।"

"उम्मीद करता हूँ कि यह लम्बा और अच्छा होगा।"

"धन्यवाद—धन्यवाद। अभी शायद मेरी खुशी का आधार बहुत कमजोर है। फिर भी मुझे अपनी उम्मीद पर भरोसा है। यह आस्था है—उम्मीद है। मेरे विचार से इस बार मैं अपनी कठिनाई की उपेक्षा नहीं कर पा रहा। ओक मेरे हाथ जरा काँप रहे हैं, कुछ बात है, मैं इस गुलूबन्द को ढंग से बाँध नहीं पा रहा। जरा तुम बाँध दो। बात ये है कि आजकल मेरी तबीयत जरा ठीक नहीं है।"

"यह सुनकर अफसोस हुआ, सर।"

"अरे कुछ खास नहीं है। मैं चाहता हूँ कि यह काम तुम जितने अच्छे ढंग से कर सकते हो, कर दो। क्या कोई नए तरह की गाँठ फैशन में है, ओक?"

"मुझे नहीं पता, सर," ओक ने कहा। उसके स्वर में उदासी आ गई थी।

बोल्डवुड गैब्रिएल की तरफ बढ़े, और जब ओक गुलूबन्द बाँध रहा था तो बोल्डवुड व्यग्रतापूर्वक बोलते रहे।

"क्या कोई औरत अपना वादा निभाती है, गैब्रिएल?"

"अगर उसको परेशानी न हो तो निभा सकती है।"

"—और अगर कुछ इशारों में किया गया वादा हो?"

"उसके इशारों की बात मैं नहीं कर सकता," ओक ने हल्की-सी कड़वाहट से कहा। "यह ऐसा शब्द है जिसमें चलनी की तरह बहत्तर छेद हैं।"

"ओक, ऐसा मत कहो। इस बीच तुम बहुत रूखे हो गए हो—क्या बात है? लगता

है हम दोनों ने अपनी-अपनी जगहें बदल ली हैं : मैं नौजवान और आशावादी हो गया हूँ, और तुम बुड्ढे और शंकालु। बहरहाल, क्या कोई औरत वादा निभाती है—शादी करने का नहीं, बल्कि भविष्य में कभी शादी करने के लिए सशर्त सगाई करने का? देखो, तुम औरतों को मुझसे बेहतर जानते हो—मुझे बताओ।"

"मेरे ख्याल से आप मेरी अक्लमन्दी को बहुत ज्यादा तवज्जो दे रहे हैं। फिर भी वह ऐसा वादा निभा सकती है, अगर इसे कोई गलती सुधारने के लिए ईमानदारी से किया गया हो।"

"अभी ज्यादा बात नहीं हुई है—लेकिन मेरे विचार से जल्दी ही हो जाएगी—हाँ, मुझे पता है, जरूर हो जाएगी," उन्होंने आवेगपूर्वक बुदबुदाकर कहा। "मैंने इस विषय में उससे जोर देकर पूछा है, और उसने मेरे प्रति दयालुता और सुदूर भविष्य में मेरे बारे में पति के रूप में विचार करने की तरफ झुकाव दिखाया है, और मेरे लिए इतना काफी है। ज्यादा की उम्मीद कैसे करूँ? उसका विचार है कि किसी औरत को पति के गुमशुदा होने के सात साल के अन्दर शादी नहीं करनी चाहिए—मतलब यह है कि उसे खुद ऐसा नहीं करना चाहिए—क्योंकि उसके पति का शव आज तक नहीं मिला। हो सकता है कि वह सिर्फ इसी कानूनी कारण से प्रभावित हो, या ये धार्मिक कारण हो, लेकिन इस मामले में वह बात करने को तैयार नहीं है। फिर भी उसने इशारों में वादा किया है—कि आज रात वह सगाई की बात पक्की कर देगी।"

"सात साल," ओक बुदबुदाया।

"नहीं, नहीं—ऐसा नहीं है!" उन्होंने व्यग्रतापूर्वक कहा। "पाँच साल, नौ महीने और कुछ दिन। उसके गुम होने के समय से करीब पन्द्रह माह गुजर चुके हैं, और पाँच साल से थोड़े से अधिक समय लम्बी सगाई जितना खूबसूरत और क्या है?"

"भविष्य की ओर देखने पर यह लम्बा समय लगता है। ऐसे वादों पर ज्यादा भरोसा मत करिए, सर। याद रखिए, आप एक बार धोखा खा चुके हैं। उसका इरादा नेक हो सकता है, लेकिन देखिए—अभी भी वह कमउम्र है।"

"धोखा खाया? कभी नहीं!" बोल्डवुड ने जोर देकर कहा। "पहली बार तो उसने मुझसे कोई वादा किया ही नहीं था, और इसलिए उसने अपना वादा तोड़ा नहीं। अगर वह वादा करेगी तो वह मुझसे शादी करेगी। बाथशीबा अपनी जुबान की पक्की औरत है।"

4

ट्राय, कास्टरब्रिज की व्हाइट हार्ट सराय के एक छोटे-से कक्ष में बैठा हुआ था। वह एक गिलास से भाप छोड़ता कोई पेय पदार्थ पी रहा था। दरवाजे पर दस्तक हुई और पेनीवेज भीतर आया।

"हाँ, मिले तुम उनसे?" ट्राय ने एक कुर्सी की तरफ इशारा करते हुए पूछा।

"बोल्डवुड से?"

"नहीं—वकील लांग से।"

"वह घर पर नहीं थे। मैं पहले वहाँ भी गया था।"

"बड़ी मुसीबत है।"

"है तो, मेरे ख्याल से।"

"फिर भी मैं नहीं समझता कि कोई आदमी डूबा हुआ मान लिया गया और वह वास्तव में डूबा नहीं था, इसके आधार पर उसका कोई दोष होना चाहिए। मैं किसी वकील से नहीं पूछूँगा—न।"

"लेकिन बात बस इतनी ही नहीं है। अगर कोई आदमी अपना नाम वगैरह बदल लेता है, और दुनिया को और अपनी बीवी को बेवकूफ बनाता है तो वह धोखेबाज है, और कानून की निगाह में निस्सन्देह अपराधी है और निस्सन्देह लफंगा और आवारा है—और यह दंडनीय स्थिति है।"

"हो-हो। शाबाश पेनीवेज।" ट्राय हँस पड़ा था, लेकिन उसने कुछ चिन्ता से कहा, "अब मुझे ये बताओ, क्या तुम्हारे ख्याल से उसके और बोल्डवुड के बीच वाकई कुछ चल रहा है? कसम खाकर कहता हूँ कि मैं इस बात पर कभी विश्वास न करता! जरूर उसे मुझसे नफरत होगी। क्या तुमने पता लगाया कि उसने उनको प्रोत्साहित किया है या नहीं?"

"मैं नहीं जान पाया। उनकी तरफ से तो कुछ झुकाव लगता है, लेकिन उसकी बात मैं नहीं कह सकता। कल तक मुझे इस बारे में कुछ भी पता नहीं था, और उसके बाद मैंने कुल इतना ही सुना कि आज रात वह उनके घर पार्टी में जा रही है। लोग कह रहे हैं कि पहली बार वह वहाँ गई है। और लोग कह रहे हैं कि ग्रीनहिल के मेले के बाद से उसने उनसे बात तक नहीं की है—लेकिन इससे लोग क्या मतलब निकाल सकते हैं? फिर भी वह उन्हें पसन्द नहीं करती—बिल्कुल रूखी और बिल्कुल बेपरवाह है, मैं जानता हूँ।"

"इस बात का मुझे पक्का यकीन नहीं है...वह एक खूबसूरत औरत है पेनीवेज, है कि नहीं। कसम से जब उस दिन मेरी निगाह उस पर पड़ी तो मुझे हैरानी हुई कि आखिर मैं किस मिट्टी का बना हूँ जो उसे उसके अपने हाल पर इतने दिन छोड़ दिया। और उसके बाद मैं उस परेशान कर देनेवाले शो में उलझ गया, जिससे मुझे अन्ततः छुटकारा मिल गया, शुक्र है ऊपरवाले का।" कुछ देर तक वह धुआँ उड़ाता रहा और फिर बोला, "जब तुम कल उसके पास से गुजरे तो वह कैसी लग रही थी?"

"अरे, उसने मुझ पर खास ध्यान नहीं दिया, जैसा कि तुम अच्छी तरह समझ सकते हो, लेकिन जहाँ तक मैं जानता हूँ, वह काफी अच्छी दिख रही थी। सिर्फ क्षणभर के लिए उसने मेरे मुरझाए हुए शरीर को अपनी दर्पभरी आँखों से देखा और उसके बाद निगाहें फेर लीं, बिल्कुल ऐसे जैसे मैं कोई बेजान पेड़ हूँ। तुरन्त ही वह साल के आखिरी सेबों से रस निकालने को देखने के लिए अपनी घोड़ी से उतरी थी। चूँकि वह घुड़सवारी करके आई थी, इसलिए उसका मुँह लाल हो गया था और साँस कुछ तेज चल रही थी, जिससे उसकी छाती उठती और गिरती थी—उठती और गिरती थी—हर बार ठीक मेरी आँखों के

सामने ही। हाँ, उसके आसपास पनीर को निचोड़कर निकालते और दौड़धूप करते लोग थे जो कह रहे थे, 'फल के गूदे से बचें मैम, इससे आपका गाउन खराब हो जाएगा।' 'मेरी चिन्ता मत करो,' उसने कहा। इसके बाद गैब्रिएल उसके लिए थोड़ा-सा सेब का नया रस लाया, और इसे पीने के लिए उसको नली की जरूरत पड़ी और सहज ढंग से वह बिल्कुल ही नहीं पी पाई। 'लिडी' उसने कहा, 'कुछ गैलन घर में ले आना और मैं थोड़ी सेब की शराब बनाऊँगी।' सार्जेंट, उसके लिए मेरी हैसियत चूल्हे में लकड़ी की छिपटी से ज्यादा नहीं थी।"

"मुझे जाना चाहिए और तुरन्त उसका हाल-चाल लेना चाहिए—हाँ-हाँ, मेरा ख्याल है कि—मुझे जाना चाहिए। अभी भी ओक ही कर्ता-धर्ता है, है न?"

"हाँ। और लिटिल वेदरबरी के फार्म को भी देखता है। सारा इन्तजाम वही करता है।"

"बाथशीबा का इन्तजाम करने में वह, या उसके जैसा कोई भी आदमी चक्कर में पड़ जाएगा।"

"इसके बारे में मैं नहीं जानता। बाथशीबा का काम उसके बिना नहीं चल सकता, और इस बात को अच्छी तरह जानते हुए ओक बिल्कुल आजाद है। और बाथशीबा के मन में उसके लिए कहीं न कहीं कुछ कमजोरी है—हालाँकि मैं कभी उसके मन की थाह नहीं ले पाया, वहाँ शैतान का बसेरा है।"

"अरे, पेनीवेज, उसको समझना तुम्हारे बस के बाहर की बात है, और तुम्हें यह बात मान लेनी चाहिए। वह जरा ऊँचे दर्जे की चीज है—जरा बारीक काट से बनी है। जो भी हो, मेरे साथ रहो, और यह अहंकारी देवी, तेज-तर्रार औरत, रानी जूनो जैसी मेरी पत्नी (जूनो एक देवी थी, तुम्हें पता है) या कोई भी तुम्हारा बाल बाँका नहीं कर पाएगा। लेकिन मुझे लगता है कि इस सबके लिए सतर्क रहने की जरूरत है। एक के बाद एक चीजों से मुझे समझ आ रहा है कि मुझे क्या करना है।"

5

"आज रात मैं कैसी दिख रही हूँ लिडी?" बाथशीबा ने आईना छोड़ने से पहले अपनी पोशाक को अन्तिम रूप से सँभालते हुए कहा।

"आज से पहले मैंने कभी आपको इतनी खूबसूरत नहीं देखा था। हाँ—मैं बताती हूँ कि आज की तरह आपको कब देखा था—डेढ़ साल पहले उस रात जब आप एकदम गुस्से से तमतमाई आई थीं और हमें आपके और मि. ट्राय के बारे में ऐसा-वैसा कहने पर डाँट पिलाई थी।"

"मुझे लगता है, हर कोई यही सोचेगा कि मैं मि. बोल्डवुड को लुभाने के लिए बन-ठन रही हूँ," बाथशीबा ने धीरे से कहा। "कम से कम लोग इतना तो कहेंगे ही। क्या मेरे बालों को कंघी से दबाकर थोड़ा और बिगाड़ा नहीं जा सकता? जाने से डर रही हूँ मैं—फिर भी न जाकर उनको चोट पहुँचाने का डर भी सता रहा है।"

"मैम, आपकी इससे सादी पोशाक नहीं हो सकती अगर आप तुरन्त लबादा ओढ़कर

न चली जाएँ। आज रात कुछ और नहीं, आपकी उत्तेजना आपको इतना खास बना रही है।"

"मैं नहीं जानती कि क्या बात है, कभी तो मुझे दुख होता है, और कभी ख़ुशी होती है। काश मैं बिल्कुल अकेली ही रह सकती जैसे पिछले एकाध साल से हूँ, न कोई आशा होती न कोई आशंका, न कोई ख़ुशी होती और न कोई गम।"

"अब जरा मान लीजिए कि मि. बोल्डवुड—सिर्फ मान लीजिए—आपसे अपने साथ भाग चलने के लिए कहें तो आप क्या करेंगी, मैम?"

"लिडी—बकवास नहीं," बाथशीबा ने गम्भीरतापूर्वक कहा। "ध्यान रहे, मुझे ऐसे किसी मामले में मजाक नहीं पसन्द है। सुना तुमने?"

"माफी माँगती हूँ, मैम। लेकिन यह जानकर कि हम औरतें कितनी विचित्र होती हैं, मैंने सिर्फ बात की बात की थी—फिर भी मैं दुबारा यह बात नहीं कहूँगी।"

"मैं अभी कई साल तक शादी नहीं करूँगी, अगर कभी करूँगी तो यह उन कारणों से, जो तुम या और लोग सोचते हो, बिल्कुल अलग दूसरी वजहों से होगी। अब मेरी चादर ले आओ, क्योंकि जाने का समय हो गया है।"

6

"ओक," बोल्डवुड ने कहा, "तुम्हारे जाने से पहले, इस बीच मेरे दिमाग में जो चल रहा है, उसकी चर्चा करना चाहता हूँ—मेरा मतलब उस छोटे-से समझौते से है जो हमारे-तुम्हारे बीच फार्म में तुम्हारे हिस्से को लेकर हुआ था। वह हिस्सा छोटा है, बहुत छोटा, अगर यह देखा जाए कि अब मैं काम-धन्धे को कितना कम समय देता हूँ, और तुम इसमें कितना समय और अक्ल लगाते हो। देखो, चूँकि मेरी दुनिया में उजाला हो रहा है तो मैं हिस्सेदारी में तुम्हारा हिस्सा बढ़ाकर इसके प्रति अपनी भावना प्रकट करना चाहता हूँ। मैं समझौते का एक सुविधाजनक मसौदा बना दूँगा जो मेरे दिमाग में आया हुआ है, क्योंकि अभी मेरे पास इस पर बात करने का समय नहीं है, और इसके बाद अपने खाली समय में हम लोग इस पर सोच-विचार कर लेंगे। मेरा इरादा अन्त में देखरेख के काम से बिल्कुल अलग हो जाने का है, और जब तक तुम सारे हिसाब-किताब का भार अपने कन्धों पर नहीं ले लेते, तब तक मैं उदासीन भागीदार रहूँगा। तब, अगर मैं उससे शादी करता हूँ—और मुझे उम्मीद है—मुझे लगता है कि मैं करूँगा, क्यों—"

"भगवान के लिए ये बात न करें, सर," ओक ने जल्दी से कहा। "हमें पता नहीं होता कि कब क्या हो जाए। रास्ते में तमाम ऊँच-नीच आ जाती है। लोग कहते हैं, मंजिल तक पहुँचने में बड़े धोखे हैं—और मैं आपको सलाह दूँगा—मैं जानता हूँ कि आप मुझे एक बार क्षमा कर देंगे—कि बहुत अधिक भरोसा न रखिए।"

"पता है मुझे, पता है। लेकिन तुम्हारा हिस्सा बढ़ाने की मेरी भावना तुम्हारे बारे में मेरी जानकारी के आधार पर है। ओक, मुझे तुम्हारी जरा गोपनीय बात का पता चल गया

है : बाथशीबा में तुम्हारी दिलचस्पी सिर्फ उतनी ही नहीं है जितनी किसी कारिन्दे की अपने मालिक में होनी चाहिए। लेकिन तुमने संयत आचरण किया है, और मैं, एक प्रकार के सफल प्रतिद्वन्द्वी के रूप में—जिसकी सफलता में आंशिक योगदान तुम्हारे दिल की अच्छाई का भी है—निश्चित तौर पर यह चाहूँगा कि जिस बात से जरूर तुम्हें मार्मिक पीड़ा हुई होगी, उसके लिए अपनी तरफ से तुम्हारी दोस्ती का ख्याल रखूँ।"

"अरे, ऐसा जरूरी नहीं है, धन्यवाद," ओक ने जल्दी से कहा। "ऐसी बातों का मुझे आदी होना पड़ेगा, दूसरे लोग हुए हैं, और मैं भी हो जाऊँगा।"

इसके बाद ओक उनके पास से चला गया। उसे बोल्डवुड की चिन्ता सता रही थी, क्योंकि एक बार फिर वह देख रहा था कि इस रात-दिन की सनक से बोल्डवुड अब वही नहीं रह गए थे जो पहले हुआ करते थे।

जब बोल्डवुड थोड़ी देर के लिए अपने कमरे में अपनी सभा के स्वागत के लिए तैयार और बने-ठने अकेले रह गए तो अपनी शक्लो-सूरत को लेकर उनकी चिन्ता काफूर हो गई, और उसका स्थान गहन गम्भीरता ने ले लिया। उन्होंने खिड़की से बाहर नजर डाली और आकाश पर वृक्षों की धुँधली रूपरेखा, और साँझ के झुटपुटे को गहरे अँधेरे में तब्दील होते देखा।

इसके बाद वह दीवार में बनी तालाबन्द अलमारी की ओर बढ़े, और उसमें एक तालाबन्द दराज से दवा की डिब्बी के आकार की एक गोल डिबिया निकाली, और इसे अपनी जेब में रखने चले। लेकिन वह ढक्कन खोलकर भीतर एक नजर डालने के लिए ठिठक गए। इसमें एक जनाना अँगूठी थी जिसमें पूरी गोलाई में छोटे-छोटे हीरे जड़े हुए थे, और देखकर लगता था कि इसे अभी हाल ही में खरीदा गया है। बोल्डवुड काफी देर तक इसकी चमक को निहारते रहे, हालाँकि उनके हाव-भाव और उनकी मुखाकृति से स्पष्ट था कि इसके भौतिक पक्ष से उन्हें खास मतलब नहीं है, बल्कि उनका दिमाग इस आभूषण के भविष्य की कहानी का ताना-बाना बुन रहा था।

घर के बाहर पहियों की चरमराहट सुनाई पड़ी। बोल्डवुड ने डिबिया को बन्द किया, अपनी जेब में इसको जतन से रखा, और बाहर निकल गए। वह बूढ़ा जो घर के भीतर उनका गुमाश्ता था, उसी समय चबूतरे की सीढ़ियों के पायदान पर आया।

"वे आ रहे हैं सर—ढेर सारे—कुछ पैदल और कुछ गाड़ियों से।"

"मैं भी अभी नीचे ही आ रहा था। जिन पहियों की आवाज सुनाई पड़ी थी—क्या मिसेज ट्राय की गाड़ी थी?"

"नहीं सर—वह अब तक नहीं आई हैं।"

एक बार फिर बोल्डवुड के चेहरे पर मौन और गम्भीरता का भाव लौट आया था, लेकिन जब उनके मुँह से बाथशीबा का नाम निकला तो उनकी भावनाएँ छिप न सकीं; और जब वह सीढ़ियों से नीचे उतर रहे थे तो उनकी जाँघ पर थिरकती उनकी उँगलियों की तेज गति से उनकी व्यग्रतापूर्ण चिन्ता का पता चल रहा था।

7

"मैं इसमें कितना छुप गया हूँ?" ट्राय ने पेनीवेज से कहा। "अब मैं निश्चिन्त हूँ कि कोई मुझे पहचान नहीं पाएगा।"

वह बाबा आदम के जमाने के मटमैले रंग के भारी-से ओवरकोट के बटन बन्द कर रहा था। इसके ऊँचे कालर चहारदीवारी की तरह तने हुए और कड़े थे, और करीब-करीब कान तक खींची हुई उसकी टोपी तक पहुँच रहे थे।

पेनीवेज ने मोमबत्ती के जले भाग को हटाकर इसकी लौ को तेज किया, और इसके बाद ऊपर देखते हुए भलीभाँति ट्राय का निरीक्षण किया।

"तो आपने जाने का मन बना लिया है?" पेनीवेज ने कहा।

"मन बना लिया है? हाँ, बेशक मन बना लिया है।"

"क्यों न उसे पत्र लिखा जाए। सार्जेंट, तुम बड़ी विचित्र स्थिति में फँस गए हो। देखो, अगर तुम वापस गए तो ये सारी बातें खुल जाएँगी, और कतई अच्छी नहीं लगेंगी। कसम से, अगर तुम्हारी जगह मैं होता तो मैं भी तुम्हारी तरह अकेला ही रहता—फ्रांसिस नाम के अकेले आदमी की तरह। अच्छी बीवी तो अच्छी होती ही है, लेकिन सबसे अच्छी बीवी भी उतनी अच्छी नहीं होती जितना बीवी का न होना। अब यह सब मेरा मुँहफटपना है, और इसीलिए मुझे यहाँ-वहाँ घाघ भी कहा जाता है।"

"सब बेवकूफी की बातें हैं।" ट्राय ने गुस्से से कहा। "एक तरफ तो उसके पास ढेर सारा पैसा, और घर, और गाड़ी-घोड़े, और सुख-सुविधाएँ हैं और दूसरी तरफ यहाँ मैं दाने-दाने को मोहताज हूँ—दर-दर भटक रहा हूँ। इसके अलावा, अब बात करने से कोई फायदा नहीं है; बहुत देर हो चुकी है, और मुझे इसकी खुशी है। अभी आज तीसरे ही पहर यहाँ मुझे देखा और पहचाना गया है। मैं मेले के अगले दिन ही उसके पास वापस चला जाता अगर तुमने कानून की बातें और सम्बन्ध तोड़ लेने को लेकर बकवासबाजी न की होती; और अब मैं इसे ज्यादा नहीं टाल सकता। मैं सोच नहीं पा रहा कि शैतान ने मेरे दिमाग में ऐसा क्या भर दिया कि मैं भगोड़ा हो गया। फालतू की भावुकता—बस यही बात थी। लेकिन किसी को क्या पता था कि उसकी बीवी उसके नाम से छुटकारा पाने के लिए इतनी उतावली है।"

"मुझे पता था। वह किसी काम की नहीं है।"

"पेनीवेज, मत भूलो कि तुम किससे बातें कर रहे हो।"

"देखो, सार्जेंट, कुल मिलाकर मैं सिर्फ इतना कह रहा हूँ, कि अगर आपकी जगह मैं होता तो मैं जहाँ से आया था, वहीं वापस चला जाता—अभी भी ऐसा करने के लिए ज्यादा देर नहीं हुई है। मैं उसके साथ रहने के लिए गड़े मुर्दे उखाड़कर बदनाम नहीं होता—क्योंकि तुम्हें पता है, वह तुम्हारा नाटक-मंडली में काम करने का मामला निश्चित तौर पर सामने आएगा, हालाँकि तुम ऐसा नहीं सोचते। मेरे ख्याल से अगर तुम अभी बोल्डवुड की क्रिसमस पार्टी के बीच में चले गए तो गजब हो जाएगा।"

"हाँ। मुझे उम्मीद है कि अगर बाथशीबा वहाँ हुई तो मैं अवांछित मेहमान रहूँगा," सार्जेंट ने थोड़ा हँसते हुए कहा। "मेरी स्थिति कुछ-कुछ बहादुर एलोंजो जैसी होगी जिसका मृत शरीर अपनी उस प्रियतमा के विवाह में प्रकट हो गया था जिसने किसी और से शादी न करने की अपनी कसम तोड़ दी थी; और जब मैं भीतर जाऊँगा तो मेहमानों की घिग्घी बँध जाएगी, और सारा हँसी-ठट्ठा छूमन्तर हो जाएगा, और कमरे में नीला प्रकाश फैल रहा होगा, और कीट-पतंगे—उफ, कितना भयावह होगा। पेनीवेज थोड़ी-सी ब्रांडी और मँगाओ, मुझे अभी-अभी जबर्दस्त कँपकँपी महसूस हुई है। अच्छा इसके अलावा और क्या हो सकता है? छड़ी—छड़ी तो मेरे पास जरूर होनी चाहिए।"

पेनीवेज ने अब अपने को थोड़ा कठिनाई में पाया, क्योंकि अगर बाथशीबा और ट्राय का मेल-मिलाप हो गया तो उसके पति की छत्रछाया में रहने के लिए बाथशीबा की सद्भावना प्राप्त करना जरूरी होगा। "कभी-कभी मैं सोचता हूँ कि अभी भी वह आपको पसन्द करती हैं और दिल से नेक औरत हैं," उसने बात बनाने का प्रयास करते हुए कहा। "लेकिन बाहर से किसी को देखकर निश्चित तौर पर कुछ नहीं कहा जा सकता। चलो—जाने के बारे में आपकी जैसी मर्जी, वैसा करो, और जहाँ तक मेरी बात है; आप जो कहोगे, मैं वही करूँगा।"

"जरा बताओ कि समय कितना हुआ है," ट्राय ने खड़े होकर एक घूँट में गिलास को खाली करके पूछा। "साढ़े छह बजे हैं। तो मैं सड़क पर आराम से चलूँगा, और नौ बजे से पहले वहाँ पहुँच जाऊँगा।"

अध्याय 53

कभी किसी को मुकम्मल जहाँ नहीं मिलता

बोल्डवुड के घर के सामने बाहर अँधेरे में कुछ लोगों का एक समूह दरवाजे की तरफ मुखातिब खड़ा था, जो बीच-बीच में किसी मेहमान या नौकर के आने-जाने पर खुलता और बन्द होता था, और तब क्षणभर के लिए जमीन पर सुनहले प्रकाश की धारी बन जाती थी, और फिर गुम हो जाती थी। बाहर दरवाजे पर फिर वही सदापर्णी के बीच में जुगनू की तरह टिमटिमाते पीले लैम्प की रोशनी शेष रह जाती थी।

"आज तीसरे पहर उसे कास्टरब्रिज में देखा गया—उस लड़के ने तो यही बताया था," उनमें से एक ने फुसफुसाकर कहा। "और मुझे तो इस बात का यकीन है। तुम्हें पता है कि उसका शव कभी नहीं मिला था।"

"अजीब कहानी है," अगले ने कहा। "यह बात तो तय है कि इस बारे में वह कुछ नहीं जानती।"

"बिल्कुल नहीं।"

"शायद वह चाहता भी नहीं कि वह जाने," दूसरे ने कहा।

"अगर वह जिन्दा है और यहीं आसपास है तो उसका इरादा गड़बड़ है," पहले ने कहा।

"बेचारी बाथशीबा, अगर यह सच है तो मुझे तो उस पर दया आती है। वह उसको तबाह कर डालेगा।"

"अरे नहीं—वह बिल्कुल सँभल जाएगा," एक ने कहा जो इस मामले पर ज्यादा आशाजनक रवैया अख्तियार करना चाहता था।

"कितनी मूर्ख थी वह जो उसने उसके जैसे आदमी से वास्ता रखा। वह इतनी मनमौजी और खुदमुख्तार भी है कि उस पर दया नहीं आती बल्कि जी में आता है कि उसके लिए यही ठीक है।"

"नहीं, नहीं। तुम्हारी बात मैं नहीं मानता। कोई भी लड़की जैसे सोचती है, उससे परे उसने कुछ नहीं किया, और उसे क्या पता कि ये आदमी किस मिट्टी का बना हुआ है। अगर ये वाकई सच है तो बहुत कड़ी सजा है, और वह इसकी हकदार नहीं थी। अरे, कौन है?" यह किसी के कदमों की नजदीक आती आहट को सुनकर किया गया सवाल था।

"विलियम स्मालबरी," अँधेरे में एक धुँधली छाया ने आकर उनके बीच शामिल होते हुए कहा। "आज रात गजब का अँधेरा है, है न? नीचे नदी के ऊपर के पटरे को मैं लगभग चूक ही गया था—ऐसा मेरी जिन्दगी में पहले कभी नहीं हुआ था। क्या आप लोगों में से कोई बोल्डवुड का आदमी है?" उसने उनके चेहरों को गौर से देखा।

"हाँ—हम सभी हैं। कुछ मिनट पहले ही यहाँ आए हैं।"

"अच्छा, अब सुना मैंने—ये सैम सैमवे है। मैं सोच ही रहा था कि आवाज तो जानी-पहचानी लगती है। भीतर जा रहे हो?"

"अभी जा रहे हैं। लेकिन सुनो, विलियम," सैमवे फुसफुसाया, क्या तुमने यह अजीबोगरीब कहानी सुनी?"

"क्या—सार्जेंट ट्राय के देखे जाने के बारे में, उसी की बात कर रहे हो?" स्मालबरी ने भी अपनी आवाज को धीमा करते हुए कहा।

"हाँ, कास्टरब्रिज में।"

"हाँ, सुना है मैंने। लेबन टाल ने मुझे इसका इशारा किया था लेकिन अब—लेकिन मैं यह नहीं सोचता। सुनो—मेरे ख्याल से लेबन खुद ही आ रहा है।" किसी के कदमों की आहट नजदीक आई।

"लेबन?"

"हाँ, मैं हूँ," टाल ने कहा।

"क्या इस बारे में कुछ और सुनाई पड़ा?"

"नहीं," टाल ने इस समूह में शामिल होते हुए कहा। "और मेरा ख्याल है कि हम चुप ही रहें तो अच्छा है। अगर ऐसा हो कि ये सच न निकले तो वह इससे हड़बड़ा जाएगी

और इसको बार-बार कहने से उसका बड़ा नुकसान होगा; और अगर ऐसा हो कि ये सच निकले तो इससे उसकी मुसीबत टल नहीं जाएगी। भगवान करे कि ये झूठ हो, क्योंकि वैसे तो हेनेरी फ्रे और कुछ लोग उसके खिलाफ बोलते जरूर हैं, पर मेरे साथ उसने हमेशा इनसाफ ही किया है। वह गर्ममिजाज और जल्दबाज तो है, लेकिन बहादुर लड़की है जो झूठ नहीं बोल सकती चाहे उसे सच से कितना भी नुकसान क्यों न हो जाए, और मेरे पास उसका बुरा सोचने की कोई वजह नहीं है।"

"यह तो सच है कि वह कभी औरतों की तरह छोटे-मोटे झूठ तक नहीं बोलती। और यह बात बहुत कम लोगों के बारे में कही जा सकती है। हाँ, उसके मन में जो भी खरी-खोटी होती है, वह सामने ही कह देती है। मन में छिपाकर कुछ भी नहीं रखती।"

इसके बाद वे लोग चुप हो गए, हर कोई अपने विचारों में खो गया, जिसके दौरान बीच-बीच में भीतर से हँसी-ठट्ठे की आवाजें सुनी जा सकती थीं। तत्पश्चात एक बार फिर आगे का दरवाजा खुला, किरणों की धारा बाहर आई, प्रकाश के आयताकार क्षेत्र में बोल्डवुड का सुपरिचित शरीर दिखाई पड़ा, दरवाजा बन्द हुआ और बोल्डवुड धीमे कदमों से रास्ते के दूसरी तरफ चल पड़े।

"ये मालिक हैं," जब वे नजदीक आ गए तो एक आदमी फुसफुसाया। "अच्छा होगा कि हम चुपचाप खड़े रहें—वह दुबारा सीधा भीतर चले जाएँगे। उन्हें हमारा यहाँ यूँ ही खड़े रहना अजीब लगेगा।"

बोल्डवुड आगे आए, और आदमियों की तरफ देखे बिना उनके पास से गुजर गए, क्योंकि ये लोग घास पर झाड़ियों के नीचे खड़े थे। वह ठिठके, फाटक का सहारा लेकर झुके, और एक दीर्घ श्वास छोड़ी। इन लोगों ने उनके मुँह से धीमे स्वर में निकले इन शब्दों को सुना।

"हे भगवान, वह आ जाए, नहीं तो ये रात मेरे लिए बड़ी तकलीफदेह हो जाएगी। हाय मेरी जान, मेरी जान, तुम इस तरह मुझे उहापोह में क्यों रखती हो!"

उन्होंने यह स्वयं से कहा था, और उन सबने इसे साफ-साफ सुना। इसके बाद बोल्डवुड शान्त रहे, और एक बार फिर दरवाजे के भीतर से आनेवाली आवाजें सुनाई पड़ने ही लगी थीं कि कुछ मिनटों बाद पहाड़ी से नीचे आती हल्के पहियों की ध्वनि पहचान में आई। ये और नजदीक आई, और फाटक पर ठहर गई। बोल्डवुड तेज कदमों से वापस दरवाजे पर आ गए और इसे खोल दिया, और रास्ते पर चढ़ती बाथशीबा पर चमकता प्रकाश पड़ा।

अपनी भावनाओं पर काबू पाते हुए बोल्डवुड ने सिर्फ स्वागत किया। आदमियों ने उनसे मिलने पर बाथशीबा की मन्द मुस्कान और क्षमायाचना पर गौर किया। वह बाथशीबा को घर में ले गए, और दरवाजा एक बार फिर बन्द हो गया।

"हे भगवान—मुझे नहीं पता था कि उनका यह हाल है।" एक आदमी ने कहा। "मैं सोचता था कि उनका यह पागलपन कभी का खत्म हो गया होगा।"

"अगर तुम ऐसा सोचते थे तो तुम मालिक के बारे में ज्यादा नहीं जानते हो," सैमवे ने कहा।

"मेरे ख्याल से हमने जो कुछ सुना है, उसकी जानकारी उनको दी जानी चाहिए," एक तीसरे आदमी ने कहा।

"काश हमने तुरन्त यह खबर उनको दे दी होती," पहले ने बेचैनी से कहा। "इससे हमारे अनुमान से भी ज्यादा नुकसान हो सकता है। बेचारे मि. बोल्डवुड—उनके लिए इसे बर्दाश्त करना मुश्किल होगा। काश ट्राय भीतर होता : ऐसी इच्छा के लिए ऊपरवाला माफ करे! कैसा बदमाश है कि बेचारी बीवी के साथ ऐसी चालबाजी कर रहा है। जब से वह वेदरबरी आया है, यहाँ कोई तरक्की नहीं हुई है। और अब मेरा कलेजा नहीं है कि मैं भीतर जाऊँ। चलो, पहले हम लोग कुछ मिनट वारेन के शराबखाने में हो आएँ, चलें दोस्तो?"

सैमवे, टाल और स्मालबरी वारेन के यहाँ जाने को सहमत हो गए, और फाटक से बाहर चले गए, शेष लोग घर में घुस गए। ये तीनों गली के रास्ते के बजाय पास के बगीचे से होकर जल्दी ही शराबखाने के नजदीक पहुँच गए। काँच की खिड़की रोज की तरह रोशन थी। स्मालबरी औरों से थोड़ा आगे था कि वह ठिठककर अचानक अपने साथियों की ओर मुड़ा और बोला, "चुप! वहाँ देखो।"

ऐसा महसूस हुआ कि खिड़की से आनेवाला प्रकाश सामान्यतः आइवी की लताओं पर न चमककर शीशे के पास की किसी वस्तु पर चमक रहा था। यह किसी आदमी का चेहरा था।

"चलो नजदीक चलते हैं," सैमवे फुसफुसाया, और वे दबे कदमों से आगे बढ़े। खबर पर अविश्वास का अब कोई कारण नहीं था। ट्राय का चेहरा खिड़की से करीब-करीब सटा हुआ था, और वह भीतर झाँक रहा था। न केवल वह भीतर झाँक रहा था, बल्कि लग रहा था कि उसका ध्यान उस बातचीत पर था जो शराबखाने के भीतर चल रही थी। बात करनेवाले ओक और माल्टवाला थे।

"यह सारा रासरंग बाथशीबा के सम्मान में है, है न—क्यों?" बूढ़े माल्टवाले ने कहा। "हालाँकि जताया उन्होंने यही है कि ये सिर्फ क्रिसमस का उत्सव है।"

"कह नहीं सकता," ओक ने जवाब दिया।

"अरे, बात सच है, कसम से। मुझे उम्र के इस पड़ाव पर किसान बोल्डवुड की यह मूर्खता और इस औरत के पीछे-पीछे भागना समझ नहीं आता, और वह इनको घास भी नहीं डालती।"

ट्राय का चेहरा पहचानने के बाद ये लोग बगीचे से होते हुए उसी तरह चुपचाप खिसक गए जिस तरह आए थे। हवा आज रात बाथशीबा की बदनसीबियों से बोझिल थी, हर तरफ सिर्फ उसी की चर्चा थी। जब वे श्रवण सीमा से बिल्कुल बाहर हो गए तो सभी अपने आप रुक गए।

"मेरा तो सिर बिल्कुल चकरा गया था—उसका चेहरा देखकर," टाल ने साँसों पर

काबू पाते हुए कहा।

"और यही हाल मेरा भी था," सैमवे ने कहा। "क्या करना है?"

"मुझे नहीं लगता कि ये कोई हमारा काम है," स्मालबरी असमंजस में पड़े हुए बुदबुदाया।

"लेकिन ये है! ये ऐसा काम है जो सबका है," सैमवे ने कहा। "हमें अच्छी तरह पता है कि मालिक गलत रास्ते पर हैं, और बाथशीबा बिल्कुल अँधेरे में है, और हमें उन्हें तुरन्त खबरदार करना चाहिए। लेबन, तुम बाथशीबा को अच्छी तरह जानते हो—अच्छा होगा कि तुम जाकर उससे बात करो।"

"ऐसे किसी काम के लिए मैं ठीक नहीं हूँ," लेबन ने हिचकिचाते हुए कहा। "मेरे ख्याल से यह काम किसी और को नहीं, विलियम को करना चाहिए। वह सबसे बड़ा है।"

"मेरा इस मामले से कोई मतलब नहीं है," स्मालबरी ने कहा। "यह बड़ा पेचीदा मामला है। क्यों, देखना अभी थोड़ी देर में ही वह खुद बाथशीबा के पास जाएगा।"

"हम नहीं जानते कि वह जाएगा। चलो लेबन।"

"बहुत अच्छा, अगर मुझे जाना ही है तो मैं मान लेता हूँ कि मैं जाऊँगा," टाल ने अनमनेपन से जवाब दिया। "क्या कहना होगा मुझे?"

"बस कहना कि मालिक से मिलना है।"

"अरे नहीं : मैं मि. बोल्डवुड से नहीं बात करूँगा। मैं तो सिर्फ मालकिन को बता सकता हूँ।"

"अच्छी बात है," सैमवे ने कहा।

इसके बाद लेबन दरवाजे की ओर बढ़ा। जब उसने इसको खोला तो भीतर की चहल-पहल की गुंजार बाहर वैसे ही आई जैसे किसी शान्त समुद्रतट पर कोई लहर आ जाए—क्योंकि लोग हाल में ही जमा थे—और जब उसने दरवाजा बन्द किया तो यह शोर मद्धिम पड़कर हल्की भनभनाहटभर रह गया। दोनों लोग उत्सुकतापूर्वक इन्तजार कर रहे थे, और अँधेरे में खुले आसमान में झूमती और कभी-कभी हवा में डोलती पेड़ों की चोटियों को देख रहे थे, जैसे कि उनका ध्यान इसी दृश्य पर हो जबकि ऐसा बिल्कुल नहीं था। उनमें से एक ने इधर-उधर टहलना शुरू कर दिया, और फिर जहाँ से चला था वहीं आकर ठहर गया, इस भाव से कि अब टहलना बेकार है।

"मेरा विचार है कि लेबन अब तक मालकिन से जरूर मिल चुका होगा," स्मालबरी ने चुप्पी तोड़ते हुए कहा। "शायद वह आकर उससे बात न करें।"

दरवाजा खुला। टाल दिखाई पड़ा, और उनके बीच आ गया।

"हाँ?" दोनों ने कहा।

"मैंने उनको बुलवाया ही नहीं," लेबन हकलाते हुए बोला। "वे पार्टी में थोड़ी जान डालने की कोशिश में बड़ी मस्ती में थे। लेकिन पार्टी में अभी पूरी तरह जान नहीं आ पाई है, हालाँकि वहाँ हर मनपसन्द चीज मौजूद है, और मेरे अन्दर हिम्मत नहीं है कि उनके उत्साह पर पानी फेर दूँ—कसम से, अपनी जान पर बन आए तो भी मैं ऐसा नहीं कर सकता था।"

"मेरे ख्याल से अच्छा तो यही रहेगा कि हम सारे ही अन्दर चलें," सैमवे ने निराशापूर्वक कहा। "शायद मुझे मालिक से दो शब्द कहने का मौका मिल जाए।"

इस प्रकार ये लोग हॉल में प्रवेश कर गए, जिसे अपनी विशालता के कारण सभा के लिए चुना गया था और सारा इन्तजाम किया गया था। नवयुवक और नवयुवतियाँ अन्ततः अभी-अभी एक नाच की शुरुआत कर रहे थे। बाथशीबा दुविधाग्रस्त थी कि किस तरह आचरण करे, क्योंकि वह स्वयं एक दुबली-पतली नवयुवती से ज्यादा नहीं थी और गम्भीरता उस पर भारी पड़ रही थी। कभी तो वह सोचती कि उसे किसी भी हाल में आना ही नहीं चाहिए था; फिर वह सोचती कि ऐसा करना बड़ी भारी निर्दयता होती, और अन्त में उसने बीच का रास्ता अपनाने का फैसला किया कि सिर्फ एक घंटा रुकेगी, और सबकी नजरें बचाकर खिसक जाएगी, क्योंकि उसने पहले से मन बना लिया था कि वह यहाँ किसी भी स्थिति में नृत्य, गायन या किसी अन्य गतिविधि में सक्रिय रूप से भाग नहीं लेगी।

अपना निर्धारित समय गपशप में गुजारने के बाद, बाथशीबा ने लिडी की तरफ देखकर उसे अपने लिए जल्दबाजी न करने को कहा और प्रस्थान की तैयारी करने ड्योढ़ी के कमरे की तरफ चली गई, जो हाल की तरह ही शूलपर्णी और आइवी की लताओं से सज्जित था, और खूब जगमगा रहा था।

कमरे में कोई नहीं था, लेकिन उसे वहाँ क्षणभर ही गुजरा होगा कि गृहस्वामी ने प्रवेश किया।

"मिसेज ट्राय—आप जा तो नहीं रही हैं?" उन्होंने कहा। "अभी-अभी तो हमने शुरुआत की है।"

"अगर आप इजाजत दें, तो मैं अब चलना चाहूँगी।" बाथशीबा के चेहरे से बेचैनी झलक रही थी, क्योंकि उसे वादे का ध्यान आ गया, और उसने कल्पना कर ली कि वह क्या कहनेवाले हैं। "चूँकि अभी देर नहीं हुई है," उसने आगे कहा, "मैं टहलते हुए घर चली जाऊँगी, और लिडी और अपने आदमी को अपने हिसाब से आने के लिए छोड़ जाऊँगी।"

"मैं आपसे बात करने के लिए मौके की तलाश में था," बोल्डवुड ने कहा। "शायद आपको पता हो कि मैं क्या कहना चाहता हूँ?"

बाथशीबा चुपचाप फर्श को निहारती रही।

'तो आप करती हैं?" उन्होंने उत्सुकतापूर्वक कहा।

"क्या?" वह बुदबुदाई।

"अब, ये तो टाल-मटोल हुई। वादा, और क्या। मैं आपकी जिन्दगी में कतई दखल देना नहीं चाहता, न ही इसे किसी को बताना चाहता हूँ। लेकिन वचन तो दीजिए! आप जानती हैं, यह दो ऐसे लोगों के बीच विशुद्ध कामचलाऊ समझौता होगा जो भावुकता के प्रभाव से परे हैं।" बोल्डवुड को पता था कि उनके खुद के मामले में यह बात कितनी झूठ है; लेकिन उन्होंने सिद्ध कर दिया था कि एकमात्र यही तरीका ऐसा है जिससे वह उन्हें अपने पास फटकने देगी। "पौने छह वर्ष बाद मुझसे शादी करने का वादा। आपको

मुझसे यह वादा करना है!"

"मैं महसूस करती हूँ कि मुझे वादा करना है," बाथशीबा ने कहा : "कहने का मतलब है, अगर आप यह माँग रखते हैं तो। लेकिन मैं एक बदली हुई औरत हूँ—बदनसीब औरत—और वह नहीं—नहीं—"

"आप अभी भी बहुत खूबसूरत औरत हैं," बोल्डवुड ने कहा। यह टिप्पणी ईमानदारी से और पूरे विश्वास के साथ की गई थी जिसमें यह भावना कतई नहीं थी कि यह उसे द्रवित करने और प्रभावित करने के लिए सरासर चापलूसी जैसा है।

फिर भी, उस पर इसका ज्यादा प्रभाव नहीं पड़ा क्योंकि उसने भावशून्य चेहरे से बुदबुदाते हुए जो कहा, वही उसके शब्दों का प्रमाण था : "इस मामले में मेरी कोई भावना नहीं है। और मुझे बिल्कुल नहीं पता कि इस कठिन स्थिति में क्या करना उचित है—और मुझे कोई सलाह देनेवाला भी नहीं है। लेकिन मैं वादा करती हूँ, अगर मेरे लिए ऐसा करना जरूरी है—लेकिन शर्त यह है कि ऐसा मेरे विधवा होने पर ही होगा। मैं इसे अपना ऋण उतारने के लिए कर रही हूँ।"

"आज से पाँच और छह साल के बीच आप मुझसे शादी कर लेंगी।"

"मेरे ऊपर बहुत ज्यादा दबाव मत डालिए। मैं किसी और से शादी नहीं करूँगी।"

"लेकिन आप समय तो बताइए, नहीं तो वादे में क्या रखा है?"

"मुझे कुछ समझ नहीं आ रहा—मैं विनती करती हूँ, मुझे जाने दीजिए।" यह कहते हुए उसकी साँस फूलने लगी। "मैं आशंकित हूँ कि क्या करूँ—मैं आपके साथ न्याय करना चाहती हूँ, और ऐसा करना अपने आपको झुठलाना लग रहा है, और शायद यह धर्म-विरुद्ध है। उनकी मृत्यु पर काफी सन्देह है, और तब ऐसा करना खतरनाक है—मुझे किसी वकील से पूछ लेने दीजिए, मि. बोल्डवुड, कि मुझे ऐसा करना चाहिए या नहीं।"

"बस कह दो, मेरी प्यारी, और यह मामला यहीं खत्म हो जाएगा—छह साल की मोहक व प्रेमभरी नजदीकी, और उसके बाद शादी—ओ बाथशीबा—कह दो न।" मात्र दोस्ती का सम्बन्ध स्वीकारने में अपने को असमर्थ पाकर उन्होंने शुष्क स्वर में कहा। "वादा करो कि तुम मेरी होगी—मैं इसके काबिल हूँ, वाकई हूँ, क्योंकि मैंने तुमको जितना प्यार किया है उतना दुनिया में कोई नहीं करेगा। और अगर कभी मैंने तुम्हें बिना सोचे-समझे कुछ बोल दिया और तुमसे अप्रत्याशित रूप से रूखा व्यवहार कर दिया तो मेरा यकीन करो, मेरी प्यारी, मेरा इरादा तुम्हें दुखी करने का नहीं था : मैं बड़ी उलझन में था बाथशीबा, और मुझे होश नहीं था कि मैं क्या कह रहा हूँ। जो कुछ मैंने झेला है, वह कोई कुत्ता भी नहीं झेलेगा, क्या तुम्हें इस बात का इल्म था? कभी-कभी मैं यह सोचकर सिहर जाता हूँ कि अपने प्रति मेरी भावनाओं को तुम जान जाओगी, और कभी-कभी मुझे दुख होता है कि मेरी सारी भावनाओं को तुम कभी नहीं जान पाओगी। जरा उदार बनो, और जब मैं तुम्हारे लिए अपनी जिन्दगी कुर्बान करने को तैयार हूँ तो तुम भी थोड़ा त्याग करो।"

चमकीले प्रकाश में काँपती उसकी ड्रेस की गोटों से पता चलता था कि वह काफी

उत्तेजित है, और आखिरकार वह बिफरकर रो पड़ी। "और अगर मैं पाँच या छह साल में कह दूँ तो आप मुझ पर—किसी और बात का—दबाव तो नहीं डालेंगे?" जब वह बोलने की स्थिति में आ पाई तो सुबकते हुए बोली।

"हाँ, तब इसे मैं समय पर छोड़ दूँगा।"

वह क्षणभर के लिए रुक गई।

"ठीक है। अगर वह नहीं लौटते तो आज से छह साल के भीतर मैं आपसे शादी कर लूँगी—अगर हम दोनों जीवित रहे," उसने गम्भीरता से कहा।

"और मेरी तरफ से तुम इसे एक निशानी के रूप में लोगी?"

बोल्डवुड उसके नजदीक आ गए थे और अब उन्होंने उसके एक हाथ को अपने दोनों हाथों में पकड़ा, और इसे अपने सीने तक उठा लिया।

"यह क्या है? अरे, मैं अँगूठी नहीं पहन सकती।" उसने उनके हाथों में पकड़ी गई चीज को देखकर कहा। "मैं किसी को भी यह नहीं जताना चाहती कि यह सगाई है। शायद यह गलत है—इसके अलावा पारम्परिक अर्थ में हमारी सगाई हुई भी नहीं है, है कि नहीं? जिद मत करिए, मि. बोल्डवुड—नहीं।" तत्काल उनसे हाथ छुड़ाने में अपने को असमर्थ पाकर अपनी विवशता पर उसने एक पैर को तेजी से फर्श पर पटका और एक बार फिर उसकी आँखों में आँसू भर गए।

"इसका मतलब सिर्फ एक शपथ है—कोई भावना नहीं—सिर्फ एक व्यावहारिक समझौते पर ठप्पा लगाना है," उन्होंने और भी शान्ति से, लेकिन अभी भी उसके हाथ पर अपनी मजबूत पकड़ को बनाए रखते हुए कहा। "चलो, आओ।" और बोल्डवुड ने अँगूठी को उसकी उँगली में धीरे से डाल दिया।

"मैं इसे नहीं पहन सकती।" उसने यूँ रोते हुए कहा मानो उसका हृदय फट जाएगा। "आपने तो मुझे डरा ही दिया है। ऐसी पागलपन भरी योजना! कृपया मुझे घर जाने दीजिए!"

"बस आज रात, सिर्फ आज रात मेरी खुशी के लिए इसे पहन लो।"

बाथशीबा एक कुर्सी पर बैठ गई, और अपने चेहरे को रूमाल में छिपा लिया, हालाँकि बोल्डवुड ने अभी भी उसका हाथ छोड़ा नहीं था। आखिरकार उसने निराश होकर बुदबुदाते हुए कहा :

"तो अच्छी बात है—अगर आपकी इतनी ही इच्छा है तो मैं आज रात पहन लूँगी। अब मेरा हाथ छोड़िए—मैं पहनूँगी, वाकई आज रात इसे पहनूँगी।"

"और ये छह साल के गुपचुप प्रेम की शुरुआत होगी, जिसके अन्त में शादी हो जाएगी?"

"मेरे विचार से जरूर हो जाएगी, क्योंकि आप ऐसा करके रहेंगे।" उसने एकदम से हथियार डालते हुए कहा।

बोल्डवुड ने उसका हाथ दबाया और इसे उसकी गोदी में गिरने के लिए छोड़ दिया। "अब मैं खुश हूँ," उन्होंने कहा। "भगवान तुम्हें खुश रखे।"

वह कमरे से बाहर चले गए और जब उन्हें लगा कि उसने अपने को सँभाल लिया होगा तो उसके पास एक नौकरानी को भेज दिया। बाथशीबा ने अँगूठी को अच्छी तरह ढँककर छुपाया, लड़की के पीछे चल पड़ी, और कुछ ही क्षणों में अपना हैट और लबादा पहनकर जाने के लिए तैयार, सीढ़ियों से नीचे आ गई। दरवाजे तक पहुँचने के लिए हॉल से गुजरना जरूरी था, और ऐसा करने से पहले वह एक कोने में सीढ़ी के निचले पायदान पर थोड़े समय के लिए रुक गई जिससे कि सभा पर एक नजर डाली जा सके।

इस समय कोई नृत्य या संगीत नहीं चल रहा था। नीचे की तरफ, जहाँ विशेष रूप से कामगारों आदि का इन्तजाम किया गया था, लोगों का एक समूह कुछ कानाफूसी कर रहा था, और सन्देहभरी नजरों से देख रहा था। बोल्डवुड अलाव के पास खड़े थे, और हालाँकि वह बाथशीबा के वादों के स्वप्नलोक में विचरण कर रहे थे और शायद ही कुछ देख पा रहे थे, उन्होंने भी उस वक्त इन लोगों के विचित्र व्यवहार और उनकी सन्देहभरी नजरों पर गौर किया।

"तुम लोग किस सन्देह में पड़े हुए हो?" उन्होंने कहा।

उनमें से एक ने मुड़कर बेचैनी से जवाब दिया : "लेबन ने कुछ सुन रखा था, सर, बस यही बात है।"

"खबर? किसी की शादी या सगाई हुई क्या, कोई पैदा हुआ या किसी की मौत हो गई?" बोल्डवुड ने चहकते हुए पूछा। "हमें बताओ टाल। तुम्हारी शक्ल और रहस्यमय व्यवहार से तो किसी को ऐसा लगेगा मानो कोई बहुत भयानक घटना हो गई है।"

"अरे नहीं सर—किसी की मौत नहीं हुई है," टाल ने कहा।

"काश कोई मर ही गया होता," सैमवे ने फुसफुसाकर कहा।

"क्या कह रहे हो तुम सैमवे?" बोल्डवुड ने कुछ तीखे स्वर में पूछा। "अगर तुम्हें कुछ कहना है तो बोल दो। अगर नहीं, तो दूसरे नाच के लिए तैयार हो जाओ।"

"मिसेज ट्राय सीढ़ियों से नीचे आ गई हैं," सैमवे ने टाल से कहा। "अगर तुम उन्हें बताना चाहते हो तो अच्छा होगा कि इसी समय बता दो।"

"क्या आपको पता है कि इन लोगों का मतलब क्या है?" बोल्डवुड ने कमरे के दूसरी तरफ बाथशीबा से पूछा।

"मुझे बिल्कुल नहीं पता," बाथशीबा ने कहा।

दरवाजे पर तेजी से खटखट की आवाज हुई। एक आदमी ने तुरन्त इसे खोला, और बाहर चला गया।

"मिसेज ट्राय को पूछा जा रहा है," उसने लौटकर बताया।

"बिल्कुल तैयार हूँ," बाथशीबा ने कहा। "हालाँकि मैंने उन लोगों से यह नहीं कहा था कि किसी को भेजें।"

'कोई अननबी है, मैम," दरवाजे के पास खड़े आदमी ने कहा।

"अजनबी?" बाथशीबा ने कहा।

"उससे कह दो कि भीतर आ जाए," बोल्डवुड ने कहा।

सन्देश दे दिया गया, और जैसा कि हम उसे देख चुके हैं, अपने कानों तक ढँका ट्राय दरवाजे पर खड़ा था।

अजीब-सी खामोशी छा गई, क्योंकि सबकी निगाहें नवागन्तुक पर जम गई थीं। जिनको अभी-अभी जानकारी हो गई थी कि ट्राय पड़ोस में ही है, उन्होंने उसे तुरन्त पहचान लिया : जिनको जानकारी नहीं थी, वे हैरान थे। बाथशीबा की तरफ किसी ने ध्यान नहीं दिया। वह सीढ़ियों के सहारे टिकी हुई थी। उसका माथा बुरी तरह सिकुड़ गया था, पूरा चेहरा पीला पड़ गया था, मुँह खुला का खुला रह गया था और वह अपलक इस आगन्तुक को देख रही थी।

बोल्डवुड उन लोगों में से थे जो पहचान नहीं पाए कि वह ट्राय है। "आ जाओ, आ जाओ।" उन्होंने प्रसन्नतापूर्वक कहा, "और हमारे साथ क्रिसमस का आनन्द लो, अजनबी!"

ट्राय आगे बढ़कर कमरे के बीच में गया, अपनी टोपी उतारी, कोट के कालर को मोड़कर नीचे किया, और बोल्डवुड के चेहरे पर निगाहें गड़ा दीं। बोल्डवुड ने तब भी नहीं पहचाना कि उनके प्रति नियति की सतत विडम्बना का माध्यम बननेवाला, जिसने एक बार पहले भी उनके सौभाग्य का अपहरण कर लिया था, उन्हें सताया था, और उनकी खुशी छीन ली थी, एक बार फिर वही सब करने के लिए आ धमका था। ट्राय यान्त्रिक हँसी हँसने लगा; बोल्डवुड ने अब उसे पहचान लिया।

ट्राय बाथशीबा की तरफ मुड़ा। इस समय बेचारी बाथशीबा की जो स्थिति थी, उसका वर्णन करना या उसकी कल्पना करना असम्भव है। वह सीढ़ी के सबसे निचले पायदान पर धसक गई थी और वहाँ बैठे हुए उसका मुँह नीला पड़कर सूख गया था, और अपनी कजरारी आँखों को ट्राय पर गड़ाए मानो वह सोच रही थी कि यह सब कोई भयावह स्वप्न तो नहीं।

तब ट्राय ने चुप्पी तोड़ी। "बाथशीबा, मैं यहाँ तुम्हारे लिए आया हूँ।"

उसने कोई जवाब नहीं दिया।

"मेरे साथ घर चलो; आओ।"

बाथशीबा के पैरों में हल्की-सी हरकत हुई, लेकिन वह उठी नहीं। ट्राय उसके पास जा पहुँचा।

"आइए मैडम, क्या आपको मेरा कहा सुनाई नहीं पड़ रहा?" उसने दबंगई से कहा।

अलाव के पास से एक अजीब-सी आवाज आई—दूर से आती प्रतीत होती और घुटी-घुटी सी, मानो किसी तहखाने से आ रही हो। सभा में उपस्थित लोगों में से शायद ही कोई इसे बोल्डवुड की आवाज के रूप में पहचान पाया। अचानक आई निराशा ने उन्हें बिल्कुल बदल दिया था।

"बाथशीबा, अपने पति के साथ जाओ।"

वह फिर भी नहीं हिली। सच्चाई यह थी कि बाथशीबा निश्चल हो गई थी—हालाँकि

वह बेसुध नहीं थी। वह एक प्रकार के मानसिक तन्त्रिकाघात की स्थिति में थी; इस समय उसका मस्तिष्क बिल्कुल प्रकाशहीन हो गया था जबकि बाहर से कोई धुँधलापन नहीं दिख रहा था।

ट्राय ने उसे अपनी तरफ खींचने के लिए अपना हाथ बढ़ाया तो वह तेजी से पीछे हट गई। ऐसा लगा कि अपने प्रति उसके इस भय-प्रदर्शन से ट्राय चिढ़ गया है, और उसने बाथशीबा का हाथ कसकर पकड़ा और उसे तेजी से खींच लिया। बाथशीबा को उसकी जकड़ से पीड़ा हुई, या उसके स्पर्श मात्र से ऐसा हुआ, कह नहीं सकते, लेकिन उसके हाथ पकड़ते ही वह तड़प उठी, और उसके मुँह से अचानक हल्की-सी चीख निकल गई।

उस चीख को सुनाई दिए अभी कुछ ही सेकेंड हुए होंगे कि इसके बाद अचानक ही कमरे के भीतर कानों को बहरा कर देनेवाली ध्वनि गूँजी और इसने सबको हक्का-बक्का कर दिया। कमरे को दो हिस्से में बाँटनेवाला बलूत की लकड़ी का पर्दा काँप उठा और उस स्थान पर मटमैला धुआँ भर गया।

हक्के-बक्के हो गए लोगों की निगाहें बोल्डवुड पर पड़ीं। अलाव के सामने जहाँ वह खड़े थे, उसी के पीछे, जैसा कि आम तौर पर फार्महाउसों में होता है, दो या तीन बन्दूकों को टाँगने के लिए जगह बनी हुई थी। जब बाथशीबा अपने पति की जकड़ में चिल्लाई तो क्रोधोन्मत्त बोल्डवुड के चेहरे का भाव बदल गया। उनकी नसें उभर आईं, और उनकी आँखों में उन्मादी चमक दिखाई पड़ी। वह तेजी से मुड़े, एक बन्दूक उठाई, इसका घोड़ा चढ़ाया और इसे तुरन्त ट्राय पर छोड़ दिया।

ट्राय गिर गया। दोनों के बीच की दूरी इतनी कम थी कि गोली के छर्रे तनिक भी फैले नहीं, बल्कि सीधा तीर की तरह उसके शरीर में जा घुसे। उसने एक लम्बी-सी हिचकी ली—उसकी पेशियाँ सिकुड़ीं—फैलीं—इसके बाद उसकी मांशपेशियाँ ढीली हुईं और वह शान्त पड़ गया।

बोल्डवुड को धुएँ के बीच ही अब एक बार फिर बन्दूक के साथ व्यस्त देखा गया। यह दुनाली थी, और इस बीच उन्होंने किसी तरह से अपने रूमाल को इसके घोड़े से बाँध लिया था, और दूसरे छोर पर अपने पैर की सहायता से दूसरी गोली अपने आप पर चलाने की कोशिश में थे। सबसे पहले उनके आदमी सैमवे की निगाह इस पर पड़ी, और वह इस भयावह माहौल में छलाँग लगाकर उन पर झपटा। बोल्डवुड पहले ही रूमाल को खींच चुके थे और दूसरी बार बन्दूक का धमाका हुआ, लेकिन समय रहते सैमवे द्वारा झटका मार देने से इसकी गोली छत की धरन में जा लगी।

"कोई बात नहीं, इससे कोई फर्क नहीं पड़ता," बोल्डवुड ने हाँफते हुए कहा। "मेरे मरने का एक और तरीका है।"

इसके बाद उन्होंने अपने को सैमवे से छुड़ाकर अलग किया, कमरा पार करके बाथशीबा के पास गए और उसके हाथ को चूम लिया। उन्होंने अपना हैट पहना, दरवाजा खोला, और अँधेरे में निकल गए, किसी को भी उन्हें रोकने का ख्याल नहीं आया।

अध्याय 54

हादसे के बाद

बोल्डवुड मुख्य सड़क पर आए, और कास्टरब्रिज की दिशा में मुड़ गए। यहाँ एक समान चाल से चलते हुए उन्होंने याल्बरी की पहाड़ी पार की, उसके आगे के समतल मैदान से गुजरे, मेलस्टाक की पहाड़ी पर चढ़े, और ग्यारह से बारह बजे के बीच डर्नओवर की बंजर भूमि पार करके कस्बे में पहुँच गए। इस समय तक गलियाँ करीब-करीब सुनसान हो गई थीं, और हवा में भभकते लैम्पों के प्रकाश में सिर्फ दुकानों के मटमैले शटर और सामने वह सफेद फुटपाथ दिखता था जिस पर आगे बढ़ते हुए उनके कदमों की आहट सुनाई पड़ रही थी। वह दाहिनी तरफ बुल-स्टेक चौराहे की दिशा में मुड़े, और भारी पत्थरों से बने मेहराबनुमा द्वार के सामने रुक गए, जिसके दोनों दरवाजों में लोहा लगा हुआ था। यह जेल का प्रवेश-द्वार था, और इसके ऊपर एक लैम्प रखा था जिसके प्रकाश में इस बदनसीब यात्री को घंटी की रस्सी मिल गई।

आखिरकार छोटा-सा दरवाजा खुला और एक पहरेदार दिखाई पड़ा। बोल्डवुड आगे बढ़े और धीमे स्वर में कुछ कहा। थोड़ी देर बाद एक दूसरा आदमी आया। बोल्डवुड भीतर चले गए और उनके पीछे दरवाजा बन्द हो गया, और इसी के साथ बाहर की दुनिया से उनका नाता टूट गया।

वेदरबरी इस समय से काफी पहले ही पूरी तरह जग चुका था और इस भयानक घटना का सबको पता चल गया था जिसने बोल्डवुड के रंग में भंग डाल दिया था। बाहर के लोगों में ओक इस वज्रपात की सबसे पहले सूचना पानेवालों में था, और जब वह बोल्डवुड के जाने के करीब पाँच मिनट बाद उस कमरे में घुसा तो वहाँ का दृश्य भयावह था। सभी औरतें एक कोने में दीवार से सटकर यूँ सहमी हुई खड़ी थीं मानो तूफान में भेड़ों का समूह, और आदमी लोग हक्के-बक्के होकर सोच नहीं पा रहे थे कि क्या करें। जहाँ तक बाथशीबा की बात है, वह बदल गई थी। वह ट्राय के शरीर के पास फर्श पर अपनी गोदी में उसका सिर लिए बैठी थी, जहाँ उसने खुद ही इसे उठाकर रख लिया था। एक हाथ से वह ट्राय के सीने से लगाकर अपना रूमाल पकड़े थे और घाव को ढँक रही थी, हालाँकि एक कतरा खून भी मुश्किल से बहा था, और दूसरे हाथ से वह उसके एक हाथ को भींचे हुए थी। घर में मची उथल-पुथल ने उसे वापस उसके स्वरूप में ला दिया था। अस्थायी मूर्छा का दौर खत्म हो गया था, और सक्रिय होने की अनिवार्यता ने सक्रियता ला दी थी। दर्शन में जो सहनशक्ति सामान्य प्रतीत होती है, वह आचरण में दुर्लभ होती है : और अब बाथशीबा सबको चौंका रही थी, क्योंकि उसका आचरण ही उसका दर्शन था, और जिस बात पर वह अमल नहीं करती थी उसे अमल करने लायक नहीं मानती थी। वह उस मिट्टी की बनी थी जिससे महापुरुषों की माताएँ बनी होती हैं। वह ऐसी महिला

थी जो भावी पीढ़ियों के लिए अपरिहार्य थी, टी-पार्टियों में नापसन्द की जाती थी, दूकानों में उससे डरा जाता था, और संकट के समय उसे चाहा जाता था। उस लम्बे-चौड़े कमरे के बीच में अपनी पत्नी की गोद में लेटे हुए ट्राय का दृश्य ही एकमात्र दृश्य था।

"गैब्रिएल," गैब्रिएल के अन्दर आने पर बाथशीबा ने चेहरा ऊपर उठाते हुए यन्त्रवत कहा, बिल्कुल विवर्ण हो जाने के बाद कुछ ही ऐसी परिचित रेखाएँ उस पर शेष रह गई थीं जिनसे पता चलता था कि ये उसी का चेहरा है। "तुरन्त जाकर कास्टरब्रिज से किसी सर्जन को बुलाओ। मेरे विचार से इससे कोई फायदा नहीं है, लेकिन जाओ। मि. बोल्डवुड ने मेरे पति को गोली मार दी है।"

इस तरह शान्तिपूर्वक और सीधे शब्दों में उसका यह कहना किसी विलाप से ज्यादा प्रभावशाली था, और इससे वहाँ मौजूद हर किसी के उलझे हुए दिमाग को स्थिर करने में कुछ मदद मिली। इससे पहले कि ओक इस घटना को ठीक से समझ पाता, वह तेजी से बाहर निकला, घोड़े को तैयार किया और चल पड़ा। एक मील चले जाने के बाद ही उसे यह ध्यान आया कि अगर इस काम के लिए किसी और को भेजकर वह खुद घर में ही रह गया होता तो अच्छा होता। बोल्डवुड का क्या हुआ था? उन्हें खोजा जाना चाहिए था। क्या वह पागल हो गए थे—क्या कोई झगड़ा हुआ था? फिर ट्राय वहाँ कैसे पहुँचा—वह आया कहाँ से—ऐसे अजीबोगरीब ढंग से वह दुबारा कैसे प्रकट हो गया जबकि बहुतों ने यह मान लिया था कि वह समुद्र में डूब गया है। बोल्डवुड के घर में घुसने से ठीक पहले ट्राय के लौटने की अफवाह सुनकर उसकी उपस्थिति के लिए कुछ हद तक तो वह तैयार था; लेकिन इससे पहले कि वह इस सूचना की जाँच-पड़ताल करे, बीच में ही यह दुर्भाग्यपूर्ण घटना घट गई। फिर भी, अब किसी और सन्देशवाहक को भेजने का समय नहीं रह गया था, और वह चलता चला गया—खुद से किए गए इस सवाल-जवाब में खोए हुए उसे पता भी नहीं चल पाया कि कास्टरब्रिज से करीब तीन मील दूर एक पैदल राहगीर अँधेरी झाड़ियों की आड़ में उसी की दिशा में बढ़ता चला जा रहा था।

एक तो कई मील की दूरी और फिर देर रात हो जाने से तमाम विघ्न-बाधाओं तथा अँधेरे के नाते सर्जन मि. एल्ड्रिच के आने में देर हुई; और गोली चलने से लेकर उनके घर में प्रवेश करने तक तीन घंटे से ज्यादा समय गुजर गया। ओक को कास्टरब्रिज में अधिकारियों को घटनाक्रम की जानकारी देने के लिए थोड़ा और रुकना पड़ा, और तभी उसे पता चला कि बोल्डवुड भी कस्बे में आए हैं और उन्होंने आत्म-समर्पण कर दिया है।

इस बीच सर्जन ने बोल्डवुड के हाल में जल्दी-जल्दी पहुँचने के बाद पाया कि वहाँ अन्धकार था और हॉल बिल्कुल सूना पड़ा था। वह घर के पिछवाड़े गए जहाँ उन्हें रसोई में एक बूढ़ा आदमी मिला जिससे उन्होंने पूछताछ की।

"वह उन्हें अपने घर ले गईं, सर," उनको सूचना देनेवाले ने कहा।

"कौन ले गईं?" डाक्टर ने कहा।

"मिसेज ट्राय। वह बिल्कुल मर चुके थे, सर।"

यह चौंकानेवाली सूचना थी। "उन्हें वैसा करने का कोई अधिकार नहीं था," डाक्टर ने कहा। "जाँच-पड़ताल तो करनी होगी, और उन्हें कोई कदम उठाने से पहले जानकारी कर लेनी चाहिए थी।"

"हाँ मिस्टर, उन्हें संकेत किया गया था कि अगला कदम उठाने से पहले कानून का नजरिया जान लें। लेकिन उन्होंने कहा कि कानून उनके लिए कुछ नहीं है, और वह अपने प्रिय पति के शव को लोगों द्वारा आँखें फाड़-फाड़कर देखे जाने के लिए लावारिस नहीं छोड़ेंगी। चाहे इंग्लैंड के सारे अकालमृत्यु परीक्षक आ जाएँ।"

मि. एल्ड्रिच ने तुरन्त वापस पहाड़ी पर बाथशीबा के घर का रुख किया। उनकी भेंट सबसे पहले जिससे हुई वह थी बेचारी लिडी, जो इन कुछ ही घंटों में सिमटकर दुबली हो गई लगती थी। "क्या हुआ?" उन्होंने कहा।

"मुझे नहीं पता, सर," लिडी ने साँस रोककर कहा। "सबकुछ मेरी मालकिन ने किया है।"

"कहाँ हैं वह?"

"ऊपर के कमरे में उनके साथ हैं, सर। जब उन्हें घर लाया गया और ऊपर के कमरे में पहुँचा दिया गया तो मालकिन ने कहा कि अब उन्हें आदमियों से और कोई मदद नहीं चाहिए। और उसके बाद उन्होंने मुझे बुलाकर मुझसे नहाने का पानी भरवाया, और फिर कहा कि मैं जाकर लेट जाऊँ क्योंकि मैं काफी बीमार दिख रही हूँ। उसके बाद मालकिन ने उनके साथ कमरे में अकेले ही खुद को बन्द कर लिया, और किसी नर्स या किसी को भी भीतर बिल्कुल नहीं घुसने दिया। लेकिन मैंने सोचा कि क्या पता उन्हें मेरी जरूरत पड़े तो मैं पास के कमरे में इन्तजार कर लेती हूँ। मैंने उन्हें भीतर घंटेभर से ज्यादा खटर-पटर करते सुना, लेकिन वह सिर्फ एक बार बाहर आईं और वह भी तब जब उन्हें और मोमबत्तियों की जरूरत थी क्योंकि उनकी मोमबत्तियाँ जलकर खत्म हो गई थीं। उन्होंने कहा कि जब आप या मि. थर्डली आ जाएँ तो हम उन्हें खबर करें, सर।"

उसी समय ओक ने पादरी के साथ प्रवेश किया, और वे सब लिडी के पीछे-पीछे साथ ही ऊपर चले गए। जब वे सीढ़ियाँ चढ़कर ऊपर पहुँचे तो वहाँ मरघट का सन्नाटा छाया हुआ था। लिडी ने दस्तक दी, और दरवाजे की तरफ बढ़ती बाथशीबा के कदमों की आहट सुनाई पड़ी। ताले में चाबी घूमी और उसने दरवाजा खोल दिया। उसका चेहरा शान्त और करीब-करीब दृढ़ था, मानो त्रासद कला की देवी मेल्पोमीन की किंचित सजीव आवक्ष प्रतिमा हो।

"आह—मि. एल्ड्रिच—आखिरकार आप आ गए," वह होंठों में बुदबुदाई, और किवाड़ खोल दिया। "आह—और मि. थर्डली भी हैं। चलिए, सबकुछ हो चुका, और अब उन्हें कोई भी देख सकता है।" इसके बाद वह उनके पास से गुजरी, किनारे की जगह को पार किया और दूसरे कमरे में चली गई।

उसके द्वारा छोड़े गए मृत्यु कक्ष में झाँकने पर उन्होंने दराज पर रखी मोमबत्तियों के

प्रकाश में देखा कि बेडरूम के दूसरे छोर पर सफेद आवरण में लिपटी एक लम्बी-सी सीधी आकृति पड़ी हुई है। अगल-बगल सबकुछ बिल्कुल सुव्यस्थित था। डाक्टर भीतर गया और थोड़ी देर बाद वापस वहीं लौटा जहाँ ओक और पादरी अभी भी प्रतीक्षारत थे।

"वाकई सबकुछ हो चुका है, जैसा कि वह कह रही है," मि. एल्ड्रिच ने मन्द स्वर में कहा। "शव के कपड़े उतारकर कफन को अच्छी तरह से लपेट दिया गया है। हे भगवान—यह जरा-सी लड़की। गजब का कलेजा है इसका!"

"बस एक पत्नी का धरम," तीनों के कानों में कहीं से एक फुसफुसाहट की आवाज पड़ी, और मुड़ने पर उन्होंने बाथशीबा को अपने बीच देखा। फिर मानो यह सिद्ध करने के लिए कि उसका धैर्य अनायास कम सायास ज्यादा था, वह वहीं उनके बीच चुपचाप नीचे बैठ गई और फर्श पर कपड़े की गठरी की तरह पड़ गई। इस बात के अहसास मात्र ने कि अब अतिमानवीय सहनशक्ति की कोई जरूरत नहीं रह गई है, उसके भीतर की इस शक्ति पर विराम लगा दिया था।

वे लोग उसे आगे के एक कमरे में ले गए, और ट्राय के मामले में जो चिकित्सकीय सहायता बेकार रही थी, वह बाथशीबा के लिए बहुत कारगर सिद्ध हुई जिसे एक के बाद एक बड़े खतरनाक प्रभाव वाले बेहोशी के दौरे पड़े। रुग्ण बाथशीबा को बिस्तर पर लिटाया गया, और ओक को बीच-बीच में मिलनेवाली खबरों से जब पता चला कि बाथशीबा की तरफ से कोई खास खतरनाक आशंका नहीं है तो वह घर से बाहर चल पड़ा। लिडी बाथशीबा के कमरे में देखभाल कर रही थी जहाँ उसे उस पूरी बदनसीब रात उदासीभरे और मुश्किल से गुजरनेवाले घंटों के बीच-बीच में अपनी मालकिन का बुदबुदाहटों में किया गया विलाप सुनाई पड़ता रहा : "हाय ये मेरी गलती है—मैं कैसे जिऊँ। हे भगवान, मैं कैसे जिऊँ!"

अध्याय 55

आगामी मार्च : 'बाथशीबा बोल्डवुड'

अब हम बड़ी तेजी से मार्च के महीने में मन्द हवा के झोंकेवाले एक ऐसे दिन पर आते हैं जो धूप, बर्फ या ओस से खाली था। मेलस्टाक की पहाड़ी पर, कास्टरब्रिज से सवा मील बाहर लन्दन जानेवाली सड़क पर लोगों की एक भारी भीड़ जमा थी, जिनमें से अधिकांश की आँखें बार-बार उत्तर पूर्व की दिशा में उठ जाती थीं। तमाम समूहों में ढेर सारे निठल्ले लोगों का एक दल, भालाधारी सैनिकों का एक दल, दो तुरही बजानेवाले, और बीच में गाड़ियाँ थीं, जिनमें से एक में जिले का मुख्य प्रशासनिक अधिकारी था। निठल्लों में—जिनमें से कई सड़क के लिए की गई खुदाई से निकली मिट्टी पर ऊपर चढ़ गए थे—बहुत से वेदरबरी के आदमी और बच्चे थे—जिनमें और लोगों के साथ-साथ पुअरग्रास, कोग्गन

और केन बाल भी थे।

आधे घंटे बाद प्रत्याशित दिशा में धूल का एक हल्का-सा गुबार दिखाई पड़ा, और उसके थोड़ी ही देर बाद पश्चिमी न्याय क्षेत्र के दो न्यायाधीशों में से एक को लाती हुई एक गाड़ी पहाड़ी के ऊपर आई और चोटी पर रुक गई। न्यायाधीश महोदय के गाड़ी बदलते समय बड़े-बड़े गालोंवाले तुरहीवादकों ने उनके स्वागत में धूमधाम से तुरही बजाई, और गाड़ियों तथा भालाधारी सैनिकों का जुलूस कस्बे की तरफ बढ़ गया, रह गए सिर्फ वेदरबरी के लोग जो न्यायाधीश महोदय को चले जाते देखकर फिर से अपने-अपने काम में लग गए थे।

"जोसेफ, मैंने तुम्हें गाड़ी के बिल्कुल पास खड़े देखा था," कोग्गन ने उन लोगों के जाने के बाद कहा। "क्या तुमने जज साहब के चेहरे पर ध्यान दिया।"

"हाँ दिया," पुअरग्रास ने कहा। "मैंने उन्हें यूँ आँखें फाड़कर देखा मानो मैं उनके दिल के भीतर का हाल जान लूँगा, और उनकी आँखों में दयाभाव था—या सच्चाई को बिल्कुल तौलकर कहूँ तो दयाभाव उस आँख में था जो मेरी तरफ थी।"

"चलो, उम्मीद करते हैं कि अच्छा ही होगा," कोग्गन ने कहा, "हालाँकि वह भी बुरा ही होगा। फिर भी मुकदमे की सुनवाई में मैं नहीं जाऊँगा, और मैं तुम लोगों को भी सलाह दूँगा कि दूर ही रहो। उनका ध्यान सबसे ज्यादा यह देखकर बँटेगा कि हम उन्हें यूँ घूर रहे हैं मानो वह कोई तमाशा हैं।"

"यही बात आज सुबह मैंने कही," जोसेफ ने टिप्पणी की। "'इनसाफ का तराजू उन्हें तौलने आ गया है,' मैंने सोचते हुए कहा था, और अगर उनकी गलती पाई गई तो इसका नतीजा वही भुगतेंगे' : और एक राहगीर ने कहा 'सुनो, सुनो। इस तरह बात करनेवाले की बात सुननी चाहिए।' लेकिन मैं इस पर विस्तार से चर्चा नहीं करना चाहता, क्योंकि मेरे कुछ शब्द ही काफी हैं, और ज्यादा की जरूरत नहीं है : हालाँकि कुछ लोगों की कही बात इस तरह दूर-दूर तक फैल जाती है मानो कुदरत का यही नियम है।"

"ऐसा ही है जोसेफ, और दोस्तो, जैसा मैंने कहा, हर कोई घर में ही रहे।"

इस संकल्प का पालन किया गया, और अगले दिन सभी ने आतुरतापूर्वक खबर का इन्तजार किया। फिर भी उनकी दुविधा एक ऐसे तथ्य के उद्घाटन से अलग ही दिशा में मुड़ गई जिसका पता दोपहर बाद चला और जिससे बोल्डवुड के आचरण और उनकी स्थिति पर अब तक की सबसे विस्तृत जानकारी मिली।

जो उनके अन्तरंग थे, उनको तो पता ही था कि वह ग्रीनहिल के मेले के समय से ही क्रिसमस की उस दुर्भाग्यपूर्ण शाम तक उत्तेजित और असामान्य मनःस्थिति में थे; लेकिन किसी ने सपने में भी नहीं सोचा था कि बाथशीबा और ओक को, अकेले में कभी-कभी जिस मानसिक असन्तुलन का शक होता था, उसके सुस्पष्ट लक्षण बोल्डवुड में दिखे थे। अब एक तालाबन्द आलमारी में कुछ अजीबोगरीब वस्तुओं के संग्रह का पता चला था। भाँति-भाँति के, रेशम और साटिन के, पोपलीन और मखमल के, औरतों के कई

जोड़े कीमती कपड़े थे जिनका सभी का रंग ऐसा था कि बाथशीबा के पहनावे को देखकर उन्हें उसका पसन्दीदा रंग कहा जा सकता था। दो चमड़े के दस्ताने, चितराला के बालों का ब्रश और फर का बना कोट था। इन सबके अलावा गहनों का एक सन्दूक था जिसमें चार सोने के भारी कड़े और कई लाकेट और अँगूठियाँ थीं, सबकी सब अच्छी क्वालिटी और बनावट की। ये चीजें समय-समय पर बाथ और अन्य कस्बों से खरीदी गई थीं, और छिपाकर घर लाई गई थीं। इन सबको सावधानी से कागज में पैक किया गया था, और हर पैकेट पर 'बाथशीबा बोल्डवुड' की चिप्पी लगी थी और प्रत्येक में छह साल बाद की कोई तारीख पड़ी थी।

जब ओक कास्टरब्रिज से सजा की खबर लेकर लौटा और वारेन के शराबखाने में घुसा तो वहाँ लगाव और प्रेम में पागल मन के इन्हीं कारुणिक प्रमाणों पर चर्चा हो रही थी। वह तीसरे पहर आया, और उसके चेहरे की तप्त भट्ठी जैसी दमक से ही पूरी कहानी स्पष्ट हो रही थी। जैसा कि हर किसी को अनुमान था, बोल्डवुड ने अपराध स्वीकार कर लिया था, और उन्हें मृत्युदंड दिया गया था।

अब आम तौर पर लोगों को इस बात का दृढ़ विश्वास हो गया कि बोल्डवुड हाल की अपनी गतिविधियों के लिए नैतिक रूप से जिम्मेदार नहीं थे। मुकदमा शुरू होने से पहले प्रकाश में आए तथ्यों ने जोरदार ढंग से इसी दिशा में संकेत किया था, लेकिन वे इतने वजनदार नहीं थे कि उनके आधार पर बोल्डवुड की मानसिक अवस्था की जाँच का आदेश दिया जा सकता। अब यह चौंकानेवाली बात थी कि पागलपन का विचार आ जाने के बाद इससे सम्बन्धित तमाम घटनाएँ याद की जा रही थीं, जिनकी व्याख्या सिर्फ मानसिक रुग्णता के आधार पर ही की जा सकती थी—ऐसी अन्य बातों में एक थी, पिछली गर्मियों में बोल्डवुड द्वारा अपने अन्न-भंडार की ऐसी उपेक्षा जैसी उन्होंने पहले कभी नहीं की थी।

गृह मन्त्री को एक याचिका भेजकर उन परिस्थितियों की चर्चा की गई जिनके आधार पर सजा पर पुनर्विचार का अनुरोध औचित्यपूर्ण लगता था। कास्टरब्रिज के निवासियों द्वारा इस पर 'बड़ी संख्या में हस्ताक्षर' नहीं किए गए थे, जैसा कि आमतौर पर ऐसे मामलों में होता है, क्योंकि बोल्डवुड ने कभी खुलकर दोस्त नहीं बनाए थे। दुकानदारों ने इसे बहुत स्वाभाविक माना कि जिस आदमी ने सीधे उत्पादकों से सामान मँगाकर प्रादेशिक अस्तित्व के इस प्रथम और महान सिद्धान्त को ठेंगा दिखा दिया था कि ईश्वर ने देहात के गाँव इसलिए बनाए ताकि देहात के कस्बों का माल वहाँ बिक सके; ईश्वर के दस धर्मादेशों को लेकर भी उसके विचार गड़बड़ ही होंगे। पहल करनेवाले कुछ दयालु लोग थे जिन्होंने सम्भवतः बाद में प्रकाश में आए तथ्यों पर अत्यधिक भावुकता से विचार किया था, और परिणाम यह हुआ कि उन सबूतों को स्वीकार कर लिया गया जिनके आधार पर इस अपराध को, नैतिक दृष्टिकोण से जानबूझकर किए गए हत्या की कोटि से निकालकर सिर्फ एक उन्माद का परिणाम मान लिए जाने की उम्मीद की जा रही थी।

वेदरबरी में इस याचिका के परिणाम की व्यग्रतापूर्वक प्रतीक्षा की जा रही थी। फाँसी

का समय सजा सुनाए जाने के करीब एक पखवाड़े बाद के शनिवार को सुबह आठ बजे का नियत किया गया था, और शुक्रवार तीसरे पहर तक कोई जवाब नहीं मिला। उसी वक्त गैब्रिएल कास्टरब्रिज जेल से आया जहाँ वह बोल्डवुड को अन्तिम विदाई देने गया था, और कस्बे से होकर गुजरने से बचने के लिए एक सँकरी गली में मुड़ गया था। जब वह आखिरी मकान से आगे निकल गया तो उसे हथौड़े की ठक-ठक सुनाई पड़ी, और अपने झुके सिर को उठाकर उसने क्षणभर के लिए पीछे देखा। चिमनियों के ऊपर उसे जेल के प्रवेश-द्वार का ऊपरी हिस्सा दिख रहा था, और वहाँ कुछ चलती-फिरती आकृतियाँ थीं। वे बढ़ई थे जो मुँडेर के भीतर एक बल्ली को सीधा खड़ा कर रहे थे। उसने जल्दी से अपनी आँखें फेर लीं और तेजी से आगे बढ़ गया।

जब वह घर पहुँचा तो अँधेरा हो गया था, और उससे मिलने के लिए आधा गाँव उमड़ पड़ा था।

"कोई खबर नहीं," गैब्रिएल ने पस्त होकर कहा। "और मुझे डर है कि अब कोई उम्मीद नहीं है। मैं उनके साथ दो घंटे से ज्यादा रहा।"

"क्या तुम सोचते हो कि जब उन्होंने यह किया तो वाकई उनका अपने दिमाग पर काबू नहीं था?" स्मालबरी ने कहा।

"मैं ईमानदारी से नहीं कह सकता कि मैं ऐसा सोचता हूँ," ओक ने जवाब दिया। "फिर भी, यह बात हम किसी और समय कर सकते हैं। क्या आज शाम मालकिन में कोई बदलाव हुआ है?"

"बिल्कुल नहीं।"

"क्या वह नीचे के कमरे में हैं?"

"नहीं। और पहले की तरह ही जैसे-तैसे जिन्दगी की गाड़ी खींच रही हैं। जितनी ठीक वह क्रिसमस में थीं, अब उससे थोड़ा ज्यादा ठीक हैं। वह पूछती रहती हैं कि तुम आए या नहीं, और कोई खबर आई या नहीं, यहाँ तक कि उनको जवाब देते-देते लोग थक जाते हैं। क्या मैं जाकर उनसे कह दूँ कि तुम आ गए हो?"

"नहीं," ओक ने कहा। "अभी भी एक मौका है, लेकिन मैं कस्बे में और नहीं रुक सकता था—उनसे मिलने के बाद भी। इसलिए लेबन—लेबन है यहाँ, है न?"

"हाँ," टाल ने कहा।

"मैंने आखिरी इन्तजाम यह किया है कि आज रात तुम कस्बे में जाओगे। करीब नौ बजे यहाँ से जाओ, और थोड़ी देर वहाँ इन्तजार करो, बारह बजे के आसपास घर लौटो। अगर आज रात ग्यारह बजे तक कोई खबर नहीं मिलती तो लोग कहते हैं कि बिल्कुल कोई उम्मीद नहीं है।"

"मुझे तो उम्मीद है कि उनको जीवन-दान मिल जाएगा," लिडी ने कहा। "अगर ऐसा न हुआ तो मालकिन भी पागल हो जाएँगी। बेचारी, उनकी तकलीफ बड़ी भयानक है। दया आती है उन पर।"

“क्या वह ज्यादा बदल गई हैं?” कोग्गन ने कहा।

“अगर आपने बेचारी मालकिन को क्रिसमस से नहीं देखा है तो उन्हें पहचान नहीं पाएँगे,” लिडी ने कहा। “उनकी आँखों में इतना दर्द है कि अब वह पहले जैसी नहीं रहीं। बस दो साल पहले वह एक जिन्दादिल लड़की थीं, और अब ऐसी हो गईं।”

निर्देश के अनुसार लेबन चला गया, और उस रात ग्यारह बजे तमाम गाँववाले कास्टरब्रिज को जानेवाली सड़क पर चहलकदमी करते हुए उसके आगमन की प्रतीक्षा में थे—जिनमें ओक, और बाथशीबा के करीब-करीब सभी आदमी थे। हालाँकि अपनी आत्मा से वह महसूस करता था कि बोल्डवुड को मृत्युदंड मिलना चाहिए लेकिन उसे इस बात की काफी चिन्ता थी कि बोल्डवुड को बचाया जाए; क्योंकि उनमें कुछ ऐसे गुण थे जिन्हें ओक पसन्द करता था। आखिरकार, जब वे सभी थककर पस्त हो गए, दूर कहीं घोड़े की टापों की आवाज सुनाई पड़ी :

पहले दबी-दबी आवाज जैसे चल रहा हो घास पर
फिर टप-टपाटप गाँव की सड़क पर
चल पड़ा अलग रफ्तार से वह उधर

“अब हमें जल्दी ही कुछ न कुछ पता चल जाएगा,” कोग्गन ने कहा, और वे सभी उस ऊँची पटरी से नीचे उतर आए जिस पर वे सड़क के बीच में खड़े थे, और घुड़सवार घोड़े को कुदाकर उनके बीच में ले आया।

“आ गए लेबन?” गैब्रिएल ने कहा।

“हाँ—आ गया। वह मरेंगे नहीं, जब तक महारानी चाहें तब तक जेल में रहेंगे।”

“हुर्रा।” कोग्गन ने उछाह से कहा। “ऊपरवाला अभी भी शैतान पर भारी है।”

अध्याय 56

अकेले में सुन्दरी : अन्ततः

बसन्त के साथ-साथ बाथशीबा में भी नवजीवन का संचार हुआ। जब सारी बातों को लेकर अनिश्चितता खत्म हो गई तो मन्द ज्वर के बाद उसे अतीव ग्लानि की जो अनुभूति हुई थी, वह काफी कम हो गई।

लेकिन अब वह अधिकतर समय अकेली ही रहती थी, और घर में पड़ी रहती थी, या अधिक से अधिक बगीचे में चली जाती थी। उसने सबको छोड़ दिया, लिडी को भी। न तो वह किसी से अपने दिल की बात कहती थी, और न किसी की सहानुभूति ही चाहती थी।

जैसे-जैसे गर्मी का मौसम गुजरता गया वह अपना अधिकांश समय खुली हवा में बिताने लगी, और खेती-बाड़ी के मामलों में आवश्यकतानुसार रुचि लेने लगी, हालाँकि वह पहले की तरह अब न तो बाहर निकलती थी और न ही निजी तौर पर देखभाल करती थी। अगस्त में शुक्रवार की एक शाम वह सड़क पर थोड़ी दूर टहलते हुए गई और पिछले क्रिसमस की उस गम्भीर घटना के बाद से पहली बार गाँव में प्रवेश किया। उसके गालों पर पहले जैसी रंगत नहीं लौटी थी, और इसका गहरा पीलापन उसके गाउन के स्याह काले रंग से और भी बढ़कर असामान्य लगता था। जब वह इस स्थान के दूसरी तरफ एक छोटी-सी दुकान पर पहुँची, जो करीब-करीब चर्च के सामने थी, तो बाथशीबा ने चर्च के भीतर गाने की आवाज सुनी, और वह जान गई कि गायकों द्वारा अभ्यास चल रहा है। उसने सड़क पार की, फाटक खोला, और कब्रिस्तान में घुस गई, चर्च की खिड़कियों के ऊँचे गवाक्षों के कारण वह भीतर एकत्रित लोगों की नजर में बिल्कुल नहीं आई। उसे सबकी नजर बचाकर उस कोने तक जाना था जहाँ ट्राय ने फैनी की कब्र पर फूल लगाने में मेहनत की थी, और वह कब्र पर लगे संगमरमर के फलक तक आई।

जब उसने पूरा समाधि-लेख पढ़ लिया तो उसके चेहरे पर सन्तोष झलका। पहले खुद ट्राय के शब्द थे :

फ्रांसिस ट्राय द्वारा
फैनी रॉबिन
की स्मृति में लगाया गया
जिसकी मृत्यु 9 अक्टूबर 18— को हुई
उम्र 20 साल

इसी के नीचे अब नए शब्दों में लिखा था :

इसी कब्र में
उक्त फ्रांसिस ट्राय
जिसकी मृत्यु 24 दिसम्बर 18— को हुई
उम्र 26 साल

जब वह खड़ी होकर पढ़ते हुए विचारमग्न थी, चर्च से दुबारा ऑर्गन बाजे के सुर सुनाई पड़ने लगे और वह उसी तरह धीमे कदमों से घूमकर बरामदे में पहुँच गई और सुनने लगी। दरवाजा बन्द था, और गायक-मंडली कोई नया भजन सीख रही थी। बाथशीबा के भीतर भावनाओं का संचार हुआ जिन्हें इस बीच उसने करीब-करीब बिल्कुल मृत मान लिया था। बच्चों की धीमी आवाज में उसके कानों तक आनेवाले शब्द बिल्कुल साफ सुनाई पड़ रहे थे जिन्हें वह बिना सोचे-समझे गा रहे थे :

ले चल मुझे उजाले में,
इस घिरते हुए अँधेरे से
ले चल मुझको आगे।

बाथशीबा की भावना कुछ हद तक हमेशा उसके मौजीपन पर आश्रित थी, जैसा अनेक दूसरी औरतों के साथ भी होता है। उसके गले में कुछ फँस-सा गया और आँखों में एक उफान आया—और उसने सोच लिया कि अगर आँसू उमड़ना ही चाहते हैं तो वह उन्हें बहने देगी। वे बहे भी और जमकर बहे, और आँसू की एक बूँद उसके पास स्थित पत्थर की एक चौकी पर भी गिरी। एक बार जब वह रोने लगी तो उसे पता भी नहीं चला कि वह किसलिए रो रही है। वह उन बच्चों की तरह होने के लिए कुछ भी दे देती जो अपने शब्दों के अर्थ से बेपरवाह थे क्योंकि ऐसी किसी भावाभिव्यक्ति की जरूरत महसूस करने के लिए वे अत्यन्त अबोध थे। उस वक्त ऐसा लगा कि उसके संक्षिप्त जीवन-अनुभव की सभी भावपूर्ण दृश्यावलियाँ अतिरिक्त भावोद्रेक के साथ मूर्त हो गई हैं, और जिन दृश्यों में घटना के वक्त भावना नहीं थी, वही अब भावपूर्ण हो गए हैं। फिर भी दुख उसके पास बीते दिनों की महाविपत्ति की तरह नहीं बल्कि विलासिता की तरह आया था।

बाथशीबा ने अपना चेहरा हाथों में छुपा होने के नाते उस आकृति पर गौर नहीं किया जो चुपचाप पोर्च में आई, और उसे देखकर पहले तो मानो वापस जाने के लिए मुड़ी, उसके बाद रुक गई और उस पर नजर डाली। कुछ समय तक बाथशीबा ने अपना सिर ऊपर नहीं उठाया, और जब उसने घूमकर देखा तो उसका चेहरा तर था, और उसकी आँखें डूबी हुई और उदास थीं। "मि. ओक," उसने घबराकर कहा। "तुम यहाँ कब से हो?"

"कुछ मिनट हुए, मैम," ओक ने सम्मान से कहा।

"क्या तुम अन्दर जा रहे हो?" बाथशीबा ने कहा, और चर्च के भीतर से गायक मंडली के किसी अगुवा की आवाज आई।

गुजर गए आडम्बर में दिन, भय का ही साम्राज्य रहा
अहंकार से दबी आत्मा, क्या बोलूँ क्या याद रहा।

"मैं जा रहा था," गैब्रिएल ने कहा। "आपको पता है, मैं मन्द्र गायकों में हूँ। कई महीने से मैं यहाँ गा रहा हूँ।"

"अच्छा; मुझे इसका पता नहीं था। तब तो मैं चलती हूँ। तुम जाओ।"

जिसको मैंने अब तक चाहा, और खो दिया है इस बीच

बच्चों ने गाया।

"मेरे नाते जाइए मत मालकिन। मैं सोच रहा हूँ कि आज रात मैं वहाँ न जाऊँ।"

"अरे नहीं—तुम्हारे नाते नहीं जा रही।"

इसके बाद वे कुछ अटपटी स्थिति में खड़े रहे, बाथशीबा अपने बुरी तरह निचुड़ चुके और लाल चेहरे को ओक के ध्यान में आए बिना पोंछने की कोशिश करती रही। आखिरकार ओक ने कहा, "मैं आपसे मिला नहीं हूँ—मेरा मतलब बात नहीं की है—बड़ा लम्बा समय हो गया है।" लेकिन उसे डर लग रहा था कि कहीं वह अतीत की पीड़ादायी स्मृतियों को कुरेद न दे, और उसने यह कहकर खुद पर लगाम कसी, "क्या आप चर्च में जा रही थीं?"

"नहीं," उसने कहा। "मैं कब्र के पत्थर को अकेले में देखने आई थी—यह देखने कि उन्होंने मेरी इच्छानुसार अक्षरों को उकेरा है या नहीं। मि. ओक, अगर तुम चाहो तो इस वक्त हम दोनों के दिमाग में जो मामला है, उस पर बात करने में तुम्हें संकोच करने की जरूरत नहीं है।"

"और क्या उन्होंने इसे आपकी इच्छानुसार किया है?" ओक ने कहा।

"हाँ। चलो देख लो इसे, अगर पहले नहीं देखा है।"

इस प्रकार वे साथ-साथ गए और समाधि-लेख को पढ़ा। "आठ महीने हो गए!" तारीख देखने के बाद गैब्रिएल बुदबुदाया। "ऐसा लगता है जैसे ये अभी कल की बात हो।"

"और मुझको लगता है जैसे सालों पहले की बात हो—कई साल पहले की, और इस बीच मैं बेजान रही हूँ। और अब मैं घर जा रही हूँ, मि. ओक।"

ओक उसके पीछे-पीछे चल पड़ा। "मैं आपसे मौका लगते ही एक छोटी-सी बात बताना चाहता था," उसने हिचकते हुए कहा। "सिर्फ काम के सिलसिले में, और मेरा विचार है कि अगर आप इजाजत दें, तो मैं अभी तुरन्त इसकी चर्चा कर दूँ।"

"हाँ, हाँ, जरूर।"

"बात ये है कि मुझे जल्दी ही आपके फार्म की देखभाल छोड़नी पड़ सकती है, मिसेज ट्राय। सही बात ये है कि मैं इंग्लैंड छोड़ने की सोच रहा हूँ—अभी नहीं : अगले बसन्त में।"

"इंग्लैंड छोड़ रहे हो।" उसने चौंककर और हार्दिक निराशा से कहा। "क्यों गैब्रिएल, तुम ऐसा किसलिए करने जा रहे हो?"

"देखिए, मैंने इस पर काफी सोच-विचार किया है," ओक के मुँह से निकल पड़ा, "मेरे दिमाग में कैलीफोर्निया है जहाँ जाकर मैं हाथ-पाँव मारना चाहता हूँ।"

"लेकिन लोग तो यह समझ रहे हैं कि तुम मि. बोल्डवुड का फार्म अपने खाते में लेने जा रहे हो।"

"मैं इससे इनकार कर चुका हूँ, सच है, लेकिन अभी कुछ तय नहीं है, और मेरे पास छोड़ने के कारण हैं। मैं वहाँ ट्रस्टियों की तरफ से मैनेजर के रूप में अपना साल पूरा करूँगा, लेकिन इससे ज्यादा कुछ नहीं।"

"और तुम्हारे बिना मैं क्या करूँगी? गैब्रिएल, मैं नहीं सोचती कि तुम्हें जाना चाहिए। तुम इतने लम्बे समय से मेरे साथ हो—सुख-दुख के साथी हो—इतने पुराने दोस्त हैं हम—कि यह करीब-करीब निष्ठुरता लग रही है। मैंने सोचा था कि अगर तुमने दूसरे फार्म को मालिक के रूप में पट्टे पर लिया तो भी तुम मेरे फार्म की देखभाल में मदद करते रहोगे। और अब तुम जा रहे हो।"

"ऐसा मैं खुशी-खुशी करता।"

"फिर भी अब, जबकि मैं हमेशा से ज्यादा लाचार हूँ, तुम जा रहे हो।"

"हाँ, यही तो दुर्भाग्य है," गैब्रिएल ने परेशानीभरे स्वर में कहा। "और इसी लाचारी

के चलते ही तो मैं जाने को मजबूर महसूस कर रहा हूँ—गुड आफ्टरनून, मैम।" जाहिर था कि उसने बातचीत को वहाँ से जाने की हड़बड़ी में समेट दिया, और तुरन्त ही एक ऐसे रास्ते से कब्रिस्तान से बाहर निकल गया जिस पर उसके पीछे वह किसी भी बहाने से नहीं जा सकती थी।

बाथशीबा घर चली गई। उसके दिमाग में एक नई समस्या ने घर कर लिया जो घातक होने के बजाय परेशान करनेवाली और उसकी जिन्दगी की घातक उदासी से उसका ध्यान बँटाकर उसका भला करनेवाली थी। ओक, और उसे छोड़कर जाने की उसकी इच्छा पर वह विचार करने लगी; और बाथशीबा को इस बीच उससे हुई मुलाकातों के अनेक दृश्य याद आए, जो अलग-अलग देखने पर तो मामूली थे लेकिन एक साथ देखने पर उसके समाज से ओक की स्पष्ट विरक्ति को जाहिर करते थे। आखिरकार उसे इस बात का पीड़ादायी अहसास हो गया कि ईसा की तरह उसका आखिरी पुराना साथी उसे अकेला छोड़कर भागनेवाला है। जिसने बाथशीबा पर उस समय भरोसा किया था और उसकी पैरवी की थी जब सारी दुनिया उसके खिलाफ थी, आखिरकार वह भी और लोगों की तरह पस्त, और पुराने कर्तव्य से उदासीन हो गया था, और उसे अपना संघर्ष खुद करने के लिए अकेला छोड़ रहा था।

हफ्ते दर हफ्ते गुजरते गए और बाथशीबा में ओक की घटती दिलचस्पी के और प्रमाण मिलने लगे। बाथशीबा ने ध्यान दिया कि छोटे बैठकखाने या उस कमरे में जहाँ खेती-बाड़ी का हिसाब-किताब रखा जाता था, घुसने और इन्तजार करने, या पत्र छोड़ने, जैसा कि वह अब तक उसके एकान्तवास के दौरान करता आया था, के बजाय, ओक उस समय तो बिल्कुल नहीं आता था जब बाथशीबा के वहाँ होने की सम्भावना होती थी, बल्कि उन्हीं मौकों पर भीतर आता था जब घर के उस हिस्से में बाथशीबा के होने की सम्भावना सबसे कम होती थी। जब कभी उसे मार्गदर्शन की जरूरत होती थी, वह कोई सन्देश या पर्ची भेज देता था जिस पर न तो शीर्षक होता था और न हस्ताक्षर, जिसका जवाब बाथशीबा भी उसी तरह लापरवाही से देने के लिए बाध्य होती थी। बेचारी बाथशीबा अब सबसे कष्टकर दंश झेलने लगी—यह अहसास कि उससे नफरत की जा रही है।

इन अवसादभरी अटकलबाजियों के बीच पतझड़ काफी उदासी में गुजरा, और क्रिसमस का दिन आने के साथ ही कानूनन उसके वैधव्य का एक वर्ष और उसकी अकेली जिन्दगी के सवा दो वर्ष पूरे हो गए। अपने दिल की पड़ताल करने पर विचित्र रूप से उसे ऐसा लगा कि इस ऋतु से जिस बात के याद आने की सम्भावना थी—बोल्डवुड के घर में हुई घटना की—वह उसे कतई उद्विग्न नहीं कर रही थी बल्कि इसके स्थान पर यह यन्त्रणादायी दृढ़ विश्वास था कि हर किसी ने उसका त्याग कर दिया है—जिसका कारण उसे पता नहीं—और विरोधियों में सबसे आगे ओक है। उस दिन चर्च से बाहर आते हुए उसने इस उम्मीद से चारों तरफ नजर दौड़ाई कि ओक, शायद पहले की तरह उसके रास्ते में पड़ जाए। ऊपर की दीर्घा से आते उसके बास गायन के स्वर को उसने अत्यन्त असम्पृक्त

भाव से सुना था। वह रोज की तरह वहीं था, उसके पीछे-पीछे आता हुआ, लेकिन बाथशीबा को मुड़ते देखकर उसने एक तरफ देखा और जैसे ही फाटक के बाहर आया, रास्ता बदलने का कोई बहाना न होते हुए भी वह एक तरफ को मुड़ा और गायब हो गया।

चरम परिणति तो अगले दिन सुबह हुई—जिसकी उसे लम्बे समय से उम्मीद थी। यह ओक की तरफ से पत्र द्वारा औपचारिक नोटिस थी कि वह बाथशीबा के साथ आगामी लेडी डे (25 मार्च) से अपने अनुबन्ध का नवीनीकरण नहीं करेगा।

यह पत्र पाकर बाथशीबा की रुलाई फूट पड़ी। वह व्यथित और आहत थी कि गैब्रिएल का निराश प्रेम, जिस पर वह अपना जन्मसिद्ध अधिकार समझ बैठी थी, इस तरह ओक की अपनी मर्जी से वापस लिया जा रहा था। वह इस बात से घबराई भी थी कि उसे एक बार फिर अपने बलबूते रहना होगा। उसे ऐसा लगा कि अब उसके भीतर इतनी ताकत फिर कभी नहीं होगी कि बाजार जाकर क्रय-विक्रय और विनिमय कर सके। ट्राय की मृत्यु के बाद से सारे हाट-बाजार और मेलों में उसकी तरफ से ओक ही गया था, जो अपने कामकाज निपटाने के साथ-साथ उसका कामकाज भी देखता था। अब वह क्या करे। उसकी जिन्दगी वीरान हो रही थी।

आज शाम बाथशीबा इतनी उदास थी कि दया और सहानुभूति की आस में, और अपनी अब तक की एकमात्र सच्ची मित्रता को खत्म होते देख दुखी होकर उसने अपनी टोपी और चादर डाली और सूर्यास्त होते ही अर्द्धचन्द्र की बसन्ती किरणों के प्रकाश में ओक के घर की तरफ चल पड़ी।

खिड़की से अलाव का प्रकाश चमकता दिख रहा था, लेकिन कमरे में कोई दिखाई नहीं पड़ रहा था। उसने झिझकते हुए दरवाजा खटखटाया और फिर इस दुविधा में पड़ गई कि किसी अकेली औरत के लिए अकेले रहनेवाले किसी कुँवारे व्यक्ति से मिलना उचित है या नहीं, हालाँकि वह उसका मैनेजर था और बाथशीबा उससे काम के सिलसिले में मिल सकती थी जिसमें कुछ भी अनुचित नहीं था। गैब्रिएल ने दरवाजा खोला, और उसका माथा चाँदनी के प्रकाश में नहा उठा।

"मि. ओक," बाथशीबा ने धीरे से कहा।

"हाँ, मैं मि. ओक हूँ," गैब्रिएल ने कहा। "किसके चरण पड़े हमारे द्वार—अरे मैं कितना बुद्धू हूँ—आपको नहीं पहचान पाया, मालकिन।"

"मैं ज्यादा दिनों तक तुम्हारी मालकिन नहीं रहूँगी, है न गैब्रिएल," उसने कातर स्वर में कहा।

"हूँ—मेरे ख्याल से नहीं—लेकिन भीतर आइए मैम। अरे—मैं रोशनी का इन्तजाम करता हूँ," ओक ने कुछ संकोच से जवाब दिया।

"नहीं—मेरे लिए नहीं।"

"मुझसे मिलने कोई महिला तो शायद ही कभी आती है और मुझे लग रहा है कि मेरी रहने की जगह ढंग की नहीं है। कृपया आप बैठ जाइए। ये रही एक कुर्सी, और वो

रही दूसरी भी। अफसोस कि मेरी सारी कुर्सियाँ लकड़ी की सीटवाली हैं, और जरा सख्त हैं, लेकिन—मैं कुछ नई कुर्सियाँ मँगाने की सोच रहा था," ओक ने उसके लिए दो-तीन कुर्सियाँ रख दीं।

"ये मेरे लिए बिल्कुल आरामदेह हैं।"

इस प्रकार वह बैठी, और ओक भी बैठ गया। आग की परछाइयाँ उनके चेहरों और पुराने फर्नीचर पर थिरक रही थीं,

सबके सब थे चमकते
बरसों-बरस के इस्तेमाल से*

घरेलू सम्पत्ति के नाम पर ओक के पास बस इतना ही था, जो आग की लपटों में इस वक्त चमक रहा था। एक-दूसरे से अच्छी तरह परिचित इन दोनों के लिए यह बड़ा अटपटा था कि एक नई जगह पर और एक नए तरीके से हुई उनकी भेंट की परिस्थितियाँ उनमें इतनी अकबकाहट और झिझक भर दें। खेतों में या बाथशीबा के घर में कभी कोई झिझक नहीं हुई थी, लेकिन अब जबकि ओक मेजबान था, लगता था कि उनकी जिन्दगियाँ एक बार फिर से उसी समय में पहुँच गई हैं जब वे दोनों अजनबी थे।

"तुम्हें अजीब लगेगा कि मैं आई हूँ, लेकिन—"

"अरे नहीं—बिल्कुल नहीं।"

"लेकिन मैंने सोचा—गैब्रिएल, यह सोचकर मुझे बेचैनी रही है कि मैंने तुम्हारी भावनाओं को चोट पहुँचाई है, और तुम इसी कारण मुझसे दूर जा रहे हो। इससे मुझे बहुत अधिक तकलीफ हुई, और मैं अपने को आने से रोक नहीं पाई।"

"मेरी भावनाओं को चोट पहुँचाई है? जैसे कि तुम ऐसा कर सकती थी, बाथशीबा।"

"तो क्या मैंने चोट नहीं पहुँचाई है?" उसने चहकते हुए पूछा। "लेकिन तुम किस वजह से जा रहे हो?"

"मैं बाहर नहीं जा रहा हूँ : जब मैंने आपको बताया तो मुझे पता नहीं था कि आपकी इच्छा है कि मैं न जाऊँ, नहीं तो मैं ऐसा करने की सोचता ही नहीं," उसने सहजता से कहा। "मैंने लिटिल वेदरबरी फार्म का इन्तजाम कर लिया है, और लेडी डे के दिन मैं इसे अपने हाथ में ले लूँगा। आपको पता ही है कि कुछ समय से मेरा इसमें हिस्सा रहा है। फिर भी, अगर हमारे बारे में उलटी-सीधी बातें न कही गई होतीं तो इससे कोई फर्क नहीं पड़ता और मैं पहले की तरह आपका कामकाज सँभालता रहता।"

"क्या?" बाथशीबा ने आश्चर्य से कहा। "मेरे और तुम्हारे बारे में उलटी-सीधी बातें कही गईं—क्या हैं वे?"

"मैं आपको नहीं बता सकता।"

"मेरे विचार से बुद्धिमानी यही है कि तुम बताओ। कई बार तुमने मेरे लिए मित्र

---

* विलियम बार्न्स

और सलाहकार की भूमिका निभाई है, और मुझे नहीं लगता कि अब तुम्हें ऐसा करने से डरना चाहिए।"

"इस बार ऐसा कुछ नहीं है जो आपने किया हो। पूरी बात का निचोड़ ये है कि—कि मैं यहाँ अपने जुगाड़ में लगा हूँ, और किसी दिन आपको पा जाने के ख्याल से बेचारे बोल्डवुड के फार्म पर आँख गड़ाए बैठा हूँ।"

"मुझे पा जाओगे—इसका क्या मतलब है?"

"सीधे-सीधे कहूँ तो आपसे शादी कर लूँगा—आपने ही मुझसे यह सब बताने के लिए कहा, इसलिए मुझे दोष मत दीजिएगा।"

बाथशीबा ने उस तरह बिल्कुल नहीं देखा जैसे उसके कानों के पास कोई तोप दाग दी गई हो, जैसी कि ओक को उम्मीद थी। "मुझसे शादी कर लोगे—मुझे नहीं पता था कि तुम्हारा ये मतलब है," उसने धीरे से कहा। "इस तरह की बात सोचना बिल्कुल बेतुका—बिल्कुल जल्दबाजी है अभी।"

"हाँ, इसमें सन्देह नहीं कि यह बात बिल्कुल बेतुकी है। मेरी ऐसी कोई इच्छा नहीं है—मेरे ख्याल से इस समय तक तो यह बात बिल्कुल साफ हो जानी चाहिए थी। बेशक, बेशक इस दुनिया में आप आखिरी औरत होंगी जिससे मैं शादी के बारे में सोचूँगा। जैसा कि आपने कहा, यह बिल्कुल बेतुका है।"

"मैंने बिल्कुल ज-ज-जल्दबाजी शब्द इस्तेमाल किया था।"

"आपकी बात काटने की माफी चाहता हूँ, लेकिन आपने बिल्कुल बेतुका शब्द कहा था, और वही मैं भी कह रहा हूँ।"

"मैं भी माफी चाहती हूँ!" कहते हुए उसकी आँखों में आँसू आ गए। "मैंने बिल्कुल जल्दबाजी कहा ही था। लेकिन इससे कोई फर्क नहीं पड़ता—बिल्कुल नहीं—लेकिन मेरा मतलब सिर्फ बिल्कुल जल्दबाजी ही था। वाकई, मैंने वह नहीं कहा था, मि. ओक, और आप मेरी बात का यकीन करिए।"

गैब्रिएल ने उसके चेहरे को गौर से देखा, लेकिन अलाव का प्रकाश मन्द होने के नाते ज्यादा कुछ दिखाई नहीं पड़ा। "बाथशीबा" उसने मधुर स्वर में और चकित होकर उसके नजदीक आते हुए कहा : "काश मुझे सिर्फ एक बात का पता होता—कि तुम मुझे अपने से प्रेम करने, अपना दिल जीतने और शादी करने की इजाजत दोगी या नहीं—मुझे सिर्फ इतना पता होता!"

"लेकिन तुम्हें कभी पता नहीं चलेगा," वह बुदबुदाई।

"क्यों?"

"क्योंकि तुम कभी पूछते नहीं!"

"ओ-हो!" गैब्रिएल ने खुशी से चहकते हुए कहा। "मेरी प्यारी—"

"आज सुबह तुम्हें वह कड़ा पत्र नहीं भेजना चाहिए था!" उसने बीच में टोका। "इससे पता चलता है कि तुम्हें मेरी कतई परवाह नहीं थी, और तुम भी बाकी सबकी तरह

मुझे छोड़ने को तैयार थे। इस बात को देखते हुए यह तुम्हारी क्रूरता थी कि मैं तुम्हारी सबसे पहली प्रेमिका थी और तुम मेरे सबसे पहले प्रेमी, और यह बात मैं भुला नहीं पाऊँगी।"

"अब बाथशीबा, इससे अधिक कुरेदनेवाली बात कह सकता है कोई," उसने हँसते हुए कहा। "तुम्हें पता है कि तुम्हारे जैसी खूबसूरत औरत का कामकाज सँभालने में मुझे एक अविवाहित आदमी के रूप में कितनी मशक्कत करनी पड़ी—खासकर लोगों को यह पता होने से कि मेरे दिल में तुम्हारे प्रति एक प्रकार की भावना थी; और जिस तरह हमारा नाम जोड़कर चर्चाएँ होती थीं, मुझे लगा कि इससे तुम्हारी छवि को धक्का लग सकता है। इसके कारण मैंने जो-जो कठिनाइयाँ झेली हैं, उनका पता किसी को नहीं है।"

"और क्या बस यही बात थी?"

"बस यही।"

"ओह, मैं कितनी खुश हूँ कि मैं आई।" उसने अपनी सीट से उठते हुए कृतज्ञतापूर्वक कहा। "जब से मुझे यह वहम हुआ कि अब तुम मुझसे कभी नहीं मिलना चाहते, तब से मैंने तुम्हारे बारे में न जाने क्या-क्या सोच डाला है। लेकिन अब मुझे चलना चाहिए, नहीं तो मेरी खोज शुरू हो जाएगी। क्यों गैब्रिएल," जब दोनों दरवाजे की तरफ बढ़े तो उसने थोड़ा हँसते हुए कहा; "लग तो ऐसा रहा है कि जैसे मैं तुमसे प्रेम-निवेदन करने आई थी—कितनी अजीब बात है।"

"और बिल्कुल सही भी," ओक ने कहा। "मेरी खूबसूरत बाथशीबा, मैं बहुत दूर तक, और बहुत दिनों तक, तुम्हारे चंचल पैरों के पीछे-पीछे भागता रहा हूँ, और इस छोटी-सी भेंट के लिए मुझसे कुढ़ना मुश्किल है।"

वह उसे दूसरे फार्म पर अपने आगामी कार्यकाल के बारे में विस्तार से समझाते हुए, उसके साथ पहाड़ी पर गया। आपसी भावनाओं को लेकर उन्होंने बहुत कम बात की। सुन्दर मुहावरे और दिलकश बातें शायद ऐसे आजमाए दोस्तों के बीच निरर्थक थीं। उनका प्रेम ऐसा था जो तब पैदा होता है (अगर वाकई ऐसा कुछ पैदा होता है तो) जब एक-दूसरे के साथ पड़ जानेवाले दो लोग पहले एक-दूसरे के व्यक्तित्व के खुरदुरे पहलुओं को जानने से शुरुआत करते हैं, और उसके बाद ही अच्छाइयों पर आते हैं, उनके बीच का प्रेम इस रुखड़ी सच्चाई के बीच पनपता रहता है। यह मैत्रीभाव—आम तौर पर लक्ष्य की समानता से पैदा होनेवाला, सुख-दुख का साथी होने का भाव, दुर्भाग्य से स्त्री-पुरुष के परस्पर प्रेम में शामिल नहीं किया जाता, क्योंकि आदमी और औरत अपने दुखों में नहीं बल्कि मात्र सुखों में जुड़ते हैं। फिर भी जहाँ कहीं सुखद संयोग से इसका विकास हो जाता है तो यह जटिल भावना अपने को ऐसा एकमात्र प्रेम सिद्ध कर देती है जो मृत्यु की तरह ताकतवर है—वह प्रेमाग्नि जिसे दुनिया का कोई पानी बुझा नहीं सकता, न कोई बाढ़ डुबो सकती है, जबकि आम तौर पर प्यार के नाम से जानी गई वासना भाप की तरह क्षणिक होती है।

अध्याय 57

धुन्धभरी एक रात और सुबह : निष्कर्ष

"सबसे निजी, गोपनीय और सबसे सादा विवाह जो सम्भव हो।"

ये बाथशीबा के शब्द थे जो उसने पिछले अध्याय की घटना के बाद एक शाम ओक से कहे, और वह घड़ी देखकर पूरे एक घंटे इसी उधेड़बुन में लगा रहा कि उसकी इच्छा को अमली जामा कैसे पहनाए।

"कानूनी इजाजत—हाँ ये ठीक रहेगा, कानूनी इजाजत लेना ही ठीक रहेगा," उसने आखिरकार अपने आप से कहा। "तो ठीक है, पहले कानूनी इजाजत।"

कुछ दिनों के बाद एक अँधेरी रात ओक कास्टरब्रिज में उपधर्माध्यक्ष के दरवाजे से रहस्यमय कदमों से लौटा। घर लौटते हुए रास्ते में उसने अपने सामने किसी की भारी पदचाप सुनी, और उस आदमी से आगे निकलने पर पाया कि वह कोग्गन है। वे साथ-साथ गाँव में चलते चले गए और चर्च के पिछवाड़े एक छोटी-सी गली में पहुँचे, जो लेबन की कुटिया तक जाती थी। उसे हाल ही में चर्च के क्लर्क के रूप में नियुक्त किया गया था और वह अभी भी इतवार को चर्च में भयाक्रान्त हो जाता था जब उसे भजनों के कुछ उन कठिन शब्दों के बीच सिर्फ अपनी आवाज सुनाई पड़ती थी जहाँ कोई आदमी उसका अनुकरण करने की हिम्मत नहीं जुटा पाता था।

"अच्छा, गुड नाइट कोग्गन," ओक ने कहा। "मैं इस रास्ते जा रहा हूँ।"

"अरे!" कोग्गन ने चकित होकर कहा। "तो आज रात क्या हो रहा है जो इतने खुश हो, मि. ओक।"

इन परिस्थितियों में कोग्गन को अँधेरे में रखना कुछ अच्छा नहीं लग रहा था, क्योंकि बाथशीबा को लेकर गैब्रिएल के पूरे दुखभरे समय में कोग्गन इस्पात की तरह दृढ़ रहा था, और गैब्रिएल ने कहा, "कोग्गन, क्या तुम एक राज छिपाकर रख सकते हो?"

"तुमने मुझे आजमाया है, और तुम जानते ही हो।"

"हाँ, मैंने आजमाया है, और मैं जानता हूँ। तो ठीक है, मालकिन और मैं कल सुबह शादी कर रहे हैं।"

"हे भगवान। मैंने समय-समय पर ऐसी बात पर सोचा है : सच है, मैंने सोचा है। लेकिन इतना छिपाकर! ठीक है, ये मेरे सोचने की बात नहीं है, और मैं मनाता हूँ कि तुम उनके साथ खुश रहो।"

"धन्यवाद कोग्गन। लेकिन मैं तुम्हें भरोसा दिलाता हूँ कि मैं इस तरह गुपचुप शादी बिल्कुल नहीं चाहता था—न तो हममें से कोई भी चाहता अगर कुछ ऐसी चीजें न होतीं जिनके कारण मौज-मस्ती से भरी शादी मुश्किल न हो गई होती। बाथशीबा की बड़ी इच्छा है कि चर्च में सारा गाँव इकट्ठा होकर उसे आँखें फाड़-फाड़कर न देखे—दरअसल वह इस

बारे में शर्मीली और घबराई हुई है—इसलिए मैं उसकी खुशी के लिए ऐसा कर रहा हूँ।"

"हाँ मैं समझ गया—बिल्कुल ठीक भी है, कम से कम मेरा तो यही कहना है। और अब तुम क्लर्क के पास जा रहे हो।"

"हाँ। मेरे साथ तुम भी आ जाओ।"

"मुझे डर है कि इसे गुप्त रखने की तुम्हारी कोशिश बेकार चली जाएगी," जब वे आगे बढ़ चले तो कोग्गन ने कहा। "लेब टाल की बुढ़िया आधे घंटे में पूरे गाँव में ढिंढोरा पीट देगी।"

"ऐसा तो वह करेगी, कसम से। यह तो मैंने सोचा ही नहीं," ओक ने रुकते हुए कहा। "फिर भी मेरा विचार है कि मुझे आज रात उसे सूचना देनी ही चाहिए। क्योंकि वह काफी दूर काम कर रहा है, और जल्दी निकल जाता है।"

"मैं बताता हूँ कि हम उससे कैसे निपट सकते हैं," कोग्गन ने कहा। "मैं दरवाजे पर दस्तक दूँगा और लेबन को घर से बाहर आकर बात करने के लिए कहूँगा—तुम पीछे खड़े रहोगे। तब वह बाहर आएगा, और तुम अपनी कहानी बता देना। उसकी पत्नी को अन्दाज भी नहीं लगेगा कि मैं किसलिए आया हूँ, और मैं झूठ-मूठ में फार्म के काम के बारे में कुछ बातें बना लूँगा।"

इस योजना को व्यावहारिक समझा गया और कोग्गन ने निर्भीकता से आगे बढ़कर मिसेज टाल का दरवाजा खटखटाया। दरवाजा मिसेज टाल ने स्वयं खोला।

"मैं लेबन से कुछ बात करना चाहता था।"

"वह घर पर नहीं है, और इधर ग्यारह बजे तक नहीं आएगा। काम खत्म हो जाने के बाद से याल्बरी जाना पड़ा है। मुझसे काम चल जाएगा?"

"मुझे नहीं लगता आपसे काम चलेगा। एक सेकेंड रुकिए," और कोग्गन घूमकर बरामदे के कोने में ओक से सलाह लेने चला गया।

"दूसरा आदमी कौन है?" मिसेज टाल ने कहा।

"सिर्फ एक दोस्त," कोग्गन ने कहा।

"कह दो कि वह कल सुबह दस बजे चर्च के दरवाजे पर मालकिन से मिले," ओक ने फुसफुसाकर कहा। "कि वह जरूर आए, और अपने सबसे अच्छे कपड़े पहने।"

"कपड़ों की बात से हमारी पोल खुल जाएगी।" कोग्गन ने कहा।

"इससे नहीं बचा जा सकता," ओक ने कहा। "उसे बता दो।"

कोग्गन ने सन्देश दे दिया। "ध्यान रहे कि चाहे गर्मी हो या बरसात, तूफान हो या बर्फबारी, उसे आना जरूर है," जान ने कहा। "खास बात ये है कि मालकिन किसी दूसरे किसान के साथ लम्बी साझेदारी के मामले में कुछ लिखा-पढ़ी करेंगी और वहाँ बतौर गवाह उपस्थित होना है। तो ये बात है, और अगर मुझे आपसे इतना लगाव न होता तो मैं इस तरह आपको ये बात न बताता।"

उसके कुछ पूछने से पहले ही कोग्गन निकल गया, और इसके बाद वे इस ढंग से

पादरी के यहाँ गए कि किसी की उत्सुकता न जागे। तत्पश्चात गैब्रिएल घर गया और कल की तैयारी करने लगा।

"लिडी," उस रात सोने जाने से पहले बाथशीबा ने कहा। "कल सुबह अगर मैं न उठ पाऊँ तो मुझे सात बजे जगा देना।"

"लेकिन आप हमेशा उसके पहले ही जग जाती हैं, मैम।"

"हाँ, लेकिन मुझे कुछ जरूरी काम करना है, जिसके बारे में मैं तुम्हें समय आने पर बताऊँगी, और किसी बात को पक्का कर लेना ठीक रहता है।"

लेकिन चार बजे बाथशीबा की नींद खुद ही टूट गई और उसे किसी भी यत्न से दुबारा नींद नहीं आई। छह बजे उसे पक्का यकीन हो गया कि उसकी घड़ी रात में रुक गई है और अब वह अपने को रोक नहीं पाई। उसने जाकर लिडी के दरवाजे पर दस्तक दी और थोड़ी कोशिश करने के बाद उसे जगा लिया।

"लेकिन मैं सोचती थी कि मैं ही आपको जगाऊँगी?" भौचक्का हो गई लिडी ने कहा। "और अभी छह नहीं बजा है।"

"छह तो कब के बज गए—ऐसा झूठ मत बोलो लिडी। मैं जानती हूँ कि सात से भी ज्यादा समय हो रहा होगा। जल्दी से जल्दी मेरे कमरे में आओ : मैं चाहती हूँ कि तुम मेरे बालों में अच्छी तरह से कंघी कर दो।"

जब लिडी बाथशीबा के कमरे में आई तो उसकी मालकिन पहले से प्रतीक्षा कर रही थी। लिडी को इस अप्रत्याशित हड़बड़ी का कारण समझ में नहीं आया। "क्या हो रहा है, मैम?" उसने कहा।

"ठीक है, बताती हूँ तुम्हें," बाथशीबा ने अपनी चमकीली आँखों में शरारतभरी मुस्कान भरकर कहा। "आज किसान ओक मेरे साथ दावत खाने आ रहे हैं।"

"किसान ओक—और कोई नहीं?—आप दोनों अकेले?"

"हाँ।"

"लेकिन जो बातें कही गई हैं, उसको देखते हुए क्या ऐसा करना ठीक है?" बाथशीबा की सहेली ने सन्देहपूर्वक पूछा। "औरत की नेकनामी इतनी नाजुक चीज होती है कि—"

बाथशीबा शर्म से लाल होकर हँस पड़ी, और उसने लिडी के कान में फुसफुसाकर कुछ कहा, हालाँकि वहाँ कोई मौजूद नहीं था। इसके बाद लिडी ने विस्फारित नेत्रों से उसे देखा और उसके मुँह से निकला, "हे भगवान, क्या खबर है! यह सुनकर मेरा तो दिल बल्लियों उछल रहा है।"

"मेरे भीतर भी खलबली मच रही है," बाथशीबा ने कहा। "लेकिन अब इससे निकलने का कोई रास्ता भी नहीं है।"

यह एक नमीभरी और उदास सुबह थी। फिर भी दस बजने में बीस मिनट रहते ओक अपने घर से बाहर आया और—

चला पहाड़ी के ऊपर वह
लम्बे-लम्बे डग भरता,
मानो चला हो लाने दुल्हन
ढूँढ़ कहीं से लाने को

—और उसने बाथशीबा के दरवाजे पर दस्तक दी। दस मिनट बाद उसी दरवाजे से चर्च की तरफ जानेवाली सड़क पर धुन्ध के बीच एक बड़ा और एक अपेक्षाकृत छोटा छाता आगे बढ़ते दिखाई पड़े। यह दूरी चौथाई मील से ज्यादा नहीं थी और दोनों समझदार व्यक्तियों को गाड़ी पर जाना फालतू लगा। देखनेवाले को बहुत नजदीक से ही पता चल पाता कि छातों के नीचे की आकृतियाँ ओक और बाथशीबा की थीं, जो अपनी जिन्दगी में पहली बार बाँह में बाँह डाले चल रहे थे—ओक का लम्बा कोट उसके घुटनों तक पहुँच रहा था, और बाथशीबा एक चोगे में थी जो उसके लकड़ी के तलेवाले जूतों तक पहुँच रहा था। हालाँकि वह बहुत सादे कपड़ों में थी, पर उसके चेहरे पर एक नई चमक थी—

जैसे कोई गुलाब का फूल सिकुड़कर
फिरसे कली बन गया हो

मानसिक शान्ति के कारण एक बार फिर से उसके गालों की लालिमा लौट आई थी; और गैब्रिएल के अनुरोध पर आज सुबह उसने अपने बालों को ठीक वैसे ही सँवारा था जैसे उसने उन्हें वर्षों पहले नारकॉम्ब की पहाड़ी पर सँवार रखा था। गैब्रिएल की आँखों को वह वही खूबसूरत सपनोंवाली लड़की लग रही थी, जो यह देखते हुए शायद बहुत आश्चर्यजनक भी नहीं था कि वह अभी सिर्फ तेईस या चौबीस साल की थी। चर्च में टाल, लिडी और पादरी थे, और थोड़े ही समय में विवाह सम्पन्न हो गया।

उसी दिन शाम को दोनों बाथशीबा के बैठकखाने में बिल्कुल चुपचाप चाय पीने बैठे हुए थे, क्योंकि तय यह किया गया था कि ओक वहीं रहने आ जाएगा, चूँकि अभी उसके पास न पैसा था, न घर था, और न ढंग का फर्नीचर था, हालाँकि वह निश्चित तौर पर इन्हें पाने की दिशा में बढ़ रहा था, जबकि दूसरी तरफ बाथशीबा के पास तीनों ही चीजों की भरमार थी। अभी बाथशीबा एक कप में चाय उड़ेल ही रही थी कि उनके कानों में पहले तो तोप दगने की आवाज आई और उसके बाद घर के बाहर से ढेर सारी तुरहियों के बजने की आवाज आती प्रतीत हुई।

"लो।" ओक ने हँसते हुए कहा। "मैं इन लोगों की शक्लें देखकर ही जानता था कि ये कुछ करनेवाले हैं।"

ओक ने लैम्प उठाया और बरामदे में चला गया, पीछे-पीछे अपने सिर पर शाल डाले बाथशीबा भी आ गई। लैम्प के प्रकाश में सामने बजरी पर पुरुष आकृतियों का एक समूह दिखाई पड़ा जिसने युवा दम्पत्ति को बरामदे में देखकर तेज हर्षध्वनि से उनका स्वागत किया, और उसी समय पीछे जोर के धमाके सहित एक बार फिर तोप के दगने की आवाज आई। यह गाँव में बीसियों साल से पड़ी एक पुरानी फौजी तोप थी। इसके बाद नगाड़े, डफली,

शहनाई, बाँसुरी, नफीरी, वायलिन, और वेदरबरी के अपने सच्चे और असली वाद्य-यन्त्रों में से एकमात्र शेष रह गई सारंगी की कर्णभेदी झंकार सुनाई पड़ी—ये पुराने दीमक लगे वाद्य-यन्त्र इस समय जिनके हाथों में बज रहे थे, कभी उन्हीं के पूर्वजों की उँगलियों तले इन्होंने मार्लबरो की जीत का जश्न मनाया था। बजानेवाले आगे आए और कदम से कदम मिलाकर सामने तक गए।

“इस सबके पीछे दोनों तेजतर्रार लड़कों मार्क क्लार्क और जान का हाथ है,” ओक ने कहा। “भीतर आ जाओ दोस्तो, और मेरे तथा मेरी पत्नी के साथ कुछ खा-पी लो।”

“आज रात नहीं,” मार्क क्लार्क ने इनकार करते हुए कहा। “तुम्हें इसके लिए बहुत-बहुत धन्यवाद, लेकिन हम लोग कभी और सही समय पर आएँगे। फिर भी, हम सोच भी नहीं सकते कि ये दिन बिना किसी जश्न के गुजर जाए। बस वारेन के शराबखाने में दो घूँट पीने का इन्तजाम कर दो। दोस्त ओक और उसकी खूबसूरत दुल्हन को लम्बी उम्र और खुशियों के लिए हमारी तरफ से ढेर सारी बधाइयाँ।”

“धन्यवाद—आप सबको धन्यवाद,” गैब्रिएल ने कहा। “आप सबके लिए वारेन के शराबखाने में खाने और दो घूँट पीने का इन्तजाम अभी तुरन्त करता हूँ। मैंने सोच रखा था कि मेरे पुराने दोस्त हमारा किसी न किसी तरह से स्वागत जरूर करेंगे, और मैं अपनी पत्नी के साथ अभी-अभी यही बात कर रहा था।”

“वाह,” कोग्गन ने अपने साथियों की तरफ मुड़ते हुए गम्भीर स्वर में कहा, “ये आदमी जिस तरह अभी-अभी शादी के बन्धन में बँधा है, उसे देखते हुए वाकई बड़े स्वाभाविक ढंग से ‘मेरी पत्नी’ कहना सीख गया है—क्यों, दोस्तो?”

“मैंने तो कभी बीस साल से शादीशुदा आदमी को भी इतनी कुशलता से और अभ्यस्त ढंग से ‘मेरी पत्नी’ कहते नहीं सुना,” जेकब स्मालबरी ने कहा। “और भी स्वाभाविक लगता अगर यही बात थोड़े उदासीन भाव से कही गई होती, लेकिन उसकी उम्मीद अभी तुरन्त नहीं की जा सकती।”

“समय के साथ यह सुधार हो जाएगा,” जान ने अपनी आँखें नचाते हुए कहा।

इस पर ओक हँस पड़ा, और बाथशीबा के चेहरे पर मुस्कान फैल गई, क्योंकि अब वह कभी भी खुलकर नहीं हँसती थी; और उनके मित्रों का समूह जाने के लिए मुड़ गया।

“हाँ, मेरे ख्याल से भी ऐसा ही है,” जोसेफ पुअरग्रास ने सबके चलते-चलते प्रसन्नता से कहा, “और दोनों को मेरी तरफ से बधाइयाँ, हालाँकि आज मैं एक-दो बार बाइबल की पवित्र होसिया से कहने जा रहा था, ‘मदिरा और मूर्तिपूजा का संयोग हो गया है।’ लेकिन जो है सो है, इससे भी खराब स्थिति हो सकती थी, और इसलिए मैं शुक्रगुजार हूँ।”

●●●